CHRISTIAN
SCHÜLE

ROMAN

DAS ENDE
UNSERER TAGE

KLETT-COTTA

Klett-Cotta
www.klett-cotta.de

Printed in Germany
Schutzumschlag: Rothfos & Gabler, Hamburg
Unter Verwendung eines Fotos von © Nina Rothfos, Hamburg
Gesetzt von Dörlemann Satz, Lemförde
Gedruckt und gebunden von GGP Media GmbH, Pößneck
ISBN 978-3-608-93962-0

»Der Westen ist erledigt, vor allem Europa. Alles wird sich künftig nach Osten richten.«
*Hugo Myers-Pirelli, Kaufmann und Konzernchef (*1939–2012†)*

»Das Ereignis muss sich im Moment vollziehen und wieder verschwinden. Erst durch das Verschwinden entsteht wahres Theater.«
*Roger Mevissen, Regisseur und Chronist (*1957)*

»Wir leiden unter einem Mangel an Leidenschaft.«
*Xing Jin, Tänzerin und Salonikone (*1963)*

PROLOG

Ostermontag, 9. April, geschah in dieser Stadt etwas Unerhörtes. Weil es damals auf den ersten Blick kaum der Rede wert war, kommt es erst jetzt zur Sprache. Bei rückwärtiger Betrachtung der ganzen Tragödie vom Fall der Ordnung, von der Flucht der Oberschichten in den Untergrund, vom Aufstieg Spenglers zur Heilsfigur, dem Amoklauf eines ehemaligen Staubsaugervertreters, der Überhitzung, dem unaufhörlichen Regen und dem Verschwinden des Himmels muss man unweigerlich auf das folgende, anfangs von allen Beteiligten unterschätzte Ereignis zurückkommen.

Um Viertel nach zehn Uhr morgens kam eine Chinesin in den Beauty-Tempel 4Dimensions Group, Ferdinandstraße 23, und stellte dem legendären Coiffeur Jörg Borgest einen stählernen Käfig – in dem ein schwarzhaariges Geschöpf mit hellroten Augen kauerte – neben einen Kamm der Marke Lady Star auf den Marmortisch.

»Was bringst du uns denn da Hässliches?«, fragte Borgest.

Als der Maestro kicherte, fuhr die Chinesin ihren Zeigefinger aus und stieß ihn gegen seinen Brustkorb.

»Die Schuld!«

»Gottchen«, Borgests Handgelenk knickte ab, »was sagst du denn da für Sachen! Und was soll dieses ekelhafte Tier hier?«

»Vergiss das Tier.«

Die Chinesin zog ihre dunkelgetönte Sonnenbrille auf, drehte sich um und steckte sich Kopfhörerknöpfe in beide Gehörgänge. Ein Klacken ihrer Absätze war das einzige Geräusch, das noch zu vernehmen war. Zurück blieb Stille und der Schatten ihres Lächelns.

Zufällig war an diesem Morgen auch der für seinen Spürsinn bekannte Regisseur Roger Mevissen in Borgests Haarsalon. Sein Kopf war abgelegt im Waschbassin, wo ihm eine ukrainische Praktikantin die Nackenmuskeln massierte. Mevissen, gefeierte Ikone des Neuen Politischen Theaters, würde ein Jahr später, kurz vor der Uraufführung seines Stückes *Das Ende unserer Tage*, im Beisein des Intendanten auf einer Pressekonferenz bekennen, genau diese Szene habe ihm als Auftakt eines großen Sittengemäldes der Gegenwart gedient: Plötzlich sei die Frage nach der Schuld in der Welt gewesen, plötzlich sei es um Alles und Nichts, um Wildheit, Wahn, Krieg und den Exzess der Existenz gegangen – und das an jenem Tag, an dem der Radiosprecher den Tod zweier weiterer Kuriere verkündete. Niemand wusste ja, wer hinter den Hinrichtungen steckte.

Seit Monaten waren die Kirchenglocken verstummt; in manchen Glockenstühlen hingen neben Turmfalkennestern gigantische Megafone, aus denen mit körniger Stimme Anweisungen des Senats vorgetragen wurden, bestimmte Gegenden der Stadt zu meiden. Im renovierten Kirchenschiff von St. Petri residierte die Eventagentur Emperado GmbH, und der freigestellte Pastor betrieb in Harvestehude eine Praxis für Reinkarnationstherapie mit dem Namen Seelenernte, ehe er sich aus Verzweiflung über die Sittenlosigkeit seiner Mitmenschen das Leben nehmen würde.

Keiner ließ sich mehr krankschreiben, Angestellte kamen mit Schweißausbrüchen in ihre Büros, und vor den Aufzügen der Konzerne warfen Prokuristen ihre Köpfe zurück, um Amphetamine und andere Pillen zu schlucken – gegen Müdigkeit, Erschöpfung, Lähmung, gegen Verstimmungen, Blutstürze, Panikattacken, Ängste, Resignationen, Infektionen.

An besagtem Montag packte Borgest in der Mittagspause den Käfig und trug ihn über den Gang in den dritten Stock des 4Dimensions hinauf ins Massagestudio Lotusblüte. Im Laufe der folgenden Monate wechselte der Käfig dreizehn Mal den Besitzer. In seiner Gegenwart begannen Versicherungsagenten, ihren gewaltbereiten Charakter anzuklagen; Anwälte offenbarten Hassgefühle, Bankvorstände Geltungssucht; Kaufleute gestanden Korruptheit, Unternehmer Menschenverachtung, Journalisten gaben Defätismus zu, Ärzte und Immobilienmakler bekannten sich zu sadistischen Neigungen, Werber kämpften mit grassierender Misanthropie.

Am 2. Mai fand der erstaunlich kompakte Käfig seinen Weg zu Hans-Joachim Hegenbarth, der es als witzig erachtete, ihn samt der ausgestopften rotäugigen, marderartigen Kreatur mit in sein Büro zu bringen. Ob Zufall oder Schicksal – an diesem Tag begann das Verhängnis von Jan-Philipp Hertz seinen Lauf zu nehmen.

TEIL I

1.

Einer der vier Aufzüge surrte in zehn Sekunden vom vierzehnten Stock des Hamburger Bankhauses John & Jacobi auf den Grund der Realität. Während der Fahrt polierte Hertz seine erst kürzlich gelieferten Paciotti mit einem Flanelltuch. Die Schnallen der Schuhe waren aus echtem Silber, die Marmorplatten des Foyers gemasert. Vor dem Drehkreuz in der Lobby steckte Diana Kleinkurth im Update mit dem Personalvorstand und lispelte hanseatisch. Hertz ließ seinen Saab in der Tiefgarage des Bankgebäudes stehen und legte den Sakko über die linke Elle. Für die sechs Stufen zum Brunnen auf dem Vorplatz brauchte er wie üblich einen Ausfallschritt. Während er sich umdrehte, sah er die digitale Anzeige eines benachbarten Juwelenfachgeschäfts: *16. Mai | 12:42:06.*

Als Hertz bei Rot ging, hupte keiner, aber fast wäre er mit einem Mops zusammengestoßen, der den Bürgersteig entlangstolzierte, gefolgt von »William! Wil-liam-Schatz!«-Rufen. Ohne erhöhten Pulsschlag erreichte Hertz die Poststraße, weil sein Körper auf den effizienten Schritt abgerichtet war. In Hertz' Augen machte es keinen Sinn, sich von Zweifeln aufhalten zu lassen. Die Biologie, davon war er überzeugt, kannte nur Verfahren und Vorgänge zur Optimierung. Weil Hertz beruflich – und immer stärker auch privat – in solch evolutionären Kategorien dachte, hatte Hegenbarth ihn vor kurzem als »Selektionisten par excellence« gelobt.

Hegenbarth und er. Ein besonderes Verhältnis. Eine schwierige Geschichte. Eine seltene Vertrautheit. Beide gingen zum Epilieren ins Waxing-Studio am Jungfernstieg, aber nur Hegenbarth war regelmäßig Gast beim Visagisten, der lange Zeit erfolgreich zu neutralisieren versuchte, dass sich in das Gesicht seines Stammkunden das fortgeschrittene Leben eingenistet hatte. Irgendwann erzählte Hegenbarth Hertz, dass er jeden Abend Rejuven auftrug, eine Power Night Renewing Cream, dazu einen Antifaltenbalm mit Oxygen Booster gegen Augenringe. Hertz dankte Hegenbarth für dessen Offenheit, indem er dieses Wissen für sich behielt. Hegenbarth hatte die Eigenschaft, Hertz' Leben zu führen, und Hertz hatte sich Hegenbarths Protektion unbemerkt zugezogen. Darauf angelegt hatte er es nie, aber irgendwann hatte der Leiter der Abteilung Human Resources bei John & Jacobi dem jungen Kollegen freundschaftlich die Hand auf die Schulter gelegt und in seinem so berühmten wie polyglotten Hegenbarthisch gesagt: »Well performed, Jungfuchs, at the end of the day machen wir sie alle platt!«

Das vorerst Letzte, was Hertz von Hegenbarth gelernt hatte, war die tägliche Morgenmeditation um sechs, eine Stunde mühevolle Inwendigkeit. Da seine Wohnung für spirituelle Operationen keinen geeigneten Raum mehr bot, wollte Hertz an jenem Montag den Immobilienmakler von John & Jacobi treffen, der ihm in Sichtweite des achtstöckigen Bankgebäudes eine Vierzimmerwohnung anbieten würde, angeblich mit Dachterrasse; Courtage und Kaution liefen auf Kostenstelle 7013 Human Resources.

Um 12.48 Uhr sah Hertz vor dem Antiquitätengeschäft Schimmel & Hochhuth, neben einer Pyramide getrockneten Hundekots, einen Mann mit gelocktem Blondhaar und üppigem Backenbart – die Wange an den Bauch einer Geige geschmiegt – auf einem wackeligen Schemel sitzen. Aus für ihn selbst unerklärlichen Gründen blieb Hertz stehen, während rechterhand eine ältere Dame heitere Tonfolgen summte. »Rachmaninov. Violinsonate«, flüsterte sie.

Hertz nickte der Dame und irgendwie auch dem Musiker zu und bog, um den Weg abzukürzen, in die Alte-Post-Passage ein. Dort stand in grüner Schrift auf eine Wand gesprüht: *Alle Macht den Revitalisten!* Als er am Ende der Passage wieder ins Sonnenlicht sah, stand ein Greis vor ihm, das Gesicht besprießt mit weißen Stoppeln um Kinn und Jochbein. Die Augen waren verwaschen, aus den Brauen ragten Einzelhaare, der Alte trug einen schwarzen Mantel, schwarze Schuhe und einen für seinen Kopf zu großen Hut. Er roch nach Milchsäure, schlechtem Cognac und verbrauchten Schuppen. Mit dem rechten Arm umklammert hielt er einen Käfig, durch dessen Streben Hertz jenes marderartige Tier anstarrte, dem er kürzlich in Hegenbarths Büro begegnet war. Am linken Handgelenk des Mannes hing eine Tragetasche mit der Aufschrift *EmperadoEntertainment.*

Der Alte hechelte ein paar Mal, schluchzte und sackte in sich zusammen, wobei sein rechter Ellbogenknochen ans Schaufenster der Krawatterie Hüttner schlug. Sein kleiner Kopf fiel auf die Metallschnalle von Hertz' rechtem Paciotti – Hertz zog den Fuß zurück und hörte, wie der Schädel auf die Steinplatte ploppte. Der Alte stöhnte, sein Hut lag einen Meter entfernt, ein türkischer Schneider kam aus seinem Laden in der Passage geeilt und rief Allah um Hilfe. Mit einem Taschentuch wischte Hertz über den handgenähten Schuh, warf das Tuch weg und kam zur vereinbarten Wohnungsbesichtigung sieben Minuten zu spät, was ihn derart verärgerte, dass er nicht mehr in der Lage war, sich für seine Verspätung zu entschuldigen. War die Schuldfrage nicht eindeutig geklärt, konnte Hertz keine Zugeständnisse machen. Und wenn der Tod, wie in der Alte-Post-Passage, zweiundzwanzig Minuten lang das Leben aufhält, fragte er sich ganz grundsätzlich, warum die so entstandene Verzögerung die Schuld der Lebenden sein sollte.

Als die Mitarbeiter des Bestattungsunternehmens Claas Schimmel & Söhne den Greis in den Sarg hievten, hingen beide Uhrzeiger neben dem U-Bahn-Schild *Rathaus* schlaff auf sechs und zitterten auf derselben Stelle. Der Käfig war auf dem spiegelnden Boden der Passage stehengeblieben, und in den roten Glasaugen des leblosen Tieres reflektierte das nervöse Licht einer wahnsinnig gewordenen Schaufensterröhre.

Diese technischen Defekte ereigneten sich eine Woche, bevor Jan-Philipp Hertz' Leben in die Brüche ging.

2.

Hegenbarth stieß die Tür von sich, »hat Richter angerufen?«, war an keiner Antwort interessiert, nahm die Vertragsmappe, seinen BlackBerry, seine Anzugjacke, steppte auf den von Milchglastüren gesäumten Flur des zwölften Stocks, rief via Handy bei Eggers an, ehe er in den Strategieraum Vorstand ging und Sekunden später fluchend herauskam, an Richters Büro hämmerte, auf dem Gang nach Winter schrie (der kein bisschen mehr über die Verhandlungen wusste als alle anderen – Winter, Walter, dreiundfünfzig, Ziegenbärtchen, stehenden Fußes in zerknittertem Sakko, mit dem Ausdruck eines triefenden Labradors), »na! na! Winter!«, Hegenbarth spitz, »haben auch Sie mich im Stich gelassen?«, Winter ohne Fassung, »Stich … bitte *was*?«, auf dem Gesicht die Last der Verlogenheit, *»Waswaswas!«*, so Hegenbarth, »ist Reimpell im Bilde?« – »Reimpell?« – »Eben der! Rufen Sie Reimpell an, Winter, sagen Sie ihm, wir werden das Ding verlieren« – »Verlieren? Aber bis vorhin war doch …«, Richter von hinten: »Doktor Hegenbarth, ich …«, »ah, Richter, da sind Sie ja, wir kriegen's nicht durch, sorry, ich muss meinen Arsch retten.«

Während Hans-Joachim »Hajo« Hegenbarth (nach Lage der Dinge: gefasst) ins Vorzimmer des Vorstandssprechers trat, trippelte Winter mit seinen verblüffend kleinen Füßen in den nächstgelegenen Konferenzraum, um Jürgen Reimpell auf der internen 3713 keinesfalls zu erreichen, weil der sich nach einem misslungenen Suizidversuch im Universitätsklinikum befand. Zehn Minuten später klingelte Hertz' Telefon.

Außer Hegenbarth war der von sardinischem Rotwein besessene »Reimpelli« der Einzige, der Hertz wirklich mochte.

Und Hertz selbst war der Einzige, der wusste, dass Reimpell krank war. Der hatte seine Burn-outs verschwiegen und die depressiven Phasen mit Tavor sozialverträglich im Griff gehabt, der ständigen Rede von der Fusion mit der Crédit France und dem unausweichlichen Personalabbau war Reimpellis Psyche aber nicht mehr gewachsen. Zuletzt nahm er Ritalinkapseln und Modafinilpillen, doch die Angst vor Verlust und Verschuldung hatte sich so weit gesteigert, dass sie ihr eigener Inhalt wurde. Angst vor der Angst hatte nach Reimpells Auffassung mit Menschenwürde nichts mehr gemein, da zog er die Reißleine und hängte sich auf.

Als Eggers offiziell erklärt hatte, der Betriebsrat werde dem Plan der Geschäftsführung nicht zustimmen, soll es bei den Personalern zu Tumulten gekommen sein, weil der Fortbestand seiner Abteilung bis dahin angeblich gesetzte Sache war. Nach Monaten der Selbstzerfleischung schien das Department Human Resources in seiner ganzen Stärke nur zu retten, wenn der Betriebsrat akzeptieren würde, dass fünfundzwanzig Prozent auf eine Viertagewoche gingen und dabei auf zehn Prozent Lohn verzichteten. Doch irgendwo im System musste es einen Riss gegeben haben. Niemand konnte sich die Spaltung des früher so hermetischen Gebildes erklären, die eine unberechenbare Dynamik in Gang gesetzt hatte (nichts anderes wollte Richter seit je vorausgesagt haben). Auf Unberechenbares (Richters Prophezeiungen also) war Hegenbarths Verstand am wenigsten geeicht, und die eigene Machtlosigkeit einsehen zu müssen, war in seinem Fall fürchterlich für alle anderen. Natürlich hätte das gescheiterte 25/4-Modell keine größeren Konsequenzen nach sich gezogen, wären nicht fünfzig Angestellte samt Familien von Hegenbarths Einfluss abhängig gewesen. Damals hatte Hertz das noch nicht erkannt.

»Danke, Janne.«

Hertz legte auf, stieg in den Aufzug und ging auf Hegenbarths Zimmer zu. Richter streckte ihm seine Hand mit dem dicken Ehering entgegen, während Hertz den Eindruck gewann, Richters Genossenleben feiere einen billigen Triumph über die Zukunft. Der düstere Richter hasste die Jungen. Er hasste ihre engtaillierten Anzüge, die freche Krawattenlosigkeit, das einen Knopf zu weit geöffnete Hemd an den Casual Fridays, er hasste sie für ihre Kraft und Schnelligkeit, und sich hasste er dafür, die Jungen hassen zu müssen, um das Leben auszuhalten. Es blieb Hertz bis zuletzt unerklärlich, wie im Rahmen eines so dünnen Mannes so viel Hass Raum zur Ausdehnung finden konnte.

Hegenbarths treue Janne (mit einem reizvollen Leberfleck neben dem Mundwinkel) bot ihm, Hegenbarths »Kronprinzen«, ein Glas Evian und das Privileg an, allein im Zimmer des Chefs zu warten. Ohne anklopfen zu wollen, drängte sich Winter ins Vorzimmer und äußerte die Hoffnung, ob Herr Doktor Hegenbarth zu sprechen –, ob Herr Doktor Hegenbarth sich dann vielleicht schon gemeldet –, ob Herr Doktor Hegenbarth die Mitteilung des Vorstands –

»*Wir*«, Janne Jäger lächelte Hertz zu, »wissen davon nichts.«

Da stieß Hegenbarth die Tür auf, zog die Oberlippe an den Schneidezähnen herunter und drückte die Planungsakte an Winters wehrlose Brust.

»Finito, Scheißerchen, das war's.«

Er hatte sein Hemd bis zum Warzenhof geöffnet, Hertz sah die haarlose Haut mit dem Archipel der Leberflecke. Eine Schweißperle mühte sich das rechte Jochbein herab, unter den Achseln war das hellblaue Hemd aquamarin genässt. Den Sakko hatte Hegenbarth auf die Ledercouch geworfen, die Krawatte neben den schwarzen Rahmen mit dem Bild seiner Frau gelegt. Breitbeinig hing er in seinem Sessel. Die beiden

Männer atmeten geräuschlos, tief und langsam. Sie schwiegen sich minutenlang an, irgendwann unterbrochen von einem einsamen Tja, das Hegenbarth in die Stille ausschied. Was hätte Hertz fragen sollen? ›Was ist denn das für ein krankes System, in dem Highpotentials mir nix, dir nix weggekürzt werden?‹ Und was hätte Hegenbarth antworten sollen? ›Sie wissen doch, Jungfuchs, die Evolution des Systems vollzieht sich hierzulande über Sozialkriterien.‹?

Hegenbarth sah das Leben als ein Ergebnis ökonomischer Evolution an. Evolution verlangte bekanntlich Anpassung an die Umstände. Und die Umstände hatten sich verändert. Kurz gesagt: Die Evolution dieser Tage war der Umstand, dass das Bankhaus John & Jacobi kurz vor dem Ruin am seidenen Faden hing, während Universalbanken aus London und Mailand wie Hyänen mit aufgesperrten Mäulern seine Paralyse erwarteten. Doch der John-&-Jacobi-Vorstand spielte einen überraschend hohen Trumpf, tat einen potentiellen Käufer in Frankreich auf, und nach monatelangem Ringen um die Leitung einer neugeschaffenen (genau gesagt: zwei mittlere Leitungsfunktionen zu einer höheren verschmelzenden) Position war Hans-Joachim Hegenbarth, nachdem lange Zeit alles auf ihn zuzulaufen schien, schließlich einem politisch genehmen Günstling der Franzosen unterlegen und musste seine Abteilung zur Hälfte auflösen. Hertz hatte kaum Sozialpunkte, keine Frau, keine Kinder und keine Krankmeldungen vorzuweisen und arbeitete erst seit fünf Jahren bei John & Jacobi. Für jede Art von Solidarität seitens der Kollegen Richter und Winter war er zu schnell zu hoch aufgestiegen. Richter hatte drei Töchter, war vierundfünfzig und seit Jahrzehnten ein funktionierendes Rädchen im Triebwerk. Winter hatte im Haus gelernt und saß zudem unkündbar im Betriebsrat. An Richter und Winter war nach Hertz' nicht übertrieben geheimer Ansicht das ganze Elend der alten Republik abzulesen: dass man die Talente entlassen und die

Holzköpfe und Spießer mästen und mitziehen musste, bis sie irgendwann bräsig in den Vorruhestand gingen, um den ganzen Tag lang über das System herzuziehen, das sie so lange am Leben erhalten hatte.

Schon damals hatten Hertz die Ängste der Alten kaum gekümmert, weil schon damals für ihn klar war, dass es so etwas wie Ruhestand nicht mehr geben würde, für ihn nicht, für niemanden mehr, weil sie alle auf der Straße stehen oder liegen würden, ausgeraubt, verbrannt, tot, nutzlos, weil der Karren gegen die Wand gefahren sein und nichts weiter bleiben würde als endlose, unversöhnbare Trauer, mit der umzugehen keiner gelernt hatte, weil niemand den Gefallenen gesagt hatte, wie sie Trauer leben können, wie sie Schuld sühnen sollen, wie sie die Wunde heilen müssen, weil es keine Paragrafen zur Ausübung von Trauer gab, weil sie alle davon ausgingen, dass Trauer keinen Aktienwert besitzt.

Hegenbarth hatte die Beine zur Tür hin gestreckt, Hertz hielt seine verschränkt in Richtung Fenster. Hegenbarth gegenüber hing dessen Lieblingsgemälde *red painting*, und hinter ihm, Öl auf Leinwand, das Werk *Auf Schuld folgt keine Sühne Part 2*. In diesem Bild zu sehen war unten rechts ein Opiumbett, auf dem eine in einen blutroten Sarong gehüllte Lady Spitze pafft. Die beiden Bilder aus der Schule der Neuen Figürlichkeit hatten Hegenbarth – als er nach einem Geschäftstermin auf die Vernissage in die Leipziger Akademie der Künste gegangen war – vor zwei Jahren derart beeindruckt, dass er sie und zwei weitere für 4000 Euro aus dem Atelier der unbekannten Künstlerin Mascha Probst vom Fleck weg gekauft hatte, mit dem gewissen Recht des Kenners, der ahnte, dass damit eine wunderbare Beziehung begann. Mascha war damals vierundzwanzig und dem Tod näher als dem Leben.

Außer Hertz wusste keiner, dass Hegenbarths wahre Liebe dem Osten, besser: dem Ostischen galt. Hegenbarth konnte niemandem vernünftig erklären, warum er, ein gebürtiger Rheinländer, Rachmaninov, Glasunov, Skrjabin, die russische Musik, das russische Wesen, überhaupt das Ostische, dessen Drama, Tragik und Pathos unverhältnismäßig liebte und der in Halle geborenen Mascha Probst eine große Zukunft prophezeite. Hertz vermutete seit längerem, dass Hegenbarths Leidenschaft für Kunst und Frauen ihm im Kampf um den Vorstandsposten entscheidende Wettbewerbsnachteile gegenüber seinem skrupellosen Gegenspieler der Crédit France eingebracht hatte. Hegenbarths manchmal hinterrücks einsetzende Feinsinnigkeit vermasselte ihm am Ende des Tages jede *Elevator-Speech* im *Change-Prozess* der bankinternen *Selection*. Hegenbarths gespielte Härte war lächerlich weich. Er nannte Hertz »Jungfuchs«, weil er keine Kinder hatte, weil er eigene Kinder nicht mochte, weil Kinder Liebe fordern. Oder weil er Kinder liebte und sich nach einem wahren Sohn sehnte und seine immerzu lächelnde Frau einen Lukas aus erster Ehe mitgebracht hatte, den Hegenbarth geringschätzte, weil er Komparatist werden wollte, nicht Komponist, dem Staub der Buchstaben und nicht der Musik, dem Tragischen, dem Pathos ergeben, sondern den Fußnoten, dem abgestorbenen Leben, und er, Hegenbarth, in Hertz das Gegenstück entdeckt hatte, den stürmenden Dränger, der etwas wollte, der aus sich herausstrebte, der grandios performte, sich den Schneid von niemandem abkaufen ließ und eine Vitalität verkörperte, die er, Hajo Hegenbarth, sich seit jeher in sein eigenes ostloses Leben hineingeträumt hatte. Er hatte seine Frau geheiratet, um fremdgehen zu können, ohne dass sie ihn am folgenden Tag auf ewig verlassen würde, nein, sie beklagte sich nicht einmal. Grotesk war, dass Hegenbarth sie für diesen Gleichmut bewunderte. Er konnte sich immer auf die Erziehung anderer verlassen, deshalb war er heute da, wo er war. Mit Schicksal hatte das nichts zu tun, mit Instinkt sehr viel.

Ohne Grund begann Hegenbarth mit seinem Belvedere auf ein Papier zu schlagen, bis die grüne Tinte spritzte. Silhouetten verloren Schärfe und gewannen Masse. Hertz merkte auf, sah das violette Licht im Fenster, woraufhin Hegenbarth den Füller aufs Etui legte und die Hände hinterm Kopf verschränkte. Kurz, aber heftig nahm eine Saatkrähe Kontakt mit dem Fensterglas auf. Jedes der drei Telefone auf dem Tisch schwieg sich aus. War nach all den Jahren zwischen Hegenbarth und Hertz nichts weiter geblieben als diese in sich ertrinkende Stille?

Als es für ihn durchlitten war, stand Hertz auf, nahm den Belvedere mit der Gravur HJH, unterschrieb mit großem Schwung das vorbereitete Formular, griff seine Tasche und ging zur Tür. Bevor er die Klinke losließ, drehte Hertz sich kurz um, sah in Hegenbarths Augen und suchte nach Hoffnung. Er fand Leere und verließ das Traditionshaus John & Jacobi als verworfene Zukunft.

3.

Als Hertz an jenem 23. Mai durch das Drehkreuz in die Ungewissheit eines eigensinnigen Lebens ging, schlugen zur selben Zeit acht Kilometer südlich zahllose Blitze an die Backsteinwände der New-York Hamburger Gummi-Waaren Compagnie AG. Ein Flackern kam über Harburg, blaue Blasen Licht, die in den Kronen der Kastanien platzten. Während es Goldfasern regnete und violett getönte Blütensträuße rieselte, entleerten sich Lichtdärme in kristalline Kränze. Schirme zerstäubten im Aufgehen, und auf Augenhöhe floss ein Hauch Magenta in einen nervösen Schein von Gold, als lege sich über der Fabrik eine bedeutsame Nachricht zu Boden.

Tatsächlich pisste ein Rottweiler an die unterste Backsteinreihe der New-York Hamburger und ließ, während er vor Erleichterung hechelte, die Zunge schlaff zur Seite hängen. Ein Rumpeln war zu hören, Stahl rammte Stahl, und dann wurde eine Schiebetür für immer verschlossen, ehe aus einem entfernten Gebäude Schreie gellten, die ihr Ziel nicht erreichten. Ein schwerer Motor kuppelte ein, der Fahrer gab zweimal Leergas. An der Straße, die am Empfang vorbeiführte, standen die Arbeiter Spalier. Einer von ihnen, Pit Sosset, weinte, und sein Kollege, der »Lange«, schien wieder einmal den Ernst der Lage nicht begriffen zu haben. Wegen seiner herrlichen Einfalt hatte es so weit kommen können, dass er sein gesamtes Leben »in der Kamm«, wie die New-York Hamburger Gummi-Waaren Compagnie bei ihren Arbeitern hieß, verbracht hatte, als Laufbursche beginnend, der, auf dem Gelände der Pubertät entwachsen, während der Protestmärsche

68 folgende zu den Fahrern gewechselt und dann, kurz vorm Deutschen Herbst 77, über den Hof in die Poliererei im ersten Stock gezogen war, anschließend eine Station von kurzer Dauer im Walzwerk absolviert hatte und seit dem Mauerfall 89 in der Verpackung unterm Dach arbeitete. Und jetzt, zufällig zum farbenprächtigsten Feuerwerk, das Harburg je gesehen hatte, sollte all das zu Ende gehen?

Der Schlagbaum vorm Pförtnerkabuff hob und senkte sich täglich hundertfach, doch an diesem Tag senkte er sich nicht wieder. Die Lkws passten gerade eben unter die Aluröhren, die zur Luftab- und -zufuhr in vier Metern Höhe über dem gesamten Gelände hingen und wirkten, als seien sie Teil eines anaeroben Kreislaufs. Unerhört, wie wenig Raum die Nartenstraße zum Rangieren ließ! Mit erneutem Zwischengas schlugen die Schwertransporter auf den letzten Metern im Werksgelände scharf links ein, um sich und ihr Führerhaus noch vor der drohenden Straßenmauer zu positionieren, während oben, im zweiten Stock der »Kamm«, zwei schweigsame Russen in Ganzkörper-Stoffpapieranzügen mithilfe eines Kettenzugs die Eisenverdecke der Bimsmaschinen abhoben, mit Spachteln das Maschinenfett abkratzten und mithilfe dickhaariger Pinsel Staubschichten fortwischten, ehe sie die Schrauben lösten und die Teile des legendären, weltweit einzigartigen »Kammcenters« Stück für Stück auf den Vorhof abseilten, wo ein Ladewagen der Firma Otto Dörner all das aufnahm, was in Shanghai wiederaufbereitet werden konnte.

An jenem Freitagabend ging über Harburg das letzte Feuerwerk nieder, das Sosset und der Lange als Angestellte der Kamm miterlebten. Der Bezirksamtsleiter des Stadtteils hatte zur Einweihung der sogenannten »Neuen Mitte« geladen. Die Umgestaltung des öffentlichen Raums hatten zwei holländische Architekten der Firma Youtopia zu verantworten, die, den *Master of City Planning* von der University of Seattle in der Tasche, mit Sonnenbrille in einer dunklen Nische stehend Minzgummi kauten. Im Stile eines wahlkämpfenden Visionärs donnerte der Bezirksamtsleiter, Harburg sei bereit, über sich hinauszugehen und dem Rivalen nördlich der Elbe das Wasser abzugraben, es sei die Stunde der Wahrheit gekommen und die Stunde des Triumphs der neuen Architektur über die Geschichte, und dergleichen mehr. *»r« statt »m«* hieß das Motto; das Duell Harburg gegen Hamburg, festgemacht an einem einzigen Buchstaben, war in den Medien zu einem beherrschenden Thema geworden, dem sich dies- und jenseits des Flusses kein aufmerksamer Zeitgenosse mehr entziehen konnte.

In jenem Moment, da die letzten Salven in den Harburger Himmel geschossen wurden, zogen die Lkws vor Aufgang A der Kammfabrik an. Vis-à-vis, auf dem Trottoir der Nartenstraße, die an der äußeren Fabrikmauer entlang verlief, führten zwei Frauen gleichen Alters neues und zerfallendes Leben aneinander vorbei – Rollstuhl und Kinderwagen stammten vom selben Hersteller, aber Kind und Greis nahmen vom jeweils anderen keine Notiz. Und wieder war der Mann mit dem langen, zum Zopf gebundenen Grauhaar zu sehen. Er stand wie immer günstig und sah die Transporter abfahren und hörte das Finale des Feuerwerks, dessen Schallwellen näher und näher rückten, und machte sich Notizen in ein schwarzes Moleskine-Buch mit der Aufschrift *Das Ende unserer Tage*.

4.

Das Wimmern der Waggons verwehte, und als Hertz die Augen öffnete, war er sich sicher, dass es der asthmatische Atem eines Generators sein musste. Die Nacht war noch warm, um die Lichtkugeln der Laternen tanzten Motten. Dann die ersten Stimmen seit Stunden: slawisches Idiom und das Röhren eines dieselbetriebenen Lkws, nachdem schwere Kisten auf dem Asphalt abgestellt worden waren. Gebremstes Metall sprühte, dann verharrten die Loks auf den Gleisen wie ausrangiertes Elend. Nichts war zu hören außer sonorem Summen. Hertz sah Kontinente auf dem Morgenmond. Er konnte nicht fassen, dass er die Nacht auf einer Bank am Hauptbahnhof verbracht hatte. »Hey, Diggä«, grüßte sein Nachbar aus dem Schlafsack und bot Hertz einen Schluck Korn an.

Um sieben ging Hertz auf die Kennedybrücke und warf seine Krawatte auf die Alster. Der rotweißgestreifte Stoff kreiselte stadtauswärts und war zu stolz zu versinken. Hertz roch die Alster. Nie zuvor hatte er die Ruhe von Wasser wahrgenommen. Nie zuvor hatte er etwas wahrgenommen, das nicht mit Recruiting, Synergien und Hegenbarths Obsessionen für die Beherrschung des asiatischen Marktes zusammenhing. Er lehnte über dem Geländer und entdeckte das ungelenk eingeritzte *Jesus Emperado, I loves you.* Mehrfach hatte Hertz von Emperado gehört, weil Hegenbarth mehrfach von diesem »Gott der Motivation« erzählt hatte. Ohne Hegenbarth, das wusste Hertz, ging in dieser Stadt nichts. Hegenbarth kannte Jesus Emperado, und jeder kannte Hegenbarth.

Diese Stadt hatte Hertz in ihre Kolonnaden und Arkaden getrieben, in ihre Nischen, Kehlen und Beugen. In manchen Eingängen lagen Penner im Wellpappenbett, in Scherben, Splittern, geleerten Flaschen Schnaps und Tetrapaks Wein. Anstelle der Möbel und Anzüge, Bücher, Flakons und verzierten Teeservices in der Mellin-Passage mit ihren Jugendstilfresken sah Hertz in den Schaufenstern sein Spiegelbild. Das Hemd hing aus der Hose, er hatte keinerlei Spannung mehr. Jan-Philipp Hertz war sechsunddreißig und am Ende.

Die ersten S-Bahn-Körper schoben sich über gerade gestellte Weichen in den Kreislauf des neuen Tages, die Reibung zwischen den Stahlkörpern erzeugte Realität. Ab jetzt würde sich das Leben wieder aufraffen, und wenn abends die Laternen ausgingen, würden Tausende glücklich entfesselter Fliegen ihr auf einen Tag befristetes Leben beenden, um im Licht in den Tod zu tanzen. Hertz' Füße brannten, das war das Zweite, was ihm an diesem Morgen auffiel, die Haut war wund. Seine Fersen waren verwöhnt von Dienstwagen, Tiefgaragenstellplatz, Aufzug, Massage; die Schuhe in Mailand maßgefertigt, die Hornhaut fortpedikürt, alle vier Wochen.

Zartgliedrige Frauen im Businessanzug eilten an ihm vorbei, und Hertz ging unter Schmerzen in die Wandelhalle am Bahnhof, wo er ein Ciabatta mit Serranoschinken kaufte. Er löste den Fettrand ab, zog das Salatblatt heraus und trank, obwohl er im Laden stehenblieb, einen Cappuccino to go. Als er den Pappbecher in die vorgesehene Öffnung *Papier* eines öffentlichen Mülleimers warf, traf ein ICE aus Kopenhagen ein. Seine Haare waren in sich zusammengefallen, ja, aber das störte Hertz nicht mehr. Sein Weg ging irgendwohin, er querte eine Kreuzung, ohne es zu wollen. Ampeln mied er und kam so auf die Ernst-Merck-Straße, wo er vor dem Büro der Iran Air stehenblieb. Dann sah er das hellgrüne Licht, das auf den Asphalt fiel.

Direkt gegenüber befand sich eine Bar, deren Tür so weit offenstand, dass Musik zu hören war. Hertz ließ einen Lkw passieren, trat auf die Fahrbahn, handelte sich den Schmähruf eines rasenden Radlers ein, wechselte hinüber und wurde angezogen vom strömenden Aroma eines markanten Dufts. Er sah den Schriftzug *Roter Panther*, konnte nicht anders und trat ein.

»Hallo?«

Neben dem Tresen saß eine Frau auf einem Hocker, das linke Bein aufgestellt, das Kinn auf der Kniescheibe abgelegt. Ihre Lippen saugten am Filter. Während sie ausblies, starrte sie ins Nichts.

»Du willst vögeln, oder?«

An die Wand gepinnt waren vergilbte Plakate alter Filme, Fotos beschwingter Gäste in den Armen eines lachenden Schönlings. Über der Theke, notdürftig gerahmt, hing ein Zertifikat des Emperado-Institut für Empowerment und gegenüber ein Gemälde in Umbra- und Ockertönen mit krustenartigen Aufwerfungen über der Leinwand, ein starrender Mund, eine aufgerissene Vulva, kaum voneinander zu scheiden, als gebe es nur noch Schlünde.

Jetzt lag ihr Unterarm auf dem Knie, die abgewinkelte Rechte hing darüber hinaus, und Hertz sah auf dem Handrücken das Relief der Knochen und die Maserung der Haut, als stenografiere sie ein stark belastetes Leben. Die Zigarette steckte oberhalb des Filters zwischen Zeige- und Mittelfinger. Was Frauen betraf, waren Hertz und Hegenbarth unvereinbar.

Bei einem gemeinsamen Trip nach London hatte Hegenbarth Hertz in der Airport-Lobby wissen lassen, dass dünne Frauen so gut wie keinen Reiz auf ihn ausübten, nur im Ausnahmefall, wenn sie verletzlich oder krank wirkten. Er, Hegenbarth, zöge dralle Frauen vor, Vollweiber, wie er leise sagte, um laut zu lachen. Hertz war nicht entgangen, dass Hegenbarth kontinuierlich am Weiblichen gescheitert war. Wer nur tote Schönheit ertragen konnte, weil lebende ihn zur Leidenschaft aufgefordert hätte, der besaß im Geschäft der Erotik keine stechenden Karten. Und wenn Hertz ihn richtig verstanden hatte, sah Hegenbarth in Frauen ideale Kunstwerke, die sich so gut wie nie bewegen konnten, ohne ihre Reize zu zerstören. Für ihn, so Hegenbarth mit Boardingpass in der Hand, sei die Frau an sich eine Unberührbare, die ihre Heiligkeit nicht durch das Leben erniedrigen durfte. Seine erste Frau hatte er an einen Steueranwalt verloren, die zweite an die Depression. Geblieben war ihm die offene Liebe zum Job und die subversive zur zeitgenössischen Malerei der Figürlichkeit.

Hertz spürte die Vibrationen ein- und ausfahrender U-Bahn-Züge unter der Bar Roter Panther, aus deren wandseitig angeschraubten Lautsprechern sich mit virilem Timbre gesungene Lieder wiederholten. Die Frau auf dem Hocker rieb sich eine Narbe. Ihre Schlüsselbeine waren deutlich definiert, über das Dekolleté unter der transparenten Knitterbluse verlief ein frischer Kratzer.

»Du siehst vielleicht fertig aus«, sagte sie.

Hertz sagte nichts, dachte das Gleiche aber von ihr.

»Brauchst mal ne vernünftige Erleuchtung.«

Sie stand auf, und Hertz sah unter der Hose den fliederfarbenen Tanga. Ihre Augen waren groß und grün.

»Danke, ich rauche nicht.«

Sie steckte die Packung wieder ein, blies aus, stellte die Musik lauter und sagte: »Ich liebe diesen alten Gangster!«

Hertz rieb sich das Auge.

»Vladimir Krug.«

»–«

»Die genialsten Shansons der Welt.«

Hertz rang sich ein Aha ab.

»Das war ein Mann! Immer todbereit. Nur so gehste zum Äußersten.«

Sie roch nach Lavendel und Bier, ihr sächsischer Dialekt entging Hertz nicht. Auch sonst war sie anders als alle Frauen, die er kannte – schmuck- und schminkefrei, in gewisser Weise nackt. Hohen Verführungsaufwand betrieb sie nicht, zumindest nicht, was Hertz betraf. Auf den ersten Blick fehlte ihr alles Feminine, und doch war die Art, wie sie vom Hocker aufstand, wie ihre Hüften arbeiteten, nach Hertz' Ansicht sehr weiblich und durchaus auch auf Wirkung bedacht.

»Zum Glück belästigst du mich hier nicht mit irgendeiner dämlichen Lust.«

Sie sagte noch irgendetwas über den Kosmos, der Poesie und Wärme von ihr verlange, dann stellte sie Hertz ohne Umschweife die entscheidende Frage: »Wie heißt du eigentlich?«

Sie gingen in den vierten Stock, weil Mascha vernünftige Erleuchtungen parterre für unmöglich hielt. Ihre Dachwohnung bestand aus einem Großraumatelier mit drei Staffeleien, begonnenen Bildern, zerrissenen Leinwänden, zerknüllten Skizzen, halbgeleerten Kaffeetassen, einer respektvoll verfremdeten Ikone, Fruchtbarkeitsgöttinnen aus Holz und dem geschenkten Panorama der Stadt, die um 8.03 Uhr endgültig aus dem Kokon ihrer Unschuld geschlüpft war. Auf dem Boden verstreut waren *Julia*-Hefte, Groschenromane, manche zerrissen, manche verklebt, die meisten mit dem Rand einer Kaffeetasse auf dem Cover. An den Wänden, ungeordnet, standen mit kohleschwarzer Eindringlichkeit handgeschriebene Sätze: *Ich nehme mich nicht als Person wahr.* Oder: *Jedes Nein staut den Bewusstseinsstrom.* Oder: *Das Böse sind unterdrückte Perversionen.* Oder: *Ich bin einzigartig.* Neben dem Kunstband *Neue deutsche Figürlichkeit* lag eine Broschüre *Einführung in den Satsang: Das Treffen mit der Wahrheit.*

Hertz sah Hörbücher neben der iPod-Station liegen und wunderte sich, das Coverfoto betrachtend, über Jesus Emperados elefantöses Lachen. Während er sich die Schmerzen vorstellte, die diese Mund- und Wangengrimasse dauerhaft hervorrufen müsste, ging Mascha im Raum umher wie eine entrückte Elfe.

»Übrigens interessierst du mich einen Dreck«, sagte sie, und Hertz wusste nicht, ob er gemeint war oder das Leben. In den Fenstern des Bürogebäudes vis-à-vis sah er die Sonne.

»Ich kann dir jetzt schon sagen, dass du so ein Automatenmensch bist, unkreativ und unwach.«

Sie zog sich die Bluse aus und begann zu tanzen, wobei ihre Haare das Gesicht verhängten, und als sie sich an ihre Brüste fasste, warf sie den Kopf zurück und ging rückwärts zu einer Tür, die in ein tanninrot gestrichenes Zimmer führte: Einundzwanzig rundum aufgehängte Bilder stellten einen drei-mal-sieben-teiligen Zyklus mit dem Titel *Auf Schuld folgt keine Sühne* dar. Gescheiterte Versuche, mit schwarzem X bestraft, standen ineinandergesteckt im Eck und warteten auf Entsorgung. Die Menschen in diesen Gemälden hatten keine Gesichter.

»Ich habe eine Ahnung, wie ich mein schlechtes K überlisten kann.«

»Dein schlechtes was?«

»K.«

»K?«

»Karma.«

K war das Gegenteil von *private equity*, diese Rechnung machte Hertz' Verstand noch auf. Hatte sie kurz zuvor im Roten Panther apathisch gewirkt, wirbelte sie jetzt umher, setzte sich, stand wieder auf, kam auf Hertz zu, drehte kurz vorher ab, drehte sich um ihre Achse, suchte ihre Lucky Strike, fand sie nicht, fand sie dann triumphal, suchte das Feuerzeug, fand es nicht und griff sich Streichhölzer, entdeckte das Feuerzeug und warf es an die Wand, fragte Hertz nach ihm, schnitt ihm das Wort ab, war an Antworten kein bisschen interessiert, sog ein, blies aus.

»Ich bin ein bisschen lebensmüde, weißt du.«

Hertz sah den tätowierten Marder auf ihrem Rücken, über das Handgelenk lief ein Gänseblümchenreihen-Tattoo. Er legte seinen Herrenmantel auf einen Sessel ohne Polster. Es war zu spüren, wie sich der Raum erhitzte, dieses, ja: Atelier, das war Hertz klar, würde über kurz oder lang zu einem Treibhaus.

»Ich warte, auf irgendetwas, mein ganzes Leben warte ich, und was dann kommt, ist meistens ein Mann. Das ist schlimmer als Einsamkeit.«

Mascha atmete ihm ins Gesicht. »Ammoniak«, dachte Hertz, kranker Magen. Das kannte er von Hegenbarth, wenn der unter Druck stand. Plötzlich sprang die Vergangenheit in ihm auf, und Hertz sah seinen Mentor und hörte, wie Hegenbarth ihn vor einer ernsthaften Beziehung warnte: Ein leidenschaftliches Verhältnis hätte jeden aus dem bankinternen *Talent Center* um die notwendigen Punkte auf der *Efficiency-Skala* gebracht, also hatte Hertz das Werben der Finanzvorstandsassistentin sofort mit dem Verweis beendet, Frauen wollten mehr empfangen, als ein Mann zu geben habe, er könne da leider keine Ausnahme machen, sie möge ihn bitte verstehen, was sie nicht tat und ihn nie wieder ansah.

Straight messages waren ganz im Sinne Hegenbarths, der, irgendwelche »Liebeleien« der Menschen betreffend, bei einem bolivianischen Barbecue einmal eine derart zugespitzte Bemerkung gemacht hatte, dass die umstehenden männlichen Kollegen des *Employer-Branding*-Departments sie nicht gleich verstanden. Auch Hertz war gespannt auf die weitere Ausführung gewesen. Also, so Hegenbarth mit gegrilltem Lama im Mund, was er eigentlich sagen wolle: Frauen wollten das Göttliche und das Archaische zugleich und verzweifelten auf manchmal umständliche Weise daran, dass der Mann nur die erschöpfte Parodie auf diesen Zwiespalt sei.

»Am I right?«

Hertz drehte sich um und sah Mascha über den Tisch gebeugt, in tödlicher Blässe, der rechte Nasenflügel bestäubt mit Pulverresten, die zwei Finger wegzuwischen versagten.

»Der Tod ist das Ehrlichste im Leben«, sagte sie und schnupfte nach, »er ist der Einzige, der einen nicht betrügt. Er kommt ohne Antäuschung. Rums. Null Taktik.«

Hertz nahm das zur Kenntnis.

»Egal«, sagte sie. »Verstehste eh nicht.«

»–«

Sie steckte sich eine neue Zigarette an und legte sich spreizbeinig auf die Couch. Aschenbecher gab es nicht, dafür Dosen mit eingetrocknetem Thunfisch. Von unten wagte sich das erste Hupen herauf, und ein südwärts fliehender Airbus sprühte dem Horizont zwei Streifen auf.

»Liebst du Kino?«, fragte sie.

»Äha … lieben nicht gerade, aber …«

»Es ist der einzige Ort, an dem wahre Hingabe möglich ist.«

»Ich weiß nicht genau, was du mit Hin…«

»Hingabe, die sich im *Tod* vollendet!«

»Im Tod?«

»Ach, vergiss es.«

Sie griff sich ein blutrotes Shirt mit verkrusteter Farbe, riss einen dunkelbraunen Ledermantel vom Bügel, der auf den Boden fiel. Die Eisentür rammte sich ins Schloss, und Maschas Schritt schien von nun an das Schicksal überlisten zu wollen, so bestimmt trat sie auf.

Das Sexkino Seventh Heaven hatte vierundzwanzig Stunden geöffnet. Sie saßen auf Sesseln aus blauem Kunstsamt, sahen und hörten, wie zwei Männer eine Frau bearbeiteten.

»Ich mach das manchmal«, flüsterte sie, »vor allem morgens.«

»Ins Kino gehen?«

»Mmh, ja.«

Draußen rauchte Mascha und kratzte den roten Lack eines schlecht behandelten Nagels ab. Dann ging sie einfach fort, als eine Kolonne schwarzer Limousinen das Schauspielhaus passierte, zwischen den hupenden Karossen in die Lange Reihe, wo sich ein Lieferwagen mit der Aufschrift *Vita-Nova-Klinik* längere Zeit mit einer Parkbucht zu arrangieren suchte. Nach fünfzehn Minuten hörte Hertz auf, sie zu suchen, bog völlig übermüdet in die Spitalerstraße Richtung Rathausmarkt ein und ignorierte die überall angebrachten Plakate mit dem beachtlich grinsenden Jesus Emperado, die den *Powerday 2.0* in der China-Shipping-Arena ankündigten.

*

Heute, 2. Oktober, ein halbes Jahr nach Beginn seines Abstiegs, staunt Hertz über das enorme Tempo des allgemeinen Niedergangs. Sie wandelten alle auf einem ungesicherten Grat, ohne zu ahnen, von welchen Tiefen sie flankiert wurden. Sie gingen nicht einmal bedächtig, sondern mit wuchtigen Schritten. Doch dann begannen die Wochen, die alles veränderten. Mit welcher Beschleunigung dies geschah, ist für Hertz bis heute ein Rätsel. Er hätte sich nie vorstellen können, dass Hegenbarth und Hugo Myers-Pirelli – der eine neureicher Karrierist, der andere Kaufmann alten Schlags – gemeinsame Sache machen würden. Er hätte nie gedacht, einen solch verzweifelten Radikalen wie Volker Abele kennenzulernen, der Demütigungen sammelte, um sich später auf völlig unerwartete Weise an der Gesellschaft zu rächen. Er hätte die Dekadenz nicht für möglich gehalten, die sich erst an manchem, dann an jedem Abend im Salon China White vollzog, und nie hätte er sich ausgemalt, dass der vergleichsweise klein-

gewachsene Charly Spengler den vergleichweise kleingewachsenen Jesus Emperado im Wettstreit um Größe als prägende Figur der Zeit ablösen würde.

Zwischen dem unfassbar heißen Mai und diesem völlig dehydrierten Oktober, in einem Zeitraum, da Hertz' Leben zweimal eine entscheidende Wendung nahm, liegt nicht nur der Aufstieg Hajo Hegenbarths an die Spitze der EuroFinanceGroup und der Ausverkauf des Südens an chinesische Investoren. Es liegt darin auch die ganze Tragödie seiner Begegnung mit Mascha. Einen zerbrocheneren, widersinnigeren Menschen als sie hatte Hertz nie kennengelernt. Niemand wollte dem Tod näher sein und kam ihm doch ferner als Mascha Probst, die die Welt heute unter Mascha Malumowitsch kennt.

Drei Monate hat er in der Maisonettewohnung Ende der Ferdinandstraße verbracht, in die er wegen Hegenbarth gezogen war, weil Hegenbarth beruflichen Aufstieg von der Repräsentation privater Verhältnisse nicht trennen wollte und nicht trennen konnte. Er hatte Hertz den Makler besorgt, die Bank übernahm alle Umzugskosten, alles schien eingetütet, doch dann kam die Fusion mit der Crédit France, und Hegenbarth, der geniale Taktiker, ließ seinen Protegé fallen, »sorry, Jungfuchs!«

Ein Kollege aus dem Global Shipping Team der Abteilung Corporate & Investment wurde als neues Golden Talent *erkoren, man beschaffte ihm Putzfrau und Audi TT Roadster, und während er Hertz' Vierzimmerwohnung übernahm, zog Hertz in die Zweizimmerwohnung des ihm anfangs freundschaftlich verbundenen Kollegen im fünften Stock in der Hermannstraße, von deren Balkon er jetzt auf den Rathausmarkt hinabsieht.*

Die Gerüstbauer kommen gut voran, die Bühne ist zur Hälfte errichtet. Just sieht Hertz, wie der Platz fürs Podium, von dem der Bundespräsident morgen sprechen wird, mehrfach gewechselt wird, weil der Chef der Sicherheitsfirma Securitaselect Bedenken gegen eine allzu exponierte Stellung des Redners hat. Die Situation in der Stadt ist nach wie vor viel zu unübersichtlich und in ihrer Unberechenbarkeit gefährlich, die Feindschaften der Massen untereinander sind nicht kontrollierbar, und noch immer suchen Ermittler nach den Umständen des Todes von mittlerweile vier Kurieren. Das seltsame Sterben der Kuriere begann kurz vor Ostern und wurde zu einem großen Thema, als es zu ersten Zusammenstößen zwischen Fahrradkurieren und Taxifahrern in einem immer kleiner werdenden öffentlichen Raum kam. Verschwörungstheorien über das Werk eines hochbegabten Serientäters, der sich zum Ziel gesetzt habe, mit der Eliminierung der Kuriere auch den Nukleus des Netzwerks einer unverbundenen Gesellschaft außer Kraft zu setzen, machten verblüffend schnell und unwidersprochen die Runde, es gab viele Vermutungen, aber keinen konkreten Anhaltspunkt. Deshalb wird Hertz jenen Moment Mitte Juni niemals vergessen, als er, wie damals täglich, ins Café Paris ging und eine eingangs reizvolle, bisweilen verstörende, in der Rückbetrachtung jedenfalls fatale Bekanntschaft machte.

5.

Das ausgekachelte Caféhaus, 200 Meter Luftlinie von John & Jacobi entfernt, war im Exil der neuen Freiheit Hertz' Geborgenheitsraum geworden. Er war frei, aber die Welt, das Leben, die Stadt – niemand brauchte ihn, niemand fragte nach ihm. Drei Wochen war es her, seit er mit Hegenbarths Belvedere den Auflösungsvertrag samt 50000 Euro Abfindung und Gehaltsbezug für weitere drei Monate bei sofortiger Freistellung unterschrieben hatte, mit neuer Bescheidenheit ließe sich davon ein Jahr über die Runden kommen.

Es hatte sich die ersten beiden Male so gefügt, dass Hertz im Café rechts hinten saß, vor dem Spiegel auf der grünen Kunstlederbank, von wo aus er den gesamten Raum im Blick hatte, und weil er Rituale immer schon mochte, blieb er diesem angestammten Platz treu. Ein Nicken, die Hand zum Gruß, und die hagere Bedienung legte eine in Goldpapier verpackte, kleine Haiti-Schokolade mehr auf die Untertasse seines Cappuccinos und lächelte ihm zu, wenn er kam und sich mit Vorliebe die DeutscheTagesZeitung aus den Pressefächern am Eingang griff. In der Ausgabe vom 13. Juni 2011 stieß er auf einen Artikel, der ihn verblüffte. Sinngemäß stand dort: Das alteingesessene Bankhaus John & Jacobi – das sich, von zwei jüdischen Kaufleuten vor der Französischen Revolution gegründet, bereits im 18. Jahrhundert auf den Seehandel verlegt hatte – heiße nach einer Fusion mit der Crédit France, die wiederum der Bank of China gehörte, seit gestern EuroFinanceGroup (EFG) und investiere jetzt vornehmlich in global agierende Reedereien und den internationalen Schiffsbau.

Am Ende der zweiten Spalte sprang Hertz dann druckerschwarz entgegen, dass Dr. Hans-Joachim Hegenbarth den begehrten Posten des Chief Executive Human Resources in der EFG erhalten und sich aus Freude darüber den Kinnbart abgenommen habe.

Während Hertz mit der Bewältigung dieser Nachricht beschäftigt war und ohne Fassung in den Raum stierte, fiel ihm, als sein Blick sich plötzlich scharf stellte, ein Mann mit ausrasiertem Nacken, sauber gestutzten Kurzkoteletten und zugeknöpftem Zweireiher auf, der links neben der Eingangstür saß, bei jedem Geschirrklirren zusammenzuckte, durch das Fenster die Straße beobachtete, sich etwas vorflüsterte und dann mit hektischen Bewegungen die Zeitung auf das Akkurateste faltete, Artikel ausriss und sein Kinn streichelte. Hertz schätzte ihn auf Mitte/Ende vierzig und war fasziniert von seiner Bedachtsamkeit.

»Der kommt jeden Tag.«

Die für Hertz zuständige Servicekraft stand schon eine Weile neben ihm, ihr großräumiger Mund war ein sinnliches Versprechen.

»Meist trinkt er Espresso, auch mal fünf hintereinander. Sitzt fast immer da vorne, am Fenster. Ein merkwürdiger Typ, genaugenommen *sehr* merkwürdig.«

Sie wischte sich die Hände an der weißen Schürze ab und zog die blaue Schleife nach.

»Wie immer?«

Als sie zurückkam und die Tasse vor ihm abstellte, sagte sie Hertz auf den Kopf zu:

»Marc mit C.«

»Ich?«

»Oui. Und Jahrgang 80.«

»Beides falsch«, sagte Hertz.

Dass sie dann für ihn den Namen Christian erwog, fand er ärgerlich, nahm einen Teelöffel Zucker und fragte zurück.

»Très française«, sagte sie und zwinkerte ihm zu.

Er verstand immerhin so viel, dass sie nicht Susi oder Eva heißen konnte, und zu ihren Gunsten zog er nicht wirklich Claudia in Betracht, blieb aber, so hatte sich das Spiel schließlich eingefädelt, bei einem C als Namensbeginn.

»Chantal.«

»Ehrlich gesagt: Elke«, sagte sie, »aber Chantal ist raffinierter. Ich denk mal drüber nach.«

Sie schwang das leere Silbertablett, und während sie zurück zum Tresen ging, rief er ihr nach: »Jan-Philipp, Jahrgang 75.«

Hertz beobachtete Elke so, wie er Frauen auf Assessment-Centern zu beobachten gelernt hatte. Nein, er hätte sie weder empfohlen noch eingestellt, denn insgeheim verachtete Elke das Servieren. Eine Servicebelegschaft, meine sehr verehrten Damen und Herren, hätte er in einem Impulsvortrag bei der Gastronomengilde gesagt, braucht bruchfeste Subjekte, die bereit sind, sich erniedrigen zu lassen, ohne die Erniedrigung als Erniedrigung zu verstehen. Und so weiter. Als HR-Experte war Hertz gewohnt, die Menschen in erniedrigte und erniedrigende Menschen zu unterteilen, hatte aber eine gewisse Sympathie für servil veranlagte Persönlichkeiten, die innerhalb des Systems gegen dasselbe aufbegehrten.

Von allen dienstbaren Geistern, die im Café Paris aktiv waren, entwickelte er die größte Sympathie für den kleingewachsenen François, wenn der, die Brille auf den ovalen Glatzkopf gesteckt, beladen mit den plats du jour, den Entenlebern, Lammkarrees und Seeteufeln, die Tischreihen durchtrippelte und dem beinahe immer größeren Gast, wenn dieser sich über den anstehenden Genuss eine verfrühte Ausgelassenheit erlaubte, in zickiger Manier einen guten Appetit erst dann empfahl, wenn er das Servicetuch unter dem Teller fortgezogen hatte. Das hatte servilen Stil, war aber getragen von Stolz für den Beruf und zeugte von zartem Trotz und halbrebellischer Unabhängigkeit. Während François, der eigentlich Michael hieß, sein weißes, steifkragiges Hemd unterm Adamsapfel mit einer dunkelblauen Schleife verschloss, beobachtete Hertz, wie der seltsame Mann am Fenster Artikel oder Anzeigen aus mehreren Zeitungen ausriss und sie mit einer Büroklammer zusammenheftete. Er trug eine dunkelgraue Stoffhose und ein für seinen dünnen Körper zu großes Hemd. Außer ihm und Hertz waren an diesem frühen Mittag noch drei Geschäftsleute im Raum, die unter Schweißausbrüchen litten und das Gericht des Tages bestellten: Gazpacho und Trüffellinguine.

Dann passierte es.

Ein Aufprall. Ein Schrei. Die Geschäftsleute, der stiernackige Milchschäumer, Chantal, François, Hertz, sie alle starrten wie verabredet zugleich aus dem Fenster, während aus den Lautsprechern des Cafés eine Frauenstimme die Nacht beschwor, sie nie im Stich zu lassen … *with the shaaadow of your smiiile* … Auf der Straße sammelten sich erste Passanten, die üblichen Beflissenen beugten sich über eine am Boden liegende Frau. Die Geschäftsleute waren aufgestanden, Hertz tastete sich durch den Raum zum Eingang hin, der Mann am Fenster beugte sich auf seinem Stuhl nach vorn, um den Rand des Rahmens zu erreichen.

»Ein Kurier! Eine Kurier*in*, genauer gesagt.«

Hertz war ans Fenster gekommen, stand neben ihm.

»Ist sie …«

»Ich denke schon.«

»Der Aufprall war bis hinten zu hören.«

»Sie hat selbst Schuld.«

»Bitte?«

»Sie hat selbst Schuld.«

»Und der andere?«

»Ein Taxifahrer.«

»Sieht unverletzt aus. War das denn nicht ein Schuss?«

»Ein Schuss? Ich habe keinen gehört.«

»Und wer hat den Unfall verursacht?«

»Es war kein Unfall.«

»Was sonst?«

»Rache.«

»Rache? Aha – und wofür?«

»Kuriere haben kein Gewissen. Kuriere sind die Pest unserer Tage. Sie kämpfen wie Partisanen gegen die stabile Ordnung, verletzen Regeln und Gebote, nur um das allgemeine Leben so zu beschleunigen, dass man es vor lauter Hektik nicht mehr kontrollieren kann. Da ist eine Menge versteckte Schuld im Spiel, moralische Schuld, verstehen Sie?«

»Finden Sie das nicht etwas übertrieben?«

»Von den sieben Todsünden vereinen Kuriere allein drei: Hochmut, Habgier, Zorn. Wenn Kuriere Gewehre hätten, das verspreche ich Ihnen, würden sie alles über den Haufen schießen. Die haben nicht das geringste Schuldbewusstsein und neutralisieren alles, was ihnen irgendwie im Weg ist, indem sie Unfälle verursachen oder Unfälle provozieren. Aber immer so, dass andere zu Schaden kommen. Ich beobachte das jetzt lange genug.«

Als nach fünf Minuten der Rettungswagen kam, strich das blaue Licht über die Scheiben und verlängerte sich stichflammenartig in den Raum des Cafés. Die Geschäftsleute hatten sich gesetzt, und die Stimme aus dem Lautsprecher ging wieder im Lärm geschäumter Milch unter. Nur Hertz war stehengeblieben und sah, wie die Kurierin notärztlich versorgt wurde. Die Morgensonne spendete einen Kegel Licht, der auf dem dunklen Parkett die Form einer Oblate annahm.

»Wir müssen die Schuldigen wieder klar benennen«, sagte der Mann, nahm einen Schluck Wasser aus seinem kelchartigen Glas und sah zu Hertz auf. Die Haut seiner Unterlider war braunmeliert. Im rechten Augapfel war ein Äderchen geplatzt und verzweigte sich auslaufend.

»Klingt gerade so, als ob Kuriere Ihnen persönlich geschadet hätten.«

»Haben sie. Tun sie. Kuriere sind ein Zeichen der Entartung, verstehen Sie, sie kündigen die Zeit des siebenten Siegels an.«

Hertz war verstört über diesen alttestamentlichen Groll, nickte aber um des Friedens willen. Der Unbekannte wirkte getrieben, von welchem Eifer genau, wusste Hertz noch nicht, aber im Fall des Kurierverächters hatte er es mit einer merkwürdigen Mischung aus Eruption und Verklemmung zu tun.

»Sie ist so, verkehrt herum, in die Einbahnstraße gefahren. Sie alle fahren verkehrt in Einbahnstraßen, überfahren Ampeln, rasen durch Menschenmengen, halten sich an keine Regel. Kuriere sind verkehrt, verstehen Sie.«

Der Mann setzte sich die Brille auf und zeichnete einen Pfeil zwischen zwei Zeitungsartikel.

»Ich wusste nicht, dass die Rathausstraße eine Einbahnstraße ist.«

»Es ist ein Krieg um Zeit. In der Großstadt geht es nur um Zeit und Schuld, und wer den anderen da ausschaltet, gewinnt den Krieg.«

»Sie denken also, dass es eine Art Anschlag war?«

»Jedenfalls ist es ziemlich verfahren: Kuriere nötigen Taxifahrer, Taxifahrer jagen Kuriere. Beide haben kein bisschen Ethik im Leib. Niemand hat mehr eine Ethik.«

»–«

»Die Leugnung natürlicher Feinde hat noch jede Gattung in den Niedergang geführt. Schuld und Sühne, das funktioniert nicht. Es geht nur mit Rache und Erlösung. Anders kann sich die Energie nicht entladen.«

Ein Windstoß blähte den grünen Flanellvorhang, und eine kleine Lady mit dunkelgetönter Sonnenbrille und Ledermantel kam ins Café. Ihre Absätze tackerten auf das Parkett, das

Handy hielt sie mit zwei feinen Fingern in roten Lederhandschuhen. Sie bestellte zwei Eier im Glas, löffelte kurz, kippte das Glas aus, nickte einmal und ging, ohne zu zahlen, telefonierend wieder hinaus, ohne die Brille abgezogen oder ein Wort an den Service gerichtet zu haben.

Der Mann entschuldigte sich, stand auf und ging zur Toilette, um sich die Hände zu waschen. Chantal lehnte an der Bar, sah dem Mann nach und lächelte Hertz geheimnisvoll zu. Sekunden später kam der Kurierhasser, die Finger mit Nivea Balsam massierend, zurück und setzte sich auf den Stuhl gegenüber.

»Volker Abele.«

Sein Handschlag war selbstsicher und seine Haut glitschig.

»Jan-Philipp Hertz.«

Ein militärisch kurzes Nicken, und Abele rückte mit dem Stuhl an den Tisch, wie es sich gehörte. Weil sich das Licht im Raum an Holz und Kacheln brach, legte es satte Bronze auf sein Gesicht.

»Arbeiten Sie hier in der Gegend?«, fragte Hertz.

»Nicht mehr.«

»Darf ich fragen, was Sie beruflich machen?«

»Nichts mehr.«

»–«

»Man hat mich vor drei Monaten in die Wüste geschickt.«

»–«

»Ich bin … *war* … Handelsvertreter. Direktvertrieb.«

»Pharmaindustrie?«

»Hygienebranche.«

»Aah.«

»Duftstäbchen, Polsterdüsen, Möbelpinsel, Filtertüten, Rundbürsten, Saugschläuche, Laufrollensysteme, der rote Dirt Devil und, natürlich, der Kobold.«

»Aha, Staubsauger.«

»Deutsche Tradition. Seit 1883.«

»Bosch?«

»Vorwerk.«

Abele rief Chantal, bestellte einen Espresso, steckte dabei grundlos die Brille auf, um sie nach der Bestellung grundlos wieder abzunehmen.

»Wissen Sie«, er hielt die Brille am rechten Bügel, »es geht immer nur um Ordnung. Nichts prägt die Deutschen mehr als die Idee von Ordnung. Deshalb muss Ordnung eine hohe Qualität haben. Verstehen Sie?«

»Bis hierhin ja.«

»Und der Staubsauger ist das perfekte Instrument für eine perfekte Ordnung, die sich eigenhändig herstellen lässt. Sie können ein Verbrecher sein, ein Vergewaltiger, ein Betrüger, egal, tun Sie Ihr Werk mit formaler Perfektion, schaffen Sie Ordnung, dann genießen Sie in diesem Land Respekt.«

Er trank Wasser in zwei schnellen Schlücken, und weil Hertz schwieg, sprach er weiter.

»Ich war früher verantwortlich für den Bereich Nord und Ost. Ein Riesengeschäft, da kauften die Leute die Sauger mit Polsterdüsen und Bürsten wie wild. Gerade hatten wir *die* große Sensation in der Branche: eine Luftdruckdüse, das Gerät setzt dann gar nicht mehr auf dem Boden auf, so eine Art Luftkissenstaubsauger. Ich gehe noch heute jede Wette ein: *Wenn* die Deutschen trotz aller Krise etwas kaufen, dann sind es neue Staubsaugermodelle!«

Hertz nickte mehrmals zu Abeles weiteren Ausführungen einer Idee des beutellosen Staubsaugens.

»Ich hab das nie verstanden. Wenn ich so einen sehen würde, der das Auto abstellt, sich kurz umschaut, seinen Koffer aus dem Kofferraum holt, den Mantel noch einmal glattschlägt – denk ich da nicht, da will einer was, den muss man abwimmeln? Und als Außendienstler weiß man das, glauben Sie nicht, wir hätten das nicht gewusst, das war da, jeden Tag, jeden Tag gegen die eigene Lüge ankämpfen, gegen diese unausgesprochene Ablehnung«, er zog die Brille ab, »also wird man den Leuten nicht das Gefühl geben, dass sie etwas wollen sollen, sondern andersherum.«

»Andersherum?«

»Man tut so, als leiste man eine Art Grundversorgung mit unerlässlichen Gütern, die allmählich zur Neige gehen, und dass dann die Ordnung bedroht ist, und alles, was daran hängt, Gerechtigkeit, Freiheit und so weiter. Das müssen Sie hindrehen können, das ist die große Kunst. Das Wort *allmählich* ist dabei sehr wichtig, verstehen Sie, man sagt: Liebe Leute, nur durch einen glücklichen Umstand ist es zurzeit so, dass nur noch sehr wenige von diesen außergewöhnlichen Geräten mit dem unglaublich robusten Bodengerät, seinen Elektroteppichbürsten und sensationellem Filtertütenvolumen mit Aktivfiltersystem für Allergiker mit federnd gelagertem, leicht zu reinigendem Rundbürstenpaar vorhanden sind, und allmählich sollten Sie sich entscheiden.«

»Sanfter Druck also.«

»... die sollen dann nur noch sagen wollen: Ja, recht hat der, ich will die Planbarkeit, ich will die Ordnung, ich will diesen Staubsauger! Was sind schon 600 Euro gegen die Angst vor dem Chaos?«

»Und Sie tun dabei so, als ginge Sie selbst das gar nichts an.«

Chantal ging etwas in die Knie, stützte mit fünf elegant gespreizten Fingern das Tablett, auf dem, in einem Tässchen aus massivem Porzellan, auch Abeles nächster Espresso stand.

»Ich gebe jedem das Gefühl ... danke, und ein Glas Wasser bitte noch ... äh, das Gefühl, dass er auserwählt ist, diese wunderbaren Bürsten zu kaufen. Sie sind deine Kunden, aber sie sind genauso deine Feinde. Wenn man ihnen das Gefühl gibt, etwas wert zu sein, also auserwählt unter all den anderen, dann macht man sie glücklich, selbst wenn sie wissen, dass es gelogen ist. Das ist die ganze Kunst des Außendiensts:

Der Pimpf von Mensch will entführt werden in ein Paradies. Nur ein bisschen Aufmerksamkeit. Bisschen Wertschätzung, die ganzen Märchen von der Sicherheit, und dann habe ich auch schon mein Sortiment ausgebreitet: Bürsten, Schläuche, Aufsteckrohre.«

Er zerkaute das Amarettino vorne im Mund, mit kleinen Bissen, und ohne den Brei geschluckt zu haben, schlürfte er seinen Espresso spitzmündig.

»Als die ersten Sparmaßnahmen verkündet wurden, zwei Jahre ist das jetzt her, da dachte doch niemand an die Bereiche Nord und Ost! Es kam ja auch ganz anders: Die ersten betriebsbedingten Kündigungen trafen die Kollegen im Bereich Süd, weil wir da schon immer schlechte Ergebnisse hatten.«

»Weil im Süden die Leute weniger ordentlich sind?«

»Wer weiß, vielleicht.«

»Und dann hat es Sie doch erwischt.«

»Der Direktvertrieb auf dem Land schnitt auf einmal sehr schlecht ab in den Bilanzen, die Leute bestellen ja immer mehr übers Internet. Die Direktion hat zuerst die Außendienstmitarbeiter ohne Familien entlassen, egal, wie hoch deren persönliche Quote war.«

»Und Ihre Quote war sehr hoch.«

»Das ist jetzt Schnee von gestern.«

Er holte Luft, richtete sich auf und saß senkrecht vor Hertz.

»Ja, ich hatte zufällig die beste Quote. Egal … Wissen Sie, ich arbeite jetzt für eine private Organisation. Sehr überzeugende Charaktere, sehr gutes Programm, ganz anderer Schnack, hochprofessionell. Ohne Quotendruck.«

Hertz lehnte sich zurück und verschränkte die Arme.

»Ist der Verein bekannt?«

»Kein Verein. Eine Organisation. Sie heißt Revitalistische Gesellschaft.«

»Noch nie gehört.«

»Unsere Ziele sind Umbau und Neuschöpfung der Gesellschaft. Wir wollen eine neue Ordnung.«

»Und was machen Sie da?«

»Ich bin verantwortlich für den Ablauf von Veranstaltungen, Tagungen und Jours fixes.«

»Da können Sie auf Ihr planerisches Talent vertrauen, oder?«

»Wer jahrelang im Außendienst ist, kommt schnell und effektiv zum Punkt. Wir dürfen keine Zeit mehr verlieren, verstehen Sie, die Zeit des Wandels ist nahe und das Ende naht.«

Abele sprach jetzt im Modus offizieller Verlautbarung, jedenfalls mit erheblicher Selbstsicherheit, die den Schutz eines pastelligen Timbres nicht mehr nötig hatte. Er hatte etwas Fundamentales, Unverrückbares angenommen und räusperte sich geschickt.

»Welchen Wandel meinen Sie?«

»Die Menschheit, wie sie gerade organisiert ist, steht kurz vor ihrem Ende. Irgendwann müssen wir den Preis für unsere Dekadenz zahlen. Der Tod der Kuriere ist ja nur der Anfang der Umkehr.«

Auf der Rathausstraße klärten Polizisten den Unfallhergang, zogen Sperrbänder, riegelten ab. Gaffer zerstreuten sich, und Senatoren, Sekretäre und Notare kamen zum Lunch ins Café, grauer oder dunkelblauer Anzug, manchmal Manschetten, fast immer hellblaues Hemd, orange- oder silberfarbene Krawatte, die rätselhaften Anschläge gegen das Kurierwesen erörternd, die sich vor einigen Tagen im Portugiesenviertel und im Grindelhof ergeben hatten. Die Sonne hatte in diesem Moment einen günstigen Einfallswinkel erreicht, und im Gegenlicht erschienen Abeles Hemd und die Stoffhose jenseitig. Er thronte jetzt geradezu auf einem der Ebenholzstühle, die die Cafébetreiber vor kurzem mit einem grünen Lederbezug hatten neu polstern lassen.

»Genug über mich. Und Sie? Wo arbeiten Sie?«

»Ich war für eine Bank tätig, Personalmanagement. Tja, und seit fünf Wochen bin ich arbeitslos.«

»Auch ein Überflüssiger.«

»–«

»Haben Sie schon Ideen und Pläne?«

»So in etwa. Rekrutierung, Kommunikation und Aufbau von Personalnetzwerken, so in der Art. Auch Logistik, würde ich sagen. Ich muss Ihnen aber gestehen, dass ich hinsichtlich der Kuriere ganz anderer Meinung bin.«

Abele weitete die Augen und spannte die Stirnhaut.

»Ach ja?«

»Ich halte sie für die klügste Art der innerstädtischen Kommunikation von Gütern. Niemand in einer Metropole ist geeigneter als ein Kurier, auf kurzen Wegen die maximale Mobilität zu organisieren.«

Hertz schien, als hätte der grummelnde Abele am liebsten eine Posaune zur Hand genommen und zu Hagel, Feuer und Blut geblasen, doch es geschah etwas ganz anderes. Von zwei eintretenden Polizeibeamten wurden sie um ihre Version des Unfallhergangs gebeten, und Hertz ließ Abele den Raum, auch jetzt seinen Furor über den Zusammenhang zwischen Schuld und Sittlichkeit auszubreiten, um dem leicht verstörten Beamten schließlich zu sagen, er, Hertz, habe von dort hinten leider nichts sehen können. Die gute Nachricht war: Die Kurierin war zwar schwer verletzt, aber noch am Leben.

»Also«, hob Abele an, »ich bin gespannt, wohin Sie Ihre Idee mit der Logistik führen wird. Klingt ganz so, als wären Sie auch für uns interessant. Haben Sie eine Karte?«

»Noch nicht.«

»Wollen Sie mir Ihre Nummer geben?«

Unter *J. Hertz* notierte er sich elf Zahlen ohne Trennstrich, steckte den Mitsubishi-Pencil in die Hemdtasche, klemmte das ausgerissene Stück Papier auf einen Stapel unter eine Büroklammer und nuschelte dabei einen Satz, den Hertz auf Anhieb nicht verstand.

»Entschuldigung, ich sagte: Wir brauchen wieder den Glauben an die letzten Tage. Wissen Sie, wovon ich spreche?«

»Ehrlich gesagt: nein.«

»Ich spreche vom Gericht über den Müll der Meinungen und Urteile, die heute unsere Körper und Seelen vergiften. Diesen ganzen sinnlosen, nichtsnutzigen Lärm, den die Menschen täglich machen, diese ganzen triebhaften Menschen auf den Straßen, die kein höheres Ziel mehr haben …«

Hertz ging das zu weit, zumal er Banker, Personalberater, womöglich bald Logistiker war, aber keineswegs an irgendetwas anderes glaubte als an sich und die Kraft der besseren Performance.

»Herr Abele, es hat mich sehr gefreut, aber ich muss jetzt …«

»Ja, gehen Sie, wohin Sie müssen.«

»Vielleicht auf ein Wiedersehen.«

»Kann ich mir vorstellen.«

Weil Hertz um 14.30 Uhr zur Besprechung seines Businessplans *Communication und Logistics* bei der Agentur für Arbeit erwartet wurde und noch fünfzehn Minuten Zeit hatte, machte er einen Abstecher in die Buchhandlung Felix Jud, wo er die vor Wochen bestellte Neuausgabe von Guy de Maupassants *Unser einsames Herz* abholen wollte. In seiner Zeit als Hegenbarthscher »Human-Resources-Jungfuchs« hatte er begonnen, Liebesnovellen zu lesen, weil Novellen über die Liebe – wie überhaupt das ständige Gerede über Liebe – ihn müde machten. Bei Maupassant, der eine gewisse äußere Ähnlichkeit mit Hegenbarth hatte, überkam Hertz der Schlaf am schnellsten. Augenscheinlich war dieser Franzose ein heilloser Melancholiker, der den Saitensatz der Romantik so zu zupfen verstand, dass seine Wundherzigkeit im Leser wie ein Sedativum wirkte, jedenfalls hatte sich

Hertz nach Hegenbarths Empfehlungen peu à peu das erzählerische Werk Maupassants zugelegt und damit eine Weile lang tatsächlich seine Schlafstörungen in den Griff bekommen. Und irgendwann, was noch gar nicht so lange her war, hatte er durch diese Lektüre verstanden, warum Hegenbarth der Meinung war, neben Gott sei Liebe die erfolgreichste Lüge der Menschheitsgeschichte.

6.

»Und Sie sind Herr Spengler!«

»Dass Sie mich sofort erkennen – nicht schlecht, Herr …«

»Sie sind ja meilenweit zu sehen mit Ihrem Hut und diesen … ich sag mal: Federn dran.«

»Keine Federn, Herr …«

»Pöschl.«

»Pöschl. Keine Federn, Kämme. Es sind Kämme. Kämme mit Pferdehaarwedel.«

»*Bunte* Kämme und *bunte* Wedel, sehr interessant.«

»Meine Firma, die New-York Hamburger Gummi-Waaren Compagnie, besitzt das Weltmonopol auf antistatische Ebonitkämme, das wissen Sie hoffentlich. Wir sind die einzige Firma auf dem Globus, die noch Kämme aus säurefestem Naturkautschuk herstellt, seit 1876 jeden Kamm einzeln, ich wiederhole: jeden einzeln in die Hand genommen, geschliffen, poliert, verpackt. 18000 Stück pro Tag. Prost!«

»Auf Ihr Wohl!«

»Lieber auf rosige Zeiten!«

Die Herren tranken Gin ohne Tonic. Spengler trug eine Krawatte aus gelb-schwarz gemustertem Schlangenleder und einen mit bunten Kämmen bestückten, bergartig sich türmenden Hut. Obwohl beide, Spengler wie Hut, gemeinsam den Rang des Legendären erreicht hatten, mussten sie einigermaßen merkwürdig wirken, nahm man das Getuschel der umstehenden Kollegen zum Maßstab. Erst später würde man das ganze Ausmaß von Spenglers empathischem Charakter erkennen, zu diesem Zeitpunkt aber, unmittelbar nach Ende des Messetages, lobte er, und das mit klarem Verstand, nur noch sich selbst. Der Einzige, der heute noch alles könne, der noch alles wisse, der schleifen, fräsen, polieren, entwerfen, anpassen, vertreiben könne, der stehe hier, vor den Herren Kollegen – er, Karlheinz Spengler, genannt »Charly«.

»Auf die Kämme!«

»Zum Wohl!«

»Zumindest sind Sie der Einzige weit und breit, der den Mut hat, so einen Hut zu tragen«, sagte Pöschl, der kein Bayer, sondern Westfale war. Spengler mochte es nicht, wenn über ihn gelacht wurde. Und er störte sich sehr daran, dass Pöschl nach billigem Deodorant roch.

»Ich hörte, Ihre Firma wird von den Indern aufgekauft, Herr Püschel?«

Pöschl ertrug Spenglers süffiges Lächeln ohne Fassung. Ohne durch etwas physisch Erkennbares verkörpert zu sein, war plötzlich eine Stimme zu hören.

»Aaaah! Der Kammpapst – seit dreißig Jahren unübersehbar! Wie geht's der Lady?«

Seit einiger Zeit sprach der Chef der Düsseldorfer Friseurmesse nur noch sonor. Er war aus der Tiefe des Raums gekommen.

»Immer noch unser Exportschlager Nummer eins, lieber Görtz, kein Kamm der Welt ist besser als der Lady Star aus Harburg! Die Lady kratzt auf keiner noch so rumpeligen Kopfhaut, du spürst sie gar nicht, so sanft läuft sie durchs Haar, nicht eine Zacke. Und übrigens«, Spengler nahm sich länger als üblich Zeit für einen Schluck Bombay Sapphire und den anschließenden Schluckvorgang und zog geschickt alle Aufmerksamkeit auf sich, »die Lady ist ja nur eine unter 140 Kammsorten. Vierzig Prozent davon habe ich entwickelt, Umsatz zwölf Millionen im Jahr. Wie wollen Sie das toppen?«

Am dritten Tag der jährlichen Messe für Friseurbedarf hatte sich Spengler jedes Mal einen Gestus der Großartigkeit zugelegt, der ihn so schlagfertig sein ließ, dass ihn bis auf den noch unerfahrenen Rüdiger Pöschl von Rosskopf & Söhne aus Münster niemand auf seinen objektiv scheußlichen Kammhut oder die Schlangenlederkrawatte anzusprechen traute. Spengler war eine Art Patriarch, vielleicht der letzte seiner Art, wie Bruno Görtz, der Chef der Messe, immer wieder gern erläuterte. In Nowosibirsk hatte Spengler diverse Russen unter alle Tische gesoffen, in Hongkong die Chinesen, in São Paulo die Brasilianer. Von den Europameisterschaften der Coiffeure in Wien war er nach Harburg zurückgekehrt und hatte während des kurzen Fluges auf einem Blatt Papier mit dem neuen Logo der Fluggesellschaft zukunftsweisende Modelle mit gröberer Zahnung für den asymmetrischen »Ariadne«- oder den fransigen »Dionysos«-Schnitt entworfen, und so schnitten die Friseure in Europa die darauffolgende Saison vor allem Bob, Pixie und Garçon im Ariadne- und Dionysos-Stil. Regelmäßig kam Spengler schlaflos und oft angetrunken in sein Büro, packte ein paar Flaschen Korn mit Brause und ging zu seinen Arbeitern in die Schleiferei im ersten Stock hinab. Sosset hatte die Jungs zusammenzutrommeln, und dann frühstückten sie bei laufenden Maschinen, wobei Spengler Anekdoten von jeweils einer der fünf Messen erzählte, die er jedes Jahr besuchte.

Es gab niemanden in der New-York Hamburger, der es nicht zu lieben gelernt hatte, wenn Spengler am Kraterrand eines Wutausbruchs balancierte. Noch gar nicht lange her, letztes Jahr, da hatte Spengler eine der Deutschrussinnen aus der Bimserei zu sich zitiert, weil sie die Kämme zu stark an den Bimsstein gedrückt und einen Tag achtzig Prozent Ausschuss produziert hatte. Als sie in seinem Büro, an dessen Decke Kasperfiguren baumelten, vor ihm stand, ereilte Spengler eine phänomenale Eruption. »Ich fasse es nicht, was ist das für eine stinkende Schweinerei, eine unkameradschaftliche Schweinerei, kriegen Sie das in Ihre Karpatenbirne, ja?, dum-

dumdumdum, da oben, diese ganzen Kriegsgewinnler aus den deutschen Ostgebieten, ihr glaubt, ihr könnt hier den Faulen machen, nichts zahle ich euch mehr, nichts, nada, Ende vom Lied, raus!, weg!«

Als die Frau unter Tränen das Fahrrad vom Werksgelände schob, stürzte ein plötzlich entsetzter Spengler die Treppen hinab und rannte ihr ohne Rücksicht auf den Verkehr in die Nartenstraße hinterher, was ihr einfalle, so einfach abzuhauen, mit der Entlassung, das habe er keineswegs so gemeint, jesses, schrie er, diese Deutschrussen, bleiben Sie doch hier! Fortan bekam Irina Bauer mit den großen Händen jedes Weihnachten eine Prämie, die Spengler aus seinem eigenen Geldbeutel zahlte.

Kein Direktor in der 136-jährigen Geschichte der New-York Hamburger hatte mehr Verträge abgeschlossen als Karlheinz Spengler, der durch die Vernichtung eines amerikanischen und durch die unnachgiebige Verhandlung mit einem österreichischen Konkurrenten der Kammfabrik zu Beginn der 90er Jahre das endgültige Monopol beschert hatte.

»Meine Herren, lassen Sie uns zum Abschluss in die Bar Bolero gehen«, gab Messechef Görtz vor, und Spengler schlug Pöschl auf die Schultern, dass der Westfale husten musste. Kaum waren die Herren in tiefrote Ledersessel gesunken, knipste Spengler die Kappe einer Cohiba ab und legte seinen Hut zur Seite. Sein Haar war silbern und leuchtete in dem dunklen Raum. Der Jazz kam leise, aber bestimmt und strömte aus allen Poren wie ein Digestiv.

»Aaaah, Kinder«, sagte Spengler und atmete tief aus, »das tut jetzt gut …«

»Ihre Kamm hat ja letztes Jahr ne ganz schöne Nullrunde hingelegt«, sagte der Messechef.

»Wir hatten ein Problem mit der Folie und mussten von außen zukaufen, und das neue Zeug war Schrott. Neues Zeug ist meist Schrott. Ist Ihnen bewusst, Görtz, dass wir im Jahr vorher allein mit dem alten Hercules Sägemann fünf Komma acht Millionen Gewinn vor Steuern gemacht haben? Nein, natürlich nicht, das nehmen Schnöselsäcke und Erben ja nicht zur Kenntnis.«

»Och, Spengler, kommen Sie, nicht beleidigt sein, Sie wissen doch selbst, dass es eine Frage der Zeit ist, bis der Markt das letzte bisschen Handwerk aussortiert hat und die Produkte über eine neue Verfahrenstechnik optimiert werden. Und dann? Dann haben *Sie* ein Problem.«

»Wer wird denn gleich das Abendland untergehen sehen! Ich sag Ihnen mal was: Bei uns geht jeder Kamm durch zweiunddreißig Hände! Sechzehn von mir persönlich ausgesuchte Menschen behandeln jeden einzelnen dieser Scheißkämme so zart wie die Brüste ihrer Frauen. 18000 Mal am Tag! Drei Millionen verkaufte Kämme im Jahr!«

»Welche Frau wollte da kein Kamm sein«, sagte Pöschl, ohne sich die Konsequenzen eines solchen Satzes klar gemacht zu haben. Weit davon entfernt, ihn ein saublödes westfälisches Arschloch zu nennen, fragte Spengler: »Wissen Sie, was mein Presser Istanbul die Deutschen fragt, wenn sie ihm den Akkord versauen?«

Pöschl wusste es naturgemäß nicht.

»›Willst du sterben, he?‹«

»Spengler …«, rief der Messechef gespielt jovial und wollte den Kammpapst runterkühlen, indem er ihm auf die Schulter schlug. Der aber brüllte vor Lachen und wiederholte den Satz: »Willst du sterben willst du sterben willst du sterben, he?, he?, he? …«

Pöschl stand auf und trat aus.

»Man muss seine Leute immer gut behandeln«, rief Spengler, eine herbe Röte im Gesicht, Pöschl hinterher, »nur dann opfern sie sich für dich auf!«

Im Laufe der folgenden Stunden schwärmte Spengler von Igor Bissig, Kenan Gül, Anatolij Moor, den Türken, Griechen, Portugiesen, Russen, Harburgern, Polen und Banaterschwaben, und alle, die dabei waren und noch aufrecht sitzen konnten, schienen, mit Ausnahme von Rüdiger Pöschl aus Münster, erfreut und beeindruckt, dass Spengler jeden einzelnen seiner sechzig verbliebenen Arbeiter mit dem Namen kannte und zu jedem eine mehr oder weniger denkwürdige Anekdote beizusteuern hatte, die allesamt darauf hinausliefen, dass er, Spengler, in Ehre und Treue die höchsten Prinzipien erkannte. Den letzten Gin trank er allein, nur der Barmann des Bolero war übriggeblieben und tippte eine SMS.

Wie immer schlief Charly Spengler schlecht in fremden Betten; der Shampoospender an der Kachelwand der Duschkabine war leer; scrambled eggs aus Eipulver zum Frühstück machten ihn sprachlos. Er zahlte das Zimmer bar. Während der Fahrt auf der A1 teilte ihm seine Sekretärin per Autotelefon mit, dass der neue Vorstandschef Taylor-Bisswurm ihn umgehend zu sich bitte, elf Uhr, sine tempore.

Ein stramm gespanntes rotes Plastikband hinderte Spengler, seinen silberfarbenen Mercedes Kompressor Coupé auf dem für den Direktor reservierten Parkplatz vis-à-vis des Pförtnerhäuschens abzustellen, also parkte er an der Wand zu Halle C hinter den Vespas, Motor- und Fahrrädern seiner Arbeiter. Wie jeden Morgen roch es auf dem Gelände nach Teer und dem Leichenbitter der Galvanisation, aber das Wummern der Walzen, den Pressluftdampf der Motoren, das Knistern der Autoklaven, das Fauchen der Kessel, Schuppern der Fräsmaschinen, Zirpen der Bimssteine, Scheppern der Generatoren und Ratschen abgezogener Zinnfolien hörte er nicht mehr. Die Stille war verstörend. Die Eisentüren im ersten Stock waren geschlossen, und keiner lief die Treppe hinauf oder hinunter, wie es sonst unablässig geschah. Von seiner Sekretärin musste Spengler sich erklären lassen, dass nicht Sonntag war, wobei neuerdings auch an Sonntagen gearbeitet wurde, und darüber hinaus musste sie ihm beschreiben, in welchem Gebäudeteil der neue Vorstand genau zu finden sei.

Auch der Personalchef war anwesend, und Taylor-Bisswurm, der Spengler gegenübersaß, beförderte mit der geschickten Bewegung seiner rechten Wurfhand einen getackerten Stapel Papier über den Tisch. »Sie haben alle Schlüssel und die gesamten Unterlagen bis ein Uhr in meinem Büro abzugeben, Herr Spengler.«

Dann ging Spengler in sein Zimmer, das Telefon klingelte, und der Betriebsrat sagte: »Charly, gehen Sie lieber sofort nach Hause!«

»Niemals, Verräter!«, sagte Spengler.

Zehn Minuten später kam, ohne anzuklopfen, der Personalvorstand in Begleitung des Betriebsrats und zweier Arbeiter, um die Schlösser in Spenglers Büro auszuwechseln. Über dem Türrahmen und ihren Köpfen hing das Messingschild *Hercules Sägemann – der Kamm der Kämme*. Der erste Schwertransporter fuhr auf das Werksgelände, Spengler hörte den mühsam arbeitenden Motor. Fremdmonteure rissen seit dem frühen Morgen das große Walzwerk im Erdgeschoss aus seiner Verankerung, und im zweiten Stock packte der mittlerweile weißhaarige Schleifer Werner Lütjen nach fünfundvierzig Jahren seine letzten Sachen in einen Karton, darunter eine Hamburger Morgenpost vom 4. August 1967, jenem Tag, an dem er sein Arbeitsleben in der New-York Hamburger als Jungarbeiter begonnen und den Spind mit der Ausgabe des Tages ausgelegt hatte, weil ihm immer schon gerne Sachen um- oder herabgefallen, ein- und ausgelaufen waren und er im Alter von damals sechzehn sehr genau darauf hörte, was er nach Ansicht seiner Mutter zur Förderung von Sauberkeit und Sicherheit zu tun habe.

Zufällig trafen sich Lütjen und Spengler auf dem Hof. Lütjen weinte nicht, weil ihm gekündigt, er weinte, weil Spengler fristlos entlassen worden war.

»Wir sind beide dreiundsechzig, nicht wahr, Lütjen?«

Der Schleifer nickte und wischte sich mit einem sauber gefalteten Stofftaschentuch die Augen.

»Das Leben ist hier nicht zu Ende«, sagte Spengler, und Lütjen nickte abermals. Wie immer war er an diesem Tag morgens um sechs mit dem kleinen, blauen Klapprad aufs Werksgelände gefahren, hatte, wie jeden Tag der letzten zwölf Jahre, 1400 Kämme poliert und wie jeden Tag das Vibrieren des Parketts gespürt, das noch in der Nacht die Füße am Bettende tänzeln ließ. Wie jeden Tag hatte sich Lütjen über die Mittagssirene erschreckt, seinem Kollegen Yasar die Hand gegeben, die aquamarinfarbene Schürze abgelegt, seinen Rucksack genommen und war jetzt zum letzten Mal in seinem Leben an den hellgelb gestrichenen Wänden entlang die Treppe hinuntergegangen.

»Die Qualität stimmt nicht mehr«, sagte Lütjen zu Spengler, »die Neuen wissen nicht, was sie tun.«

Spengler zog Lütjen an sich und drückte ihn länger, als der seine Tränen unterdrücken konnte. Vorn, vor dem silberfarbenen Mercedes Coupé, stand die Masse, an der Spitze Peter Sosset. Das Schweigen dauerte einige Sekunden, während derer Spengler jeden Einzelnen seiner Leute ansah. Jedem nickte er separat zu. Alle sahen zurück, und die meisten nickten zum Abschied, und Istanbul, dem jungen Griechen mit der Blumentätowierung am Hals, lief der Rotz aus der Nase.

Spengler stieg in den Wagen, die Hände im Schoß. Die neue Direktion hatte mit der Abwicklung begonnen. Im Walzwerk, wo sonst die Hölle gurgelte, waltete jetzt himmlische Ereignislosigkeit. Das mit Presslufthämmern geschlagene Mischwalzenloch im Boden des Erdgeschosses wirkte wie ein Schlund; Kippenfilter der letzten vierzig Jahre waren im rostroten Sand jenes Wannenkraters sichtbar, wo früher die Riesenkroppwalze stand. Stahlplatten ragten schief, Schraubengewinde ohne Mutter und Sinn lagen verstreut, Beton war gesplittert, und Drähte und Kabel hingen in der Luft wie abgeschnittene Arterien. Der Pförtner hob den Schlagbaum, ein weiterer Schwertransporter bog ein, der Fahrer gab Zwischengas, weil er merkte, dass die Kehre eng war. Istanbuls Schluchzen wurde lauter, und Sossets Lider waren ungewöhnlich schmal geschlitzt, was auch an der Sonnenstrahlung lag. Am Himmel zogen die Wolken ostwärts.

Sosset und der Lange waren sich später nicht mehr eindeutig sicher, wie lange Spengler regungslos in seinem Auto gesessen hatte – der Lange schwor auf acht Minuten, obwohl die Werksuhr an Aufgang A seit sechzehn Jahren auf drei nach halb eins stand und ihre Zeiger bis heute unbeweglich geblieben waren. Sosset widersprach nicht. Widersprechen war nicht seine Art. Er zog immer alles in Betracht, und so konnten es auch acht Minuten gewesen sein, wie immer der Lange darauf gekommen sein mochte.

Der Lkw hielt, und die Monteure von Janusz Polanski Spezialtransporte luden mit dem Gabelstapler fünf Abstumpf-, fünf Bims- und zwei Auskehlböcke auf die Ladefläche.

Dann öffnete sich die Tür des Mercedes, Spengler stieg wieder aus und stellte sich vor seine Leute. Keiner von ihnen hatte geahnt, wie anhaltend der Direx schweigen konnte. Erneut fegte ein Windstoß durch die Ahornblätter. Es verging eine Minute, in der nur ein Zischen zu hören war, als verschaffe sich schamhaftes Gas ein wenig Luft.

»IHR!«, rief Spengler und schwieg weiter. Er zitterte.

»IHR SEID DIESE FIRMA!«

Aufs neue drang sein Blick in jeden Einzelnen, und jeder Einzelne sah in Spenglers Augen, die keine Farbe mehr hatten, nur noch den Glanz des Stolzes.

»Im Sommer habt ihr Dauerkopfweh und arbeitet trotzdem. Über das ganze Jahr hinweg herrscht Unterdruck, und ihr arbeitet trotzdem. Ihr seht den Tag nicht, weil die Fenster zu dreckig sind, und ihr arbeitet trotzdem. Ihr schwitzt wie in der Sauna und arbeitet trotzdem. Man hört euren Vorschlägen nicht zu, und ihr arbeitet trotzdem. Man sagt euch nicht, wohin die Maschinen gehen, und ihr arbeitet trotzdem. Und wenn ihr geht, ist Abend, und ihr habt von eurem Schicksal nichts erfahren und seid trotzdem treu. Warum? Ich sage es euch. Weil ihr die Fabrik liebt! Weil ihr den Kamm liebt! Weil ihr wisst, wie man den Kamm macht! Weil Ehre und Treue für euch das Wichtigste ist … Seit vierzig Jahren hat sich hier nichts weiterentwickelt, und die Fabrik ist trotzdem Weltmarktführer, weil ihr den besten Job macht, den man machen kann! Und jetzt haben sie euch miserable Kautschukmischungen von außen gekauft. Warum? Weil das billiger ist! Und weil sie diesen Mist gekauft haben, wurden acht Container Ausschuss produziert, und den haben sie euch vom Lohn abgezogen! Warum? Weil sie unfähig sind!«

»Das is eine Bescheißerei, Alter!«, rief Igor Bissig dazwischen.

Spengler ließ Bissigs Botschaft wirken.

»Und weil das wahr ist, Bissig, weil all das eine rie-sengroße *Be-schei-ßerei* ist, sage ich euch: Wir-müssen-unsere-Sache-selbst-in-die-Hand-nehmen! WIR WERDEN UNS NICHT UNTERKRIEGEN LASSEN, WIR LIEBEN UNSERE KAMM MEHR ALS DAS LEBEN!«

Vor allem der Lange schrie seinen Jubel heraus (es war eher eine Art Blöken, aber dafür gut vernehmbar) und bot sich als Erster an, an Spenglers Seite den Weg zum Äußersten zu gehen. »Wir lieben unsere Kamm mehr als das Leben!«

Bissig und Anatolij Moor schlugen dem Langen auf den Oberarm, weil sie seine Schulter nicht erreichen konnten.

Aus der Werkshalle B kamen die Walzer dazu. Spengler lud sie mit einer geschickten Armbewegung in die Mitte der Gruppe ein. Jedem Einzelnen gab er das Gefühl, in der Mitte zu stehen, den Mittelpunkt zu bilden, zumindest den Mittelpunkt seiner Aufmerksamkeit. Das war eine von Spenglers Fähigkeiten.

»Kein einziger Kamm hätte hergestellt werden können ohne die wichtigste Zutat, Kameraden! Kein Kautschuk, keine Walzpresse, kein Muskel kann ersetzen, was die Grundlage unserer Arbeit ist: Treue! Treue zum Produkt und Treue zueinander! Ohne Treue hält nix! Was DIE da oben«, er zeigte mit dem Zeigefinger auf den dritten Stock, Aufgang C, wo er Taylor-Bisswurm und sein Team vermutete, »was diese Selbstgerechten niemals haben werden, ist eure Treue, weil sie eure Treue zerstören, jeden Tag ein Stück mehr zerstören …«

Im Zimmer des Vorstandsvorsitzenden trafen sich zu dieser Minute Gerhard Taylor-Bisswurm, der Betriebsratschef Klaus Schierling, Hugo Myers-Pirelli und drei adrett wirkende jugendliche Führungskräfte der China Shipping CoKG. Bei einer Tasse Kaffee, die Spenglers Sekretärin mit der Gravität einer ostpreußischen Junkerstochter eingoss, mokierten sich die Herren über den Auflauf auf dem Parkplatz und Spenglers fortgesetzten Defätismus.

»Solche reaktionären Aufwiegler hängen ihrem alten Paradies nach und werden niemals in der Lage sein, Zukunft zu gestalten«, sagte Taylor-Bisswurm, justierte seine Krawatte, öffnete den Mittelknopf seines Sakkos und schlug die Beine übereinander, wobei schwarz-rot geringelte Socken zum Vorschein kamen. Er hatte auf einmal nichts dagegen einzuwenden, dass Myers-Pirelli sich einen Zigarillo ansteckte, weswegen er, weil es kein anderes gab, das Fenster zum Hof öffnen ließ und Spenglers Stimme hörte, die unten verkündete, was er oben verhandeln wollte.

»DIE da oben … werden euch vor die Tür setzen und unsere Fabrik, unsere Welt, unser Leben schließen, liebe Freunde, das war's dann mit Tradition und Treue. Wie es euch ergeht, interessiert DIE da oben einen Scheiß!«

»Meine Herren«, sagte Taylor-Bisswurm, »lassen Sie uns jetzt über den Fahrplan der Agenda sprechen. Das Wichtigste ist: Vertrauen. Darüber sind wir uns ja wohl einig.«

Nach einer Stunde war beschlossene Sache, dass die New-York Hamburger Gummi-Waaren Compagnie bis zum Tag der Deutschen Einheit endgültig abgebaut, ihre Maschinen nach Shanghai verschifft und das Gebäude an ein Konsortium verkauft werden würden, in dessen Aufsichtsrat sitzend Hugo Myers-Pirelli bereits mit der Idee hantierte, die Werkshallen zu Event-Locations ausbauen und unter anderem eine Boxkampfarena einrichten zu lassen, um Harburg zur »schlagenden Mitte« einer neugeordneten Metropole zu machen.

Er saß aufrecht, man hätte sagen können: schön, in seinem Sessel und pries seine Kontakte zur Development Company im Imperium der LCD Yajun Ltd. in Guangzhou.

»Den Wicht da unten kriegen wir schon in den Griff.«

Nach diesem Satz lachte Myers-Pirelli, und deswegen lachten alle, womit aufs neue bewiesen schien, dass die Macht der Alphatiere darin bestand, das Betarudel auch dann zum Lachen zu nötigen, wenn aufgrund ausbleibender Witzigkeit dafür nicht der geringste Grund gegeben war.

7.

Sechs Stunden später stellte Hugo Myers-Pirelli, kurz MP, seinen dunkelblauen Jaguar auf der Trostbrücke ab und legte eine mit zwei Stempeln markierte Sonderlizenz hinter die Windschutzscheibe, auf der nicht einmal Läusekot klebte. Er stieg aus, blickte in das Fleet hinunter und telefonierte mit links, die rechte Hand in der Hosentasche, was seinen beigefarbenen Kamelhaarmantel veranlasste, sich an der Hüfte leicht auszustellen.

»Myers-Pirelli hier. Geben Sie mir Mastberger.«

Da stand der berühmte Chef der China Shipping CoKG Headquarter Europe mitten auf der Brücke und beobachtete, wie sich im heliumgelben Lichtschein der Laterne die Eintagsfliegen zu Tode tanzten. Massen tumber Miniaturkreaturen, wie er fand, die von Stil und Schönheit keine Ahnung hatten und nicht vom selben Anrecht auf Gottgeschöpflichkeit profitieren sollten wie die edlen Großen dieser Welt. Trotz der Luftzüge übten seine sich im melierten Graubereich befindlichen Haare erfolgreichen Widerstand gegen jeden Versuch, sie aus der Fassung zu bringen, und lagen auf dem Kopf mit lebloser Schwere.

»Mein lieber Mastberger, wenn Sie Ihren kommenden Powerday überleben, müssen wir uns dringend über die Aktivitäten der Gesellschaft in puncto China White unterhalten. Unsere Arbeit an einer Union der Bildungs- und Kulturbürger tritt jetzt in eine entscheidende Phase. Und dann gibt es kleine Probleme unten in Harburg.«

Mastberger, in dieser Sekunde entweder in einer Phase der Aufbäumung nach einem Kreatincocktail oder im Rekreationszustand nach einer seiner *Heldenstunden* in der mittleren Provinz, war derart kurz angebunden, dass Myers-Pirelli vorzog, nicht weiter zu insistieren. Die Monologe des leidenschaftlichen Latinisten über die Zweitklassigkeit der Gegenwart und die Goldene Ära Spätroms brach Mastberger meistens bei der Hälfte ab und versprach, Myers-Pirelli zurückzurufen.

So auch jetzt. Seit Robert »Bobby« Mastberger die Revitalistische Gesellschaft führte, war er mit Myers-Pirellis antikem Menschenbild immer wieder in Konflikt geraten. Die beiden Männer waren zwar Verbündete im Kampf gegen Apathie und Angst, Phlegma und Fatalismus – Freunde würden sie niemals werden. Myers-Pirelli hielt Mastbergers Ideologie der Motivation für dümmlich, Mastberger Myers-Pirelli für einen schon ausgestorbenen Adler, und beide hatten ein unvereinbares Verständnis von Ehre und Anstand, obwohl sie sich respektierten.

Die korpulente Trostbrücke war so etwas wie die Passage des ältesten Teils der Stadt zur Kirche St. Nikolai zwischen den hageren Häusern aus dem 16. Jahrhundert, die den großen Brand des Mai 1842 überlebt hatten und zum Teil schräg im Bett des Fleets steckten. Selbst Myers-Pirelli wusste nicht exakt zu sagen, wie es zum großen Inferno, das damals am frühen Nachmittag beim Cigarrenmacher Cohen am Nikolaifleet mit einer Stichflamme begonnen hatte, tatsächlich hatte kommen können. Kürzlich hatten sie das im Kreise des Premiumclubs, der im China White seinen Stammtisch hatte, ausgiebig diskutiert, nicht wirklich gelehrt, aber ambitioniert und manchmal kenntnisreich, doch letztlich ohne Resultat. Ein klassisches Patt mit der Geschichte: Niemand hatte recht.

Myers-Pirelli war eines der zwanzig Exclusive Members im China White. Das hieß: jederzeit möglicher Eintritt durch einen der beiden Seiteneingänge vom Fleet her; durchgängig auf seinen Namen reservierte Tische; freier Eintritt für drei mitgebrachte Gäste und selbstverständlicher Teil der Ehrengästeliste ohne Rückantwortpflicht, schickte das China White eine seiner »Depeschen« aus – Einladungen zu Abenden irritierender Burlesken mit Champagner, Austern und eingelegtem Schweinefleisch.

Zweimal die Woche gab es nach Rezepten aus Shanghais Kolonial-Haute-Cuisine *Kung Pao Chicken, Thunfisch-Sachimi und getoasteten Ricottasalat*, doch Myers-Pirelli stand auf *Geschwärzten Heilbutt mit heizplattenerhitzter Wassermelone*, ohne dass er hätte behaupten können, die Shanghaier Köche der 1920er Jahre, seiner Vermutung nach hinreichend verdorben durch britische Liberalität gegenüber geistloser Kulinarik, würden dergleichen damals auf den Speiseplan gehoben haben. Aber augenscheinlich hatte sich in den Seitengassen des Bund, jenes Prachtboulevards mit dem legendären Shanghai Club, im snobistischen Peace Hotel mit dem Blick auf den träge fließenden Huangpu Jiang, eine subversive Gourmetguerilla gegen das Diktat von matschiger Makrele und schleimigen Chips erfolgreich behauptet, wofür ihr jetzt die Kulturgeschichte Absolution erteilte.

MP drückte – und in der Tat war es nicht mehr als ein den Körper stützender Gegendruck – sein Hinterteil ans Geländer der Sandsteinbrücke und lachte ohne Rücksicht auf die historische oder augenblickliche Stille des Moments, die wie eine Todesahnung über dem Morast der Fleete lag, in die Sprechfläche seines aufgeklappten Handys, als Mastberger ihm von den neuen Volten des so genialischen wie irrsinnigen Ludwig Kullus erzählte, der erstens eine Ladung Kreatin an einen Arbeitskreis hedonistischer Benediktinernonnen fehlgeleitet habe und zweitens, ganz grundsätzlich, als Logistiker für die Gesellschaft nicht mehr tauge, weswegen man nach einem neuen Kurierdienstleister Ausschau halte.

Selbst das Aroma gerösteter Kaffeebohnen, wie es vom Hafen über die Trostbrücke hinweg stadteinwärts zog, konnte ihn nicht zu größerer Gelassenheit verführen, denn Hugo Myers-Pirelli, was allen bewusst war, hatte eine stolze Haltung zu verteidigen, die auf geradezu ideale Weise mit seiner bruststeifen Stattlichkeit in eins fiel. Nachdem er auch dieses Mal gegenüber allen sinnlichen Verführungen der Düfte standhaft geblieben war, stieß er sich vom Sandstein ab, wischte sich mit zwei schnellen, gekonnten Schlägen über die Mantelhinterseite und stieg nicht etwa die massive Treppe, die zum Eingang des China White führte, hinab, sondern trat in eine sich abwärts windende, schmale Spirale aus schwarzlackiertem Messing ein. In den Flachkopf des Schlüssels, den er aus der Manteltasche holte, waren die Initialen CW auf der einen, die Initialen MP auf der anderen Seite geprägt.

Die plötzlich vorhandene Tür schloss – so metallen schwer sie war – geradezu zärtlich. Kaum in das mit lackiertem Teakholz ausgeschlagene Seitenfoyer getreten, hörte Myers-Pirelli den legendären Salonpapagei grammatikalisch richtige, aber idiotische Sentenzen krächzen, woraufhin er, MP, bei durchgedrücktem Kreuz, die Vorhänge beiseitezog und im Spiegel des ersten Kabinetts studieren konnte, dass er immer noch eine insgesamt respektgebietende Gestalt abgab.

»Oh, Herr Mühe-Pilli, Sie tragen den Komasowa Seng?«

»Und Sie sind der aufmerksamste Concierge, den man sich wünschen kann, Zhou. Guten Abend übrigens.«

»Willkommen im Salon!«

»Besten Dank.«

»Herr Mühe-Pilli«, flüsterte Zhou, und Myers-Pirelli schenkte ihm das rechte seiner Ohren, »ich arbeite, mir auch ein Komasowa Seng leisten zu können.«

»Mal sehen, ob ich in dieser Angelegenheit was für Sie tun kann, Zhou!«

In Zhous Verbeugung verschwisterten sich Dienstbeflissenheit, Provinzchinesentum und Spiritualität zu einer fragilen Erscheinungsform, die die patriarchale Athletik von Hugo Myers-Pirelli reizvoll diminuierte.

»MP ist hier«, nuschelte der kurzgeratene Chef de Service in das Mikrofon seines äußerlich nicht sichtbaren Headsets, und sofort waren Yuwang und Gaoxing zur Stelle und begleiteten den durchweg elegant gehenden Unternehmer zu Tisch 8, wo Rupert Schelsky, sein Partner Paul Rahm, der Vorsitzende des Ostasiatischen Vereins und der Chefjurist der Handelskammer bereits ihren ersten Purple Night aufs Haus tranken. Noch bevor MP Gaoxing seinen Kamelhaarmantel, Modell Komasowa Seng, ausgehändigt hatte, stand Yuwang – in einem silberfarbenen Ganzkörperkleid – mit einem dünnstieligen Glas auf dem Tablett hinter ihm.

»Sie trinken wie immer einen Chinawhite?«

»Hut ab vor Ihrem Gedächtnis, Herr Rahm!«

»Was ist da eigentlich drin?«

»In Ihrem Gedächtnis?«

Rahm entblößte beim Lachen eine fugenlose Phalanx dritter Zähne.

»Also, ein Chinawhite besteht vornehmlich aus Belvedere Vodka«, Myers-Pirelli zog den Stuhl heran, »mit einem Schuss Koko Kanu und –«, er setzte eine Pause, um, sozusagen, die Weltöffentlichkeit zu informieren, »Litschimousse.«

»Litschimus?«

»Litschimousse!«

»Ah, Litschimousse.«

»Ja, Litschimousse.«

Man prostete sich zu, man lachte, man blickte ein bisschen snobistisch umher, dabei fanden Rahms Augen eine durch Koks beflügelte 1,83-Brünette, die zur Betonung ihrer Exorbitanz goldnietenbesetzte Lederstiefeletten mit Fußstellung im Fünfundvierzig-Grad-Winkel trug und ihrem Begleiter –

Universitätsprofessor Sören G. Luhser, der sein halbes Biologendasein der Nahrungsquelle Licht und sein Sexualleben anorektischen Teenagern gewidmet hatte – mit der Zigarettenspitze Gehörgang und Ohrläppchen malträtierte. Myers-Pirelli bemerkte weiter hinten den langhaarigen und gutmütigen Chefarzt des Institut für Lebensstil-Medizin, der, besessen von aktiver Sterbehilfe, Alter und Verfall nicht ertragen konnte und ohne jemals juristisch anfechtbar zu werden seine Patienten jenseits der siebzig auf raffinierte Weise von ihrem Leid befreite – nicht aus Mitgefühl mit der schmerzringenden Kreatur als solcher, sondern aus reinem Narzissmus, da er nur Schönheit, Jugend und die überragende Glätte duftender Haut ertrug. Der Arzt lag auf der Massagebank in einem der Kabinette, und zu seiner Freude roch es nach Jasmin, Kardamom und synthetischem Patschuli.

Als Antwort auf die generelle Mondlosigkeit dieses Junitages hatte sich im Salon eine gewisse Schummrigkeit ausgebreitet, was bei sensiblen Zeitgenossen gern die erogene Zone weitet. Schwer zu sagen, wie eine Verabredung zur Laszivität zustande kommt, aber wieder einmal durchschwebten das China White Energiepotentiale reiner Lust, als etabliere sich eine neue Transzendenz des Zweideutigen, die das Tier im Menschen adelte.

Ohne ihm geistige Verwahrlosung zu unterstellen, reagierte Myers-Pirelli dem hibbeligen Rahm gegenüber wie der Patient einer Eiweißallergie und meinte jedes Mal eine Darmkolik zu verspüren, wenn der Hektomat das Wort ergriff. Dabei litt Rahm bekanntermaßen unter dem Hashimoto-Syndrom: Die T-Lymphozyten des Immunsystems vertilgten peu à peu seine Schilddrüse, weswegen er vollkommen rast- und ruhelos war und mit unentwegtem Aktionismus seinen Partner Schelsky mehrfach in ein dem Wahnsinn ähnliches Stadium getrieben hatte. Jetzt fehlte nicht viel, und Myers-Pirelli hätte Rahms Finger, als sie wieder einmal aus jedem greifbaren Stück Papier interessante Gebilde falteten, unter dem Siegelring seiner Caesarenhand zerdrückt.

Da kamen Yuwang und Gaoxing vorbei und hatten in ihrer Mitte den Journalisten Stanislaus Eggle von der DeutschenTagesZeitung, einen mit zahllosen Preisen für investigative Recherche ausgezeichneten Schnüffler, der sich, so ging das Gerücht, ausschließlich von Porcelain Putih (Bombay Sapphire, apricot liqueur, elderflower cordial, Eiweiß, Zitronensaft, gomme) sowie McGovern's Daiquiri (Bacardi Superior, frische Erdbeeren, gepresster Limettensaft) und violettfarbenen Auberginen mit Knoblauchöl-Wasabi ernährte, die es nur im China White gab.

»Ach, sieh einer an«, sagte Schelsky, »Auberginen-Eggle!«

Er grüßte hinüber zum hageren Patrioten im Cordanzug und schüttelte, als könne er seine eigene Ehrfurcht nicht fassen, den Kopf über so viel wandelnden Enzyklopädismus, wie ihn Eggle durch geschlossene Gesellschaften spazieren zu tragen vermochte und jeden Gast mit fugenlosem Halbwissen fürchterlich beschämte.

»Aber jetzt mal was ganz anderes, meine Herren«, hob, während er das Glas Purple Night auf den mit dem Schriftzug CW versehenen Untersetzer stellte, der Handelskammerjurist an, »haben Sie schon gehört, dass uns ein Aufstand ins Haus steht?«

»Ist das also doch kein Wichtigtuergeschwätz«, wunderte sich Schelsky. Er und Rahm sahen für einen kurzen Moment aus wie debile Zwillinge.

»Unten in Harburg braut sich was ziemlich Unschönes zusammen«, sagte der Handelskammervertreter mit paranoider Miene. »Stecken Sie da nicht auch drin, Myers-Pirelli, in dieser … äh … äh … Kammfabrik?«

»Es gibt Ärger mit dem ehemaligen Direktor der New-York Hamburger, das ist richtig, dieser Defätist will sich partout nicht mit seiner Demission abfinden. Aber dem Mann fehlt es an jeder virtù, rundherum. So jemand kann heute kein Unternehmen mehr führen. Wenn wir den Äon der Chinesen zu unseren Gunsten mitgestalten wollen, brauchen wir neues Führungspersonal. Und neue Tugenden.«

»Tugenden?«

Rahm dachte bei solchen Wörtern automatisch an Faschismus.

»Chinesen wollen Förmlichkeit. Dahinter können Sie dann mit Ihren Dolchen wirbeln – aber *vorne* muss es gesittet zugehen.«

»Und die Arbeiter?«, fragte Rahm.

Myers-Pirelli merkte ein Grollen im unteren Darmbereich.

»Herrgott, denen wird nichts anderes übrigbleiben als sich rechtzeitig aus dem Staub zu machen. Ich sage voraus, dass in Kürze die Heloten aus Chongqing und den Provinzen nach Westen ziehen und jede verfügbare Stelle einnehmen werden. Chinesen funktionieren anstandslos. Wer sich da nicht fügt, ist verloren.«

Myers-Pirelli bewahrte den letzten Schluck Chinawhite erstaunlich lange im Mund, schickte mit seinen Wangen- und Zungenmuskeln die Flüssigkeit die Schleimhäute entlang, um alle Zellen des Geschmackssinns gleichberechtigt zu bedienen und jeden am Tisch – auch die, die es nicht wollten – an diesem kleinen Spektakel teilnehmen zu lassen. Jeder hätte nach dem Schlucken ein expressives »Aaah!« oder einen kulturkonservativen Schmatzer oder jede andere Form der Genussregung erwartet, aber es kam über Myers-Pirellis Zunge nur der nüchterne Satz: »Meine Herren, reden wir über den Gipfel.«

»Das sollten wir in der Tat dringend tun«, merkte der Vorsitzende des Ostasiatischen Vereins an, man habe in jedem Fall Gewichtigeres zu besprechen als das bisschen Revolte in der Banlieue. »Den nächsten *Summit China meets Hamburg* genau genommen«, wie er, kein besonders begabter Sprachmensch im Übrigen, mit definitiver Sachdienlichkeit sagte. Er sprach Englisch wie ein merkwürdig deutsches Keltisch.

Plötzlich, ohne Ankündigung, ohne Not, vor allem ohne Grund, verstummte das Getuschel im Salon. Ein Glas kippte, ein Stuhl rückte, und plötzlich machte sich eine groteske Indifferenz breit, in der alles möglich gewesen wäre: Kriege, Morde, Vergewaltigungen, Orgien, Massenzeugungen, Gottesdienste. Es war der Ausbruch sinnloser Energie, bevor sie an sich selbst zu ersticken drohte. Im Ausnahmezustand einer entropischen Umwälzung waren alle moralischen Maßstäbe ungültig, und was immer man jetzt tun würde, es geschähe außerhalb jeder Schuld.

Bis auf Rahm merkten alle Gäste auf und sahen sich an. Was würde passieren? Niemand wusste, ob die Hausherrin anwesend war und es vielleicht einen ihrer unberechenbaren Auftritte geben würde; keiner konnte vorhersagen, ob dieser Abend einer jener ausgesuchten war, an denen ein musikalischer Topact – oft genug die Stars der internationalen Jazzszene, die auf Station in der Stadt waren und nach ihren Konzerten oder an freien Tagen selbstverständlich ins China White kamen – unangekündigt auf der Bühne erscheinen und auf Ekstase machen würde. An den Fingern einer Hand abzählbar waren die, die wie Myers-Pirelli den Goldenen Stern schon einmal leibhaftig gesehen hatten. MP wusste, dass sie einen unverwechselbaren Gang hatte, eine beherzte Trippelschrittigkeit, einen Gang ohne Zweifel, stets auf der Zielgeraden befindlich; dazu kamen seiner Erinnerung nach schwarze Augen, genauer: eine Iris, die derart schwarz war, dass die Schwärze die Pupille verschlang.

Niemand ging, niemand kam, und dort, wo man ihr Separee vermutete, hing ein dunkelroter Samtvorhang mit floraler Ornamentik. Womöglich diente er zur Evokation diverser Traumgebilde, wie auch der Vorhang eines Theaters Teil eines großen Geheimniszusammenhangs ist, der sich durch sein Fortziehen lüftet, woraufhin der Blick freigegeben, die Welt zur Bühne und die Bühne zur Welt wird.

Dann plötzlich brach der Moment, in dem wie in einer Todesahnung das Leben zum Stillstand gekommen war, in sich zusammen. Bigband-Swing erfüllte den Salon, und unter den explosiven Presswirbeln des Drummers Chick »Rhythm Man« Webb wurden von Yuwang und Gaoxing weitere Stammgäste des Premiumclubs an ihre Tische geleitet, darunter Notare, Anästhesisten, Immobilienmakler, Architekten, Kanzleisenioren, einer der Vattenfall-Vorstände, der haarlose »Reederkönig« Humbert und schließlich Hans-Joachim Hegenbarth, der den Exclusive-Membership-Schlüssel seit einem halben Jahr besaß und sich fürs Eskortieren mit einer gutgemeinten Geste auf die zwischen Rücken- und Oberschenkelmuskulatur fließend eingemeindeten Popos von Yuwang und Gaoxing bedankte, die durch den Klaps jeweils ein Stückchen nach vorne geschoben wurden.

»Stimmt es denn, dass die Chefin früher ein Mann war?«, fragte Humbert Hegenbarth.

»Nach allem, was ich weiß, ja.«

»Wissen Sie denn noch mehr?«

»Ich habe gehört, dass sie in den neunziger Jahren als genialer Tänzer die Konzertsäle in Shanghai gefüllt hat wie niemand jemals zuvor. Die Vorstellungen sollen ein halbes Jahr im Voraus ausverkauft gewesen sein, die höchsten Honorarsätze der Welt, und wissen Sie was?«

»–«

»Die Kader der Kommunistischen Partei waren verzückt von ihm. Seit seinen ersten Auftritten hat der Goldene Stern nicht den kleinsten Versuch einer Zensur erlebt und bis Anfang des neuen Jahrtausends die Metropole mit legendären Aufführungen voller Sexualität und Erotik geprägt. Wo immer er ging, wurde er von den Menschen belagert.«

»Er?«

»Ja, die Chefin war vor acht Jahren ein Mann. Und sie zeigt sich nur, wenn sie will, und nur dem, dem sie sich auch zeigen will. Ich kenne da eine Anekdote, weiß nicht, ob's stimmt, aber faszinierend ist die Geschichte. Es muss damals im Shanghaier Kulturbüro einen allmächtigen Zensor gegeben haben, der zugleich stellvertretender Geschäftsführer einer staatlichen Großreederei war, also ein Kollege, Herr Humbert … na jedenfalls: Das Verhängnis des Zensors war seine Liebe zur Oper, zur Musik, zum Körper. Obwohl er alles hätte verbieten können, ließ er dem Goldenen Stern alles durchgehen und war fanatisch besessen von ihrem Tanz, nachdem sie ihr Geschlecht gewechselt hatte. Und sie? Hat den armen Kommunisten am kleinen Finger verhungern lassen und in den Selbstmord getrieben. Ist *das* eine Geschichte?«

Neben den Jugendstil-Wandlampen mit aufwärts gedrehtem Messinggestell und bläulich schimmerndem Glasschirm waren an den bordeauxrot gestrichenen Wänden des Salons Verbotslisten angebracht: Unerwünscht waren demnach vor allem Paisleytücher, Perlenketten, gemusterte Krawatten, schlechte Schuhe, Handys und Laptops. An jeder längeren Wand standen entweder schwarzlackierte Lampentische, schwarzlackierte Ulmenholzkommoden mit mehr als sechs Schüben und handgefertigten Beschlägen an den Doppeltüren, dazu schwarzlackierte Anrichten, auf deren naturbelassener Deckplatte Porzellanschälchen mit kaum voneinander zu unterscheidenden Pulvern in Ecru, Beige und Algengrün zu finden waren. Auf manchen Anrichten sah man Serviersets und dickwandige Bowle-Gläser in Art-déco-Manier, flache Messingschalen auf zierlichen Holzkugelfüßen sowie Tassen mit der Gravur *CW* im Schrifttyp Balloon Light. Immer wieder kam eine zierliche Hostess mit Bauchladen, aus dessen Kästchen sich jeder die gewünschten Dragees greifen konnte, an den Tischen vorbei. Bis auf Myers-Pirelli merkte niemand, dass der Vitrinenschrank ebenso wenig verschlossen war wie die Schiebetüren des rechten Kabinetts. Er konnte im Spalt eine nicht zu identifizierende Gestalt sehen. Im Salon wurden die Lichter gedimmt, fauchende Entenkadaver serviert, und Yuwang und Gaoxing waren so unscheinbar wie überall zugleich präsent, als bestünde ihr jeweiliges Ich aus mindestens acht adretten Klonen.

Hegenbarths Körper erhöhte sich, als er entdeckte, dass endlich das Opus *todtbereit Vol. 7*, Öl auf Leinwand, über der Kommode neben der Schiebetür zur Küche hing, er hatte lange genug dafür geworben und den dreizehnteiligen Zyklus *Auf Schuld folgt keine Sühne* der jungen Künstlerin Mascha Probst zu vermitteln versucht, und als aus dem Off eine weiche, für ihre Geschmeidigkeit merkwürdig tiefe, letztlich aber keinem Geschlecht zuzuordnende Stimme den Titel *Moonlight and magnolia* ankündigte, war er noch immer mit der Bewältigung seiner Euphorie beschäftigt. Und täuschte er sich, oder war es nicht so, dass jemand ein offenes Mikrofon am Mund hielt und zum Playback des Orchesters live hineinhauchte?

Während sich Hegenbarth mit beiden Händen durch die Reihen grüßte, als hätten die Hände der anderen genau darauf gewartet, entging ihm der Blick von Hugo Myers-Pirelli, der Hegenbarth nur unter gesteigerter Produktion sauren Gallensekrets ertragen konnte. Hätte er gewusst, dass der Banker seinen silberfarbenen 911er vor seinem Jaguar auf der Trostbrücke abgestellt hatte (und zwar so, dass Myers-Pirelli, um überhaupt aus der Parkbucht zu kommen, auf Hegenbarth angewiesen war), hätte sein edles Temperament möglicherweise einen plebejischen Rutenbündelschläger aus ihm gemacht. Der Spätrömer unter Hamburgs Unternehmern litt an der unbegründbaren Großspurigkeit jedes neureichen Schaumschlägers, als den er einen Banker wie Hegenbarth einstufte. In der Tat bewegte sich Hegenbarth auf dem Parkett des China White mit einer naturgemäßen Berechtigung, dass ihm sogar zuzutrauen war, gegen den Ehrenkodex zu verstoßen und das Geheimnis des Salons zu lüften, sollte er es überhaupt kennen. Hegenbarths Interesse für Asien war aus Myers-Pirellis Sicht allenfalls ein clever inszeniertes Manöver, und für einen Mann wie ihn, der in Äonen dachte, lächerlich durchschaubar.

»Das Schlimme, entschuldigen Sie, meine Herren, wenn ich das jetzt so unvermittelt sage, das Schlimme ist die unfassbare Plumpheit mancher Hanswürste, die der Zeitgeist in den letzten Jahren so nach oben gespült hat«, sagte MP in die Runde, als Hegenbarth Tisch 8 erreicht und seine Gäste aus der Ferne mit einem schnittigen Handgruß bedacht hatte. Der Chefjurist der Industrie- und Handelskammer und der Vorsitzende des Ostasiatischen Vereins nickten kurz, kamen dann schnell überein, dass in Hamburg die Fundamente des deutschen und europäischen Wirtschaftsaustauschs mit China gelegt worden waren, da kurz nach dem großen Brand in der Stadt als erste europäische Firma ein Hamburger Unternehmen seine Niederlassung in Guangzhou gegründet hatte. Die einzigartige Chinaexpertise der Hansestadt sei bis heute unerreicht, mehr noch: Heute wie damals sei Hamburg der Knotenpunkt des europäischen Handels mit China, weswegen nun von strategischer Wichtigkeit sei, die Chinesen zum ständigen Partner der Messe zu machen und Investitionsbedingungen für deutsche Firmen in China zu erleichtern. Gerade hätten sich das Institut für Asienstudien und die China United Trading Corporation GmbH in der ehemaligen Hauptkirche St. Jacobi niedergelassen, und auf dem *Summit China meets Hamburg* Anfang Oktober sollten nach Ansicht des Vorsitzenden des Ostasiatischen Vereins neue Verträge geschlossen und das seit langem geplante Deutsch-Chinesische Kompetenzzentrum in Angriff genommen werden – wenn der Aufstand im Süden keine allzu großen Kreise zog.

Francis Fischer, deren großer Traum eine Membership-Card für das China White war, sagte genau diese großen Kreise ihrem bettlägerigen Mann Kurt seit Tagen voraus, weil sie glaubte, dass der Reiz des Aufstands Körtes noch glimmende revolutionäre Gesinnung wieder entflammen und sein immer erbärmlicheres Immunsystem zu einer entsprechenden Reaktion anstacheln würde.

8.

Seit eineinhalb Jahren hatte Kurt »Körte« Fischer einen zu jeder Zeit akuten Husten gehabt – keinen, der sich im Winter grundsätzlich einmal ereignet und überschaubares Sputum produziert. In Körte Fischers Fall war es ein verdorrter, verzweifelter, unerklärlich sturer Husten ohne Auswurf. Als der Hausarzt das Röntgenbild in der Hand hielt, sah er bis auf kleine Körnchen am oberen Lungenrand nichts Ungewöhnliches, legte den Bogen ab und schlug Kurt erleichtert auf die Schulter: »Glück gehabt!«

Weil Francis immer etwas griff, was in eine Hand zu nehmen war, schnappte sie sich das Bild und meinte am rechten oberen Bildrand, der zugleich der obere Rand des rechten Lungenflügels war, eine kartoffelgroße Schattierung zu erkennen. Eine Viertelstunde lang stritt sie mit dem Arzt darüber, was ein Schatten sei, vielmehr, was das Wesen eines Schattens bestimme, ehe diese unversöhnliche Erörterung in die weitaus brisantere Frage mündete, ob das *Wesen* eines Schattens, wenn es denn ein solches gebe, *kartoffelgroß* sein könne.

Drei Wochen später lag Kurt Fischer auf der Intensivstation und fahndete mit schwerer Zunge nach seiner Existenz.

»Ich bin ich bin ich bin … Bin ich … bin da ich …«

Francis ließ den Hörer fallen und heulte zum ersten Mal seit ihrer demütigenden Erfahrung mit einem sexuell gestörten Neurotiker auf der Konferenz europäisch-asiatischer Verteidigungsminister 1999 in Barcelona. Damals übertrug sie als Dolmetscherin Großraumstrategien vom Englischen ins

Chinesische, und ein französisches Delegationsmitglied hatte ihr während einer Pause statt seines Gliedes eine Gurke in den Anus eingeführt.

Sie hatte in dem Moment in der Klinik angerufen, als Kurt aus der Narkose erwacht war, was die OP-Schwester erst einmal auf eine göttliche Fügung schob.

»Wir wissen alle, dass es diesen Scheißgott nicht gibt«, hatte Francis die Frau kurzerhand in Kenntnis gesetzt und Kurt verlangt.

»… bin ich bin da ich bin ich«, stammelte er, dann glitt der Hörer durch Francis' zitternde Hand und fiel unters Sideboard, und sie rutschte von der Armlehne der Couch aufs Polster, wo sie die Kontraktionen ihrer Muskeln im unteren Bauchraum, deren Arbeit in einem Heulkrampf resultierte, gekrümmt ertrug. Ein paar Minuten war sie ohne Bewusstsein für die Realität, dann kroch sie, wie damals in einem der Dolmetscherbüros auf dem Messegelände von Barcelona-West, auf allen vieren den Hörer suchend über den handgewobenen Kelim, den Kurt dem Seidenteppichkönig von Samarkand einst für 600 Dollar abverhandelt und durch geschickte Korruption am usbekischen Zoll aus Zentralasien nach St. Pauli ausgeführt hatte.

Als der Nagel ihres linken Zeigefingers tief eingerissen war, fluchte sie mit einer Fäkalmetapher, die wie eine ewige Wahrheit über die miese Welt aus ihrem Gedächtnis hinaufgeschossen kam und nach zehn Jahren noch immer jenen Pariser Polit-Snob treffen sollte, der ihr einst den Darmausgang malträtiert hatte.

Sie rief die Klinik erneut an, gemäßigt. »Hören Sie, gute Frau, mein Mann ist gerade operiert worden, und ich will jetzt sofort den behandelnden Arzt … Nein, Sie haben, hören Sie, hallo!, *Sie* hören *mir* jetzt zu, ich will diesen Doktor Hold sprechen, auf der Stelle, verstehen Sie, ich habe ein Anrecht darauf, wir haben ein Anrecht auf Menschenwürde, dieser

Hold hat meinem Mann die Brust aufgerissen und … Bitte? Ach so. Ja danke, ich warte.«

Sie kramte ihren Mops William aus dem mit ägyptischer Baumwolle bezogenen Kissen seines Bettchens, küsste, während sie ihm die Leine anlegte, die Nasenfalte und traf vor der Haustür Loretta, der ihr von seiner großen OP am kommenden Dienstag erzählte, von den Brüsten, die er bekommen sollte und von der Hoffnung auf einen Sommer der Lüsternheit, der ihm viele Kunden beschere, auf dass das Geld reichen werde, im Herbst den berühmten Chirurgen in der Eppendorfer Vita-Nova-Klinik zu bezahlen, der seinen, Lorettas, elenden, verhassten, hässlichen Schwanz endlich zu einer schönen Vulva zu wandeln versprach.

»Ich habe gar gar gar keine Zeit, Schätzchen«, Küsschen rechts, Küsschen links, während Loretta von William besprungen wurde, »ich muss zu Körte rüber in die Klinik, die haben ihm den Krebs aus der Brust geschnitten, ich muss, Schätzchen, muss wirklich …«

Hinter dem Tresen der Empfangsdamen mit Headset im Klinikfoyer war eine Granittafel in die Wand eingelassen, auf der Francis gegen ihren Willen las:

Unsere fünf goldenen Prinzipien sind: Freundlichkeit, Glaubwürdigkeit, Verlässlichkeit, Empathie, Diskretion.

Doktor Hold war seit einer Stunde damit beschäftigt, einen weiteren Brustkorb aufzuklappen, also tat Francis mehreren Schwestern gegenüber ihren Unmut über die fließbandartige Entnahme von Innereien kund und setzte sich, William auf ihrem Schoß, in ein geschmacklos gestaltetes Halbrund mit Schalenstühlen aus froschgrünem Plastik. Sie blätterte mit einer Mischung aus Verachtung und Wissbegier durch das People-Magazin *Celebrity* und überflog eine vierseitige Homestory über den in allen Bevölkerungsschichten neuerdings verehrten Jesus Emperado, dessen ewiges Grinsegesicht, wie sie sich erinnerte, sogar das Gerüst der ehemaligen Kirche St. Katharinen, die gerade zu einer Arbeitsagentur umgebaut worden war, flächendeckend bespannte.

»Ein gräßlicher Typ«, sagte sie zu William, der ihr auch in dieser schwierigen Situation die Treue hielt. »Wir verachten diese Schleimer, was Willy-Schatz?, solche Schleimer, hmmmm ... die ver-ach-ten wir«, sagte sie mit kindlicher Stimme, spielte dabei Mops und rieb ihr Mopsnäschen an Williams Näschen.

Doktor Hold nahm sich fünf Minuten Zeit für Francis, in denen er seine Brille erstaunlich oft auf- und absetzte und schließlich in hartnäckiger Verweigerung jeder Form von Betroffenheit erklärte, dass er Kurts Überlebenschancen auf unter fünf Prozent taxiere. Er habe den linken Lungenflügel extrahiert. Aus seiner Sicht eindeutig Raucherkrebs. Metastasenbefall der Leber sei wahrscheinlich. Er rate zur dreistufigen Chemotherapie. Man brauche Geduld. Schlüge die Therapie an, könne man frühestens nach einem halben Jahr eine valide Prognose stellen.

Ob sie glaube.

»Glauben? Woran?« fragte Francis.

»–«

Sie lachte kurz auf, ließ den Operateur mit dem Wort »Christenkacke« stehen, zog sich die Sonnenbrille auf, ging zum Aufzug und hörte nicht mehr zu weinen auf.

»Du musst es hinnehmen, Schatz«, sagte sie, als zwei weißgewandete Männer Kurt nach Hause brachten, und er sagte, er wolle noch nicht mit Blick in den Himmel liegen.

»Wie meinst du das denn, Schätzchen?«

»Ich meine ganz einfach, Francis, dass das Bett so gestellt werden soll, dass ich mühelos durch das Fenster auf die Straße sehen kann, während sich mein Körper ein paar notwendige neue Zellen reproduziert.«

»Ach Körte, Schatz, natürlich, wie du magst«, sagte Francis und wies die beiden Zivis der katholischen Sozialstation an, das Krankenbett …, nein, um Himmels willen doch nicht so, sondern, ja, genau, längs aufzustellen, Kopfende vorm Bücherregal.

»Mein Mann liebt den Geruch alter Bücher«, sagte sie, während einer der Zivis den Marquis de Sade und das vergilbte Meisterwerk *Juliette* entdeckte und der andere so erbärmlich hustete, dass Kurt sagen konnte: »Sie können sich gleich mit auf meine Bahre legen.«

»Körti, siehst du die Sonne? Sie scheint direkt auf deinen schönen Kopf.«

»Seit wann findest du meinen Kopf schön? Du hast noch nie gesagt, ich hätte einen schönen Kopf!«

»Doch, ich finde, du hast eigentlich einen schönen Kopf, und – hallo! Vorsicht! Vorsicht, tun Sie Herrn Fischer unter gar keinen Umständen weh!«

Die Zivis hievten ihn vom Rollstuhl aufs Bett und pumpten dasselbe dreißig Zentimeter in die Höhe.

»Ich hatte noch nie einen schönen Kopf, Francis!«

»Kannst du raussehen, Kurtschatz? Ist das hoch genug, sollen die beiden …«

»Du sollst mich nicht bemuttern, Francis, seit wann bemutterst du mich eigentlich derart unverfroren? Werde ich jetzt doppelt bestraft – erst Krebs im Leib und dann auch noch dein Bemuttern?«

»So ist gut, ihr beiden, nicht hö…«

»Höher!«

»Jawoll, Seine Majestät!«

»So geht es doch, oder, Kurtschatz, oder? Die Jungs können es so lassen, das sieht doch schön aus so.«

»Vielleicht ist es Ihnen entgangen, gnädige Frau, aber wir sind bereits Männer«, sagte der andere, literarisch interessierte Zivi, an dessen Halskette ein Amulett baumelte.

»Coole Schuhe«, merkte der hustende Kollege an, und Kurt erläuterte, dass er seit jeher gerne Cowboystiefel trage, obwohl er Senk-, Platt- und Spreizfüße zugleich habe und dazu zwei krumme Zehen, die Francis, als wäre es ein verstörendes chinesisches Gericht, gern »Hammerzehen an Echsenfuß« nannte, worüber Kurt das erste Mal noch gelacht hatte. Wer solche Füße habe, hatte Francis ihm kurz nach der Hochzeit prophezeit, müsse früher oder später schwer erkranken.

Wie sie zu dieser reizvollen Erkenntnis komme.

Das sage ihr eine Eingebung.

Er sei mit einer Pferdenatur gesegnet, sagte Kurt, alle Männer seines Stamms hätten methusamisches Alter erreicht.

Methusa-*lemisches* Alter, hatte sie korrigiert.

Woher sie wissen wolle, dass es methusa-*lemisch* heiße.

Sie habe Sprachwissenschaft studiert.

»Du hast Sinologie studiert.«

»Und allgemeine Sprachwissenschaft.«

»Und da lernt man das?«

»So was weiß man, Kurtschatz!«

»Was heißt ›Wissen‹? Kein Mensch kann beweisen, was Wissen ist und was nicht, und genauso gut könnte es methusamisch heißen, wenn *ich* das für passend halte.«

Empirisch gesichert war in diesem frühen Stadium ihrer Ehe nur, dass Kurt Fischer selten ohne Schmerzen in seine Stiefel steigen konnte, deren Zahl zum Zeitpunkt der Heimkehr auf neununddreißig Paare angeschwollen war. Ohne einen weltweit einmaligen Vorrat an orangefarbenen Zehenschonern (außen Pflaster, innen Gelee, wodurch Druckstellen vorbeugt werden konnte) wäre das keinesfalls möglich gewesen.

So verlief der erste große Streit von Francis und Kurt kurz nach den Aufständen Mai 68.

Kurt Fischer und Ulla Mayer hatten jung geheiratet, ein wolkenloser Tag Anfang Mai. Ulla war zwanzig, Kurt zwei Jahre älter. Er hatte die traurigsten grünen Augen der Stadt Hamburg und eine Brustbehaarung, die sich in konzentrischen Kreisen vollzog, was Ulla, die für ihr nahezu perfekt modelliertes, fast immer poliert wirkendes Dekolleté ebenso berühmt war wie für ein soulbegabtes Timbre, sofort für den Mann in Kurt eingenommen hatte. Auch mithilfe mehrerer Therapeuten konnte sie sich später nicht erklären, warum behaarte Männerbrüste für sie Fetischcharakter besaßen, wohingegen sie behaarte Männerbeine – am meisten dürre, o-förmig gebogene – derart instinktiv verabscheute wie nur noch das Wesen ihrer Mutter, weil die erst ihre eigene Identität und dann das Studium der Zahnmedizin aufgegeben hatte, um dem Vater als »Fascho-Sklavin« auf Lebzeiten die Last der Erinnerungen an den Russlandfeldzug erträglich zu machen. »Du machst einem Kriegsverbrecher den Hof!«, schrie Ulla sie an, »und so verhöhnst du die Opfer ein zweites Mal, das ist derart widerwärtig!«

Wochenlang waren Ulla und Kurt mit einem hellblauen Volvo durch die Republik, durch Belgien, Frankreich und Holland gefahren, um eine Pastorin zu finden, die sie traute, weil Francis das Jawort nicht vor einem Mann zu geben bereit war. Sie wollte patriarchalische Strukturen nicht länger anerkennen und war seit zwei Jahren im Vorstand einer ehrenwerten Vereinigung zur Emanzipation der Frau, noch bevor der ganze Apo-Zirkus losging und die Rettung der vietnamesischen Bauernschaft wichtiger wurde als die Gleichstellung von Mann und Frau in Deutschland.

Doch nirgendwo gab es eine Pastorin, die die beiden vermählt hätte, also sah Ulla ihren Fanatismus ein und handelte Kurt im Gegenzug das Jawort vor einem Wanderprediger mit flachsgelb gefärbtem Kinnbart ab, der eine neue Kirche der Sieben Mähdrescher des Herrn zu gründen begann und unter

Einsatz seines ganzen Körpers um Mitglieder warb. Kurz gesagt leugnete der erleuchtete Mann jede personale Existenz Gottes und verlegte die spirituelle Magie des Menschen direkt in sexuelle Handlungen, was Kurt ausnehmend gut gefiel. Der Prediger war überzeugt, dass es im männlichen Gehirn ein Äquivalent zu den Hoden gebe, Hirnhoden sozusagen, die man durch dionysische Tänze in der Dämmerung stimulieren konnte. Am Ufer eines kleinen Moorsees im württembergischen Allgäu, mitten in einem ungemähten Weizenfeld zum Ruf eines Käuzchens, tanzten sich Kurt und Ulla am 3. Mai 1968 in die Ehe und schwammen anschließend nackt durch das vom Halbmond beschienene Wasser des Blausees, das so schwarz war wie die Sommernächte von Marokko, wo sie sich zwei Wochen später zu der Übereinkunft flitterten, Treue sei die perverse Erfindung angstbesetzter Neurotiker, die mithilfe der bürgerlichen Institutionen vor der Verantwortung für die eigene Autonomie flohen. In dieser Frage passte zwischen Kurt und Ulla nicht einmal die Heiratsurkunde auf beigefarbenem Papier mit natürlicher Holzstruktur.

In Marrakesch war es auch, wo Ulla unter Obhut der Cassiopeia im Beisein einer Storchenfamilie drei Balladen der amerikanischen Jazzsängerin Francis Jay Bridgewater zum Besten gab und Kurt, ins Mark gerührt von ihrer Melancholie, immer nur »Francis, Francis, my wonderful Francis« flüsterte. Sie schliefen ununterbrochen miteinander und lernten erst später, dass die chemische Substanz von Kurts Spermien nicht in der Lage war, die Membran von Francis' Eizellen für eine Invasion einzuschmelzen, weswegen keiner von beiden als unfruchtbar galt, es aber dennoch nie ein Fischerkind geben würde.

Kurt hatte bemerkt, dass Francis in den ersten Tagen seiner Krankheit wieder sehr auf ihr Äußeres achtete. Sie hatte den

Sinn für Ästhetik und Design entdeckt, trug seit kurzem ihren alten, fingerverschlingenden Goldschmuck mit keltischer Symbolik und hatte sich aus dem Antiquitätengeschäft am Ende der Hein-Hoyer-Straße mehrere Schatullen gekauft, die sie in einer Kommode im Stil Napoleons III. verstaute. Und sie bändigte ihre voluminöse Mähne neuerdings durch ein mit Glitzerapplikationen besetztes Haarband, vornehmlich pastellfarben, gern flieder.

An dem Morgen, der alles veränderte, lag Kurt in seinem Bett, beobachtete einen frühsommerlichen Schauer, der sich im diffusen Grau des Himmels ereignete, und rief, während er den Kopf in Richtung ihres Arbeitszimmers drehte, betont leise nach Francis, um ihre Aufmerksamkeit zu testen.

Sofort war sie zur Stelle, streichelte seine Hand und zählte diverse Teesorten auf, die sie zur Stärkung seines Immunsystems besorgt hatte, dazu heißen Holundersaft für die roten Blutkörperchen, am besten mit Ingwerhonig aus dem Wald um Lüneburg, und sie wartete eine Antwort gar nicht erst ab, weil sie ahnte, dass er sich für einen Kaffee, schwarz, ohne Zucker, entscheiden würde, und wollte gerade auf den Flur zur Küche übersetzen, als Kurt lauter wurde.

»Was?«, rief sie zurück.

»Ich muss dich was fragen.«

»Was sagst du, Körti?«

»Ich sagte, ich muss dich was fragen.«

»Alles, Schatz, alles!«

Sie setzte sich auf den Hocker neben seinem Bett und verstaute mit beiden Händen eine herabgefallene Strähne unterm Haarband.

»Glaubst du, dass ich sterbe?«

»–«

»Francis, glaubst du es?!«

»Körti, was fragst du da! Wir alle sterben an dem Tag, an dem wir geboren werden.«

»Nein, so nicht, Francis! Nicht diesen Spiri-Mist bitte! Ich will von dir wissen, ob ich am Ende bin. Was hat dir dieser Hold gesagt?«

Sie lachte auf, als William gähnend vor ihnen zum Stehen kam, hechelnd und mit einem Augenaufschlag, der sie an den frühen Kurt erinnerte, als dessen Gesicht in einer amorphen Masse stirn- und wangenstürmender Lockenhaare versteckt war.

»William, Süßer, ach, schau, Körti, Willy will dir was sagen … willst Kurtschatz was sagen, Süßer, hm, uhh, ja …«

Kurt drehte den Kopf aus dem Fenster und sah, wie ihn auf dem Ast der Straßeneiche eine Saatkrähe beobachtete.

»Ich lebe nicht mehr lange«, sagte er.

»Schatz, hör auf damit, hör doch auf mit diesem Gerede, bitte! Wir schaffen das, du schaffst das, du musst den Krebs hinnehmen, du musst ihn aussitzen.«

»Ich will nichts aussitzen, und ich will nicht ertragen, was mir bevorsteht.«

»Aber du weißt doch gar nicht, was kommt.«

»Das Ende kommt, Francis, so ist das. Und ein Ende ist nie lebenswert.«

Innerlich zerbrach sie an diesem Satz und bückte sich zu William hinab.

»Mein süßer kleiner Fratz«, sie griff seine Ohren und drehte den Kopf hin und her, »grrrrrr … grrrrr!«

Als William ausgebellt hatte, sagte Kurt: »So ein Ende hat keine Würde.«

Für minutenlange Sekunden war es fast still in der Wohnung der Fischers. William schlief auf Francis' Füßen, sie summte den *Lullaby-Blues* und sah, dass Kurt weinte. Ihre Ehe lang war sie überzeugt gewesen, Kurts Körper sei nicht in der Lage, Tränen herzustellen, weil er ihrer Ansicht nach keine Drüsen besaß, weswegen sie ihm prophezeit hatte, er werde eines Tages vertrocknen.

Als Kurts Kopf zur Seite genickt war, stand sie auf und sah das Bild seines Totseins, sie sah den Tod aus der Haut quellen, nachdem in den Organen das Sterben gewütet und sich durch die Poren nach außen gebracht hatte, und das, obwohl Kurt, syntaktisch atmend, im Frieden mit den kosmischen Energien zu sein schien. Sie spürte die Hülle des Todes und das zersetzte, aufgelöste, aus dieser Hülle entschwundene Leben. Sie sah, wie ihr Körte aussehen würde, wenn er nicht unter die Fünfprozentmarke fiel. Ihr schwacher Kurt war noch nie stark gewesen. Stark wirkte er nur im Rahmen der sozialistischen Ideologie, die antrat, das Elend der Welt abzuschaffen. Aber wer hatte Schuld an *seinem* Elend? Wer von den Schwätzern dankte Kurt seine Treue?

Die Fingerkuppen ihrer rechten Hand strichen seine linke Wange herab, ihr Zeigefinger tupfte die Unterlippe. Für Francis war der Umstand des Todes die ungelöste Frage jeder Existenz. Keine Schönheit gab es darin, nicht eine. Im letzten Moment würde die furchtbare Schwäche jedes Einzelnen offenbar, das ahnte sie seit langem, diese furchtbare Einsamkeit, die man nur hinnehmen konnte, wie sie dachte, hinnehmen, hinnehmen, hinnehmen, aussitzen, ohne sich in inneren Aufständen dagegen aufzureiben.

In marokkanischen Mokassins schlappte sie übers Flurparkett in ihr Arbeitszimmer. Die Tosca-Arie der Callas begann wie immer leise. Als sie anschwoll, bemerkte Francis, dass auch ihr Körper zu schwellen begann. In ihren Brüsten kramte kein Tod und kein Sterben, da quoll das Leben, und sie empfand die Vitalität, die in ihrem Busen wohnte, als Synonym für Schönheit. Je toter Kurt wurde, desto blühender kam sie sich vor. Sie stand auf, erkannte die Polsterung ihrer Hüften als wundervoll und ihren Speckröllchenbauch als sexy. Im Ganzen fand sie sich selbst – aufrichtig. Francis, die vielleicht ein paar Lachfalten um die Augenhöhlen hatte, teilte die Celluliteangst ihrer Altersgenossinnen nicht und brauchte den Kampf aller Frauen gegen das Unterhautfettgewebe nicht zu führen, und jetzt, vor dem Spiegel ihres Zimmers, war der Moment gekommen, da sie dieses genetische Privileg souverän, aber ohne triumphale Gebärde ausspielte und sich zuzwinkerte. Die Transen und Stricher auf dem Kiez nannten sie, von ihrer Wandlungsfähigkeit verblüfft, respektvoll »Magnolia der Muße«, und vor dem Spiegel ihrer Kommode stehend erinnerte sie sich an eines der schönsten Liebeserlebnisse ihrer mittleren Phase, als ihr der Sekretär der norwegischen Verteidigungsministerin – die sie für deren charmant maskierte Kälte eine Konferenz lang sehr verehrt hatte – ohne unnötiges Pathos offenbarte, sie, Francis, stünde in puncto Liebeskunst den Kubanerinnen in keiner, nein: in *keinster* Weise nach.

Der so jung schon weise Tore war der Erste, mit dem sie Kurt von seiner alleinigen Pflicht zur Befriedigung ihrer Lust entlastet hatte, und jedes Mal die Jahre danach, wenn ein Tore oder sonst wer in sie drang, stellte sich Francis eine Horde ungewaschener, wild behaarter Söldner vor, die ihr den Uterus zerstießen und sie zwischen herrlichen Vergewaltigungen nackt an einen Baum banden, aus dessen Krone goldener Staub auf ihren Kopf rieselte, ehe sie unten auslief und ihre Leber und die Gedärme im Moos einer paradiesischen Aue versickerten.

Den Zettel mit der Botschaft »Bin im Magnolia« legte sie direkt neben Kurts Kopf und küsste seine von Schweiß benässte Stirn dort, wo sich, wenn er hustete, eine Ader blähte. Im Treppenhaus parierte sie die Frage des Nachbarn mit gekonnter Diplomatie: »Wir werden siegen, wir sind bester Dinge!«, ging bei Chopra nebenan vorbei und holte die bestellten Packungen Räucherstäbchen ab. Kein Cappuccino war so cremig wie der im Barista, Simon-von-Utrecht-/Ecke Hein-Hoyer-Straße, zudem aß sie dort jeden Mittag eine

Focaccia mit Ziegenkäse oder dergleichen. An diesem Morgen saß auf »ihrem« Hocker an der Wand ausgerechnet jener Jungdesigner, der Francis' neuen Salon vor zwei Monaten als *Cultural-Crossover-Communication-Center* eingerichtet hatte: Fausto Diamantis, ein unpolitischer Italogrieche, der gern von der Sprengkraft seiner Prostata schwärmte.

»Magnolissima, was für eine sorpresa! Come stai?«

»Ach Gott, Fausto D. Was für ein Pech!«

Beiderseits war Beklommenheit zu bemerken, denn der Körper des Designers hatte viel versprochen und wenig gehalten. Francis fand den Mann für seine neunundzwanzig derart uninspiriert, dass sie das Liebesspiel nach der zweiten Übung abbrach und es sich eine Stunde später in ihrem Büro mit einem Dildo selbst besorgte, was sie auf eine Idee gebracht hatte, die sie nicht lange unterdrücken konnte.

»Ich muss auch gleich wieder«, hastig wischte sie sich Blätterteigschuppen aus dem Mundwinkel, »alles klar«, sagte Diamantis, »ciao, ciao«, »Tschau«, dann schloss sie die quietschende Tür des Barista, die sie sonst lässig zufallen ließ, und kramte aus ihrer Handtasche eine der üblicherweise drei darin liegenden Sonnenbrillen heraus. In einer Seitengasse passierte sie das rosagestrichene Haus mit der großen Aufschrift *Der Herr lebt!* und grüßte Kreszentia Walter, die Leiterin des Jesus-Centers, die gerade die oberen Treppenstufen von einer Lache Erbrochenem reinigte. Auf der Hälfte des Weges zum Salon ließ sich Francis wie immer von einem roten Zeitungskasten ablenken und las, die Ray-Ban in der Hand, die Titelzeile der Morgenpost, heute aber zweimal: *Phoenix am Ende – 850 Arbeitsplätze weg!*

Zwar kannte sie keinen der Arbeiter beim Reifenhersteller Phoenix persönlich, zumal Harburg, über die Elbe im Süden der Stadt, ein externer Kontinent war, auf den sich ihrer Meinung nach kein ästhetisch versierter Mensch je verirrte, aber Francis ertappte sich an diesem Mittag bei ihrer alten Lust zur Anarchie und fragte sich, wann es zu einem Aufstand kommen werde und ob eine Eskalation des Protests, die einem Aufstand ihrer Kenntnis nach immer vorausging, bei der heutigen Apathie und politischen Schlafmützigkeit überhaupt noch denkbar sei. Das wäre mal wieder was für Kurt! Sie rief ihn an, um ihm die Sache mit Phoenix zu sagen. Und Kurt sagte: »Tssss … auch so ein unwürdiges Ende«, legte auf und starrte auf den Bildschirm des neuen HDTV Aquarios, den Francis ihm besorgt hatte. Er musste ertragen, wie Linda aus Ratingen ihre Mutter Sabine anschrie, diese habe ihren, Lindas, Freund Ronnie gefickt. Die Mutter, eine Frau Anfang fünfzig, die eine schwarze Nappalederhose, rosafarbene Strickstulpen und Turnschuhe trug, schrie sofort zurück, der Ronnie habe sie, die Mutter, doch beinahe vergewaltigt.

»Vergewaltigt? Sind Sie sicher, Sabine, dass das wirklich eine *Vergewaltigung* war?«, fragte die Moderatorin im Auftrag der Vernunft.

»Na nisch grad verjewaltischt, aber …«

»Ey, siehste, wie meine Alte lügt … Siehstedat? Ey Mann, watt die Alte rumlügt, isch hab diese Schlampe so watt von dicke!«

»*Du* lügst doch, Linda, der Ronnie wollte noch nie watt von dir, der war immer nur scharf auf *misch*!«

»Oh he, halt doch dein …«

»Lin …«

»… dreckiges Maul!«

»Lin-da … Linda! Bitte! Sabine? Hal-lo, Sa-bine! Sabine, hatten Sie und Ronnie nur diese eine Mal was miteinander?«

Kurt sah, wie Sabine grinste, und als die Regie unerwartet auf Linda schnitt, tat ihm die korpulente Teenagerin leid.

»Linda. Tut dir weh, dass deine Mutter regelmäßig mit deinem Freund geschlafen hat?«

Linda schien gerade einen Hassanfall vorzubereiten, dann kam Werbung, und Kurt zappte einen Kanal weiter.

»… wir haben Ronald an den Lügendetektor angeschlossen. Sandy, willst du wissen, ob er der Vater von Brian ist?«

Sandy nickte mit ihrem schweren Kopf, und Kurt war erstaunt, dass ein Mädchen mit sechzehn bereits ein Doppelkinn haben konnte.

»Der Lügendetektor hat ein eindeutiges Ergebnis«, sagte die Moderatorin, als verkünde sie die definitive Hochrechnung einer wegweisenden Bundestagswahl. »Wollt ihr das Ergebnis *wirklich* wissen?«

»Ja, Mensch, natürlich wollen wir«, sagte Kurt.

Sandy sah auf den Boden, Ronald auf Sandy.

»Die Antwort kommt … in wenigen Minuten.«

»Meine Güte!«, entfuhr es Kurt, »Werbung, Werbung, Werbung, Schei…«, und er musste, die Fernbedienung in der rechten Hand, einen linkischen Hustenreiz parieren, da verrutschte der Kanal.

»… diese Fotze ist doch …«

»Vor Gericht bitte nicht solche Ausdrücke, Herr Gorsky, ja? Also. Waren Sie an diesem Nachmittag in der Wohnung von Frau Schilling oder nicht?«

»Ich weiß doch gar nicht, wo das Haus von der wohnt.«

»Einspruch Euer Ehren, mein Mandant hat vorhin erklärt, dass er zur fraglichen Zeit in einem Supermarkt des Diebstahls überführt wurde. Er kann also nicht bei Frau Schilling gewesen sein.«

Kurt hustete erneut und drückte die Taste 5.

»Du bist so eine dumme Sau, ey!«

»Linda, warum hat deine Mutter wohl mit Ronnie geschlafen?«

»Weil ihrs nie einer rischtisch besorgt hat, kuck dir doch ma die vertrocknete Schnepfe an …«

»Wenn isch gewusst hätte, watt aus dir wird, hätt isch disch weckmachen lassen.«

Tumult im Studio, dann nickte Kurt weg. Als er aufwachte,

sah er Jesus Emperado, der auf dem Programmplatz *Täglich Emperado* aus dem Bus der PowerTournee über die Kraft der Motivation sprach.

9.

»Abele hier, hallo Herr Hertz.«

»Ja, Herr Abele, hallo!«

»Ich würde Sie gerne etwas fragen, wenn Sie erlauben.«

»Nur zu.«

»Könnten Sie sich vorstellen, heute Abend zu einer Veranstaltung der Gesellschaft zu kommen?«

»Heute? Warten Sie … kurz … ach ja, warum eigentlich nicht«, sagte Hertz.

Abele schlug mit der Faust auf den Tisch: »Ich vertraue Ihnen. Sie wissen ja, Vertrauen ist heute das höchste Gut!«

»Haben Sie es gelesen? Die Kurierin von der Rathausstraße neulich ist jetzt doch verstorben, eine Annonce der Firma, gestern in der DTZ.«

»Sehr bedauerlich«, antwortete Abele ohne weitere Einfühlung, »also, Treffpunkt 7.30 Uhr, Nebeneingang des Atlantic.«

19.28 Uhr sah Hertz Abele in einem frackähnlichen cremefarbenen Sakko um die Ecke biegen und ging ihm entgegen. Er hatte sich verändert. Der zarte Rahmen seines Kinnbarts gab sich als Bart selber aus, eine schmale Spur magnetisch geordneter Metallsplitter, und seine jetzt strichdünn rasierten Koteletten endeten in einer zum Mund weisenden Spitze. In der Rautenbergstraße, Ecke Holzdamm, auf dem Parkplatz des Pacific-Haus, in dessen Obergeschoss die Werbeagentur Schelsky & Rahm residierte, glaubte Hertz Hegenbarths silberfarbenen 911er stehen zu sehen, dann bogen die beiden in die Schmilinskystraße ein. Im vierten Stock der Villa Vitalis – in deren Foyer es keine Blumenkübel und keine Fußmatten gab, sondern eine in die Wand eingelassene Granittafel mit dem Satz *Der Mensch hat ein Recht auf Erhebung* – befand sich eine 280-Quadratmeter-Residenz mit durchgängigem Fischgrätenparkett. Die Aufzugtür öffnete sich verhältnismäßig langsam.

»Ich würde Sie gerne mit jemandem …«, Abele winkte, »darf ich Ihnen jemanden …«,

»Aber …«, unterbrach Hertz.

»Sie kennen ihn vielleicht von Plakaten oder aus Zeitschriften, aus dem Radio oder vielen Fernsehsendungen.«

»–«

»Bobby«, sagte Abele stolz, »ich möchte Ihnen …«

Schöne, volle Lippen, gerade, weiße Zähne, schneller, sportlicher Gang, ein Mann, der keine Kohlenhydrate zu sich nahm und jeden Tag mindestens drei Liter Wasser trank, kam auf Abele zugehopst und fasste linkshändig an dessen Schulter, während er Hertz seine Rechte anbot.

»… jemanden vor – …«

»Wir danken Volker Abele, dass er es ermöglicht hat, Sie endlich kennenzulernen, Herr Hertz. Man spricht schon über Sie!«

Robert Mastbergers Seitenscheitel und die nackenkurzen Haare kamen Hertz bekannt vor. Seine Synapsen arbeiteten an einer tragfähigen Verbindung, scheiterten aber an den Umständen eines allgemein verwirrenden Trubels am Eingang. Ein rosarotgestreifter Seidenschal war locker um Mastbergers Hals gelegt, der Handschlag war zu weich, um glaubwürdig, zu lang, um distanziert, zu stark, um zerbrechlich zu sein. Keine Falte auf der Stirn, keine um die Augen, die Wangengrübchen durch geübtes Lächeln diszipliniert.

»Der breiten Öffentlichkeit ist er unter ganz anderem Namen bekannt«, sagte Abele, lachte Hertz zu und suchte Mastbergers Aufmerksamkeit. Der war vielleicht eins siebzig und profitierte unzweifelhaft vom Napoleoneffekt kleingewachsener Männer, deren Geltungssucht sie in manchen Fällen bekanntlich größenwahnsinnig macht.

»Lassen Sie das doch, Abele.«

»Freut mich, Sie kennenzulernen«, sagte Hertz zu Mastberger, der ihm zuzwinkerte und zu weiteren Schulterklopfereien bereit war, weswegen Hertz sich in Geduld üben musste, ehe Mastberger sich ihm wieder zuwandte.

»Sie arbeiten also in der Logistik«

»Im weiteren Sinne, ja«, sagte Hertz, »also im eigentlichen ist es Kommunikationslogistik.«

»Aha.«

»Unter anderem Netzwerkgenerierung und Rekrutierungsdesign, dazu Consulting.«

»Der Wert von Logistik ist bis heute nicht wirklich begriffen, was meinen Sie?«

»Genau das. Effiziente Logistik, ich meine reibungslose Kommunikation, ist der Nukleus der Ökonomie. Ohne logistische Organisation der Bindeglieder in der Kette geht heute nichts mehr. Was nicht perfekt organisiert ist, hat in der Just-in-Time-Kultur keine Chance zu überleben. Wenn die Rädchen nicht optimal ineinanderpassen, sind die Reibungsverluste tödlich.«

»Respekt, Sie nutzen Ihr Potenzial!« Mastberger zeigte mit dem Finger auf Hertz.

»Eigene Agentur?«

»Selbständig, also selbständiger Arbeitskraftunternehmer, so heißt das heute korrekt.«

»Existenzgründung.«

»Eine Art Ich-AG. Rechtlich eine ›Einzelgesellschaft‹.«

»Freiheit ist immer das Wichtigste, je mehr, desto besser, je höher man fliegt, desto freier.«

»Vor allem alternativlos.«

»Für Freigeister. Für die Hühner unter uns sieht es schlecht aus.«

»–«

»Ich sage Ihnen mal etwas ganz Furchtbares. Der Staat ist ja nur noch eine Chimäre, es macht nicht einmal mehr Spaß, ihn, Pardon, zu bescheißen.«

»Ich will auch gar nicht, Pardon, bescheißen, sondern lediglich einen guten Eintritt in den Beratermarkt haben, Broschüre, Profil, Flyer etcetera.«

»Haben Sie schon eine Druckerei?«

Hatte Hertz nicht.

»Kennen Sie Myers-Pirelli?«

»Müsste ich?«

»Würde er erwarten.«

»Wie war der Name nochm…?«

»Myers Bindestrich Pirelli. Fahren Sie runter in die HafenCity, das China-Shipping-Gebäude, der siebenstöckige Treppenturm, verglast, nicht weit von den Magellanterrassen, ich glaube Hongkongstraße. Grüßen Sie den Meister von mir persönlich. Aber *herzlich!*«

»Kann es sein, dass Sie …«

Statt einer Antwort legte Dr. Robert Mastberger seine Hand an Hertz' Kreuz, und eine Frau Weber eilte heran. Zu viert standen sie am Fenster und stießen an, Aperol Sour, etwas zu süß, aber frisch und kühlend. Von der Seite kam Abele hinzu, wurde aber, im Gegensatz zu einem Gast mit schulterlangem grauem Haar, von niemandem bemerkt.

»Monsieur Mevissen, Maître du théatre nouveau – überall zu Hause, wo an der Matrix der Zukunft geschrieben wird!«

»Sagen wir es so: seit jeher geneigter Protokollant Ihrer Exzesse, Herr Mastberger.«

»Sagen Sie das nicht meiner Janica.«

»Glauben Sie, ich gefährde meine Premiere?«

»Der Meister macht ein Geheimnis aus seinem neuen Stück«, flüsterte Mastberger in die Runde.

Hertz wurde drei weiteren Damen und zwei Herren vorgestellt, bis einer ans Glas schlug. Licht schwand, Bossa Nova starb, eine bassige Stimme erhob sich.

»Es spricht – unser Vorsitzender. Bobby, bitte.«

Mastberger hatte insgesamt betrachtet eine ansprechende Schädelform. Gleich zu Beginn seines Vortrags war ein Ausmaß an Lebenskraft zu spüren, wie Hertz es noch nie erlebt hatte.

»Freunde!«, rief er in den Saal, »sagen wir ja zur Hingabe in diesem Moment, denn dieser Moment zeigt, dass die Zeit für die Erneuerung des Denkens und Handelns gekommen ist!«

Manche applaudierten, obwohl der Satz nach Hertz' Empfinden das Niveau einer Floskel besaß.

»Werfen wir einen Blick auf die gegenwärtige Lage, und wir werden feststellen, dass keine Kraft in diesem Land eine größere Berechtigung hat als unsere Bewegung mit dem Plädoyer zur Selbststeigerung. Sehen Sie sich um: Kälte, Frust, Verdruss, Gleichgültigkeit. *Wir* aber«, er ließ eine geheimnisvolle Pause, »… *wir* arbeiten auf ein höheres Ziel hin … Bei unserem letzten Treffen hatte ich ja angekündigt, dass wir auch öffentlich stärker in Erscheinung treten müssten, worauf ich ausdrücklich hinweisen will. Wir haben, liebe Freundinnen und Freunde, bereits entsprechende Schritte unternommen.«

Ein sommerlicher Orkan, Vorbote eines Gewitters, das wieder einmal nicht eintreffen würde, arbeitete an seiner Selbstverwirklichung; Äste einer Kastanie peitschten die Fensterrahmen.

»Spüren Sie die Kraft des Windes da draußen?«, fragte Mastberger und genoss die Tatsache, dass alle sich zum Fenster drehten, als er seine Hand nach rechts ausstreckte.

»Es gab in der Geschichte Staaten, die sind an Ermüdung zugrunde gegangen. Sedierte Republiken sind verwesende Republiken. Das Dilemma, vor dem wir stehen, ist euch hinreichend bekannt: Die Unterschichten müssen ruhig gestellt werden, damit sich unsere Eliten nicht im Kampf aufzehren. Wir haben eine Kampagne für kulturelle Erneuerung in Auftrag gegeben, weil wir der Überzeugung sind, dass wir unser Netzwerk stärker an entsprechende Module anbinden müssen. Unsere Personalabteilung hat dafür vier neue Stellen geschaffen und über das Assessment-Center vor kurzem, und ich sage das mit absoluter Anerkennung für die geschickte Führung, vier hervorragende Mitarbeiter für unsere Sache gewinnen können. Deren Aufgabe besteht jetzt darin, in Kontakt mit revitalistischen Institutionen und Gruppen in Frankreich, Norwegen und den USA zu treten, ich habe entsprechende Vorschläge unterbreitet. Liebe Freunde, meine Damen, meine Herren, die Zukunft wird nicht mehr von gewählten Regierungen und Parlamenten, sondern von transnationalen Netzwerken bestimmt, und ich bin der festen Überzeugung, dass wir da ganz vorne mitmischen werden. Und jetzt lassen Sie mich nicht länger um die Sache herumreden: Heute Abend präsentiert die Agentur Schelsky & Rahm ihre Vorschläge für eine neue Corporate Identity, mit der wir im anstehenden Kampf um die Zukunft des Bewusstseins unseren Einfluss steigern wollen. Rupert Schelsky selbst hat es sich nicht nehmen lassen, persönlich in die Villa zu kommen … a hearty welcome, Rupert, besten Dank!«

Nicht nur Hertz war überrascht, wie vertraut sich die beiden Männer umarmten. Schelsky, mit schwarzem Shirt samt V-Ausschnitt und so wenig Brust- wie Kopfhaaren, drehte sich in den Raum und wirkte älter, als seine Glatthäutigkeit nahelegte. Und obwohl sich sein Partner Paul Rahm zur Behandlung eines akuten Hashimoto-Anfalls in der Klinik aufhielt, ließ Schelsky sich seine Aufgewühltheit nicht anmerken.

Die Musik, mit der die Enthüllung des neuen Corporate Design inszeniert wurde, war raffiniert gewählt: raunender Wagner, auf dass sich eine lustvolle Spannung aufbaute. Wagner funktionierte immer noch. Erst später würde Abele

Hertz verraten, dass die Revitalisten die wagnerisch getönte Luft gern mit Amberaromen bestäubten, weil Amber für das Konzept der Evokation eine große Rolle spielte.

In dem Moment nun, da sich alles auf die mit einem roten Brokat verhüllte Tafel neben dem Rednerpult konzentrierte, niemand im Raum mehr ein Wort sagte und die Ouvertüre verstummte, fuhr eine Leinwand, auf der sofort das Fenster eines bisher unbekannten Betriebssystems aufsprang, von der Decke in den Raum herab. Aus dem Off erklärte Schelsky die völlig neu konzipierte Revitalisten-Homepage, die nicht nur eine bislang einzigartige Blogosphäre integriere, sondern jede Forderung aus dem berühmten *Memorandum zur Evolution des Bewusstseins* als Realfiktion in einem Schauspiel zahlloser Clips visualisiere. Ein digitales Fenster nach dem anderen ploppte auf, und Hertz hatte das Gefühl, Teil eines gleichzeitig ablaufenden, weltweiten Vernetzungsereignisses zu sein, ohne klar sagen zu können, ob das, was zu sehen war, eine Aufzeichnung, eine Animation oder ob die entsprechende Person in Jetztzeit anwesend war.

Zum ersten Mal sah Hertz in diesem Moment den für viele legendären Hugo Myers-Pirelli, der eine Vitalität ausstrahlte, die sich jederzeit auf ein intaktes Rückgrat verlassen konnte. MPs weißes, volles Haar war eindrucksvoll arrangiert. Er trug über einem ecrufarbenen Hemd mit moosgrünen Manschettenknöpfen eine violette Seidenkrawatte. Während Abele auf die Leinwand stierte, grummelten Bässe, rollten, schwollen an und hatten sofort wieder den höchsten Grad an Spannung hergestellt. Ständig rieb Abele den rechten Daumen am Mittelfinger auf und ab und war nicht einmal durch Schelskys Ausführungen zu erreichen, die zu ihrem fulminanten Ende kamen, als das neue Revitalisten-Logo präsentiert wurde, das von diesem Tag an auf allen Karten, Umschlägen, Briefbögen, Plakaten und als Monitorbild der neuen Homepage ins kollektive Bewusstsein gebrannt werden würde. Es gab kurzen Zwischenbeifall und die allseitige Neigung, Schelskys Rede zuzustimmen, ehe es für längere Zeit gar keine Neigung mehr gab, sondern provenzalisch anmutende Amuse-Gueules und Fukumatos mit durchnässten Ingwerläppchen. Hertz ging im Raum umher, grüßte zurück, wer ihn zuerst grüßte, nickte hier und dort und wurde im Großen und Ganzen, wie ihm später klar wurde, von einem überdimensionalen ungerahmten Gemälde an der kalkweißen Wand des Salons Marinetti angezogen, auf dem ein stählerner Käfig das gesamte Bild in sich aufnahm und eine Masse gesichtsloser Wesen einsperrte.

»Faszinierend, nicht wahr?«

»–«

»Mascha Malumowitsch. Aus dem dreizehnteiligen Zyklus *Auf Schuld folgt keine Sühne.*«

»Sie kennen sich ja bestens aus.«

»Ich habe zwei Gemälde aus dieser Reihe in meinem Wohnzimmer hängen.«

»Das freut mich für Sie.«

Mastberger streichelte den Rahmen des Gemäldes und sah Hertz dann eine Weile an.

»Sie machen den Fehler, den alle machen.«

»Den Fehler?«

»Ja. Sie starren auf dieses marderartige Tier da unten.«

»Das ist nun auch das weitaus Widerlichste auf diesem Bild.«

»DAS TIER IN DIR!«, rief Mastberger, lachte auf und schlug, wie es augenscheinlich seine Art war, Hertz aufs Schlüsselbein.

»Nein, mein lieber Freund, um dieses Tier geht es gar nicht, um die tierischen Triebe und dämonischen Fratzen des Menschen. Sehen Sie sich lieber mal den Käfig an. Finden Sie nicht auch, dass diese Stahlstreben da all unsere Normen und Neurosen darstellen könnten, diese ganzen ideologischen

Konstruktionen von Moral und Schuld, in die wir uns sklavisch einsperren lassen wie dumme Hühner? Und das dann auch noch im Namen der großen Freiheit!«

»–«

Eine junge Cateringdame mit einem randgefüllten Tablett näherte sich, und Mastberger und Hertz griffen zugleich nach einem Glas Grand Cru Millesime Brut. Dass Mastberger dem Jüngeren den Vorzug ließ, war eine Kostprobe seines notorischen Charmes. Hertz erkannte die feinen Grübchen um den Mundwinkel wieder, die er auf den Plakaten des mal drohenden, mal versöhnlichen, mal augenzwinkernden Jesus Emperado gesehen hatte. Kurz davor, Mastberger auf diese frappierende Ähnlichkeit anzusprechen, sagte der:

»In fast allen Bildern der Malumowitsch taucht dieser Käfig auf, mal merkwürdig abstrakt, mal konkret, mal klein, mal groß, mal mit, mal ohne dieses, ja, verstörende Wesen, das ein wenig fratzenhaft aussieht, da haben Sie schon recht. Jedenfalls geht von diesen Bildern eine ganz hemmungslose Energie aus, finden Sie nicht?«

Als Hertz die Luft zur Antwort schon geholt hatte, kam, sich mit der Serviette die Lippe tupfend, Abele hinzu und wirkte, obwohl in der Körpergröße ebenbürtig, neben Mastberger wie ein Ministrant.

»Hervorragend, wie Sie vorhin die Dekadenz unserer Tage beschrieben haben, Bobby!«

»Nichts anderes dürfen Sie von mir erwarten.«

Die beiden Herren stießen an. Mit einem kurzen, aber durchdringenden Blick sah Mastberger Hertz und Abele in die Augen und nahm einen erheblichen Schluck.

»Mm … Herr Hertz, wir würden Ihnen gerne einen Vorschlag machen. Was halten Sie davon, regelmäßig an unseren Treffen in der Villa Vitalis teilzunehmen? Johannes Abele …«

»Volker.«

»Bitte?«

»*Volker* Abele.«

»… wird Sie über die Termine in Kenntnis setzen.«

Bevor Hertz sein Erstaunen verbindlich zum Ausdruck bringen konnte, stieß Rupert Schelsky in die traute Runde, und Abele sah ohne Lidschlag zu Boden und wich einen Schritt zurück.

»Rupert, ich habe Herrn Hertz hier … darf ich Sie gerade bekanntmachen – Herr Hertz, Herr Schelsky, Herr Schelsky, Herr Hertz – ich habe Herrn Hertz eingeladen, künftig regelmäßig an den Jours fixes der Gesellschaft teilzunehmen und vielleicht, na ja besser: hoffentlich!, die eine oder andere Aufgabe für uns zu übernehmen.«

Mastberger hob das Glas und nickte seinem jungen Referenten, der rasch sein Wasser austrank, eindeutig zu. Die Beflissenheit seines Gehorsams hatte verhindert, dass der Referent sauber schluckte, also kam er hustend hinzu. Die Reaktion seiner Flimmerhärchen zu unterdrücken gelang ihm nicht, und seine Stimme versagte unter akutem Schleimbefall ihrer Bänder.

»Geht's?«, fragte Mastberger, und der Referent nickte mit aufgerissenen Augen, um die Contenance zu wahren und nicht in eine Hustenkaskade auszubrechen.

»Sie werden …«, eine finale Flimmerhärchenrebellion kündigte sich an, »aah, Pardon«, er räusperte sich, »Sie werden keinen überzeugenderen Vertreter der Zukunft als Bobby Mastberger finden«, sagte der Referent, hustete noch mal heftig und gab Hertz seine Visitenkarte. »Wenn ich Ihnen raten darf … Pardon …«, er räusperte sich mit Tränen in den Augen, »nehmen Sie jedes Angebot von ihm an, er macht es nur ein Mal.«

Während der Referent unter einem halberstickten Anfall forthastete und Mastberger von drei weiteren Herren und einer Dame in Beschlag genommen wurde, stellte sich Hertz ein dynamischer Mittdreißiger mit akkurat sitzender Krawatte vor. Ohne weiteres Zögern wies er darauf hin, dass sich die Revitalistische Gesellschaft vor kurzem eine bis zu diesem Tage völlig neue Organisationsstruktur zugelegt habe. Als Körperschaft in Hamburg-St. Georg ansässig, agiere sie wie ein multinational aktives Unternehmen, das sich vom Staat und seinen Institutionen entkoppelt habe, während es staatliche Verwaltungsformen adaptiere, um sich so unabhängig wie unangreifbar zu machen. Des weiteren lernte Hertz in diesen Minuten, dass die Revitalistische Gesellschaft anstrebte, das Zentrum eines neuen Netzwerks zu werden, dessen Aktivitäten und Verknüpfungen keinerlei demokratischer Kontrolle unterlägen. »Wir reichen jetzt schon in alle Bereiche der Wirtschaft, Wissenschaft und Religion hinein«, sagte der Mittdreißiger, verhaspelte sich kein einziges Mal und wirkte auf Hertz wie eine fleischgewordene Repetiermaschine. Schließlich nahm er Hertz' Daten in seinen BlackBerry auf und teilte ihm das Datum der nächsten Versammlung mit, auf der das gerade in Arbeit befindliche neue Leitlinienprogramm der RG vorgestellt und verabschiedet werden würde.

»Hat mich sehr gefreut«, sagte er, ohne eine Pause gemacht zu haben, gab Hertz die linke Hand und griff mit der rechten nach Broschüren und gehefteten Papierbündeln, die er auf einem Stehtisch abgelegt hatte, um sich an Mastbergers Fersen zu heften, die ihm immer einen Schritt voraus waren.

Ihn ausgenommen war der Salon Marinetti jetzt leer, und Hertz stand verlassen vor dem Reliefgemälde *Vitalij Malumowitschs Verzweiflung am Leben* und ließ sich hineinfallen in den Klang einer Stimme, die zart flüsterte und samtig hauchte. *The shadow of your smile*, sang es aus unsichtbaren Boxen, *is the deepest memory I have.*

Erste Regentropfen prasselten auf Fenstersimse und Scheiben, als Hertz nach Abele Ausschau hielt, doch der hatte die Villa Vitalis längst verlassen und saß am Küchentisch seiner kleinen Winterhuder Wohnung bei der dritten Tasse Gunpowder-Grüntee. Vor ihm lag die aktuelle Ausgabe des Vorwerk-Magazins, dessen Titelthema die erfolgreichste Expansion der Unternehmensgeschichte war. Vorwerk hatte sich aus dem Staubsaugergeschäft zurückgezogen und zapfte jetzt mit »revolutionärer Technik zur Wasserreinigung« neue Märkte in Asien und Lateinamerika an und hielt es sich zugute, viele neue Arbeitsplätze zu schaffen.

Wie ein Sack Asche saß Abele auf dem Stuhl, sein Blick verschwommen, die Schultern spannungslos, und spürte, dass dieser Abend sein Leben verändern würde: Der große Mastberger, den er, Abele, verehrte, zu dem er aufsah, den er als Leitfigur erkoren hatte, er hatte ihn vorhin zum wiederholten Male vor allen anderen erniedrigt. Dass Mastberger Hertz ohne mit der Wimper zu zucken vertraute und ihm, Abele, vor die Nase setzte, konnte er nicht unbeantwortet lassen. Für die Revitalisten hatte er sein Äußeres verändert, hatte abgenommen, sich der Fitness verschrieben, war dem RG-Sports-Club beigetreten, hatte für die gemeinsame Mission Energien kumuliert und gespeichert, hatte die neue Ordnung und das falsche Leben, das er mit seinem inneren Apostel bekämpfte, in den höchsten Tönen gefeiert – und dann zog man ihm Hertz vor, demütigte ihn permanent und entsorgte ihn ein zweites Mal. Niemand hatte je wirklich seinen Einsatz gewürdigt. Hier und jetzt, in seiner niedlichen, kleinen Küche, wo der Satz *Gehet hin und gießet aus die sieben Schalen des Zornes Gottes auf die Erde* in schöner Schrift in einen Keramikteller gebrannt über dem Ceranfeldherd hing, bei der vierten Tasse Gunpowder hatte irgendetwas in ihm begriffen, dass er zur Reinigung seines Innenkörpers eine neue Technik einüben musste, hatte etwas in ihm verstanden, dass die Zukunft der Menschheit nur darin bestehen könne, die Lüge, die Schamlosigkeit, die Schuld, diesen ganzen, sekündlich produzierten Dreck und Unrat der Urteile, der die Seelen und Körper kontaminierte, vom Corpus der Gesellschaft abzusaugen. Auf einer höheren Stufe seines Bewusstseins angekommen, rief er seinen ehemaligen Vorwerk-Kollegen an, den Einzigen, den er einen Freund nennen wollte, weil er mit ihm das Trauma der plötzlichen Entlassung teilte, und nur ihm, der jetzt in Lüneburg Gebrauchtwagen verkaufte, konnte Abele von seiner Idee erzählen. »Und ich frage mich eben, wie es wäre, wenn das Kapital von morgen nicht mehr Geld, sondern Sittlichkeit wäre, verstehst du, also wenn ein Unternehmen danach beurteilt würde, wie *sittlich* es handelt, nicht, wie viel Gewinn es macht. Ich meine damit einen inneren Wandel durch Änderung der Lebensführung, dafür müsste man Opfer bringen, aber nur so ist es doch möglich, dass wir …«

Ob sie morgen darüber sprechen könnten, unterbrach der Freund, und Abele hörte, dass im Hintergrund Fangesänge ertönten und der Kommentator von einer klaren Fehlentscheidung des Schiedsrichters sprach. Als Abele aufgelegt hatte, setzte er sich in den Wohnzimmersessel, hörte Johnny Cash und las in der Offenbarung des Johannes.

10.

Zur selben Zeit notierte Mascha in ihr Tagebuch: *Seit vier Tagen nicht mehr geschlafen*. Mit angehockten Beinen, den Oberkörper mit einem überdimensionalen Shirt behängt, saß sie auf dem Sims, lehnte seitlich an der Fensterscheibe und stierte auf die Ernst-Merck-Straße hinab. Die Vorstellung, sie könne eines Morgens in irgendeinem ihr unbekannten Bewusstseinszustand aufwachen, ohne zu wissen, ob sie noch sie selbst oder die Reinkarnation einer vollkommen unpassenden Seele war, kränkte sie mehr, als durch Lorazepam zu ertragen war. Nahm sie über den Tag verteilt drei Tabletten davon, weil es die Blut-Hirn-Schranke leicht passierte und die Wirkung rasch eintrat, neutralisierte sie die typische Benommenheit abends mit Koffeinpillen. Der Angst vor dem plötzlichen Verschwinden im Schlaf begegnete sie gewöhnlich durch die Einnahme kroatischer Kreatin-Tabletten. Mascha lebte in ständiger Unsicherheit, der berühmte Boden unter den Füßen sei nur ein Gerücht. Freude am Leben ahnte sie höchstens in den frühen Morgenstunden gegen halb sechs, wenn das Sein noch zu betäubt für Verletzungen war, wenn sie sich nach fugenloser Nähe zum Kosmos sehnen und den Tod verdrängen konnte.

Jeder Moment im irdischen Sein der gefeierten Künstlerin Mascha M. war ein Drama für sich. Jeder Tag ein Maximum an Aufstand und Niedergang, Aufbäumung und Zerstörung. Jede einzelne Sekunde eine Entscheidung zwischen Leben und Nichtleben. Das war, glaubte sie lange Zeit, der Osten in ihr.

Als Hertz vor kurzem *den Osten* mit der Bemerkung, er

sei ja, von Hamburg aus gesehen, relativ nahe gelegen, rein geographisch verstand, sprach sie ihm zum ersten Mal Menschenkenntnis, Empathie und zuletzt schlichtweg intellektuelle Mündigkeit auf eine Weise ab, die ihn stark an Hegenbarths Wutausbrüche gegenüber Betriebsrats- und Gewerkschaftsmitgliedern erinnerte. Natürlich sei dieser Osten eine geistige Kategorie, belehrte ihn Mascha am Rande einer Eruption des Nervensystems, eine Chiffre für den anderen, den dramatischen, den *empfindsamen* Menschen, für die tiefe, hohe, freiliegende Seele.

»Was nun?«, fragte Hertz, »hoch oder tief?«

»Arschloch, blödes.«

Der geographische Osten in ihr kam bei den Umlauten durch, die sie nach Art der Sachsen näselte. An Götter oder die Kunst, an diesen »naiven Kinderscheiß«, glaubte Mascha nicht. Sie glaubte an Rückführungen, an die Macht kosmischer Energien, die sich willkürlich in sie senkten, an wiedergeborene Wesenheiten und an gechannelte Wahrheiten. Mascha Probst aus Leipzig liebte die *Spiritusgedichte* des Vitalij Malumowitsch und die übersinnliche Musik von Andreij Kirjakow. Malumowitsch und Kirjakow waren, je nach Lesart, kuriose oder tragische Gestalten: Kirjakow ein somnambuler Sonderling, der sich nur in Tönen äußern konnte und während eines Stipendienaufenthalts in Rom eine Katze verspeist haben soll; Malumowitsch ein transzendentes Medium morbider Poesie, das sich im Oktober 1941 im Alter von neunundzwanzig bei einer Lesung im Kreise von Kabbalisten mit einem Küchenmesser sein Leben genommen hatte. Wenn Hertz bei seinem letzten Besuch richtig zugehört hatte, war Maschas Körper die erste Inkarnation von Malumowitschs »tiefer, hoher, freiliegender Seele«, die nicht durch Kunst, sondern nur durch Auslöschung erlöst werden konnte. Wer wie Hertz dieses ewige Drama des Ostischen nicht verstand, verstand Mascha Probst nicht. Und wer wie Hegenbarth nicht begreifen wollte, dass Vitalij Malumowitsch als Medium den Sehnsüchten niederer Wesen zur Selbsterhebung diente, hatte nach Maschas Einschätzung überhaupt nichts begriffen.

Sie empfing Hegenbarth am nächsten Mittag, wie immer in einem weißen Bademantel.

»Kaffee? Bier?«

»Wasser, ohne Kohlensäure, wenn möglich.«

»Wasser gibt's bei mir nicht.«

»Dann ja … äh … Kaffee … und hast du einen Schluck Milch dazu?«

»Milch ist was für Weichlinge.«

Sie trug Frotteeschlappen und schlurfte mit dem Becher und dem darin eingetauchten Löffel zum Fensterbord, drückte sich ins Eck und hockte die Beine an, während sie eine Zigarette anzündete.

»Hey, guck nicht so, du bist nicht mein Vater!«

Hegenbarths kaum sichtbares Kopfschütteln löste eine Feststellbremse in Maschas freiliegender Seele, und ohne dass das Lorazepam schon wirken konnte, geriet sie in die Spirale.

»Ich weiß selbst, was gut für mich ist und was nicht. Und Banker und Kunstkonsumenten sind *nicht* gut. Eigentlich bist du ja ein *nicht*guter Mensch, ich weiß gar nicht, warum ich mich überhaupt mit dir abgebe.«

Alles in ihrem Wohnzimmer roch nach Lavendel. Sie hatte ihren karmischen Blick aufgesetzt und meditierte. Blass war die Haut, sie hatte tausend Fugen. Ihre Haut hatte keinen Filter. Ihre Haut hatte den schützenden Mantel eingebüßt. Maschas Seele nistete in den Poren ihrer Haut. Seit sie denken konnte, scheiterte sie an der Antwort auf die Frage, wie es, während man lebt, vorstellbar wäre, man sei tot. In solchen Momenten warf sie Gläser an die Wand. Wenn ihr danach war, setzte sie eine geeignete Scherbe auf der Innenseite ihres Unterarms auf und ritzte eine weitere Fuge hinzu, quer.

Sie griff die Zigarette hinter dem Filter. Ihre Finger durften den Filter nicht berühren, weil sie Angst hatte, dass durch das Nikotin die Haut ihrer Finger aufgelöst werde.

Hegenbarth fand ihre Art zu rauchen sexy. Ihm gefielen ihre Augenringe. Er ließ sie zu Ende wüten, schob ihr den Aschenbecher hin und nippte am Becher Kaffee ohne Milch.

»Der Tod ist immer schon da, das kapiert eben keiner von euch seelenlosen Westlern.«

Hegenbarth kapierte nicht und sagte: »Ja, natürlich.«

»Ach komm, Drecksack.«

Obwohl alle Fenster offen waren, gab es zwischen drinnen und draußen keine Wärmeregulierung mehr. Es war der heißeste Mai in Deutschland seit Beginn der Aufzeichnung der Temperaturen 1880. Schweiß fand seinen Weg an Hegenbarths Wirbelsäule hinab.

»Wir können eine Ausstellung initiieren«, sagte er und wischte sich mit einem Tempo die Stirn. »Du allein in der Galerie Leviathan!«

»Es geht doch gar nicht mehr um die beschissene Malerei …«

»Mastberger hat neulich anklingen lassen, dass er den ganzen Zyklus über den *Zyklus* kaufen will, für die Büros im neuen Revitalisten-Turm am Kaiserdamm.«

»Ihr Kunstkapitalisten kotzt mich vielleicht an.«

»Stell dir das doch nur mal vor: *Du* lieferst die Visionen der neuen Epoche.«

»Du redest Mist … Mist, Mist, immer nur diesen oberflächlichen Mist.«

»Mascha, Mensch, Kunst ist die Währung der Zukunft! Und deine Kunst sorgt für Aufschwung, die Leute werden in Galerien gehen und das Ostische deiner Werke lieben, das sind ganz neue Töne, das sind die mitteldeutschen Mythen!«

Hegenbarth platzte beinahe vor Pathos und kam auf sie zu. Ihre Hand war ein Stück kaltes Knochenfleisch. Sein Ring drückte ins vordere Glied ihres kleinen Fingers. Sein Rasierwasserduft bedrängte sie.

»Du riechst mir zu schwülstig«, sagte sie.

»Mascha! Du musst mir was geben, sonst kann ich dich nicht länger unterstützen. Du weißt, wie wichtig das ist, heutzutage, keine Sau ist ja mehr an Qualität und Tiefe interessiert.«

»Ich will deine Scheißkohle nicht.«

»Aber wie willst du überleben?«

»Eben!«

»Was ›eben‹?«

»Wer sagt, dass ich das will?«

»Was?«

»ÜBERLEBEN!«

»Aber …«

»*Du* willst, dass ich überlebe, weil du mich brauchst, du Egomane!«

»Jetzt überspannst du den …«

»Du verstehst gar nichts. Geh zurück in deine Spekulationsburg und reib deinen Schwanz mit Geldscheinen ein.«

Hegenbarth inspizierte Tafel drei und acht ihres dreizehnteiligen Zyklus *Kampf der Katzen gegen ihre Peiniger.*

»Hier … das ist großartig … diese Wut!«

»Halt einfach deine Klappe.«

Er ging zum Fenster und spähte zwischen zwei Lamellen des herabgelassenen Rollos hindurch. Auf der Straße stauten zwei Stehtische der Imbisskette Pekingente den Fußgängerfluss, weswegen es zur Rempelei zwischen einer edel ausstaffierten Dame mit Pelzstola, toupiertem Blondhaar und Sonnenbrille und einem fetten Türken in Trainingsanzug und Piratenkopftuch kam. Den folgenden Austausch von Anschuldigungen versuchte die Chefin des Pekingente-Ablegers zu schlichten, indem sie »Heyhey! Sluß! Sluß!« rief, doch sie blieb erfolglos, und ihre Patschhändchen kriegten weder die Stola der Frau noch die Schulter des Türken zu greifen. Währenddessen ballettierte auch noch ein arroganter Rehpinscher auf zwei nigerianische Christen zu, die, mit hornrandigen Brillen an kahlrasierten Köpfen, ausgerechnet vor dem Büro der Iran Air von der Ankunft des Messias schwärmten.

»Ich kann nicht mehr, das musst du mir glauben. Es geht nicht mehr.« Mascha legte ihr Kinn auf dem Knie ab, und Hegenbarth nahm die rinnende Träne mit dem Zeigefinger auf. Er spürte, wie ihr Körper zitterte. Dass sie flüsterte, merkte er, konnte aber nicht verstehen, was sie sagen wollte, weil sie unentwegt das ausfließende Nasensekret hinaufzog. Die im Weinen weich gewordenen Lippen waren ohne Spannung. Hegenbarth starrte auf Maschas halbgeöffneten Mund, stellte sich die Wärme des Fleisches vor und schluckte seine Lust hinunter.

Die Mittagstreffen zwischen ihnen liefen meist wie folgt ab: Hegenbarth klingelte an der Tür zum Roten Panther, und wenn der Öffner wieder nicht funktionierte, warf ihm Mascha aus dem Fenster des vierten Stocks in einen Strumpf gewickelt den Schlüssel herab. Sie trug dann entweder ein figurbetonendes Kleid aus transparentem Chiffon oder ein Negligé (gern lilafarben), genoss Hegenbarths Erregung und wusste, dass er sie sich abklemmte. Seit er Mascha vor drei Jahren in der Leipziger Galerie OstArt zum ersten Mal gesehen hatte, besaß sie etwas Unantastbares für ihn. Aus nur seinem Therapeuten bekannten Gründen brauchte Hegenbarth das Unantastbare, das sich ihm Entziehende, welches ihm die eigene Antastbarkeit bewusst machte. Er konnte und wollte das Unantastbare durch Berührung nicht zerstören, und der Therapeut hatte richtig erkannt, dass Hegenbarths Sehnsucht nach dem Unberührbaren in Mascha genau deshalb ein ideales Objekt gefunden hatte, weil sie sich sonst von *jedem* betatschen ließ, den ihr das Schicksal zuspielte. Der Therapeut erklärte Hegenbarth, dass er sich von der Masse abheben könne, indem er Mascha gerade *nicht* berühre.

Oft stand er dann in seinem Büro an der gegenüberliegenden Wand und ließ seine Finger über die schwarze Oberfläche des *red painting* gleiten. Er berührte den Rahmen und streichelte die Unebenheiten, die Maschas wilder Pinselstrich hinterlassen hatte.

Wenn sie sich während des Malens eine Zigarette in den Unterarm brannte, weil ihr Unterarm durch die Brandwunde wertlos würde, schlug sie meist auch ihren Kopf gegen die Wand und lachte, wenn das Blut aus der Nase tropfte. Sie ließ es tropfen und sagte bei jedem Tropfen »tropf tropf«. Manche Tropfen ließ sie auf die Leinwand fallen, und manchmal malte sie mit Blut statt mit Öl. Jene Bildversuche, die Hegenbarth als »gran-di-os!« bezeichnete, zerschnitt sie, wenn er gegangen war, ausnahmslos, weil sie ihm misstraute, wie sie jedem misstraute, der ihr oder ihrer Arbeit einen Wert zusprach. Mit Lügnern und Drecksäcken wollte sie nichts zu tun haben, und wer für gut befand, was sie tat, der log, und das nicht einmal unverhohlen, weil nichts, was sie tat oder je tun würde, in ihrem Urteil jemals gut sein könnte, jemals so gut sein könnte, dass ein *beseelter* Mensch es gut finden könnte.

Als Mascha aufsprang und sich abgestandenen Espresso mit heißem Wasser aufgoss, entdeckte Hegenbarth in ihrem Schlafzimmer die Reste eines Meisterwerks.

»Sag mal, bist du total verrückt geworden?«

»Klar. Verrückt. Ja.«

»Wie kannst du *schuldvision3* zerschneiden? Ich habe dir immer gesagt, es ist das Beste, was du je gemacht hast! Ich fasse es nicht!«

»Es ist kein Kunstwerk.«

»Ach ja? Was dann?«

»Schwulst.«

»Schwulst? Was … wie … wovon redest du?«

Sie riss das Kleid hoch und spreizte ihre Beine, aber Hegenbarth wandte sich ab.

»Mascha, du bist vermutlich das größte Talent unter der Sonne und …«

»Und deshalb geilst du dich an meiner Verzweiflung und diesem Scheißschwulst auf!«

»Setz deine Energie bitte ins Bild um!«

»Och, Papi is böse … Jeden Tag lügst du mich an, weil du mich leiden sehen willst.«

Sie saß mit übergeschlagenen Beinen auf der Fensterbank, die erste Lucky Strike des zweiten Päckchens überm Filter zwischen die Finger gesteckt. Hegenbarth hustete, als sie ihn anblies, und nachdem sie aufgesprungen war, zum Pinkeln gegangen und die Klotür so weit offen gelassen hatte, dass er den Strahl hören konnte, legte er einen Scheck auf den Flachtisch, neben den Aschenbecher mit getürmten Kippen, zwei leeren Bierdosen, dem Make-up-Täschchen, der Fachzeitschrift *Kunst – Karma – Kosmos*, den zu jeder Zeit aufgeklappten Laptop unterm Kabelgeflecht und einen roten Flyer, der die Eröffnung eines »Spürsalons« namens »Magnolia« ankündigte, worüber er kurz auflachte.

Sein 911er röhrte in der Parkbucht gegenüber auf, und Mascha saß nackt am Fenster. Hegenbarth setzte keinen Blinker, brach aus der Reihe heraus und schnitt einem Vespafahrer den Weg ab. Mascha hatte das Kinn auf den Knien abgelegt und starrte den schwarzen Lack ihrer Fußnägel an. Ihre Füße waren dreckig, weil sie zu Hause barfuß ging. Dreck war gut, Dreck war Leben. Ihr Leben war Dreck. So dachte Mascha und nahm, als ob es seit Jahren geplant gewesen wäre, Zigarette, Block und ihren Toshiba-Tintenstift, dessen Spur nie wieder zu tilgen sein würde, und schrieb ein Testament nieder. Darin verbot sie der Nachwelt jede Art von Grablegung. Ihre

Bilder sollten vernichtet werden, jede Form der Erinnerung an sie war von einem »Seelenschaftsverwalter« als Verbrechen zu ahnden. Die Figur des Seelenschaftsverwalters erfand sie kurzerhand in der Hoffnung, jemand würde sich an der Idee begeistern und sie umsetzen. Für den Fall, dass ihr Suizid misslang und sie nur ins Koma fiel, verfasste sie handschriftlich eine Patientenverfügung, in der alles genau geregelt war: Sei der Zustand des Komas über drei Monate anhaltend, *müssten* am ersten Tag des vierten Monats alle lebenserhaltenden Apparate abgestellt werden. Nach ihrer anschließenden Verbrennung sollte der Künstler Joshua Perlmann mit der Hälfte der Asche an seinem infiniten Bildkommentar *Exit* weiterarbeiten (Mascha setzte das Wort *Exit* ebenso kursiv wie zuvor *müssen*), die andere Hälfte sollte vor der Krim ins Schwarze Meer gestreut werden. Kein Meer war ihr näher als das Schwarze. Malumowitsch hatte auf der Krim gelebt, er war dem Schwarzen Meer entstiegen. So ging Karma.

Mascha hatte Hegenbarth von ihrer Intuition zu überzeugen versucht, sie sei die Reinkarnation dieser schwermütigen Seele aus Sotschi. Über ihr Testament wollte sie sichergehen, ihm wenigstens einmal nah zu sein, sollte das mit der Reinkarnation nicht stimmen.

Jetzt hatte sie noch drei Stunden Zeit, ehe Afterworklover Lord-of-the-chickens kam, wie immer um sechs, wenn das Atelier ein Treibhaus war und jede Bewegung in einen Schweißausbruch mündete. Über Wochen hatte ihr Chat aus Bondage- und SM-Fantasien bestanden, deren Ausschmückung Mascha bestens beherrschte. Wie Lord-of-the-chickens aussah, wusste sie nicht, aber die Gesichtslosigkeit ihrer Henker war ja der große Reiz: dieser Reiz eines imaginierten Herrschers, der ihren Körper so lange gebraucht, bis er wertlos wird. Maschas Kennwort auf der Seite Loveluxury.de war »Le Chat«, auf der Homepage von *Afterworklovers.de* war sie als »Kartäuserin« registriert.

Mit den Afterworklovers vögelte Mascha ungeschützt. Welcher Tod könnte glaubwürdiger sein als der durch den Trieb der Natur? Wenn sie ungeschützt vögelte und den Ursaft der Henker in sich aufnahm, hämmerte unaufhörlich der Sopran ihrer protestantisch kranken Mutter im Gehörgang, *Sex ist Dreck, Sex ist Schmutz, Sex ist Sünde!* »Beschmutz mich!«, rief sie zurück, »gib mir den Dreck!«, und die meisten Afterworklover verstanden den eigentlichen Sinn nicht, antworteten aber mit einem grässlichen Urlaut und erhöhten seltsamerweise Tempo und Druck ihrer Stöße. Wenn sie sich das Virus einfangen würde, wäre bewiesen, dass es das Schicksal gab und es jede Schuld auf sich nähme. An Aids zu sterben war aus Maschas Sicht eine höhere Weihe, weil sie sich so mit allen anderen Aidstoten verbunden fühlte. Wenigstens mit denen, deren Immunität so zerstört war wie ihre, die offen und aufgeklappt den Dreck des Lebens nicht mehr parieren konnten und an einer einfachen Entzündung ihrer Lungenbläschen verreckten.

Was immer Mascha dachte, das Verrecken war bereits da. Vor jedem Anfang stand das Verrecken. Geburt und Leben hatten gegen das Verrecken nie eine Chance. Mascha verstand nicht, dass niemand das verstehen wollte. Der Tod war nicht das Schlechteste. Warum sollte sie gezwungen sein zu leben? Sie war gegen ihren Willen ins Leben gespritzt worden von zwei einsamen, traurigen, nutzlosen Menschen, die sie nicht kannte, von deren Existenz sie zwar wusste, aber was war das schon: Existenz? Zwei paranoide Individuen hatten über ihre Freiheit verfügt und sie der verfaulenden Welt ausgesetzt – warum also sollte sie lieben oder trauern oder leiden oder malen? Seit sie fünf war, stellte sie sich jeden, dem sie begegnete, als Leiche vor: wie die Augen wässrig wären, die Lippen leicht geöffnet, die Finger und Gelenke steifgefroren, wie das Kinn herabgefallen wäre, die Haut wächsern und hart und die ganze Körperruine nichts weiter als sinnlos.

Die Prinzipien der bürgerlichen Kultur perlten an ihr ab wie Tropfen sauren Regens, aber sie sehnte sich nach nichts mehr als nach der wogenden Wärme des heimatversorgten Kindes, durch das sie Unschuld gewänne. In schwierigen Phasen ihres Erwachsenenlebens wechselte sie die Leintücher ihres Bettes erst nach Wochen, um sich im gesammelten getrockneten Saft, im krustigen Sperma der Sünde suhlen zu können wie ein wertloses Schwein im Dreck.

Sie hatte Lord-of-the-chickens ihre Adresse gemailt, würde zur verabredeten Zeit die Tür öffnen und sich die Augen verbinden, die Kopfhörer des iPod ins Ohr stecken, den Indie-Mix aufdrehen und in Form eines Kreuzes nackt auf ihrem Bett liegen. Irgendwann würde er durch die offenstehende Tür kommen, lautlos, würde sie so lange vögeln, bis er mit ihr durch war, und sie würde niemals wissen, ob er grüne Augen oder Aids hatte oder beides oder beides nicht.

Bis Lord-of-the-chickens kommen würde, schnitzte sie an einem gigantischen Holzmobile weiter, an ihrer einer atztekischen Gottheit ähnlichen Rumpelstilzchenfigur mit überproportional langem Phallus. Wenn man genau hinhörte, konnte man Mascha beim Schaben summen hören.

**

Hertz sieht die tätowierten Russen auf dem Rathausmarkt die letzten Stangen des Bühnengerüsts anschlagen. Er sitzt auf dem Balkon seiner kleinen Wohnung und blickt in einem schrägen Winkel nach unten. Und wie üblich kommen sie jetzt alle zugleich angefahren: ups, DHL Euroconnect, GLS General Logistics Systems, TKS business in motion, GEL express 24, ELG Express. Ihre Diesellader und VW Transporter halten vor der Starbucks-Filiale, die die Gerüstbauer mit Kaffee und Bagels versorgt. Im Hintergrund verkündet der Radiomoderator einen neuen Rekord: Heute, 2. Oktober, sei der schwülste Tag seit Monaten, der

Wasserdampfgehalt steige ständig, der Luftdruck liege bei 1030 Hektopascal, alte Menschen stürben reihenweise an Entkräftung und wieder habe es einen Anschlag auf einen Kurier gegeben. Dann geht es, als gäbe es nichts anderes, um die morgige Rede des Bundespräsidenten. Sie soll, wie die DeutscheTagesZeitung meldet, der letzte Versuch sein, den Ausnahmezustand in der Stadt zu beenden. Lange hat Christian Wulff nach dem passenden Moment und dem angemessenen Ort für einen großen Auftritt und das richtige Wort gesucht. Er wolle den Tag der Deutschen Einheit nutzen, heißt es in der DTZ weiter, um Vertrauen wiederherzustellen, an Konsens und Gemeinschaft zu appellieren und so der kommenden Katastrophe, zu der er so lange geschwiegen habe, vorzubeugen.

Bis zum jetzigen Zeitpunkt kann niemand sicher sagen, ob Spenglers Leute den Tross des Präsidenten überhaupt in die Stadt einfahren lassen. Wenn er von Osten und der Autobahn aus Berlin kommt, ist das fast unmöglich; die Front gehört seit einigen Wochen den Spengleristen, und der Süden ist dicht, dort stehen Barrikaden, und gerade vorgestern wurde wieder eine Lagerhalle abgefackelt. Die Kolonne müsste über die Nordstadt und Eppendorf fahren, wobei nicht gewährleistet ist, ob die Posten der Bürgerarmee dort den Bundespräsidenten erkennen und durchlassen werden; es sind alles junge Anarchisten Anfang zwanzig.

Hertz führt seine Hand an den Mund. Er hat schon immer diese Eigenart gehabt: presst Zeige- und Mittelfinger seiner linken Hand auf die Lippen, wenn er etwas für sinnlos, absurd oder lächerlich hält, meist senkt er den Kopf und reißt seine Augen auf. Hegenbarth hat das damals so gefallen, dass er Hertz zu seinem Kronprinzen machte.

Mit welchem Pathos Hegenbarth gejubelt hatte, wenn Hertz seine Nutzwertreden schwang – gegen die allgemeine Verlotterung, gegen die Verweichlichung, gegen den Irrsinn der alten Republik mit ihren Gerechtigkeitsneurosen. Sofort stimmte Hegenbarth dann ein, »Großer Gott, nein …«, winkte ab, am liebsten mit beiden Händen nach unten, »unsere Republik ...«, ein irgendwie empörtes »Pah!« auf dem Gesicht, die Stimme hebend, »dieses wun-der-schö-ne Land«, beide Handflächen nach oben gedreht, »geht zugrunde an seiner Selbstverachtung und den Aggressionen dieser grässlichen Reaktionäre.« Geschickt schwärmte Hertz von Energien und Synergien, von Flexibilität und Aufbruch, von der Expansion einer, wie man in der Bank (die seit 1792 größten Wert auf arbeitsprotestantische Beratung legte) neuerdings sagte: »Kultur des Stolzes«. Der Vorstand feierte die Utopie der wirtschaftlichen Vernetzung Europas mit Asien als Vision des 21. Jahrhunderts, und Hegenbarth pflegte seine Lesart der Zukunft wie folgt vorzuschlagen: »Scheißen wir auf die Vergangenheit, meine Herren, sehen Sie sich diesen Jungen an!«, um, väterlich den Arm um Hertz' Schulter legend, fortzufahren: »Anfang dreißig, ein Top-Shooter, der brütet Zukunft aus, den bringen wir hier ganz groß raus, was?, der wird den Markt aufmischen!«

Innerhalb von zwei Jahren wurde Hertz unter Hegenbarth verantwortlich für Ausbildung, Bildung und Rekrutierung des Unternehmensnachwuchses. Er flog nach Paris, London, Boston und Sydney, lud zu Gesprächen, führte Interviews auf Englisch und Französisch, identifizierte die besten Leute für den Bereich Markets & Investment und kaufte die wagemutigsten Köpfe samt ausgebrüteter Akquisestrategien ein, deren Findigkeit dem Haus neue Marktanteile sichern würde. Er hielt Vorträge, entwarf, strukturierte und leitete Assessment-Center, stürzte, ganz nach Hegenbarths Geschmack, Ehrgeizlinge in Lebenskrisen, vernichtete für den Fortschritt zu zart geratene Seelen, setzte Visionen zur Förderung des kreativen Potenzials auf und verführte bei der letzten Weihnachtsfeier den gesamten Vorstand zu einem Ausbruch von Euphorie, als er die Vision eines neuen Unternehmenspatriotismus skizzierte, die Hegenbarth noch Wochen später mit einem »Groß-ar-tig!« kommentierte. Kurze Zeit später fädelte der den nächsten Schritt ein, und Hertz wurde zum Leiter des

Teams Image-Marketing, später zum Leiter des neugegründeten Talent-Centers berufen, wo er die »Perlen« aus dem gesamten Konzern zu einem High-Potential-Team *zusammenklaubte und eine Gruppe von acht Männern und drei Frauen führte. Für niemanden gab es einen Zweifel, dass Hertz am Ende des Tages von der zweiten Reihe in die erste springen würde, da er intern zu den »Top Executives« der nächsten Dekade zählte. Er war der Jüngste in der* Talent Pipeline *und der Top-Leister mit den höchsten* High-Performance-Points, *das hatte Hegenbarth in allen Face-to-Face-Dialogen stets besonders stolz betont. Dann kamen die Nachrichten vom Größenwahn, die Vorstände hatten leichtfertig Kredite vergeben und mit Hybris und Unverstand in ostdeutsche Immobilien investiert, die seitdem leer standen, weil im Osten kaum jemand einen Job hatte. Und wer im Osten einen Job hatte, wollte sich keine neue Immobilie leisten, sondern ein gelingendes Leben, und das konnte sich kaum einer leisten, weswegen der Osten verdummte, wie Hegenbarth befand, und der Westen, wie er nach einer Pause anfügte, verslumte.*

Hertz kommt es vor, als läge seine Zeit bei John & Jacobi Jahre zurück – und doch holt sie ihn immer wieder ein. Manchmal hört er Hegenbarths Stimme, riecht sein Rasierwasser, spürt seine Hand auf dem Oberarm. Jetzt hört Hertz die Hammerschläge an den Stahlstangen der Bühne, er hört den Rotorenlärm der Helikopter. Er sieht, wie die in blaue Overalls einwattierten Mitarbeiter der Securitor Streife gehen und ständig ihre Waffen berühren. Wer vor drei Wochen die beiden Kuriere erschossen hat, ist bis heute nicht geklärt, und jeder in der Logistikbranche muss damit rechnen, dass es auch ihn oder seine Leute erwischen kann, weil Logistik der letzte funktionierende Schaltkreis der Realität ist.

Wenn er all das nüchtern betrachtet, kann Hertz sich durchaus sagen, dass das vergangene halbe Jahr das aufregendste seines Lebens war. Und jetzt steht er aufs neue vor einer existentiellen Entscheidung, denn in ihm hat sich wieder einmal alles gewendet, und er hat einen Geistesblitz.

11.

Alles in der Kammfabrik wirkte so, als erlaube die neue Direktion unter Gerhard Taylor-Bisswurm ausschließlich den Lichtwellen der Längen Ocker und Umbra, sich auf Betonpfeilern, Boilern und Aluwannen, Maschinenhauben und Holzböden niederzulassen. Die Neonlichtkästen über jedem der Bims- und Schleifböcke waren mit weizengelbem Staub benetzt, und das durch die Milchglasfenster gezähmte Sonnenlicht ließ jedes von ihm unbeleuchtete Holz der Werktische hellbraun und das getroffene bronziert erscheinen. Die Rollos, unten gewellt, sahen aus, als wären sie eitergelbes Pergament. Flanellartiges Staubmehl lag auf den Hauben der Maschinen und den Schirmen der Stehlampen, so es nicht von den Abzugsrohren weggesaugt wurde, deren Generatoren auch dann wummerten und röchelten, wenn die Arbeiter um kurz vor zwölf wortlos in die Räume 330 und 329 gingen, um in der Mikrowelle eine Spinatsuppe aufzuwärmen oder aus der Tupperdose ein mit Lyoner belegtes Graubrot zu holen. In der Werkshalle zurück blieb der Deutschlandwimpel, der in der Haube eines Bimsbocks steckte.

Wenn eine Stunde später der Schleifer die Maschine mit dem Druck des rechten Knies auf eine gepolsterte Platte und diese dann den Kontaktknopf drückte, gab es ein zischelndes Schnalzen, das kaum zu unterscheiden war vom geschnalzten Zischen, wenn an den Bänken poliert wurde, Kamm für Kamm, 18 000 Mal pro Tag. Überall standen weiße Plastikkisten, getürmt, gestapelt, lose, randvoll jedenfalls mit Schritt für Schritt bearbeiteten Kämmen der Marken Lady Star und Matador. Der Krach der Herstellung, das Zirpen und Schnippen der Fräsmaschinen war zu laut, um sich mit mehr als Blicken zu verständigen. Auch wenn sie von Menschen bedient wurden, gaben die Maschinen den Takt vor, und wenn in den Kabuffs bei Pall-Mall-Zigaretten und schwer löslichem Kaffee die Rede wieder einmal auf Charly Spengler kam, wummerten sie weiter in die sorglose Stille des Werkraums. Die Wanduhr stand auf dreiundzwanzig nach sechs und tat es eine Stunde später immer noch, als wäre dieser Zeitpunkt der Augenblick eines einschneidenden Ereignisses gewesen, ohne die Gewissheit zu haben, ob in diesem historischen Moment die Sonne gerade auf- oder untergegangen war.

Sosset war ein kleiner Mann, der Jeans und meist Tom-Tailor-T-Shirts trug und aus wilderen Zeiten auf beiden Oberarmen je ein über die Jahre vom Schweiß des Lebens verwaschenes Tattoo mitbrachte. Auf seiner Brust saß eine Schicht Speck, die wackelte, wenn er die Schrauben justierte, festes Muskelgewebe reklamierte nur der Bizeps. Ein Bauchansatz war Tatsache, obwohl Sosset bei den Frauen als schlank durchging. Die Letzte, in deren Fall er von Sex sprechen wollte, mochte die Zartheit seiner Finger, die seit dreißig Jahren das Innenleben der Maschinen in der Kamm richteten. Spengler hatte er erzählt, dass diese Frau, die im vergangenen Jahr als Lohnbuchhalterin eingestellt worden war, ihm in einer der ersten Nächte gestanden hatte, dass sie keiner anderen Macht als seinen, Sossets, Fingern das Interieur ihrer Vulva anvertrauen wolle. Daraufhin hatte Spengler, ohne ein Wort zu sprechen, die Flasche Schilkiner Doppelkorn aus dem Vertiko geholt und mit seinem ersten Mann auf die gute Nachricht angestoßen.

Sossets Schneidezähne, an den Rändern gezackt wie ein Bergkamm, waren sichtbar nikotinbelastet, die feinen Haare, immer frisch gewaschen und nach hinten geföhnt, saßen stets akkurat. Sosset hieß Peter, wurde aber Pit gerufen. Er war niemals unrasiert und roch so gut wie immer nach Frühlingsseife. Spengler hatte ihn vor neun Jahren zum Vorarbeiter und Werkstattleiter gemacht, weil Sosset Spenglers Prinzipien von Ehre und Treue rückhaltlos vertrat und keiner ein zärtlicheres Verhältnis zur Bimsrückendurchzieh-, den Fräs- und Poliermaschinen hatte als eben er, der jeden Morgen um 5.20 Uhr die Lichter der Fabrik anmachte, alle Maschinen begrüßte und sie für den Arbeitstag und die Produktion der entsprechenden Kammsorten einstellte. Selbst mit Stöpseln in den Ohren hörte Sosset, ob eines der mit Diamanten bestückten Sägeblätter schief lief. Sein Herz, in dem die Liebe zum Kamm unerschütterlich wohnte, war größer als die Herzen aller anderen. Er stand unter dem an der Decke aufgehängten Schild *Qualität ist unsere Zukunft* und trug nach dem Schleifen, Fräsen, Polieren und Prägen die mittäglichen Fehlermeldungen in die neuen Bögen aus der Geschäftsleitung ein. Bevor er die Maschinen wartete und reparierte, die Arbeit der Kollegen überwachte und dem Deutschrussen Igor Bissig die neueste Nachricht des Personalvorstands nahebrachte, dass der Prämienlohn im Monat Mai um neunzehn Prozent zu hoch gewesen sei und also im Juni und Juli ratenweise zurückgezahlt werden müsse, freute er sich an der Hingabe und jahrzehntelang gewachsenen Treue, mit der die bärtigen, hochgewachsenen, kraftvollen Männer unter dem polternden Lärm der Bimsböcke die kleinen 372er-Läusekämme lautlos über den Polierstein zogen, einen nach dem anderen, mit einer, wie Sosset schien, unerhörten Liebe, ohne dass diese Liebe erwidert würde. An den honiggelb gestrichenen Wänden hingen neuerdings Rundschreiben der IG Bergbau, Chemie, Energie über die Kautschuk-Tarifrunde und die Forderung nach sieben Prozent mehr Lohn für die Laufzeit von zwölf Monaten, der man mit allen Mitteln Nachdruck verleihen wolle.

Janne hob den Hörer ab.

»Herr Taylor-Bisswurm wäre jetzt da.«

Die Tür öffnete sich, und Hegenbarths Stimme war wie immer fest und voll.

»Ich grüße Sie.«

Er wies seinem Gast einen Platz auf der Ledercouch an. Die Zuckerdose auf dem Glastisch war eine Schatulle aus echtem Silber – hanseatischer Traditionsbestand, großmütterliche Linie.

»Interessantes Bild«, sagte Taylor-Bisswurm und nickte zur Wand. Hegenbarth drehte sich nicht einmal um.

»Öl auf Holz. Eine bemerkenswerte Künstlerin, gerade mal achtundzwanzig. Neue Leipziger Schule. Sie lebt in der Innenstadt, Nähe Hauptbahnhof.«

Janne brachte Kaffee für Taylor-Bisswurm, eine gläserne Samova-Kanne grünen Thé des Impressionnistes für Hegenbarth und Evian für beide.

»Sind Sie an Kunst interessiert?«

»Nicht an zeitgenössischer Malerei«, sagte Taylor-Bisswurm.

»Die ist aber die zurzeit beste Kapitalanlage.«

»Meine Frau und ich sammeln Ikonen.«

»Ach was!«

»An Blattgold kann man sich nicht sattsehen.«

Die Herren schenkten sich ein Lächeln, wobei Hegenbarth den Aktendeckel umschlug.

»In Kürze findet in der Galerie Leviathan eine Vernissage der Künstlerin statt. Ihr gerade fertig gewordener Zyklus *Auf Schuld folgt keine Sühne* beschäftigt sich auf anregende Weise mit dem Tod, Sie sollten mal sehen, wie da ihr russisches Wesen durchdringt, diese Vereinnahmung des Todes als Bejahung des Lebens, eine Wucht, ei-ne Wucht!«

»–«

»Wir treten in diesem Fall als Sponsor auf, junge Kunst hat

es heutzutage irrsinnig schwer, alle Welt zielt nur noch auf das Zählbare ab. Ich glaube ja, dass uns dieser ganze Materialismus noch zugrunde richtet, als *Geistes*haltung, verstehen Sie, nichts steht ja mehr für sich allein, als Selbstzweck, alles wird verzweckt, wenn ich das so salopp sagen darf, es geht nur noch darum, die Kuh zu melken und nicht mehr fürs Gras zu sorgen. Abschöpfung statt Wertschöpfung, Rendite Rendite Rendite, offen gesagt: Mich macht das krank.«

»–«

»Nun gut … Diese Frau, Mascha Malumowitsch, besitzt eine unglaubliche Energie, eine Ungestümheit! Ich habe mich dafür eingesetzt, dass ihre Arbeit auf zwei Jahre von unserer Stiftung gesponsert wird.«

Taylor-Bisswurm streichelte mit Daumen und Zeigefinger der rechten Hand den Mittelfingernagel der linken. Hegenbarth nahm einen Schluck zu heißen Tee.

»Uuuuh … ffff … heiß … Darf ich?«

»Nein, danke, eine Tasse Kaffee muss reichen.«

»Aha. Gut, ja … Herr Taylor-Bisswurm … Wir … wir … äh … hier, ja, wir haben Ihre Unterlagen sehr genau studiert. Die Geschichte der New-York Hamburger ist ohne Frage beeindruckend. Übrigens: Selbst mein Coiffeur im 4Dimensions, unten, Ferdinandstraße – kennen Sie das 4Dimensions …?«

Taylor-Bisswurms Kopfschütteln war zweideutig. Er betrachtete die Altersflecken auf seinem rechten Handrücken und brauchte jeden Monat länger, sie alle zu erfassen.

»… dieser Beautytempel, Day-Spa, Hairstyle, Massage, Zahnbleeching auf vier Etagen … beeindruckend dort, aber was wollte ich sagen … ah ja, mein Coiffeur Borgest schwört auf Ihren Lady Star, ich war kürzlich da und habe gleich nachgehakt, will man doch wissen, oder? Im Übrigen wusste ich gar nicht, *wie* alt Ihre Kammfabrik ist!«

Taylor-Bisswurm war in keiner Weise überrascht und gewann seinem Mund eine Art Lächeln ab.

»Anyway«, wie Hegenbarth gern alles Vorhergesagte resümierte, »Sie beantragen also einen Kredit von zwölf Millionen Euro für eine Laufzeit von zwei Jahren, quasi ein Rettungspaket. To be honest: Wir können Ihnen diesen Wunsch nicht erfüllen, ich sehe keine Entwicklungschancen. Und ganz persönlich angemerkt, Herr Taylor-Bisswurm, Sie wollen mit Ihren Plänen achtzig Arbeiter und deren Familien über die Klinge springen lassen. Tut mir leid, aber ich kann das nicht unterstützen. Dazu kommt, dass Ihnen eine umfassende Sanierung ins Haus steht, weil das Umweltamt den Boden auf dem Werksgelände als verseucht eingestuft hat, zudem hatten Sie letztes Jahr viermal Ausschuss und zwei längere Produktionsausfälle. Ihre Maschinen sind mindestens über dreißig Jahre alt, in Indien wächst gegenwärtig eine ganze Branche an Hartgummifabriken aus dem Boden, deren Produkte den Markt in Kürze überschwemmen werden. Kurzum: Aus unserer Sicht sieht es nicht gut für Sie aus.«

Ungefähr der Linie schwäbischer Emporkömmlinge entstammend, ließ sich Taylor-Bisswurm seine Genugtuung nicht anmerken, dankte für Hegenbarths Zeitfenster und sprach im Aufzug stehend jene Hausmitteilung in sein neues iPhone, mit der auch die letzten Maschinen der New-York Hamburger zum Leidwesen der Geschäftsführung demontiert und nach China ausgelagert werden müssten. Der Vertrag mit der China Shipping CoKG zur Verschiffung nach Shanghai war seit vergangener Woche in einer Rohfassung aufgesetzt. Mit dem Besitzer und Direktor der Firma, Hugo Myers-Pirelli, hatte Taylor-Bisswurm vor ein paar Tagen auf dem Golfplatz (beide gaben Handicap 27 an) die Zukunft geordnet.

Noch während er die Treppen auf dem Vorplatz des Bankhauses hinabstieg, rief er Personalvorstand und Betriebsrat in Harburg an und verfügte, dass zum Tag der Deutschen Einheit, dem *dritten* Oktober, wie er den Personaler mit dessen dauerndem Hang zur *neun* korrigierte, alle Maschinen der Kammfabrik abmontiert und zur Überholung verladefertig zu sein hätten. Ab 4. Oktober habe in der Fabrik Grabesstimmung zu herrschen. Zwei weitere Gespräche mit den Aufsichtsräten bestätigten Taylor-Bisswurms Kurs, und in einer von niemand für möglich gehaltenen Fröhlichkeit bummelte er durch die Innenstadt, wo er, während Sosset am Telefon Spengler über die neuesten Entwicklungen informierte, zufällig die Galerie Leviathan entdeckte, deren Wände gerade für eine Vernissage frisch geweißelt wurden.

Obwohl Spengler seit seinem Auftritt nicht mehr auf dem Gelände gesehen worden war, sprachen alle über nichts anderes als seine mögliche Rückkehr. Der Lange konnte später nicht mehr sagen, was dieses Vibrierende genau ausgemacht hatte, aber es lag in jenen Tagen definitiv eine Spannung in der Luft. Jeden Tag verschwanden auf geheimnisvolle Weise weitere Maschinen, sogar die Kroppwalze. Der neue, von Taylor-Bisswurm eingesetzte Geschäftsführer verhandelte mit der China Shipping CoKG die Modalitäten der Verschiffung und war in seiner Beflissenheit unverkennbar jener Manager, der ein Jahr zuvor noch ein traditionsreiches deutsches Staubsaugerunternehmen abgewickelt hatte. Der bei der Demontage anfallende Schrott ging an die Firma Dörner, die alten Tische vermachte der Geschäftsführer dem Museum für Arbeit.

Sosset ging zum Chef der Kammpresse, der unter der blauen Latzhose winters wie sommers nichts anderes trug als weiße T-Shirts mit V-Ausschnitt und mit einem beherzten Pfiff den Deutschrussen Igor Bissig und Istanbul, den Griechen, der sich kürzlich ein Herz aufs Handgelenk hatte tätowieren lassen, zu sich holte. Sosset wusste, dass alles, was Spengler und er jetzt planten, nur funktionieren konnte, wenn Bissig und Istanbul eingeweiht wären. Die Produktion war seit zwei Wochen gedrosselt, ohne dass irgendjemandem der Grund dafür mitgeteilt worden war. Statt 1400 Pressungen pro Tag lag das Soll jetzt bei 900, was bei präziser Kalkulation zwei der fünf Presser überflüssig machte. Im Kessel nebenan wurden mit 158 Grad die letzten Kämme des Tages hart und schwarz gekocht, und weil die Vulkanisierung empfindsamen Wesen wie Istanbul die Flimmerhärchen in der Lunge angriff, hustete er in einem fort.

Am schwarzen Brett der Kammpresserei hing ein von Bissig gezeichnetes Porträt des Betriebsrats, das ihn mit Strick um den Hals an einer Eiche baumelnd zeigte. Sosset hatte eine andere Art Humor, lachte aber trotzdem und ging durchs Treppenhaus in sein Büro.

»Sosset?«

»Hier!«

Der Lange setzte sich gleich auf zwei Stühle.

»Es gibt keinen Grund, Angst zu haben«, sagte Sosset und lächelte, ohne die Augen zu bewegen. »Wir haben nichts mehr zu verlieren.«

»Kommt Spengler zurück?«

»Ich weiß es nicht.«

»Sosset, du weißt es! Wenn es einer weiß, dann du!«

»–«

»Alle hoffen, dass Spengler wiederkommt.«

»Langer, ich sag dir was, aber du musst dein Maul halten.«

»Der Direx kommt zurück, Sosset, sag es, Sosset, sag es doch!«

An Sossets kleinen Fingern steckten Ringe, an denen er niemals drehte. Der Lange beugte sich vor.

»Wir alle warten darauf, dass der Karren vor die Wand gefahren wird und der Direx zurückkommt, Sosset, mit neuem Geld, und dann fangen wir wieder an und holen uns die Welt zurück, denk mal, wir werden wieder Weltspitze!«

»Ich weiß, Langer, ich will das auch.«

»Dann lass es uns tun, Sosset! Gehen wir zu Spengler und sagen wir ihm, dass er unsere Rettung ist in diesem Scheißleben, das uns noch bleibt.«

Sosset, exakt dreiundzwanzig Zentimeter kürzer als der Lange, saß auf dem sauber gefegten Arbeitstisch und sah auf seinen Kumpel hinunter.

»Herbert«, sagte er, und zum ersten Mal seit ewigen Zeiten nannte einer den Langen bei seinem eingetragenen Vornamen, »wir brauchen Geduld, und *ihr*, ihr müsst das Maul halten, das ist das Wichtigste, hast du verstanden?«

»–«

Und dann sprachen sie über Spengler und wie er mit den Jungs an den Maschinen gestanden hatte. Sie schwärmten davon, dass Spengler all diese Maschinen beherrscht hatte wie sie selbst, und dass der Direx, wenn Not am Mann gewesen war, aus seinem Büro herunterkam und den Kämmen alle Widerstände weggefräst hatte, bis das Soll erfüllt war, auch wenn das bis kurz vor Mitternacht ging. Wenn hingegen alles nach Plan gelaufen war, hatte Spengler Schnaps und Brot gebracht und jeden Mittwoch Frühstück hinten im Kammlager gemacht, Korn und Vollkorn, Wurst und Eier. Wenn es nicht nach Plan lief, hatte er es zuletzt auch getan, und grundsätzlich auf jeder Weihnachtsfeier die Geschichte der New-York Hamburger Gummi-Waaren Compagnie von einer privaten Theatertruppe aufführen lassen, deren jedes Mal neues Arrangement er aus seiner Privatschatulle honorierte. In manchen Jahren verkörperte er sich selbst, und die Jungs konnten nicht mehr unterscheiden, ob ihr Direx auf der Bühne das inszenierte Trinken nur spielte oder ob er da oben einfach das Trinken fortsetzte und es als Spiel aufführte. Wie auch immer, am Tag darauf, acht Uhr morgens, saß Spengler am Schreibtisch und arbeitete an einem neuen Konzept, dessen Inhalt niemand kannte. Niemand hätte gewagt, nach dem Ziel zu fragen, weil alle wussten, was auch immer Spengler tun würde, jeder würde für ihn durchs Feuer gehen, so heiß es auch sein mochte, und sie wussten, dass Spengler keinen, den er einmal eingestellt hatte, jemals in irgendeinem dieser Feuer opfern würde, um jeden warb er, jeden wollte er aufs neue für die Kamm und die Lady gewinnen, und wenn er mit wenigen Strichen im Flugzeug von Lissabon oder Düsseldorf oder Marseille nach Hamburg eine neue Kammserie entwarf – was außer Spengler auf der ganzen Welt niemand schaffte –, dann entwickelten seine Jungs sofort die Folien, walzten den Kautschuk und knallten vier Tonnen am Tag weg, dass jeder sehen konnte, wie unkündbar ihre gemeinsame Liebe zur Kamm war – so groß übrigens, dass jeder von ihnen jede Lady und jeden Matador, sprangen sie übermütig aus der Poliermaschine aufs Parkett, eigenhändig aufsammelte. Einen Hercules Sägemann hob man von jedem Boden auf, ob man Anatolij Moor, Igor Bissig oder Istanbul hieß – das war Spenglers Vermächtnis.

12.

Mit spärlichen, aber gewohnt klaren Anweisungen dirigierte Spengler die Möbelpacker durchs Treppenhaus bis in den vierten Stock und ließ sich seinen Schreibtisch direkt ans Fenster stellen. Blick auf den Rathausmarkt, Luftlinie fünfzig Meter zum ehemaligen Sitz der Hamburger Pastoren gleich neben der einstigen Hauptkirche St. Petri, in der kürzlich die Eventagentur Emperado GmbH das Institut für haptisches Erleben eingerichtet hatte. Im Sandsteinbau aus der Jugendstilzeit, in dessen Fries eine Galerie von drei Nussknackergesichtern auf die ursprüngliche Bestimmung des Hauses als Schlachterei hindeutete, war unten das Café Paris untergebracht, dessen neu eröffneter Salon Apollinaire einer ersten statistischen Auswertung der Gäste zufolge vor allem Banker, Unternehmensberater und Insolvenzverwalter aus der Innenstadt anzog. Spengler aß jetzt hier regelmäßig zu Mittag.

Neben dem Bücherregal hatte er ein gerahmtes Ölgemälde von Bismarck aufhängen lassen. Sein Sinn für Efeu, Hortensien und Buchsbäume war ebenso protestantisch wie der für schmucklose Wände. Seinen Wildlederblouson hängte er über den Schreibtischstuhl, Wandhaken fand er unzivilisiert. Die erste Nummer im Speicher seiner Telefonanlage war die Handyverbindung von Sosset. Der war nach den Gesprächen mit dem Langen und Igor Bissig in seine Wohnung am Exerzierplatz 13 geradelt, um vor der kleinen Orga-Versammlung in seinem Arbeitszimmer das amouröse Abenteuer mit der Lohnbuchhalterin Iris Mandela fortzusetzen. Nach dem Koitus duschte er, während sie die Strumpfhose nach oben zupfte.

»Ich werde den ganzen Tag nach dir riechen«, sagte sie, als Sosset ein neues, faltenfreies Hemd zuknöpfte.

»Sag mal, was ist eigentlich der *Marsch über die Elbe*?«

»Wo hast du das her?«

»Da drüben, steht auf dem Ordner.«

»Sag ich dir später«, sagte Sosset und zog sich schwarze Socken über die Füße.

»Sag's mir lieber jetzt.«

Obwohl sie Buchhalterin war, besaß Iris Mandela die kecke Aufsässigkeit einer Vorarbeiterin. Sosset küsste ihre Nachfrage nieder, sie rollten sich ineinander. Beim zweiten Koitus brauchte er selten länger als beim ersten, abgesehen davon war Iris Mandela eine Frau, deren Dirty-Talk-Begabung unglaubliche Wirkkräfte besaß.

Wieder zupfte sie die Strumpfhose hinauf, schnell, weil sie spät dran waren. Sosset warf ihr einen Kuss zu.

Sie ging aus dem dreistöckigen Apartmenthaus mit den kleinen Fenstern und dicken Gardinen hinaus über den Exerzierplatz an Igor Bissig vorbei, ohne ihn wahrzunehmen. Sosset hatte die Bettdecke schön arrangiert und Kaffee aufgesetzt, dann klingelten Moor und Istanbul. Wenig später lehnten die drei über dem Grundriss der Kammfabrik wie Generäle über dem Lageplan. Bissig, Moor und Istanbul waren am Vormittag zu jedem Kameraden einzeln gegangen, bei keinem hatte der Schwur länger gedauert als ein Nicken.

»Die Belegschaft steht hundert Pro hinter Spengler«, sagte Bissig.

»Darf man bei dir rauchen, Sosset?«

»Mach's Fenster auf.«

Als Moor den Griff drehte, sah er sich den Platz, auf dem der *Marsch über die Elbe* beginnen sollte, genau an.

»Sosset … hey! Wo marschieren wir lang?«

»Raus auf die Eißendorfer, am Schweinske rechts rein in

die Gazert-, an den gelben Häusern vorbei runter zum Wehnerplatz.«

Moors Blick folgte einer jungen Polin in roten Lackstiefeln mit Pfennigabsätzen, die einen Kinderwagen über den Exerzierplatz schob. Hinterm Baum rief eine dicke Deutsche mit Leggings und Baseballkappe »Baby zack zack!«, woraufhin ein Rottweiler auf sie zurannte und umstieß. Laub wehte über den Asphalt, und auf das rote Haar einer Teenagerin in Militaryhosen schneite es Styroporflocken. Jetzt sah Moor die graue Hauswand, auf die jemand in prächtigem Sonnenblumengelb *Rebellion statt Rendite* gesprüht hatte.

Spengler und Sosset telefonierten etwa zehn Minuten lang, während derer Bissig und Istanbul den Plan zur Organisation des Ausstandes durchgingen. Sosset legte sein Handy eher leise auf dem Tisch ab.

»Der Direx will, dass es nächste Woche weder Gewalt noch Beleidigungen gegen den neuen Vorstand gibt. Habt ihr verstanden?!«

»Der Taylor-Bisswurm, die wollen uns alle machen, also machen wir denen erstens alle.«

»Nein, Bissig, Charly will das nicht, nicht so. Der will gute Kinderstube, auch im Kampf, verstehst du das?«

Bissig kaute einen Nagel ab.

»Verstehst du das?!«

Bissig nickte und kaute Fingernagelhorn.

In diesen Minuten war es Spengler in seinem neuen Büro oberhalb des Café Paris per Telefon gelungen, einen Geschäftsraum in der Gazertstraße zu erwerben, etwa 300 Meter von Sossets Wohnung entfernt. Bis Ende Juli war das Klinkersteinhaus noch zur Wärmedämmung eingerüstet, dann würde Spengler hier die Gründungsveranstaltung einer neuen Partei durchführen, die von ihm formulierte Satzung beschließen lassen und den Hauptsitz seiner SozialHumanen-Union (SHU) einrichten – all das mit einem kleinen, feinen

Fest ohne Luftballons, aber mit Kenan Güls Kurdencombo *Muharebe* und strategisch ausgewählter Lokalpresse.

»Wir werden es denen alle zeigen!«

»Komm runter, Bissig«, sagte Sosset. »Spengler hat die Zukunft genau geplant, aber das braucht seine Zeit. Erst Ausstand, dann Aufstand. Aber alles mit Anstand, klar?«

»Spengler wird das schaffen. Wenn Spengler das nicht schafft, schafft es keiner«, sagte Moor, der der Teenagerin im Militarylook aus dem Fenster hinterherglotzte.

»Lasst es uns noch mal durchgehen, Jungs, ja? Wir treffen uns um zwölf auf dem Platz und entzünden ein Mahnfeuer. Ich sage ein paar Worte, dann marschieren wir los. Wir müssen uns ruhig verhalten, das Ding ist nicht angemeldet.«

»Ehe die Lalülalas kommen, sind wir wech«, sagte Moor. Sein Sohn war gerade vier geworden.

»Ekzerzierplatz, Alter, geile Name ...«, merkte Istanbul an und kratzte sein Blumentattoo am Hals.

»Weiß Spengler, dass wir das machen für ihn?«

Sosset lächelte.

»Wann kommt Direx?«

»Er braucht noch ein bisschen.«

Am Abend saß Spengler in der Nische Vulcano des Ristorante Vollutà und verzichtete darauf, die Linguine mit Spargel und Jakobsmuscheln warm zu essen, um Sossets Anruf entgegennehmen zu können.

»Bestens, Pit, der Marsch steht. Ich rede hier auf dem Wehnerplatz und drüben auf der Reeperbahn unter der Statue des Alten.«

Er nahm die Grüße von Moor und Bissig entgegen und war für deren Ängste schon nicht mehr zu erreichen.

»Sag ihnen, dass es keinen Weg zurück mehr gibt, dass der Weg, den wir gehen, der richtige ist, und dass ich immer, egal wohin wir zusammen gehen, an vorderster Front marschieren werde. Ich verlass mich auf dich, Sosset! Und jetzt muss ich aufhören, Dautzenberg kommt gleich.«

Wenig später traf der Privatgelehrte Ruud Dautzenberg ein, ein flämischer Lebensphilosoph, von dem Spengler Szenarien eines Aufstands der Massen entwerfen lassen wollte, den er, Spengler, den hobbesschen *Leviathan* in der Tasche, mit dem Grundsatzprogramm einer »sozial-humanen Umkehr« befrieden würde. An seiner Vision von Geselligkeit und Gewalt hatte er drei Wochen lang gearbeitet.

»Sie gehen damit in klare Konkurrenz zur Revitalistischen Gesellschaft, Herr Spengler, das ist Ihnen bewusst«, mahnte der Gelehrte. Spengler bestellte zwei Averna und schob dem Privatgelehrten einen Umschlag hin.

»Diese Herren ruinieren alles, wofür ich stehe, wofür ich mein Leben lang gestanden habe … für ihre Wahnidee einer Gesellschaft in höherem Bewusstseinszustand, der nur Starke und Sieger kennt. Jemand muss diesem Unheil entgegentreten.«

Da watschelte zum zweiten Mal innerhalb einer halben Stunde der fröhliche Liliputaner an ihrem Tisch vorbei, in beiden Händen plastikverpackte Rosen, deren Rot mit dem Teint der Wände für kurze Zeit eine erotische Allianz einging. Spengler schüttelte den Kopf, und der flämische Philosoph studierte die Fotogalerie an der Wand, wo Bruno Brunis Originalstiche und die signierten Konterfeis der Auf-du-und-du-Verehrten des regionalen Boulevards hingen – stets dabei und alle umarmend: Aldo Confalone, der Besitzer des Volutà, dessen Großvater Admiral zur See und dessen Vater ein neapolitanisches Schlitzohr zu Land gewesen war. Aldo vereinte beider Abenteuerlust und besaß vierzehn Ristoranti, deren übergreifende Idee ein legendäres Tintenfischsorbet bildete, das Aldo im Alter von fünfzehn zufällig kreiert und später zur Restaurantträson erhoben hatte.

Weingläser klackten aneinander, dampfenden Nudelnestern entstieg der Geruch gedünsteter Flusskrebse, und immer wieder strömten Menschen in den fensterlosen Raum, der jeden neuen Gast mit kampanischer Tenorromantik aus der Jukebox willkommen hieß.

Hertz, am Tresen stehend, trank einen Cappuccino und ließ sich von einer Dame mit sandfarbenem Schal und Segelschuhen in Rosé, deren Mops unter einem zu stark gebundenen Halstuch zwischen den Stahlstreben eines Hockers beinahe die Fassung verlor, in ein Gespräch über Sexualität und Verklemmung verwickeln.

»Früher war das alles anders, da gab es noch Hingabe, Freizügigkeit, Abenteuerlust«, sagte sie, »da habe ich Minister gevögelt, Verteidigungsminister, und Staatssekretäre im Verteidigungsministerium, aber glaub mir, von strategischer Offensive kann man da nicht sprechen, rein das tumbe Ding und dann rammeln, als ob's militärische Pflichterfüllung wär.«

»Sie stehen auf Politiker«, sagte Hertz.

»Hey! William! Nein! Nei-hein! ... Süßer! Luca, prego, Wasser für William, der Schatz verdurstet mir noch hier in eurem Scheißloch ... Was trinkst du? ... Der kleine David wirft ne Runde«, sagte sie, ließ den Mops Wasser schlabbern und stieß, entsetzt und amüsiert zugleich über Hertz' Verstörtheit, auf ihren Ramazzotti an.

»Nicht David«, sagte Hertz, »Jan-Philipp.«

»*Jan-Philipp*? Na, also so ein Name geht gar nicht«, sie drückte seinen Arm fort, »was, Willi? (den Mopskopf streichelnd), wir nennen diesen *Philipp* David ... Berto, prego, nicht dieses schwüle Geseiere, leg mich auf oder sonst wen, aber nicht dieses Tuntenzeug ... David will es auch nicht! Nicht wahr, David?«

Und dann sang sie kurz *Shadow of your smile* an, das One-Hit-Wunder der Francis Fischer, welches Anfang der 70er auf Vinyl gepresst wurde, weil ein Produzent an ihre Stimme geglaubt und eine große Karriere in Aussicht gestellt hatte. Als

Kurt Francis im Radio hörte, schwor er dem Kampf gegen die herrschende Klasse ab und fand Gefallen an der Idee, die Marke Fischer & Fischer als Brandzeichen der bundesrepublikanischen Haut aufzuprägen, mit selbstgeschriebenen Songs und subversiven Texten.

»Eine Rose für unsere Francis«, rief der Liliputaner und hielt Hertz den aufgefächerten Strauß hin. Der war weder Gentleman noch Kleinbürger genug, denn beide hätten Francis mindestens zehn Rosen gekauft – der Gentleman, um dem Image als Kleinbürger zu entgehen, der Kleinbürger, weil er den Gentleman geben wollte. Sie zündete sich gut sichtbar eine Zigarette an, rauchte Spitze mit Affekt, gab dem Liliputaner einen Schein und nahm eine der besonders großen, abseits gehaltenen, wie Kunstblumen wirkenden Rosen in Empfang, während hinter der Bar eine wortlose Rangelei zwischen William und einer ghanaischen Küchenhilfe ausbrach, die überhaupt keinen Sinn hatte, weil der Mops rassistisch, sehr von sich eingenommen und letztlich zu klein war.

Das Tuch um Francis' Schopf war stramm gebunden, die Haut der Stirn dadurch gestrafft; Haare sah man nicht. Hertz schätzte sie, der Haut ihrer Handrücken und der Faltenvielfalt vor dem Gehörgang nach, auf Anfang sechzig. Sie hatte eine kleine, im Stups endende Nase und – jeder Finger war beringt – großflächige, um Anerkennung buhlende Hände. Ausgerechnet in diesem Moment fiel Hertz Hegenbarths Theorie des femininen Leibs ein: Eine Frau sei, allein *weil* sie Frau sei, egal, ob erotoman oder sexy oder beides oder beides nicht, per se ein Kunstwerk. Wer Frauen in ihrer Kunstwertigkeit nicht wahrzunehmen verstünde, so Hegenbarth in alten Tagen, sei verloren für diese Welt. Und noch etwas geschah im Vollutà im Angesicht dieser leicht geheimnisvollen Frau: Hertz beschloss, dass Hegenbarth in seinem Leben keine Rolle mehr spielte. Er nahm seinen Talisman der John-&-Jacobi-Zeit ab, ein Amulett, das er vier Jahre lang sogar nachts getragen hatte (trotz aller Erdverbundenheit hatte Hertz eine Schwäche für das Numinose), und rieb seinen Nacken an jener Stelle, wo früher das Lederschnürchen gelegen hatte.

Francis nahm das Amulett, befand es, das Material betreffend, für zu billig, legte es auf den Tresen zurück und wuschelte Williams Kopf, woraufhin der Mops abwechselnd niesen und trinken musste, einen Schritt zur Seite tat und in den Raum flüchtete, was Francis als Kränkung empfand. Als sie sich den abtrünnigen Willi nach zwei gekonnten Ausfallschritten vor der Nische Vulcano mit einem Handgriff unter den Bauch des Mopses vom Boden fischte, sah Francis Spengler von der Seite, ohne zu wissen, wer er war, aber ihr Blick blieb an seinem Profil hängen, und sie wunderte sich, dass Aldos legendäre Linguine, die zu dampfen aufgehört hatten, unangetastet geblieben waren. Spengler und Lebensphilosoph Dautzenberg waren in eine derart intensive Erörterung revolutionärer Theorien verfangen, dass Spengler Francis erst nicht wahrnahm, sich ihr dann aus einer Intuition heraus zuwandte und ihren Blick mit einem Lächeln erwiderte, um dann dem etwas erratischen Gelehrten sofort eine Lektion über die Philosophie der Treue zu erteilen.

Als sich aus der Situation im Vollutà keine weitere Aufmerksamkeit mehr ziehen ließ, brach Francis auf.

»Ah, du gehst, bella, wohin?« fragte Aldo und breitete die Arme aus.

»Coccolo, Dummerchen, zu meinem Körti! Außerdem muss ich morgen ausgeschlafen sein.«

»Du musst schön vom Schlaf sein? Ecco, bella, bist auch mit wenig Schlaf die schönste donna der Stadt!«

»No no no, Confalone, dein Charme lässt nach ... Nein, ich habe seit längerem mal wieder einen großen Job, eine chinesische Delegation aus Guangzhou ist da.«

»Und was machst du mit der Delegation?« Aldo, dieses Schlitzohr, zwinkerte ihr zu.

»Ich übersetze.«

»Ah, du übersetzest, von Mann zu Frau, eh?«

»Nein, vom Chinesischen ins Deutsche und umgekehrt, du cornuto … Auf geht's, Willi, ciao … baci a tutti!«

»Baci, bella! Baci!«

Francis übersah Hertz großzügig, nahm William auf den Arm, intonierte noch rasch eine kleine Arie, winkte irgendwelchen Gästen, wie man es als eine Art Berühmtheit tat, und ließ die Tür, die David mit einem unversehrten Gefühl für Anstand schon noch zuziehen würde, offen stehen. Neben dem Zigarettenautomaten am Ausgang klebte ein großes Poster, auf dem, den Arm nach oben gereckt, der athletische Jesus Emperado eine grandiose Figur verkörperte. Angekündigt war der Powerday in der China-Shipping-Arena. *Ein Tag, den niemand je vergessen wird!* Gesponsert von der Agentur Schelsky & Rahm – Internationaler Ideenhandel, Eintritt fünfundfünfzig Euro.

Hertz verließ das Vollutà gegen zehn und ging die Davidstraße stadteinwärts. Mit der Art zu gehen spricht man eine Einladung aus: Wer den Kopf senkt und zielgerichtet geht, verwirkt den Anspruch auf Anrede. Wer dagegen schlendert, will geködert werden. Das hatte ihm Hegenbarth während einer Sitzungspause des Human-Resources-Departments in etwas schöneren Sätzen erzählt. Es gab viele schöne hegenbarthsche Sätze. Später hatte Hegenbarth zugegeben, dass viele seiner Einsichten in das Wesen der Frauen von Guy de Maupassant stammten. Maupassant war 19. Jahrhundert, nach Auffassung von Hegenbarth aber seiner Zeit weit voraus, weil er die Liebe als todbringenden Irrtum begriffen habe. Der Roman *Stark wie der Tod* war Hegenbarths Vermächtnis an Hertz, kurz bevor John & Jacobi mit der Crédit France fusionierte und er aussortiert wurde.

Hertz erfasste schnell, dass die vor Burger King in der Davidstraße aufgezäumten Huren ein meisterhaftes Gespür für

Körperhaltung und Gesten hatten. Der geistige Teil ihres Berufs bestand darin, den Willen des Mannes am Gang abzulesen. Je hektischer ein Mann geht, desto mehr erkennen sie seine Furcht davor, Kunde werden zu wollen. Über das Verhältnis von Gang und Wollust brauchte man Huren nicht zu belehren. Von einer Kurzhaarigen mit tiefliegend blauen Augen abgesehen, waren an diesem Abend ausnahmslos minderjährige Mädchen mit Plateaus, poengen Jeans und weißen Blousons anzutreffen. Sie hatten lächerlich hohe Stimmen. Während mehrere nacheinander seine Arme bezupften, starrte Hertz ins Nichts und dachte daran, dass Mascha sich womöglich gerade mit einer neuen Sublimationsform des Suizids befassen oder in irgendwelchen spirituellen Labyrinthen umherirren oder eine Variante finden würde, nach ihrem Ende glücklicher zu reinkarnieren, als sie es das letzte Mal getan hatte. Vielleicht ließ sie sich von irgendeinem Wilden zu Tode vögeln und versuchte so, ihr schlechtes Karma zu überlisten.

Aus dem Blue-Banana-Tabledance kam ein Dreierbund breitbeinig gehender Jungs, dem Hertz zum Spielbudenplatz folgte, vorbei an lethargischen Schäferhunden und nasenberingten Straßenkids, die an der Wodkaflasche nuckelten. Die Pollenklumpen der nachtblühenden Linden veredelten den Straßendreck wie fantastischer Schnee. Hertz querte die verstopfte Reeperbahn Richtung Litchi Lounge Casino, vor dessen verletzter Fassade er feststellen musste, mit welcher Entschiedenheit Jugendliche sich langweilen konnten. Warum er zurück zur Davidstraße ging, wusste er nicht, aber sofort zupfte ihn genau jenes kurzhaarige Püppchen mit den tief in den Schädel hineingedrückten Knopfaugen am Ärmel, das er hier eigentlich erwartet hatte.

In ihrem Separee über dem Restaurant Dollschevita setzte er sich auf den Rand eines Sessels, Imitat nach Art Louisseize, erbsengrün mit ockerfarbenen Rosetten. Hertz besaß keinerlei Kenntnis, nach welchen Regeln der videoüberwachte Lusthandel abzulaufen hatte. Die Knopfäugige war die zerbrechlichste von allen gewesen, die da standen, siebzehn, vielleicht achtzehn Jahre alt, mit apfelgroßen Brüsten, die verschämt hervorlugten, als sie ihr Top über den Kopf zog.

»Wie heißt du?«, fragte Hertz.

»Mandy.«

»Der Wievielte bin ich heute?«

»Der Zweite.«

»Was wollte der Erste?«

»Ich sollte ihn rasieren.«

»Wo?«

»Na unten. Er wollte 'n Kleinkind sein.«

Beim Öffnen seines Gürtels brach sie sich einen Fingernagel ab und kicherte. Hertz sah sie an und verlor jede Empfindung. Als er seine Lust beerdigt hatte, schob er Mandy zur Seite, ohne ein Wort zu sagen. Er fühlte sich aufgedunsen, seine Hoden schmerzten. Im Kühlschrank auf dem Gang waren Champagner und Kondome gelagert. Mandy hielt den grünen Schein gegen das Licht und produzierte eine nach Erdbeeren riechende Kaugummiblase. Das Martinshorn einer Ambulanz wischte alle zwei Sekunden übers Fenster.

13.

Allah ist groß schwang sich in Form einer zitronengelben Arabeske über die emporgewuchtete Stahltafel, die am Eingang der Imam-Ali-Moschee jeden Anspruch auf Bescheidenheit zurückwies und zwischen zwei Gründerzeitvillen um Geltung rang. Flankiert war sie von den beiden Minaretten, deren türkisfarbene Kacheln sich in den großen Fensterfronten des Ruderclubs Germania spiegelten. In dessen Vorgarten stand eine Division gestutzter Pappeln, und als eine heiße Böe kam, löste sich nicht ein einziges Blatt aus den Kronen, stattdessen schneite es Samen, die zum Islamischen Zentrum Hamburg hinüberschwebten, an der Kuppel der Moschee vorbei, in großer Gelassenheit.

Aufs Geländer der unteren Ruderclubterrasse gestützt, heftete Abele seinen Blick auf die roten Lichter jener Lampions, die zum Sommerfest der Exilchinesen Hamburgs an durchhängenden Kabeln die gesamte gegenüberliegende Uferstrecke entlang aufgezogen waren und im Schwarz des Alsterwassers zerflossen. Das Füttern der Enten und Blesshühner war ebenso ausdrücklich verboten wie das Betreten des Privatgrunds. Die Schilder waren von dezenter Größe, aber gut sichtbar. Zur Freude der Erpel warf Abele von oben mehrere Bröckchen Brot ins Wasser. Niemand war in der Nähe, der ihn für den Regelverstoß hätte anprangern oder zur Rechenschaft ziehen können, und das entsprach exakt seinem Verdacht, den er als geheimen Vorwurf gegen seine gesamten Mitbürger richtete: ihre fürchterliche Gleichgültigkeit und Ignoranz gegenüber moralischen Fragen.

Er hörte das Hintergrundrauschen der Stimmen jener, die

sich begrüßten und wiedersahen, gute dreißig Meter entfernt. Womöglich war dieses Abseits auch darin begründet, dass er jeden möglichen Gesprächspartner mit seiner präsentierten Rückseite auslud, weshalb er sich umdrehte, am Geländer lehnte und Blickkontakt aufzunehmen versuchte. Sein weißes Hemd war faltenfrei gebügelt und sein Anzug, seit Abeles Körper nach der Kündigung bei Vorwerk und der neuen Aufgabe bei der RG an Gewicht verloren hatte, im Ganzen eine Nummer zu groß. Abele war einer der wenigen Menschen, die nicht unter der abnormen Hitze litten und sich nicht mit unkontrollierbaren Schweißflüssen plagten, weil er das Zeichen der Glut und Dürre verstand, weil er die Prüfung annahm, weil ihn sein Gehorsam gegen dieses Signal allen anderen überlegen machte, als auserwählter Mensch und Mitgenosse an der Trübsal der Tage.

Ein paar Meter entfernt klärte einer der Chefjuristen von China Shipping eine Delegation der städtischen Wirtschaftsbehörde darüber auf, dass es sich bei jenem cognacfarbenen Objekt, das den Abendhimmel seit einigen Minuten rätselhaft langsam durchschwebte, um eine chinesische Himmelslaterne handele. Der Eindruck des Referenten für neue Märkte, die Laterne stehe bereits direkt über den Jollen des Yachthafens vor ihnen, war, wie die meisten in der kleinen Gruppe übereinkamen, eine optische Täuschung. Eine zweite Himmelslaterne stieg auf, dann folgten weitere, zehn, fünfzehn, zwanzig, zahllose brennende Bälle aus goldgelbem Gas, die geräuschfrei nach Süden trieben.

Auf der Alster qualmte die St. Georg, wie das Relikt einer veruntreuten Epoche es tun musste, ehe der Dampfer hundert Meter links an den Steg des Uhlenhorster Fährhauses rumpelte, dass die Erschütterungen sogar auf der Terrasse zu spüren waren, wo es Abele zu diesem Zeitpunkt noch nicht möglich war, den Mond verlässlich zu orten, weshalb er in den Ballsaal ging, die Treppe hinauf zur großen Fensterfront des sogenannten »Casinos«, wo er schnell erkannte, dass in weiter Ferne ein ganz anderer Rauch aufstieg, kein zarter, gelockter, barocker, sondern ein wuchernder, maligner, strafender, aus den Tiefen des Horizonts, als brenne Harburg, als zögen die grauen Säulen der Zerstörung unterm Gelborange des Feuerhimmels über die Innenstadt hinweg die Alster nordwärts, wo am morgigen Tage alles verkohlt sein und der letzte Mensch in der Glut noch lange knistern werde.

An diesem Mittwochabend, anlässlich des Deutsch-chinesischen Kultursommers, machte im Ruderclub eine zwanzigköpfige Delegation von Repräsentanten, Honoratioren, Kulturschaffenden und Geschäftsleuten der Partnerstadt Shanghai und der assoziierten Partnerstadt Guangzhou dem Empfangskomitee der Hansestadt ihre Aufwartung. Zwei Foto- und ein Videokünstler, diverse Vertreter der Bank of China, Abgeordnete der Handelskammern und Industrievereine sowie der Bürgermeister von Guangzhou nippten zeitgleich an warmen Campari Sour und meisterten zerbröckelnde Hors d'œuvres aus verbranntem Blätterteig, wobei der Direktor der Shanghaier Wirtschaftskammer mit hohem Einsatz an muskulärer Kontraktion eine zu dick geschnittene Scheibe Serranoschinken nicht in den Griff seiner Zähne bekam. Außer Abele, der überall am Rande, aber überall zugleich zu sein schien, bemerkte keiner, dass der Direktor den unbezwungenen Schinkenknödel in der Backentasche verwahrte, taktisch zu husten begann, um wenige Sekunden später mit einer eleganten Handbewegung den Mund von der westeuropäischen Zumutung zu leeren.

Die Revitalisten hatten über Bobby Mastberger Zugang zum Ruderclub erhalten, genau zwei Jahre war das her. Mastberger war hier immer gern gesehen und wusste die ihm entgegengebrachten Sympathien insofern geschickt zu nutzen, als er, zum Beispiel, nach Austausch überspannter Höflichkeiten für eine geleistete *Stunde der Motivation* auf ein Honorar verzichtete und im Gegenzug die Möglichkeit zur uneingeschränkten Verfügung über das Clubnetzwerk und seine Seilschaften erhielt. Dass er bei seinem zweiten Besuch die Avancen einer anorektischen Vorstandsdame auf die ihm eigene Weise ins Leere laufen ließ, nötigte den Vorstandsherren den entsprechenden, süffisant getönten Respekt ab, den er nicht wieder verlor.

Laut Einladung ging es an diesem Frühabend um den *Aufbau eines Kompetenzzentrums für China in der Außenhandelsmetropole Hamburg* sowie um den *Summit China meets Hamburg* im Oktober. Als kommissarischer Leiter der Wirtschaftssenioren wurde Hans-Joachim Hegenbarth vier ausgesuchten Vertretern des Regionalrats Shanghai-Süd vorgestellt, und er schaffte es in kurzer Zeit, die Übersetzerin Francis Fischer mit einem fehlerlos formulierten Aperçu über den Mangel an Empathie als tödliche Krankheit des Westens hinreichend zu überfordern. Im Angesicht acht erwartungsvoller Augen und Ohren hob sie beim Begriffspaar *Krankheit* und *tödlich* die Logik außer Kraft und übersetzte in einwandfreiem Schulchinesisch, dass Empathie auch im Westen eine tödliche Krankheit sei, was die Herren aus Shanghai mit formvollendeter Höflichkeit, aber ratlos zur Kenntnis nahmen.

Francis hatte die Nacht zuvor schlecht geschlafen, weil Kurt sich mehrfach erbrechen musste und der Zeitpunkt gekommen war, da er nur noch in ihrer Gegenwart Wasser lassen konnte. Gegen fünf Uhr früh hatte Kurt dann, unter Atemnot leidend, mit seiner verbliebenen Lungenhälfte nach immer größeren Zügen Luft zu suchen begonnen, dass Francis fürchtete, er werde in den nächsten Minuten ersticken. Sie hatte das Fenster geöffnet und ihm zugefächelt, saß an seiner Seite, hielt seine Hand, stand auf und ging ins Schlafzimmer, wo William wie ein aufgepumpter Riesenkäfer neben ihrem Kopfkissen schlief.

In den letzten Wochen hatte sie gelernt, in kontrollierten Eruptionen zu weinen, eine bewusst gesteuerte Entschlackung ihrer Trauer, die den gesamten Körper in Atem hielt und selten länger als dreißig Sekunden dauerte, denn dann war der Schmerz fürs Erste herausgeschüttelt, und Francis kehrte, mit einer raffinierten Schicht Tönungscreme im Gesicht, zu Kurt zurück, der so ausgiebig mit dem Einsaugen von Sauerstoff beschäftigt war, dass er über Minuten keine Gelegenheit für den Luxus fand, auch noch zu sprechen.

Hegenbarth redete in einem fort, er hatte einen guten Tag erwischt. »Das Äquivalent des Kredits ist die Schuld«, sagte er beschwörend, »wo geglaubt wird, da wird automatisch geschuldet. Schuld ist die Kehrseite des Glaubens, oder besser sein Preis. Der Gläubiger steht dem Schuldner gegenüber. Wer an etwas oder jemanden glaubt, stellt sich in dessen Schuld.«

Aus dem Wunsch heraus, originell zu sein, wie es bei ihm manchmal vorkam, hatte er den Käfig mit dem marderartigen Tier zum Empfang mitgebracht, und die anwesenden Chinesen starrten auf das schwarzhaarige Geschöpf mit hellrot stechenden Augen und vergaßen für kurze Zeit ihre Erziehung zur konfektionierten Geschäftsfreundlichkeit. Francis riet Hegenbarth, den Käfig doch weiter drüben abstellen zu lassen, wo er besser zur Geltung käme, die Gäste jedenfalls, das sei ihr Eindruck, kämpften mit einem gewissen Unwohlsein. Aus Verlegenheit studierte der Bürgermeister von Guangzhou die Gläser seiner abgezogenen Brille.

Neben den Vertretern der Industrie- und Handelskammern Shanghais und Guangzhous waren in diesem Moment zufällig auch der Abteilungsleiter der Hamburger Baubehörde zugegen, die stellvertretende Kultursenatorin und daneben mehrere nicht weiter identifizierbare Referenten, die sich mit Freude dem marderartigen Tier widmeten und augenscheinlich beschlossen hatten, ihren Partnerinnen von diesem witzigen Einfall eines der höchststehenden Banker der Stadt zu erzählen und diesen »Hammer« mit einer MMS vorzubereiten. Die Kameras klickten, und die Daten sausten.

Hegenbarth redete sich unterdessen derart in Rage, dass die stellvertretende Kultursenatorin einem ihrer Referenten gegenüber die Metapher des »durchgehenden Gauls« bemühte.

»Was hören wir tagein, tagaus?«, fragte Hegenbarth galoppierend in die Runde. »Der Staat sei hoch verschuldet, hören wir. Schulden, Schulden, Schulden. Ja, aber Schulden von wem? Womit? Was sind das für Schulden? Und wann wäre der Staat mal nicht verschuldet? Wann und wo gibt es überhaupt einen Staat, der keine Schulden hat, frage ich Sie. Wir sind unser Leben lang in jeder Hinsicht damit beschäftigt, Schulden zurückzuzahlen, zu tilgen, zu sühnen.«

»Ich verstehe nicht genau, worauf Sie hinauswollen«, merkte, stellvertretend für die Gäste aus Shanghai und Guangzhou, die stellvertretende Kultursenatorin an.

»Ich frage mich lediglich, inwieweit finanzielle Schulden grundsätzlich mit moralischer Schuld korrespondieren, verstehen Sie?«

»Ich gebe mir Mühe.«

»Unser gesamtes Leben ist über Schuld und Schulden geregelt, moralisch, politisch, ökonomisch. Das sind ja in erster Linie auch psychische Hypotheken, ich meine, wenn man ständig damit beschäftigt ist, mit eigener Leistung etwas so Diffuses einzuholen, was für ein Druck, unter dem wir da permanent stehen, weil wir dem Preis von etwas nachrennen müssen, das schon längst abgelebt ist.«

Zum Themenkomplex Schulden und Schuld wollte sich keiner der Gäste weiter äußern, was Hegenbarth insofern recht war, als er sich jetzt bemüßigt fühlen konnte, zu seinem Lebensthema überzugehen – was er übrigens nur tat, wenn eine veritable Zuhörerschaft zu erreichen und eine gewisse Andächtigkeit vorbereitet war. Kurz vor neunzehn Uhr forderte Hajo Hegenbarth also vom zeitgenössischen Künstler Verachtung. Er, so Hegenbarth, wolle das Gegen, das Wider, das Widerständige, er wolle jemanden, der quasi sein eigener Feind war, der die herrschende Klasse nicht verkläre und feiere, sondern sie wild und abstrus attackiere und sich als Experimenteur der Menschheit in einer bestimmten Raum-Zeit-Periode stellvertretend für die Gattung in Frage stelle. Kurzum: Hegenbarth wollte den intellektuellen Berserker.

Kurz nach diesen Einlassungen suchte Abele auf dem vorderen Terrassenabschnitt die Nähe zu Mastberger, der im Kreise von Delegierten und Politikern wie üblich über Evolution als sein täglich Brot berichtete und zu erkennen gab, dass er mit dem Begriff *Empowerment* eine Kulturtechnik zur Optimierung der Gesellschaft meine. Francis übersetzte mittlerweile nur noch sinngemäß, um Mastbergers Redetempo folgen zu können, leistete sich aber in einem Punkt eine eigenmächtige Nuancierung, indem sie nicht mehr von Optimierung, sondern von Unterminierung sprach. Erfreut griff der avancierte Videokünstler diesen Fauxpas auf und leitete von der Optimierung der Gesellschaft durch Revitalisierung die seiner Ansicht nach viel interessantere Frage der Unterwanderung der Mehrheit durch den »transsexuellen Shift« ab. Sein Plädoyer für die Aufhebung der Geschlechtereindeutigkeit würde, wenn Francis richtig verstanden hatte, auf eine Verweiblichung des Männlichen und eine Vermännlichung des Weiblichen, beziehungsweise auf eine Verwestlichung des Östlichen und Veröstlichung des Westlichen hinauslaufen.

»Exakt«, sagte der Videokünstler, der nach Hamburg gekommen war, um hier einem in China berühmten und verehrten Tänzer auf die Spur zu kommen, der vor acht Jahren aus Shanghai in die Hansestadt übergesiedelt sei, um hier bei einem der damals weltweit besten Chirurgen sein Geschlecht umwandeln zu lassen. Über diesen fraugewordenen Mann und die Metamorphose als Prinzip der Kulturevolution wolle er, so der Videokünstler in Schlangenlederstiefeln, einen vom Euro-asiatischen Kunstfonds finanzierten Film drehen und hoffe auf entsprechende Hinweise, wo in Hamburg sich das Tanzgenie aufhalte.

Die stellvertretende Kultursenatorin hatte keinerlei Einwände, dass der Videokünstler dem subrationalen *Ich* einen weitaus größeren Bedeutungsspielraum einräumte, als man dies im Okzident zu tun geneigt ist. An diesem Punkt angekommen, überprüfte er durch seine überdimensionierte Hornbrille die Aufmerksamkeitsqualität der Zuhörer und sah in der zweiten Reihe Volker Abele stehen, der ihn auf bedrohliche Art musterte.

»Ist das nicht sehr unchristlich gedacht?«, fragte die PR-Chefin der Unternehmensgruppe China Shipping International Ltd, aber Francis weigerte sich, diese Frage angemessen zu übersetzen, und dann faltete der Leiter der chinesischen Delegation einen Packen Manuskriptseiten zu einer Dankesrede auseinander, klopfte gegen das Mikrofon, erschrak über das Echo seines Klopfens allerdings so, dass er, den Kopf nach hinten werfend, einen Schritt zurücktrat, wie ein Bub lachte und nach kurzer Vergewisserung über den ordnungsgemäßen Zustand der Welt zu einer Eloge auf Hugo Myers-Pirelli ansetzte. Der nahm – neben den höchstgestellten Delegierten aus Shanghai in der Mitte der ersten Reihe stehend – seine Armani-Sonnenbrille ab und dann wie ein Senator auf Lebenszeit das fernöstliche Lob in legendärer Souveränität an.

An allen Eingängen der Ruderclubvilla hatten sich Guards der hauseigenen Security postiert; man erkannte sie an prinzipieller Breitbeinigkeit und den stets halbgerundet hängenden Armen, als würden diese von einer exorbitanten Brustmuskulatur in ihrem natürlichen Fall aufgehalten. Zwei schwarze

Mercedes fuhren heran, und in jenem Moment, da der chinesische Delegationsvorstand seine Rede über die seit Jahrhunderten ganz besondere Partnerschaft zwischen Deutschland und seinem Land, zwischen Hamburg und Shanghai, mit einem Zitat von Jesus Christus beendete, begannen alle deutschen Köpfe zu nicken und sich dann dem stellvertretenden Senatspräsidenten zuzudrehen, der, gerade eingetroffen, Mastberger als Erstem die Hand gab.

Der stellvertretende Senatspräsident übersah unter anderem Abeles dargereichte Rechte, dann kam Mastbergers Referent auf Abele zu, blieb in einiger Entfernung stehen und ordnete im Namen des Vorsitzenden an, die neuen Broschüren der Revitalistischen Gesellschaft zu holen und sofort auf den Tischen der oberen wie unteren Terrasse auszulegen. Auf ein »bitte« des Referenten wartete Abele vergeblich. Als er den Karton aus dem Kofferraum des Volvo Variant gehievt hatte, sah er durch das Fenster der Küche, wie der Regisseur Roger Mevissen eine junge Frau des Cateringservice mit seinem Körper bedrängte. Abele hatte den Impuls, den Mann standrechtlich zu erschießen, aber nicht weil die Frau eine lebenslang schwärende psychische Wunde davontragen könnte, sondern weil Mevissen die Gier über jede sittliche Ordnung stellte, doch dann merkte Abele, wie eine Katze ihn beobachtete, die Ohren anlegte und bei bürstengleich aufgestelltem Schwanz die Augen zu Schlitzen verzog, und er ließ den Sünder davonkommen.

Die Sonne hing wie eine blutige Hostie am Himmel, kurz vor ihrem Versinken im diffusen Westen, als würde sie von einer gigantischen Daumenspitze langsam ausgedrückt, ehe das Reich der Dunkelheit aufsteigen und über die Stadt kommen würde. Den Karton stellte Abele auf dem Autodach ab, schloss den Kofferraum, öffnete ihn aber erneut, weil er nicht sicher war, ob das digitale Verschlusssystem tatsächlich auch verriegelt hatte, warf die Kofferraumtür jetzt wesentlich fester zu und drückte auf das rechte Symbol im Schlüsselkörper, woraufhin alle Lichter des Volvo Variant zweimal blinkten und die Katze beim Zuschnappen des Schlosses einen rückwärtigen Sprung ins Gebüsch tat.

In Abeles Rücken flackerten die Neonlichtröhren der Minarette an. Drei Frauen in braunen Mänteln und floral gemusterten Kopftüchern bogen auf das Gelände der Imam-Ali-Moschee ein, und eine brustlose Joggerin, auf deren Shirt *Seniorinnen in 6:15 pro km* gedruckt war, war schneller in der sich Richtung Schöne Aussicht drehenden Kurve verschwunden, als Abele für sich geklärt hatte, seit wann die Menschheit sich dem Glauben an die Rendite einer totalen Körperbeherrschung ausgeliefert hatte, der sie am Ende des Tages in den geistigen Ruin treiben würde, dann, wenn sie für ihre Hybris keinen Wechsel auf Glück mehr fände.

Während er die Flyer auslegte und für sein Arrangement der Broschüren auf Stehtischen und Fenstersimsen ein anerkennendes Wort von Mastberger oder seinem Assistenten erhoffte und nicht bekam, stand der stellvertretende Senatspräsident vor dem Käfig und ließ Hegenbarth über dessen Sinn spekulieren, was der postwendend tat, und zwar mit Betonung des Sündenbockfaktors, den das marderartige Wesen symbolisiere, um potentielle Gewalt, Rache und Ressentiments »pars pro toto« auf sich zu ziehen.

»Also etwas Reinigendes …«, sagte der stellvertretende Senatspräsident fragend.

»Eine Art Volkshygiene, würde ich sagen, ja, durchaus«, so Hegenbarth.

»Brauchen wir das?«

»Nicht, wenn wir die Kunst stärken würden!«

»Sie meinen weitere Subventionen.«

»Für Regisseure, Musiker, Tänzer, Videokünstler und Schriftsteller, die uns den Weg nach Osten ebnen, ja, das meine ich.«

Der stellvertretende Senatspräsident lächelte professionell. Sein Schläfenkratzen war Strategie. Er neigte den Kopf und wischte sich den Schweiß von der Stirn.

»Sagen Sie, kommt denn die Fusion voran?«

»Wir stehen kurz vor dem Abschluss.«

»Und jetzt werden die Posten verteilt …«

»Unter uns gesagt: ja.«

»Ich halte es für überaus weitsichtig, mit der Bank of China zur EuroFinanceGroup zu verschmelzen. Jeder in unserer Stadt weiß um die Tradition und Diskretion des Bankhauses John & Jacobi, aber es geht ja nichts Wesentliches verloren, wenn wir die Zukunft mit den Händen greifen.«

»Nein, nichts Wesentliches, wir öffnen uns nur offensiv dem asiatischen Markt, vornehmlich über die Finanzierung von Großreedereien und Schiffsverkehr … Heute werden neunzig Prozent des Welthandelsvolumens über See abgewickelt, der Welthandel wächst jährlich um zwölf Prozent. Da können Sie sich ausrechnen, wie viel neue Schiffe gebaut und auf die Meere geschickt werden.«

»Helfen Sie mir kurz auf die Sprünge.«

»In den letzten drei Jahren sind 6500 neue Schiffe zugelassen worden, die Frachtraten sind um über hundert Prozent gestiegen …«

»Und seit Chinas Magen knurrt und diesen, das muss man ja hier leise sagen, unersättlichen Hunger nach Erfolg und Selbstverwirklichung zu stillen begonnen hat, ändert sich so gut wie alles, meinen Sie nicht?«

»Meines Erachtens ging es der Schiffswirtschaft nie besser. Auf den Werften gibt es kaum noch freie Plätze, die Reeder frohlocken, und die Spekulanten investieren. So ist das. Da müssen wir dabei sein, sonst gehen wir unter.«

Mehrere Delegierte aus Shanghai verbeugten sich freundlich vor dem stellvertretenden Senatspräsidenten und Hegenbarth, der die Ehrerbietung als rechtmäßig betrachtete und kurzerhand die Rolle des Repräsentanten bundesdeutscher Kreditinstitute einnahm. Als die Dämmerung einen Grad erreicht hatte, den die stellvertretende Kultursenatorin als Dunkelheit bezeichnen wollte, begann irgendwo über dem Hafen ein Feuerwerk, das manche der chinesischen Delegierten mit einer spontanen Regression ins Infantile quittierten, die explodierenden Pilze und Lichtsträuße bestaunten wie Kinder den Weihnachtsbaum und ihre Zeigefinger den verglühenden Garben durch den Himmel folgen ließen.

14.

Am nächsten Morgen hatte die Steuerkanzlei Pfotenschläger im zweiten Stock des China-Shipping-Turms letzte Fragen geklärt und Hertz den Businessplan zur Berechnung seines Gründungszuschusses fertig geschrieben. Sein Account bei XING war eingerichtet, und unter *Besondere Merkmale* in seinem Profil hatte er *Persönlichkeitsentwicklung und Kommunikationsmotivation* angegeben, womit Hertz seine Tätigkeit bei John & Jacobi als freiberuflicher Einzelunternehmer quasi fortsetzte. Tagessatz: 900 Euro. Impulsvortrag 90 Minuten: 3000 Euro. HR-Coaching: auf Anfrage.

Der Antrag zur Aufnahme bei den Wirtschaftsjunioren war per Einschreiben rausgegangen, der Termin mit dem Berater der Handelskammer auf kommende Woche festgesetzt. Der Antrag auf Gründungszuschuss gestellt, das Geschäftskonto bei der Commerzbank eröffnet. Die Mitgliedschaften im Business Club Hamburg und im Bund Junger Unternehmer angemeldet und die Teilnahme am Seminar des Enigma-Gründungszentrums in zwölf Tagen rückbestätigt.

Nachdem Hertz schließlich beim Finanzamt IV ein Gewerbe auf den Namen »Jan-Philipp-Hertz-Logistics« angemeldet hatte, kam er in die Hongkongstraße der Hafen City, um sich in der China-Shipping-Druckerei Briefpapier und Visitenkarten mit dem Kürzel JPHL setzen zu lassen. So geschehen, fuhr er in den siebten Stock des Turms auf, um Myers-Pirelli die bestellten Grüße von Bobby Mastberger zu überbringen. Der »Cäsar der deutschen Unternehmer« (wie Stanislaus Eggle ihn in der DeutschenTagesZeitung beschrieben hatte) lies sich aufgrund der lautmalerischen Affinität von JPHL zu SPQR – dem ewig fortschrittlichen *Senatus Populusque Romanus* des Goldenen Zeitalters – stante pede zu einer Exkursion in die Kulturgeschichte des römisch geprägten Humanismus hinreißen.

»Vorbildlich, dass Sie sich den Mut zur Referenz an den großen Stil nicht nehmen lassen!«

»Vielen Dank, aber ein eingängiges Kürzel ist heute unabdingbar. Die Leute in den europäischen Kulturen haben wenig Zeit. Dauert etwas länger als drei Impulse, nehmen sie es nicht mehr zur Kenntnis.«

»Aber Sie wissen schon, lieber Freund, dass Old Europe passé ist! Der mandarine Äon hat längst begonnen, wir stecken mittendrin in der chinesischen Hegemonialepoche – nicht dass Sie aus, ja … entartetem Konservatismus heraus, der ja heute nicht einmal mehr die gute Kaufmannsehre kennt, irgendwelchen aussortierten Idealen nachweinen, aber das nur nebenbei. Hat Pfotenschläger Sie gut betreut?«

»Oh ja, schon lange keinen so peniblen Fachmann mehr erlebt«, sagte Hertz.

»Ein Pedant, da haben Sie recht, da steckt Liebe drin, da gelten Wort und Handschlag noch. Aussterbende Gattung. Es gibt ja heute nur noch schlampige Schreihälse und ehrlose Karrieristen.«

Myers-Pirelli stand mit aristokratisch genormtem Rückgrat, die Arme verschränkt, am Fenster seines Büros und sah auf die seiner Meinung nach von geisteskranken Architekten verbrochenen Waben, Kästen, Quadrate und Kuben der getürmten Wohn- und Bürohäuser in der Koreastraße herab. Die Fähigkeit, seinen täglich trainierten Körper auch zur Einschüchterung einzusetzen, schien Myers-Pirelli angeboren zu sein. Man widersprach diesem Korpus nicht.

»Was wir zurzeit tun, könnte die Welt verändern. Wir etablieren die Achse Hamburg–Shanghai–Guangzhou und machen sie zum bedeutendsten Handelsweg der Zukunft. Wenn

Sie so wollen: zur Seidenstraße des 21. Jahrhunderts. Nichts soll an dieser Route mehr vorbeilaufen können«, sagte er im intuitiven Wissen darüber, dass er soeben etwas wie ein neues Grundgesetz der Globalisierung formuliert haben könnte. Auf seinem Schreibtisch aus Eichenholz stand eine Bronzeskulptur des futuristischen Bildhauers Arturo Martini, 1938, dessen Leitmotive nach Einschätzung von Myers-Pirelli auch die seinen waren: *Narziss und Ophelia.*

Hertz, der von Hegenbarth neben der vaterfigürlichen Fürsorge auch einen gewissen Stilwillen gewohnt war, konnte leicht anerkennen, dass Myers-Pirelli in Bezug auf Letzteren in einer höheren Liga spielte und seinen Anspruch auf Tadellosigkeit – der bei handgenähten Schuhen der Brüder Serafini aus Montecatone begann und sich über einen mit fluoreszierenden Nadelstreifen durchzogenen Anzug von Brioni fortsetzte – in einer schmal geschnittenen Satinkrawatte gipfeln ließ. Myers-Pirellis Neigung zur Farbpalette Blau hatte womöglich mit hansestädtischer Geburt zu tun, passte jedenfalls bestens zum Glanz seines Silberhaars. Hertz sah ihn an und war in diesem Moment sicher, dass es diesem passionierten Schwimmer niemals eingefallen wäre, einer Frau, während er seine täglichen eins Komma fünf Kilometer ins Becken fräste, den Weg abzuschneiden oder sie in der Heckwelle seines Körpers in Turbulenzen zu bringen. Natürlich kursierten weitere Beispiele der überragenden Sittlichkeit von Hugo Myers-Pirelli, den leibhaftig erlebt zu haben Hertz doch stärker beeindruckte, als er sich eingestehen wollte.

Auf dem Weg zum Aufzug erhielt Hertz einen Anruf von Abele. Ob er sich vorstellen könne, einen Auftrag für ihn zu erfüllen, fragte Abele, und wenn ja: ob sie sich in zwei Stunden treffen könnten, im Café Paris, wo sie sich vor drei Wochen zum ersten Mal begegnet waren.

Hertz wartete vor dem Spiegel neben der Garderobe in einer für Verschwörungen idealen Nische, und während er überlegte, warum er dort bisher nie gesessen hatte, kam Abele zielgerichtet durch das Café auf ihn zu und zog während der letzten Meter den rechten Lederhandschuh für einen gewinnenden Handschlag aus.

»Um es gleich zu sagen: Bobby Mastberger hat mich beauftragt, Ihnen einen Vorschlag zu unterbreiten.«

Abele bat Hertz, die Plätze zu tauschen, weil er nicht mit dem Rücken in einen Raum hinein sitzen konnte, aus Angst, eine bedrohliche Situation nicht rechtzeitig erkennen und kontrollieren zu können. Während er sich durch den Spalt zweier zu eng gestellter Tische zwängte, touchierte Abele die Schulter eines erotomanisch auf eine Frau einredenden Serienschauspielers und fragte Hertz nach dem finalen Wortscharmützel, wer von beiden, als sie das Café getrennt verließen, die Schuld am Zerwürfnis trage. Hertz war klug genug, die Achseln zu zucken, als Abele ihm die These der allgemeinen Hypersexualisierung anbot. Aus Abeles Mund klang ein Wort wie *Sex* ungünstig. Entweder war Abele selbst das Opfer manischer Sexbesessenheit und er nahm sich mit der Anklage gegen die Versündigung jedes Schuldgefühl; oder seine Verklemmtheit zwang ihn in ein ziemlich einfaches Freund-Feind-Schema, das bei ihm auch in anderen Zusammenhängen festzustellen war.

Jedenfalls war Volker Abele sehr nervös. Er ließ sich leicht ablenken und von jeder Ablenkung verunsichern. Die Fäden seiner Sätze musste er mehrmals wiederaufnehmen, vergaß manchmal ein Verb. Wenn er richtig verstanden hatte, war das überbrachte Angebot verlockend, also sagte Hertz schließlich zu. Der Vertrag, der seiner Agentur JPHL die Aufgabe übertrug, der Revitalistischen Gesellschaft als Berater und Coach interner wie externer Kommunikation zu dienen, eine Kooperationsplattform mit der Emperado GmbH einzurichten und als Kurierdienst eine Infrastruktur für besondere Lieferungen aufzubauen, wurde an Ort und Stelle unterzeichnet. Als sich Abele, neuerdings unter permanentem Zeitdruck stehend, verabschiedet hatte, entwarf Hertz einige Skizzen dazu, wen er brauchen würde, um die Zellstruktur des Netzwerks der RG strategisch so auszubauen, dass die operativen Ziele in einem angemessenen Zeitraum erreicht würden. Da er als Teilnehmer des John-&-Jacobi-TalentProgram damals ein Communication-Center aufgebaut hatte, konnte er als Designer der *Elite von morgen* sein Wissen und seine Erfahrungen direkt anwenden. Es war Hertz' erster Auftrag, und er spürte, dass jetzt sein neues Leben als Unternehmer begann.

Kürzlich hatte man ihm mitgeteilt, dass er einer der letzten Nutznießer der Initiative für Existenzgründungen und Innovation der Behörde für Wirtschaft und Arbeit war, und es war Hertz klar, dass Existenzgründung in seinem Fall vor allem Existenz*begründung* bedeutete. Zum Zeichen des Neubeginns kaufte er sich einen der gerade eingetroffenen Granitelefanten aus dem Tibetian Art Store, kniehoch, stellte die Skulptur neben den Schreibtisch mit der massiven Glasplatte, rasierte sich, nahm ein Viertel der Koteletten ab und zupfte sich die Augenbrauen. Gründlich las er die DeutscheTagesZeitung, weshalb es unvermeidbar war, dass ihn auf Seite 18 das surrealistische Gesicht von Jesus Emperado anstrahlte, der in einer ganzseitigen Anzeige prophezeite, der heutige Nachmittag werde das Schicksal derer, die ihm, Emperado, begegneten, fundamental verändern.

Erst verschluckte Hertz seinen Schluck Thé des Impressionnistes und starrte dann fassungslos auf das Foto: Jesus Emperado? Er und Bobby Mastberger waren ein und dieselbe Person? Der »König der Motivation« war der Chef der Revitalistischen Gesellschaft?

Es klingelte, und als Hertz den per Einschreiben gekommenen Brief mit den Initialen RG öffnete, fand er eine unverlangt geschickte Eintrittskarte für den Powerday 2.0 in der China-Shipping-Arena, VIP-Bereich, Block 4, dazu die handschriftliche Notiz: *Lieber Hertz, sehen Sie sich den Zampano an! Gruß, VA.*

15.

Der Saal kontrahierte wie eine aktive Gebärmutter. Ein Spot schlüpfte, in seinem Kegel flirrte Staub. Die Klimaanlage schnaufte. Ein Stromkreislauf schlürfte. Stühle schmolzen zu einem Fluss aus Polstersekret. Der Boden warf Pocken auf und verlor sich hier und dort in v-förmigen Spalten. Rote, blaue, violette, orangegelbe Lichtkegel breiteten sich aus. Hetzten durch den Saal, neckten sich und flohen fort in gewagten Schwenks, um an genau diese oder jene Stelle zurückzukehren und in die Spalten zu dringen. Eine Gruppe Männer mit erschreckender Fitness rannte im Gleichschritt auf Hertz zu, um kurz vor seinem Gesicht zu Staub zu zerfallen. Immer wieder tauchten Personen auf, die es nicht gab. Laserlicht streichelte seine Lippen. Nach kurzer Zeit sah er auf den Leinwänden, wie eine bebrillte Enddreißigerin auf dem Boden lag. Es flogen bunte Ballons durch den Saal, aus deren Zipfelknoten Luft entwich.

Die Männer hatten sauber ausrasierte Nacken, vorn entweder einen kleinen, frechen Scheitel oder eine hingewachste Locke, dazu Krawatten, weiße Hemden und auch Nadelstreifenanzüge. Die Frauen trugen Businessblazer in dunklem Bleu oder Jeans und Bluse in Rosa, Weiß oder Hellblau. Jede Schwäche war aus ihren Gesichtern verschwunden, jeder Zweifel zu Gewissheit gewandelt.

Hertz hörte keine Stimmen. In die Stille hinein brach das Knacken eines Mikrofonkabels, und als drehte sich ein Volumenregler eigenmächtig auf, brandete und jubelte es mit einem Schlag, dass Hertz die Hände auf die Muscheln seiner Ohren legte und zuerst gar nicht mitbekam, wie aus der Tiefe des Bühnenraums ein mit schwarzer Stretchhose und schwarzem Stretchshirt bekleideter Mann mittels mehrerer großer Sprünge an die Rampe hüpfte wie ein aufgezogenes Spielzeugmännchen und mit den Fäusten in alle Richtungen stocherte. Und während er auf der Bühne mit seinen schaufelnden Armen sich überlappende Radien zeichnete, fingen alle außer Hertz zu hüpfen an. Aus den Türmen der Anlage stampfte abgrundtiefer Bass, der Saal wogte, und aus dem schwarzen Himmel sprühten Funkensträuße.

»Let it roll!«, rief Emperado in sein Headset, das Mikrofon fast in der Mundhöhle. »Spürt ihr die Kraft in euch?« Zahllose Sprechchöre schwollen an, und die Menschen schrien im Takt »Che-sus! Che-sus!«. Und Jesus klatschte in die Hände, lachte, rannte mit großen Schritten eine quergesetzte Acht auf der Bühne und brüllte »E-ner-dschiee!« In Hertz' unmittelbarer Umgebung hüpften schwitzende Männer, Frauen klatschten sich aus dem Bezirk der Vernunft. Während Emperados Körper in Gesten zerfiel, wirkte sein Lächeln eingefroren. Der Fortgang der Zeit war unmöglich geworden, es gab nur noch eine in Frequenzen zerlegte Künstlichkeit.

»Emperado ist Empowerment!«, schrie ein Mann.

»Jetzt! Jetzt! Jetzt!«, schrie Emperado.

Aus den Boxen fegte *I've got the power*. Er ging in die Knie, täuschte Sprünge an und schnellte hoch hinauf. Kurz bevor die Schwerkraft ihn bändigte, explodierte in der Tiefe des Raums ein Funken sprühendes Feuerwerk. Sonnenräder drehten sich, und eine Frau weinte. Ihr Hüpfen pflanzte sich mit dem Hüpfen der anderen in einer Woge fort, bis man es Tanz nennen konnte. Der Herrscher der Arena lief mit ausladenden Schritten den Bühnenrand auf und ab. Seine Gesichtshaut wirkte auf den Monitoren wie ein veloursledriger Überzug ohne Poren und Schwächen. »Sag JA …!«, schrie er in die Mikrofongabel, »sag JA zur DIR und sprenge deine Grenzen!«, das Mikro übersteuerte und verzerrte seine

Stimme. Er ließ eine gemeine Pause und schloss, »Sag JA! zum Erfolg, denn DU bist Erfolg! Sag JA zu DIR!«

In diesem Moment wurden an den Bühnenrändern Leinwände mit seinem Konterfei und dem Schriftzug *Jesus Emperado* abgerollt. Alles, was er tat, wurde an die Wände projiziert wie ein Lichtstrahl der Offenbarung. Jesus stieg aus den Leinwänden in den Raum herab und lief im heldenpathetisch gewürzten Massenjubel zu den schreienden Menschen mit flatternden Krawatten, in figurbetonten Hosenanzügen und enganliegenden Sommerkleidern, umarmte sie, klatschte ihre Hände ab und ließ sich anschmachten. All das wurde per Video in die digitale Endlosschleife gespeist. Die Positivladung hatte kein Negativkorrektiv mehr, und man hätte mit Recht sagen können, dass die Natur in diesem Augenblick technisch übervorteilt werde.

Ausgerechnet in jener Kernschmelze kollektiver Ausgelassenheit entdeckte Hertz Frau Dr. Kleinkurth, die Vorstandsassistentin seines ehemaligen Arbeitgebers, deren blondiertes Haar in vorgesehener Weise arrangiert war. Hertz glaubte, sie abwechselnd weinen und lachen zu sehen.

»Heute wird etwas Großartiges passieren«, sagte Emperado, »heute ist der Termin mit deinem Schicksal.« Die Masse schrie »Chesus! Chesus!«. Er imitierte ein Turbulenzen besiegendes Flugzeug und kurvte über die Bühne. Das Mikrofon übertrug seinen Atem. »Das Schicksal bin nicht ich, das Schicksal bist DU! … *Du* bist sexy, *du* bist grandios, niemand kann dich erlösen außer dir, wenn *du* das nicht verstehst, pack deine Sachen und verlass den Saal!«

Diana Kleinkurth stieß einen fantastischen Schrei aus und klatschte mit erhobenen Armen ihre Hände, wobei die Uhr mit dem zu großen Armband die linke Elle rauf- und runterrutschte.

Sie vibrierte wie ein Kolibri vorm Orchideenkelch. Die Kamera hatte sie erfasst und lustvoll aufgespießt. Jeder sah sie auf den Bildflächen der Monitore, zigfach parzelliert in einem Akt medialer Erotik. Jeder sah das Hoppeln ihrer Brüste unter der Bluse, das Zittern der Perlenkette, die am Ansatz feuchtgeschwitzten, verzweifelten, wirrgewordenen Haare. Als sie ihren aktuellen Ruhm merkte, jubilierte sich die Kleinkurth in einen höheren Ekstasegrad hinauf und fiel, als die Leinwand eine mit den Händen über dem Kopf klatschende Brünette bevorzugte, in sich zusammen.

»Hingabe ist das Höchste!«, schrie Emperado, »erfolgreiche Menschen sind Hingeber! Wankelmut ist das Kreuz der Schwachen! Gewinner merzen Schwäche aus!«

Ein zehnminütiges Spektakel folgte. Emperado hüpfte und tanzte, und die Masse wurde von seinem Assistenten dirigiert. Als *I've got the power* gekonnt gemischt in *I can't get no satisfaction* mündete, steppte Emperado mit aufgerissenen Augen wie ein entfesseltes Amphibium von rechts nach links, zurück und wieder vor, und der Assistent klatschte rhythmisch ein. Durch den organisierten Ausbruch entstand eine Energie, die den Saal weiter blähte. Ein Mann fiel, seine Wiederaufstehung wurde allgemein bejubelt. Auf den Leinwänden tauchten in regelmäßigen Schleifen Sätze auf: *Wenn das Pferd tot ist – steig ab!* und *DU bist die Entscheidung zwischen dir und den anderen!*

Plötzlich, als hätte es einen unerwarteten oder gezielt herbeigeführten Stromausfall gegeben, wurde es dunkel im Saal. Dann breitete sich aus dem Off Emperados tiefergelegte Stimme wie eine raunende Beschwörung aus. Hertz saß auf seinem Stuhl VIP-Block 4, Reihe 2 und genoss seine innere Ruhe. Wie Emperado es schaffte, den gerade noch brandenden Massenjubel und die ausbüchsenden Hormone in eine Meditation zu überführen, war ihm schleierhaft. Ein Spotkegel fing den Zampano ein und fixierte ihn. Er justierte sein Headset. Hertz studierte die Andacht der anderen. Emperado flüsterte:

»Um deine Ziele zu erreichen … musst du wissen, dass du welche hast … Du musst wissen, welche Ziele du hast, und wenn ich sage ›du musst‹, dann meine ich, dass *du* mit der Kraft *deiner* eigenen Kreativität in Kontakt kommen sollst.«

Er setzte sich auf einen Barhocker in der Mitte der Bühne, ein Lichtkranz legte sich auf seinen Kopf. Im Kegel des Spots sah man Myriaden Staubfussel schweben. Er drückte das Mikrofon seinen Lippen auf, atmete tief und rhythmisch hinein und ließ dann ein langgezogenes *Schhhhhhh* folgen. Nachdem eine Frau gehustet hatte, herrschte eine wie Pergament gespannte Stille.

»Konzentriert euch auf euch«, hauchte Emperado. »Konzentriert euch so stark wie nie zuvor auf das, was ihr seid.« Pause. »Ihr seid Erfolg.« Pause. »Jeder Einzelne ist Erfolg.« Pause. »Erfolgreiche Menschen werden reich … und erfolgreiche Menschen merzen ihre Schwächen aus.« Pause. »Bewerte nicht, verwerte, was du bist.« Pause. »Die Welt verändert sich rasant, wer verharrt, wird verschluckt.« Pause. »Und nun sage ich euch das Wichtigste …«

Er sagte erst einmal gar nichts. Wieder hustete jemand. Hertz spürte zweierlei: dass er ungeduldig wurde und dass ihm Emperado irgendwie gefiel.

»Du«, sagte Emperado und schwieg. »Du.« Er stand auf und ging im Kegel des Scheinwerfers an den Bühnenrand. Dort kniete er und lächelte. »Du brauchst niemanden außer dir!« Pause. »Wenn du dich wiederbelebt hast, werden dich alle anderen suchen.« Pause. »Ändere dich –«. Pause. »Ändere dich, dann wirst du von den Todbereiten auferstehen!«

Und dann sturzflogen aus dem Himmel über der Bühne herunter zwei mächtige Adler, durchflogen den gesamten Saal und kehrten zurück in den schwarzen Raum hinter der Bühne, setzten sich auf die Monitorboxen am rechten wie linken Rand der Rampe und bewegten sich auch dann nicht, als zu *Mission impossible*, das im Echoraum der Arena einschlug wie ein akustischer Asteroid, alle Scheinwerfer zugleich ansprangen. Spiralen grüner Lichtgarben drehten sich, rote Funken sprühten, Emperado rannte die Rampe auf und ab und fünf, sieben, zehn seiner Leute hüpften ihm nach. Tausende Leuchtstoffröhren formierten sich zu einem Mega-Bildschirm, innerhalb dessen sich einzelne Screen-Parzellen zu gleicher Zeit permanent veränderten und das Geschehen immer wieder aus einem anderen Blickwinkel zeigten, als wären nicht zehn, sondern hundert Personen zugleich auf der Bühne. Bälle regneten von der Decke auf die Masse hinab, und Hertz schien, als vereinigten sich in diesem wie ausgedachten Moment tausend schwirrende Bewusstseinsatome zu einer unheimlichen Vision.

16.

An einem wolkenlosen Vormittag fünf Wochen nach seiner Entlassung kehrte Charly Spengler zur Kammfabrik zurück. Im Schritttempo näherte er sich in seinem silberfarbenen Mercedes Coupé der Nartenstraße und fuhr an zwei Hydraulikkränen vor der nördlichen Fabrikmauer vorbei, die wie gigantische Insekten ihren Stachel langsam nach oben richteten. Es war so heiß, dass auf allen Dingen ein Dunstfilm lag. Obwohl er die strikte Weisung hatte, den ehemaligen Direktor keinesfalls mehr auf das Werksgelände zu lassen, hob der Pförtner in jenem Moment, da er Spengler sah, ohne zu überlegen den Schlagbaum, stand auf, lief rot an und grüßte für einen Pförtner überschwänglich. Im Interview für das ARD-Filmporträt *Tribun Spengler* würden Sosset und der Lange einstimmig bezeugen, Spengler sei an jenem Junifreitag verändert, merkwürdig entrückt und von dem Spengler, der dem Bundespräsidenten in einer fulminanten Rede die Butter vom Brot nehmen würde, noch weit entfernt gewesen.

Im Eck des zweiten Stocks, Gebäude B, wo sechs Tage zuvor die Monteure der Firma Janusz Polanski Spezialtransporte bereits das »Kammcenter« demontiert und abtransportiert hatten, waren im Moment, als Spengler auf den Hof fuhr und das Auto abstellte, fünf Arbeiter in Latzhosen dabei, mit zu kurzen Zollstöcken Entfernungen abzumessen und Drehwinkel zu berechnen, um die wahrscheinlich berühmteste Bimsdurchziehmaschine der Welt – das technische Herz der New-York Hamburger Gummi-Waaren Compagnie – nach ihrer Entankerung Zentimeter für Zentimeter so zu rangieren, dass sie, wie »Cheffe an Ort«, Bora Marković, verkündete, »mit Arsch zuerst aus Fenster geschoben« und dann, von den beiden Hydraulikkränen an Haken aufgehängt, »nach Boden« gestellt werden konnte.

Die Bimsdurchziehmaschine, kurz Biduma, war ein lange Zeit revolutionäres Stück Kammproduktionstechnik – die einst verwegene Erfindung einer zeitsparenden Komplettapparatur, die jeden einzelnen Kamm durch ihre Bürstenstraßen und Tücherfelder zog, Zahnfeld und Rücken glättete, Flanken entnietete, Ecken schliff und die Kämme für die Kammpoliermaschine »Kapo«, ausspuckte, die letztlich jeden einzelnen Lady Star so perfektionierte, dass nicht eine Naht übrigblieb.

Bissig und die Bimser waren damit beschäftigt, sich keinerlei Rührung anmerken zu lassen, als Janusz Polanskis Arbeiter begannen, ihrer Firma das Herz aus dem Leib zu lösen. Jetzt wurde nicht nur die Kapo abgebaut, es wurde ihr Leben abgebaut und am schlimmsten: das Lebenswerk von Spengler. Sosset würde den Interviewern der ARD später in die Kamera gestehen, in diesem emotional entsetzlichen Moment sei Spengler selbst aus seiner Verankerung gerissen worden. Und es gab Jungs der Kammfabrik, die nach den tragischen Ereignissen im Oktober sagten, damals hätten sie das Leuchten in Spenglers Augen gesehen, ein Leuchten, das nicht von dieser Welt gewesen sei, das etwas Neues, Großes, Unerwartetes ankündigte; andere befanden, dass der Ruhm, der sich Charly Spenglers bald annehmen würde, an diesem Tag seinen Ursprung gehabt habe.

Nur Sosset hatte von Spenglers Ankunft gewusst und auf die Schnelle möglichst viele Kameraden aus Fräserei, Schleiferei, Presserei, Bimserei, Poliererei, Verpackung und Vertrieb zusammengetrommelt. Seit Wochen sorgte Sosset dafür, dass der neue Vorstand in der Belegschaft stärker isoliert war. Die Art, wie »der Pit« seinen Arm um die restlos ausgewachsenen Schultern der Russen legte, vermittelte ihnen das Gefühl, es gehe um eine Art Revolution. Wann und wie lange sie wollten, saßen sie jetzt rauchend und quatschend im Kabuff, und wer immer es schaffte, die Cousins und Schwager und die Halbbrüder der Cousins und Schwager um Igor Bissig auf seine Seite zu ziehen, würde innerhalb der Belegschaft auf eine schlagkräftige Clique zurückgreifen können.

Kaum war Sosset ins Walzwerk im Erdgeschoss gegangen, kam Taylor-Bisswurm persönlich ins Kabuff und teilte Bissig mit, er werde ihn und dessen Jungs mit einer neugegründeten Auffanggesellschaft für zwei Jahre retten, in denen er ihnen über seine Kontakte attraktive Arbeitsplätze in der aufblühenden Hafen City beschaffen werde, Schifffahrt, Handelsverkehr, die Route nach Shanghai, große Zukunft! Als Taylor-Bisswurm etwas unbeholfen die Faust ballte und sich auf unlautere Art volksverbrüdern wollte, nickte Bissig höflich und nuschelte dem hageren Geschäftsführer ein »schlopajet kak medwed« hinterher, er watschle wie ein Bär.

Janusz Polanskis Demonteure pumpten mit zwei Hydraulikbühnen die 15 Tonnen hellgrünen Stahl der Bimsdurchziehmaschine nach oben und schoben dem Gestell vier Panzerkrallen unter. Währenddessen fand eine innerbosnische Wette zwischen Marković und Petrović statt, ob es gelingen würde, die Maschine unter den sehr engen Verhältnissen im Raum millimeterweise um den Pfeiler herumzudrehen wie einst die legendäre Reifenwalze im Gummiwerk von Sarajewo. Der Wetteinsatz belief sich auf einen gemeinsamen Besuch im Bel Ami, der Embassy of Love am Veritaskai.

Anfangs schien es aussichtslos, die Biduma überhaupt zu etwas bewegen zu können. Es wurde sogar erwogen, sie an Ort und Stelle abzubauen, aber niemand wusste, wie das zu bewerkstelligen sei, also rätselte man, durch welchen Kniff die Maschine vor siebenunddreißig Jahren in den zweiten Stock gekommen war, und hätte, wäre das Rätsel denn gelöst worden, mit Leichtigkeit den Auftrag in kurzer Zeit erfüllen können – indem man sie schlicht auf demselben Wege wieder hinausschaffte.

Unter Anleitung von Marković, der eine Art Klumpfuß hatte und rechts nachzog, als beanspruche der Fuß aufgrund einer fehlenden Achillessehne keinerlei Zugehörigkeit zum Unterschenkel, holten der Pole Lubo und Olaf aus Pankow sechs Massivholzplatten, um den Parkettboden zuzudecken. Die anderen legten die Biduma in Ketten, schlangen Gurte um den zentralen Eisenpfeiler des Raums und hängten den Kettenzug ein. Schmitti, der usbekische Deutschrusse, und Petrović brachten unter merkwürdig synchronem Stöhnen den Kettenzug in Gang, wobei Letzterer die Kette, statt sie zu längen, kürzte, weswegen die Biduma sich nicht drehte, sondern geradeaus auf die Wand fortbewegte – ein erhebliches logistisches Problem also, das nach einiger Zeit auch bemerkt wurde.

»Die Petrović macht nur Scheiß!«, rief Marković und humpelte rüber.

»Auf!«, schrie Schmitti.

»Auf!«, schrie, ihm gegenüber, Lubo, der Pole.

»Stoooobb!« rief Marković.

»Was sagen Stoooobb?«

»Arsch komm nich rum.«

Petrović hatte vergessen, die herabhängenden Neonleuchten höher zu ziehen, also hingen sie schief zwischen den Abzugsbehältern oder lagen scheps auf den Bimsmotoren. Im Übrigen machte die Biduma keinerlei Anstalten, sich zu drehen.

»Schmitti, was machste da, hörma, he?«

»Hol Arsch rum, warum?«

»Ist 10 Sentimeter Platz für Arsch …«

»Arsch passt sicher rum!«, frohlockte Schmitti.

»Sag ich!«, sagte Marković.

Schmitti kurbelte und sagte nach jeder Drehung »aaahhh!«.

»Du immer aaahhh!«, imitierte Petrović.

»Stoooop!«, schrie Lubo, der einen Buckel hatte.

»Lass ma, Lubo, ja?«, rief Olaf, »det sieht hier janz spitzenmeeßich aus!«

»Gett so?«, schrie Schmitti.

»Braucht man gar nicht schreien, Schmitti«, sagte Marković.

»Jo, Arsch komm langsam rum.«

Der Blechschutz am hinteren Ende der Biduma verlor die vorletzte Schraube und hing schräg nach unten.

»Zieh doch, Schmitti, hä, zieh!«

»Arsch is durch.«

Dem Glück der Spezialisten stand kein Millimeter mehr im Wege, wobei rasch bemerkt wurde, dass eine geöffnete Tür zu viel Platz in Anspruch nehmen würde, also wurden die beiden Flügel unter allerlei Hammerschlägen und Geschrei ausgehängt. Dann öffnete sich das Tor des zweiten Stocks wie eine Verheißung, und während fünf Arbeiter von Janusz Polanski mit der Kraft ihrer Körper die siebenunddreißig Jahre alte Biduma auf vier Panzerkrallen aus dem Fenster schoben, sprühte ein Airbus-Transporter auf seinem Weg nach Toulouse dem stahlblauen Himmel über Harburg einen watteweißen Strahl auf.

Arsch war aus Fenster.

Während sich die Maschine in der Luft hin und her drehte, ging Sosset in Halle B durch die Reihen, verpflichtete seine Leute, zu schweigen und sich in zehn Minuten im Hof zu sammeln. Keiner investierte auch nur einen einzigen Blick für die Mühen von Janusz Polanskis Demonteuren. Still, aber bestimmt gingen Bissig, der Lange, Istanbul und die anderen die Treppe des Aufgangs A hinab und sahen, wie die Kräne sich vorbereiteten, in Kürze nach der heraushängenden Biduma zu fischen.

Auf der anderen Seite, zwischen Parkplatz und Lagerhalle, stand Spengler und schob seinen Blouson die Ellen hinauf. Da stand der Mann, der alle Hoffnungen auf sich zog, dem sie vertrauten, der zu ihnen zurückgekehrt war. Er war dicker geworden und wirkte dadurch kleiner, vor allem dem Langen war das neue Missverhältnis nicht entgangen. Was sich aber in keiner Weise verändert hatte, war die Kraft von Spenglers Körper, die sich nicht zu vermitteln brauchte. Sie wirkte direkt. Sie strahlte ab. Sie ergriff.

Als alle versammelt waren, erhob er zum ersten Mal die Stimme auf eine Weise, dass manchen ein ähnlicher Schauer über den Rücken rannte, wie es am 3. Oktober geschehen sollte, als Spengler mit seinem Auftritt am Jungfernstieg Bundespräsident Wulff in die Bedeutungslosigkeit manövrierte.

»Seht ihr, wie sie eure Fabrik auflösen?«, fragte Spengler jetzt laut, stoppte und rief dann weiter: »Seht ihr … wie sie eure Geschichte auflösen?« Um dann zu schreien: »SEHT IHR, WIE SIE EURE BIOGRAPHIE ZERSTÖREN?«

In der unerwarteten Pause vernahm man den Kommentar einer Saatkrähe an der Dachrinne. Spengler sah auf seine Uhr und drehte das Armband, ehe er mit dem Zeigefinger aufs Gehäuse tippte.

»Zu dieser historischen Minute geschieht da oben Ungeheuerliches, etwas, das nicht wiedergutzumachen ist. Sie lassen euch über die Klinge springen, sie schließen euch aus, sie machen euch unbrauchbar … Aber ich sage euch: Sie haben sich verrechnet. Die da oben denken, ihr fürchtet nichts mehr als einen Monat Produktionsausfall, weil sie dann eure Löhne zusammenstreichen können. Die Wahrheit aber ist: *Sie* fürchten nichts mehr als den Produktionsausfall, versteht ihr? Deswegen lassen sie euch tonnenweise Ausschuss produzieren, Hauptsache, die Produktion steht nicht still, denn wenn sie stillstünde, was würdet ihr dann machen? Sie lassen euch bluten und dann ausbluten, Freunde! Sie verraten euch«, flüsterte Spengler schließlich, »einen Scheiß seid ihr denen wert.«

Und dann schwoll seine Stimme mit höchstem Volumen an: »Jetzt, hier, da oben, da nehmen sie euch die Biduma, eure Biduma, meine Biduma, unsere Biduma, die Biduma, die es nur ein einziges Mal auf der Welt gibt! Sie brechen sie raus, zack, dann verschicken sie sie nach China, wo kleine Chinesen dran sitzen und sich den Arsch abarbeiten für ein paar chinesische Kröten.«

Spenglers Arm hob sich, und das Handgelenk knickte im Takt der Erregung nach unten, so dass sein rechter Zeigefinger bei jedem zweiten Wort zu Boden stach.

»Sie reißen euch das Herz raus, dann vernichten sie die Firma, die 136 Jahre lang die ganze Welt dominiert hat, ihr wisst das ... unsere Kamm, die Harburg in der Welt berühmt gemacht hat ... Jeder kennt uns, Jahr für Jahr habe ich gehört, wie sie unsere Lady lieben, auf jeder Messe, Freunde, alle lieben unseren Lady Star, selbst die dämlichsten Blödköpfe aus Westfalen.«

Die Jungs applaudierten, und der Lange pfiff unnachahmlich.

»Hat man euch gesagt, was sie hier hinstellen wollen? Einen Entertainmentpark und eine Mode- und Boxarena ... ja, da staunt ihr, so wie ich gestaunt habe! Eine Boxarena soll in unsere heiligen Hallen kommen, versteht ihr, was das für ein Zeichen ist? Kohle und Kampf! Der Investor heißt Myers-Pirelli, ein Freund des Senats. Ach nein! Dieser Myers-Pirelli ist einer der Großkopferten in der Hafen City, da hat der seiner Firma einen schwarzen Turm hinbauen lassen, einen Turm der Sünde, sieben Stockwerke hoch, und jetzt verschifft seine Firma unsere Maschinen nach China, unser Herz, unser Leben, nach China! Diese Firma, China Shipping, organisiert unseren Untergang, Freunde, wir werden Zeugen, wie eine ganze Epoche verschwindet, wie wir verschwinden, wir Menschen mit Herz und Ehre, wie eine Tierart, die ausstirbt. Ich sage euch: Lasst uns gemeinsam kämpfen!«

Er schwieg zwei Momente und setzte dann nach.

»Wehren wir uns!«

Sosset wiederholte den Satz, »Wehren wir uns!«, dann stimmten Bissing und der Lange, die Deutschrussen und Türken ein und riefen den Refrain »Wehren wir uns!«, und vermutlich hätte sich gleich eine Woge gebildet, die aufplatzende Wut elbaufwärts forttragend, doch ehe es zu einem unkontrollierbaren Ausfall kommen konnte, sprang Spenglers Handy mit den Eingangsakkorden von *Mission impossible* an, und der Motor des Schwertransporters, hinter dessen Windschutzscheibe das Kfz-Schild *Ronny* geklemmt war, kuppelte sich über Zwischengas ein. Spenglers Lebenswerk war entankert, herausgerissen, abgebaut, doch die Biduma passte nicht auf die Ladefläche, also baumelte sie an den beiden Stahlseilen in der Luft, was Petrović zu einem exjugoslawischen Fluch veranlasste, weil er sich nicht mehr sicher war, ob er die Ketten dem deutschen Standard zufolge auch tatsächlich unten herum gelegt und die Maschine also vorschriftsmäßig gesichert hatte.

Aus heiterem Himmel kamen Böen, und im Binnenhafen schwappten die Hausboote, Wasser schmatzte an die Kaimauer, Wolken gab es keine mehr. Sosset und die anderen zogen an den vertäuten Schiffen und Pontons vorbei über die östliche Kanalklappbrücke. Rechts stand der kürzlich eingeweihte Kaispeicher inmitten eines verwahrlosten Schienengeflechts wie ein Monolith, links, vom Veritaskai in den Schellerdamm, wurde neben dem Bel Ami gerade ein Quartierparkhaus mit Bürogebäuden im zweiten Bauabschnitt errichtet. Sosset sah, dass der Schwertransporter in die Neuländer Straße Richtung A253 einbog. Von keinem Tuch bedeckt ragte die Biduma weit über die Ladefläche hinaus.

Lütjen und Istanbul voran gingen Spenglers Leute durch die Gasse mit dem Namen Kleiner Schippsee, über den Schloßmühlendamm zum Harburger Ring, mit Blick auf die Shopping-Arcaden der City-Galerie am Karstadt-Komplex vorbei zum Herbert-Wehner-Platz. Dort hatten sich schon Arbeiter der Phoenix-Werke versammelt und trugen rote Plastikwesten der IG Metall. Natürlich hörte man Trillerpfeifen. Die Mülleimer quollen über, Elstern stolzierten über den Platz. Der Schlitz des Geldautomaten an der Stadtsparkasse war zu schwarzen Plastikwülsten versengt, das Glas des Displays eingeschlagen. Auf den Trottoirs verteilten sich Glassplitter, Hunde schnüffelten an abgeschlagenen Flaschenhälsen und Blutspuren, und aus dem Imbiss Döner Queen schwebten sunnitische Arabesken hervor, die so herzergreifend waren, dass der scheue Sabahattin Akay aus der Poliererei mitsummte.

Die ersten Rabenkrähen kamen und ließen sich auf den gebogenen Masten zerschmetterter Laternen nieder. Auf der Mauer gegenüber beobachtete Roger Mevissen, wie Sosset und die anderen das Terrain des Herbert-Wehner-Platzes zu besetzen begannen. Er rauchte die krummsten Zigarillos, die in Spanien hergestellt wurden, und notierte auch diese Szene in sein Moleskine-Buch, in dem seit Ostermontag peu à peu ein Storyboard entstand. Auf dem Buch geschrieben stand handschriftlich verfasst: *Das Ende unserer Tage.*

17.

Wenn etwas Kurt Fischers Lebensmut über die Wochen seiner lebendigen Verwesung gespeist hatte, dann war es Francis' Sopran, der in seinen edelsten Momenten Scala-Reife versprach. Zwar fand Kurt die Mailänder Scala zu bildungsbürgerlich, als einen geradezu dämonischen Ort präfaschistischer Aristokratie, aber Francis wollte sich nicht mit dem Stadttheater Hannover zufriedengeben. Ihr Singen war ja ästhetisch verfeinerter Trotz gegen das Unvermeidliche und bestärkte ihre Überzeugung, nur wer singe, habe die metaphysischen und physischen Sphären des Lebens miteinander verknüpft und das Leben überhaupt erst als Leib-Seele-Einheit verstanden.

Kurt, für den das Beharren auf energetischen Bahnen und Meridianen ausgemachter Eso-Quatsch war, beschlich seit Tagen das Gefühl, ihm schwinde auch der verbliebene Lungenflügel. Er konnte es nicht mit letzter Überzeugung sagen, aber das Gefühl, etwas falle in sich zusammen und vaporisiere unter seinem Brustkorb, das, hatte er Francis zwischen zwei Arien im Schlafzimmer gesagt, habe er jetzt die gesamte Zeit über. Schlimmer war aber, dass er sich nur noch in ihrer Gegenwart erleichtern konnte, was, gerade am Ende seiner Rekonvaleszenz zu Hause, zu Problemen mit ihren Terminplänen führte, da Francis allerhand Vorbereitungen für die Eröffnung des Salons Magnolia in genau einer Woche zu treffen hatte.

Die Phasen, in denen Kurt aus dem Fenster stierte und den Kondensstreifen so lange zusah, bis ihr Weiß flockte, waren länger geworden. Fast immer lag sein rechter Zeigefinger auf dem Channel-Switcher der Fernbedienung, und wenn Francis neuerdings gegen zwölf Uhr mittags das Haus verließ, sah er meist *Aura am Mittag* auf Destiny2 TV. Moderator Martin führte gerade die »Kartenlegerin Tamara« aus Stuttgart-Degerloch ein, deren Dekolleté mit einem großen Silberkreuz recht geschmackvoll behübscht war. Während sie sich den Zuschauern vorstellte, mischte Tamara in großer Geschwindigkeit einen Pack Karten, wobei das schwarze Haar sich kein bisschen bewegte, was Kurt zu der Annahme verleitete, Tamara müsse eine Perücke tragen und sei vermutlich darunter kahlköpfig, wenn sie nach diversen Chemotherapien überhaupt noch Augenbrauen habe.

Thema der heutigen Sendung von *Aura am Mittag* war *Lust auf Zukunft*.

»Hannes, hallo, ich grüße dich. Was kann ich für dich tun?«

»Hallo, Tamara.«

»Hallo, Hannes, ja …«

»Also …«

»Sprich's grad raus, Hannes, Mut isches Wichtigschte im Läben.«

»Ja, also … Ich möchte nicht mehr allein sein.«

»Du willsch e Partnerin, Hannes, ja? Dann fragen mer die Karten, ja?«

Sie legte einen Kelch und ein Haus.

»Hannes?

»Ja?«

»Hannes, ich habe gute Neuigkeiten. Das sieht sehr gut …«

»Ach ja?«

»… aus … Sind Sie jetzt geschockt, Hannes?«

»Geschockt? Warum geschockt?«

»Weil die Karten immer recht haben.«

»–«

»Sie sind sprachlos, Hannes, ich höre Sie …«

»Na ja …«

»Sie glauben's net, gell?«

»Wissen Sie, Samira …«

»Tamara, Hannes, Tamara.«

»… ich bin seit fünf Jahren allein.«

»Sie sind nicht mehr lang allein, Hannes, die Karten lügen nicht.«

Kurt sah gebannt auf Tamaras schwarzlackierte Fingernägel. Diese voluminöse Expertin für »liebevolles Kartenlegen« versprach Hannes aus Lippstadt jetzt ganz deutlich eine weibliche Figur, die in sein Leben treten werde, weswegen er sich keine Sorgen mehr zu machen brauche.

»Was Festes?«, fragte Hannes, und Kurt murrte »Was sonst!«

»Wir machen das Leben ja auch ganz furchtbar kompliziert, was, Hannes?«

»Manchmal schon.«

»Also, oh ja, der Engel … der Engel bedeutet Verantwortung. Hannes, magscht du Verantwortung?«

»Ja. Ich bin ja seit fünf Jahren …«

»Also, Hannes, hör zu, ich sehe einen sehr guten Herbst für dich.«

»Wirklich?«

»Wirklich. Du kannst dich drauf verlassen, die Karten lügen nicht …«

»–«

Moderator Martin wurde eingeblendet und sagte, Astrologie sei schon bei Ronald Reagan ein großes Thema gewesen, und Tamara pflichtete nickend bei, während sie die Karten zusammensuchte, »ganz klar, ganz klar.«

»Oder, Tamara?«

»Ja, ganz klar.«

»Jetzt am Telefon ist … Hallo, wie heißen Sie bitte?«

»Petra … Ellermann.«

»Die Petra – aus?

»Lüneburg.«

»Die Petra aus Lüneburg«, resümierte Martin.

»Hallo, Petra«, sagte Tamara.

»Ja hallo.«

»Was möchten Sie von den Karten wissen, Petra?«

»Ich bin seit zwei Jahren geschieden und habe seit vier Monaten einen neuen Freund ...«

»Und die Karten sollen Ihnen sagen, ob's was Feschtes wird ...«

»Ja, oder ob ich es beenden soll.«

»Petra, egal was passiert – die Karten lügen nicht.«

»–«

»Gut, Petra, das schauen wir uns mal an.«

Als Tamara mischte, sagte Kurt »Stopp«, und tatsächlich legte Tamara in diesem Moment Kelch und Bube auf den Tisch.

»Petra, ich würd jetzt erst mal gar nix unternehmen. Sie kriegen in ganz kurzer Zeit einen wundervollen Mann an die Seite gestellt. Ihr jetziger Partner ... Petra ... es tut mir leid, aber der ist es nicht für Sie, es gibt zwischen Ihnen ganz viel Charme und Zärtlichkeit, klar, aber fürs ganz Feschte ist er leider, leider nix. Aber das wird ganz von alleine geschehen, da hat das Schicksal was sehr Schönes für Sie ausersehen.«

Tamara hielt die Glückszehn in die Kamera, das Handkettchen raschelte. Kurt hörte, wie Petra am Telefon aufatmete, und holte tief Luft. Seit gestern brannte das Luftholen nicht mehr. Sein verbliebener Lungenflügel hatte sich mit seiner Einsamkeit abgefunden.

»Das wird schon, Petra, Sie müssen immer dran glauben.«

»Der Weg ist das Ziel!«, schaltete sich Martin ein. »Wer es nicht schafft, hat nicht wirklich an das Ziel geglaubt!«

»Tausend Dank!« sagte Petra aus Lüneburg, »vielen, vielen Dank!«

»Immer dran glauben, gell!«, sagte Tamara und lächelte

wie eine ältere Schwester, mit der man ein Geheimnis behütet.

»Ich bin Aszendent Löwe, mich haut so schnell nichts um.«

»Umso besser, Petra, Kelche sind die ganz großen Glückskarten, und Sie haben so viele Kelche!«

»Das Glück füllt sich in den Kelch«, sagte Moderator Martin.

»Ob voll oder leer, Petra, Kelche füllen sich immer, Kelchkarten sind Glückskarten, Sie müssen nur fescht dran glauben, ja?«

»Hallo, wer ist dran?« fragte Martin.

Als Francis durch die Tür kam und nach Kurt rief, hörte sie nur Tamaras Stimme.

»Hallo, hallo?

»Hallo.«

»Wer ist denn in der Leitung, bitte?«

»Volker.«

»Hallo, Volker, ja, von wo rufst denn du an, Volker?«

»Das tut nichts zur Sache.«

»Volker, was immer dein Anliegen ist, vertrau auf die Karten, sie sagen immer die Wahr…«

»Ihr Eso-Spacker und diese ganzen dummen Winzlinge da draußen, überhaupt: diese verdorbene Menschheit …«

»Äh, hier liegt … ein …«

»Ich verachte diesen Menschendreck …«

»… ein ein Haus …«

»… man muss euch alle …«

»So können wir mitnander net umgehen, Vol…«

»… auslöschen.«

»Regie, bitte, was …«

»Es wird etwas Furchtbares geschehen, meine Wut ist gnadenlos, sie wird …«

Francis löschte den Fernseher und zog die herabgerutschte

Decke zu Kurts Schlüsselbeinen hinauf, weil sie annahm, dass er fror, obwohl sich ein Schweißtropfen an seinem Jochbein abseilte. Kurt war mit offenem Mund eingeschlafen, sein Atem roch nach Zahnstein. Sie streichelte seine Augenhöhlen und die brauenlosen Stirnknochen und fuhr mit der Kuppe ihres Zeigefingers über seine Lider, die ohne Wimpern auskommen mussten. Als sie ihm über die Wange streichelte, sprang William an ihren Beinen hinauf und machte irgendein Männchen. Sie justierte die gestrickte Kappe, die Kurt Tag und Nacht trug und ihm übers Auge hing. Jede Woche strickte sie zur Bedeckung seiner Glatze eine neue Wollmütze, bis auf Mauve hatte sie alle Farben durch. Diese Mützchen rochen auch nach Tagen weder nach Mensch noch nach Kurt noch waren sie fettig, weil Kurt nur noch Flaum auf der Kopfhaut hatte.

Jahrelang hatte Francis nur fremde Männer zu begehren vermocht, und jetzt auf einmal spürte sie, dass sie Kurts zerfließendes Leben, dass sie ihn, wie alles, was sie sammelte, festhalten, festlieben wollte, und irgendwie war der Eindruck nicht zu zerstören, William spüre das auch. Es war still, als Francis Kurt ansah und dann zu William hinabblickte, der sie anhimmelte. Die Empathie des Mopses war verblüffend. Sie schlug die Decke ein Stück zurück und küsste Kurts Brust, die keine Haare mehr hatte, auf derart zarte Weise, dass sie über diese Zartheit erschrak. Dann legte sie ihre rechte Wange über der Narbe auf dem Brustkorb ab, der unter dieser Stelle leer sein musste, ein großes Stück ausgeräumter, auf ewig zerstörter Kurt, bespannt lediglich mit verlebter Haut. Ein Tropfen fiel aus Francis' Augenhöhle und verschwand kurz vorm Bauchnabel in dieser Haut. Selbst Kurts Achselhöhlen waren kahl. Zum ersten Mal nach der Operation vor drei Monaten lächelte Körte, als er aufwachte.

»Hallo, mein Schatz, ist alles gut?«

Kurt nickte und wirkte selig.

»Du bist so schön heute«, sagte Francis.

»Ich habe keine Schmerzen mehr, Francis …«

»Das ist so toll, Schatz!«

»Ich glaube, ich schaff es, die Kraft ist wieder da.«

William sprang bis zu Francis' Hintern hinauf und sie küsste den Mops auf die Nase.

»Musst du ihn immer auf die Nase küssen?«

»Entschuldige, Kurtschatz, du hast ganz recht.«

Francis sah ihren Mann an und fühlte sich ihm so nah wie seit der Diagnose seines Lungenkrebses nicht mehr. Irgendetwas war anders geworden, aber sie kam nicht dahinter, was es war, sie spürte eine Veränderung, die sie nicht fassen konnte.

Die Klingel der Fischers jammerte, Francis hob den Hörer der Fernsprechanlage ab.

»Kommen Sie hinauf, vierter Stock rechts.«

Noch während sie sich über den Sound seines sportlichen Schritts, der sich über die Stockwerke hinweg ausbreitete, ausreichend begeisterte, war der junge Bote schon da und fragte, ohne zu atmen, ob hier eine Ulla Fischer wohne.

»Wer sonst?«, fragte Francis und hielt William zurück, der den Boten nicht annähernd so mochte, wie ein anständiger Hund es tun sollte.

»Dann unterschreiben Sie hier.«

»*Bitte* … junger Mann, unterschreiben Sie *bitte* hier …«

»Mein Gott ja, also …«

»Ich habe keinen Stift zur Hand.«

»Das ist ein Touchpad, hier, nehmen Sie *bitte* den Stick …«

Francis griff sich das stiftähnliche Schreibgerät und drückte es so auf, dass das Pad in der Hand des Boten wackelte. Trinkgeld hatte sie leider nicht zur Hand, und William wünschte den Eindringling zum Teufel oder so ähnlich. Es schien Francis, als spränge der Bote die Treppe bis zur jeweils folgenden Zwischenebene in einem Satz und benötige für vier Stockwerke also exakt acht Sprünge.

Sie stellte das Paket auf den Küchentisch.

»Ist der Brief vom Klinikum gekommen?«, rief Kurt aus seinem Bett.

»Nein, Schatz, es sind die Plakate und Flyer zur Saloneröffnung.«

Das Letzte, womit sie in diesem Moment gerechnet hätte, war, dass Kurt ihr Sekunden später auf eine noch nie dagewesene Art von hinten die Arme um den Brustkorb legte und das rechte Ohrläppchen zwischen die linken Eckzähne beider Kiefer nahm. Francis erschrak über diese hinterhältige Nähe, zog den Kopf etwas ein und die Schultern leicht an, wodurch sich der Liebkosungsraum für Kurts Kinn verkleinerte. Es gelang ihr, durch leichtes Buckeln seinen Körper in Distanz zu bekommen, und sie überlegte auf dem Weg ins Badezimmer ausgiebig, warum sie solche Schwierigkeiten hatte, sich darüber zu freuen, dass Körti aufgestanden war und sie nach all den Jahren der heiligen Entsagung endlich wieder als sexuelles Wesen definiert hatte. Es war paradox, dass sie in Kürze ihren »Spürsalon« eröffnen würde und in jenem Augenblick, in dem Kurt sie spüren wollte und sie ihn hätte spüren müssen, in dieser dem Tod unterworfenen Atmosphäre, unter der sie seit Monaten lebten wie unter einer Glocke aus dichtem, aber feinstem Jenenser Glas, dass sie sich in diesem morbiden, peinvollen, an die Grenzen der Existenzen gehenden Verfallsprozess ihrer Lust und Liebe, ihrer Leidenschaften und Leben, geradezu abgeschnitten fühlte von ihrem Mann, von ihrer Geschichte, ihrer Biographie, dass in diesem Körper, den sie erforscht und erfahren hatte wie keinen zuvor, verdorbener Urin floss, vergiftete Lymphe, vergorene Sekrete, verzweifeltes Blut.

Im Laufe ihres Lebens hatte sie gelernt, dass es keinen Sinn machte, sich gegen das Schicksal aufzulehnen, also nahm sie die Unverschämtheit hin, dass die Plakate und Flyer aus der Druckerei exakt vier Tage zu spät eingetroffen waren und entweder immense Ausstrahlungskraft bräuchten, um die Blicke

Hunderter von Menschen auf sich zu ziehen, oder aber wirkungslos hinter Schaufenstern und an Kneipenwänden hängen und darauf warten würden, vom Fluss der Zeit ausgewaschen zu werden.

Der Salon Magnolia sollte zum Zentrum einer neuen Bewusstseinsqualität werden, eine nicht länger allein physisch-geographisch verstandene Heimat, sondern eine, die virtuelle, mehr noch: spirituelle Identität schuf und all jene versammelte, die sich nicht abfinden wollten mit der Kälte der Gegenwart, in der sie das Leben allmählich an die Einsamkeit verloren, die sich metastasenartig fortfraß durchs zarte Gewebe der Seelen. Francis wollte all jene Frauen befreien, die noch immer den Männern gefallen wollten, die dem Mann ihre Interessen opferten, die sich operieren ließen und einem Schönheitsideal hinterherhungerten, und mittlerweile war sie schon fast weise genug zu wissen, dass dies nur über Emotionalität gelingen konnte, über die angezapften Sehnsüchte nach dem ganz großen Gefühl, nach einer analogen, in jeder Sekunde fühlbaren Verortung in sich selbst und der Ruhe einer Gewissheit, dass das Leben eine zweite Ebene besaß, die man, und dafür waren nicht einmal esoterische Expeditionen in den Herrschaftsbereich der achtundzwanzig Chakren nötig, über das gesprochene Wort erreichen konnte, so rational das auch klang und so in sich widersprüchlich es schien.

Francis wollte nicht länger hinnehmen, dass nach der Neuordnung der Welt die Männer übrigblieben, weil die Frauen sich selbst zum Verschwinden gebracht hatten. Sie strebte nach einer zweiten, der emotionalen Emanzipation, und der Spürsalon sollte das Kraftfeld einer Bewegung werden, die die Frauen zu sich zurückführte, von dem aus die Verweiblichung der Welt ihren Anfang nahm.

An diesem Tag hielt es Francis auch modisch für angebracht, William eine Krawatte umzubinden, weil die Welt mehr Schönheit gebrauchen konnte. Acht Stöße *Un Jardin en Méditerranée* aus dem Flakon, zweimal Hals, zweimal Haar und das auf jeder Seite, ein wenig Rouge, das Handy und die Schlüssel für den Salon, dann blieb sie im Türrahmen stehen und fragte sich, ob sie Kurt je wiedersehen würde.

Als sie die Wohnung um kurz vor zwei verließ, spürte sie zum ersten Mal seit Jahren, dass sie ihren Mann vermissen würde. Es war eine nicht zu erklärende Sehnsucht, aber sie entfaltete sich mit einer solchen Kraft, dass Francis den falschen Weg wählte und plötzlich in der Ruhlandstraße stand, wo sie jemanden aus der Agentur dreamwitches kommen sah, den sie von irgendwoher kannte, bei dem sie sich aber, da ihre Kurzsichtigkeit aufs perfideste vorangeschritten war, nicht mehr sicher sein wollte, ob es tatsächlich dieser David war und die Agentur nicht tatsächlich *dreamwishes* hieß.

Manchmal widerfährt es dem Menschen, dass Fragen über das Leben an sich zu den unpassendsten Momenten den Wunsch nach Beachtung anmelden, aber Francis hatte seit längerem beschlossen, sich diesen Anrufungen, sobald sie den Mut hatten, sich ihr zu präsentieren, in jedem Fall zu stellen. Während sie also darüber nachdachte, wer zur Eröffnung des Salons in sieben Tagen tatsächlich kommen werde, sah sie Hertz in den Fernsehmonitoren des Medienfachgeschäfts Mastberger Entertain und hörte undefinierbare Wesen lachen. Als sie sich auf einen der Bildschirme konzentrierte, sprang das Bild um, und ein Sumoringer warb für zweitürige Autos. Außerdem hatte Francis das Gefühl, sie werde von einer Kamera beobachtet, weshalb sie nach oben sah, aber kein Magic Eye entdeckte.

Hertz, der, das iPhone am Ohr, nichts außer sich selbst wahrnahm, hatte den rechten Fuß auf dem Schaufenstersims abgestellt und verhandelte mit Mastbergers Referenten seinen Cluster-Management-Entwurf, in dem er Strategien vorschlug, die *evolutiven Kräfte der Gesellschaft* ausfindig zu machen.

»Was heißt, *das ist zu ökonomisch gedacht*? Und wenn ich …«

Den Fuß wieder auf den Boden der Tatsachen gestellt, betrachtete er die Schuhspitzen, kramte aus der Hosentasche ein Tuch und wischte die Spitze ab.

»*Sie* meinen also, wir müssten stärker in die Kulturszene … ne … ach so, ja, gut, dann sol … Ach *Mevissen*, der Regisseur, ja gut, wenn Sie mei … ja, ich mache mich jetzt auf den Weg zu Abele, der gerade bei Myers-Pirelli … nein, ich melde mich später vom Büro aus. Danke, grüßen Sie ihn zurück!«

»David?«

Hertz reagierte erst, als William an seiner Hose hinaufsprang.

»Meine Herren«, sagte Francis, »du hast dich aber verändert!«

»Ach! Hallo!«, sagte Hertz und lächelte Francis zu, als sei sie die Inkarnation eines Kuriosums, »Vollutà, richtig? … Und der Hund ist auch wieder dabei, heute sogar mit Krawatte!«

»Mein lieber David, das ist kein Hund, das ist ein *Mops*. Ein *Mops* ist kein Hund, und der *Mops* ist auch nicht *wieder* dabei, er ist *immer* dabei.«

»Tut mir leid, ich wollte Ihre Gefühle nicht …«

»Das sagen alle Schleimer … Willi, hörst du auf, hey! *Hey*!«

William versuchte, eine verirrte Rabenkrähe, die sich auf einem der roten Mülleimer niedergelassen hatte, abschließend zu warnen, weshalb Francis für einen kurzen Moment aus dem Gleichgewicht geraten war und die Leine fest anziehen musste.

»Was macht der *Zukunftsplan*?«

»Danke, es läuft gut an. Ich habe gerade mein Büro bezogen und arbeite an einem ersten großen Projekt.«

»Hört sich gut an, William, was? Ein glücklicher, junger Mann, sieh ihn dir an … Worum geht es denn da?«

»Das ist etwas schwierig zu sagen …«

»Gottchen, komm mir nicht mit ›schwierig‹!«

»Meine Agentur organisiert ein Netzwerk an kreativen Kräften, das solche Akteure für die Gesellschaft sichtbar macht, die die Gegenwart in die Zukunft übersetzen.«

»Und die sind bisher unsichtbar, oder was …«

»Es sind völlig neue Kräfte, die man heute braucht, um das Morgen gestalten zu können. Und die suchen und vernetzen wir.«

»Wieder so ein Netzwerkschmu also, *Globalisierung*, William, hörst du, so nennt man jetzt alles.«

»Nein, kein *Netzwerkschmu*, sondern Aufbau und Organisation politischer Strukturen der nächsten Gesellschaft.«

»Der nächsten gleich, warum nicht erst dieser, David? Sieh mal nach da unten, Harburg, mein Lieber, Phoenix, die New-York Hamburger, da brennt's hinten und vorne!«

»Mein Büro …«

»*Dein* Büro? Du selbst oder wie?«

»Die Agentur JPHL, genau gesagt. Die entwirft derzeit Strategien und Konzepte zur Clusterung von potentiellen Brandings.«

»Klasterung, aha. Dann mal good luck!«

»Und selbst?«

»Och, wir arbeiten an den emotions, nicht wahr, William? … Samstag eröffnet mein Laden, hier … hast du einen Flyer …«

»Salon Magnolia«, las Hertz. »Klingt vielversprechend.«

»Hoffe ich doch!«

Wie so oft in letzter Zeit war William gegen seine Feinde siegreich geblieben und verfolgte mit möpsischer Eitelkeit, wie die Saatkrähe den Weg ins Nirwana antrat, als Hertz Francis einmal kräftig zunickte, die Lippen in den Mund sog und mit einer Handbewegung in die entgegengesetzte Richtung deutete.

Eine Stunde später saßen er und Abele im Thai-Imbiss Lakai, und Abele druckste merkwürdig herum. Er sei dabei, eine Infrastruktur aufzubauen.

Infrastruktur, gut, entgegnete Hertz ungeduldig, aber wozu?

»Es geht um Transporte von einem zum anderen Ort.«

»Im Auftrag der RG?«

Abeles Verlegenheit deutete auf eine Form innerer Unordnung hin.

Hertz insistierte, während Abele errötete.

»Was für Transporte?«

»Können wir ein anderes Mal darüber reden?«

»Hat Mastberger das in Auftrag gegeben?«

»Ja, nein, nicht direkt.«

»Und darf ich fragen, um welche Orte es sich dreht?«

»Die Trostbrücke zum Beispiel.«

»Die Trostbrücke?«

»Ich kann Ihnen nicht genau sagen, worum es geht, aber Sie werden es in Kürze erfahren.«

»Wer ist der Endabnehmer?«

»Lassen Sie uns zahlen, ich muss …«

»Herr Abele, wenn wir vertrauensvoll zusammenarbeiten wollen, müssen wir gerade am Anfang mit offenen Karten spielen!«

»Der Endabnehmer ist das China White.«

Abele hielt Hertz' als Frage gedachtem Blick stand und zahlte gegen Beleg.

»Könnten Sie mir einen Gefallen tun?«, fragte er.

Hertz hob seine Hände ein wenig an und ließ sie, während er den Kopf einmal schief legte und dann wieder geraderückte, ineinander auf den Tisch zurückfallen. Es blieb ihm nicht verborgen, dass Abeles Körper neuerdings von Zuckungen durchlaufen wurde. Schultern und Kopf hatten manchmal mittelschwere Eruptionen zu bestehen, und seine Bauch- und Brustmuskulatur spannte sich für kurze, intensive Momente ernorm an, so dass er währenddessen nicht sprechen konnte. Weil Abele frisch und gesund aussah – wie immer akkurat rasiert und mit hoher Wertschätzung für die penible Nackenhaarkante –, waren organische Defekte auszuschließen. Aber Hertz stellte im Laufe des Gesprächs mehrfach fest, dass Abele sichtbar dünner, beinahe drahtig geworden war. Seine Augen waren aufgescheucht und schienen Hertz in ihrer ganzen Rastlosigkeit ständig auf der Hut vor irgendeiner Frivolität zu sein. Abeles Nervosität ließ ihn am Ende des Gesprächs geradezu fahrig wirken, als verlöre er den rationalen Zugriff auf die gemeinsam geteilte Welt, und als er fortgesetzt daran scheiterte, drei schmierige Fünf-Euro-Scheine der Länge nach zugleich in den Schlitz seines Portemonnaies zu stecken, sagte Abele eine Art prophetischen Satz, der Hertz zwar verstörte, den er aber nicht ernst nahm.

»Irgendwann«, so Abele, »leben hier noch die Hunde. Hunde und *Ratten*. Hunde und Ratten haben die besten Überlebenschancen, wenn es keine Ordnung und keine Gnade mehr gibt.«

»Und das sagen Sie ausgerechnet beim Thai.«

Für eine Entfaltung des möglicherweise tieferen Sinns von Hertz' Einwurf hatte Abele keine Zeit mehr.

»Machen Sie es also, für mich?«

***

Heute, 2. Oktober, sitzt Hertz auf dem Balkon seiner Wohnung mit Blick auf den Rathausmarkt, wartet auf einen Anruf und hört die letzten Hammerschläge am Bühnengerüst. Der erste wie zweite Ring um die Stadt seien dicht, sagt der Sprecher von

EmpeRadio3, Busse würden umgeleitet, Staus auf Kilometer hinaus, kein Durchkommen von Süden, keins von Norden. Spenglers Leute kontrollieren die Einfallstraßen und haben Barrieren aufgebaut. Für Hertz ist klar, dass der Bundespräsident in die Keimzelle der Anarchie fahren und mit Spengler sprechen müsste. Aber Spengler ist schon nicht mehr interessiert, was um ihn herum passiert, ihn treibt nur noch um, wie er zuletzt auch die Innenstadt unter seine Kontrolle bringen kann. Noch agieren Spenglers Leute aus dem Zentrum einer neuen Welt und Wirklichkeit, und dieses Zentrum ist Harburg, jenseits der Elbe im Süden, wo ein Leben ohne Absperrgitter nicht mehr zu haben ist.

EmpeRadio3 spielt den Hit Money talks, und die Enzyme des Power Teas treiben Hertz' Kreislauf zur Hochleistung. Statt zu regulieren, versagt das Teein am Temperaturausgleich. Der Stoffwechsel schleppt sich, und Hertz' Schweißporen sind offene Schleusen. Die Windstille setzt seinem Kopf zu. Hertz ist wetterfühlig geworden und spürt sein Herz gegen den Brustkorb schlagen, obwohl er reglos auf dem Stuhl sitzt. Neben ihm liegt die Zeitung mit den Topmeldungen des Tages:

1. China Shipping hat die höchste Börsennotierung seit Gründung des Konzerns;

2. Spenglers Kampfreden begeistern Abertausende in der ganzen Region.

Seit Wochen ist Spengler überall zu finden. Man sieht ihn auf allen Kanälen: Spengler auf den Barrikaden stehend mit geblähtem Wildlederblouson; Spengler kaum anders gekleidet mit Mitgliedern des Senats in holzgetäfelten Räumen; Spengler inmitten von Kindergärtnerinnen und Kindern, wenn er ihnen die Zukunft erklärt; Spengler in der Türkischen Gemeinde; Spengler beim Opferfest der Araber; Spengler im Fernsehinterview tête-à-tête mit dem Wirtschaftssenator; Spengler mit ausländischen Reportern über den Wehnerplatz gehend; Spengler mit aufgekrempelten Hemdsärmeln bei diversen Reden. In Fernsehen und Hörfunk hört man ihn den Kampf ankündigen, die Schlacht, den Auf-

stand, und zugleich gibt er den Versöhner und Vermittler. Mittlerweile ist jedem klar, dass Spengler eine politische Attraktion ist. Längst ist er zu einer ernsthaften Bedrohung der etablierten Parteien geworden, in allen Umfragen rangiert er unter den ersten fünf der wichtigsten Politiker in der Stadt. Hertz hat in einem Zeitungsessay gelesen, Spengler sei eine neuartige bismarcksche Figur und verkörpere unbeugsame Ideale. Er sprenge jeden Fraktionsgedanken, heißt es, er passe in kein System. Natürlich hörten manche Kommentatoren das Gras wachsen, Analogien zur jüngeren Geschichte wurden gefunden, man warnte vor Spenglers Agitationskraft.

Alle, Deutschrussen, Russen, Türken, Griechen, Kroaten, Frauen wie Männer, verehrten Spengler meist ab dem Moment, da sie ihn sahen. Mit ihnen im Rücken konnte er zeigen, dass es ihm nicht um Hautfarbe oder Herkunft ging, sondern um Würde und eine neue Sozialordnung. Mit ihnen an der Seite konnte er sagen, dass er für das Heer der Überflüssigen und Ausgeschlossenen einstehe, die dem Druck nicht mehr gewachsen waren, die der kaputte Wohlfahrtsstaat im Elend zurücklasse. Seine Gefolgschaft wuchs, und Spengler wurde eine Art Volkstribun, der Emotionen ernst nahm, Ängste formulierte, der die Furcht vor der Zukunft mit dem Satz beantwortete, nicht Geld sei die wichtigste Währung, sondern Treue, Vertrauen und Gemeinschaftlichkeit. Spengler war der Mann, in dem sie ihr Heil zu suchen begannen.

18.

Im Kleinen Kabinett des China White traf Hegenbarth auf Paul Rahm, der, quer über die Sofacouch gebreitet, die Finger der einen Hand in einen Tiegel Kreatilane, die der anderen in Sojaproteincreme steckte und je eine Fingerkuppe voll herausnahm.

»Was soll's«, sagte er, »wenn schon alles den Bach runtergeht, dann wenigstens in Schönheit!«

Hegenbarth entging nicht, dass sich Rahms Wangenhaut spannte, als sei sie zu klein für dessen rundes Knabengesicht.

»Wo Sie recht haben …«, sagte er und ließ im Geiste das ›haben Sie recht‹ nachfolgen, zog das zweite von acht Schubfächern des Sideboards auf und griff sich sechs Zäpfchen Cerepush. Die Holzschubfächer waren mit lila Seide ausgeschlagen; die Deckplatte erschien von goldgelbem Licht beglänzt, und der Schaft der Stehlampe bestand aus dem Körper einer Tänzerin in altrosafarbenem Marmor.

Rahm lehnte sich zurück, seine Bauchmuskeln und Oberschenkel zuckten asynchron. Manchmal zuckte der ganze Rahm. Er nahm einen tiefen Schluck Luft und rieb sich beide Cremes auf Hals, Lid und Hände, dann schloss er die Augen und genoss die Vorstellung, seine Zellen würden die Substanzen einsaugen, bis sie davon so besoffen waren, dass ihnen gar nichts anderes als sich zu regenerieren übrigblieb. Hegenbarth sah Pulverreste auf Rahms Nadelstreifenanzug und vor dessen Ohrmuschel die Narben zweier Eingriffe, die ihm den Skandal mitteilten, dass mit Anfang fünfzig die Jugend unwiderruflich dahingegangen ist. Gemessen am Resultat der Rahmschen Hautstraffungen ergab Schelskys geheimnisvoller Satz, sein Partner sei zehn Jahre zu spät dran, für Hegenbarth jetzt einen höheren Sinn.

Der schob die Gleittür auf und zu und kehrte in den Salon zurück, wo es, weil eine mittelgroße Gesellschaft vergnügter Gäste Rahms fünfzigsten Geburtstag feierte, hoch herging. Irgendjemand hatte zu singen begonnen – der stimmlichen Fülle nach die große Francis Jay Bridgewater, tatsächlich aber Francis Fischer, die sich eine Boa mit grün schimmernden, verdrillten Federn vom Haushahn umgelegt hatte und in der Überzeugung, dass Boas ihre Trägerinnen nicht nur schmücken, sondern adeln, umherstolzierte, als wäre ihr Kleid die Robe einer Pariser Bohemienne.

»Mittlere Auftrittsreife, würde ich sagen«, befand Mastberger, der Myers-Pirelli mehrfach zuprostete.

»Sie haben mal wieder eine Farbe im Gesicht, meine Herren!«, sagte Myers-Pirelli, und Mastberger lachte, wie man es tut, wenn ein Meinungsführer etwas Selbstverständliches sagt.

Das China White war jetzt derart gefüllt, dass Chefconcierge Zhou nur noch Exclusive Members hereinließ, was am Haupteingang zu unschönen Szenen führte, da manche meinten, es reiche zu ihrer Exklusivität bereits aus, in den Besitz des Codeworts gekommen zu sein, welchen Preis auch immer sie dafür entrichtet hatten. So kam es im Übrigen, dass viele in die Schuld derer gerieten, die die begehrten Passwörter verraten hatten, was gegen ungeschriebene Gesetze des China White verstieß.

Francis wusste nicht, von wem sie die Empfehlung bekommen hatte, aber die Depesche fürs große Event am Abend des 21. Juli war ihr wie ein Fingerzeig des Schicksals kurz vor Eröffnung des Spürsalons ins Haus geflattert. Der Text der schwarzen Karte mit blütenweißen, auf der Hammaburg sitzenden Schwänen lautete wie folgt:

»Andere möchten den Untergang bedauern – wir ziehen den

besten Zwirn an, lachen der Rezession ins Gesicht, geben den letzten Heller aus, bevor ihn sich die Heuschrecke schnappt. Kein Weg zurück! Das China White lädt ein zu Schauspiel und Tanz, Burleske und Irritation, Champagner und Auster.«

Drei chinesische Immobilienköniginnen wurden von einer Handvoll wohlerzogener Honoratioren umgarnt. Die jüngste der Damen war Yang Yajun, die im Gespräch mit Gerhard Taylor-Bisswurm Modalitäten einer möglichen Investition in das Gelände der New-York Hamburger Gummi-Waaren Compagnie AG aushandelte. Auf Einladung der China Shipping CoKG Headquarter Europe hielten sich die Unternehmerinnen seit drei Tagen in der Stadt auf und waren entzückt von der steifen Eleganz ihrer Gastgeber.

»Die Menschen in Diktaturen sind serviler veranlagt, deshalb ziehe ich für Geschäfte ehemalige Diktaturen oder Kolonialstaaten vor«, sagte Frau Yajun, die kürzlich 31 geworden war und als Direktorin und Hauptaktionärin das an der Hongkonger Börse notierte Unternehmen LCD Development Company führte, welches, in Guangzhou ansässig, Anfang des Jahres die Hälfte des griechischen Hafens in Piräus gekauft und sich letzten Monat in die Verhandlungen um das Rotterdamer Containerterminal eingeschaltet hatte. In Shanghai beherrschte LCD die gesamte Immobilienbranche, weil Yang Yajun früh erkannt hatte, dass der Gebäude- eng an den Heiratsmarkt gekoppelt war. »Jeder ehrenvolle chinesische Mann will seiner Zukünftigen vier eigene Wände bieten und strebt nach einer Eigentumswohnung«, sagte sie in einem überraschend akzentfreien Deutsch und nahm sich alle zwei Sekunden ein anderes Gesicht vor, so dass sich alle am Tisch persönlich angesprochen fühlen konnten.

»Gerade Sie werden verstehen, dass sich ein Unternehmen den Wünschen mehrerer Millionen Männer nicht verschließen darf.«

Taylor-Bisswurm hob jedes Mal, wenn Frau Yajun sich ihm zuwandte, seine spitz zulaufende Nase, kratzte sich danach die fliehende Stirn und fuhr sich übers strähnig nach hinten gekämmte Haar bis zu jener Stelle, da es plötzlich zu sein aufhörte. Seine manchmal als blasiert empfundene Art, beim konzentrierten Sprechen die Augen zu schließen, störte weiter niemanden, weil er in Anwesenheit von Frauen ohnehin kaum sprach.

Heimlich drückte Mastberger den roten Knopf an der Tischkante, und wie aus dem Nichts war Gaoxing zur Stelle und nahm die Bestellung einer neuen Runde Parrot Punch (Russian Standard Vodka, raspberry liqueur, Veuve Clicquot) auf. Er selbst trank einen Mai Tai mit acht Jahre altem Bacardi, weil er Himbeeren bekanntlich nicht vertrug.

»Wie hieß noch gleich die Eigentümerin dieses fabelhaften Salons?«, fragte Frau Yajun.

»Goldener Stern«, so Mastberger postwendend. »Wir wissen nicht allzu viel von ihr, nur dass sie mit dem China White eine große Phantasie auslebt, den Rausch der Goldenen Zwanziger als Antwort auf die Erschöpfung der Gegenwart.«

»Ach, das ist ja interessant«, sagte Taylor Bisswurm, »wusste ich gar nicht.«

»Ich kannte einmal einen Tänzer in meiner Heimatstadt Guangzhou, der sich Goldener Stern nannte«, flocht Yang Yajun ein, »im nördlichen Teil Chinas war er Major der Armee gewesen und kehrte als Tänzer von einer Tournee nach Europa nicht mehr zurück. Die Flucht wurde von der Staatsführung als Verrat gegen die Volksrepublik dargestellt, und seine Mutter, die ich auch kannte, hat sich durch einen Sprung vor den Schnellzug nach Peking getötet.«

»Es gibt ja eins Komma drei Milliarden Chinesen«, klärte Taylor-Bisswurm auf und rieb sich die Nasenspitze, »darunter werden schon ein paar Goldene Sterne sein, denke ich.«

»Nicht wahr nicht wahr«, plapperte der Papagei vorm Kabinett, und Frau Yajun lächelte mit großer Kunstfertigkeit eine überzeugende Geste hin.

»Papageien sind kluge Tiere, was?«, sagte Taylor-Bisswurm. Darauf hob er das Glas, und während sie tranken, sah niemand den anderen an.

Frau Yajun aß zu später Stunde eine Fruit Salsa mit Shiso-Blättern und Grünteesorbet, Mastberger kippte einen Crouching Tiger, und Taylor-Bisswurm, dessen Perestaltik jeden Dienst ab vierzehn Prozent Alkohol verweigerte, bestellte eine weitere Flasche Dynastie, chinesischen Rotwein der Region Xinjian, der einmal monatlich aus Shanghai eingeschifft wurde.

Währenddessen verfrachteten Herr Zhou und mittlerweile acht Hilfsköche Kiste um Kiste, Paket um Paket in den Nebenraum eines Nebenraums. Nach zehn Minuten unterschrieb der Concierge einen Lieferschein, woraufhin der Kurier das China White durch die Luke, die er von oben schloss, verließ. Er startete den weißen Mercedes Sprinter mit dem Kennzeichen HH-RG 01 und fuhr zum Lager der Revitalistischen Gesellschaft in die Hafen City . In den Containern der MCM Dragon, die im Auftrag der China Shipping CoKG am Nachmittag aus Le Havre am Containerterminal Hansegate eingelaufen war, befanden sich auch Waren einer Firma aus Dubrovnik, deren Empfänger die Emperado GmbH war. Hertz wusste, dass die Lieferung an diesem Abend fällig war. Er hatte mit Mastberger vereinbart, dass die Abwicklung über seine JPHL lief, er dafür aber den Fuhrpark der Revitalisten nutzen konnte.

Der Kurier parkte den Sprinter vor dem Mandarin-Turm und fuhr nach Übergabe weiter in die Villa Vitalis, um die restlichen Paletten im Lager zu verstauen. Dann rief er Hertz zu Hause an und meldete Vollzug. Der war über der Lektüre von Maupassants *Stark wie der Tod* eingeschlafen und erwachte in einer romantischen Dimension. Leintuch und Kissenbezug waren nasskalt, in seiner Halsmulde staute sich der Schweiß, das Haar klebte. Derangiert richtete er sich auf.

»Wie spät ist es?«

»Gleich Mitternacht.«

»*Was*? Äh … Fahren Sie noch zu Abele?«

»Ja, er hat gerade angerufen.«

»Wo treffen Sie sich?«

»Ja, hm, das ist ein bisschen kryptisch … warten Sie … an der, hier steht es … in der Heilig-Geist-Erlöser-Kirche.«

»Heilig-Geist-Erlöser-Kirche?«

»So steht das hier.«

»Ach, ja, das ist die letzte Kirche, die noch Kirche ist. Hätte ich mir denken können.«

»Keine Ahnung, Herr Hertz.«

»So ein kleines Gebäude mit Spitzgiebel, bisschen eingequetscht zwischen zwei Kontorhäusern, am Katharinenfleet.«

»Keine Ahnung.«

Abele saß am Rand der ersten Bank. Er sah zum Altar auf und schloss die Augen. Außer ihm war nur noch der Erlöser im Raum. Er hing an einem Stahlkreuz, was Abele geschmacklos und dennoch sinnvoll fand. Es war der letzte Christus, den es in der Stadt noch gab, und Stahl hielt bekanntlich fast ewig.

Die Gemeinde der Heilig-Geist-Erlöser-Kirche hatte den Sicherheitsdienst KS-Securityprotect mit Personenkontrolle und Gebäudeschutz beauftragt und eine Bürgerwehr gebildet, die mittels eines vierundzwanzig Stunden besetzten Checkpoints die Kirche gegen das Katharinenfleet hin abriegelte. Der Zugang über das Johannis-Contor war durch ein Absperrgitter blockiert. Alle Versuche, das Gebäude rechtlich zu enteignen oder durch Investoren freizukaufen, waren am Widerstand des evangelikalen Anwaltsbüros Pingel, Gast & Hagedorn gescheitert. Die Juristen hatten es verstanden,

den Staatsrat für Stadtentwicklung und Umwelt wegen dessen Neigung zu ostasiatischen Transsexuellen willfährig zu machen.

Abele war in der Lage, andachtsvoll zu wirken, obwohl alles in ihm gegen Andacht rebellierte. Die Zeit der Andacht war vorbei. Es war die Zeit der Tat gekommen. Die Zeit der Rache. Volker Abele wollte die Unsittlichkeit nicht länger ertragen. Im Geiste roch er den Rauch seines entzündeten Fanals, erhob sich gefasst, stöhnte entlastend und ging mit rückenverschränkten Händen zum Altar. Als er unter dem Erlöser stand, öffnete sich hinten die Kirchentür mit dem charakteristischen Geräusch einer sich spannenden Feder, und eine der beiden Securityforces – dem Gang nach der kräftige Orhan mit Ziegenbärtchen – gab das verabredete Zeichen. Abele nickte ein *Ich komme gleich*, ging auf die Knie, wippte erst den Kopf, ließ ihn dann hängen und drehte ihn schließlich hin und her, stand wieder auf und schritt mit sicherem Gang zur Tür, dass die Absätze seiner Schuhe jeden Keim Bedächtigkeit zertraten.

Im Schein der Straßenlaterne vor der Heilig-Geist-Erlöser-Kirche am Katharinenfleet stand der Mercedes Sprinter, Luftlinie hundert Meter von der Trostbrücke entfernt – eine unheilvolle Nähe zwischen Gotteshaus und China White, was als topographische Tatsache weder Abele noch Francis bewusst war. Beide hatten vom Dasein des jeweils anderen keine Ahnung, aber der größtmögliche Gegensatz innerhalb einer Zivilisation, den ihre beiden Existenzen füreinander darstellten, wurde in jenem Moment schicksalhaft verdichtet, da Abele Minuten später den Eingang des China White inspizierte, wo gerade Francis' große Stunde schlug. Während er mit dem Zeigefinger der rechten Hand ein kaum wahrzunehmendes Kreuz auf seine Brust zeichnete, gab sie Impulsreferate über die Vorzüge des Vulgären zum Besten und scherte sich wie immer kein bisschen um die Dezimalen. Sie tanzte sich zwischen den Tischen durch den Raum, fast immer unter fehlender Rücksicht auf ausgestreckte Beine oder schräg gestellte Füße. Von Myers-Pirelli erbat sie sich eine Zigarre und imitierte währenddessen Juniflip Joelles laszive Art, den Brustkorb auszuschütten.

»Du bist prudent, mein Süßer«, sagte sie zu Grashopper, hängte in ihrer Vorliebe für französische Schmeicheleien eine falsche Girlande zu viel um und meinte eigentlich das Wort *prüde*. Und erst jetzt war sie zu merken bereit, dass nicht mehr die wohlbeleibte Pianistin die Tasten drückte, sondern das wunderbare *Squeeze me* von Buster Bailey aus der Hausanlage jazzte. Irgendeinen Takt auf der Kniescheibe schlagend sah der Vizekonsul der Litauischen Republik auf den Silberschmuck an ihren Händen und sagte zu Mastberger: »Was ist diese nur für ein interessantes Frau!«

»Ich sehe sie hier zum ersten Mal.«

»Bei uns im Viertel«, geschmeidig beugte sich einer der drei Geschäftsführer der Werbeagentur Stolz, Fröhlich & Mieß vom Nachbartisch nach hinten, »nennt man sie *Magnolia der Muße*.«

»Wie muss einer Mann beschaffen sein«, merkte der Vizekonsul an, »der diese Magnolia aushält!«

Unvermittelt begann Francis eine Arie zu singen. Probleme mit der Quart taten dem Streben nach Grazie keinen Abbruch. Zwölf junge Chinesinnen mit schmalem Bauchladen aus Teakholz gingen umher, in acht Schüben lagen die entsprechend annoncierten Pillen und Pulver bereit, die in der Happy Hour zwischen dreiundzwanzig und ein Uhr für alle kostenlos waren. Francis griff eine kleine Handvoll Methylphenidattabletten heraus und trank bei deren Einnahme einen herzhaften Schluck Porcelain Putih. Myers-Pirelli sah Auberginen-Eggle in seltsamer Nähe zu Madame Yajun und ihren Begleitern, und plötzlich gellte ein Schrei durch den Salon, gefolgt von einem Lachen, das man dreckig finden konnte. Jene, die es interessierte, wurden Zeuge, wie Ted Grashopper, der Hamburger König der Immobilien, gemeinsam mit einer in Glitzerchiffon gekleideten Dame vom Stuhl gefallen war und sich auf dem Parkett des China White wie ein ungeschickter Käfer in eine stabile Seitenlage zu drehen versuchte.

»Ob sie noch kommt?«, fragte Hagen Stolz von Stolz, Fröhlich & Mies.

»Sie?«, so Hegenbarth.

»Na, die große Xing Jin!«

»Kann sein, kann nicht sein. Man weiß es nie. Es hängt von ihrem Gemütszustand ab«, sagte Mastberger.

Er lächelte wissend und justierte sein Halstuch. Mit einem eindeutigen Blick verabschiedete er Hagen Stolz aus der kleinen Unterredung und begrüßte jene beiden Fondsberater von John & Jacobi, mit denen er sich zu dieser vorgerückten Stunde verabredet hatte, um über die Finanzierung einer neuen Akademie der Revitalisten zu sprechen. Dort sollte ein ständiger »Kreis der Weisen« die Eckpunkte eines Programms zum Bewusstseins- und Wertewandel formulieren und über Möglichkeiten, auf den Gesetzgeber Einfluss zu nehmen, nachdenken.

»Was wollen wir? Also, erstens: Wir wollen Mythen reaktivieren. Zweitens: Wir wollen Rituale in die Lebenswelt der Gegenwart bringen«, teilte er den Fondsberatern mit. »Das setzt Amtsenthebungen und Entlassungen der vier jetzt noch aktiven Pfarrer und der verbliebenen zwölf Diözesenmitarbeiter voraus, dazu die Enteignung der Kirchen als Andachtsräume und ein prominent besetztes Forum in unserem gerade erworbenen Gebäude an der Kehrwiederspitze.«

Francis hatte den Höhepunkt ihrer Performance überschritten und stand vor dem zutiefst gerührten Litauer, der sie um eine ganze Kopflänge überragte, aber die Hälfte ihres Körperumfangs aufwies. Mastberger fuhr fort. »Wir haben uns gezielt an das Haus John & Jacobi gewandt, meine Herren, weil wir wissen, welchen Weitblick Sie besitzen – und übrigens immer besessen haben – zu erkennen, dass wir es in Zukunft mit Heilserwartungen ganz neuer Art und Qualität zu tun haben werden.«

Die drei stießen per Toast auf die Bank an und ließen sich ablenken von einem unerwarteten Moment der Stille und dem Satz von Hagen Stolz, er glaube, es sei so weit, woraufhin Mastberger in die Tiefe des Raums blickte, wo, hinter Vorhängen, das berühmte Opiumbett des Goldenen Sterns stand, auf dem sie tatsächlich lag, rauchte und sich das weiße Pulver, das als China White einen legendären Ruf besaß, in die Poren rieb. Die Attentatsdrohung, die gerade bei der Geschäftsleitung eingegangen war, nahm nicht einmal Herr Zhou ernst.

19.

Entgegen Kurts Ratschlag hatte Francis die preisgekrönte Feng-Shui-Expertin Laura aus Niedersachsen gebucht, um den Spürsalon so auszustatten, dass die Elemente ins Gleichgewicht geraten und überleben konnten. Francis war nicht festgelegt auf eine Ideologie, aber seit Kurt gegen das Schicksal den Kürzeren zu ziehen drohte, investierte sie Geld, Zeit und Sympathien in die Lehre von der universalen Stabilität. Abgesehen davon konnte es ja nie schaden, einen Spürsalon durch Feng-Shui gegen spirituelles Ungemach abzusichern, immerhin war es ein »Raum für Hingabe«, den der adrette Jungdesigner Fausto Diamantis mit Klarglas und Chrom transparent gemacht hatte. Um Körte zu schützen, der die Idee kosmischer Harmonien für geistigen Humbug hielt, hatte sie ihm ihren Einfall verschwiegen. Laura aus Buxtehude kam zwar energetisch im Gleichgewicht, aber ganze zwei Stunden zu spät und strich sich alle zehn Sekunden zärtlich eine Haarsträhne aus dem Gesicht. Als Erstes streute sie kleine Häufchen Salz in jedes Eck und legte Kräuter aus, um die Energien des 104 Jahre alten Gebäudes zu reanimieren. Dann bat sie Francis, William auf das Salz urinieren zu lassen, damit der Wunsch nach Reichtum – wofür der Mops in ihren Augen als Symbol stand – in die Ritzen des Raums dringen konnte. William begriff lange nicht, was die beiden Frauen von ihm wollten, urinierte dann aber gewohnheitsmäßig. Francis fragte sich, ob sich der Geruch bis zur Eröffnungsfeier am kommenden Freitag verzogen haben würde, und hängte auf Anweisung der Expertin einen tibetischen Triangel an die Decke über der Eingangstür.

Das Programm für die Eröffnung stand fest und bot als Höhepunkt den Vortrag von Janica Jović, einer kroatischstämmigen Kanadierin, deren »Theorie der leitenden Zellen« in der Szene der Psychokonsistentialisten für großes Aufsehen gesorgt hatte. Francis war Janica bei einem Workshop für *Musen über 50* in Antwerpen begegnet, wo Janica, die als *Princess Jović* diese Einheit leitete, die unbezwingbare Macht des Willens verkündet hatte. Bekanntlich erwartete die Prinzessin, dass vornehme Persönlichkeiten bevorzugt behandelt würden, ohne dieser Erwartungshaltung explizit Ausdruck verleihen zu müssen, was sie selbst demonstrativ unterließ. Am meisten hatte Francis beeindruckt, dass die rotgelockte »Prinzessin« eine zertifizierte Karatekämpferin war, nach ätherischen Ölen roch und die Quantenphysik auf Zellstrukturen des Körpers anwandte.

»Ich bin charismatisch, intelligent und dazu sehr flamboyant«, hatte sie sich den Zuhörerinnen damals vorgestellt, »und ich begegne jedem mit unbedingter Liebe.« ›Toll‹, dachte Francis, ›so egoman müssen die Frauen von morgen sein!‹, und bat um Janicas Kontaktdaten in Vancouver und Berlin.

Am Freitagnachmittag also war sie in Hamburg eingetroffen, etwas müde – die Globalisierung des Vortragswesens: gestern Sydney, übermorgen Zürich, dann Rio –, aber mit strahlendem Lächeln und noch schlanker als in Antwerpen. Eine Frau wie Janica Jović schwitzt nicht einmal bei dieser Hitze, stellte Francis fest, eine solche Frau braucht jeden Tropfen zum Fluss der Energie – großartig!

Ohne Umschweife wollte Janica über das Thema *Wahrheit und Wirbelsäule* sprechen, denn sie sei, wie sie ausführte, seit kurzem vom spinalen Willen zur Macht überzeugt. Alles komme aus der Wirbelsäule, alles gehe durch die Wirbelsäule. Die Wirbelsäule steuere den Menschen, also müsse der Mensch die Wirbelsäule steuern. Mehr noch: Man müsse die Wirbelsäule reinigen, dann reinigten sich die Zellen aller Organe quasi automatisch. Francis, die sich gerade in der finalen Schlacht gegen die Versklavung der Frau durch den wiederauferstandenen Katholizismus befand, war auf der Stelle überzeugt, in Janica eine Kombattantin gefunden zu haben.

Die Jović trug Ethno-Schmuck, ihre Zähne waren groß und makellos, und die Haut des Dekolletés schien an jenem Freitag mit einer Leichtigkeit bronzefarben getönt, als hätte es dafür keinerlei Anstrengung bedurft. Wenn sie saß, dann erheblich aufrecht, um den unteren Lendenwirbelbereich zu entlasten; ihr Po hielt sich wacker auf der Kante der roten Couch. Die Prinzessin hatte dünne, aber definierte Muskeln, zur Geltung drängende Sehnen und eine fettfreie Hautschicht. Aufgrund der unsinnlichen Drahtigkeit wirkte sie weit älter als siebenunddreißig. Francis hatte die Beine übereinandergeschlagen und füllte die gemütliche Sitzfläche des gläsernen Stuhls mit der Aufprägung *Diamantis* problemlos aus.

»Du musst Wahrheit spüren, nicht verstehen wollen, Francis, man kann Wahrheit nur spüren.«

»–«

»… alles ist Wahl, deine Wahl … und um wählen zu können, muss man wissen, *wer* man ist, welche Wahrheit man ist!«

»Und woher weiß man das?«

»Du spürst, wer du bist, du spürst es aus der Wirbelsäule, und wenn du es spürst, dann steh dazu, dann ist es wahr!«

»Hast du dich noch nie in dir getäuscht?«, fragte Francis.

»Mein Gespür täuscht mich nie.«

»Ach toll! Ich muss mir ja immer wieder auf die Schliche kommen, ich meine: um zu ahnen, wer ich bin.«

Unwillkürlich schrie die Prinzessin auf und zeigte gegen das marderartige Wesen mit stechend roten Augen in einem Käfig, den Francis auf das Sideboard ihres Büros gestellt hatte.

»Je-sus-Christ! Wow!«

Janica Jović hatte Flaum unterm pudergedeckten Kinn, den man nur sehen konnte, wenn die Sonne günstig stand und sie sehr exzentrisch redete, so wie jetzt, da sie jedes Wort os-ten-ta-tiv betonte und danach ihre schöne Zunge bewusst zwischen die Schneidezähne steckte.

»Was für ein hässliches Geschöpf!«

Francis lachte.

»Ich habe es von einem Bekannten erhalten, mit einer Warnung vor unvorhersehbaren Auswirkungen, aber irgendwie habe ich das Gefühl, es bringt dem Spürsalon Glück.«

Janica trank Hella Wellness Water und kämpfte kurz mit unbewältigter Kohlensäure.

»Pardon me, Francis«, sie hustete und tupfte sich mit einem Tuch die Mundwinkel, »ich habe eine totale Abneigung gegen jede Art von Käfig.«

»Woher kommst du denn gerade?«

»Ich hatte gerade sehr großen Erfolg in Kalifornien und Milwaukee, huch …«, sie räusperte sich, »meine Seminare sind bis Mitte nächsten Jahres ausgebucht.«

»Ich gratuliere!«

»Thank you dear, die letzte Europatour war sensationell, wo ich auch hinkam, alle haben mich sehr, sehr vornehm behandelt.«

»Wollen die Menschen hinterher mit dir sprechen, ich meine, gibst du ihnen dann auch *persönlich* Hoffnung?«

»Ja, wollen sie, aber ich möchte mit niemandem reden, weißt du, ich bin meistens sehr, sehr kaputt und schließe mich am liebsten im Zimmer ein.«

Sie fuhr mit der Zunge über ihre Zähne, einmal von links nach rechts und wieder zurück.

»Hast du überhaupt noch ein Privatleben?«

»Darüber spreche ich nicht. Sonst schreiben wieder alle Blätter denselben Mist, weißt du …«

»—«

»Ich habe für eine Frau zu viel Erfolg, ich werde überschüttet mit Anfragen und Angeboten, und damit können sie draußen nicht umgehen.«

Francis war froh, dass Kurt sie in ihrer Bewunderung für die Jović nicht störte. Er hätte deren aus allen Poren quellenden Anspruch auf Vorzugsbehandlung als faschistoid abgetan und sich mit der Prinzessin womöglich über Tito und den dritten Weg gestritten, wobei die Jović Kurt wahrscheinlich für spirituell unterbelichtet gehalten hätte. Seine Lebermetastasen boten Francis jedenfalls eine unschlagbare Entschuldigung für die vermeintliche Peinlichkeit, dass das Magnolia am Abend ohne Anwesenheit ihres Mannes eröffnet wurde.

Hertz war einer der ersten, die kamen und feststellten, wie blendend Francis aussah. Dieses Lob wiederholte sich, als ihr die Vorsitzende des Bundes Selbstregierender Frauen einen Strauß Dahlien überreichte. Fausto Diamantis schlug bei ihrem Anblick rhetorische Kapriolen um den Begriff *Sexy-Hexy*, dass Francis ihn mit einem herzhaften »Faus-*to*!« bremsen musste, weil zeitgleich die Leiterin des Jesus-Center, der sie sich seit Jahren freundschaftlich verbunden fühlte, mit eingezogenem Kopf unterm Triangel in den Raum trat und christlich grüßte.

Nach wenigen Minuten drängten sich die Körper der Gäste nah aneinander. Alle Anstrengungen, Durchzug herzustellen, blieben erfolglos. Vielleicht hätten introvertierte Japaner die Kunstfertigkeit besessen, sich auch hier, bei der Eröffnung eines Spürsalons, nicht zu berühren – für Francis aber war die pochende, dünstende, atmende, sich spürende Masse heiterer Weltbürger eine ideale Ouvertüre. Sie hatte schon jetzt einen Prosecco zu viel intus und sprach bei ihrem Opening Statement eine Terz zu hoch. Als es sie kurzerhand mitriss und sie als Reverenz an Körte die erste Strophe von *The shadow of your smile* sang, war Hertz ein wenig beschämt.

»Im Spürsalon Magnolia«, sagte Francis schließlich, »soll über das Berühren der anderen das eigene Berührtwerden wieder gelernt werden. Hingabe und Lust sind Werte, die verdammt noch mal wieder *gespürt* werden müssen … Und jetzt – und darauf bin ich unglaublich stolz … die große Janica Jović aus Vancouver … Ich bin wahnsinnig froh, dass du gekommen bist!«

Die Frauen beküssten sich die Wangen, und Janica, da sie nicht nur Serbokroatisch, Englisch, Französisch, Spanisch, Russisch, Arabisch und etwas Hebräisch, sondern auch nahezu fließend Deutsch sprach, begann ihre Keynote mit dem Satz: »Hedonismus ist nur Ego. Empathie aber ist Ego plus Ich plus Mir zusammen. Du spürst, wer du bist, nach oben gibt es da keine Beschränkung. Die totale Offenheit, in die du dich hineinspürst, das ist Empathie.«

Hertz erkannte sofort, dass ihr rhetorisches Prinzip die Wiederholung war. Immer wieder flocht die Prinzessin an scheinbar unpassenden Stellen die gleichen Floskeln ein, etwa:

»Die Wirbelsäule steuert uns, also muss man sie reinigen und gut behandeln«, oder »Es ist deine Entscheidung, du entscheidest, du steuerst dein Leben, die Zellen aller Organe reinigen sich dann automatisch.«

Als die roten Luftballons mit dem schwarzen Aufdruck *Magnolia* emporgestiegen waren, manche Gäste auf dem Trottoir saßen und zur Acid-Groove-Nummer *Energy of a small woman* aus der iTunes-Mediathek warmen Gewürztraminer tranken, stellte Francis ihre Gäste so, wie sie kamen, einander vor.

Der Jović gefiel, dass Hertz sich leicht verneigte, als sie von der Kokreation der Schöpfung sprach, für die jeder Einzelne verantwortlich und auch wieder nicht verantwortlich sei.

»Ich spüre die Ehrfurcht, die jemand hat«, sagte sie flüsterleicht, »ich sehe es an den Gesichtern.«

Dann sah sie in Hertz' Gesicht, und er ahnte, dass sie in

diesem Moment wenig spürte. Gewöhnlich schrieb sie den Myriaden von Zellen in jedem Körper ein Bewusstsein zu, das wiederum mit den Myriaden von Zellen anderer Körper ein Metabewusstsein herstellte. Sie ging davon aus, dass sich alle psychischen Zustände materialisierten und irgendwann ein gigantisches Kollektivbewusstsein für jeden sichtbar würde.

»Es gibt ein zelluläres Bewusstsein in vier Dimensionen, materiell und spirituell«, sagte sie und scannte seinen Körper.

Hertz nickte und nippte am Wein.

»Wir können wählen und entscheiden, wir müssen nur akzeptieren, dass das, was wir gewählt haben, gut ist.«

Hertz nickte.

Sie wiederholte ihren Satz.

Hertz wiederholte sein Nicken.

Francis zwinkerte ihm zu, griff sich die Prinzessin, und Hertz erkannte, wie deren schmächtiger Rücken unter der roten Haarmähne fast vollständig verschwand. Er hörte die Silberschnallen ihrer Sandalen bei jedem Schritt klacken, sah ihre in Rosé lasierten Fußnägel und vernahm, wie sie zu einer Gruppe von Frauen sagte: »Die mentalen Programme wurden uns aufgeprägt von Eltern und Gesellschaft. Jetzt kommt es darauf an, durch Rückkehr in das Eins zwischen Seele und Leib ein neues Körper-Seele-Bewusstsein zu programmieren. Hören wir auf, unseren Zellen Vorschriften zu machen, hören wir auf sie, sie sagen uns, wer wir sind.«

Einige rissen ihre Augen auf, anderen entfleuchte aus tiefer Brust ein *Hmh.* Janica konnte sich durchgehend auf die wohlwollende Rezeption ihrer Sätze verlassen. Es war ihr gleichgültig, wem sie von ihrer Auszeichnung durch die World's Coaching Association als *Best Performer* 2008 und 2009 erzählte, wem sie ihre Eindrücke aus dem kasachischen Astana schilderte, wohin sie der geistig marode Staatspräsident des Landes höchstpersönlich eingeladen hatte. Es kümmerte sie wenig, wem sie mitteilte, sie spüre, welch Genius in ihr wese, und wem sie die neusten Produkte ihrer selbstgemixten Kräutertee-Kollektion empfahl. Für ihre Zierlichkeit hatte die Jović einen hervorragend definierten Bizeps, wie eine wohlgeformte Kartoffelknolle, und bis auf die symmetrischen Einlagen ihrer Brüste wirkte diese Frau als Ganze nach Hertz' Auffassung weitgehend authentisch. Alles im Raum roch nach Janicas süßlich-schwerem Parfüm, als entwüchsen den Wänden exotische Blumen nach einem Platzregen im Urwald.

Francis trug William auf dem Arm und presste ihn an ihre Brust, als wolle sie ihr Baby stillen. »Der Mops ist mein Leben«, sagte sie zur Verblüffung derer, die Kurt kannten. Und die, die Kurt nicht mochten, stießen auf diesen Satz an. Williams rechtes Augenlid war jetzt so abgequetscht, dass er nichts mehr sah. Zur Befreiung nieste er in ihre Brust.

Von der Straße herein trompetete es *Bésame mucho*, und das Lied kam immer näher und lag plötzlich auf einem Akkordeonbett. Die im Magnolia der Hitze getrotzt hatten, gingen zu den anderen nach draußen, da sahen sie zwei Männer, die die Straßen auf- und abgingen und hörten sie in einer Dauerschleife *Bésame mucho* spielen. Sie stellten sich vor dem Magnolia auf und gaben einen Tusch. Francis verstand, ging auf die Straße und umarmte die Zigeuner. Sie stimmte ein und sang eine Oktave höher *»mucho mucho«* und tanzte, William auf dem Arm, zwischen den Musikern. Das Martinshorn einer Polizeistreife mengte sich ins Konzert, da begannen die Musikanten aufs neue, diesmal in größerer Fröhlichkeit, und gaben *Kalinka*, was Francis noch ein Stück mehr entfesselte, weil sie jeden Künstler dafür liebte, dass er Künstler war.

Wenn sie, wie an diesem Abend, Highheels trug, schlupfte sie meist mit der Ferse etwas heraus, weil sie, genau wie Kurt, Schuhe eine halbe Nummer größer kaufte, obwohl sie im Gegensatz zu ihm keine Spreiz- und Senkfüße hatte. Dass ihr die Jović in puncto Aufmerksamkeit den Rang ablief, störte sie nicht. Was immer Glück war oder sein soll – an diesem Freitag Abend kam Francis ihm seit längerer Zeit wieder nah. Die ausliegende Teilnehmerliste war quer an den Rändern und auf der Hinterseite beschrieben, und die ersten beiden *Kurse zur Empathie* waren bereits überbucht, bevor kurz vor Mitternacht die anfänglich hüfthohen Kerzen vor dem Magnolia auf Sprunggelenkstiefe abgebrannt waren.

»Wo ist eigentlich dieses China White«, fragte die Jović. Sie hatte gehört, dass dem Salon ein legendärer Ruf vorausging, ohne zu wissen, warum das so war und was sich hinter dem Namen verbarg. »Na egal«, sagte sie, ließ sich ein Taxi rufen und in die Hafen City fahren, Kaiserkai 3, wo Bobby Mastberger die oberen beiden Suiten des Mandarin-Turms bewohnte.

20.

Er war gerade vom Powerday 2.0 aus der China-Shipping-Arena zurückgekehrt, trotz seiner legendären Kondition ausgelaugt, nervös und noch unter Einfluss von fünf XR-Kapseln Adderall, die zu einer Dopaminflut im Gehirn führten und seinen Sympathikus in helle Aufregung versetzten. Janica wusste bis zuletzt nicht, dass Bobby die XR-Bomben, Dextroamphetamin-Pillen und Intravenösinjektionen Methylmethcathinon über dubiose Vertriebswege aus kroatischen Untergrundlaboren bezog, in die sie ihn über den Kontakt zu einem weitgehend harmlosen Psychokonsistentialisten indirekt geführt hatte.

Die meiste Kraft bei den Powerdays kostete ihn jedes Mal die sogenannte »Heldenstunde« im mobilen Jesus-Emperado-Shop, wo er, weil sonst an beherrschtes Sitzen und lukratives Lächeln nicht zu denken war, für exakt sechzig Minuten den Tranquilizer Alprazolam einnahm, der sein zentrales Nervensystem am effektivsten hemmte. Um sicherzugehen, schluckte er statt einer 0,5-Gramm-Tablette meist deren vier. Während seiner »Termine mit dem Schicksal« verkaufte er T-Shirts, Tassen, Kalender, Kugelschreiber, Schlüsselanhänger, Anzuganstecker sowie Krawattennadeln mit dem Schriftzug *Du bist dein Gott!*, verteilte Anmeldeformulare für die Revitalistische Gesellschaft und signierte vor allem Poster, Kalender und Exemplare seiner sechs bisher verlegten Bücher. Das neueste, Anfang Juli erschienene, war seit über drei Wochen auf Platz drei der Bestsellerliste: *Die Macht des Jetzt!* Emperado erwies sich darin abermals als Meister des inflationierten Ausrufezeichens, was seinem neuartigen Geisteszustand entsprach. Seit Monaten stellten die Mitarbeiter seines Unternehmens unerklärliche Obsessionen bei ihrem Chef fest, sein Puls war ständig aufgebracht, Mastberger zitterte sogar in den Mittagspausen, und auch sein Manager wusste nicht, in welch prekäre Situation der immer öfter panikisierende *Gott der Motivation* geraten war.

Finanziell betrachtet neutralisierte Janicas Sehnsucht nach Polynesien und Ozeanien ebenso wie der Unterhalt der Yacht, mit der sie seit Jahren die süddalmatinischen Häfen ansteuerten (vom Kap Kamenjak über die Insel Ilovik bis Dubrovnik, dem Janica kurz vor dem Krieg 1990 den Rücken gekehrt hatte), in einem Monat die Einnahmen aus Auftritten in drei ausverkauften Hallen der Republik. Die Emperado GmbH hatte kürzlich den Sender Destiny TV eröffnet und betrieb in mehreren Städten private Radiostationen, deren Zweck es war, mehrmals am Tag von Emperado selbstbesprochene CDs abzuspielen, auf denen er mit großer Suggestionskraft die Kernsätze seines Glaubens- und Erziehungssystems vorstellte. Kurz gesagt: Er wollte ein ganzes Volk begatten. Er wollte ein ganzes Volk spirituell besamen. Er wollte, dass der einzelne Mensch in seiner hühnerhaften Unterdrücktheit aus seiner Legebatterie aufersteht und mit einem brüllenden »Ja!« zu sich selbst den Adler in sich gebar. »Iron Eagle« – so nannte Janica ihn erst zärtlich, dann ironisch, dann süffisant, zuletzt nur noch ironisch »Igelchen«.

Im Fitnessraum, neunter Stock, brannte Licht. Sie drückte den Code. Dreimal kam eine Falschmeldung. Bobbys Handys waren ausgeschaltet. Janica stand auf dem Kaiserkai und schrie hinauf; Ignoranz war sie nicht gewohnt. Aus Groll klebte sie ihren Kaugummi über die 5 am Codeboard und beschloss spontan, digitale Verschlussmechanismen zu hassen. Sie drohte Bobby mit schlechtem Karma und rief in die Sprechanlage »Der Kosmos rächt sich dafür!«.

Währenddessen war der Fitnessraum mit der Glasfront

gefüllt von bewegten Bildern. Auf allen vier Fernsehmonitoren erschien Emperados Gesicht einen halben Meter hoch und grinste. Das Laufband drehte sich weiter, und Emperado rannte über die Schirme. Das Laufband lief ohne ihn. Bobby Mastberger lag am Boden, das Knie eingewinkelt, die rechte Wange in einen Flipflop mit der Aufprägung JE gequetscht, dass die Oberlippe gefletscht war. Auf den Monitoren stand er in übermächtiger Größe. »Is was dran?«, fragte er, »is-was-dran is was dran is was dran?«, hüpfte von einem zum nächsten Flipchart und zurück. »Ist was dran an meinem Satz, nur Sieger fliegen hoch?« Dann erstarb das Licht in der Halle, man hörte die Abertausenden Anhänger staunen, rufen, schreien, ehe der Conferencier eine sogenannte »Joy-Break« ankündigte und Emperado zu anschwellenden »Chesus-Chesus-Chesus!«-Chören und der Hymne *I've got the power* die Bühne auf und ab rannte. Clever einmontiert, kurz, aber deutlich, sah man im Publikum Dr. Diana Kleinkurth aus der Abteilung Investmentbanking bei John & Jacobi mit Perlenkette, weißer Bluse und dunkelbraunem Rock in formvollendeter Ekstase. Sie reiste Emperado hinterher. Trat er in Augsburg, Zürich, Dresden oder Wien auf, stand sie dort im Bannkreis der Bühne wie die treue Magdalena zu ihrem Jesus.

Janica setzte sich auf die zweitoberste Stufe der Kaiserkai-Terrasse und rauchte, um zu spüren, dass nichts geschah. Nie fasste sie die Zigarette am Filter, immer vorn am weißen Papier. Und immer waren ihre Finger eingecremt. Sie blies aus und sah am Rauch, dass nicht ein einziger Luftzug durch die Zwischenräume der Türme und über die Hafenmolen hinwegging. Janica verabscheute Momente erzwungener Inwendigkeit, wenn niemand »in Resonanz« kam, wenn keiner sie in seinen Astralleib aufnahm und nichts von ihr abstrahlen konnte, wenn kein externer Körper die Botschaft ihrer Zellverbände empfing und sich ad hoc ein koexistentes Zellbewusstsein schmiedete. Eingekerkert in ihr Selbst war sie vor das Problem gestellt, sich zu ertragen, und das kam sehr, sehr selten vor.

Aus ihren Workshops wusste Janica Jović, dass die meisten Frauen nicht am Leben, sondern an sich scheiterten. Wie kann es sein, dass man an sich verzweifelt, fragte sie sich, wie spürt man, wer man *nicht* ist? Geht das überhaupt? Erzählte sie nicht fortwährend Unsinn und machte ihr Geld mit der unerfüllbaren Hoffnung naiver Gläubiger? Die Naivität war ein globales Phänomen, das hatte die Prinzessin durch ihr Studium des Lebens herausgefunden. Man kam zu ihr, um vertrauen zu lernen. Über diese Leerstelle in den menschlichen Psychen waren Bobby und sie sich schnell einig – auf der braungestrichenen Holzbank vor dem Toronto Cultural Center sitzend, als beide merkten, dass und wie sie einander ergänzten, als wären sie seit dem Neolithikum ein Paar, Welterkennende, Weltdurchdringende, Erlöser mit Herrschaftsauftrag. Es ging hin und her mit ihren Gefühlen füreinander, und bald brauchten sie nicht einmal mehr fremde Phrasen und Glaubenssätze, sondern hatten ihre eigenen. Sie riefen gemeinsam Tagungen und Workshops ins Leben, boten Energiearbeit an, widmeten sich der »Intuitiven Raumgestaltung«, nahmen »Einweihungen in die Transformationsenergie (TR I, TR II, TR III)« vor und wurden Mitglieder im Dachverband Geistiges Heilen e.V.

Als es Janica gelang, sich der Erinnerung an diesen Moment auszuliefern (»Hingabe, ein sehr, sehr wichtiges Wort, Robert«), kam auf dem Kaiserdamm ein Auto ihrem Rücken näher als gewollt. Der Wagen bremste, die Scheinwerfer spießten sie auf. Sie fuhr zusammen, und als sie sich drehte, surrte der Lexus kaum hörbar weiter. Immer öfter gab es jetzt Autos, deren Motor man nicht mehr hörte. Wenn Janica serbokroatisch zu fluchen begann, war auch spinal nicht mehr viel zu reparieren. Sie bezeichnete den Fahrer als Bastard einer bosnischen Hure. Und sollte er jemals die Türe öffnen, würde sie diesem eierlosen Hurensohn Bobby Mastberger den Laufpass geben, und zwar auf ihre Art.

Als eine Maus über die unterste Stufe flitzte, schrie sie auf vor Ekel. Was war das für eine Welt, da befelltes Kroppzeug aus dem Nichts auftauchen konnte und Autos ihrer Kraft beraubt waren? Und nachts an diesem sehr, sehr lächerlichen Baustellchen eine Ampel rot zu schalten – war das nicht »ćudan«, »neobićan«, oder wie man sonst noch sagte in Dubrovnik, war das nicht ganz und gar bizarr?

Für Janica war es denkbar deutsch. Es war wie Bobby. Bobby würde es nie schaffen, sein Deutschsein abzustreifen. Er würde weder Kosmopolit noch Kroate werden. Sie sagte ihm auf den Kopf zu, dass er für den Leader nicht das Zeug hätte. Er war gefangen zwischen Erbsünde und Nazischuld. Es waren Momente, da sie es liebte, Kanadierin oder Kroatin oder beides oder vielmehr Universalistin zu sein und sich vom Deutschtum absetzen zu können. So ironisch, wie die ausrangierten Museumsschiffe aus dem 19. Jahrhundert vor der Architekturkulisse des neuen Jahrtausends in der Gracht des Kaiserkais schaukelten, so unübersetzbar in diese gottlose Gegenwart kam sie selbst sich vor: ein heimatsuchender Genius, eine liebende Frau, die überweiblich zu sein hatte und nicht lieben durfte, ein zerbrechliches Wesen, das alles perfekt absolvierte, damit ihm die anderen bewundernd zu Füßen lagen. Ein menschenferner Mensch, um es kurz zu machen, der in der Tiefe seines Herzens nichts Geringeres als verzweifelt romantisch war.

Sie wusste, dass sich Bobby seit Wochen mit Gerüchten auf dem Boulevard herumzuschlagen hatte, er sei wegen spärlicher Potenz in therapeutischer Behandlung. Menschen, die weniger Freude am Versagen von Schwellkörpern, an Strauchlern, Stürzen und dem Scheitern aufwiesen als Journalisten, hätten Mitleid mit ihm gehabt. Nichts war ja schlimmer als der Verdacht, er, der das Volk mit Großartigkeit begatten wollte, bringe es nicht einmal zu einem veritablen Ständer. Deshalb sah Mastberger keine andere Möglichkeit, als in die Offensive zu gehen und seine Virilität unter Beweis zu stellen, indem er sich von bestellten Paparazzi mit hüftschwingenden Weißrussinnen in Situationen erwischen ließ, die die Vermutung einer gewissen Schlüpfrigkeit sehr naheliegend erscheinen ließ. Er wusste, dass Janica wusste, dass er wusste, dass sie wusste, dass ihm die sexuelle Lust abhanden gekommen und nur noch durch aufwändige Stimulationen zu arrangieren war. Als Lord-of-the-chickens war er im anonymen Chatroom *Afterworklover.de* vertreten, Kennwort: Bondage-Master. Wenn er in fremde Städte reiste, packte er einen Koffer mit Schellen, Stricken, Tüchern und Eisenklammern und nahm rechtzeitig Kontakt über *Joyclub.net* auf, um seine Neigungen auszuleben.

Janicas spinales Bewusstsein steigerte sich zum point of no return, dann war sie sich sicher, dass in diesen Minuten die Ära des Zampanos zu Ende ging. Schließlich konnte sie wie niemand sonst die Wahrheit erspüren. Bobby hatte immer verstanden, das Zampano-Kammerspiel jedes Mal meisterhaft und höchst unterhaltsam zu inszenieren – er war sein Projekt, das er auch noch selbst durchführte. Diese Finesse einer fugendichten Selbstbezüglichkeit wurde erst in dem Moment zum Problem, da er das Spielerische dieses Spiels nicht mehr erkannte, was nach Janicas Spürsinn zweifelsfrei mit seiner Biographie zusammenhing.

Im Alter zwischen fünfundzwanzig und dreißig war Robert Mastberger aus Herford als selbständiger Versicherungsagent für achtzehn mittelgroße deutsche Städte derart erfolglos geblieben, dass er auf der Sohle des Abgrunds sein eigenes Scheitern in öffentlichen Workshops mit dem Titel *Mein Termin mit dem Erfolg* abzuschreiten begann. Zu diesem Zeitpunkt hatte noch niemand von *Motivation Empower-*

ment gehört, auch Mastberger kannte es nicht, obwohl er die Grundsätze des Bewusstseinscoachings unbewusst bereits anwandte. Um von den Besten der Besten zu lernen, war er nach Toronto geflogen, hatte bei Tom Delany, dem König der Revitalisierungspsychologie, ein Seminar belegt und neben der Technik des neurolinguistischen Programmierens auch Delanys Assistentin Janica Jović kennengelernt. Als er nach seiner Rückkehr von einer fast fanatischen NLP-Anhängerin der Stadtsparkasse Lüneburg, die in Mastberger ihren Feedback-Heiland erkannt hatte, einen hohen Kredit erhielt, gründete er eine eigene Firma und setzte alles auf eine Karte: sich selbst.

Schon damals konnte kein vernünftiger Mensch in Abrede stellen, dass Mastberger zum Sieden energetisch war. Seine Disziplin war eisern, der Eifer legendär und die Zeit nach Meinung seiner ersten Anhänger reif für eine neue Figur, die all die Sehnsüchte der Menschen nach Güte, Geborgenheit und Größenwahn bediente. Während einer seiner täglichen Morgenmeditationen zwischen Kniebeuge und Yogafigur (bevorzugt die Stellungen »Krieger« und »Sonnengruß«) überfiel es ihn mit einem Schlag: *Jesus Emperado!* Das war sein Name, das war sein Pseudonym, das war sein Programm!

Innerhalb von zwei Jahren baute er das Imperium Emperado GmbH auf (mit den Gruppen EmperadoEntertainment, EmpeRadio, Emperado Online) und wurde Sprecher der Deutschen Liga für Motivationscoaching, deren Büro sich im ersten Stock des Hauses der Patriotischen Gesellschaft auf der Trostbrücke 3–5 befand. Nach dem zweiten Jahr seiner Powerday-Reihe war er dann ohne weiteres in der Lage, sich die Stockwerke acht und neun des Mandarin-Turms zu kaufen, insgesamt 650 Quadratmeter Fläche.

Da zwei Herren im dunkelblauen Anzug den Turm just in dem Moment verlassen wollten, da sich Janica aufs neue in ihre Imagination von Bobby verliebte, sprang sie von den Stufen der Kaiserkaiterrasse auf und rief »Halt!«. Offensichtlich war es für sie selbstverständlich, dass man ihr die Tür aufhielt, was die Männer taten und sich daraufhin leicht verbeugten, ehe sie im Fundus der Nacht untergingen. Der Aufzug hätte Janica direkt in Mastbergers Suite gebracht, aber sie konnte sich auch jetzt nicht an den Zahlencode erinnern, also stapfte sie, statt wie ein Adler hinaufzuschweben, die acht Stockwerke fluchend zu Fuß hinauf.

»Bobby!«

Ins massive Milchglas der Tür eingelassen waren die Initialen JE. Eine Klingel gab es nicht, und Mastbergers drei Handys antworteten aufs neue mit der Mailbox.

»Jetzt rate mal, wer hier vor deiner Tür steht!«

Sie hörte ihn schreien, fand aber heraus, dass es immer dieselben Schreie waren. Augenscheinlich war Publikum anwesend, und doch hörte sich alles weit entfernt an. Was tatsächlich auf allen Monitoren ringsum zu sehen war, war die letzte, die größte, vielleicht die wirkmächtigste Empowerment-Show, die Jesus Emperado je gegeben hatte: Destinyday, Hannover, Messehalle, Ostersonntag, ausverkauft, 25000 Menschen. Allein die »Heldenstunde« hinterher dauerte hundertvierzig Minuten, was durchzustehen ihn eine ganze Zehnerpackung Alprazolam gekostet hatte. Der Mitschnitt dieses Abends war der aktuelle Bestseller auf *amazon.com*, Kategorie DVD & Blu-ray, sowie im Emperado-Online-Shop *Gods-of-Power.de*, Zugriffe 115000, verkaufte Exemplare 32000. Mit der Aufzeichnung dieses *Destinydays* trieb Bobby sich in seinem Fitnessraum seit drei Monaten zu Höchstleistungen. Er ergötzte sich an sich selbst, spürte die Energie, die er als Jesus Emperado vom Band herunter abstrahlte, dass er seine eigenen Parolen nachschrie.

In der grotesken Einsamkeit des höchsten Stockwerks im Mandarin-Turm aber war Robert Mastberger an jenem

Abend über alle niederen Umstände hinweg in sein vorläufiges Ende gelaufen.

Zufälligerweise schnellte in diesen Minuten der Kurs der Emperado GmbH in die Höhe, denn der Vertrag mit dem Sponsor über die TV-Show *Stirb reich!* war unterschrieben und würde morgen in einer Pressemitteilung veröffentlicht werden. Das vielversprechende Format würde ab Oktober samstagabends auf Emperado TV laufen und unheilbar Kranke und ihren jeweils letzten Wunsch präsentieren. Die Todgeweihten sollten darin auf ihre »letzte Reise« gehen, ihr »letztes Dinner« einnehmen, ihre »letzte Begegnung« haben, ihnen sollte das ermöglicht werden, was sie immer schon sehen oder tun wollten und nie mehr würden sehen und tun können. Drei Kandidaten pro Show sollten gegeneinander antreten; per TED oder SMS würden die Zuschauer ihnen beim Sterben oder Selbstmord zusehen und den überzeugendsten Tod zum Sieger voten, auf dass den Hinterbliebenen der große Gewinn ausbezahlt würde: die kostenfreie Bestattung mit professioneller Grabrede und garantiertem Gedenkset. Voraussetzung zur Teilnahme war, dass die Menschen tatsächlich sterben würden, entsprechende ärztliche Atteste mussten bei der Bewerbung eingereicht werden.

»Bobby, open the door, asshole …«

In einer Mischung aus kanadischem Englisch und Vulgärkroatisch instruierte Janica schließlich Mastbergers persönlichen Assistenten Andi, der, noch etwas benommen von der Benzodiazepin-Kur gegen seine Unruhezustände, fünfzehn Minuten später eintraf, den Code drückte und an ihrer Seite den Fitnessraum betrat.

»Ljubavi! Bobbyliebling!«

An der entsetzten Janica vorbei beugte sich Andi zum reglosen Emperado hinab, fand nur noch zarte Resonanzen von dessen Puls vor und rief sofort den Notarzt der Revitalistischen Gesellschaft an. Aus den Riesenmonitoren des Fitnessraums hörte man ihn deklamieren: »Schwebt über den Dingen wie der Adler über den Umständen!«, und Andi und Janica sahen in der Endlosschleife, wie Bobby als Jesus Emperado über die Bühne rannte. Wann er eingebrochen und vom Laufband gefallen war, war nicht mehr zu rekonstruieren, jedenfalls fand er erst wieder im VIP-Zimmer der Vita-Nova-Klinik in die Welt zurück, als ihm sein persönlicher Arzt Randolf Gabelstein am folgenden Mittag die Wange tätschelte.

»Du bist in einer psychophysischen Paralyse, Bobby, Systemschock, sozusagen. Leichte Psychose. Und du hast Glück gehabt, dass Janica dich gefunden hat, völlig ausgetrocknet übrigens … Ich hatte dir doch die Kontingente aufgeschrieben!«

In Mastbergers Gesicht stachen die Jochbeine hervor, neben seinen Mundwinkeln nisteten Grübchen in der Haut.

»Und du hast wieder neue Falten«, sagte Professor Gabelstein und streichelte über Mastbergers Haut wie über den Schopf eines Kükens, »ich mach sie dir nächste Woche weg.«

»Wie geht es ihm?«

»Er braucht Ruhe«, sagte Gabelstein und bat Janica, mit ihm in sein Büro zu kommen, während Andi versuchte, den anstehenden Power-Circuit vier Wochen nach hinten zu schieben, was ihn zahllose Anrufe kostete, weil alle zwölf Veranstaltungen ausgebucht waren.

»Seine Werte sind schlecht. Nimmt er etwas, von dem ich nichts weiß?«

»Er nimmt immer irgendwas.«

»Wissen Sie, was er nimmt?«

»Irgendwelche Pillen aus Dalmatien.«

»Welche Farbe?«

»Keine Ahnung. Rosa, glaube ich.«

»Bobby ist in einem schweren Erschöpfungszustand, der noch Wochen dauern kann.«

Gabelstein löste seine Beinverschränkung auf und lehnte sich vor.

»Er braucht jetzt Ihre Zuwendung.«

»Ich will ihn nicht mehr sehen, sagen Sie ihm das.«

»Wollen Sie sich das nicht noch einmal überlegen? Denken Sie bitte an die verheerenden Schlagzeilen, die das produzieren würde, gerade jetzt.«

Die Prinzessin stand auf, streckte Gabelstein ihre zarte Hand hin und verließ die Vita-Nova-Klinik auf der kleinen Brücke über den Kanal, als ihr Abele entgegenkam. Sie wusste nicht, wer er war, drehte sich aber nach ihm um, weil Abele so schnell unterwegs war, dass sein Gehwind in ihr Gesicht drückte. Sie wunderte sich über seine große Sonnenbrille, winkte ein nahendes Taxi heran und fuhr in die Simon-von-Utrecht-Straße, um im Magnolia ihren ersten Kurs vorzubereiten, zu dem sich auch eine gewisse Mascha Malumowitsch angemeldet hatte, Beruf: Künstlerin und Grabrednerin, wohnhaft: Roter Panther, Holzdamm 7, 20099 Hamburg.

21.

Hertz hatte sie wieder nicht erreicht, weder mobil, noch im Roten Panther, und ausgerechnet jetzt konnte er nicht aufbrechen, weil alle drei Bewerber auf seine Ausschreibung einer Stelle als Assistent der Geschäftsführung in Kürze in seinem Büro eintreffen würden. In puncto Nachwuchsrekrutierung machte ihm in der Republik keiner was vor. Es hatte auf der Vitrine in Hegenbarths Büro gerahmte Fotos gegeben, auf denen zu sehen war, wie Hertz, aus der Hand des Jurysprechers, der gläserne Pokal als *Talent of the year* überreicht wurde und Hegenbarth, in der ersten Reihe neben den Vorstandsvorsitzenden von John & Jacobi, Santander und Commerzbank sitzend, sich selbst so geehrt fühlte, dass er als Einziger zu applaudieren vergaß und dankend nickte.

Jetzt hatte Hertz die Hemdsärmel aufgekrempelt, Krawatten trug er prinzipiell nicht mehr. Mit der Bialetti-Kanne erpresste er toskanischen Arabica, schäumte mit einem elektrischen Besen Milch und war erstaunt, dass zwei der Kandidaten heißen Grüntee seinem Manaresi-Kaffee vorzogen, um das Temperaturgefälle ihres Körpers zur äußeren Hitze nicht zu hoch ausfallen zu lassen und ihre Leistungsfähigkeit nicht einzuschränken. Hertz lächelte, überschlug die Beine, schwieg und wartete, was geschehen würde.

Als Bewerber drei die Geschichte seines Lebens als Quintessenz eines generationenübergreifenden Irrtums erzählte und dann seine persönliche Eignung für ein Logistikunternehmen, dessen USP in der Organisation neuer Netzwerke und Cluster lag, ironisierte – wie dies kein Handbuch für erfolgreiches Bewerberverhalten je vorschlagen würde –, dachte Hertz an seine Faszination für die Geschmeidigkeit von Katzen auf der Jagd nach Balkonschmetterlingen: dachte an die Eleganz, mit der sie ihre Pfote hoben und die Tatze nachzogen, an die Zartheit der Bewegung vor dem entscheidenden Totschlag, die ein grandioses Täuschungsmanöver war, und er fragte den Bewerber überraschend:

»Sind Sie in der Lage, sich wie eine Katze im Verkehr fortzubewegen?«

»Wie eine *Katze*? Das mache ich seit fünfundzwanzig Jahren!«

Hertz mochte Esprit und Tempo von Bewerber drei, hatte das Gefühl, in ihm einen Bruder im Geiste der Satire gefunden zu haben, suchte noch kurz nach offensichtlichen Anzeichen für jene Dekade, die dieser jünger war als er, und reichte dem katzenschnellen Mittzwanziger mitten im Satz die Hand, womit der auf zwei Projekte befristete Vertrag besiegelt war. Und ja, der erste Angestellte der JPHL konnte sogar schon am darauffolgenden Montag anfangen.

Minuten später fuhr Hertz in die Villa Vitalis, um sein Konzept für das Kommunikationsdesign der großen Nekroseologenkonferenz vorzustellen. Drei Assistenten und Abele waren anwesend und baten in den Salon Umberto Boccioni. Ein neues Gemälde aus dem Zyklus *Die neun Leben der roten Katze* hing seit kurzem an dessen Stirnseite, doch Hertz fand – aber das war seinem neuen Hang zum Purismus geschuldet – das Ambiente zu pathetisch.

Abeles Augenringe lagen derart tief untertage, dass das Relief seines Gesichts wie eine Totenmaske wirkte. Wenn die äußere Erscheinung der Spiegel seiner inneren Verfassung war, musste in diesem Mann ein Kampf toben, von dem Leute wie Hertz nicht die geringste Vorstellung hatten.

»Am 30. ist die Europakonferenz der Nekroseologischen Vereinigung«, sagte Hertz, »Stargast ist Professor Wiktor

Kropotkin, der gerade zugesagt hat, den Eingangsvortrag zu halten.«

»Am 30. was?«

»August.«

»Ich muss gestehen«, sagte der eine Assistent, »ich weiß nicht, was das ist, Negrologe. Vielleicht Sklavenforscher?«

Als professioneller Communication Consultant, für den Detailwissen ein Wettbewerbsvorteil war, konnte Hertz ohne Zögern aufklären und fand die Assistentenbemerkung eher schwerwiegend als amüsant.

»Nekroseologen widmen sich dem Untergang einzelner Zellen am lebenden Gewebe. Sie suchen nach Mitteln, den Tod der Zellen aufzuhalten.«

»Und dafür studiert man zwölf Semester Medizin«, entfuhr es dem Assistenten.

»Es ist augenscheinlich die Wissenschaft der Stunde, so sagt man, die bislang unheilbare Krankheiten wie Krebs in den Griff zu bekommen scheint.«

»Was es alles gibt …«

»Lasst uns zur Organisation der Konferenz zurückkehren«, Abele sah auf die Uhr, »die Zeit, mir läuft die Zeit davon.«

Hertz zog ein Dossier aus seiner Tasche und verteilte Kopien an alle.

»Kropotkin. Hm. Ein Russe also«, so Abele.

»Wenn ich richtig verstanden habe«, sagte Hertz in die Runde, »gilt er als einer der größten lebenden Nekroseologen, die noch aktiv forschen. Die Leute der deutschen Sektion sind aus dem Häuschen vor Glück.«

»Worüber?«

»Dass er kommt.«

»Nein, worüber forscht dieser Kropotkin?«

»Sein jüngster Coup ist … Moment … Hier: die ›Extraktion von Batroxobin‹, dem Serum einer Otternart, wenn ich richtig verstanden habe, das augenscheinlich Tausenden Krebspatienten das Leben retten könnte.«

»Weiß Mastberger davon?«

»Dass Batroxobin die Wucherung der Tumorzellen stoppt?«

»Nein, dass Herr Krotkin kommt und dergleichen.«

»Ich denke ja. Es gibt nur ein Problem.«

»–«

»Professor Kropotkin verlangt 10 000 Euro Aufwandsentschädigung und eine eigene Securitygarde. Es gibt wohl manche Hinweise darauf, dass man ihn töten will.«

»Sagt wer?«

»Sagt er.«

»Wer will ihn töten?«, fragte Abele.

»Ich müsste ihn anrufen und fragen.«

Hertz spürte eine verhängnisvolle Ungeduld in Abele arbeiten, da er durchgehend mit dem Fuß wackelte, wie es Menschen tun, die ihre Energien nicht mehr im Griff haben. Dann fiel Hertz auf, dass Abele jedes Mal, wenn sie sich trafen, anders aussah, mehr noch, ihm schien, dass Abele in permanenter äußerer Verwandlung war und dass die jeweilige Form des Äußeren stark mit seinem Gemütszustand korrespondierte – oder andersherum. So schmal, dünn, hager fast hatte er ihn noch nie gesehen.

»*Wie* will man ihn töten?«

»Herr Abele, ich weiß es nicht. Ist das jetzt so wichtig?«

Abele schlug mit beiden Händen auf den Tisch, sprang auf und steppte aus dem Salon Umberto Boccioni über den Gang in den Recreation-Raum, wo, vor dem Fenster zum Garten, eine Chaiselongue aus grünem Leder stand und gewöhnlich Seaside-Rhythmen der Max-Melvin-Band aus vierundzwanzig versteckten Lautsprechern hereinflossen. Abele wusste, dass dies der einzige nicht von einer Kamera erfasste Raum war, weil er Mastberger als Refugium in der Villa Vitalis diente. Niemand konnte also sehen, wie Abele vor dem Spiegel stand und seine Augenbrauen robust in eine akkurate Form schabte, dass das Blut die Augenhöhle hinabzulaufen begann, und er mit der Scherenspitze auf widerspenstige Brauenhaare einstach, die Fäuste ballte und gegeneinanderschlug und mehrere Sekunden lang von einem Wutkrampf am Atmen gehindert wurde.

Als das Blut geronnen war, kam Abele zurück, schloss die Tür zum Salon Umberto Boccioni, setzte sich an seinen Platz und hörte teilnahmslos zu, wie Hertz und die Assistenten Vertragsentwürfe mit der Druckerei Myers-Pirelli, dem Fahr- und Securityservice ProTectilForces, dem Catering-deluxe und der JPHL aufsetzten. Abeles Satz, wuchernde Zellen seien ebenso wie sich selbst vernichtende Zellen die göttliche Strafe für die Schuld, die der fehlgeleitete Mensch von heute auf sich geladen habe, überging Hertz mit einiger Souveränität und ließ den einbestellten Programmierer von Schelsky & Rahm für die Nekroseologenkonferenz ein eigenes Fenster auf der Homepage der Revitalistischen Gesellschaft skizzieren.

»Wir müssen noch über das Evolution-Projekt der Gesellschaft sprechen«, sagte Abele, sprach *Evolution* auf seine Art »Ewoluschen« aus und hustete schambewusst in seine Faust. Als er das Dossier aus der Klarsichthülle zog, fiel ein Blutstropfen aufs Plastik und wahrte seine Tropfenform, ohne zu zerplatzen. Im Gegensatz zu Hegenbarth, dem Meister der improvisierten Selbstironie, war Abele nicht in der Lage, den offensichtlichen Kontrollverlust zum Thema einer humoresken Einlage zu machen, wie Hegenbarth es getan hätte, vermutlich so: »Sag hier jetzt noch mal einer, ich sei ein Blaublütler!«, oder »Sie sehen, meine Herren, Vorstände schwitzen Blut für ihre faulen Mitarbeiter!«

Noch immer hörte Hertz Hegenbarths manchmal polterndes, aber immer ansteckendes Lachen und schmunzelte, als ihm dessen Parodie auf eine Verhandlung mit der Delegation aus Guangzhou ins Gedächtnis zurückkam. Für diesen kurzen Moment war er geneigt, sich mit Hegenbarth zu versöhnen, obwohl er bis zu diesem Zeitpunkt nicht wusste, ob er Hegenbarth, dem er Verrat an ihm und der gemeinsamen Sache vorwarf, hassen oder ihm danken sollte, dass er nun hier saß, mit Abele und drei RG-Assistenten in der Villa Vitalis, die durchflutet wurde von spätsommerlichem Sonnenschein, der die Vorhänge transparent machte und die weißgestrichenen Wände jenseitig.

Die Revitalistische Gesellschaft besaß eine eigene Stiftung, einen eigenen Verlag, gab monatlich Broschüren heraus, betrieb eine der meistfrequentierten Websites, organisierte einen offensiven Blog und lud ausgewählte Mitglieder eines Zirkels zu regelmäßigen Gesprächen in die neue Dependance am Kehrwiederforum in der Hafen City ein. Seit ihrer Gründung arbeitete die RG in mehreren Plattformen an einem neuen Gesellschaftsvertrag, dessen Kernidee eine »transhumanistische Metamorphose« war. Das Unbehagen an einer als schwachbrüstig bezeichneten Gegenwart war peu à peu schierer Wut gewachsen. Das Motto der Revitalisten war in eine breite Granitwand hinter dem Empfangstresen eingelassen:

Sie lacht dem Tod und höhnt der wilden Lust Begehren
Der beiden Drachen, die da streicheln und versehren,
Und im Vernichtungsspiel doch immer noch verschont
Die strenge Hoheit, die im festen Körper wohnt.

»Was im Übrigen die neuen Vertriebswege betrifft – morgen früh kommt die MSC Rigoletto aus Rotterdam mit der Fracht aus Dubrovnik.« Abele lehnte sich zurück und touchierte mit seinem Fuß den Saum von Hertz' Jeans.

»Ich habe meine beiden besten Jungs eingewiesen.«

»Mastberger hat betont, dass die Ladung *sehr* wichtig sei ...«

Hertz nickte.

»Und dann noch was.«

Abele hielt Hertz eine handschriftlich notierte Adresse mit der Bemerkung hin, dort werde er einen Umschlag mit einer Namensliste der Teilnehmer einer geplanten Sitzung nächsten Monat in Empfang nehmen können, die unter keinen Umständen an die Öffentlichkeit gelangen dürfe. Hertz habe den Umschlag ungeöffnet und unbeschadet bei Adresse Hein-Hoyer-Straße, St. Pauli, holen zu lassen, wo er bereits erwartet werde.

Hertz parkte seine Vespa Liberty in einer Lücke direkt vor dem Haus Nummer 48, Hein-Hoyer-Straße, und fand im Institut für vermeidbare Zusammenhänge einen adlernasigen Herrn vor, dessen aufgeräumtes Wesen in bemerkenswertem Kontrast zur Unordnung der Büroräume stand. Hertz wusste weder etwas über den Mann noch über das Institut, klärte aber mit gezielter Nachfrage ab, dass er hier und jetzt richtig, angekündigt und sogar willkommen war. Behutsam zog der Adlernasige eine Schublade auf, suchte nach einem Schlüssel und fand ihn sogar zwei Minuten später, um mit Wiegenschritten den Bücher- und Zeitungsstapeln ausweichend auf einen Metallkasten zuzusteuern. Und obwohl sein Sinnesapparat insgesamt sediert wirkte, hatte er Hertz während all dieser Verrichtungen stets im Blick.

Nun war es so, dass der Mann seine Brille verlegt hatte, aber ungefähr wusste, in welchem Zimmerabschnitt das passiert war. Als hätte er Federn in der Fußsohle, schwebte er durch den Raum zurück zum Schreibtisch, wo er die Schublade schloss. Zurück nahm er einen anderen Weg, benötigte aber keine Sekunde länger als beim Hinweg und öffnete die Tür des Metallkastens geradezu zärtlich. Auf dem Schreibtisch standen neben einer Sammlung bemooster Briefbeschwerer Rahmen mit Fotos von Menschen, die Hertz bekannt vorkamen. Vor allem ein als osmanischer Kalif verkleideter Spaßvogel, der mit der Nase in den Brüsten einer übergewichtigen Bauchtänzerin wühlte, könnte ohne Karnevalskostüm Hajo Hegenbarth sein, aber Hertz war sich nicht sicher und das Licht zu diffus.

Kein Mann erlesener Worte, übergab der Adlernasige ihm mit einem »Hier ist er« einen Umschlag und legte seine Hand mit weichem, warmem Fleisch auf Hertz' Rechte.

»Die Revitalisten haben alles im Griff«, flüsterte er, »verlassen Sie sich darauf, ja?«

Hertz nickte einmal.

»Es geht jetzt nur noch um die *evolution of consciousness*, um den gezielt gesteuerten Kontrollverlust. Sie wissen ja: Nichts ist männlicher als die Angst vor dem Verlust von Kontrolle, diese ganze banale Angst, ja?, also müssen wir eine neue Erzählung verfassen, also dergestalt, dass wir zur Selbsterhaltung künftig nur noch zwanzig Prozent der Bevölkerung brauchen, holalala, und der Rest wird – na ja, ich sag's mal offen: überflüssig, ja?, ... aber«, er trat noch einen Schritt näher an Hertz heran und flüsterte umso lauter, »achtzig Prozent Pöbelmäulchen, meine Herrn, die müssen irgendwie gestopft werden, also Bälle, Maskeraden, Kirmes und dergleichen ... *das* zu organisieren ist die große Aufgabe der nächsten Jahre, vielleicht Jahrzehnte, verstehen Sie!«

Hertz dankte für dieses Exempel angewandter Klugheit, wusste im Moment nicht, ob er zustimmen könne, und versprach dem Mann, Grüße an Mastberger auszurichten. Der Name *Mastberger* rief beim Adlernasigen eine Ergriffenheit hervor, wie man sie nur aus Anekdoten von Begegnungen mit Auserwählten kennt, die Jahrzehnte später seliggesprochen werden.

Erst jetzt nahm Hertz wahr, dass es im Institut für vermeidbare Zusammenhänge nach abgestandenem Fett roch.

Auf einer Art Couch lag ein schwarzhaariges Geschöpf mit hellroten Augen, ein Hybrid aus Marder und Katze, das so voluminös war, dass kein Weg an einer Arthritis vorbeiführen würde.

Die Grammatik der Gegend kam Hertz vertraut vor. Er konnte sich leicht in den Ort einlesen und war sich sicher, dass hier irgendwo auch Francis Fischers Spürsalon sein müsse. In die Simon-von-Utrecht-Straße biegend, entdeckte er im Schaufenster der Buchhandlung Eisenkraut das grinsende Gesicht von Jesus Emperado auf mehreren Postern und – ja, waren es fünfzig? oder mehr? – eingeschweißten Buchcovern, die wie die hochgerüstete Division im Kampf gegen die Gegenwart in Zangenformation angeordnet waren: *Best of Emperado* und *Die Chance deines Lebens* und *Du bist dein Schicksal*. Herr Eisenkraut selbst war nicht da, aber seine Tochter fragte, welches Buch genau Hertz im Auge habe.

Welche Bücher sie denn am meisten verkauften, fragte Hertz aus Verlegenheit. Sie ließ ihn kopfschüttelnd stehen. Zwei Männer und eine Frau verließen die Buchhandlung mit einem Berg Erbauungsliteratur im Arm, obenauf: *Die Macht des Willens*. Emperado hatte sich in Hertz' Neuronen festgehakt, rannte, getrieben durch die Macht seines Willens, durch Hertzens Großhirnrinde, als sei sie die Bühne eines Powerday 3.0 und trampelte auf seinem Kortex herum, dass sein Hirn krude Visionen halluzinierte. Vielleicht war Emperado ein hochbegabter Entertainer, der es zu jeder Zeit schaffte, die Aufmerksamkeit der Umstehenden auf sich zu ziehen. Vielleicht aber wäre er viel besser geeignet als Referent für die neue Speakers Excellence Group, denn Emperados Stimme war bekanntlich in der Lage, bei ihren Zuhörern einen Verhängniszusammenhang aus Wohlgefallen, Sehnsucht und Gehorsam auszubilden. Da Hertz seit einigen Wochen an einem neuen Register exzellenter Redner arbeitete, die er als Agent vertreten und seinem wachsenden Kundenstamm für Foren, Tagungen und Workshops vermitteln wollte, beschloss er, sich in Kürze an Emperado zu wenden und ihm diesbezüglich ein Angebot zu unterbreiten.

Neben dem Institut wurde ein Altbau entrümpelt, Sessel, Tische, Regale, eine Couch mit zerrissenem Bezug und abgerissene Holzlatten flogen aus dem vierten Stock in einen Container der Firma Otto Dörner auf dem Trottoir, und Hertz musste einen größeren Umweg in Kauf nehmen, weil das Gerüst des Nachbarhauses in dem Moment abgesperrt wurde, da er es mit intuitiv geducktem Kopf durchschreiten wollte. Erst kam die Wäscherei Plätterer, dann das Bio-Kontor, schließlich eine Filiale der Stadtsparkasse, dann sah Hertz das Magnolia. Francis war nicht da, obwohl die Tür ihres Salons anlehnte und William im Korb lag. Francis ging nie ohne William aus dem Haus. Wenn William anwesend war, musste es auch Francis sein. Hertz hörte keine Stimmen, sah auf dem Bildschirm des Fernsehers aber einen Mann, der mit einer Ziege intim war. Und als nach hartem Schnitt die Dame Cleopatra auf einer Chaiselongue liegend einen Stab aus grünem Glas befingerte, ahnte Hertz, dass es sich um eine Dauerwerbesendung für Sextoys handelte. Neben dem Tisch mit marokkanischem Silbertablett und der Lavalampe standen Francis' Berberpantoffeln, die vorn eine Art Öffnung hatten, damit die Zehen auf Tuchfühlung mit dem Universum gehen konnten. Im Fersenbereich waren sie fast durchgelaufen, was auf die Gewichtszunahme ihrer Trägerin schließen ließ. Plötzlich schrie jemand. Hertz drehte sich um und sah auf dem Bildschirm einen hünenhaften Sumoringer, der für kleine Autos warb, und schließlich entdeckte er oben rechts das Sender-Emblem *Destiny TV*.

»Ach nein, das ist ja, … nett ist das!«

Francis leckte über den Stracciatellaberg und schwärmte von Vitalis Eissalon, schräg gegenüber. Genauso gut hätte sie auch von Vitali selbst schwärmen können, und wenn der Mann aus Tscheljabinsk im westlichen Ural sibirische Brillenetuis verkauft hätte, hätte Francis dieselben ohne jeden Zweifel zu den besten der Welt verklärt. Hertz wurde sich der Strohfeuerentzündbarkeit von Francis Fischer wieder ein Gran bewusster und fragte:

»Und, wie läuft der Salon?«

»Mmmmh«, sie fing mit der Zungenspitze eine Stracciatellaträne auf, »mmh … 'tschuldige …« Sie kramte aus ihrer Tasche ein Tempo und wischte sich das Kinn. Mit den Augen eines staunenden Säuglings stand William vor ihr, und Francis brachte es nicht übers Herz, ihn nicht probieren zu lassen.

»Och, Schatzi, natürlich, komm, hier … ja, also, wir sind … mh mh … total ausgebucht, David, du glaubst es nicht, vom ersten Tag an. Die Leute rennen mir die Bude ein, vor allem die Kurse der Prinzessin. Gleich«, sie sah auf die Uhr, »Gottchen, das ist ja schon in eineinhalb … fängt das neue Modul an, Empathie III, ich muss … Willi! Nein nein nein!, 'tschuldige, mein Lieber, sag mal, wie wär's, wenn du die Tage wieder vorbeikommst, in Ruhe, ich bin jetzt etwas im … Willi, komm her, nein!«

William legte seine Tatze auf Hertz' Kniescheibe, an seiner Schnauze haftete ein Streifen Eis.

»David mag keine Hunde, das weißt du du du Süßesfratzilein doch …«

»Ist schon gut«, sagte Hertz.

»Was machst du eigentlich hier in meiner Gegend?«

»Beruflich.«

»Beruflich, aha.«

»Musste zu einem Kunden in die Hein-Hoyer-Straße.«

»Diese Sackgasse da hinten? Da wohnen doch nur Wahnsinnige!«

»Ist nicht so wichtig, eine kleine Sache, Routinegeschäft.«

»Wahnsinnige oder Christen, die sich nicht mehr raustrauen, Gottchen David, wo bist du denn da reingeraten?«

»Jedenfalls finde ich es großartig, dass das Magnolia so gut anläuft!«

Auf Hertz' grauer Hose waren die Umrisse zweier Hornballen einer Mopspfote zu sehen.

»Ich hätte es nicht für möglich gehalten, aber Kurt hat es immer geahnt.«

»Was geahnt?«

»Dass die Leute dauernd auf der Suche sind. Menschen suchen augenscheinlich unentwegt, sie suchen etwas über sich, etwas, das ihren Kopf begrenzt, damit das Schicksal nicht in ihre Herzen regnet.«

Hertz tat so, als erstaune ihn diese Erkenntnis, was eher daran lag, dass Francis es verstand, Einsichten, die womöglich bereits zum Allgemeinbestand der Menschheit gehörten, in unverbrauchter Frische als schillerndes *Heureka!* darzustellen.

»Komm doch nächste Woche vorbei, dann trinken wir drüben im Barista einen Cappu, ich muss jetzt wirklich hinter ...«

Während Hertz zustimmend lächelte, schob er Willi mit dem Schienbein gegen den Türpfosten, dass der Mops das Gleichgewicht verlor. Francis war sehr damit beschäftigt, einen Telefonanruf auf ihrem neuen Smartphone anzunehmen und zugleich in ihr Büro zu gehen, ohne Willis Klagelaut wahrzunehmen. Statt das Display von links nach rechts zu streicheln, drückte sie allerdings unentwegt und höchst erfolglos auf das Glas, dann verstummte der Timba-Trommel-Rufton, und sie warf das Gerät auf den Schreibtisch.

»Komm jetzt, Süßelchen«, rief sie ungehalten, und William, noch entsetzt über seine Misshandlung, hoppelte seitlich nach hinten ins Arbeitszimmer, nachdem er sicher sein konnte, dass Hertz den Spürsalon verlassen hatte.

Vor dem polnischen Wäschegeschäft neben dem Magnolia stand, die Augen auf und ab rollend, ein blondgelockter Hüne und hielt eine Kartonscheibe mit folgendem Schriftzug vor die Brust: *Bin hochgradig sehbehindert und brauche dringend Augen-OP, die von der Kasse nicht mehr bezahlt wird.* Im Fenster des Wäschesalons klebte ein handbeschriebenes Poster: *Einstelunk auch von Deutshe.* Hertz stellte sich vor das Wort *Deutshe*, zog sein iPhone heraus und erreichte seinen Assistenten auf dessen Mailbox. Zehn Sekunden später erreichte der Assistent Hertz auf dessen Mailbox. In einer viertel Stunde hatten sie jeweils fünf Nachrichten auf ihren Mailboxen hinterlassen, ohne zu wissen, wo sie einander treffen würden.

»Endlich!«, rief er, als der Assistent ihn erreichte. Er hatte zwei Nachrichten. Ok. Die schlechte Nachricht war: Es gab Probleme mit der Ladung aus Dubrovnik, deren logistische Koordination JPHL übernommen hatte, und Liefertermine nicht einzuhalten, war für Hertz das Schlimmste. Die gute Nachricht: JPHL war just von der Jury des Logistik-Awards 2012 für die High-Hopes-Medaille des besten Newcomers nominiert worden.

Bevor sein Termin mit der Vereinigung der Deutschen Psychokonsistentialisten im Barmbeker Haus der Mission stattfinden würde, blieben noch eineinhalb Stunden. Dreizehn Uhr: Gewöhnlich war das Maschas beste Stunde. Hertz wusste nie, in welchem Zustand er sie antraf, aber um diese Zeit herum war die Chance auf ihr seelisches Heil am größten.

22.

Unbeeindruckt vom Gebell läufiger Hündinnen und die Haare noch nass von der Wäsche, schloss Mascha die Tür des Roten Panther auf und war froh, der nervtötenden Hydraulik des Stadtreinigungsfahrzeugs, das der Bordsteinschruppung vor der Pekingente penibel nachkam, nicht länger ausgesetzt zu sein. Zudem hatte der Fahrer seinen massiven Rumpf auf dem Lenkrad abgelegt und den Kopf zur Seite gedreht, um sie, als sie barfuß in Zhu Huongs Kiosk drei Päckchen Lucky Strike für den Tag geholt hatte, mit dem inneren Auge auf unverschämte Art und Weise auszuziehen. Während sie die Tür mit dem Fuß auftrat, zeigte sie dem Gaffer den Mittelfinger und fluchte »geiler Drecksack«.

Wie immer wurde Stufe für Stufe treppaufwärts länger, und weil die hinteren Muskeln der Oberschenkel blutleer waren, fiel ihr das Abstoßen schwer. Sie war an diesem Mittag so wunderbar weltabgewandt, aber ihre Kurzatmigkeit ab Treppenabsatz 7, Wohnung Ali und Ruth Fassnacht, nervte Mascha derart, dass sie wie jedes Mal gegen das Geländer trat. Die Metalltür zu ihrem Loft ließ sie offen stehen und schaffte es gerade noch, sich auf die Couch vor dem Fenster zu werfen, ehe ihr einfiel, dass sich schwarzer Kaffee nicht von selber kochte, weswegen sie sich zur Küchenzeile schleppte und den abgestandenen von gestern eingoss. Es war zu früh, kreative Energien aufzuspüren, also setzte sie sich mit angezogenen Beinen auf den Fenstersims, rauchte und schabte die letzten Lacksplitter von ihren Fußnägeln. Die Hüfte tat ihr weh, der Vaginalgang war wund. Das Kinn auf die Kniescheibe stützend blickte sie ins Kabuff, sah durch den Spalt der angelehnten Tür die rechte Ferse von Afterworklover *Dark Invader* unterm Leintuch hervorlugen und fragte sich, wie es genetisch zugehe, dass ein solch kleingewachsener Mann eine derart große Selbstsicherheit habe. Als er nahtlos von der höchsten Erregung in die tiefste Starre gefallen war, sich wie ein Embryo im Mutterleib in Schutzstellung gekrümmt und rhythmisch zu schnaufen begonnen hatte, war sie, die Unermüdbare, mit den frischen Wunden an Hand- und Fußgelenken, den Hämatomen an den Innenschenkeln und einem eingerissenen Mundwinkel zur Staffelei gegangen und hatte in der Kehre der mondreichen Nacht völlig nackt ein neues Werk begonnen, das sie mit fettem Kreidestrich *Entmachtung des Spermas* betitelte.

»Es kommt nichts mehr«, hatte sie Dark Invader am zurückliegenden Abend erklärt, »euer Sperma ist krank, unbrauchbar, von unzähligen Giften verdorben, ihr könnt nichts Gesundes mehr zeugen. Euer Samen ist nutzlos, ihr seid am Ende.«

Sie federte vom Sims, die Zigarette im Mund, sog, blies aus und ging leise an den Türspalt. In morgendlicher Umnachtung lag ihr Afterworklover jetzt schlaff und diagonal übers Bett gebreitet, zog mit offenem Mund mehr Luft als nötig ein, sein Gaumen gab gutturales Getöse von sich. Mascha beobachtete seinen Schlafstil, entdeckte Blut auf dem Leintuch, sah die leere Ginflasche, die Tube Gel, den Lederriemen und die Tablettenröhrchen auf dem Boden liegen und rauchte in aller Ruhe zu Ende.

Sie hinterließ ihm eine Nachricht auf dem Block, zog sich Jeans und T-Shirt über, schlüpfte sockenlos in halbzerfetzte Chucks, schulterte ihre Tasche, griff Sonnenbrille, Zigaretten, Schlüssel, iPod und Kopfhörer, verließ das Loft, traf auf der Straße die zu jeder Zeit so umtriebige wie anorektische Chefin der Pekingente und spürte, dass sie eigentlich kaum gehen konnte, so sehr brannte ihr Unterleib. In Yogeshwars Kiosk kaufte sie einen Becher schwarzen Kaffee to go, zog die

Kopfhörer mit dem Lederbügelband über den Kopf, wählte die Wiedergabeliste *Shansons* des verehrten Vladimir Krug, stieg, weil sie Ticketkaufen spießig fand, ohne gültige Fahrkarte in den Bus Linie 6 und fuhr durch die Lange Reihe Richtung Winterhude zum Borgweg, wo sie unterm Schattenschutz chinesischer Pagodenbäume in den Stadtpark ging, während die wachsende Hitze zugleich ihre Benommenheit steigerte. Jetzt war der Moment gekommen, da ihr Kreislauf, weil sie zu essen vergessen hatte, peu à peu einzubrechen drohte und sie sich auf den Rücken der Steinskulptur *Die Badende Frau* am Weg zum Planetarium setzen musste. Die *Shansons* hämmerten, quirlten, weinten in ihrem Schädel. Sie spürte erst ihren Unterleib und dann sich selbst nicht mehr. Kopf an Kopf mit der *Badenden Frau* fiel sie in einen Kurzschlaf und war überrascht, wieder aufzuwachen. Die Wangen fühlten sich geschwollen an, ihre ungeschützte Haut kämpfte gegen die Eindringlichkeit der Sonnenstrahlen, und Mascha fühlte ihr Gesicht verwelken.

Auf dem Stadtparkplan war der Steingarten nicht mehr weit entfernt, also schlurfte sie an kardinalsroten Pfaffenhütchen, asiaweißen Rispenhortensien und von lauter flatternden Admirälen und Kaisermanteln besaugten Blauregenranken vorbei. Sand knirschte, und ab und an staubte es ein wenig. Vom Gebell der hakenschlagenden Hunde, dem Kampf der Labradors mit den Weimaranern, bekam sie nichts mit. Würde sie sich hier, in der Stadtparkerde, unter dem Getrampel der Chinesen, Russen und Türken, der Hunde und Kinder wohlfühlen? Wäre das der beste Ort, um auf die Reinkarnierung zu warten?

Seit Monaten fuhr Mascha jeweils zu Beginn ihrer Menstruation hierher, um am Anfang des Zyklus, der sie reine Natur sein ließ, den Energielevel des Bodens zu testen. Noch hatte sie nicht entschieden, ob sie mit der Stadtparkerde kompatibel war, wohl aber, dass drei Bäume für ihre anonyme Bestattung in Frage kamen, vor allen anderen eine bestimmte Magnolie, die, gegenüber der Marmorskulptur *Weiblicher Akt* stehend, sie seit dem letzten Monat im Auge hatte und in deren Wurzelwerk sie ihre Asche gesenkt haben wollte. Bislang hatte Mascha die Frage, wie sie zu Tode kommen wolle – was die Voraussetzung für Einäscherung, Seelenbefreiung und Reinkarnation war –, nicht abschließend geklärt und verschob auch jetzt, da es kurz vor 14 Uhr war und sie schon längst in St. Pauli hätte sein müssen, die definitive Antwort bis auf weiteres.

Es war der Tag, da Francis zum ersten Mal ihren Kurs *Anleitung zur Empathie* gab. Nachdem sie unter *Freitag, 12. August* eine lachende Cleopatra in den Kalender gemalt hatte, weil Kurt eine weitere Nacht unbeschadet überstanden und morgens sogar den Müll nach unten getragen hatte, war sie mit reichlich Adrenalin im Blut in die Simon-von-Utrecht-Straße gebogen und sah vor der Tür des Magnolia eine große Traube Frauen warten.

»Hallo zusammen«, sagte sie, etwas außer Atem, mit der Fröhlichkeit einer aufblühenden Twentysomething, »ich bin wie immer ein wenig zu spät dran …«

Nicht jede der Frauen lächelte darüber, und als Francis aufschloss, wurden alle umfangen von einer nach Amber riechenden Stickigkeit, während im Luftzug der geöffneten Tür der tibetische Triangel an der Decke klirrte.

»Puh … was für eine Luft!«

Francis riss alle Fenster auf und klemmte die Tür am Stopper fest. Das Konzept des Magnolia sah vor, dass sich jeder Gast an der gläsernen Teetheke eigenständig zubereiten konnte, was er wollte. Francis hatte achtzehn Teesorten aufgetrieben und die gehäckselten Blätter in von ihr bemalten Dosen aufgereiht. Drei Wasserkocher standen zur Verfügung, man sprach über Schilddrüsenprobleme und Thermodiäten, und die Feng-Shui-erprobte Vorsitzende des Bundes Selbstregierender Frauen vermerkte erfreut, dass es überall starke Wände gebe, um den Menschen von thermodynamischen Energiefeldern abzuschirmen.

»Der Raum der Hingabe ist da drüben«, sagte Francis und stocherte mit dem Zeigefinger zur Seite. Nachdem sie sich in die Liste eingetragen und einander bekanntgemacht hatten, zogen die Frauen hinüber. Francis schob diverse Blätter in die Mappe und bat ihre Kundinnen, sich auf die Stühle im vorbereiteten Halbrund zu setzen. Um sich kennenzulernen, sprach man über hormonelle Botenstoffe, die in den Zellwänden des Darms produziert, gelagert und bei Kontraktion freigesetzt würden, das berauschende Endorphin, das motivierende Dopamin, das glückbringende Serotonin, und während die Gattin des Anwalts DiAboli mit ihren rosasilber bemalten, sich überaus zart auf und ab bewegenden Lidern zu erklären ansetzte, dass das Bauchhirn, wenn sie so sagen dürfe, sich jedes einzelne Gefühl merke und Wohlbefinden, also gute Stimmung, Hingabe und Passion, sozusagen im Enddarm entstünde, kam Mascha ins Magnolia, zog den Kopfhörer durchs wilde Haar herab und fragte in die Runde, ob hier und jetzt der Kurs für Empathie stattfinde, woraufhin Francis, erfreut über die Andersartigkeit von Maschas Erscheinung, die plötzlich auftauchende Jugendlichkeit und sexy Pose, die sie ad hoc an ihre Zwanziger erinnerte, aufstand, die Arme zu einem Willkommen ausbreitete, lächelnd auf Mascha zukam und, da alle dreißig weißen Plastikstühle besetzt waren, rasch ihren ergonomischen Hocker aus dem Büro herbeirollte.

»… und wenn Sie also einen guten Stuhlgang haben, haben Sie auch ein glückliches Leben«, führte Frau DiAboli schließlich aus und hörte dann Francis mit einem »So, meine Damen« darum bitten, jede der Anwesenden möge sich so lang wie nötig und so kurz wie möglich vorstellen.

Manche nutzten die Vorstellung ihrer Person als langsam sich entfaltendes Bekenntnis zur Psychotherapie, andere stellten in Frage, über ein festgefügtes *Ich* sprechen zu können, da ihre Identität im Fluss sei und der Name folglich nur den energetischen Level eines bestimmten Zustands bezeichne. Besonders gefiel Francis eine Lehrerin mit kurzen, weißen Haaren, auffälligem Bernsteinschmuck und beträchtlicher Körpergröße aus Winterhude, die ungeschützt bekannte, vor lauter Dekadenz sich selbst verloren zu haben; zum anderen mochte sie auf Anhieb eine Kolumnistin, die, wie sie sagte, der Mangel an Hingabe in den Alkohol getrieben habe.

»Von außen oder innen?«, fragte Francis.

»Wie meinen Sie das?«

»Hingabe, die von anderen an Sie herangetragen wird beziehungsweise nicht herangetragen, oder fehlende Hingabe in Ihnen selbst?«

»Beides«, sagte die Kolumnistin.

Es entstand eine Pause, in der man die Schreie einer Elster hören konnte, dann, als Letzte, kam Mascha an die Reihe und fasste sich bündig: »Mascha Malumowitsch, 32, Versagerin.«

Frau DiAboli entfuhr ein mitfühlendes »oh«, die Lehrerin riss den Mund auf, und zwei weitere, die sichtbare Backentäschchen, womöglich Verbitterungstäschchen hatten, sahen sich grinsend an, als Mascha sich aus allen Richtungen die Strähnen zusammensuchte und die Mähne mit der Hand des rückgebeugten Arms auf dem Kopf festdrückte. So waren ihre unrasierte Achselhöhle und, davon abgehend, die schön geschwungene Anwölbung der rechten Brust bestens zu sehen. Francis saß so günstig, dass sie ein Hämatom an Maschas Bizeps entdeckte.

Die Kursführung betreffend hatte sich Francis für eine Mischung aus den Ideen der Jović, Studienmaterial der Revitalistischen Gesellschaft, ihren eigenen Empfindungen und einem intuitiven Gehorsam gegenüber der unsteuerbaren

Dynamik in der Zusammenkunft einander Fremder entschieden und traf damit ins Schwarze. Bis auf Mascha kündigten alle Teilnehmerinnen an, nächste Woche aufs neue zu kommen, und eine nach der anderen tröpfelte in die reale Welt zurück, wo die Sonne herabstach und ein plötzlich vorbeirasendes Moped fast alle erschreckte, denn in solch verwundbarer Empathiebereitschaft, in der sie gerade waren, mussten sie das Knattern als Nötigung empfinden.

»Ach, Mascha … bleiben Sie doch bitte noch einen Moment.«

Mascha nahm ihre Sonnenbrille wieder ab und sah auf Francis' Schreibtisch ein Foto von William und ihr und ein Porträt von Kurt.

»Wollen wir zusammen einen Cappuccino trinken gehen?«

»Milch bläht. Ich trinke nur schwarzen Kaffee.«

»Den gibt es im Barista selbstredend auch … und die besten Panini der Stadt«, sagte Francis, legte ihre Hand auf Maschas Wirbelsäule und zog dann die Tür des Magnolia zu.

»Sind Sie Russin, also ich meine: Migrantin?«

»Ich bin Leipzigerin.«

»So richtig hanseatisch klingen Sie nämlich nicht, das stimmt … Ciao a tutti … äh, Franco?, un Cappu e un caffè americano!«

Sie setzten sich ans Fenster, und Franco tat, wie ihm befohlen, und stellte die gefüllten Manaresi-Tassen auf den Tisch, ohne Francis und Mascha von ihrem intensiven Gespräch abhalten und ein »Grazie« oder ein anerkennendes Nicken erhaschen zu können. Dass es um Männer ging (»Si, Stefano, Män-ner!«), das konnte Aldo seinem Kumpel, der sich von Maschas erotischem Charisma subito angesprochen fühlte, berichten. Drei Cappus und keine Aufmerksamkeit, pah, Aldo wollte Francis in Kürze dafür die Leviten lesen! Plötzlich entfuhr es ihr auf typische Art: »Meine Güte, es ist ja schon halb sechs!« Wie die Zeit verflogen sei!

Sie leerten den Prosecco, den Francis im Überschwang des Moments ausgegeben hatte, bussibussiten Aldo und Stefano und umarmten sich auf Francis' Initiative vor dem Barista länger als nötig.

»Du kommst nächste Woche zum Kurs, ja?«

Mascha nickte ein Ehrenwort und setzte die Kopfhörer auf. Das Glas ihrer Sonnenbrille war von Francis' Make-up verschmiert. Sie hauchte, wischte und spazierte rüber in die Talstraße, die auf die Clemens-Schultz-Straße stieß, welche, am Institut für vermeidbare Zusammenhänge vorbei, ab hier westwärts zur Paul-Roosen-Straße wurde, die sie so weit westwärts ging, bis sie hinter der Großen Freiheit zum Straßenstrich der Transen kam. Als Vladimir Krug in Shanson 8 *Na prawda* ausführlich schilderte, wie er, um an den Zellenschlüssel zu gelangen, den der Gefängniswärter in seinen Eingeweiden aufbewahrte, dessen Bauch aufschlitzte, nahm sie die Sonnenbrille ab, setzte sich auf eine Bank am Rand des kleinen Parks und schloss die Augen.

Die Frau, die sich, einen breiten Schatten werfend, vor ihr aufbaute, hatte männliche Ausmaße, und Mascha sah sich herausgefordert, den Kopfhörer abzunehmen.

»Hola dulzura!«, sagte die Frau. Ihre schwarzen Haare glänzten, fielen auf die Schultern und bogen sich übers Dekolleté, aus dem ohne Hals ein sehr ovaler Kopf emporwuchs.

»Holla«, sagte Mascha.

»Du machst uns hier nicht das Geschäft kaputt!«

Mascha steckte sich eine Lucky Strike an. Der Körper der Frau schien im Vollzug seiner Verwandlung auf einer ungünstigen Stufe hängengeblieben zu sein. Ihre Schlüsselbeine waren noch immer sehr ausgeprägt, und die Proportionen waren ohne Perspektive für eine überzeugende Einheit.

Mascha bot eine Zigarette an, daraufhin kamen die anderen herüber, eine Kambodschanerin und eine Chinesin, beide im geschlechtsverwirrten Nirgendwo zwischen Mann und

Frau. In unerklärlich harmonischer Sprachlosigkeit rauchten Mascha und die drei Zwitterchen ihre Zigaretten, ohne ein Wort zu sagen.

Die Intimität dieses Zufalls wurde erst zerstört, als ein Porsche Cayenne zweimal kurz hupte, woraufhin die Chinesin zum herabgekurbelten Fenster ging und ein Plastikpäckchen entgegennahm. Kurz darauf stand, von der anderen Seite kommend, ein erstaunlich gut gekleideter Mann vor Mascha und den anderen beiden. Die Halslose zwinkerte, zeigte auf ihr unfertiges Geschlechtsteil, hakte sich am Arm des Freiers ein und ging mit ihm in die St. Josephskirche, in der das dort ansässige Freudenhaus an der Stelle des barocken Hochaltars einen Darkroom für bizarre Praktiken eingerichtet hatte.

23.

Am Nachmittag dieses 15. August, einst Mariä Himmelfahrt, steigerte sich Taylor-Bisswurms Nervosität zur Paralyse. Seine Vorzimmerdamen staunten über die tote Energie des Direktors. Platzte das hagere Individuum gewöhnlich in zehn Minuten acht Mal durch die Tür ins Vorzimmer, senkte sich die Klinke jetzt kein einziges Mal. Weder war er mit potentiellen Investoren aus Indien, Amsterdam und Zürich zu telefonieren in der Lage, noch konnte er die schriftliche Fassung seines Interviews für das Deutsche Wirtschaftsblatt autorisieren. Stattdessen versuchte Taylor-Bisswurm, das durch sein Fenster flutende Sonnenlicht zu verschatten sowie die Form seines perfekt sitzenden Anzugs noch weiter zu perfektionieren. Er setzte sich, stand wieder auf, setzte sich. Alle fünf Minuten passte er mit seinem persönlichen Lady Star das durch Alpecin forte fügsam gemachte Haar aufs neue seiner Kopfform an. Chinesen, hatte er gehört, seien pünktlicher als Deutsche; auf vierzehn Uhr hatte er noch achtunddreißig Minuten zu warten und tilgte, weil er sich nicht anders zu helfen wusste, die verbleibende Zeit, indem er sich selbst die *Zauberflöte* vorsummte und mit dem Griff des Kamms den Takt der Arie *Der Vogelfänger bin ich ja* schlug. Obwohl sein Büro einem Treibhaus gleichkam und er Myers-Pirellis Einschätzung teilte, die Überhitzung sei eine klimakterische Wallung der unfruchtbar werdenden Naturmutter, hielt er sein Fenster geschlossen. Da die Tür zum Chefzimmer schaumgepolstert war, hörte er weder seine Sekretärinnen Anrufe abwimmeln noch die Ankunft der Kuriere, die die Treppe hinaufgerannt kamen, Dossiers und Briefe ablieferten, den Stempel bekamen und wieder hinabsprangen. Das Einzige, was er durchs Backsteingemäuer vernahm – als wären sie ein lästiger Tinnitus – waren die Parolen der Walzer, Presser und Schneider unten im Hof, angeführt von Sosset, Istanbul und Anatolij Moor, die vor Halle B ein Zeltlager eingerichtet hatten und *Glückauf ihr Revolutionäre!* sangen:

Der Tag wird kommen
An dem wir kommen
An dem wir wie ein Mann
In unsere Zukunft marschiern

Jeder Blick aus dem Fenster hätte Taylor-Bisswurm in diesen Tagen mit dem überlebensgroßen Poster von Spengler konfrontiert, der in seinem legendären Wildlederblouson von der Plakatwand zwischen den Zelten auf den Betrachter zuschritt, dynamisch, landesvaterhaft, groß trotz Kleingewachsenheit.

Die Anrede *Chef* oder *Direx* gab es unter Taylor-Bisswurm nicht mehr, er hatte mit seiner Bestallung durch den Aufsichtsrat das Prinzip der *distance* eingeführt, wünschte sich Ansprache nur nach Aufforderung und legte Wert auf die Nennung seines Doktortitels. Hätte nicht die Erste Sekretärin, immerhin pommerschem Landadel entstammend und im Dienste des Dienstes seit fünfundzwanzig Jahren, all ihren Mut zusammengenommen, und wäre sie nicht, da Klopfen auf lederbezogenen Schaum wenig Effektivität versprach, eigenmächtig in Herrn Doktor Taylor-Bisswurms Büro gegangen, hätte der CEO der New-York Hamburger Gummi-Waaren Compagnie den Auftakt zum wichtigsten Termin seiner bisherigen Karriere mit großer Sicherheit verpasst.

»Herr Doktor Taylor-Bisswurm!«, sagte sie zum dritten Mal, »Frau Yajun ist gerade eingefahren.«

»Bitte? Gut, ja, danke«, er komplimentierte die Sekretärin mit einem schräg gestellten Kopf aus dem Zimmer, steckte sich eineinhalb Tabletten Tavor in den Mund und machte sich zum ersten Mal persönlich auf den Weg hinab zum Pförtner, was den anderen drei Vorzimmerdamen, die wussten, dass sein Maß an Freundlichkeit stets harte Verhandlungssache war, ein großes Ereignis ankündigte.

»Ach, übrigens«, rief ihm seine Erste Sekretärin hinterher, »Herr Hegenbarth bittet um Rückruf.« Taylor-Bisswurm winkte ab und ging weiter. Er konnte zu diesem Zeitpunkt seines Lebens eine Hose ohne Gürtel nicht mehr anziehen und trug neben drei aufgelösten Gramm des Wirkstoffs Lorazepam zwei Liter Ingwertee in seinem Magen die Treppe hinunter. Aus den Hallen rauschte die Phantomatmung der Generatoren, vor deren Gitter die Staubweben tanzten, in den Hallen arbeitete niemand mehr. Die Poliermaschine war aus der Verankerung gerissen und stand abfuhrbereit verpackt vor der Ladeluke des ersten Stocks, die Pressmaschine war zur Hälfte demontiert.

Madame Yajun saß hinter der verdunkelten Scheibe des dunkelblauen Lexus und ließ sich von ihrem Chauffeur die Tür öffnen. Sie hatte sich bis zu diesem Moment noch nicht entschieden, wie sich, trotz ihrer absoluten Pünktlichkeit, die dreiminütige Wartezeit auf ihre Stimmung und also die Vertragsverhandlungen mit Taylor-Bisswurm auswirken würden, da sah sie ihn in seiner ganzen unsinnlichen Schmalbrüstigkeit, mit den engen Schultern und kaum vorhandenen Lippen auf sie zugehen.

Ohne dass Madame Yajun das Bedürfnis danach gehabt hätte, sprach er überaus konsonantenbewusst und hieß sie »sehr herzlich willkom-men«, obwohl er sich grundsätzlich schwertat mit gemeiner Alltagshöflichkeit. Als ihm, was noch nicht allzu lang zurück lag, bewusst geworden war, dass Herablassung ein Wettbewerbsnachteil war, hatte Taylor-Bisswurm zu lernen versucht, Frauen in hohen Positionen wertzuschätzen, indem er, wenn sie vor ihn traten, kurz aufmerkte, einmal von oben nach unten an ihnen herabsah und dann den Blick wieder abwandte, damit, so jedenfalls seine Idee, die Intimität der Begegnung gewahrt und die Würde der Frau unverletzt bliebe.

Bei Madame Yajun schien ihm diese Wertschätzung mehr als je zuvor angebracht, aber er war dazu nicht in der Lage und sprach mit festem Blick auf ihre Ballerinas gerichtet.

»Sie können mir ruhig in die Augen sehen, Herr Taylor-Bisswumm, chinesische Höflichkeit heißt, dass wir unseren Gesprächspartner grundsätzlich ausreden lassen, nur für den Fall, dass Sie, wie die meisten Männer, fürchten, unterbrochen zu werden«, sagte Frau Yajun und begrüßte ihn, der sich leicht verbeugte, mit hanseatischem Handschlag. Über die Umtriebe der »Agitatoren und Umstürzler« auf dem Areal der Kammfabrik hatte er sie vorab eingeweiht und war dennoch angestrengt damit beschäftigt, ihre Aufmerksamkeit sofort auf Gebäude A zu lenken, weswegen er einen Rundgang durch den Verwaltungstrakt vorschlug, Madame Yajun hingegen in seinem Büro die Details sofort verhandeln wollte.

»Wir haben eine Stunde Zeit«, sagte sie und geriet zu keiner Zeit außer Atem. Während Taylor-Bisswurm sich mit federndem Körper bei jedem Schritt von der Stufe abdrückte, verleibte sich Madame Yajun jede Stufe ein und hatte so etwas Schwereloses.

»Die Stimmung bei Ihnen ist ja wie auf einem Funeral«, sagte sie und zwinkerte ihm zu.

»Ja«, sagte er, »es ist mörderisch, unverantwortlich, wie diese Leute die Zukunft ruinieren.«

Im Konferenzzimmer erhoben sich die Anwälte und Assistenten und verbeugten sich vor Madame Yajun, die ihr Privileg, die Jüngste im Raum zu sein, gegen die Abgeklärtheit einer Routinière getauscht hatte.

»Gibt es keine Frauen hier?«, fragte sie.

»Bedauerlicherweise nein«, sagte Taylor-Bisswurm.

»Haben Sie genugend Personal abgebaut?«, fragte sie ohne Umschweife weiter.

»Wir haben es in drei Stufen getan«, hörten alle aus dem Mund des Assistenten.

»Und zuerst den Vorstand entlassen.«

»Natürlich. Herr Spengler …«

»Spengler?«

»Charly Spengler, ja, eine Ewigkeit Direktor der Kammfabrik.«

»Ist das nicht dieser Politiker? Von dem die halbe Stadt spricht?«

»Politiker nun ja, Frau Yajun …«

»Er wird gefurchtet, sagt man.«

»Gefürchtet.«

»Bitte?«

»Nichts. Ja, nun gut, der Mann spielt sich als Heilsbringer auf«, sagte Taylor-Bisswurm, »und es ist mir persönlich unbegreiflich, wie die Menschen auf diese äh … plumpe Agitation reinfallen können.«

»Sie mussen diese Um- …«

»*-stürzler.* Umstürzler.«

»… diese Umsturzler vom Gelände bekommen, das macht sonst einen schlechten Eindruck. Als seien Sie erpressbar.«

»Sie haben vollkommen recht, Frau Yajun, aber der deutsche Zeitgeist steht gerade auf Solidarität.«

»Dann ändern Sie das.«

»–«

Sie ließ sich von ihrem Assistenten das Dossier namens ETP öffnen, ohne hineinzusehen.

»So, meine Herren. Nun zur Sache.«

»Frau Yajun, darf ich Ihnen kurz schildern, was bisher geschah?«

Sie lächelte dem Anwalt zu.

»Okay. Wir haben eine Auffanggesellschaft gegründet, alle Mitarbeiter über sechzig werden ein Jahr lang gecoacht, erhalten in dieser Zeit ihr Gehalt und danach Rente.«

»Aber tatsächlich sind sie bereits entlassen.«

»Sie sind dem Arbeitsprozess enthoben, das ist richtig, aber bezahlt werden sie, als wären sie vollbeschäftigt.«

»Sagen Sie mir, Frau Yajun«, schaltete sich Taylor-Bisswurm ein und sah auf die Tischplatte, »ist das nicht in höchstem Maße fürsorglich? Wo sonst in der Welt gäbe es in Krisenzeiten solche Mitmenschlichkeit? Es ist das Sozialverträglichste, was wir machen konnten, Sie kennen ja die deutschen Gesetze. Alle Welt stiert immer nur auf die Schwachen, Unterdrückten, Ausgebeuteten, das sind die Spätfolgen der Hitlerei, machen wir uns nichts vor, da stehen Sie in Deutschland immer auf der richtigen Seite, wenn Sie die angeblich Geknechteten in Schutz nehmen und die bösen Unternehmer anklagen.«

»Die Chinesen wären froh, wenn sie Ihre Probleme hätten.«

Im Hof peilte ein verwahrloster Labrador den Ahornbaum neben dem Pförtnerkabuff an, hob das Bein und betätigte sein Glied wie eine Pumpe; der Strahl zischte, und der gelbe Saft rann den Stamm hinab. In den Fenstern brach sich das Licht der über die Dächer wandernden Sonne, und jetzt wurde der Tumult vor Halle B immens. Spengler fuhr mit seinem Mercedes Coupé herein, die Jungs schlugen jubelnd auf das Autodach. Spengler stieg aus, sie riefen »Charly, Charly«. Er hob beide Arme und spreizte die Finger ab. Auf seinem Gesicht lag eine Schicht Make-up vom Auftritt im Fernsehstudio, weshalb er, in der gleißenden Sonne Harburgs, etwas entrückt wirkte. Um die »Charly!«-Rufe, die er lange Zeit genoss, scheinbar einzudämmen, drückte er mit beiden Händen hydraulisch Luft nach unten und nickte dazu in langsamen Bewegungen.

»Freunde!«, hob er an.

Charly! Charly!

»Freunde, nun lasst …«

Direx! Direx!

»Sosset, Lütjen, Istanbul!«

Die drei Aufgerufenen mäßigten die Kollegen, Sosset zischte, und dann war Ruhe.

»Freunde! Ihr seid der Kern des Aufstands der Ehrlichen und Treuen«, rief er. Anatolij Moor schrie »choroscho!«

»Die ganze Stadt spricht von euch, von eurem Mut und eurer Treue.«

»Wir sind immer mit dir, Direx«, rief Bissig.

»Choroscho!«

»Danke, Bissig. Danke. Danke! … Der Anfang ist gemacht, Freunde, der Anfang ist gemacht. Nun ist es an der Zeit …«, er drehte eine Holzkiste um und wischte sich beim Aufstieg symbolisch die Hände sauber, »dass wir den nächsten Schritt zusammen gehen … Es geht jetzt nicht mehr nur um die Kamm, Freunde, es geht um mehr, um viel mehr. Jetzt …«, plötzlich verstummt blickte er von links nach rechts und zurück bis zur Mitte, »jetzt geht es um alles.«

Spengler ließ sich von Sosset ein Taschentuch reichen und rieb sich den Nacken trocken. Istanbul blinzelte gegen den grellen Himmel, Moors T-Shirt war durchnässt. Der Lange klatschte mit offenem Mund, und Lütjens Augen nässten sich.

»Wir stehen mitten in einem Kulturkampf, Freunde, es ist ein Kampf gegen die künstliche Welt, die die natürliche Welt vergiftet. Wir wissen, was das natürliche Leben ist, wir wissen, was Maschinen tun. Aber das Leben selbst ist zu einer Maschine geworden. Man denkt nur noch in Pferdestärken. Man erblickt keinen Wasserfall mehr, ohne ihn in Gedanken in elektrische Kraft umzusetzen. Man sieht kein Land voll weidender Herden, ohne an die Auswertung des Fleischbestandes zu denken.«

Mittlerweile waren auf dem Gelände der Kammfabrik weitere Treue eingetroffen, sogar Irina Bauer war gekommen. Sosset und der Lange hatten den *Marsch der Treuen* vom Exerzierplatz zur Kamm bestens organisiert und Moor, Istanbul und Bissig die verstreuten Gruppen geführt. Zur Hälfte der Strecke, vis-à-vis der Shopping-Arcaden auf dem Herbert-Wehner-Platz, waren die Entlassenen der Phoenix-Werke dazugestoßen und hatten vom Langen und von Bissig eingerollte Spengler-Plakate entgegengenommen. Die Belegschaft von Janusz Polanskis Demontagewerken solidarisierte sich und stimmte in die Spengler-Chöre ein. Die Bewohner am Schloßmühlendamm lehnten über ihren Fenstersimsen, manche winkten. Transparente mit Spenglers Konterfei waren ausgebreitet, Kinder stocherten mit *Charly!*-Fähnchen durch die Luft. Lütjen, der »Kleine«, wie sie ihn vierzig Jahre lang durch alle Hallen der Kamm hindurch gerufen hatten, hatte den Ansager übernommen und skandierte durchs Megaphon. Sie marschierten beim Bel Ami und dem neuen Speicher am Veritaskai vorbei Richtung Schellerdamm. Autos hupten, und endlich waren die Kamerateams des NDR, der Deutschen Welle, von News24 und Destiny TV eingetroffen. Sosset hatte die Hände beim Gehen auf den Oberschenkeln und wartete auf Spenglers Anruf. An einer Stange jeweils hielten der Lange und Lütjen gemeinsam ein zwangsläufig schräg in der Luft hängendes Transparent mit der Losung *Wer das Volk verrät, macht sich schuldig!*

Als er später für das einstündige ARD-Filmporträt über Spengler befragt wurde, konnte Sosset nicht mehr genau rekonstruieren, wie es begonnen hatte, aber er wusste sehr genau, dass an diesem Tag zum ersten Mal jene ungeheure Bindekraft von Spengler ausgegangen war, die ihn in der Folge berühmt gemacht hatte. »Er hat diese Souveränität«, sagte Sosset mit einem Lächeln, »dass alles, was eine Person in einem bestimmten Moment tut, einfach richtig wirkt.«

Der Lange konnte vor Ergriffenheit kaum sprechen, und die Kamera dokumentierte auf unbarmherzige Weise, wie er mit der emotionalen Macht der Erinnerung zu kämpfen hatte.

Spengler hatte den Kopf quergeneigt und gönnte sich eine himmelwärts gerichtete Versonnenheit. Jeder wusste, wann er das Wort ergreifen würde. Der Spengler-Rhythmus hatte einen spezifischen Takt, und dass seine Jungs die Synkopen, die Pausen und Verzögerungen ahnten, war das Ergebnis ihrer jahrzehntelangen Treue zum Direx.

»Früher, Freunde … früher rochen wir, ob der gekochte Gummi gut war … Wir *rochen* es … Und wir wussten genau, von welchen Plantagen der beste Kautschuk kam, jeder wusste das, wir wussten das, Freunde, wir gemeinsam … Im Walzwerk sahen sie aus wie mit Ruß geschminkt, so dreckig ging's da zu, nicht wahr, Lütjen, dreckig und laut, aber wir liebten unsere Kämme, jeder Einzelne liebte den Lady Star. Unsere Spannvorrichtungen in der Biduma waren handgefeilt, wir haben sie gefeilt, ich habe sie gefeilt! Wir haben unsere Maschinen geliebt, all die Jahrzehnte, wir waren ihnen treu, und sie waren uns treu … Wir haben unsere Fräser selbst gebaut, Blatt für Blatt, zwei Wochen hat das gedauert, diamantbeschichtet die Blätter, Freunde, so waren unsere Fräsmaschinen, und wenn ein einziges Blatt verzogen war, haben wir mit dem Rundkamm die Wellen rausgetrieben, bis es wieder glatt lief. WIR waren es, wir haben die Sägeblätter mit der Einschneiderei gefeilt, dünn wie ein Stück Papier, IHR wart es, IHR wart die Künstler an der Fräse, IHR musstet das alles im Gefühl haben, vierzig Jahre lang, das kann niemand ersetzen, niemand! … Und dann, liebe Freunde, dann hat der Aufsichtsrat den Bisswurm und seine Zerstörer eingesetzt, und die wollten eine automatische Fertigungsstraße einrichten und damit neun Millionen Euro umsetzen, aber Hartgummi kann man nicht am Fließband bearbeiten, guter Gummi ist niemals gleich, er ist ein Naturprodukt, Freunde, jedes Teil verhält sich anders, ihr wisst all das. Das ist unser Gefühl, das ist unsere Kultur seit hundert Jahren! Aber die Bisswürmer wollten alles neu machen und haben als Erstes die Löhne um fünfundzwanzig Prozent gedrückt und das Urlaubsgeld gestrichen und die Ersten von euch gefeuert und Leiharbeiter eingekauft! Und jetzt wissen die Neuen nicht einmal, dass ein Fräser Höhenschläge und Seitenflattern hat, sie wissen nicht, wie man die Folien schneidet, sie wissen nicht, wie viel Schwefel man dem Kautschuk beimischt, und wer jetzt zweimal krank ist, muss sofort zum Vertriebsleiter. Und wer zu laut spricht, muss zum Vertriebsleiter … Und dann haben sie Janusz Polanskis Arbeiter unsere Biduma zerlegen lassen, haben die Walzwerke abmontiert und die Poliermaschinen herausgerissen. Ich frage euch, Freunde: Wo ist der Wert des Menschen geblieben, wo ist euer Wert, wo ist die Liebe zum Produkt, ja: Wo ist die EHRE geblieben?«

24.

Hertz kannte mittlerweile jeden einzelnen der Zollbeamten in Waltershof, hob die Hand, und wer auch immer hob dann die Schranke und ließ Hertz ohne weiteres die Hongkongstraße zum Containerterminal hinüberfahren. Am Hansegate traf er Mastbergers molekularmedizinischen Berater. Gemeinsam gingen die beiden ins Kabuff der Vertriebsleitung neben der Hauptbrücke, wo gerade die Ladung der MSC Hangzhou gelöscht wurde. Die Abteilung Logisticmanagement wurde geleitet von einer jungen Frau, die jeden duzte. Ihre große Liebe galt der allgemeinen Hektik. 365 Tage Maschinenlärm, rumpelndes Eisen, ächzendes Metall, gehobene, gesenkte, verschickte Container. In ihrem Körper setzte sich unablässig höchste Energie um. Ruhe war ihr Feind. Jede Art von Vorrede schmeckte ihr nicht. Versprecher leistete sie sich nicht. Während sie sprach, zitterte der bürstige Pferdeschwanz. Scharf fixierte sie ihr Gegenüber nach dem Motto »Wo brennt's?« und schob dann den Ordner des morgendlichen Containerumschlags auf ihr, zack!, aufgestelltes Knie. Mastbergers Berater sichtete die überreichte Liste, und in diesem Moment legte sich eine Hand auf Hertz' Schulter.

»Mein lieber Herr Hertz, Tach!«

»Ach … Herr Abele, hallo!«

»Bobby Mastberger ist noch immer in der Klinik, ich vertrete ihn hier. Chapeau übrigens, die Organisation der Lieferung letzte Woche ins China White – perfekt. So wünschen wir uns das.«

»Freut mich«, sagte Hertz und sah, wie Abele seine Sonnenbrille abnahm, den Bügel in den Mund steckte, die Papiere hielt und nuschelte.

»Ich hoffe, das Pentobarbital ist dabei.«

»Mo...ment bitte«, der Berater beugte sich über die Liste, »hier ... ja ... PB5314, aus Dubrovnik, heute morgen eingetroffen, mit der CSCL Golden Star.«

»Helfen Sie mir ganz kurz«, sagte Hertz.

»Äh, ja klar ... womit?«, so der Berater.

»Was verbirgt sich hinter Pentobarbitol?«

»Pentobarbi*tal*«, Abele nahm den Brillenbügel aus dem Mund und erhob ein doktorales Timbre, »ist ein synthetisch hergestelltes Derivat der Barbitursäure, ein Schlafmittel, das bei gewollter Überdosierung zu Atemstillstand führt.«

Die Abteilungsleiterin legte ihre Zunge in den rechten Mundwinkel, schlug sie dann in den linken und wieder zurück und so fort, aber offensichtlich ohne erogene Absichten. Es wirkte, als habe sie in diesen Momenten ein ausgeprägtes Selbstwertgefühl, da sie auch noch mit starken Hüftschwüngen ging. Hertz gefiel diese Unbekümmertheit. Hinsichtlich der Rekrutierung von Frauen war er mit Hegenbarth ja übereingekommen, in der Mischung aus Jugendlichkeit und Abgeklärtheit eine exquisite Güteklasse zu erblicken. Hegenbarth fühlte sich von dieser Mixtur sinnlich herausgefordert, während Hertz an Markterweiterung dachte. Es war dieser Typ Frau, den er bei den Kongressen in Boston, Paris, Wien und Istanbul bevorzugt gesucht hatte, weil er diesen Frauen Empathie, Intuition und zugleich Optimierungswillen und Härte gegen sich selbst unterstellte. Die Schwäche für Stärke war genauso Erbe seiner zehnjährigen Humankapital-Prägung wie die Tatsache, dass er noch immer alle 24-7-Menschen mochte: rund um die Uhr präsent, rund um die Uhr bereit, rund um die Uhr aktiv. Wer in der Lage war, Zeitnot effektiv zu verwalten, erregte Hertz' Interesse mehr, als Hegenbarths Dichterliebling Maupassant es in einem seiner Bücher je hätte tun können.

Die Leiterin Logisticmanagement erfüllte die Beschreibungen des Idealportfolios exakt. Hertz schien, als griffe diese Frau logisch aufs Leben zu, schnell, effektiv, ohne emotionalen Ballast. Vor Erstaunen war er perplex. Mit dieser Frau ließe sich eine perfekte Human-Resources-Story erzählen.

»Dieses Pento irgendwas …«, sagte sie und drehte sich zum Assistenten.

»Pentobarbital. Mausetödliches Natriumsalz. Muskelrelaxans.«

»Muskel- was?«

»Stoppt die Erregung von Nervenzellen. Keine Verbindung mehr. Herzlähmung. Schlucken, warten, bumms, tot.«

»Na fein. Dieses Schlucken-warten-bumms-tot-Pento-Zeug lagert in Halle 4. Gehen wir rüber.«

Hertz' Kuriere parkten den Sprinter am Eingang. Das Wellblech der Lagerhalle knackte.

»Unerträglich heiß heute«, sagte Hertz.

»Klimawandel eben.« Die Frau zog mit beiden Händen ihren Pferdeschwanz enger.

»Es wird wohl nie wieder regnen.«

»Jammern hilft nicht.«

Hertz lief der Schweiß aus dem Haaransatz, da gab sie ihm ein gebügeltes Rautentuch. Jasmin, empfand Hertz, es roch nach Jasmin. Er tupfte sich die Stirn und hielt das duftende Tuch so lange an die Nase, bis ihr Pferdeschwanz zitterte, weil sie den Kopf darüber schüttelte.

»Ey«, rief sie einem Arbeiter zu, »ist die 4 offen?«

Als seine Jungs den Sprinter beladen hatten, gingen Hertz und der molekularmedizinische Berater der Revitalisten zu Abele, der, zusammen mit dem Geschäftsführer und dem Vertriebsleiter des Hansegate, im Schatten einer Containerbrücke stand. Was sie beredeten, war für kein viertes Gehör bestimmt, obwohl alle drei Herren lachten. Hansegate war eine Tochter der China Shipping CoKG, und die siebzig Meter hohen Containerbrücken sowie die Van-Carrier an der Kaikante, die die Boxen hoben und griffen, wurden von Spezialtechnikern aus Shanghai gesteuert.

»Ist so weit alles im Lot?« Abele schritt mit ausgebreiteten Armen auf ihn zu.

»So weit ja, der Sprinter ist auf dem Weg.«

»Sehr schön.«

Punkt zwölf röhrte auf dem Gelände des Hansegate zum ersten Mal die Sirene mit mehreren heftigen Sekundenstößen. Die Arbeiter strömten aus den Hallen und von der Kante, und wohin er jetzt blickte – Hertz sah ausschließlich Chinesen. Dass sie in Schälchen rotzten, wusste er. Dass sie beim Trippeln ihr Gemächt justieren, war ihm neu.

Beim siebten Sirenensignal, als Hertz auf seine dunkelgrüne Vespa Liberty stieg, wurde sich in Gebäude A der Kammfabrik Taylor-Bisswurm schließlich mit Madame Yajun einig. Handschriftlich auf einem gelben Blatt Papier skizzierte sie den Vertrag, den seine Anwälte kurze Zeit später zu lesen begannen. Beide nickten Taylor-Bisswurm zu. Der stand auf, griff den Hörer und rief »Schampus!« ins Telefon.

»Bald gehört Ihnen ganz Deutschland!«, sagte er in einer Mischung aus Schicksalsergebenheit, Respekt und Unterlegenheit zu Madame Yajun, die auf das stumpf gewordene Leder seiner schwarzen Schuhe sah und ihn mit einer altchinesischen Weisheit sich selber überließ: »Den Hochglanz des Lebens aufrechtzuerhalten ist zu allen Zeiten schwierig.«

Erläuterungen über die Tiefe rätselhafter Sätze waren nicht ihre Art, stattdessen gab sie Taylor-Bisswurms Leuten eine Stunde Zeit, um den Vertrag als sauberes Schriftstück aufzusetzen, hob das Glas, trank ein paar Schlucke und ging hinunter, um ihre Neugier zu stillen und Spengler zu hören.

Sie wirkte erstarrt vor der Thermodynamik, die sich von Spengler auf alle Umstehenden übertrug, als er über den Niedergang des Vertrauens, den Verfall des Anstands, das Verschwinden der Seele sprach. Von Sonnenschirmen hielt Madame Yajun nichts, ihre Sicherheitsleute schickte sie fort. Sie wollte Spengler möglichst nah kommen, stand aber erstens so, dass er sie nicht sehen konnte, und besaß zweitens die Fähigkeit, sich unsichtbar zu machen. Für ihren Geschmack reichlich abrupt drehte sich Spengler um und zu ihr hin, wortlos, aber so, als ob er sie gespürt hätte. Sein Blick traf sie unvorbereitet in einem Moment, da Zeit und Raum aufgehoben waren, der einen Wimpernschlag oder eine Ewigkeit hätte dauern können. Als Spengler merkte, dass sie sich ertappt fühlte, lächelte er. Und was tat Yang Yajun? Etwas in dieser Situation vollkommen Verrücktes, das sie sich auch später nicht erklären konnte.

Als der Generator des Walzwerks röchelte und den Rohren von Werk B zu Werk C ein Zischen entwich, ging sie auf Spengler zu, langsam, zielsicher, jeder Schritt eine Behauptung, jeder Schritt eine Zumutung. Beider Blicke hielten einander stand. Madame Yajun hatte hochgewachsene Jochbeine und eine symmetrisch geschwungene Oberlippe. Ihre Augen waren grün, das sah Spengler gegen die Sonne. Was würde passieren? Spengler war unberechenbar, und Yang Yajun entstammte einem fremden Kulturkreis und einer Familie, deren Selbstbewusstsein sich im Glauben an die Überlegenheit der chinesischen Nation gründete. Also war alles möglich. In einem Abstand von dreißig Zentimetern standen sie sich jetzt gegenüber. Sie hörte ihn atmen, er roch ihr Odium, eine fernasiatische Frucht, aphrodisierend. Sie neigte den Kopf, ihre Augen signalisierten den Wunsch nach Intimität, Spengler beugte sich vor, und Madame Yajun flüsterte in sein linkes Ohr.

Um 15.27 Uhr hatte Gerhard Taylor-Bisswurm die New-York Hamburger Gummi-Waaren Compagnie an die in Guangzhou ansässige LCD Development Company verkauft und sich an Yang Yajuns Unternehmen ein Aktienpaket gesichert. Zwei Stunden später saß Madame Yajun bei Myers-Pirelli, um zu erörtern, wie aus Fabrikgelände und den Hallen A, B und C ein Entertainmentpark mit Boxarena gestaltet werden könnte. Erste Planungen sahen vor, im hinteren Teil, wo Losset, Istanbul und Moor den *Marsch der Treuen* organisierten, den Emperado Entertainment Park mit den neu zu bauenden Destiny-TV-Studios anzusiedeln. Würde das Label *Emperado* weiterhin schwarze Zahlen im zweistelligen Bereich schreiben, hatte Harburgs Bezirksamtsleiter – dessen Lebensaufgabe im Ausbau der »Neuen Mitte« zum Zentrum einer künftigen Metropole von Weltrang bestand – in einem Telefonat mit Taylor-Bisswurm an diesem Morgen die Unterstützung des Steuerzahlers angedeutet. Nie versiegende Hellsicht in Fragen der Urbanistik hatte den Amtsleiter animiert, sich eine Einladung der LCD in Guangzhou zu organisieren und für eine Woche möglicherweise Madame Yajuns persönlicher Gast zu werden.

Währenddessen kam es, nicht weit vom Pförtnerkabuff der Kammfabrik, Ausgang Gebäude C, zu einer jener Schicksalsbegegnungen, in denen sich in einem einzigen Nu, in einem Wimpernschlag der Evolution, ein Stück Geschichte manifestiert, die sinnbildliche Verdichtung einer Episode im Augenblick, eine Art Kernschmelze. Erst traf ein Schwarm russischer Saatkrähen ein, kommandiert von einem prachtvoll geratenen Alphatier, das sich auf der Mauer von Halle B niederließ, woraufhin alle anderen mit hörbarem Flügelschlag folgten. Dann schritt Taylor-Bisswurm die Stufen der letzten Treppe hinab, trat blinzelnd in die Lichtflut der Nachmittagssonne, hatte den oberen Knopf seines Hemdes geöffnet und ging mit federleichtem Schritt linksherum, als er unerwartet

Aug in Aug mit Spengler stand, der sich nach seiner Rede den Schweiß von Nacken und Stirn wischte.

Sosset und der Lange waren sich später nicht mehr sicher, meinten aber beide unabhängig voneinander, dass Spengler zu diesem Zeitpunkt schon keine Verachtung für Taylor-Bisswurm mehr gespürt habe, dass er bereits begonnen hatte, seine Vision, die alles verändern würde, in die Tat umzusetzen.

»Die Sache ist gelaufen«, sagte Taylor-Bisswurm. »In zwei Monaten ist hier nichts mehr wie zuvor. Das, was Ihr Leben ausmacht, wird mit einem Fingerschnippen einer neuen Welt gewichen sein.«

»Hören Sie die Arbeiter dort hinten? Sehen Sie die Massen? Sie glauben an mich. Sie glauben daran, dass wir Leute wie *Sie* vor ein Gericht stellen, zusammen mit denen, die all das verscherbeln, was wir aufgebaut haben.«

»Sie haben nichts, gar nichts mehr zu melden, Herr Spengler, und aufgebaut haben Sie überhaupt nichts, nur übernommen und zugrundgerichtet mit Ihrer ganzen Menschenfreundlichkeit. Und jetzt kämpfen Sie an verlorener Front, während sich die neuen Herren aus Guangzhou die Welt einverleiben. In Ihrer ganzen kümmerlichen Provinzialität merken Sie doch gar nicht mehr, dass Sie von der Geschichte aussortiert sind.«

»Wenn es je einen unfähigeren Mann als Sie gegeben hat, gebe ich meinen rechten Arm! Sie und die China-Shipping-Leute, die in diesem dekadenten Salon an der Trostbrücke die Puppen tanzen lassen, sich die Wänste vollfressen und den Schuss nicht gehört haben, ah, glauben Sie mir, Sie werden die großen Verlierer sein. Der lange Atem der Geschichte belohnt die Treuen und Gerechten.«

Taylor-Bisswurm zog das Unterlid des linken Auges herunter, hängte den Sakko am anderen Zeigefinger über die Schulter, lachte zu Sosset und den anderen hinüber und verließ das Gelände der Kamm als Anteilseigner der LCD Development Company Ltd.

Für Spengler brach in diesen Minuten jene Zeit an, da er nicht mehr entspannen konnte. Um überhaupt zu ruhen, nahm er Schlaftabletten. Die Pentobarbitalsucht und die mit ihr verschwisterte Leidenschaft für Korn zerstörten innerhalb kurzer Zeit seine Nieren. Er stand morgens auf und krümmte sich erst einmal wie ein gedemütigtes Huhn, ehe er die ersten Huldigungen entgegennahm. Das Schicksal der Demütigung durch die Natur hatte er mit einem Mann gemein, der nicht nur Opfer seines vegetativen Nervensystems geworden war, sondern in demselben weltgeschichtlichen Moment, da Spenglers Lebenswerk, ja Spenglers bisheriges Leben abgebaut wurde, als gebrochener Adler die Gipfel der von Jubel umtosten Berge verlassen musste.

25.

»Ich glaube, Bobby, wir haben es jetzt nicht mehr nur mit einem nervösen Erschöpfungszustand zu tun, sondern mit einer Depression.«

»Ich kann mir keine Depression leisten, Randolf, das wäre verheerend.«

»Dein Körper hat dich übervorteilt, du hast keine Wahl mehr.«

»Ich kenne meinen Körper. Der tut so was nicht gegen meinen Willen.«

»Dazu sage ich jetzt nichts. Folgender Vorschlag.«

Professor Randolf Gabelstein, der zwar der berühmteste, aber eben nur plastischer Chirurg war, hatte einen hochgeschätzten Kollegen aus der Neurologie kommen lassen, um Mastberger durch eine neuartige Navigationstherapie wieder auf die Beine zu holen. Nach Entzug seiner Tablettencocktails wirkte Bobby wie ein fades Stück Überfluss, und wenn er nicht im Bett lag, saß er reglos auf der Chaiselongue und stierte nach draußen. Bücher rührte er nicht an, seine Laptops ignorierte er genauso hartnäckig wie die Unterschriftenmappe, die hundertfach von ihm einforderte, was er gerade nicht zu geben bereit war: Entscheidungen. Penislähmung und allgemeine Muskelschlaffheit war nicht einmal das Verstörendste. Aber dass in Mastberger kein Funken Rebellion gegen seine eigene Entkräftung mehr zu finden war – *das* machte den behandelnden Ärzten Sorgen. Der Patient redete im Schlaf und bekam regelmäßig Atemnot, aus seinem gesamten Korpus war die Spannung gewichen. Mastbergers Energiekoeffizient hatte im Frühjahr 7 betragen und betrug jetzt 1. Gabelstein besänftigte Bobbys Manager mit dem Hinweis, die Revitalisierung setze in spätestens vierzehn Tagen ein, das System müsse erst ganz heruntergefahren und die Programmierung aufgehoben werden, sein Freund und Kollege Kruschwitz sei der beste Mann für diese Therapie, dafür lege er seine Hand ins Feuer.

Die Paparazzi, die Mastberger vor kurzem für die Bilderflut über seine strotzende Männlichkeit im Milieu weißrussischer Amazonen angeheuert hatte, bissen nun nicht nur in die Hand ihres Ernährers, nein, sie amputierten sie gleich, da sie Jesus Emperados vermeintliche Impotenz als Tatsache unterstellten, indem sie den König der Motivation hinreichend abgeschlafft in seinem Klinikzimmer ablichteten. Nach Meinung eingeworbener Sexologen, die gegen Entgelt verbale Expertisen lieferten, ließen alle Symptome auf eine verkümmerte Libido schließen. Stellvertretend zitiert wurde ein Doktor Meiniak mit dem Satz: »Seine Hoden sind tot, der Mann ist durch.«

Bobbys Manager hatte die Powerday-Tour unterbrochen, die Destiny-Tage abgesagt und bei sich fortfressenden Fixkosten für die Emperado GmbH nach einer betriebswirtschaftlichen Kalkulation so gut wie einen Herzschlag erlitten. Es kam noch schlimmer: Der Enthüllungsjournalist Stanislaus Eggle hatte nach einer Auberginenkur in Buxtehude herausgefunden, dass Mastberger in die Reha-Klinik der Revitalistischen Gesellschaft am Rande des Stadtparks verlegt worden war, wo er in der sogenannten »Recreation-Suite« nur ausgesuchten Besuch empfing. Die Bestürzung der meisten Gäste über das, was sie sahen, war identisch: Mastberger hatte kaum noch Fettpolster im Gesicht, die Konturen der Augenhöhlen waren ebenso scharfkantig wie die Einbuchtung unterhalb der Jochbeine tief. Der Blick seiner blauen Augen war leer. Das Einzige, was sich vergrößert hatte, waren seine Tränensäcke, die ihm Gabelstein allerdings wegzuschneiden angekündigt hatte.

Als Mastbergers Manager die geschwungene Auffahrt hinaufging, sah er Janica mit Heulkrämpfen aus der Klinik herabkommen und sich ins wartende Taxi schwingen. Bobbys »Steel-Hand«, wie sie bei der Emperado GmbH den ehemaligen Rennstallbesitzer Andi nannten, kam jeden Morgen um elf, um in der Suite eine Lagebesprechung abzuhalten. Heute sollte redaktionelle Organisation, Marketingstrategie und Kofinanzierung der neuen Emperado-TV-Show *Stirb reich!*, die in vier Wochen starten würde, bis ins Kleinste durchgesprochen werden. Die Recherchen waren abgeschlossen, die ersten Todbereiten gefunden, die Teams zum Dreh des Clips über die Kandidaten ausgesandt, aber noch immer gab es Schwierigkeiten mit dem Sendeablauf, vornehmlich deshalb, weil die Show in den neuen Studios in Harburg stattfinden sollte, die es noch gar nicht gab.

Für Details war Bobby Mastberger immer zu haben. Obwohl er auf der Bühne als Jesus Emperado die große Geste bemühte, war er in geschäftlichen Fragen ein mit dem Eifer schwäbischer Korrektheit ausgestatteter Pedant, in dessen handschriftlicher, in verblüffend kleiner Schreibschrift gehaltener Buchführung noch nie ein Fehler aufgetaucht war. Aber die Welt wurde angetrieben von unbestechlicher, nie versiegender Energie, und die Gesetze der Schwerkraft waren nicht zu beeinflussen und erfüllten sich gnadenlos, so wie Jesus Emperado es seinen Jüngern unablässig predigte. Schon eine Woche Abstinenz des Zampano brachte das gesamte Gefüge in Aufruhr, weil keiner seiner 110 Angestellten in der Lage war, das Unternehmen durch die Krise zu steuern – was exakt der mastbergerschen Personalpolitik entsprach, die gegenseitige Abhängigkeiten schuf. Emperado war ja nicht nur Sprecher der Deutschen Liga für Motivationscoaching, sondern seit kurzem auch Geschäftsführer des Emperado Career Center im umgebauten Schiff der Kirche St. Bonifatius, wo die Vortragsreihe *PowerThinking* vor allem

Gewerkschafter, Außendienstler, Headhunter, Theosophen und, merkwürdigerweise, freischaffende Skulpturisten anzog. Die Besetzung der Seminare war grundsätzlich großartig. Wenn ein Jesus Emperado rief, kamen die Besten, die begehrtesten Persönlichkeitsentwickler, Gedankenmanager, Führungsberater, Handlungstheoretiker, Impulsgeber und Humortrainer aus ganz Europa. Sie versorgten die Teilnehmer mit Lehrsätzen über Erfolg, Mut, Neuorientierung und Umprogrammierung und die *Acht Arten des Münchhausenprinzips*, demzufolge sich, nach Auffassung des »Papstes für nachhaltigen Erfolg«, jeder an seinem eigenen Schopfe aus dem Morast der sinkenden Gesellschaft ziehen müsse.

»Ich habe draußen gerade Janica gesehen, Bobby, die war völlig von der Rolle!«

»Sie hat heute Morgen die Story über meine angebliche Impotenz in der *Celebrity* gelesen.«

»Wir müssen dagegen vorgehen, Bobby!«

»Ich habe unsere Anwälte bereits angesetzt.«

»Und Janica? Kommt sie wieder? Bleibt sie in der Stadt?«

»Keine Ahnung. Ich will sie nicht mehr sehen.«

»*Was*? Wieso, Bobby? Du brauchst …«

»Ich brauche niemanden, hörst du!«

»Wenn du meinst, aber denk dran, dass die Fotografen vor der Klinik lauern und genau auf Zwietracht warten.«

»Ich scheiß drauf.«

Der Manager, in perfekt geschnittenem Nadelstreifen-Zweireiher und whiskyfarbenen Cavallo-Schuhen mit Doppellochreihe, nahm seine Sonnenbrille vom Kopf und steckte sie mit eingesogenen Lippen ins Etui.

»Na gut. Dann lass uns jetzt die last steps von *Stirb reich!* besprechen. Der Moderator würde dich gerne sehen.«

»Muss warten.«

»Das geht nicht!«

»Ich will ihn nicht sehen, Herrgott!«

»Aber du hast ihn mit großer Begeisterung ausgesucht, und wir zahlen dem Mann ein horrendes Honorar!«

»Hast du nicht gehört? Ich ertrage diesen Schwaller nicht, ich will euch alle nicht mehr sehen, diesen ganzen Mist, diesen Dreck.«

Der Manager ging ans Fenster und sah den selbst im Arztkittel akkurat gekleideten Gabelstein mit der Gattin des Immobilienkönigs Grashopper in den Gartenpavillon flanieren. Frau Grashopper trug Verbände über der Nase und um die Augen, hatte weiße Pflaster am Ohr und nickte zu jedem Satz, den Gabelstein äußerte, da sie aufgrund tauber Ober- und geschwollener Unterlippe nicht sprechen konnte. In einer menschlich heiklen Operation hatte er ihre ausgeleierten Schlupflider glattgezogen und ein Stück der Jochbeine weggemeißelt, so dass diese sich abwärts verjüngten. Trotz vorübergehender Gesichtslosigkeit war Frau Grashoppers Identität insofern gesichert, als jeder ihr Sophia-Loren-haftes Rothaar kannte.

»Die *schöne* Grashopperin, tsss … wieder um fünf Jahre jünger geschnitten, ein Wahnsinn.«

»Wir wollten *Stirb reich!* durchplanen, Andi.«

»Was? Äh klar. Also. Wir gehen ja am 20. September auf Sendung, das ist, lass mich gucken, fuck! – in genau zwei Wochen!«

»Die Kamera muss im Publikum nach Tränen suchen«, sagte Mastberger, »wir brauchen Angehörige, die die furchtbarsten Momente der Krankheit ihrer Sterbenden nacherzählen, sehr emotional, damit der Erlösungseffekt beim Zuschauer größer ist. Wir müssen das alles vorher casten, damit die erste Sendung Maßstäbe setzt. Demütigung, Blamage und Verzweiflung funktionieren immer. Also, haben wir die besten Kameraleute dafür?«

»Ja, ich denke, wir haben die Crème zusammen.«

»Wir brauchen Kameraleute, die keine Manschetten haben, in die Sterbenden hineinzukriechen, verstehst du, die das Verwesende nicht scheuen! Man muss diesen aussichtslosen Kampf um Leben sehen, nachfühlen, man muss ihn spüren, das ist das Wichtigste.«

»Diese Leute haben wir. Und einen sagenhaften Moderator, der …«

»Meine Güte ja, er soll morgen vorbeikommen.«

»Gut. Und dann wartet der Verlag noch auf den letzten Teil deines Manuskripts. Sie haben übrigens einen Titelvorschlag geschickt.«

»Und?«

»Er heißt: *Ich aber sage euch. Jesus Emperados zwölftes Credo*.«

»Wie klingt das?«

»Schwachsinnig, wie üblich.«

»Denen fällt aber auch nichts mehr ein. Ich muss den Verlag wechseln.«

»Geht nicht.«

»Wie ›geht nicht‹?«

»Ist dein Verlag, Bobby, und du hast die Leute eingestellt.«

In großen Schlücken kaute Mastberger Trinkjoghurt mit Ingwer-Zitronengras-Aroma. Dann sprach Andi in gebotener Kürze die von Schelsky & Rahm neugestaltete Homepage der Emperado GmbH an, ein »hyperaktives Ding«, wie Mastberger immer gefordert hatte. Die Seite war designt als virtuelles Elysium und ploppte auf als ionischer Tempel, durch dessen Portal der Weg ins Innere, ja, wovon?, vielleicht des kosmischen Bewusstseins führte, jedenfalls stand auf einem der drei Sockel, neben Apollo und Athene, Jesus Emperado, wobei, wenn man auf dessen Gesicht klickte, eine Bühne herangeflogen kam und ein Video des jeweils letzten Auftritts aus dem *Power-Circuit* ablief. Seine Administratoren luden allmorgendlich eine dreiminütige *Emperado-Empowerment*-Einheit zur erbaulichen Botschaft hoch und über *mydestiny@emperado.com* jedermann ein, selbstgedrehte Spots für die EC, die »Emperado-Community« einzustellen. Mastberger hatte eine beträchtliche Summe in die neue Seite investiert, er wollte 2.0-fähig sein und das Territorium aggressiv abstecken. Weil er Imitatoren seiner selbst und Okkupanten seines Terrains fürchtete, ließ die GmbH bei 2,8 Millionen registrierten Nutzern einen ökonomisch bedeutsamen »Meilenstein der Firmengeschichte« verkünden.

Als Mastbergers Manager seinen Aktenkoffer aufspringen ließ, kam, zeitgleich zu seinem schnittigen Anklopfen, der ehemalige Offizier Rupert Schelsky in die Suite und ließ einen Korb exotischer Früchte auf den Couchtisch stellen, wo die neuste Ausgabe des Magazins *Spotlight* mit Charly Spengler auf dem Titelbild lag.

»Bobby, hast du die neue Page gesehen? Moin, Andi, wie geht's?«

»Sieben Komma acht auf der Skala von eins bis zehn«, sagte der Manager.

»Wobei zehn das Beste ist?«

»Exakt.«

»Gratuliere, Glückspilz! Hey, Bobby, Mann, Mann, Mann, die Stadt zerreißt sich das Maul über dich.«

Die Schwester nahm dem Früchtekorb das Zellophan mit der grünen Schleife ab.

»Können Sie behalten, Schwester«, sagte Schelsky und zwinkerte ihr zu.

»Jetzt, sag, hast du die Seite gesehen? Jenial, oder? *Mydestiny.com*, damit räumen wir den Web-Master-Preis ab!«

»Ich mag keine Papaya, die stinkt.«

»Okay … äh, Schwester Irgendwas … könnten Sie Herrn Mastberger bitte vor dieser Papaya schützen?«

Ohne Ankündigung schlurfte Mastberger ins Bad und rollte sich die kahlrasierten Achselhöhlen mit dem Anti-Transpirant von AxeDry ein, weil Schwitzen nicht zu seinem Menschenbild passte. Sein flacher Bauch war noch immer bewundernswert.

»Visite!«, rief Professor Gabelstein von weitem und kam auf Schelsky zu.

»Rupert, das ist ja schön!«

»Ich hatte gehofft, dich hier zu treffen, Randolf!«

Inbrünstig war ihre Umarmung, dann sahen sich die beiden Glatzköpfe freudvoll in die Augen.

»Wo ist denn Bobby?«

Ein kleiner, buckliger Mann war Gabelstein gefolgt und wurde von allen prompt ignoriert. Sein Interesse an guten Schuhen hielt sich in Grenzen, und die letzten Haare, die die Hormone ihm gelassen hatten, wollten sich keiner organisierten Form fügen. Mastberger hatte Probleme mit kleinen Menschen. Er wollte sich einen gewissen Kleine-Leute-Rassismus nicht eingestehen und war deshalb gegenüber kleingewachsenen Artgenossen übertrieben höflich eingestellt.

»Bobby, ich möchte dir Professor Kruschwitz vorstellen, er ist dein Navigationstherapeut.«

»Guten Tag, Herr Mastberger«, sagte der kleine Mann mit einer unerwartet hohen Stimme, die Wert auf die prononcierte Aussprache möglichst vieler Silben legte.

Mastberger hörte zu gähnen auf und verstummte stattdessen.

Kruschwitz hob den Finger.

»Ich mache Sie gleich mit meiner Lebensmaxime vertraut: *Wahre Souveränität besteht darin, seine Unzulänglichkeiten mit voller Begeisterung auszuleben.* Und jetzt frage ich Sie: Von wem stammt dieses Zitat?«

»–«

»Es stammt von mir.«

Kruschwitzens Lachen war ansteckend, zumindest für Schelsky, wodurch Andi reichlich Arbeit zur Einfühlung aufgeladen wurde, weil er wusste, dass Mastberger es nicht vertrug, wenn auf seine Kosten gelacht wurde. Andy lenkte also alle Aufmerksamkeit auf sich, in dem er einen Hustenanfall vortäuschte, um diesen enigmatischen Zwerg, der keine Miene verzog, zu neutralisieren. Kruschwitzens Krawattenmuster – eine psychedelische Versuchsanordnung spiralisierender Kreise, auf die sich nur einlassen konnte, wer einen intakten Gleichgewichtssinn besaß – verstörte Mastberger derart, dass er verwirrt in sein Bett fiel. Andi zog ihm die Schlappen vom Fuß und sah die stets perfekt pedikürten Nägel.

»Ich habe Professor Kruschwitz alles von dir erzählt, Bobby, einschließlich der Anamnese, und wenn du einverstanden bist, kommt er jetzt täglich zur Arbeit an deiner Revitalisierung.«

Mastberger sah Gabelstein mit epidemisch geweiteten Augen an; daraus Zustimmung abzulesen war für niemanden leicht.

»Und heute um drei mach ich dir die Tränensäcke weg und spritz die Stirnfalten ab. Und jetzt muss ich los, mon cher, übrigens war Janica bei mir, aber darüber können wir später reden. Rupert«, er drehte sich und legte Schelsky seine rechte Hand auf die Schulter, »Freitagabend im China White, *Bohème Sauvage*, die große Burleske. Du bist mein Gast. Unser Chauffeur holt dich gegen halb acht, d'accord?«

»Oui, Maestro!«

»Und bring Rahm mit!«

»Paul ist indisponiert.«

»Was ist los?«

»Auf Kur in Zell am See.«

»Wo zwickt's?«

»Überall, wie immer. Kopfweh und Hitzewallungen.«

»Wo in Zell ist er?«

»Sanatorium Satsang.«

»Ach! Na dann grüß mir den Rahm!«

Gabelstein ging mit zwei Fingern an der Schläfe, und Bobby Mastberger sah sich den entscheidenden Auszug des Mai/Juni/Juli-Umsatzes an.

»Dann hätten wir so weit alles geklärt«, beschied Andi, steckte den Bilanzbogen in den Koffer und warf, »meine Herren, auf bald«, einen Handgruß in die kleine Runde.

Wie es Prof. Kruschwitz schaffte, Mastberger innerhalb von vier Tagen über Hypnotherapie, Traumführung und Organreinigung in ein höheres Energiefeld zu navigieren, war eines der vielen wundersamen Geheimnisse seines therapeutischen Charismas, die niemals geklärt wurden. Er arbeitete mit Meridianmassagen und nanophysikalischer Robotik, und was auch immer physiologisch dabei geschah – Mastberger kam verändert aus der Vita-Nova-Klinik zurück ins Leben. Erst fiel das den 110 Angestellten der Emperado GmbH und den Mitgliedern der Revitalisten nicht weiter auf, doch jene, die ihn wie Janica täglich erlebten und eine halbgöttliche Spürfähigkeit besaßen, bemerkten an ihm eine verdächtige Weichheit, die übersinnliche Züge hatte. Aus der Klinik entlassen, erzählte Bobby ihr als Erstes vom optimierten Glukoseumsatz seiner Mitochondrien und ließ sich nicht nehmen, dem spinalen Bewusstsein auf einmal höchsten Stellenwert zuzusprechen. Janica, so schien es Assistent Andi, hatte effiziente Arbeit geleistet; in Kürze, ließ sie alle wissen, würde sie zu Bobby in den Mandarin-Turm am Kaiserkai ziehen, obwohl sie dessen dekonstruktivistische Architektur für die Evolution als unzureichend empfand. Aber die Prinzessin wollte allzu gern eine größere Mittelmeeryacht haben, das hatte sie Francis, die zu ihrer engsten Vertrauten geworden war, offen gestanden. Immer wieder sprach Janica jetzt von einer Reise nach Dubrovnik, wo sie, als Ableger des Magnolia, ein Institut für zelluläres Bewusstsein eröffnen wollte, wofür sie aber noch Startkapital benötigte.

26.

Es war ein magischer Moment, als Hertz auf den Rathausmarkt, wo die Arbeiter sich in der Hitze des Tages ein Astra gönnten, hinabsah und ihn eine irrsinnige Idee befiel. Er stellte sich dem Impuls, ließ ihn gehen, holte ihn zurück, nahm ihn sich vor, wendete ihn, verharrte zwei, drei Minuten, wurde von einer Flut Energie durchströmt, stand auf, setzte sich, sprang wieder auf und ging mit Schlüssel und Sonnenbrille aus dem Haus, quer über den Rathausmarkt zum Zhiang/Xin/Newman-Gebäude mit den drei niedlichen Nussknackergesichtern im Sandsteinfries, in dem parterre der Betreiber des Café Paris die Verkostung bretonischer Austern gerade zu einer Angelegenheit des hohen Stils erklärte. Hertz ging aber nicht wie üblich ins Café, sondern stieg die Treppe des Gebäudes hinauf in den vierten Stock, vorbei am Büro der Weight Watchers und der Praxis des Zahnarztes Mohsen Husseini, zwei Stufen mit einem Schritt. Oben angekommen, linke Tür, waren in das kleine Messingschild die Buchstaben SHU graviert. Es war unüberhörbar, dass im Raum jemand telefonierte. Hertz klingelte ein weiteres Mal und hörte Parkettplanken knarzen. Womöglich war Spengler einer von denen, die beim Telefonieren umhergingen.

Hertz setzt sich auf die Treppenstufe und wartete, bis sich das Blatt wendete. Das tat es aber nicht. Währenddessen fiel unten die Tür wieder ins Schloss, das konnte Hertz aus der Entfernung hören. Ein Mann nahm die Stufen mit großen Schritten, trug ein Paket in der linken Armbeuge, hielt in der rechten Hand ein Touchpad. Außer Atem war er durchaus.

»Hallo! Erwartet Herr Spengler Sie?« fragte Hertz.

»Ja, ich habe gerade angerufen.«

»Ach, Sie waren das!«

»–«

»Ich nehme das Paket gleich mit rein«, sagte Hertz, »ich bin ein enger Mitarbeiter von Herrn Spengler.«

Der Kurier entschied sich gegen den Zweifel und für den Just-in-Time-Lauf, der ihm bei seinem Chef am Ende des Tages einen Bonus einbringen könnte.

»Dann unter ... Moment ... unterschreiben Sie hier.«

Während der Kurier die Treppen hinabstürzte und zugleich in sein Fernsprechgerät redete, überlegte Hertz, was der Inhalt des Pakets sein könnte. Ein auf ein Meter Größe, der Absender eine Unternehmensgruppe in Norderstedt. Wieder klingelte er, und wieder geschah nichts. Er legte das Ohr an die Tür, Schwingungen waren nicht zu spüren. Hertz schüttelte das Paket, sein Inhalt schien kompakt zu sein; Schweißtropfen rannen durch die Furche seines Rückgrats. Wieder setzte er sich auf die oberste Treppe und spürte, wie er Energie verlor. Die Unterarme lagen auf den Knien, die Knie waren im rechten Winkel gestellt, die Handgelenke abgeknickt. Hertz ließ den Kopf hängen und schloss die Augen. Er hörte sein Blut, hörte seinen Atem. Dann sah er Mascha in ihrem Atelier und auf der Schaukel an der Alster. Es war einer der wenigen ausgelassenen Momente, die sie gemeinsam erlebt hatten, und Hertz war befreit von der Angst, sie würde ihn zurückweisen, ihm eine Verletzung beibringen, ihm sagen, wie sehr sie den eigenen Tod einem beschissenen Leben an seiner Seite vorziehe.

»Haben Sie gerade geklingelt?«

Erst hörte Hertz Spengler gar nicht.

»Hallo! Haben Sie gerade hier geklingelt?«

Hertz fuhr herum und starrte Charly Spengler in dessen überragender Kleinheit an. All seine vorbereiteten Ouvertüren waren zerplatzt, Hertz fand den Einsatz nicht und verfehlte den hohen Ton. Bevor er stammelte, sagte er lieber nichts und hielt Spengler reichlich banal das Paket hin.

»Bringen Sie es herein«; sagte Spengler. »Sie scheinen ja eine ganz neue Generation Kurier zu verkörpern, merkwürdig ausgeruht …«

Obwohl es im Büro kühl war, erlebte Hertz einen Schweißausbruch. Spengler brachte ihm ein Glas und eine Volvic-Flasche. Außer ihnen war niemand sonst da. Hertz spürte die Spannung, die Spengler in ihm verursachte. Spengler war weder Vorspiel noch Hinleitung, er war die Sache selbst. Welche Sache? Das war es ja, Hertz kam nicht darauf, wusste aber, dass er sie war. In keinem Moment gelang es ihm, nicht auf Spengler zu starren, und Hertz merkte, dass einer wie Spengler alles auf sich zog, ohne dass er etwas dafür zu tun hatte.

Dann fiel ihm das kleine Gerinnsel an Spenglers Nasenflügel auf. An der Wand neben dem Schreibtisch hing ein Poster von Bismarcks Totenmaske, im Regal standen akkurat geordnet Otto Graf Bismarcks *Gesammelte Werke*, Neue Friedrichsruher Ausgabe, Schriften Band 2, blaugerahmtes Weiß. Die Wagenfeld-Lampe auf dem Tisch stammte aus seiner Zeit als Direx der New-York Hamburger, daneben stand ein Deutschlandwimpel.

Spengler telefonierte jetzt seit über fünf Minuten im Nebenraum und achtete darauf, dass die Tür angelehnt blieb. Während Hertz das Glas Wasser austrank, öffnete Spengler das Paket. Hertz wusste nicht, ob Spengler die Verabschiedung oder eine Erklärung von ihm erwartete. Er spürte nicht, ob Spengler überhaupt noch wusste, dass er da war. Der Druck auf seine Augäpfel nahm zu, die Blutgefäße seines Frontallappens weiteten sich. Hertz rieb sich die Augenhöhlen. Spengler sagte »Tschau«, dann klappte er sein Handy zu, schob es in die Hosentasche und forderte Hertz zum Reden auf, ohne ein Wort zu sagen. Hertz wollte sofort zur Sache kommen und sagte: »Äh … Ich wohne …«, er zeigte auf den Kopierer, »… dort drüben, Richtung Hafen.«

Spenglers Lider bewegten sich so wenig wie seine Augen.

»Das freut mich für Sie.«

»Ich meine …«, sagte Hertz, »also offen gesagt: Ich würde gerne für Sie arbeiten.«

»Ach so ist das!«

»Verstehen Sie mich nicht falsch«, setzte Hertz nach.

»–«

»Ich glaube, Deutschland braucht Sie.«

Eine Erörterung von Gründen hielt er für müßig.

»Vielen Dank«, sagte Spengler, »ich tue nur, was ich für richtig halte.«

»Eben«, sagte Hertz.

Ihm fiel auf, dass Spengler im weiteren kein einziges Mal die Wörter »nein« oder »nicht« benutzte. Er war immer zuerst an der Möglichkeit interessiert. Lange Bänke, auf die man etwas schieben konnte, gab es nicht. Er setzte sich auf seinen Drehstuhl.

»Was wollen, besser noch: *können* Sie denn für mich tun?«

»Ich könnte Sie beispielsweise so in Gesellschaft, Politik und Kultur vermitteln, dass Sie in Kürze zu den drei wichtigsten Akteuren der Stadt zählen.«

Spengler blieb ungerührt und forderte auf der Stelle die Skizze einer Kampagne ein. Hertz hatte eine gute Minute erwischt und schlug einen Takt an, der Spengler gefiel. Erst jetzt fragte Spengler nach Hertz' biografischen und beruflichen Umständen. Unschlagbar, dass Hertz ihm eine der frisch gedruckten Visitenkarten präsentieren konnte: JPHL.

»Logistik, aha!«

»Netzwerksynthesen«, erläuterte Hertz, »Sichtung, Auswahl und Entwicklung von Personal, und dann Organisation von Clustern, mit allem Drum und Dran, Locationsuche, Kurierservice, Catering und so weiter.«

Ohne Grund begann Spengler Hertz' Business Card auf seinen Fingernagel zu schlagen, Hertz merkte auf und sah plötzlich Hegenbarth vor sich sitzen, den Belvedere-Füller auf seinen Auflösungsvertrag klopfend.

Alle Telefone schwiegen. Zwischen Hertz und Spengler stand eine unerhörte Stille. Es war unmöglich, in diese Stille hinein zu sprechen. Spengler verlangte Gehorsam gegenüber der Stille, ohne jemals Gehorsam einzufordern. Er war frisch rasiert; womöglich trainierte er seinen Körper. Die Schlüsselbeinmuskeln verkürzten den Hals, die Nase lief spitz aus, und wenn er saß, wirkte Spengler gedrungen. Er trug ein weißes Hemd in der grauen Bundfaltenstoffhose, gehalten von einem schwarzen Ledergürtel, dazu beige Wildlederschuhe. Hertz fiel auf, dass Spengler die Augen schloss, wenn er sich konzentrierte.

»Es gibt Momente im Leben«, würde Hertz den Interviewern des einstündigen Porträts *Tribun Spengler* später sagen, »da ist sofort Vertrauen da, man kann das nicht erklären, vielleicht hat das mit Hingabe zu tun, wer weiß, jedenfalls war ich sicher, dass Spengler in diesem entscheidenden Moment nach Gründen suchte, mir zu misstrauen, und keine fand.«

Bevor Spengler Hertz zu einem Treffen mit seinem Team einlud, steckte er sich einen parfümierten Al-Capone-Zigarillo mit Cognacfilter an.

»Das ›Volk‹ besteht nur noch aus Restmenschen – Testmasse, eingekochte Maische, Ausgeschlossene, Unbehauste –«, sagte Spengler, »wir müssen es schaffen, das Land durchzumoralisieren und der Republik eine Idee zu geben, sonst verkümmert die letzte Hoffnung, und der innere Frieden bricht zusammen.«

»Sie sprechen aus, was die Leute ahnen, Herr Spengler, das ist selten!«

Spengler brachte ihn zur Tür, Hertz drehte sich um und spürte Wärme. Er verließ das Büro im vierten Stock im Bewusstsein einer Lebenswende. Unten, im Café Paris, sah er Abele so beflissen wie vertieft über eine Akte gebeugt. Hertz ging weiter, fuhr zur Villa Vitalis und grüßte Mastberger und dessen Assistenten nicht wie gewohnt mit einer halben Umarmung, sondern nur per Handschlag. Noch immer gab es in der Villa keine Blumenkübel und keine Fußmatten. Aber an der kalkweißen Wand hing seit diesem Morgen das neue Werk aus dem Zyklus *Das Ende hat keine Angst vor sich.*

Der Kampf zwischen den Revitalisten und Spengler um die Vorherrschaft in der Republik hatte zu diesem Zeitpunkt längst begonnen, ohne dass sich die Parteien dessen bewusst waren.

27.

Francis' Spürsalon war in kurzer Zeit zum Hotspot Hamburger Frauen avanciert. Wochen im Voraus waren die *Empathie-I-* und *-II*-Kurse sowie die beiden Seminare *Pfade zur Berührung* ausgebucht. Francis kam den Wünschen mancher Kundinnen nach und erweiterte das Programm um eine Aromatherapie, um die Reihe *Heilung durch Schwingung* sowie das Lebensfreudeprojekt *Sounds of Presence*, das allerdings, wie sich herausstellte, Parallelen zur quantenphysikalischen Regulation des zellulären Bewusstseins hatte, was Janica gar nicht gefiel und deshalb nach zwei Sitzungen wieder abgesetzt wurde.

Für Francis selbst war das Magnolia zur stabilen Währung für Körtes Leben geworden, obwohl Kurt das Konzept des Salons gern als »Seelenfängermarktwirtschaft« zurückwies, woraufhin Francis entgegnete, es gebe haufenweise emotional unterversorgte Menschen, die nach Halt und Sinn suchten, was alles andere als Blödsinn sei, ein Satz, der Kurt erwidern ließ, dass solche Menschen sich gewöhnlich an konservative Glaubenssätze hefteten und mit idiotischer Einfalt Nabelschau betrieben, ehe er Francis bat, ihm erneut beim Wasserlassen zu assistieren.

Mit dem Gewinn, den sie durch das Magnolia machte, würde Francis ihm die besten Therapien zahlen, das Otternserum besorgen und sein schwindendes Sein retten können, wobei es ebendiesen Punkt betreffend am Abend zuvor zu einem weiteren Streit zwischen ihnen gekommen war, da Kurt selbst jetzt der Meinung sein wollte, Francis' Kapitalistenkohle nicht zu brauchen, vor allem nicht eine Scheißkohle, die durch esoterische Diarrhö zustande kam, woraufhin Francis ihm neben dem Gebrauch einer widerlichen Metaphorik auch unfassbare Sturheit vorhielt, was Kurt mit dem Vorwurf fehlender Empathie ihrerseits konterte (»Totalausfall, Francis, Totalausfall!«) und sie damit tiefer ins Mark traf, als sie sich anmerken ließ. Gerade Empathie war ja der edle Morgenstern, der ihren Kosmos zum Leuchten brachte, was sie Kurt ohne Umschweife mitteilte und sich im Gegenzug ein süffisantes Lachen einhandelte, das sie schließlich, außer sich vor Wut, zu dem Satz trieb, dann solle er doch an seiner deutschen Destruktivität verrecken wie an einem Krebsgeschw…

Sie hatte nicht mehr rechtzeitig abgebrochen. Eine horrende, selbst William verblüffende Paralyse trat ein. Ängstlich sah der Mops zu Francis, die ängstlich zu Körte sah, der wiederum die Buchenkrone vor dem Fenster fixierte und einen Stich in die Leber niederatmete. Sie wusste, dass es keinen Sinn ergab, ihn jetzt noch zum Sprechen bringen, geschweige denn ihn in eine harmonische Eintracht zwingen zu wollen. War Kurt in der Ausübung seiner Rechthaberei gestört, bedeutete das in seinem Fall, dass er sie frühestens am nächsten Mittag wieder registrieren würde. Seine Wut auf dem Level »existentiell« brauchte gewöhnlich sechsunddreißig Stunden, um zu zerfallen, und was danach kam, war in jenem Zustand, in den ihn der Krebs gebracht hatte, kaum noch berechenbar.

Francis nahm William auf den Arm und ging sofort ins Magnolia, als ob sie geahnt hätte, dass es schon kurz vor drei war. Dreizehn Frauen und zwei Männer trafen zum Seminar *Pfade zur Berührung* ein, das sie zum vierten Mal moderierte. Gekommen waren eine Astropsychologin, die Moderatorin des Shoppingkanals By4me, eine Fernsehmoderatorin, zwei Heilpraktikerinnen, eine arbeitslose Theaterpädagogin, eine Teilhaberin der Werbeagentur Stolz, Fröhlich & Mieß, eine

Astralanthroposophin, die ehemalige Sprecherin der Hamburger Grünen, eine Gymnasiallehrerin auf der Suche nach alten Sprachen, zwei Studentinnen, eine Coachin für Krisen-PR und die Malerin Mascha Malumowitsch. Jede von ihnen nahm sich entweder Kusmi-Früchtetee oder zyprisches Jasminwasser, wer wollte, aß getrocknete Datteln aus Marokko und legte den länglichen Stein in eine »bezaubernd schöne« Schale aus Tuareg-Porzellan. Nachdem für einen überschaubaren Moment die Lage im Süden der Stadt wahlweise als »interessant«, »müßig« wie »aufregend« beurteilt wurde, kam die Sprache postwendend auf die Gegenrevolution in der Sexualität. Da sie kürzlich dreiundsechzig geworden war, stellte Francis ihre fünfzig Jahre koitaler und klitorialer Erfahrung als mühsame Emanzipation von paternalistischer Entmündigung durch Papst, Bundesregierung und ihren faschistischen Vater dar, was von Mascha durch den folgeschweren Satz aufgegriffen wurde: »Ich ficke, wen, wann und wo ich will.«

Francis lächelte und hörte die Botschaft in der Botschaft: Mascha ficke und lasse sich nicht ficken, was in ihren Augen die größte, wenngleich auch unbewusste Wertschätzung jenes Kampfes gegen die Passivität war, den sie und ihre Genossinnen vor vierzig Jahren begonnen hatten, obwohl Francis das Wort *ficken* gern durch *vögeln* ersetzt gesehen hätte, aber, das dachte sie sich im Stillen, so spreche sie nun mal, die aktive, unbestechliche, unbeeindruckbare Nachkommenschaft.

Als wäre sie eine preußisch verhärtete Dame, deren sittliches Erbe in der Verpanzerung jeglicher Gefühle lag, empörte sich nach kurzer Zeit des Sprachverlustes die Studentin der Politikwissenschaft über die Krassheit dieser Äußerung, deren rebellische Wucht auch Francis verblüfft hatte. Die mädchenhaft hohe Stimme der Studentin war gewöhnungsbedürftig und pendelte sich ohne Amplitudenausschlag auf D-Dur ein.

»Ich empfinde so einen Satz als brutalen Angriff auf meinen Gefühlshaushalt«, sagte sie, die ein geblümtes Sommerkleid und eine Halskette mit Kunstperlen trug.

»Wie alt bist du?«, fragte Francis.

»Wir sind hier also alle per du, sehe ich das richtig?«

»Entschuldige, ja, das ist eines der Prinzipien im Magnolia.«

»Okay. Einundzwanzig.«

»Und du fühlst dich geborgen in deinem Körper und selbstbestimmt in deiner Sexualität?«

»Äh ja, ist denn das das Gleiche? Also, ich meine, gut, ja, ich denke schon. Ich möchte, dass mich ein Mann erobert ... dass er meine Sehnsüchte ... ich sag mal: erspürt.«

Mascha imitierte einen Brechreiz und rückte sich breitbeinig zurecht, als, aus dem Schutzraum der allgemeinen Verschwiegenheit, eine Sekundantin hervorkroch.

»Geht mir auch so«, sagte die Heilpraktikerin mit heiser gehauchtem Timbre, »heute ist alles nur noch hart und brutal. Hauptsache, frau kann ihr Recht auf Gleichheit durchsetzen, dafür nimmt sie alles in Kauf. Meiner Meinung nach ist das ein Denkfehler, Frau und Mann sind nicht gleich, und mit Hingabe hat dieses ganze Pornozeug doch nichts mehr zu tun. Meiner Erfahrung nach wollen Männer diese Härte nicht mehr, sie wollen weiche Frauen, die sie streicheln und verwöhnen können.«

»Wo *lebst* denn du?« entfuhr es Mascha.

»Auf jeden Fall«, flötete die Studentin, »ist es doch ein wunderschönes Gefühl, wenn man sich dem Mann hingeben kann.«

»Jungfrau, oder?«, fragte die Astropsychologin.

»Entschuldige bitte, aber das ist ja nun wirklich zu intim ...«

»Nein, dein Sonnenzeichen, und ich schätze gleich mal: Aszendent Skorpion. Schwierige Mischung, sehr kontrollierter Zugang zu den Gefühlen, wenn überhaupt.«

»Wenn überhaupt was?«

»Zugang zu Gefühlen.«

Francis sah, wie Mascha den Stuhl herabrutschte und mit Mühe ihren Hintern auf der Kante halten konnte. Außerdem schmerzte ihr Intimbereich – der neue Afterworklover hatte gleich klargemacht, dass für ihn der Reiz im Loch und nicht im Geschlecht liege.

»Der sollte dich mal nehmen, du Punze«, flüsterte Mascha vor sich hin.

»Wie sehen denn die Männer hier im Raum die Sache mit dem Begehren? Hat sich da was verschoben?«

Francis, die sich für eine in Erosfragen hochkompetente Person hielt, beherrschte die Rolle der sexualtherapeutischen Gaia nahezu perfekt. Einer der Anwesenden stülpte als Signal seiner Ratlosigkeit die Unterlippe um, der andere konnte nicht aufhören, Mascha anzustarren.

»Äh … ja … ich denke, ja was denke ich denn …«

»Du kannst dir Zeit lassen und dich später zu Wort melden«, sagte Francis.

»Ich glaube, ich bin hier falsch«, merkte der Zweite an, »für mich muss eine Frau nehmerisch sein und auf schnelle Erektionen stehen, sonst langweilt mich das zu Tode.«

»Nehmerisch, aha, also *unter*nehmerisch in gewissem Sinne.«

»Keine Ahnung, ja.«

Mascha überlegte, ob ihr die Stimme bekannt vorkam, wusste es aber nicht genau, weil die meisten Afterworklover der letzten Zeit im Dunkeln kamen oder eine Maske trugen. Ihn hier kannte sie nicht, aber er wollte das ändern.

Das Ziel des Seminars *Pfade zur Berührung* wurde offiziell nicht erreicht, und als sich – mit Ausnahme von Mascha und dem zweiten Mann, einem manisch-depressiven Kriegsfotografen – die Gruppe über die Sehnsucht nach Schmusen, Streicheln und Umarmen austauschte, brach Francis ab und verwies auf die *Spirituelle Sommerakademie* im Bunker von Wilhelmsburg kommende Woche und auf das Symposium *Erwachen im Geist der Ganzheitlichkeit*, auf dem die famose Janica Jović einen Impulsvortrag über die Selbstreinigung der Wirbelsäule halten werde, mit PPP.

»Entschuldige, Francis«, sagte die Studentin, »was ist PPP?«

»PPP? Ach Schätzchen«, sie legte den Arm um das brustlose Wesen, »das heißt Power … Point … Pre-sen-tei-schen.«

Draußen wartete Mascha auf Francis, und sie gingen, mittlerweile jedes Mal länger, rüber ins Barista. Frische Focacce mit Ziegenkäse und Honig und Tramezzini mit Trüffelpastete oder Parmaschinken lagen in der Vitrine, aber Francis verdrängte ihre Gelüste. Sie lebte seit einiger Zeit nach einem speziellen Rhythmus: Abmagerungskuren, Völlerei, Verfettung, Diäten, und gerade war sie wieder einmal dabei, ihren Darm zu entschlacken, und trank deshalb noch nicht einmal einen Cappu, sondern Tonic Water. Mascha süffelte ein Astra.

»Mir ist da vor kurzem eine Idee gekommen, Mascha, und ich dachte mir, du wärst die Erste, die das verstehen würde«, sagte Francis.

»Ach, nett. Dann schieß mal los!«

»Das Magnolia ist eine Riesensache, ich bin noch immer vollkommen von den Socken. Jeder Kurs ist ausgebucht, die Damen rennen mir die Bude ein.«

»So weit kann ich folgen.«

»… ja, und was die allermeisten umtreibt, ist diese ungeheure Unsicherheit. Die ganze Welt wird femininer, aber wir Frauen wissen gar nicht mehr, wer wir eigentlich sind, wir sind absolut orientierungslos und schlingern von einer Rechtfertigungsspirale in die nächste. Sag mal, ist das einigermaßen verständlich bis hier hin?«

Mascha nickte beim Trinken.

»Ich meine vor allem Unsicherheit, was die Rolle ihres Körpers betrifft.«

»Nicht, wenn man so ein dämliches chicken ist.«

»Die Studentin?«

»Meine Fresse, dieser Schwulst, Küsschen hier, Schmuserchen da, aber null Ahnung vom Leben.«

»Meingott ja, diese Generation verspielt das ganze Kapital, das wir freigeschaufelt haben gegen diese Eierschaukler-Gesellschaft … Fast masochistisch, als ob sie nicht gelernt hätten, dass man diese Freiheit immer wieder verteidigen muss!«

»Ihr, ja.«

»Wer ›ihr‹?«

»Du und Frauen wie du, ihr habt den ganzen alten Säcken gezeigt, wozu Frauen in der Lage sind.«

»Meine ich ja, und du bist eine Ausnahme, Mascha, du bist ne absolut würdige Nachfolgerin.«

Mascha nickte gerührt, nahm einen Schluck und bat um eine kurze Rauchgelegenheit, während der Francis ein paar Telefonate führte. Als Mascha zurückkam, wollte Francis Nägel mit Köpfen machen.

»Pass auf. Was hältst du von einem gemeinsamen Projekt mit dem Namen *Toys statt Boys*?«

»Klingt nach infantilen Weibern, die sich mit Klötzchen die Zeit vertreiben, bis ihre Männchen von der Arbeit kommen.«

»Knapp daneben. Um es kurz zu sagen: Ich will einen Shop für Sextoys aufmachen, selbstdesignte Dildos, Vibratoren, Vaginalkugelketten und so, dazu eine Galerie für figürliche Kunst. Machst du mit? Du bist die Künstlerin und hast freie Hand in der Gestaltung der Objekte … ich spüre doch, dass wir uns super verstehen werden. Was sagst du?«

Es war das erste Mal seit Jahren, dass Mascha perplex war. Francis erdrückte sie beinahe mit einem erwartungsvollen

Lächeln, und sie wich ein Stück zurück, setzte sich aufrecht und begann zu grinsen.

»Sextoys und Kunst?«

»Ja!«

»Öh …«

»Jeder gesellschaftliche Fortschritt war immer ein Fortschritt an sexueller Freiheit. Schau dir doch die Geschichte an! Und wir können jetzt einen neuen Höhepunkt erreichen, weil endlich alle christlichen Hemmnisse ausgetrieben und die Menschen frei sind, verstehst du? Sex ohne Männer, das heißt Lust und Freiheit ohne Leid, ohne Moral. Das wird Kult, glaub mir!«

Mascha arbeitete weiter an einer zart keimenden Begeisterung, konnte aber nichts sagen, weil sich Francis in Rage redete.

»Wir Frauen müssen selbstbewusster und sexbewusster werden, wir müssen uns selbst steuern, wir müssen unsere Angelegenheiten selber in die Hand nehmen, von alleine geschieht ja nun gar nichts. Ich habe gerade eine Studie aus Amerika gelesen, die ist völlig eindeutig: Nichts boomt dort mehr als Vibratoren. Die Frauen machen sich auch auf dem letzten Gebiet völlig unabhängig. Und wir machen dieses Vibrierende, diese *vibration* hier zu einem Lebensgefühl. Der individuelle Dildo als Schmuckstück der deutschen Frau, genauso wie das Handy. Edel statt Schmuddel. Wie klingt das?«

»Irgendwie … na ja … abgefahren.«

Beide stießen an, tranken aus, Francis ließ anschreiben und lud Mascha zur genaueren Besprechung am folgenden Donnerstag ins Büro des Magnolia. Eine Kolonne Sicherheitsfahrzeuge raste an ihnen vorbei, von weitem war zwar ein Sprechchor, nicht aber seine Botschaft zu hören. Am Eck Simon-von-Utrecht/Detlev-Bremer-Straße lag, ungefähr vor dem Eingang der Buchhandlung Eisenkraut, ein verwahrloster Mann wie ein vertrockneter Wurm, wurde aber vom blonden Hünen, der augenrollend eine neue Kartonscheibe vor seine Brust hielt (*Sehe jetzt gar nichts mehr, und ihr seid schuld)* kein bisschen wahrgenommen.

Die beiden Frauen umarmten sich, Küsschen Küsschen auf die Wangen, dann griff Mascha Francis an beiden Schultern, drückte sie ein Stück zurück und sah ihr tief in die Augen:

»Wie geht's eigentlich deinem Mann?«

»Zweite Chemo. Manchmal erkenne ich ihn kaum wieder.«

»Eine Scheiße, dieser Krebs.«

28.

Zur Hitze kam die Schwüle, der Luftdruck stieg auf 1025 Hektopascal, und Hertz wurde wöchentlich fülliger. Er gönnte sich jetzt, was er sich zu John-&-Jacobi-Zeiten als hegenbarthscher Asket zu versagen hatte: Weizenmehl, Kohlenhydrate und tierische Fette. Sein Abo im Fitnessstudio Holmes Place war wegen Zeitmangel und Lebenswandel gekündigt, und er hatte sich entschieden, auf jede Art von Bodyshaping, das er seelisch ruinös fand, zu verzichten.

Gerade hatte er eine der größten Unternehmensberatungen davon überzeugt, eine Women-Speakers-Plattform aufzubauen, deren Organisation er gleich selbst übernahm. Wie oft hatte man ihm mit Klagen und Wünschen in den Ohren gelegen, Podien und Symposien mit Frauen besetzen zu wollen, aber keine geeignete zu finden, was, wie Hertz meinte, nicht an den Frauen lag, sondern an deren mangelhafter Vernetzung. Seine alte Kontaktedatei der John-&-Jacobi-Ära war Gold, zumindest einen Auftrag in Höhe von 50000 Euro wert, denn seine Liste rhetorisch einnehmender Frauen bestand vornehmlich aus Kandidatinnen der Assessment-Center, die er sechs Jahre lang durchgeführt hatte. Hertz hatte nicht nur einen nervösen Spürsinn für Codes, Chiffren, Charisma und Persönlichkeitsentwicklung, sondern auch ein unbestechliches, hochtourig arbeitendes Gedächtnis. Zusammengenommen bedeutete dies, dass er rasch zum Monopolisten avancierte. In der Stadt fand kein Workshop, keine *Business Academy*, kein *Leadership-Forum* mehr ohne die Beteiligung der JPHL und mindestens zweier aufsehenerregender Frauen aus dessen Kartei statt. Hertz selbst genoss den

Ruf eines klugen Strategen, der Strukturen schneller erfasste, als sein Umfeld sie ausbildete, und mit geistigen Ellipsen dort Synthesen setzte, wo andere noch nicht mal eine Antithese gefunden hatten.

Sein Logistikmanagement funktionierte. Er hatte, auf Projektbasis, zwei weitere Kuriere eingestellt und trieb selbst permanent Akquise, weil er merkte, wie Mastberger und die Revitalisten ihn einzunehmen begannen, und von einem einzigen Auftraggeber abhängig zu sein bewies seiner Ansicht nach unternehmerischen Dilettantismus.

Dass die Revitalistische Gesellschaft Exklusivität erwartete, war ihm kürzlich unter einem für ihn typischen Hustenanfall von Mastbergers Referenten mitgeteilt worden. Auf dessen Wunsch hin hatte Hertz Bereitschaft signalisiert, an den Infrastrukturen eines neuen *Kreativ-Clusters* zu arbeiten und jene Kräfte zu vernetzen, die sich mit neuen Förderprogrammen und Stipendien für die Macht des Umschwungs einsetzten.

Am späten Nachmittag führte ihn die Übergabe einer RG-Akte mit der bei JPHL höchsten Prioritätskategorie »Supra« abermals ins Institut für vermeidbare Zusammenhänge. Als er in die Simon-von-Utrecht-Straße einbog, verließ Mascha mit Francis' Lippenabdruck auf der Wange gerade das Barista Ecke Hein-Hoyer-Straße, ohne dass sie Hertz oder der sie gesehen hätte.

Alle verfügbaren Rollläden waren herabgelassen, die Fenster verschlossen, die Türen verriegelt. Hertz klingelte vergeblich, klopfte und rief schließlich an.

»Ah, Sie! Kommen Sie rein.«

Der Adlernasige schob eine Polsterwurst vor die Innentür und deckte den Spalt zum Boden zu.

»Zu viel Luft kann gefährlich werden, verstehen Sie?«

Die beiden Männer, so lautete der Auftrag, sollten gemeinsam an einer Strategie zur Übernahme der sogenannten »Psychokonsistentialisten« arbeiten, um durch Einverleibung und Flurbereinigung für die Revitalistische Gesellschaft geistige Monopole zu schaffen.

»Das wird übrigens alles andere als leicht«, sagte der Adlernasige unter Einsatz eines hyperaktiven Zeigefingers, der, wie ein entfesselter Joystick, jede Silbe in eine andere Richtung schickte, »aber«, zack, zack ging der Finger hin und her, »wir müssen die Konkurrenz neutralisieren, um unser Ziel zu erreichen, ganz klar.«

»Ich weiß«, sagte Hertz und überlegte noch immer, ob er den Kaffee, den der Alte eingeschenkt hatte, tatsächlich trinken sollte.

»Es ist weitaus anstrengender, ohne Feindbilder leben zu wollen, Herr Hertz, aber das erfordert mehr Einsicht in Theorie und Tätigkeit der Spiegelneuronen, als das gemeine Volk in der Lage ist zu begreifen.«

Was hätte Hertz gegen eine solch edle Erkenntnis einwenden sollen, zumal sie mit kreisenden Handgelenken angetrieben wurde?

»Was die Spiegelneuronen angeht, bin ich nicht ganz auf dem neuesten Stand«, sagte Hertz.

Der Adlernasige hatte nichts anderes erwartet.

»Sie haben also Rizzolatti nicht gelesen.«

»Nein.«

»Hm, ja, nun.«

»Ist das ein Problem?«

»Sagen wir so: Die Revitalisten sind der Meinung, und zwar vorwiegend … also Bobby Mastberger vor allem … dass das Spiegelneuronensystem in den menschlichen Gehirnen durch gezielte Therapien zu größeren Leistungen gereizt werden müsste.«

»Das war mir neu.«

»Und jetzt ahnen Sie mal, warum.«

In bewährter Manier zog Hertz die Unter- über die Oberlippe.

»Mitgefühl für die andere Kreatur, Empathie, ist wesentlich vom Spiegelneuronenkomplex in der Großhirnrinde abhängig: Die entsprechenden Neuronen feuern ja nicht nur, wenn Sie, also Sie, Hertz, zum Beispiel … wenn Sie selber etwas tun, sondern auch, wenn Sie«, der Zeigefinger ging erst gegen Hertz, dann gegen ihn, »*mich*, Ludwig Kullus, bei einer ähnlichen Handlung beobachten. Spiegelverkehrt, verstehen Sie?«

»Ein wenig. Immerhin kenne ich jetzt Ihren vollständigen Namen.«

Hertz suchte nach einem verlässlichen Ort, an dem er sich hätte setzen können, und fand zwischen Bücherstapel, Wasserpfeifenkopf, geschichteten Tüchern, Bronzestatuetten, Schälchen und einem gerollten Kelim ein Stück Ledercouch. Kullus' Handgelenk dirigierte ihn in die Sitzlücke.

»Oh, ich dachte, Sie wüssten, wer ich bin.«

»Zu wenig Spiegelneuronen im Kopf.«

»Nun gut, ich will Ihnen weitere wissenschaftliche Details ersparen.«

Kullus tat so, als ob er den Sachverhalt jederzeit zweifelsfrei erklären könnte. Aus seinem Hals kroch ein Lachen, das nicht gerade Demütigung im Sinn hatte, aber Hertz musste sich eingestehen, eine andere Absicht nicht erkennen zu können. Kullus hatte die zwei galvanisch getrennten Stromkreise eines Optokopplers unterbrochen, der Lötkolben steckte im Bock. Es stank nach Lötzinn. Er legte seine Brille auf dem Fototransistor ab und ging zu einem der vielen Tische.

»Leuchtdioden. Gerade bei Optokopplern dreht sich alles um die LEDs, aber es lohnt sich, weil die Dinger analoge und digitale Signale übertragen können.«

In seinem Zimmer setzte sich Gruscht und Schund über alle Epochen, Stilformen und Ordnungsprinzipien hinweg:

da ein Grammophon, hier eine Satellitentelefonbox, dort eine achtköpfige Familie kunstgoldener Buddhastatuen, auf dem Boden zusammengerollte Filmplakate, Bronzebecher, ein Paket von General Logistics System, ein Auspuff, Bücherstapel, Fruchtbarkeitsgöttinnen aus dem Omodelta in Form grob geschnitzter Holzskulpturen, DVD-Hüllen der Filme *Der Grobian von Magdala* und *Die Exekution der widerspenstigen Nonne.* In seiner Haltung lag etwas zu allem Entschlossenes, als sei es Kullus' Bestimmung, an diesem Punkt (der übrigens auch jeder folgende hätte sein können) das Schicksal herauszufordern. Wenn sein Körper von Aufbruch sprach, wurde er hektischer, sein Schritt eifriger, und seine Handgelenke erhöhten ihre Drehzahl. Niemand hätte ihn jetzt davon abbringen können, Hertz mit einer Person bekanntzumachen, auf die Kullus die größten Stücke hielt – zumal er, Kullus, unversehens in den Duzmodus gewechselt war.

»Wir müssen vorher noch zu Wams, du wirst staunen«, sagte er in Richtung Hertz, dem gar nichts anderes übrigblieb, als breitbeinig im Couchpolster zu versinken.

»Wams?«

»Ein alter Kumpane. Erschrick nicht, wenn du ihn siehst, der Wahnsinnige hat alles, was es an Ekligem gibt: Fettleber, Asthma, Gürtelrose, Gicht, Hämorrhoiden, Krampfadern, Dauergastritis, Migräne, Rheuma und chronische Verstopfung.«

»Krebs hat er also nicht.«

»Ein Wunder, nicht wahr, dass seine Schilddrüse das alles mitmacht!«

»Und was tun wir bei Wams?«

»Abwarten … Abwarten.«

Kullus legte seinen frottierten Bademantel nicht etwa ab, sondern zog Hose und Hemd darüber. Die Fahrt zu Wams gehörte zum Aufregendsten, was Hertz seit seiner Entlassung durch Hegenbarth erlebt hatte.

Kullus besaß einen mohnroten K70 (wie Hertz Baujahr 1975) und steuerte ebenso konsequent verkehrt in Einbahnstraßen, wie er dem rasselnden Getriebe die Erleichterung des zweiten Gangs verweigerte oder jederzeit spontan, mit hohem Tempo und vor allem blinkerlos abbog, was selbst die gemächlichsten Fahrer dieser an gemächlichen Fahrern so gesegneten Stadt auf die Palme brachte. Jedes Mal, wenn Kullus Vorfahrten anderer jäh beendete, halb auf dem Trottoir fahrend Rentnerinnen nötigte oder Fahrradkuriere mit der Hupe so verschreckte, dass sie gegen Blumenkübel eierten, sang er den Schlager *Ich bin ein Konsistentialist, der sein Herz niemals vergisst,* wobei er auf dem Sitz hin und her rutschte und seine Brust ein Stück näher an das mit beiden Händen greifreflexartig umklammerte Lenkrad drückte.

Es kam der Moment, da ein Martinshorn ihm seinen Gesang verdarb und der Polizeimercedes Kullus' gutes Recht auf Anarchie einschränkte, wofür der prinzipiell kein Verständnis hatte und derart scharf auf die Bremse stieg, dass der K70 kurz vor dem Aufprall an Motorversagen starb, weil Kullus gegen Hertz' Rat die Kupplung zu treten ignoriert hatte. Nichts ging mehr, und das in jeder Hinsicht. Holstenwall und Kohlhöfen waren gesperrt, Ludwig-Erhard-Straße und Steinweg Richtung Großneumarkt mit einem Pfropf aus Fleisch und Blech verstopft, der Enckeplatz durch den Abriss eines Kirchturms zweckentfremdet.

»Verkehrsinfarkt!« schrie Kullus und kurbelte sein Fenster herunter.

»Hey, was ist da los?«

Er war tatsächlich überrascht, dass niemand antwortete.

»Eine Masse antwortet nie«, klärte Hertz auf.

Kullus optierte für den Fußmarsch und bedeutete Hertz mit dem Fingerspiel, er solle in den Fensterrahmen greifen, während er, Kullus, die Karre von hinten schöbe. Als sie die ersten Schritte auf dem glühenden Asphalt zurückgelegt hatten, vermeldete Kullus, dass er keine Lust mehr auf diese Geherei habe, und schlug angesichts eines U-Schildes den Ritt mit der Hochbahn vor.

Sie stiegen in den Untergrund und begegneten als Erstes zwei nigerianischen Missionaren mit breitrandiger Hornbrille, dann rannte Kullus plötzlich los, schrie nach Hertz und hielt die zuschnappenden Türen des Wagens einen Spalt auf. Hertz schlüpfte gerade noch durch, wurde aber, weil Kullus die Kräfte ausgingen, von den Türen in die Zange genommen, stand halb drinnen, hing halb draußen und spürte seinen Kreislauf davonrennen, obwohl er sich nicht bewegen konnte. Die Stahlkante des Türrahmens saß direkt auf seinem Brustbein, aber sein Herz schlug außerhalb des Wagens.

»Regelmäßig atmen«, riet Kullus und schnaufte im Walzertakt.

»Das bringt mich jetzt nicht wirklich weiter!«

»Es gibt immer wieder so ne Typen, die den gesamten Betrieb aufhalten«, nölte der Fahrer durch die Lautsprecheranlage, löste den Luftdruck, die Tür ließ von Hertz ab, gab ihn frei, schloss sofort wieder, und als der Zug sehr ruckartig anfuhr, stolperte Hertz in den Gang des Abteils, strauchelte und musste sich auf den Knien eines zeitunglesenden Mannes abstützen, dem diese Nähe völlig egal war.

Eine halbe Stunde später trafen Hertz und Kullus bei Wams ein.

Wams hieß »Wams« nicht allein, weil er ein Fettsack gewesen wäre, der er in der Tat war. Die Erstbuchstaben seines Namens Werner Anton Markus Schaf waren angesichts seiner leibhaftigen Erscheinung ein Gebot der Logik. Der tonnenschwere Wams, gebürtiger Wiener, wohnte in einem Ledersessel, aus dem er nur aufstand, um seine Bauch-, Hüft- und Schenkelwülste so auf der Toilettenbrille zu arrangieren, dass die Löcher harmonierten und das angestrebte Geschäft glückte. Wer immer zu Wams kam, den empfing der messerscharfe Intellekt eines Verfahrenstechnikers, der im Auftrag der *PreussenElektra* dem Kernkraftwerk Brunsbüttel einst zur Nuklearreife verholfen hatte.

Das Erste, was Hertz von Wams wahrnahm, war ein schwallartig sich entladender, in manchen Passagen herausgewürgter Husten. Wams litt zurzeit unter Sekretstau.

»Na, hörts mir auf«, er schnaufte, als seien seine Nasenscheidewände seit der Geburt zu eng gewachsen.

Wams und Kullus tauschten sich über Topfenstrudelrezepte, Faschismus, Schleimbeutelentzündungen und ingeniöse Ingenieure aus, ehe sie sich in der Einschätzung einig waren, dass es mit der herkömmlichen Menschheit in Kürze aus und vorbei sei. Und wo war Hertz im Moment derartiger Weltweisheit?

Er stand neben Grill, Kohlesack, Fahrradskelett, Buchsbaumleichen und einem zerfetzten Fischernetz auf der wamsschen Terrasse und telefonierte mit Abele, der ihm die Neuigkeit mitteilte, dass der Vorstand der Revitalistischen Gesellschaft zur Verhinderung von Kropotkins angeblich sicherem Tod auf dem Nekroseologenkongress gerade den Securityschutz genehmigt habe. Man werde acht Leute der hauseigenen PTF einsetzen.

»Der was?« fragte Hertz

»Der *ProTectilForce*.«

»Und dazu kriegt Kropotkin noch 10000 Euro Honorar?«

»Der Mann ist ein Ereignis, man weiß nicht, wie lange er noch unter uns ist.«

Niemand hatte je von den Attentatsdrohungen, die Kropotkin lancierte, direkt gehört, und keiner wollte das Gerücht bestätigen, er, Kropotkin, solle das Opfer einer Säureverätzung oder eines Giftanschlags werden. Alle Recherchen des Investigative Department der Revitalistischen Gesellschaft deuteten auf Paranoia hin, und Hertz begann im Stillen Kropotkins Raffinesse zu bewundern, da er sich gut vorstellen konnte, dass der einsame Kämpfer aus der sibirischen Steppe die Mär vom angekündigten Tode geschäftstüchtig zu inszenieren wusste – ostisch-dramatisch wie Mascha, aber sehr effektiv und, ökonomisch betrachtet, überaus geschickt.

Durch einen Baum- und Häuserspalt konnte Hertz sehen, dass der Großneumarkt abgesperrt wurde, und er hörte, wie sich Kullus am Kraterrand eines Ausbruchs von Hysterie befand.

»Eh ingeniös, deine Flipperei hier«, sagte Wams und kratzte sich unterm geöffneten Hemd die stellenweise behaarte Brust. Kullus solle jetzt mal runterkommen und ihm, Wams, vertrauen. Er wisse erstens, welche Geschichten das Volk jetzt zur Beruhigung brauche, habe zweitens noch nie versagt und drittens sehr empfindliche Trommelfelle, weshalb er nur den exakt definierten Schallpegel von achtundsiebzig Dezibel ertragen könne, ohne noch wahnsinniger zu werden.

Als Hertz die Schiebetür betätigte, verstummte Kullus, und Wams pfiff das *Lied vom ingeniösen Seemann.* Hertz meinte zu merken, dass Kullus' Lippen die Melodie mitpfiffen, was spiegelneuronisch vernünftig war, und wenn es allein nach der Form der Nasen gegangen wäre, so hätte er es in diesem Moment bei den beiden Herren evolutionsbiologisch betrachtet mit zwei separaten Spezies zu tun gehabt: Kullus' Adler- und Wams' Knollennasigkeit waren einander so fremdartig, dass hier Betrug an der gemeinsamen Abstammung vorliegen musste.

Über das brüderliche Verhältnis der beiden konnte Hertz höchstens spekulieren, erfuhr aber, als er und Kullus den Hügel abwärts Richtung Fleetinsel gingen, dass Wams als Kontaktmann der Revitalisten zu den Konsistentialisten fungierte und lange Zeit jene Aufgaben wahrgenommen hatte, die infolge seiner zunehmenden Krankschreibungen an einen ehemaligen Staubsaugervertreter übergegangen seien. Und wie überrascht war Hertz, als er auf der anderen Straßenseite, mit verstörender Unerschütterlichkeit beschenkt und an der Hand einen Aktenkoffer, den Hügel aufwärts gehend eben ihn entdeckte, der in einer Zielgewissheit voranschritt, die Hertz nicht mehr getrieben, sondern schon fanatisch vorkam: Volker Abele.

29.

Während Myers-Pirelli und Hegenbarth auf der Dachterrasse des Ostasienvereins mit einer Delegation des Yajun-Imperiums ein Kooperationsabkommen zu Finanzierung, Aufbau und Verwaltung des Harburger Entertainmentparks an der Nartenstraße abschlossen, torpedierte das Schicksal Francis Fischers neu erwachte Lebensfreude auf das härteste. Just an jenem Tag, da der letzte zu vergebende Platz im Kurs *Empathie V* siebenundvierzig Mal angefragt wurde, traf der Brief aus dem Klinikum ein. Bevor Francis – zwei Essener Vierkornbrote aus dem Bio-Kontor im Arm tragend, als seien es mehrschrötige Säuglinge – mit einer Hand in der unters Kinn geklemmten Tasche nach dem Haustürschlüssel suchte, hatte sie mit der anderen einen dünnen Umschlag entgegengenommen, den der Postbote ihr an den Briefkästen vor die Nase gehalten hatte. Sie legte ihre Sachen auf der untersten Stufe des Treppenaufgangs ab, blieb aber auch nach zwei Minuten außer Stande, den Brief mit dem Aufdruck *Hubertus Wald Tumorzentrum am Universitären Cancer Center Hamburg* zu öffnen. Diese Seite computergeschriebenen Papiers, was auch immer auf ihr stand, würde der Fingerzeig einer höheren Macht sein und über ihr weiteres Leben entscheiden, das wusste Francis. Mit gutem Grund war sie paralysiert, als zöge jemand einen Eisendraht, der jede Bewegung unmöglich machte, durch ihre Adern. Sie entschied sich für Feigheit, weil sie die Wahrheit nicht spüren wollte, ließ den Brief verschlossen, ging Absatz für Absatz weiter, verstrickte sich aber bei jeder dazukommenden Stufe weiter in Spekulationsschleifen, die ihr, auf dem dritten Plateau angekommen, gar keine andere Wahl ließen, als den Umschlag aufzureißen und sich am Geländer festzuklammern. Sie las die Zeilen ein zweites Mal so langsam, dass jedes Wort seine Wirkung entfaltete, dann das dritte Mal, und dann sah sie, dass die Tinte, mit der der Doktor unterschrieben hatte, verwischt war: Ein Tropfen war auf das H von »Hold« gefallen, das jetzt in Schlieren davonlief. Sie las ein viertes Mal, verstand nicht, was sie las, sah nur wieder und wieder das befürchtete M-Wort … *es wurden Metastasen in Leber und Lymphknoten festgestellt, die eine abermalige Operation erforderlich machen. Bitte vereinbaren Sie so bald als möglich einen Termin mit uns.*

»Schatz, bin wieder …«, rief sie unter Tränen, wobei ihr das »da« wegglitt und mit sinnlos produziertem Speichelüberfluss in die Luftröhre rutschte, dass ihr Husten für einen Moment dem von Kurt in nichts nachstand. Ihr blieb nichts anderes übrig, als William zu ignorieren, während sie ins Bad rannte, die Tür abschloss, sich übers Waschbecken beugte und mit protestantischer Strenge einen Heulkrampf unterdrückte. Auf der Badewannenkante sitzend sah sie, dass Kurt ein Haarwaschmittel gekauft hatte, Emosie Kräuter mild, *sein* Haarwaschmittel, das er nahm, seit sie ihn kannte. Francis griff die ockerfarbene Tube und drückte sie an ihre Wange und fand es einen symbolischen Sieg übers Schicksal, dass Kurt begonnen hatte, seine einen Zentimeter langen Haare wieder zu waschen.

»Hallo, Francy-Schatz!«, presste sich Kurt ab. Er lag im Bett und spürte zwischen seinen Beinen eine nasse Wärme. Unter der Decke roch es nach Ammoniak, wenigstens war sein Urin nicht blutig. Den fehlgesteuerten Zellen seiner Organe war er machtlos ausgeliefert. Irgendwann fing sein Blick eine Schmeißfliege, die das große Wohnzimmerfenster zur Straße nach einem Ausgang absuchte. In einer für Fliegen unerhörten Geschwindigkeit sauste sie über die

Scheibe, und Kurt empfand Genugtuung darüber, dass das Tier eingesperrt blieb. Er selbst blieb ja das restliche Leben lang eingesperrt in das Verlies seines Verfalls – warum sollte es eine Schmeißfliege besser haben? Sie setzte sich unterhalb des oberen Rahmens, ruhte ein paar Sekunden, krabbelte ausgerechnet vom Rahmen weg und schlug mit ihrem Kopf immer wieder gegen das Glas. Kurt kam zu der Erkenntnis, dass Fliegen dumm waren, weil sie nicht Wahrheit von Fiktion trennen konnten, denn das Fenster war eindeutig nicht die grenzenlose Welt. Er stellte sich die Verzweiflung im kleinen Fliegenhirn vor, die überstrapazierten Synapsen, die an der Klarsicht scheiterten, weil Francis, seit er krank war, alle drei Tage die Fenster putzte, um seinen Blick nach draußen ungetrübt sein zu lassen. Dass er Kinderstimmen und Williams Gebell gegenüber empfindlich geworden war, wusste Kurt. Dass aber der Lärm eines an die Scheibe stoßenden Schmeißfliegenkopfes den Druck in seiner Brust derart erhöhen konnte, dass er Francis auf dem Handy anrief, um ihr Vorwürfe zu machen, überraschte ihn gelegentlich selbst.

Er stand auf, nahm eine Ausgabe des Hamburger Abendblatts, faltete sie zu einer Waffe und setzte einen gezielten Hieb auf die Fliege ab. Je irrer sie wurde, desto irrer schlug er nach ihr. Bevor er außer Atem geriet, schlug er schon gar nicht mehr nach der Fliege, sondern nur auf das von Fliegenkot bespritzte Glas, wo er es erreichen konnte. Nach zwölf Schlägen musste er sich setzen und schnappte mitten in einen stechenden Schmerz der Leber hinein mit seinem verbliebenen Lungenflügel nach Luft. Die Entfernung vom Ohrensessel zur Balkontür betrug nur noch einen halben Meter, weil Francis nicht wollte, dass er größere Distanzen zurückzulegen hatte, also beugte er sich vor und zog die Tür auf. Die Luft draußen war stickiger als drinnen und roch nach gerösteten Kaffeebohnen. Obwohl die Fliege mehrmals in unberechenbaren Hakenbewegungen an der Öffnung vorbeiflog, spürte sie die angebotene Freiheit nicht. Ein dämliches Tier, sagte sich Kurt. Ein sackdummes Tier. Ein zynisches Tier! Ein letzter verzweifelter Hieb riss der Fliege den Rücken auf. Ihr dunkelrotes Blut haftete im Glas des Spiegels Louis-treize, den Francis vor Jahren aus dem Antiquitätengeschäft Neumeier bezogen hatte. Als Kurt sich darin gesehen hatte, war der Entschluss reif: Er würde sich vom Schicksal nicht ausknocken lassen. In den folgenden Tagen begann er, nach den Details einer revolutionären Heilmethode zu suchen.

Wenn er nicht Aura TV oder *Meike am Mittag* sah, verbrachte er jetzt die meiste Zeit vor Francis' iMac und surfte über die Seiten einer mysteriösen Community, die einen weltweiten Handel mit Schlangenseren betrieb. Sie waren unendlich oft verlinkt. Kurt war, als bestünde die Welt nur noch aus Links. Das war also jetzt *die Welt*: miteinander verlinkte Links. Er klickte sich durch diese Welt. Das *Länger-weil-giftiger-leben*-Team der niederländischen Nekroseologenvereinigung bot fläschchenweise Polypeptide an, die im Gift der Tempelviper vorkamen, Proteine, welche im Tierreich ihre Opfer lähmten und bei den Menschen vornehmlich in Schönheitsoperationen eingesetzt wurden, um dem Spiel der Falten ein tödliches Ende zu bereiten und reiche Frauen glücklich zu machen. Je länger er suchte und je mehr er las, desto mehr war Kurt überzeugt, dass ihm nur noch das Batroxobin der hochgiftigen und prachtvollen Lanzenotter aus den peruanischen Anden helfen würde. Den entscheidenden Hinweis gab die Homepage der belgischen Nekroseologensektion, die mit der Seite eines Professor Wiktor Kropotkin verlinkt war, der seit Jahren an sogenannten »Disintegrinen« forschte, Enzymen, die Krebszellen an Wanderung und Wucherung hinderten und die Wechselwirkung zwischen Tumoren und dem umliegenden Gewebe hemmten. Der kropotkinsche Tumor-Nekrose-Faktor versprach nichts weniger, als eines der größten Probleme der Medizin auf verblüffend einfache Art und Weise zu lösen: Krebsgeschwülste durch Schlangengift zum Absterben, zur Nekrose, zu bringen.

Kropotkin war angeblich Anarchist und lebte in einem Dorf im nördlichen Ural. Kurt hatte weder von ihm, noch von der Gegend, noch hatte er den Namen des Dorfes je gehört. Das war erstaunlich, weil er sich theoretisch sehr gut in Russland auskannte. Nach allem, was er über Kropotkin in Erfahrung bringen konnte, war der Mann ein hochdekorierter Wissenschaftler der Sowjetunion gewesen und dann von einem Tag auf den anderen in Ungnade gefallen, weil er bei einem Vortrag vor der Internationalen Vereinigung der Zystologen in Genf die absolute Selbstbestimmung des Menschen gefordert hatte, weswegen er vom KGB nach seiner Rückkehr mindestens unter Hausarrest gestellt wurde.

»Verstehst du, Francis, dieser Mann ist vielleicht der letzte große unabhängige Geist.«

»Ach Körte, du mit deinen großen Geistern ... Ich finde ja eher, dass dieser Spengler ein Supertyp ist.«

»Kropotkin ersetzt Glaube durch Nihilismus, verstehst du?, das ist genial, gerade heute!«

»Du bist ja immer noch das Revolutionsträumerle von früher!«

»Das hat ja mit Revolution nicht das Geringste zu tun, Francis, da geht es um mehr«, Kurt pochte auf sein Recht zur historischen Wahrheit und schlug mehrfach mit dem rechten Handrücken in die linke Handschale, »da geht es um gültige Einsichten in das, was den Menschen von morgen auszeichnet, verstehst du, *Evolution*, pure Evolution, und wenn das dann irgendwas Revolutionäres an sich hat, gut, umso besser, ich habe ja immer an den Kampf geglaubt.«

»Ach Schatz, das ist doch damals nicht so schlecht gewesen, wir haben ne ganze Menge für die Frauen erreicht.«

»Ach ehrlich, Francy, das war doch alles albern und halbwegs naiv.«

»Körti, jetzt mach nen Punkt!«

»Na gut, sagen wir: Es war romantisch. Punkt.«

»Wieso denn naiv?«

»Revolutionen haben nur Zerstörung im Sinn, aber kein Ziel. Sie steigern nichts, sie schaffen nichts. Sie zerstören und drehen zurück.«

»Das ist mir neu und zu einfach.«

»Alle Revolutionen enden in Gewalt und Diktatur. Befreit wird immer nur eine kleine Gruppe, die dann wieder eine andere unterwirft, die sich dann wieder erhebt, und so fort. Das ist doch Kindergarten. Und die Menschen gehen reihenweise drauf.«

»Das ist mir jetzt wieder zu radikal, Schatz. Haben wir heute nicht, na, ich würde sagen, das meiste von dem erreicht, wofür wir früher mal auf die Straße gegangen sind?«

Kurt konnte nicht mehr antworten, weil er die Stiche parieren musste, die eine Horde Metastasen seiner Leber zufügten, und so sehr er sich auch vornahm, lautlos zu leiden, es gelang ihm nicht mehr. Francis hörte jede Rhythmusverschiebung seines Atems, Revolutionen waren an dieser Wirklichkeit gemessen nachrangig. Sie küsste seine Stirn und strich über das wohlriechende Kopfhaar, das noch keinerlei Widerstandskraft hatte. Dann übergab sich Kurt in ein Nierenschälchen aus grauer Pappe.

Die Böden der Zimmer ihrer großbürgerlichen Altbauwohnung, fünfter Stock, westlicher Kiez, zwei Parallelstraßen »à côté du Reeperbahn«, wie Francis die Lage gern beschrieb, waren mit Teppichen und Gobelins in Quadrat-, Kolonnaden- und Seifenblasenmusterung bedeckt, die an den Enden gelegentlich übereinanderlagen. Des Weiteren schlug sich Francis' Leidenschaft für Jugendstil in Art-nouveau-Lampen, Émile-Gallé-Vasen, Art-déco-Glasfigurenensembles und Tiffany-Stelltischen nieder, und der Kaminsessel aus blutrotem Echtleder, von dem aus Kurt seit seiner Heimkehr von der zweiten Chemo die meiste Zeit aus dem Fenster stierte, soll angeblich der Familie Gustav Klimts gehört haben, dessen Frauenporträts Francis, seit sie die erste emanzipatorische Renitenz verspürt hatte, zutiefst verehrte. Es war gar nicht unwahrscheinlich, dass sie, wie üblich in Träume versunken, als Neuntklässlerin sogar in ihr Schulheft vermerkt hatte: *Gustav forever.* Mit Klimt im Geist begann eine herrliche Sucht: Francis wurde Sammlerin adretter Nebensächlichkeiten und verschrieb sich jeweils mit Haut und Haar den jeweiligen Objekten. Klimt, Orchideen, Tücher, Fossilien, Vasen, Callas-Arien, Bildbände, Todesanzeigen – Francis sammelte, um die Dinge vor dem Verschwinden zu bewahren. Genau genommen sammelte sie Liebesbeweise des Lebens an sie. Und, so war es früher gewesen, sie hatte sexuelle Interaktionen mit möglichst vielen Männern in offiziellen Ämtern gesammelt, um ihren Selbstwert zu steigern, obwohl sie für keinen Mann außer Kurt etwas empfinden konnte. Vor ein paar Jahren hatte sie auch noch an mehreren Sitzungen der AM, der Anonymen Messies, teilgenommen, die sich wöchentlich in der Großen Bergstraße in Altona trafen. Nicht die Lust zur Selbstkorrektur, sondern das schlechte Gewissen trieb sie in das mit Ikea-Möbeln dekorierte Wohnzimmer eines Jugendstilhauses neben dem Büro der AFIE (Begegnungsstätte afghanischer Frauen im Exil), wo die Kranken in der Vermüllung eine »paradiesische Fülle« entdeckten und die Fähigkeit, in Dingen seelisch ebenbürtige Kreaturen zu sehen, als klug empfanden. Die Leiterin der AM hatte Francis darauf gebracht, dass sie nicht Dinge sammelte, sondern Fetische. Sie solle sich mal darüber Gedanken machen und einen Analytiker aufsuchen. Die anderen sprachen ihr den Messie-Status kurzerhand ab, was Francis anfangs als Zurückweisung, nicht als Entlastung begriff. Aber es stimmte: Sie konnte den Messie in sich nicht entdecken. Sie konnte nur das Schöne, Erregende nicht loslassen. Wie oft hatten Kurt und sie über den tieferen Sinn der Vergänglichkeit gestritten!

Er, ostentativ betont übrigens, er, so Kurt, fühlte sich wohl im allgemeinen Furor des Verschwindens. Was stillstehe, sei tot, und ohne Verschwinden kein Werden, um es geschichtsphilosophisch auszudrücken.

Das sei ja sehr abgehoben, so Francis.

Sie müsse mal lernen, nicht immer nur an das Vergnügen, sondern an den Überbau zu denken!

Als ob er danach lebe!

Ja, mit manchen Abstrichen sei das seine Lebensanschauung.

Ihr entfuhr das Wort »lächerlich« im denkbar ungünstigen Moment, als Kurt sich auf der Parabel der Paranoia schon sehr weit oben befand und wem auch immer unterstellte, die Rechtschaffenen in den Ruin zu treiben.

»Ach, dann meinst du also mich?«, so Francis.

Wie es sich für einen politisch denkenden Mann geziemte, stand Kurt auf und ging ins Komm Somolze in der Paul-Roosen-Straße, wo es Bauernfrühstück gab und seine Welt in Ordnung war.

Kurt hatte über die Jahre ihrer Ehe hinweg eine Nachlässigkeit entwickelt, die die Genossen seiner Sozialistischen Plattform noch immer in Verzückung, Francis an schwachen Tagen dagegen zur Weißglut gebracht hatte, vor allem, wenn er es für nötig hielt, an den Subbotniki, den Samstagen, freiwillige soziale Dienste zu leisten und dafür ihre Auftritte bei Weinfesten in Lüneburg oder dem Wandsbeker Folkfestival sausenzulassen.

Am Mittag jenes Tages, da man im Hubertus-Wald-Tumorzentrum ein Stück von Kurts befallener Leber herausschneiden würde, kaufte Francis zwei Piccolo-Flaschen und trank sie auf der Schaukel des angrenzenden Kindergartens selbst für ihre Verhältnisse zu schnell aus. Sie hatte Körti Jesus Emperados neuestes Buch *Leben im Hier und Jetzt* gekauft und es auf den Nachttisch des Zimmers 225 gelegt, in dem Kurt mit dem abgemagerten Gemüsehändler Oktay Inceoglu ein paar freundliche Worte über die türkische Bezeichnung für Bauchspeicheldrüsenkarzinom wechselte.

Francis schlurfte in ihr Arbeitszimmer und sortierte die Anmeldungen zum Kurs *Empathie VI*. Die *Retreat-Seminare* der neuerdings nach Rosenwasser riechenden Prinzessin waren wenig gebucht, ihr Kurs *Zelluläres Bewusstsein in vier Dimensionen* aber immer noch das Prunkstück im Programm des Magnolia. Seit die zweite Chemotherapie Kurts Wesen zu verändern schien, ließ Francis ihrer Leidenschaft für Mandelmousse und Mandelcremetafeln wieder ungehemmten Lauf. Und sie interessierte sich immer mehr für Charly Spengler, nicht deswegen, weil mittlerweile jeder Zweite von ihm oder über ihn sprach, sondern weil sie das Gefühl hatte, dass Spengler ihrem Traum eines Rebellen aus echtem Schrot und Korn sehr nahekommen könnte. Einflussreiche Männer der Tat fand sie schon immer verführerisch, und ihr sexuelles Gespür für künftige Staatssekretäre und Minister war ein verlässliches Indiz für den unaufhaltsamen Aufstieg mancher Männer zwischen dreißig und sechzig. Als Kurt seine Leber verlor, biss Francis gerade in ihre vierte Mandeltarte.

30.

Hertz sah der Verdunklung des Himmels zu. Die Schatten verschwanden. Die Nacht machte keine Unterschiede mehr, anders als der Tag, dessen Vielfalt und Vielförmigkeit manchmal kaum zu bewältigen waren. Der in paradoxe Einheiten zersplitterte Tag hatte sich zu keiner Zeit bereit erklärt, ihn in sich aufzunehmen, aber Hertz machte ihm daraus keinen Vorwurf, weil er mittlerweile in der Lage war, die Dämmerung in sich einfließen zu lassen. Unbeirrbar nistete die Hitze in den Fassaden der Häuser. Die Wände hätten glühen müssen, wirkten auf Hertz aber wie gelähmt.

Obwohl er ununterbrochen schwitzte, war offensichtlich, dass er aufgeschwemmt war. Wenn es nicht Wasser war, das er speicherte – was dann? Würde Hegenbarth ihn in seiner Aufgedunsenheit sehen, er hätte ihn mit kleinen, gezielten Schlägen vernichtet. Hegenbarth. Dieser Mann ließ Hertz keine Ruhe. Da hatte man ihn kürzlich gefragt, ob er bei Enigma einen Vortrag über den Wechsel vom Banker zum Existenzgründer halten wolle, und er hatte aus dem Reflex seines Pflichtgefühls heraus zugesagt und dann sein Leben betreffend hauptsächlich über Hegenbarths Volten zwischen Vorstandsmitgliedschaft und Menschsein gesprochen. Seither häuften sich Momente, in denen er Hegenbarth zu ihm sprechen hörte, er sah ihn lachen, vernahm den hegenbarthtypischen Schritt, den schweren Auftritt der Schuhe, obwohl Hegenbarth vergleichsweise dünne Beine und wenig Körpergewicht hatte. Dass er Hegenbarths Opfer war, konnte Hertz nur verstehen, indem er sich klarmachte, dass dessen Günstling zu sein stets bedeutet hatte, von der permanenten Erneuerung dieses Zuspruchs abhängig zu sein. Die Währung, mit der er die rauschenden John-&-Jacobi-Jahre beglich, war Unfreiheit. Wie autonom auch immer Hertz zu sein gemeint hatte – gesteuert hatte ihn Hegenbarth. Er war angesichts der Frage, ob Hegenbarth dies bewusst oder intuitiv getan hatte, ratlos.

Und was las er, wenn er las? Maupassant. Die gleichen Bücher, die ihm Hegenbarth empfohlen, dieselben, die ihm Hegenbarth geschenkt hatte. Bücher, die Hegenbarths Bleistiftanmerkungen hatten, auf dass Hertz sich Hegenbarths Lesart aneignete, dieselben Passagen wertschätzte, dieselben Sätze nochmals anstrich. Von Guy de Maupassant hatte er vor Hegenbarth noch nie etwas gehört, und wenn ihm bis heute jemand herzlich egal war, dann dieser Autor, dem es in all seinem Pathos ausschließlich um Liebe ging, dem nach Hertz' Ansicht am meisten überschätzten Thema der Menschheit. Um das Geheimnis zu finden, das Hegenbarth augenscheinlich entdeckt hatte, las er *Unser einsames Herz* und *Stark wie der Tod* ein weiteres Mal. Und während der Lektüre merkte er, dass er auch las, um sich auf einen möglicherweise feststehenden Identitätskern hin zu prüfen: ob er womöglich mehrere Ichs war, zufälliges Treibgut in den Wogen der Tage, die den Menschen nach ihrem Gusto hinauf- oder hinabspülten, als gäbe es eine mysteriöse Tide, die keineswegs religiös, sondern verdammt irdisch war, und ja: Er las Maupassant jetzt spiegelneuronisch und wollte testen, ob ihm von der Natur Empathie gegeben war und er sich in die einsamen Herzen von Madame de Burnes Verehrer einfühlen konnte. Er tat sich schwer damit und konnte allenfalls Selbstmitleid feststellen, was Kullus vermutlich zu einem Wutanfall verleitet hätte.

Von fern hörte er die typisch gewordenen Paukenschläge und Trillerpfeifen, irgendeiner der zahllosen Aufmärsche, die jetzt überall stattfanden. Er nippte am dritten Martini d'Oro mit Eis und Zitrone, lehnte sich zurück, legte die Füße auf dem Stuhl gegenüber ab und folgte dem Flug einer Schwalbe. Seit fünf Tagen hatte er nichts mehr von Mascha gehört. Er war der fantasieloseste Mensch, den er kannte, und doch sah er sie jetzt quer übers Bett gebreitet auf dem Bauch liegen, in großer Friedfertigkeit, nackt, schön, sexy, das Leintuch getränkt vom Blut, das aus ihren längs geöffneten Pulsadern sickerte. Er hätte sofort zum Roten Panther rennen können, ja, aber die Blöße einer peinlichen Bekümmerung wollte er sich nicht geben. Vielleicht vögelte sie ja auch gerade ungeschützt.

Gegen ihre Todlüsternheit wollte er nicht anrennen (und war davon ohnehin überfordert), seinem Bewusstsein fehlte die Kategorie der totalen Verzweiflung, die Mascha für eine geglückte Selbstzerstörung einforderte. *Ich brauche dich, wenn ich dich gerade will*, das hatte sie ihm oft genug gesagt und damit genauso das Gegenteil gemeint: *Ich will dich, wenn ich dich gerade brauche.* Er wusste nie, wann was der Fall war. Seit längerem endeten ihre Treffen grundsätzlich im Streit. Nein, anders: Sie trafen sich zum Streiten, ohne dass dadurch Nähe entstand. Streit war auch der einzige Sinn des letzten gemeinsamen Abends vergangenen Samstag gewesen. Mascha brauchte ihn mal wieder nicht, wollte ihn aber bei sich haben. Wie sollte er das verstehen?

»Mein Gott, du verstehst es wirklich nicht.«

Sie rauchte und malte, und er wollte wissen, woher sie so viel Bargeld habe.

»Du hast keine Ahnung. Du hast einfach von nichts eine Ahnung.«

»Ich habe eine einfache Frage gestellt.«

»Einfache Fragen sind mir zu blöd.«

»Auf welche Fragen antwortest du dann?«

»Du kapierst es nicht, oder?«

»*Was*? Was kapiere ich nicht?«

»Du bestimmst nicht über mein Leben.«

»Das habe ich auch nicht vor.«

»Dann lass es, Hertz, lass es einfach!«

»Du hast wirklich ein Problem …«

»Ich fass es nicht!«

»–«

»Ich bin es also, ich habe ein Problem, ich trage wieder die Schuld?«

Jetzt, in der Erinnerung an ihre Sätze vor einer Woche, war der Schmerz so richtig spürbar. Schmerz muss sich erst entfalten, das wurde Hertz klar, seine ganze hässliche Schönheit, die einen zu sich selbst zurückbrachte. Er fiel in Empathie zurück und sah Mascha auf dem Trottoir liegen, die Schädelbasis zerschmettert, mit herausquellenden Augäpfeln und zertrümmerter Hüfte vor der Pekingente, während die beschürzte Chefin hysterisch schrie und ihre kleinen Patschhändchen applaudierend gegeneinanderschlug, um die Wahrheit nicht greifen zu müssen.

»Wegen dir bringe ich mich bestimmt nicht um.«

Das war ihr Wort zum Sonntag.

»Du machst es dir schon sehr einfach«, sagte Hertz.

Er verlor seine Beherrschung grammweise.

»Ich habe dich nicht …«

»… es ist mir völlig egal, was du hast oder nicht. Du, du, du, um mehr geht es nicht. Deine einzige Bezugsquelle bist du. Einen so gnadenlosen Egoismus habe ich noch nie erlebt. Unglaublich.«

Sie legte den Pinsel zur Seite, nahm einen Schluck Volvic und steckte die nächste Lucky Strike an.

»Du hast keine Ahnung, was es bedeutet, ich zu sein.«

Durch das geöffnete Fenster strömte die Hitze der beginnenden Nacht. Den halben Mond umrahmte ein sämiger Hof, der Asphalt atmete, und Maschas Wohnung füllte sich mit dem Aroma des verbrauchten Tages.

»Ich blute.«

»Wie ›Ich blute‹?«

»So, wie ich es sage.«

Sie blies den Lucky-Strike-Rauch in den Satz aus, und dann war Stille. Dass sie ihn einweihte, kam für Hertz völlig unvermittelt. Er lernte an diesem Abend, dass die Blutung Maschas Leben bestimmte. Sie berichtete von Aggressionsschüben, von Wut und der Versuchung, gegen Türen zu treten, Schweres zu werfen und Dinge, etwas, egal was, zu zerstören, kaputtzumachen, »zu kaputten«, wie sie sagte, ein Glas, eine Karaffe, eine Kanne an die Wand zu schmeißen, irgendwas, das garantiert kaputtginge und garantiert etwas kaputtmachte, etwas Brauchbares, das nie wieder zu brauchen sein würde, das durch die Zerstörung seine Schönheit verlor, womit Rache geglückt wäre, woran auch immer, am Leben, an den Männern, weil Rache allein ihr totale Befriedigung brächte, entlastender als ungeschützter Sex, also wäre das Zertrümmern der schönen Dinge die Erlösung vom Verhängnis der Vergänglichkeit, denn das Abschieben des Eis in jedem Zyklus war das Abschieben des ganzen Lebens, der Jugend, des Ebenbilds, durch dieses Ausfließenlassen des fruchtbaren Bluts, mit dem Mascha kein neues Leben geben wollte, sondern ihres retten, das Blut, mit dem sie ihre Bilder malte und dieses dunkle Leipziger Rot schuf, durch das Hegenbarth sie berühmt machen wollte, nachdem sie so früh die Kühnheit besessen hatte, eine gänzlich schwarze Gemäldefläche von sechzig auf achtzig Zentimeter *red painting* zu nennen (11000 Euro; Verwirrung im Preis inbegriffen). Dieses Bild mit ihrem verkrusteten Blut hing in Hegenbarths Büro an der Gegenwand. Er hatte ihr geopfertes Leben ständig im Blick. Hertz verstand in diesem Moment den Zusammenhang zwischen Hegenbarth, Mascha und ihm.

Man konnte all dies sicher auch psychoenergetisch deuten, aber Hertz hatte dazu keine Lust. Er beugte sich vor, spähte durch die Eisenstreben seines Balkons und hörte, dass unten, auf dem Neuen Wall, Zigeuner den *Rumänischen Todesmarsch* spielten, mit schnatternder Trompete und hochgestimmtem Akkordeon, während sie an den Schaufenstern von Escada und Gucci vorbeigingen und zwei ihrer Frauen einen Coffee-to-go-Becher für den Obolus schüttelten. Dieser Abend, den er sich frei gehalten hatte, um letzte organisatorische Feinheiten für die Nekroseologenkonferenz vorzunehmen, erhielt gegen 20.21 Uhr eine unvorhergesehene Wendung, als mit einem *Pling* eine Mail in seinem MacBook eintraf. »Lieber Hertz«, stand da, »Sie sind natürlich mein Wunschkandidat, und ich hoffe auf Ihre bewährte Treue!« Nach all dem Schweigen Auskunft über Hertz' Befinden zu erbitten, wäre nicht Hegenbarths Art gewesen, aber er bat Hertz immerhin, sich gegenüber der kommenden Anfrage seines Assistenten aufgeschlossen zu zeigen. Die Mail endete mit: »Best, Ihr HJH.«

Es kam wie angekündigt: Für das CSR-Department der EuroFinanceGroup, das seit kurzem Herrn Dr. Hansjoachim Hegenbarths Leitung unterstand, solle Anfang Oktober ein Kongress zum Thema *Leadership in Society* geplant werden; die verantwortliche Abteilung Human Resources der EuroFinanceGroup wolle daher die JPHL mit der durchführenden Organisation beauftragen, vorausgesetzt, man einige sich auf Honorar und den Keynote Speaker Jesus Emperado, auf dessen Teilnahme, las Hertz weiter, Dr. Hegenbarth allerdings bestehe. Beste Grüße des Assistenten.

Das Design einer solchen Veranstaltung zu entwerfen, die Location zu suchen, Gäste zu rekrutieren, Listen zu fertigen, Einladungen zu schreiben, Redner zu finden, das Catering zu buchen, aus dem Nichts ein Netzwerk aufzubauen, zu steuern, zu gestalten, zu verwalten und seine Kuriere mit der Verschickung der fälligen Akten, Karten, Pakete zu beauftragen – all das passte exakt zum Profil seiner Firma. Seit er, noch als HR-Junior bei John & Jacobi, begriffen hatte, dass der Entflechtung der Welt nur durch ihre synaptische Wiederverknüpfung beizukommen sei, war Logistik sein Leib- und Magenthema. Auf Konferenzen, Cluster-Seminaren, bei Vorträgen und Präsentationen fügte Hertz sein Plädoyer für die logische Planung und Organisation von Dingen und Menschen wie ein Ceterum-censeo an den Schluss. »Es wird, meine Damen und Herren, bei der Okkupation der asiatischen Märkte wesentlich darauf ankommen, die Waren- und Personenströme entlang der Wertschöpfungskette so zu optimieren, dass keinerlei Reibungsverluste zu beklagen sind. Es wird in Zukunft auf den richtigen Moment ankommen. Was die Chinesen durch Fleiß, Masse und Raffinesse vorlegen, müssen wir durch Logik, Logistik und Steuerung ausgleichen. Nur dann können wir den Kampf gewinnen. Vielen Dank.«

Wie hatte Hegenbarth Hertz angestrahlt, nachdem er seiner Schulter einen Prankenschlag versetzt hatte, »mein Jungfuchs!« Und als sich Hertz in den Applaus hinein verbeugte, verbeugte sich auch Hegenbarth ein wenig.

Nur: Die Situation, in der er sich jetzt, Ende August, befand, war denkbar schwierig. Er arbeitete exklusiv für die Revitalisten, neuerdings für Spengler und sollte jetzt Hegenbarth ein glanzvolles Symposium organisieren. Abgesehen vom zeitlichen Aufwand brachte ihn das in ein Dilemma: Wofür stand er eigentlich? Für einen Bewusstseinswandel à la Mastberger? Für das Weiter-so à la Hegenbarth? Für den Aufstand à la Spengler? Das Einzige, was die drei Herren verband, war er, Hertz, und das ohne deren Wissen. Seine Arbeit für die Revitalisten wäre mit seinem Engagement für Spengler unvereinbar; Mastberger war das Gegenteil von Spengler, und Spengler verachtete alles, was Mastberger repräsentierte. Mastberger stellte ins Zentrum seiner Vision, was Spengler unbedingt verhindern wollte: die neue Gesellschaft, deren wiedererweckte Kräfte über alles hinausgingen, was es bisher gegeben hatte. Spengler dagegen wollte eine Gesellschaft, die so warm und solidarisch war wie früher, wofür man das Rad revolutionär zurückdrehen musste. Mastberger erhob den optimierten Menschen zum Maß aller Dinge; Spengler schwor auf Treue, Ehre und Gemeinschaft der Ausgeschlossenen, Unbeholfenen und Überforderten.

Hertz fühlte sich wie ein Doppelagent, und wenn jetzt noch Hegenbarth dazukäme, der nichts anderes im Sinn hatte als Veränderungen in jedwede Richtung zu vermeiden und seine Stellung im Unternehmen zu stärken, wäre die JPHL eine Agentur für Tripelmoral geworden. Privat kam er sich vor, als sei er ein womöglich schönes und gelegentlich brauchbares Glas, das Mascha immer dann an die Wand warf, wenn sie Bedarf hatte. Der Moment der Entscheidung war gekommen: entweder ins Bett oder ins Crazy Cat zu gehen.

Acht Männer hingen an acht Tischen, Hertz ging zum neunten. Die Pianistin war damit beschäftigt, dem *Old man's blues* jede Fröhlichkeit zu entziehen, ein langer Hauch in b-Moll, sehr sentimental. Ein hagerer Student mit porzellanweißer Haut, Kinnbart, Wollmütze, grünem T-Shirt und Skaterschuhen brachte Hertz sein Jever. Hätte er einen besten Freund gehabt – hier wäre der Ort für gemeinsames Schweigen gewesen.

Eine Flasche fiel um, gemächlich drehten sich zwei Männer zum Tresen. Lautlos quirlte der Ventilator dicke Luft, in der Crazy Cat war es wohltuend kühl. Kein Klatschen, als die Pianistin endete, niemand hörte den Unterschied zwischen auslaufendem Tonflüstern und einsetzender Stille. Dann war sie weg, und Hertz stierte auf den leeren Klavierstuhl. Er spürte einen starken Druck im oberen Magen, und als er endlich aufstieß, kam ihm Mascha in den Sinn. Während er sie sich gegen seinen Willen auf dem Hocker im Roten Panther sitzend vorstellte, ihr Kinn auf dem angezogenen Bein, lag sie in diesem Moment tatsächlich an den Handgelenken ans Bettgestell gefesselt unter Afterworklover *Dark Invader.* Sie fickte um ihr Leben, was existentiell, nicht metaphorisch zu verstehen war, denn durch die überstandene Abwertung ihrer Person als benutzbarer Körper erhielt sie jedes Mal das Leben aufs neue zurück. Als Dark Invader mit der verabredeten Entwertungsarbeit fertig war, ließ sie sich lösen.

»Heute kein zweites Mal, klar?«

Sie drückte ihm seine Klamotten an den Körper, verschwand ins Bad und wartete, bis er die Tür zuzog. Dann betrank sie sich mit Gin Tonic, zerschnitt die Leinwand mit ihrer Skizze *Das achte der neun Leben einer Roten Katze* und zog dabei das Messer verlockend nah an ihrem Unterarm vorbei. Auf dem Fenstersims rauchend sah sie die Lichter der Innenstadt und feilte sich die Fußnägel. Lange war die Leinwand Bedrohung, forderte von ihr, was sie nicht mehr geben konnte, wuchs sich aus zur monströsen Steilwand, die ihre Sprünge nicht annahm, an der sie abrutschte, ins Nichts rutschte, in ein ewiges Hinab. Den Moment, da ihr Verhältnis zur Leinwand kippte, konnte sich Mascha nicht bewusstmachen, aber plötzlich war die weiße Fläche eine Verheißung geworden. Als sie der Anziehung nicht mehr widerstehen konnte, sprang sie auf und zog mit dem Kreidestift erste Umrisse eines Opiumbetts unter Baldachin.

Wie sie auf der Couch zum Schlafen gekommen war, wusste sie nicht mehr, als sie auf das Klingeln hin die Tür öffnete und in einem gerippten Unterhemd vor Hertz stand.

»Hallo. Können wir reden?«

Sie gähnte, ging in den Raum und ließ ihn die Tür schließen. Hertz kam es vor, als röche es nicht nur nach Gin, Schlaf, Asche und Farbe, sondern auch nach Hegenbarths Après-Rasage.

Es war oft vorgekommen, dass sich Mascha fünf, sechs Tage lang nicht bei ihm gemeldet hatte. Dieses Mal aber war ihr Schweigen ohne die gefährliche Vorankündigung ausgekommen, sie spüre einen Schwall Kreativität herankommen und werde wohl in Kürze in eine rauschhafte Phase geraten und müsse dann abtauchen und dergleichen.

Sie fläzte sich so auf die Couch, dass Hertz unter dem zu großen Ripphemd ihre Brüste sehen konnte.

»Du lebst also«, stellte er fest und presste die Lippen aufeinander.

»Leider.«

»Erwartest du jemanden?«

Sie öffnete ein neues Päckchen Luckys, ihre Wimperntusche war verschmiert.

»Wen soll ich erwarten?«

»Hör zu«, sagte Hertz, »mich nimmt das zu sehr mit.«

»Dann hast du das Leben ja begriffen …«

»Was soll das heißen?«

»Vergisses.«

»–«

»–«

»Ich dachte, dir wäre was passiert …«

Der Rauch, den sie ausblies, stieg ihm in die Augen. Früher hätte sie sich dafür entschuldigt und mit der Hand gewedelt.

»Warum denkt ihr alle, mir würde was passieren? Meine Güte, seid ihr im Westen angstgetrieben!«

»Na hör mal, dein ständiges Gerede von Selbstmord sollte ein vernünftiger Mensch schon mal ernst nehmen.«

»Was hat denn jemand wie du schon von einer Depression begriffen!«

Kaffee bot sie ihm nicht an, und als sie das Fenster öffnete, waren die Rotorenschläge eines Helikopters zu hören. Sie goss sich nach.

»Vielleicht sterbe ich bald.«

Hertz war fassungslos. Für die Frage, ob sie gerade blute, war es der falsche Zeitpunkt. Plötzlich setzte sie sich auf seinen Schoß und küsste ihn. Sie wandte ihm ihren ganzen Körper zu, und Hertz musste seine Perplexität bewältigen. Sie küsste so weich, dass er sich schließlich hingab. Ungeputzte Zähne gehörten zu Maschas Eigengeruch, ihre Lippen schmeckten nach rohem Fleisch. Gezielte Griffe an Brustwarze und Glied brachen Hertz' Widerstand. Sie zog ihn auf den Boden, ritt auf ihm und zerkratzte seine Brust. Ihr Orgasmuszittern dauerte länger als sonst, dann stand sie auf, duschte und rauchte. Hertz nahm den fälligen Anruf an.

»Ja, sagen Sie Herrn Hegenbarth, ich kann mir das sehr gut vorstellen. Bitte? Ja. Meine Honorarvorstellungen maile ich Ihnen am Nachmittag zu.«

****

Hertz hat die Nacht auf den 2. Oktober durchgearbeitet, das erste Mal seit langer Zeit. Er ist noch immer benommen, aber guter Dinge. Bei den Coffeefriends im Hauptbahnhof kauft er sich einen Cappuccino to go, steigt um kurz nach zehn am Morgen in die S-Bahn 31 nach Harburg und trifft Spengler in der Parteizentrale der SHU gegen halb elf. Spengler schwitzt fürchterlich und mischt gerade ein Getränk aus Wasser und Holundersirup. Eis hat er nicht, aber Bissig ist da und bringt gehackte Limonen. Die anderen kommen um elf, das Team ist komplett. Hertz und Sosset mögen sich auf Anhieb. Der Lange überragt Hertz um einen Kopf, Istanbul wünscht ihm Allahs Segen.

»Istanbul!«, sagt Spengler, »Götter gibt es nicht und hier sowieso nicht.«

»Aber Direx«, sagt Istanbul, »isch wollt …«

»Setz dich«, sagt Sosset, und Istanbul fährt sich, versetzt mit einer Prise Scham, über den tätowierten Hals. Den Stuhl nimmt er so, dass die Brust an die Lehne drückt.

»Bevor Herr Hertz sein Konzept auspackt«, Sosset blickt zum nickenden Spengler, »lasst uns kurz über den Marsch *sprechen.«*

Der Marsch über die Elbe *wird um achtzehn Uhr stattfinden, Treffpunkt ist Halle A der ehemaligen Kammfabrik. Die Boote liegen bereit, die Überfahrt von der Süderelbe in die Hafen City koordiniert Bissig, dessen Leidenschaft für Staudämme und Schleusen seit früher Jugend verbürgt ist.*

»Wir müssen vermutlich über die Sümpfe.«

»Über die Sümpfe?« fragt Spengler.

»Ja, Direx, die elende Hitze hat die Kanäle ausgetrocknet.«

»Kommen unsere Boote denn da durch?«

»Wir müssen es versuchen.«

»Ihr werdet es schon machen.«

»Moor und Istanbul sehen sich nachher das Marschland an, Direx.«

»Gut. Weiter«, sagt Spengler, und Hertz spürt die hochdosierte Konzentration im Raum. Sosset pinnt den Orga-Plan an das Flipchart und fährt mit der Kappe des Schreibstifts die Zufahrtswege der einzelnen Gruppen entlang. »Wenn sich alle an die Zeiten halten«, sagt er, »werden wir sternförmig auf den Elbpark zulaufen«. Er kreist zwei Kreuzungen ein, an denen ihre Männer von Securityprotect die Scharniere sichern könnten, sollten ProTectilForce-Kräfte gegenmarschieren. Moor referiert Gerüchte, im Auftrag der Innenstadt-Bürgerwehr könnten Securitor-Guards von der Trostbrücke aus über den Rödingsmarkt die Ludwig-Erhard-Straße hinauf den Millerntordamm blockieren.

»Wir müssen auf jeden Fall damit rechnen, dass es Verzögerungen, vielleicht sogar Widerstand gibt«, sagt Sosset.

»Warum?«, fragt der Lange.

»Die achten auf jeden Schritt, den wir tun«, sagt Sosset.

»Ist der Marsch *angemeldet?« fragt Hertz.*

Alle nicken, und Sosset lächelt, weil Iris Mandela ihre Kontakte zur Behörde für Inneres und Sport bestens genutzt hat; vergangene Woche Dienstag, da es aus der Versammlungsbehörde/FLD24 grünes Licht gab, hatten Sosset und sie fünfmal miteinander geschlafen.

»Okay«, sagt Spengler, als Sosset ihm die Choreographie seines Auftritts zeigt. Alle wissen, dass man Spengler nicht vorbereiten kann. Stunden vor einer Rede macht er fünfundvierzig Minuten Kundalini-Yoga, danach ist Spengler unberechenbar. Seit jeher liegt bei ihm die Urkraft in der Plötzlichkeit.

Ein kleiner Mann kommt herein.

»Das ist Lütjen«, sagt Spengler.

»Hallo, Herr Lütjen«, sagt Hertz und steht auf. Lütjen nickt und geht gebückt. Er geht immer gebückt und hat einen steifen Hals.

»Wie finden Sie es?«

Er zeigt Spengler das Plakat mit dessen Foto, das sie jetzt überall kleben werden.

»Gut finde ich das«, sagt Spengler. »Was meinen Sie, Herr Hertz?«

»Mmmmh – gut, ja, in der Tat. Sie kommen gewinnend rüber, nicht aggressiv, aber einnehmend, zielsicher. Eindeutig.«

»Es ist mir wichtig, dass ich eindeutig wirke. Schön, dass Sie das bemerken.«

Spengler wird jetzt unruhig, er ist kein Freund von Sitzungen. In der Kamm ist er immer herumgelaufen, von Halle zu Halle, hat Hand angelegt und trank Korn mit Brause, schlief über dem Schreibtisch und war am nächsten Morgen der Erste, der wieder Hand anlegte. Sosset weiß, dass Spengler niedrigen Blutdruck, Nierenprobleme und ein nervöses Naturell hat, deshalb haken sie die Punkte 4 (Rückfahrt) und 5 (Interviews) ab und bitten Hertz um die Präsentation seines Konzepts, weil Spengler genau darauf wartet.

»Sind alle Fenster geöffnet?« fragt er. Moor fächelt ihm Luft zu, »gut so, Direx?«, Spengler nickt und legt seine Hand auf Moors Unterarm. Wieder trifft Hertz die Tonlage, die Spengler behagt. Wenn Spengler berührt ist, schweigt er und spielt mit den Lippen, die sich zuspitzen, einziehen, zuspitzen, schmälern, schürzen. Zwischen Hertz und Spengler gibt es ein Urvertrauen,

das man nicht erklären kann. Hertz findet in Spengler, was er in Hegenbarth erst gar nicht suchte. Hertz hält Spengler für einen obsessiven, aber ehrlichen Menschen, dessen Wärme ihm von der ersten Minute ihrer Begegnung an behagt. Mit Sosset ist er sich einig, dass Spengler nie jemanden für den eigenen Vorteil fallen lassen würde. Spengler wiederum ist von Hertz' Weitblick und Rationalität eingenommen. Beide haben, in einem jener seltenen Momente, da man einen anderen seine Verletzlichkeit spüren lässt, über ihre Erfahrung der Zurückweisung gesprochen. Er und Spengler sind vereint in einer Gesinnungsgenossenschaft. Einer Allianz der Deklassierten. Beide sind Entlassene, Aussortierte, Geopferte. Hinter ihrer Opferung standen weder Schuld noch höheres Ziel, das war für Spengler das Schlimmste. Vor vierzig Jahren hat er den Lady Star erfunden und zum Instrument der Herrschaft über die Köpfe einer ganzen Ära gemacht: Abertausende Schöpfe der Nachkriegsrepublik sind mit seinem Kamm geordnet worden. Einen schöneren, besseren Kamm hat es nach Spenglers Meinung in der Welt nicht gegeben. Der Lady Star ist Spenglers Vermächtnis, und er ist das Signum einer Epoche der Prosperität, in deren Endmoräne Hertz und Spengler jetzt gemeinsame Pfade in die Zukunft finden. Trotz der zwanzig Jahre, die sie trennen, reden sie miteinander stets auf Augenhöhe.

»Wir müssen eine neue Vision kommunizieren«, sagt Hertz und sieht, dass Bissig die Augenbrauen hebt. »Eine Story, die die Leute packt«, sagt Hertz weiter, und Bissig nickt. »Wir müssen das Unmögliche wieder zusammenbringen: Politik und Pathos. Man erreicht heute niemanden mehr ohne Storytelling. Deshalb schlage ich vor, dass wir es pyramidal aufwärts machen: breit beginnen und dann auf einen Slogan zusteigen wie auf einen bisher unbekannten Gipfel.«

»Wo kein Kreuz ist«, sagt Moor und zwinkert dem Langen zu.

»Kreuze gibt's bei mir nicht«, sagt Spengler, »wir haben den christlichen Glauben, der uns so lange unter der Knute gehalten und uns vom Leben entfremdet hat, überwunden.«

»Wichtig ist, dass jede und jeder da draußen verstehen, was der Direx will«, sagt Sosset.

»Klar«, sagt Hertz, »dennoch müssen wir die Unsicherheit und Ängste der Menschen für uns nutzen.«

Am Beginn seiner Reden soll Spengler von der Treue seiner beiden Doggen Sultan und Bismarck, und dann eine Geschichte über seine eigene Unzulänglichkeit erzählen.

»Gibt es da irgendwas?«

Spengler überlegt. »Ich kann nicht lange stillsitzen.«

»Der Direx ist manchmal hibbelig, he?«

Alle lachen übers Bissigs kleinen Witz.

»Sehr gut«, sagt Hertz, »mit einer Anekdote über Ihr Problem der Hibbeligkeit im Alltag sind Sie schon beim Wichtigsten: der Sehnsucht der Leute nach kleinen Defekten, so was schafft Nähe.«

Die Menschen wollen Spengler trauen, davon geht Hertz aus, und er muss ihnen Spengler so nahbringen, so mitmenschlich machen, dass sie ihn in ihr Herz lassen.

»Die Leute vertrauen Ihnen, wenn Sie sensibel bis zur Verletzbarkeit sind.«

»Bin ich denn so?« fragt Spengler. Er steckt einen Al-Capone-Zigarillo an, Moor schiebt ihm den Aschenbecher hin.

»Logo, Direx«, sagt Bissig.

»Also richtig verletzbar, meinst du, ja?«

Niemand spricht weiter, während Spengler sich nach hinten lehnt und nach oben ausbläst.

»Ich denke, wir sollten nur die Politik der neuen Menschlichkeit betonen. Andere Parteien oder Personen sollten wir nicht attackieren, eher totschweigen. Was zählt, ist die eigene Vision, nach der Art: Wenn alles zerfasert und zerbricht, ist einer da und führt zusammen: Charly Spengler. Ihre Person ist das fleischgewordene Symbol für den Gegensatz zu all dem, was sie alle intuitiv oder offen ablehnen«, sagt Hertz, »und unsere Story geht vor allem gegen die Ideologie der Revitalisten, die alles aushöhlen

und preisgeben, nur um den Chinesen den Einmarsch zu erleichtern und mit von der Partie zu sein.«

Spengler nickt, dann nicken auch Moor, Bissig und der Lange.

»Mein Vorschlag für den Claim …«

»Den was?«

»Den Markenkern der Spengler-Story: Gesundung gegen Krankheit. Das hat einen doppelten Boden. Die Krankheit, die zum Tode der Kultur führt, zum einen, und die Gesundung der krank gewordenen Gesellschaft durch eine Politik der Menschlichkeit zum anderen. Ich meine damit im Sinne von Herrn Spengler eine Menschlichkeit ohne Religion und Glaube, eine Politik, die den einzelnen Menschen und seine Fähigkeiten in den Mittelpunkt stellt, und der Aufstieg dieser Menschlichkeit ist verkörpert durch ihn, Charly Spengler.«

»Wie kommen Sie auf so was?«, fragt Sosset.

»Ich kenne die andere Seite, die kranke«, sagt Hertz.

Spengler erhebt sich und geht zum Fenster. Sein weißes Hemd ist am Rücken, unter der Brust und in den Achselhöhlen durchgeschwitzt. »Diese unglaubliche Hitze!«, sagt er.

Hertz wird Spengler beraten, wie er die Schlüsselbegriffe am wirkmächtigsten einsetzt. Hertz weiß, dass Spengler spontan und hitzköpfig sein kann, und er weiß auch, dass die Menschen das an Spengler lieben. Spenglers Fernsehinterview mit Jakob Böhme von News24 vor drei Wochen hat schon jetzt Geschichte geschrieben. Hertz wird ihm raten, das gut Vorbereitete spontan aussehen zu lassen und nicht zu schnell zu sprechen. Dass Spengler vor jedem seiner Auftritte ein Glas Korn trinkt, wird keiner je erfahren.

Spengler gießt Holundersaft nach, drückt den Zigarillo aus und gibt eine Runde Fürst-Bismarck-Kornbrand aus. Sosset weiß von früher, dass sich auf diesem Wege etwas Bedeutendes ankündigt.

»Ich weiß nicht, wie lange ich noch zu leben habe«, sagt Spengler auf mysteriöse Weise und schwört sich und das sprachlose Team auf den Kampf ein.

Sosset wiederholt den Masterplan, und jeder weiß, was er zu tun hat. Während sie am frühen Abend zu marschieren beginnen, werden auf Destiny TV die ersten Spots von Spengler, Sultan und Bismarck laufen.

31.

Gute vier Wochen zuvor, auf der Klimax seiner spätrömischen Ausgelassenheit, hielt Myers-Pirelli im Kleinen Kabinett des China White die Animierdamen Yuwang und Gaoxing in den Armen wie zwei Nymphchen aus Sodom und Gomorrha. Serviert wurden China-White-Burger Teriyaki Style, Wasabi-Mayo, Daikon Pickle & Sesame Brioche Bun with Citrus-Dressed Leaves, dazu Barolo Bricco Rocche Ceretto Magnum ’01 aus dem Piemont, die Flasche 295 Euro. Die Premium Members des China White und die Revitalistische Gesellschaft hatten sich am frühen Nachmittag des 30. August zu einer außergewöhnlichen Lagebesprechung eingefunden, um darüber zu beraten, mit welchen Mitteln die aus dem Süden in die Stadt hinein wuchernde Rebellion einzudämmen sei. Mit einer Mischung aus Ekel und Faszination sah man jetzt zum dritten Mal die Aufzeichnung des Interviews von Jakob Böhme mit Charly Spengler auf News24. Spengler saß, die Beine übergeschlagen, im roten Lederfauteuil vor der Glasscheibenfront des Studios, hinter der man den Bombast der Kaufmannshäuser am Gänsemarkt sah. Er trug ein weißes Hemd, dessen Ärmel bis zum Ellbogenknochen gekrempelt waren, was den Blick auf gebräunte Haut zuließ.

»Sie rotten uns aus!«, antwortete er auf Böhmes Frage nach dem vermeintlichen *Ende unserer Tage*, von dem Spengler bei seinen Reden seit neuestem sprach.

»Wir sehen das Verschwinden einer ganzen Epoche in Nullkommanix, das Aussterben einer edlen Tierart.«

»Wer ist ›wir‹?« setzte Böhme nach.

»Wir sind die Menschen, denen Menschlichkeit etwas wert ist, die jeden Menschen *als Menschen* nehmen, in all seinen Schwächen, die in jedem Einzelnen das Abbild ihrer selbst sehen, verstehen Sie, das sind *wir*, die Treuen, die Loyalen, die einander Verbundenen. Sehen Sie«, er steckte die Finger beider Hände zusammen und lächelte, »gemeinsam haben wir mit dem Handbesen über die Bimsmaschinen gefegt, wir haben die Seiten und Spitzen des drehenden Bimssteins zusammen poliert und uns einen Dreck um den tödlichen Staub geschert. Wissen Sie, was das ist? Liebe. Das ist Liebe und Glaube. Der Mensch braucht eine Aufgabe, Herr …«

»Böhme.«

»Herr Böhme, der Mensch muss gebraucht werden, verdammt noch mal!«

Es kam der Moment, da Spengler für rationale Einsprüche nicht mehr zugänglich war. Er begann zu zittern.

»Mit Verlaub, Herr Spengler«, unterbrach Böhme, »man kann doch …«

»Unterbrechen Sie mich nicht. Journalisten unterbrechen andauernd, und sie unterbrechen vor allem dann, wenn es interessant wird, wissen Sie das eigentlich? Warum lernt ihr euren Job nicht, wie wir es auch getan haben? Warum liebt ihr eure Arbeit nicht? Warum setzt euer Geschäftsmodell auf Niedergang, Zerstörung, Häme, die niederen Instinkte, auf Scheitern und Versagen – und versagt selber kläglich, wenn es darum geht, zu sagen, wie *gut* eine Sache ist?«

»Jetzt wird es ein bisschen …«

»Dieses Wildern im Leidgehege der Menschen, das kotzt mich an.«

»Herr Spengler, mit Verlaub …«

»Ich sage Ihnen mal was, mein lieber Herr Böhme …«

»Ich bin nicht Ihr lieber Herr Bö…«

»Es wird nur noch abgewickelt, aber nichts mehr weiterentwickelt. Nur abgeschöpft, abgeschafft, zerstört. Das ist alles. Wir haben ein Jahrhundert lang für jedes einzelne gottverdammte Produkt, das wir hergestellt haben, mit all unseren Sinnen gelebt, verstehen Sie, das war Passion, Hingabe, das Wort kennt man heute nicht mehr. Und ich sage Ihnen noch was …«

»Herr Spengler, ich würde jetzt gerne …«

»Langfristigkeit. Wir haben hundert gottverdammte Jahre lang die gottverdammt gleiche Mischung gehabt und hundert Jahre die besten Kämme der Welt hergestellt. Wir haben hundert Jahre lang unsere Folien selbst zugeschnitten, das waren die besten Folien, die es je gab, nicht einen Kratzer, den wir hätten herauspolieren müssen. Und dann kam der neue Vorstand und hat eine neue Mischung bestellt, eine billigere. Sie haben auf den guten Kautschuk verzichtet. Sie haben die Folien bei einem Zulieferer geordert und unsere Folienschneider entlassen. Und was ist das Resultat? Ausschuss. Ausschuss und Zerstörung, darauf läuft es hinaus. Das macht keinen Sinn, das ist widerlich.«

»Könnte es nicht sein, dass die New-York Hamburger deswegen am Ende ist, weil die Welt keine aufwändig produzierten, teuren Kämme mehr braucht, Herr Spengler?«

»Wieso das denn? Sind allen Menschen plötzlich die Haare ausgegangen?«

Und dann folgte jene Szene, die von allen Zeitungen, von allen Magazinen, von vielen Blogs und den meisten Internetplattformen aufgegriffen wurde, die in kürzester Zeit 324000 Aufrufe auf YouTube erreichte, die getwittert und auf Facebook tausendfach gepostet wurde. Seit Minuten war Spengler von einer Fliege, die sich abwechselnd auf Stirn, Nase, Unterarmen und Knien niedergelassen hatte, in seiner Konzentration gestört worden. Anfangs hatte er das Tier mit zeitlupender Zärtlichkeit fortgefächert, es dann emotionslos zu verscheuchen versucht und wurde sichtlich erregter, als die Fliege während seiner Ausführungen über die Zerstörung als Kennzeichen der

Gegenwart immer wieder seine Nasenspitze angeflogen und sich schließlich auf der Oberlippe niedergelassen hatte. Während des Sprechens fuchtelten seine Hände das Insekt fort, dass man meinen konnte, Spengler benötige für die Wirkkraft seiner Argumente die Hilfe einer hysterischen Gestik. Er hatte jetzt gegen zwei Phänomene, die er überhaupt nicht mochte, zu kämpfen: Stubenfliegen ganz generell sowie im speziellen Herrn Böhmes Versuche, ihn zu unterbrechen. Als das Tier in einem für Spengler glücklichen Moment so wagemutig war, nach all den offensichtlichen Warnungen auf seinem rechten Oberschenkel ihre Beinchen zu putzen, schlug Spengler zu. Als er die Leiche mit dem Zeigefinger in die Richtung des Interviewers spickte, verschlug es Herrn Böhme die Sprache.

»Das also ist er, unser … Messias-chen«, sagte Myers-Pirelli und verzögerte wie ein professioneller Textleser seinen Duktus mit einer süffisanten Synkope. Seiner exzellenten Erziehung zum hoffähigen Habitus war es geschuldet, dass er an dieser Stelle das geistig vorformulierte Wort »Wicht« nicht über seine Lippen kommen ließ. Aber jeder verstand, wie Myers-Pirelli zumute war, als Spengler sich auf die Auseinandersetzung mit einer ordinären Stubenfliege einließ und dabei völlig zu vergessen schien, dass für einen großen Mann im Fall einer plötzlich auftauchenden Malaise stets das erste Gebot die angemessene Haltung war, weswegen es für Myers-Pirelli nur einer Lässigkeit bedurfte, den Emporkömmling aus dem verwahrlosten Süden mit nordischer Noblesse ins Archiv der vergriffenen Versprechen abzuschieben.

»Diesen großmäuligen Provinzgeist brauchen wir nicht zu fürchten. Der hat nicht begriffen, worum es geht, stattdessen schlägt er die Schlachten der alten Republik, aber mit welch stumpfem Schwert!«

Myers-Pirelli hob, während seine Arme um die Schultern von Yuwang und Gaoxing gebreitet lagen, das Glas Barolo

Bricco Rocche und setzte zu einem »Prost auf die Elite« an, ehe ihm Mastberger quer kam.

»Worum geht es denn, Hugo?«

»China frisst uns. Darum geht es.«

»Das klingt ja fatalistisch.«

»In zehn Jahren ist Europa ein unbedeutender Randbezirk des mandarinen Imperiums, nichts und niemand kann das verhindern. Wohlan, Barolo, edler Götterfunke, prost auf den Untergang!«

»China mal beiseitegelassen – das können wir uns ja noch leisten, Beiseitelassen, nicht wahr – was haltet ihr von einer eigenen Armee? Wir könnten Sicherheitsguards anheuern und die Innenstadt von unten her abdichten, dann wird der Aufstand jenseits der Elbe ganz schnell versickern.«

»Ich halte das für eine interessante Idee. Der Senat fällt dafür aus, der Staat ist paralysiert und ohnehin zu nichts mehr zu gebrauchen, also müssen wir selbst ran«, beschied Grashopper.

»Wir könnten unsere kleine Sonderarmee *Sicherheit für alle* nennen, was meint ihr? Das schafft Vertrauen und Glaubwürdigkeit.«

»Englisch klingt das besser.«

»Security for all.«

»Heißt also, wir müssen uns rasch um Finanzierung und Rekrutierung kümmern«, sagte Mastberger, »jedem Geschäftsmann in der Innenstadt steht natürlich frei, ob er sich beteiligen und so den Schutz genießen will, sollte es zum Äußersten kommen.«

Myers-Pirelli gab den Souverän, hatte in seiner Aufgerichtetheit etwas Prätorenhaftes, rang innerlich aber weiter mit Spengler und dessen vermeintlicher Anti-Urbanität. Vor dem Kabinett Petit Fleur am anderen Ende des Raums sah Anwalt DiAboli die Rückseite einer kleingewachsenen Frau in roter Seidenrobe.

»Das ist doch …?«

»Bitte?«

»Drüben, vorm Kabinett!«

Mastberger, Schelsky, Grashopper und Myers-Pirelli sahen, wie die Dame zwei Eier im Glas trank und sich dann, nachdem zwei Burschen die beiden Hälften der Schiebetür zur Seite gezogen hatten, auf das Opiumbett legte. Fünf kammerzofengleiche Mädchen in weißen T-Shirts kamen geeilt, die Blicke gesenkt, gruppierten sich um das Bett und begannen mit Pediküre, Fuß-, Kopf- wie Handmassage, epilierten Barthaare an Kinn und Hals, depilierten die Oberlippe mit einem vergoldeten Rasierhobel, laserten die Unterarme, nahmen unter Seidentüchern die Intimrasur vor und zupften dem Goldenen Stern die Augenbrauen. Ein Paravent wurde herangeschoben, und die Herren verlagerten den Schwerpunkt ihrer Konzentration wieder auf die Eindämmung der kleinen Rebellion im Süden, wofür Myers-Pirelli Anlauf nahm, Spenglers Existenzberechtigung als Tribun final in Frage zu stellen.

»Die ganze provinzielle Welt dieser Stadt starrt auf den hanswurstartigen Schreihals da unten, als gäbe es nichts Wichtigeres. Der ist einer der Antiquierten, die die Welt nicht mehr braucht, und in seiner ganzen narzisstischen Gekränktheit stachelt er jetzt die Menschen, die eine kluge Perspektive und Führung verdient hätten, zu diesem Rebellenschmu auf, also, meine Herren, aut dedere aut iudicare, entweder wir neutralisieren ihn oder norden ihn ein, sonst verselbständigt sich der ganze Zirkus noch und wird unserer Union der Kulturbürger irgendwann tatsächlich gefährlich.«

»Basta?«

»Ja, basta.«

Mit der CSCL Golden Star aus Dubrovnik kommend trafen – als sich DiAboli, Grashopper und Mastberger der *Agenda*

Security for all zuwandten – am Hansegate 40 Kilogramm Pentobarbital, 10 000 Pillen Kreatin und Cerepush sowie einhundertfünfzig Einheiten Batroxobin ein. Hertz selbst nahm die Ware ab und ließ das Otternserum in die Villa Vitalis, Pentobarbital und Kreatin direkt ins China White bringen. Vom Beifahrersitz des Sprinter aus telefonierte er mit Herrn Zhou und kündigte sich für fünfzehn Uhr an. Myers-Pirelli hatte Yuwang und Gaoxing von seinen Umarmungen gerade erlöst, sich nach vorn gebeugt und wurde abgelenkt von Herrn Zhou, der durch den Raum zum Hintereingang ging und die Tür öffnete. Vier seiner Jungs brachten die Kartons in die Kellerräume des China White, Hertz ließ die Warenannahme quittieren und sich dann in sein Büro fahren, wo er vergeblich versuchte, Mascha zu erreichen. Ihr Handy war tot, sie rief ihn nicht zurück, und offenbar hatte sie kein Interesse an seiner Anwesenheit, weshalb er beschloss, sich wieder auf die Suche nach ihr zu machen.

Als Hertz aus der Wandelhalle des Hauptbahnhofs auf die Kirchenallee kam, sah er einen entfesselten 911er über die rote Ampel in die Ernst-Merck-Straße einfahren. Den Fahrer konnte er auf die Schnelle nicht erkennen, aber die Art, wie der silberfarbene Porsche mit Verkehr und Gesetz umsprang, ließ keinen anderen Rückschluss als den auf Hegenbarth zu. Angesichts der Digitalanzeige 15:37 vor der Apotheke am Bahnhof fragte sich Hertz, was sein Exchef um diese Zeit, da gewöhnlich die Wochenkonferenz der Abteilung Human Resources stattfand, in dieser Gegend zu tun hatte.

Als Hertz vorm Roten Panther stand, wehte ihn der Jasminduft einer Vorübergegangenen an. Er drehte sich um und hörte eine Elster kreischen. Unerwartet öffnete sich eine Tür, allerdings nicht die des Roten Panther, sondern jene daneben, und drei Wesen, von denen das zarteste sich sofort eine Sonnenbrille aufzog, schlichen heraus. Jedes der Mädchen trug ein weißes T-Shirt, auf dessen Vorderseite in goldglitzernden

Applikationen wie eine Parabel sich von Schulterblatt zu Schulterblatt wölbend der Schriftzug *China White* geschrieben stand. Die Oberschenkel von zweien der Mädchen waren jeweils so dick wie Hertz' rechter Unterarm, die dritte hatte eine rachitische Brust und seltsam höckerige Schlüsselbeine. Alle drei hatten dunkles, kurzes und gestuft fallendes Haar. Weil die Sonne blendete, sah Hertz ihre Gesichter nicht und die Schmächtigste unter ihnen offenbar nicht den voluminösen Patriarchen, mit dessen Wanst sie, ohne einen Laut von sich zu geben, kollidierte, als der Mann in schwarzen Adidas-Schlappen aus dem Reisebüro El-Alamein auf die Straße watschelte und mit einem beherzten Griff in den Schritt einiges zurechtrückte. Seine Djellabah war, wie seine Kopfbedeckung, schneeweiß. Von der schieren Plötzlichkeit des Vorfalls abgelenkt, verlor Hertz die Fährte der beiden anderen Mädchen, die im Zuge einer warmen Sommerböe um die Ecke des Hotels Lilienhof auf die Kirchenallee geweht wurden, und stand gegenüber dem Büro von Iran Air vor einem Handelshaus mit chinesischen Schriftzeichen, ohne eine Erklärung dafür zu finden, warum er ausgerechnet jetzt das Vertrauen in den guten Gang der Dinge verlor. Kurz gelang ihm die Flucht aus der Realität, eine uterale Wärme breitete sich aus, dann setzte er sich den Helm auf, drückte den Motor seiner Vespa Liberty an und surrte ins CongressCenter am Dammtor, wo in dieser Minute die Europakonferenz der Nekroseologischen Vereinigung mit dem Eröffnungsvortrag von Wiktor Kropotkin begann. Was Hertz nicht wusste und nie erfuhr: Während der paranoide Sibirier, abgeschirmt von vier Bodyguards der ProTectilForce, über die revolutionäre Wirkung seines Otternserums Batroxobin sprach, sickerte aus Maschas Körper hellrotes Blut auf den Boden des Ostfriedhofs, Abschnitt D, Lage 5, Grab 32.

Sie entnahm zwei Fingervoll und rieb die Grabplatte von Vitalij Malumowitsch ein. Wo der Granit Furchen hatte, waren Reste alten Blutes eingeschwärzt. Auf der Grabplatte standen sieben Kerzen in der Sonne; die Flammen flackerten nicht, die Luft stand, und Mascha gelang nicht zu begreifen, dass die Depressionen des hier beigesetzten Dichters, die zu seiner Selbstauslöschung geführt hatten, ihr bei allem inneren Osten nicht zur Verfügung standen, so sehr sie aus Manuela Probst erst Mascha Probst und dann Mascha Malumowitsch machte.

Jeden Monat am dreißigsten, dem Tag seines Todes im Oktober 1941, suchte sie das Grab ihres Vorgängers auf und trat in Kontakt mit seinem Karma. Außer Mascha schien niemand zu wissen, dass auf dem Ostfriedhof die Knochen der halben russischen Gemeinde Hamburgs zu Staub zerfielen. Gegenüber dem Eingang, wo die Hundehalter ihre Zugangskarten für den Parcours abstempeln ließen, stand das Klinkersteingebäude des alten Krematoriums, um dessen nachts in Mondschein getauchten Schornstein die Fledermäuse sturzflogen. Wo früher die Aussegnungshalle war, befand sich jetzt die Bar de Corbeau Noir, die montags, mittwochs und samstags Transsexuelle aus dem Einzugsgebiet schleswigscher Provinzen zu Maskenbällen anlockte. Im ehemaligen Ofengewölbe probte eine Schülerband christlichen Grunge-Rock, und meist war es der Bassist, der in den Pausen auf den Stufen saß, eine Tüte Gras kiffte und beobachtete, wie Mascha vor Grab 32 ein spirituelles Hochamt zelebrierte. Nach der Andacht setzte sie sich an einen Klapptisch und schrieb an den Entwürfen diverser Grabreden, vornübergebeugt, den Kopf schief gelegt, das Haar ihr Gesicht verhängend. Bis zu diesem Zeitpunkt hatte sie zwei Bestattungen gestaltet: die des Barmanns aus dem Roten Panther und die der Mutter einer seit einem gemeinsamen Klinikaufenthalt befreundeten Bildhauerin, welche als Vorsitzende des Bridgeclubs Uhlenhorst während des Spiels einem geplatzten Aneurysma erlegen war. Was das wirtschaftliche Überleben betraf, war

Mascha auf das Gerücht angewiesen, es gebe jemanden, dessen Gespür für den Tod von solcher Feinheit gekennzeichnet sei, dass man das Gefühl ausbilden könnte, der Tod selbst habe in ihr seine Idee von sich gefunden.

Für jede Grabrede nahm sie 270 Euro. Abzüglich Papier, Stift, Miete, Zeit und Steuer kam sie auf einen Gewinn von vierundachtzig Euro pro abgelebter Einheit Mensch. Wären es in einer Woche drei Tote, die sie mit lyrischer Verklärung ins Gedächtnis der Nachwelt einbrennen würde, käme sie monatlich auf einen Betrag von rund 330 Euro, mit dem sie Leinwände, Pigmente, Chemikalien, Pinsel, Fixierer, Skizzenblöcke und Aquarellstifte kaufen könnte, um ihre Gemäldezyklen weiterzuführen. Erst als sie kürzlich durch das Kuratorium der Kulturstiftung der EuroFinanceGroup zum zweiten Mal das für »Junge Figürlichkeit« eingerichtete Stipendium zugesprochen bekam, konnte Mascha einen Teil ihrer Schulden zurückzahlen und ihrer verdrängten Gier nach Leben auf exzessive Weise nachkommen. Aber da war es schon zu spät. Sie war bereits über den Rand ihrer selbst. Sie malte nicht mehr. Sie traf sich jetzt täglich mit Francis und Janica im Spürsalon oder nebenan im Barista, und sie sprachen über die Transformation des Bewusstseins und das Drama der »Evolution in die fünfte Dimension«.

»Wisst ihr, meine Lieben«, sagte Janica im Schatten eines Sonnenschirms, »in der äußeren Welt mag es ja fürchterlich aussehen, sogar hoffnungslos, aber in der inneren Welt des menschlichen Bewusstseins wird gerade eine globale Geburtstagsparty geplant. Und uns steht etwas Faszinierendes bevor, nämlich zu Babys auf einem neuen Level des Lebens zu werden. Das ist supermedial!«

William brüllte einen indignierten Cockerspaniel an, und Francis fragte sich mit einigem Recht, wie oft ein Hund bellen muss, um das Gefühl zu haben, seiner Bestimmung als Hund ausreichend nachgekommen zu sein.

»Willi, hey, Süßelchen, lass die Cockers, lass all die anderen ...«

Seit Tagen waren in der Stadt neue, so schwarzfellige wie schwerfällige Hunde mit großen Köpfen und hohen Schultern zu sehen. Sie schienen herrenlos und verunsicherten die Autofahrer. Es gab Straßen, auf denen sie paradierten wie die Könige.

Für Geübte war nicht allzu schwer erkennbar, dass seit kurzem eine neue Variante von Francis Fischer zu erleben war. Im Magnolia bot sie jetzt pro Modul einen »Beckenboden-Workshop« an, weil Janica sie überredet hatte, größeren Wert als bisher auf eine Sensibilität für das Beckenbewusstsein zu legen. Damit würden nicht nur die Muskeln im Becken, das Zwerchfell und die Schließmuskeln identifiziert, erkundet und differenziert, sondern auch das Verständnis der Blasenfunktionen gesteigert und vor allem die Frau dem Mann gegenüber ein Stück überlegener gemacht. An Francis stellte sich seit diesen Tagen eine alte Frage neu: Musste man das Scheitern eines Traums hinnehmen? Oder trug einem das Leben auf, sich im Beckenboden eine neue Heiligkeit zu suchen, da in der realen Welt alles verfiel und zerbarst?

32.

Auf Harburgs Straßen stapelten sich die Abfallsäcke und Kartons und Kisten quollen über, der Streik dauerte jetzt sieben Tage. Es wurden immer mehr Ratten gesehen, und auf den blauen Plastiktüten, die sich auf und neben den Mülleimern am Herbert-Wehner-Platz türmten, hockten Elstern und pickten Löcher in Becher und Styroporschalen. Man sprach von einer Invasion der Krähen, und auf ein unhörbares Signal hin kamen sie in Heerscharen eingeschwebt, manche mit enormer Flügelspannweite, aus Nordost.

Einer der alten Männer, die zurückgeblieben waren, durchflöhte die Mülleimer der Bahnhöfe und sammelte das Wertvollste, und obdachlos gewordene Polen zogen mit vollbepackten Kinderwagen und einer Schubkarre, in der die dicke Mutter Gottes aus bemaltem Gips auf einem Stapel Bücher saß, am Backsteingebäude der Agentur für Arbeit vorbei, deren Fensterglas jetzt ausgeschlagen war. Es ging das Gerücht, dass der stellvertretende Leiter einen Tag lang an seinem Gürtel im Fensterrahmen hing, ehe der Gürtel riss und der stellvertretende Leiter nicht mehr gesehen wurde. In den verbarrikadierten Eingängen der Häuser lagen Flyer der IG Metall und ihrer Forderung nach Enteignung. Die Bezirksvorsitzenden der IG Bergbau, Chemie, Energie hatten ihren Orga-Plan auf eine Stellwand gezogen und standen wie Generäle vor der Feldkarte.

Außer Sosset befanden sich alle Arbeiter der New-York Hamburger mit den Kollegen der Phoenix AG im Schweinske am Schloßmühlendamm, aßen Bratkartoffeln mit Speck und schwärmten von Hartgummi und Spengler. Spengler plane seine triumphale Rückkehr, Spengler organisiere einen Aufstand, Spengler übernehme die Kammfabrik, Spengler führe die Kamm wieder zur Weltgeltung. Lütjen weinte vor Glück, als er sich vorzustellen begann, wie Spengler einen fassungslos glotzenden Taylor-Bisswurm aus dessen Büro werfen, die Maschinen anlaufen lassen und jeden der Arbeiter einzeln zu sich rufen würde, um mit einer Flasche Korn auf die Treue anzustoßen.

Das einzige in der Kammfabrik jetzt noch zu hörende Geräusch war der dauernde Schlag einer defekten Lamelle ans Gehäuse im Luftschlauch. In blauer Latzhose und dem grünen Fruit-of-the-Loom-T-Shirt saß Sosset an seinem Schreibtisch und legte verschiedenfarbige Flugblätter auf den je dafür vorgesehenen Haufen, und zwar so, dass die Ränder abschlossen und kein Blatt hinauslugte. Die Zigarette griff er zwischen Zeigefinger und Daumen. Es war ihm wichtig, dass herabfallende Aschebröckchen die Papiere nicht anbrannten, mit der Zartheit eines besorgten Vaters pustete er sie in mehreren kleinen Stößen fort und rieb die Tischplatte sauber. Poster von Pin-up-Girls mit Löwenmähnen und Maschinenpistolen im Anschlag, wie sie im Kantinenraum 330 hingen, waren nicht sein Stil. Stattdessen pinnte an der Wand vor ihm das berühmte Schwarzweißfoto der Belegschaft aus dem Jahr 1899, 103 Männer mit Kragen, Hüten, Bärten und einem Ausdruck von Stolz. Sosset hatte das von Dunst und Hitze gewellte Bild in einer Nische der Presswalzenhalle gefunden, mit einer Lacklotion abgewaschen, gerahmt und im Vorarbeiterzimmer neben der Uhr aufgehängt. Was Dinge betraf, die sein Herz rührten, war er pedantisch veranlagt, und ganz grundsätzlich legte er Wert auf gefeilte Fingernägel. Keiner kannte die Geschichte des Kamms besser als Sosset, alle wussten, dass Spengler zwar der Spiritus Rector, Sosset aber der Motor hinter der Lady-Star-Produktion war, und seit

Spengler ihn zum Vorarbeiter und Werkstattleiter bestallt hatte, trug Sosset einen Stecker im linken Ohrläppchen.

Weiteren zwölf Kollegen war in der vergangenen Woche gekündigt worden. Sosset hatte erkannt, dass die Taktik des neuen Vorstands darin bestand, Angst so weit zu schüren, dass sie sich zur Paranoia steigerte und die Belegschaft als Kollektiv willenlos machte. Regelmäßig kamen Taylor-Bisswurm und der Personalvorstand in die Werkräume, immer zu zweit, schlichen durch die Reihen, spähten den Arbeitern über die Schultern und machten sich Notizen. Zugleich gaben sie Hausmitteilungen heraus, in denen sie bedauerten, der Abbau des Personals ließe sich, zum Wohle der Firma notabene, nicht vermeiden, und manchmal tackerten sie diese Mitteilungen selbst ans schwarze Brett. Sosset ahnte, dass diese Taktik aufgehen könnte und einige seiner Leute den Verrat an den Kollegen dem Absturz vorziehen würden. Seither war jedem klar, dass es jeden treffen konnte, vor allem die Rolle der Deutschrussen war unberechenbar. Im Raucherraum R 330 glimmte noch Bissigs unzureichend gelöschte Pall Mall, deren Rauch – vom einfallenden Sonnenlicht in Szene gesetzt – in zarten Schlieren nach oben zog. An der Wand hing ein Poster mit dem Kopf von King Kong, auf dem Tisch lag eine halbgeleerte Prinzenrolle. Und obwohl der Raum leer war, hörte die Zigarette nicht zu rauchen auf, als ob in ihr der Wille zur Ewigkeit anwesend war.

Auf dem Weg nach Hause am Exerzierplatz, wo mittlerweile eine Stadt aus Zelten errichtet war, sah Sosset einen Penner mit wucherndem Bart und zerfetztem Mantel, der sich träge fortbewegte. Er lag mit dem Oberkörper gebeugt auf einem Einkaufswagen, dessen Gitterwerk verbogen war, und zog das rechte Bein nach. Seine Schuhe waren Klumpen aus Leder, Verbänden, Fellen und Tuchresten, eine Fußform war nicht mehr zu erkennen. Die Cordhose war an den Knien so weit aufgerissen, dass Sosset rote Krater und Striemen auf der Oberschenkelhaut des Mannes erkannte. In seinem Wagen türmten sich Tüten und ein umgestülpter Sessel, darüber eine Plastikplane, die dem Penner während des Dauerregens als Dach diente. Er kaute unentwegt, hatte aber nichts Essbares im Mund und sang ein altes Lied. So kam er am Rumpf der Kirche St. Andreas vorbei, der vom Turm getrennt war. Der Glockenstuhl war verbrannt, die Eisentür gestürzt. Die Bäckereifiliale nebenan hatte ihre Plünderung nicht überlebt, sogar die Theke war herausgerissen. Sosset bog in die Eißendorfer Straße zum Exerzierplatz, an dessen Ende, im dritten Stock eines Mehrfamilienhauses, seit dreiundzwanzig Jahren sein Zuhause war. Als er die Tür aufschloss, hörte er, wie jemand ein halbes Bettgestell über den Asphalt des Platzes schob, langsam, aber unermüdlich. Der Mützenschild stand so tief über dem Nasenbein des Schiebers, dass sein Gesicht im Schatten versank.

Eine halbe Stunde später rief Spengler an und bat Sosset, am Abend in die Bar des Bel Ami am Veritaskai zu kommen.

Sie umarmten sich kurz und männlich und setzten sich in eine der grottenartigen Nischen. Spengler zog den Vorhang zu. Er hatte gelernt, sich nur noch in abschirmbaren Räumen aufzuhalten, das war im Vollutà so, das war in der Crazy Cat so, das war hier im Bel Ami so.

»Wannuschat ist auch weg«, sagte Sosset.

»Meine Güte, der Wannuschat!«, entfuhr es Spengler.

»Rex hört auf, Buschmann hatte gestern seinen letzten Tag.«

»Und Kenan Gül?«

»Hat Urlaub.«

»Schleiermann?«

»Hat nen Job bei ProSecurita gefunden.«

»Die anderen Deutschrussen?«

»Stehen hinter Ihnen.«

Die Art, wie Spengler eine Weißwurst aß, erinnerte Sosset an seine Kindheit. Es machte ihn stolz, dass Spengler sich vor ihm gehen ließ.

»Sie zuzzeln auch gerne, Direx, oder?«

Spengler nickte. Er legte die Weißwurstpelle zur Seite und tupfte sich mit der Serviette den Mund. Dann stießen sie mit Fürst-Bismarck-Kornbrand an.

»Der Marsch steht, Direx, die Reihen sind dicht.«

Sosset legte seinen Ordner auf den Tisch, nahm den Orga-Plan heraus und zeigte Spengler die seiner Meinung nach besten Knotenpunkte für Versammlungen.

»Den Abschluss machen wir auf dem Venushügel im Alten Elbpark über den Landungsbrücken, das ist doch nach Ihrem Geschmack, oder?«

»Sehr gut, Sosset!«

»An den Brücken ist genügend Platz, die Boote festzumachen. Wir rechnen mit über dreißig Außenbordern und Schlauchbooten.«

»Das sind ja, warten Sie … mindestens 300 Leute allein von den Booten!«

Sosset hob beide Hände, als hätte Spengler sich die Sympathien, die er auslöste, selbst zuzuschreiben. Sie stießen an.

»Wir müssen unser Anliegen jetzt unmissverständlich kommunizieren«, sagte Spengler, »ich meine, Reibungsverluste kann man sich zu diesem Zeitpunkt nicht mehr leisten. Wir brauchen logistische Planung, nichts geht mehr ohne die perfekte Steuerung und Organisation von Raum und Zeit. Das haben uns die Chinesen voraus.«

»Einen externen Dienstleister zu beauftragen ist teuer.«

»Abfindungen nach fünfunddreißig Jahren Unternehmenszugehörigkeit sind nicht gerade klein, meine Entlassung muss sich ja auch gelohnt haben! Und dann sollten wir uns jetzt verstärkt um Spender kümmern.«

In seiner Aussage vor der ARD-Kamera im Film *Tribun Spengler* würde Sosset später sagen, an jenem Abend im Bel Ami habe er zum ersten Mal den neuen Spengler gesehen, aufgeräumt, tatkräftig, visionär – so, wie er dann beim legendären Rededuell mit Bundespräsident Christian Wulff am Tag der Deutschen Einheit die Massen mobilisieren würde.

»Iris Mandela ist eine tolle Frau, was?«

Spengler grinste Sosset, der in höchster Verlegenheit war, von der Seite an. In einer Übersprungshandlung kramte Sosset Papiere zusammen und klappte grundlos den Ordner zu. Unter dem Orga-Plan lag die aktuelle Nummer der *DeutschenTagesZeitung*. Spengler hatte den Namen des Autors Stanislaus Eggle mit einem grünen Filzstift eingekreist.

»Guter Mann!«, sagte Spengler. »Er hat die Verquickung zwischen China Shipping, den Revitalisten und einem Labor für Optimierungsmedizin in Kroatien recherchiert und aufgedeckt. Dieser Mastberger glaubt, die Menschheit mit Hirn- und Körperdoping zu Maschinen zu machen. Das hat durchaus faschistische Züge, Sosset, finden Sie nicht?«

»Zumindest fetischistische.«

»Liegt ja nicht so weit auseinander.«

»Sie kennen die Gerüchte, oder?«, fragte Sosset.

»Gerüchte?«

»Dass EmperadoEntertainment am Grundstück unserer Kamm interessiert ist.«

Die Augen geschlossen, lehnte Spengler sich zurück.

»Meine Güte nein, das höre ich zum ersten Mal.«

Es trat jener Moment des Schweigens ein, über den Sosset den ARD-Interviewern sagen würde, exakt in dieser Minute, als man sein eigenes Blut habe pochen hören, hätte Spengler sich innerlich radikalisiert, weil er sofort begriffen hatte, dass nicht nur er und sein Lebenswerk abmontiert und spurlos eliminiert worden waren, sondern der für ihn heilige Ort, von dem aus er sein halbes Leben lang die Welt der Kämme und

Frisuren beherrscht hatte, durch seine beiden neuen Feinde – die äußere Übernahme Europas durch China und die innere Aushöhlung der Republik durch die Exzesse von Emperado und seinen Revitalisten – derart bedroht gewesen sei, dass der Widerstand eine moralische Legitimation erhielt.

»Mögen Sie auch ein Tiramisu?«, fragte Spengler. Er lächelte der hereinkommenden Bedienung zu, bevor er die Bestellung aufgab.

»Ich bin ganz vernarrt in Tiramisu, Sosset.«

33.

Während sich Francis und Mascha am nächsten Mittag in der Ferdinandstraße zwei leerstehende Läden ansahen, verfasste Kurt einen handschriftlichen Brief an die belgische Nekroseologensektion und bat um eine weitere Lieferung Batroxobin. Seine Vorräte waren aufgebraucht, aber der Krebs fraß sich weiter fort, und weil Kurt peu à peu die Geduld verlor – was er Francis gegenüber hartnäckig bestritt und sie mit gespielter Gelassenheit betrog –, hatte er in den vergangenen Tagen die doppelte Dosis des Otternserums eingenommen. Zur Postfiliale nahm er drei weitere Briefe mit, die er in Momenten der Einsamkeit, wenn Francis im Magnolia war oder einen Platz für ihn im Hospiz Fahrenheit suchte, an seine Schwester sowie zwei alte Barmbeker Komsomolzengenossen, auf deren Freundschaft er all die Jahre Francis zuliebe verzichtet hatte, mit ungewohnter Sicherheit der Stiftführung verfasst hatte.

Es gab nur eine einzige Mitarbeiterin, an Schalter drei, und die erkannte ihn nach ein paar Sekunden wieder. Ihre Finger zitterten, als sie die Marke vom Klebestreifen löste und auf die Kuverts klebte.

»Sie schreiben noch Briefe?«

»Sieht so aus, oder?«, sagte Kurt.

»Es geht Ihnen wohl auch nicht so gut, was?«

»Was heißt ›auch‹?«

»Ich bin hier die letzte lebende Klebetussi. Vier haben sie entlassen, seit die Post diesem chinesischen Riesen gehört. Der Rest geht mit Markenautomaten und Selbstverschickung, und Einschreiben kriegense da drüben im Kaffeekiosk.«

»Überall die gleiche Scheiße.«

»Na ja, schreibt ja heute kaum noch einer mit der Hand.«

Kurt verabschiedete sich, ging an künstlicher Zimmerpflanze und Postkartenständer vorbei auf die Straße und kaufte sich im russischen Bistro nebenan ein paar Pierogi und einen Becher Borschtsch to go, kam beim Antiquariat Eisenkraut vorbei und ließ sich von der Tochter des Chefs, die das Gespräch etwas angestrengt auf das »phä-no-me-nale« Magnolia lenkte, die gerade neudekorierte Auslage zeigen. Er verstand sofort, dass Tochter Eisenkraut über Krankheiten nicht reden wollte, kaufte einen Bildband über das Marokko des frühen 20. Jahrhunderts und spürte, während er darin blätterte, dass ihm Francis immer fremder wurde. Wer wie Kurt Fischer die Tiefen des menschlichen Gehirns kannte, wusste, dass die unwillkürliche Erinnerung nicht zu vermeiden war. Er sah sich und Francis über den Platz der Gehenkten flanieren, am frühen Abend, in der Dämmerung, als die Stimmung blau und der Himmel violett war und sie, vis-à-vis der Minarette mit den aufgesetzten Storchennestern, vor den Schlangenbeschwörern am Rand des Platzes standen und dann – von der Veranda des Café Maroc herab, den Arm auf der Balustrade abgelegt, die Schreiber und Gaukler beobachtend – den Rauch der Garküchen auf sich zukommen sahen, während gleichzeitig das Aroma gegrillter Lammspieße hinaufdrang, Mitte Mai 66, an den bisher schönsten Tagen ihres gemeinsamen Lebens, da Francis nach dem abschließenden Spaziergang durchs Viertel der Gerber die Ballade des Henry Bighand Gin in der Art ihres großen Vorbilds Francis Jay Bridgewater sang, während Kurt immer wieder »my wonderful Francis« stammelte, bevor sie, geschickt die Tonart wechselnd, *The shadow of your smile* anstimmte und Kurt zum letzten Mal in seinem Leben vor Glück weinte.

Marrakesch gleich zu Anfang, das war ihr Gipfel. Seither

waren sie nicht mehr höher gestiegen. Das musste man sich klarmachen. Kurt machte sich das klar. Auf dem Rückweg von Eisenkrauts Antiquariat in die Wohnung klärte er sich über die Vergänglichkeit seines Lebens auf. Wie konnte Francis ernsthaft erwägen, ihn in ein Hospiz zu überweisen? Das setzte notwendig voraus, dass sie an seinen nahenden Tod glaubte, und zweitens, dass sie sich seiner entledigen wollte. Seit sie das Magnolia betrieb, im China White verkehrte, die Federboa anlegte und die Bohemienne gab, hatte er es mit einer sehr geschäftigen Frau zu tun, deren vibrierende Energien mit ihrer früher so aufopferungsfreudigen Kurtigkeit nicht in Einklang zu bringen waren – Körte hier, Körte da, alles zu deinem Wohl, ach Schatz.

»Oder verkenne ich sie jetzt völlig?«, hatte er seine Schwester in der vorletzten Zeile gefragt, »sie entgleitet mir. Wir entgleiten uns.«

Jede Avance, die Hospizidee zumindest zuzulassen, wies Kurt mit zwei aufgestellten Händen zurück. Er hielt Dr. Vero Krux an, keine Überweisung auszustellen. Dass sich Krux in einem moralischen Dilemma befand, ahnte Kurt nicht. Francis hatte den Hausarzt unter Einsatz ihrer gesamten Weiblichkeit gebeten, Kurt davon zu überzeugen, das Hospiz zumindest in Erwägung zu ziehen. Hätte er von ihrer Meinung gewusst, sein Umzug ins Fahrenheit – bei dem sie bereits vorgefühlt und einen Platz in Aussicht gestellt bekommen hatte – wäre ein Liebesbeweis an sie, Kurt hätte sich zurück-, gar ausgestoßen gefühlt wie ein Trotzkist. Trotzki war schon immer sein sehr kurzes Argument gewesen, wenn Francis etwas tat, was ihm zum Nachteil geriet.

»Den Leo hat man auch ins Exil getrieben, und da war er dann Freiwild für seine Mörder.«

»Kurt, bitte, nicht schon wieder Trotzki! Was für ein Exil denn? Du verrennst dich in eine Wahnvorstellung.«

»In so ein Hospiz abgeschoben zu werden, Francis, an

einen Ort, an den man gegen seinen Willen zu gehen gezwungen wird, das ist Mord im Exil.«

Der Gang zur Post hatte Kurt alles abverlangt. Die halbe Lunge verzweifelte an seinem Willen zum schnellen Schritt. Alle fünfzig Meter musste er sich setzen oder anlehnen. Seine Beine waren mager, er mochte sie nicht mehr. Die Rückseiten seiner Cowboystiefel schlackerten, der Schuh lag nicht mehr an, Kurt hatte seine Waden eingebüßt. Er setzte sich auf den Schaufenstersims eines Sexshops und hatte das Gefühl, zu viel Zeit zu haben. Die Zeit verging nicht. Manchmal sehnte er sich danach, einer dieser ausgebeuteten Systemidioten in permanenter Zeitnot zu sein: Sie liefen reihenweise an ihm vorbei, hatten keinen Sinn für Dekorationen und Mitmenschen, hetzten von A nach C und ließen sogar B aus, um schneller nach E zu kommen.

Von rechts erreichten ihn die Strophen eines exotischen Singsangs, Kurt drehte den Kopf und sah einen verkrüppelten Zigeuner auf einer Pappe knien und mit einer aus fingerlosen Händen geformten Schale um Geld betteln. Vom Kauf der Briefmarken war Kurt ein Fünf-Euro-Schein in der Hosentasche geblieben, doch der erschien ihm unangemessen groß, also nahm er die Beleidigung seines sozialistisch korrekten Gewissens in Kauf, ignorierte den leidenden Mann und schloss die Haustür auf. Auf der Treppe traf er Loretta, der vor Freude weinte und Kurt in einem sehr intimen Moment seine neuen Brüste zeigte. Die Klangfarbe seiner Stimme war deutlich heller, durch die Laser- und Hormonbehandlung waren alle Barthaarwurzeln vernichtet. Das Wichtigste aber war: Der geniale Chirurg Gabelstein in der Vita-Nova-Klinik hatte aus Lorettas verhasstem Glied augenscheinlich eine »wunder-... wunder-... wunderbare« Vulva geformt.

Kurt zollte den fälligen Respekt, drückte den Stich in der Bauchspeicheldrüse zur Seite, versprach, Francis von Lorettas geglückter Verweiblichung zu berichten, hing mit einem Anfall von Übelkeit am oberen Geländer, glitt auf den Boden und heulte.

Er hatte vergessen, die Tür zu schließen, robbte sich am Boden in die Wohnung und übergab sich in die Spüle, grünlicher, zäher Schleim. Stündlich wartete er darauf, dass neues Batroxobin eintraf. Weil ihn die Angst trieb, Postler könnten unvorhergesehen streiken oder Filialen geschlossen werden, hatte er einen Kurierdienst beauftragt. Den Nachrichten über erschossene Kuriere begegnete er mit ähnlichem Hass, aus dem heraus man sie augenscheinlich hinrichtete. Für eine höhere Sache könnte er die Morde verstehen, so gingen Revolutionen nun einmal, in seinem Fall aber hatte die höhere hinter der existentiellen Sache zurückzustehen, denn es ging nicht um eine Idee, sondern um sein Leben und also um Zeit.

Punkt vier kam Francis' üblicher Kontrollanruf, er nahm ab und wollte sich partout nicht vorstellen, was ihr gerade Tolles widerfahren war.

»Dann erzähl ich's dir gleich zu Hause, Kurtschatz, ja?«

Während er zustimmte, drückte er den Fernseher an und suchte Kanal 2: Destiny TV. Es blieb ihm schleierhaft, warum Francis ausgerechnet diesen Sender so weit vorne programmiert hatte; zum Streit über wahre Prioritäten im Leben hatte ihm allerdings die Kraft einer zweiten Lunge gefehlt. Er ärgerte sich über sich, dass er tatsächlich Destiny TV suchte. Früher hätte er über Sender und Programm Tiraden geschleudert, ohne beides zu kennen, was aber keine Rolle spielte, da die Umstände, unter denen Destiny TV werden konnte, was es geworden war, politisch und kulturell in jedem Fall höchst verdächtig waren, und dieser Verdacht allein hätte Kurt gereicht, sich, bevor er Kanal 2 hätte einstellen können, vorher die Finger abzuhacken.

Nun aber war Destiny TV in aller Munde. Die Shows, Talks und Events des Senders füllten Zeitungsseiten und Magazinstrecken. EmperadoEntertainment machte Cross-Promotion und ließ im Radio, bei den öffentlich-rechtlichen Fernsehsendern und im eigenen Programm *EmpeRadio3* Teaser und Trailer auf die Zielgruppe hageln, spielte dauernd das Intro ein (eine Mischung aus Zarathustra und dem raunenden Soundschwall amerikanischer Kriegsfilme), lud Prominente, von deren Existenz Kurt noch nie gehört hatte, als Promotor ein und ließ Kommunikationsexperten die Tiefendimension der Show erklären. Selbst Kurts geliebte Zeitung *die alternative* nahm *Stirb reich!* zur Kenntnis, was ihm einen Erstickungsanfall mit klaustrophobischen Momenten bereitet hatte, während er nach größerem Raum für sein Sein ruderte, als wollten die verbliebenen Organe in ihm wachsen und würden an ihrer Expansion durch den Brustkorb gehindert.

Die Erstausgabe von *Stirb reich!* begann in der Minute, da Francis und Mascha beschlossen, die fünfundsechzig Quadratmeter Ladenfläche gegenüber dem Yajun Theater am Alstertor anzumieten. Es war eine glückliche Fügung, dass ihr Verhandlungspartner des Maklerbüros Völkler & Völkler nicht Sandra, sondern Reiner Völkler war, denn der konnte weder gegen Francis' rasende Laszivität noch gegen Maschas tabulosen Sex-Appeal etwas ausrichten.

»Es gibt Männer, die sind machtlos gegen roten Lippenstift und Vollweibbrüste, mal sehen, wie es hier läuft«, flüsterte Francis Mascha in die Haare, als Völkler die renovierten Paneele inspizierte und ihnen, womöglich in Erwartung einer großen sexuellen Sauerei, wie ferngesteuert den Vertrag unter die Nasen legte. Francis unterschrieb um 19.31 Uhr mit roter Tinte, als *Stirb-reich!*-Moderator Kay, ein gelackter Schwiegersohntyp mit dichtem Haar und reaktionärem Scheitel, bedeutungsschwer in die Kamera nickte, was Kurt genauso anekelte wie die geheuchelte Empathie mit den Todbereiten. Da er seit der Chemo zwo unter Haarneid litt, verachtete Kurt Moderator und Sendung umso mehr – abgesehen davon waren ihm rechtsgelegte Scheitel seit jeher politisch verdächtig, auch wenn sie rotblondes Haar arrangierten.

»Hallo und guten Abend, meine sehr verehrten Damen und Herren, liebe Zuschauer! Ab heute wird Deutschland nicht mehr sein wie zuvor«, moderierte Kay mit salbungsvoller Stimme die Premiere jener Sendung an, »die Geschichte schreiben wird«, und Kurt fluchte über diesen Schwachsinn, da es ja wohl, wie er sich selbst erzählte, jeden Tag so sei, dass kein Tag wie der andere und das Land heute nicht gestriger als gestern sei und dergleichen, doch irgendwie geriet ihm beim Fluchen die Logik durcheinander. Er fröstelte und zog die Decke herauf. Dann verließ ihn für einen Moment das Bewusstsein. Er kam zu sich, als Kandidat Jens von seinem Pankreaskarzinom im Endstadium erzählte und der entsprechende Onkologe die Unheilbarkeit lächelnd bestätigte, woraufhin das Studiopublikum einen respektablen Applaus spendierte.

»Dann bist du ein idealer Kandidat für die 100 000 Euro«, sagte Kay, und die Kamera zeigte für einen kurzen Moment das überpuderte Gesicht von Jens' Frau, die etwas zu lang in der Maske gewesen war und den Mund zu einer Art Lächeln verzog.

Francis rief aufs neue an und zwitscherte vom gerade unterschriebenen Vertrag, sechzig Euro Ladenmiete pro Quadratmeter in 1a-Lage des Geschäftskerns. Kurt kotzte ihre Heiterkeit an.

»Schön für euch«, sagte er pflichtschuldig.

»Wir trinken noch ein Gläschen auf uns und denken uns Namen aus.«

»Namen? Wofür?«

»Körte! Für unseren Shop natürlich!«

»Macht, was ihr wollt.«

»Bitte? Kurt? Alles in Ordnung?«

»–«

»Körti, hast du Schmer…?«

»Nein, nein, alles gut. Feiert euch und freut euch.«

»Ich komm nicht so spät, ja?«

Sie schmatzte ihm zwei Küsse durch den Hörer, im Hintergrund hörte er Mascha lachen, ohne sich ihr Gesicht vorstellen zu können, weil sie in seiner Fantasie nur Körper war.

Zwei gute Nachrichten hatte Kurt an diesem Abend für sich parat: Beim Pinkeln war er nicht mehr nur auf Francis' Assistenz angewiesen, und ihre Art, den Kühlschrank gefüllt zu halten, als breche in Kürze ein Krieg aus, kam seiner Neigung zu kurzen Wegen und Konsum sehr entgegen, auch wenn ihm ihre Bio-Produkte zu großen Raum einnahmen. Sojajoghurt und Demeter-Milch verabscheute er so wie Moderator Kay, der angesichts der Aussage des Onkologen, Leukämiker T. habe noch drei Wochen zu leben, T.s Tochter nach ihren Gefühlen fragte. Der Kameramann bewies ausreichend Anstand, nur das Gesicht des Kindes, nicht aber seinen zitternden Körper zu zeigen.

Kurt öffnete einen Mango-Molke-Drink, legte sich auf die Couch und sah in der Werbepause, wie eine attraktive Frau für milchsäurehaltige Vaginaltabletten gegen Scheidenpilz warb.

Mascha und Francis waren übereingekommen, mit dem Namen der neuen Boutique auch gleich deren Programm anzudeuten: »Frauenrausch« war ein Konzept, das es noch nicht gab. Nach Art des 4Dimensions in Angelegenheiten von Beauty und Schönheit sollte es ein Gesamtkomplex aus Kunstgalerie, Sextoy-Department, spiritueller Beratungsstelle und Bookshop in einem werden, ein Tempel des Femininen mit all den anhängigen Bedürfnissen, die Frauen das Gefühl eines wertvollen Lebens gestatteten. Francis orderte Ketten mit Satinbändern und Medaillons der Erdgöttin Gaia,

Armbändchen mit Plättchen im Tuaregstil, Schals und Tücher aus Samt und Seide, dazu Raumdüfte und Parfüms aus ökologischem Landbau (vornehmlich Lavendelnoten), mit Halbedelsteinen auf dem Flaschengrund zur Steigerung der geistigen Power. Die *Collection bizarre* der von Mascha designten Dildos und Toys würde den Frauen zu einer höherstufigen Körperlichkeit verhelfen, da war Francis sich ebenso sicher wie darüber, dass eine neue Ära der Frauenbewegung angebrochen war, mit ihr, Mascha und Janica Jović als Avantgarde, die den Männern nicht mehr nur gleichgestellt sein wollte, die die Männer nicht mehr überflügeln musste, nein, die die Männer schlicht nicht mehr brauchte. Womöglich lag diese Erkenntnis in Francis' Fall darin begründet, dass sie Mascha von Tag zu Tag begehrenswerter fand, auch wenn ihren Schwärmereien für Charly Spengler eine zunehmende Kraft innewohnte, von der sie, wenn überhaupt etwas, dann nur Maschas Sexyness abzulenken vermochte. Geschlechtsgebunden war Francis offenbar nicht mehr, und Momente, in denen sie sich für ihre Zweideutigkeit schlecht fühlte, waren rar. Selbstanklagen waren noch nie ihr Geschäft gewesen, und mit Schuld hatte Francis Fischer ebenso wenig am Hut wie mit dem Schwert des schlechten Gewissens, das Frauen gern gegen sich gerichtet hielten. Seit Kurts Körper verwelkte, blühte, ja wucherte ihre Lust auf eine zwar sozialverträglich domestizierte, in jedem Fall aber nicht mehr einzudämmende Weise.

Als sie am Abend der *Stirb-reich!*-Premiere nach Hause kam und Kurt in völliger Absenz vorfand, verlor sie zum ersten Mal seit Ausbruch seiner Krankheit die Beherrschung. Durch seine an Ignoranz grenzende Selbstversunkenheit hatte Kurt William keine andere Wahl gelassen, als sich auf die Couch zu erleichtern – und zwar auf jenes mit Goldfäden durchzogene Seidenkissen, das die Fischers, ein Symbol für ihre Liebe, vom Honeymoon aus Marrakesch mitgebracht und sechsundvierzig Jahre lang gepflegt, gereinigt, gelüftet, vom Bett zur Couch, von der Couch zur Chaiselongue und von dort wieder aufs Bett gelegt hatten.

»Es ist dein Mops, Francis, wenn du dich neuerdings auf seine Kosten verwirklichen willst, brauchst du dich über so ein Malheur nicht zu beklagen.«

»Das ist ja ein dickes Ding! Ich lass mich doch von dir nicht erpressen, Körte! Seit Monaten kämpfe ich mit dir um dein Leben, und du hast nichts anderes zu tun, als mir so einen Mist zu sagen?«

»Mein Gott, Francis, was bist du für eine selbstgerechte Egomanin geworden.«

»Schau dich doch mal an, jetzt siehst du dir schon diesen Dreck auf Destiny TV an, wo sie den Sterbenden die letzte Würde rauben und selbst da noch einen Wettbewerb zustande bringen.«

»Na und?«

»*Na und*? Kurt, du warst mal für die Revolution, für mich warst du die Revolution, gegen diesen ganzen Überbietungsscheiß, den Konsum, die Kohle, und jetzt machst du diesen Dreck indirekt mit, weil du mit einer Seelenruhe *Stirb reich!* guckst. Ich glaub' es nicht!«

Als Kurt schwieg, hatte sie begriffen, dass er auch seelisch ruiniert war. Es gab einen Zusammenhang zwischen Identitätsverlust und Nekrose, vermutlich einen spinalen. Wenig später – Francis reinigte das Kissen von Williams Exkrementen – klagte Kurt über seltsame Schweißausbrüche, die mit der Septemberhitze deswegen nicht vereinbar waren, weil leichter Durchzug und zwei Stehventilatoren die Wohnung angenehm kühlten. Kurzem Aufbäumen gegen die innere Überhitzung folgte minutenlange Apathie. Seine Augäpfel bewegten sich nicht mehr, die Lider waren erschöpft. Francis sah Kurt an und fand ihn nicht mehr.

34.

Auf der peinvollen Suche nach dem Sinn seiner selbst hatte Jesus Emperado in letzter Minute die eigene Sehnsucht nach Stille gefunden. Er schrie seine Anhänger nicht mehr wie früher an, sondern schlich sich sanft in ihre Seelen. Er sprach die Masse Mensch nicht mehr als Hühnerhaufen an, sondern redete mit einer Tracht Universalität über alle hinweg, auf dass sich jeder von seinen Einsichten herunterpflücken konnte, was er mochte. Die totale Motivation war der totalen Meditation gewichen. Hertz sagte Abele, als sie sich zum Jour fixe in der Villa Vitalis trafen, er habe Emperado noch nie so übersinnlich, ja sphärisch erlebt wie an jenem denkwürdigen Tag des 14. September, als der preisgekrönte *Master of Motivation* öffentlich die Kehre zur *Mental Guidance* vollzog. Deren Sinn bestehe darin, hatte Emperado in seinem ersten Interview nach Erschöpfung, Depression und Revitalisierung durch Prof. Kruschwitz gesagt, die Menschen nicht länger zum Adressaten einer adlerhaften Erhebung zu machen, sondern unter Anleitung eines Führers als korrespondierende Einheiten im »Hier-und-Jetzt-Geflecht« zu begreifen – *begreifen*, darauf legte er Wert, als Ausdruck von Greifen, was sich dann wie folgt las: »Erfolgreiche Menschen sind Menschen, die handeln. Man handelt mit der Hand, das heißt, erfolgreiche Menschen *tun* etwas, sie reden nicht, sie tun, sie befreien sich, sie ergreifen sich. Das ist es, was die Menschheit weiterbringt, verstehen Sie, das Handeln, das Verändern, das Ausbrechen aus den bequemen Käfigen und Gehegen, die uns einsperren und zum Sklaven ihrer Halter und Besitzer machen, die uns in der Hand haben, weil sie es schaffen, dass wir uns schuldig fühlen. Aber Schuld ist nichts, was dem Menschen eigen ist. Schuld ist immer ein kulturelles Konstrukt, das von hier nach da verfrachtet wird.«

Da die Nachfrage seiner Person im Anschluss an den Aufenthalt in der Vita-Nova-Klinik alle bisher bekannten Dimensionen überschritt und die Tickets nach drei Tagen ausverkauft waren, wurde der Powerday 3.0 von der Shangri-La-Arena in die neue LCD-Arena verlegt, vor deren elliptisch auf die grüne Wiese gesetzten Schüssel es 2000 Quadratmeter Parkfläche gab. Seit Tagen wisperte es durch die Straßen der Stadt, Jesus Emperado sei zurück, Jesus Emperado warte mit einer Sensation auf, Jesus Emperado gehe an die Börse, Jesus Emperado habe ein Kind gezeugt. Die Nachrichtendichte seine Person betreffend war proportional zu seiner Abwesenheit gestiegen, ein Umstand, den Manager Andi geschickt zu nähren wusste, also hatte er, ohne zu irgendeiner Aussage Stellung zu nehmen, die Spekulationen über Umstrukturierung und Börsengang der Emperado GmbH ins Kraut schießen lassen, Hauptsache, Jesus war Gesprächsthema und zog die unterschiedlichsten Sehnsüchte auf sich, die, so lautete bekanntlich die Strategie des Hauses, niemals je erfüllt werden dürften. Es war einer von Mastbergers Grundsätzen, dass unerfülltes Begehren die Triebfeder der Menschheit sei und der unmittelbare Tod der Gattung eintrete, raubte man den Individuen das Gefühl für die eigene Unvollkommenheit.

Die adretten Emperadisten aus dem Marketingdepartment der Zentrale im Haus der Patriotischen Gesellschaft, Trostbrücke 3–5, berichteten, wann immer sie konnten, von um zwanzig Prozent gestiegenem Umsatz seiner Bücher, DVDs, CDs und T-Shirts, den sprungleichten Helden-Schuhen, die Jesus bei seinen Auftritten trug, schwarzes Leder auf weißer Sohle, mit Goldglitter aufgeprägt die Initialen JE. Die GmbH hatte einen täglichen Video-Blog eingerichtet, über den Emperado verkündete, der Mangel an Bewusstsein sei die Ursache für den Geltungswahn, der die Welt in den Abgrund reißen werde. Er empfehle dringend, sich den Revitalisten anzuschließen und ihre Programme zu studieren, und schloss mit einem Emperado-Klassiker: legte den Kopf etwas schief, zog ein Lächeln auf, das manche verschmitzt nannten, und richtete seinen Zeigefinger auf den Zuschauer: *Ich aber sage euch: Seid mit uns!*

Der gesteuerte Emperado-Kult, die Meldungen über die neue Show *Stirb reich!*, Jesus' rätselhaftes Verschwinden, seine angebliche Krankheit, die überraschende Genesung und schließlich die Verhandlung mit der Yajun International Group über einen Entertainmentpark überlagerten die Nachrichten vom fortschreitenden Aufstand im Süden, obwohl Spengler zu einer dauerpräsenten Figur in Radio und Fernsehen geworden war und zum bevorzugten Sujet im China White avancierte – bis dort die Nachricht eintraf, Peer Maria Boltanski, der einst verehrte Pastor von St. Nikolai, habe sich auf ungeschickte Art das Leben genommen, da erst die dritte Kugel in seinem Kopf steckengeblieben sei, nachdem das Christus-und-Maria-Porträt an der Wand gelöchert und dann der Computer auf dem Schreibtisch von einem verirrten Geschoss zertrümmert worden war. In seinem Abschiedsbrief schrieb Boltanski, er könne nicht länger in einer Welt ohne Glauben, in einer Stadt ohne Kirchen, in einer Gesellschaft ohne Sitten leben, als letztes Exemplar einer Gattung aufrechter Gläubiger, die – aus der Zeit gefallen – die Verwahrlosung der Menschen, die Dekadenz der Zeitgenossen und die Tatsache, dass seine Kirche in eine Eventagentur umfunktioniert worden sei, nicht länger ertragen könnten. Die von ihm gegründete Praxis für Reinkarnationstherapie namens Seelenernte hatte er Janica Jović, die hier die erste Filiale ihres Instituts für zelluläres Bewusstsein einrichten wollte, überschrieben.

»Darf sich denn ein Geistlicher umbringen?«, fragte Francis, der Ratlosigkeit näher als jeder Demut, als sie darauf wartete, dass Janica sich für Boltanskis Beerdigung fein machte.

»Ja«, sagte die Prinzessin.

»Ich dachte, das sei einem Christen verboten.«

»Wir wissen doch, dass es keinen Gott oder so was gibt, nur das Bewusstsein, Francis. Wenn du so willst, ist die Wirbelsäule das …«, sie knickte die Spitzen ihrer beiden Zeigefinger zweimal ab, »… ›Göttliche‹ in jedem Menschen, und wenn das spinale Gedächtnis jedes Einzelnen sich mit den anderen Gedächtnissen zu einem kollektiven Bewusstseinsstrom vereinigt …«, sie winkte ab, als sei es bis dahin noch ein mühsamer und vor allem weiter Weg, »… das wäre mein Traum, sweety, das wäre das Ziel. Wir sind synchronisiert mit der kosmischen Energie, die wir in uns einlassen müssen, aber die meisten Menschen sind rational so unglaublich verbohrt und türmen ein ›Warum‹ auf das andere. Das Bewusstsein steht am Anfang von allem, man muss es fühlen, und unsere Wirbelsäule steuert uns in dieses Gefühl, verstehst du, wenn wir die Wirbelsäule reinigen und gut behandeln, dann reinigen sich die Zellen aller Organe automatisch.«

Janica roch nach süßlichen Ölen und etwas Rosenwasser, legte ihre Lederbändchen um Hals und Handgelenk und schminkte die Augen mit schwarzem Lidstrich. Sie trug Sandalen, hatte makellos gefeilte, schlammfarben lackierte Fußnägel und wirkte in der Überreizung ihres Narzissmus auf Francis immer famoser. Die Prinzessin hätte nicht einmal mehr direkt darauf hinweisen müssen, man sah ihren Händen ohnehin sofort an, dass sie täglich mit einer mineralienreichen Creme gepflegt wurden.

»Du hast eine makellose Haut, meine Liebe, da beneide ich dich ganz ehrlich drum!«

Janica zog das trägerlose Top ein Stück brustwärts, und Francis beobachtete die Arbeit ihres dünnen, aber einwandfrei modellierten Oberarms, auf dem – weder zu großgepumpt noch zu lasch geformt – ihr hügelartiger Bizeps in seiner Mitte von einer prächtigen Vene geradezu gezweiteilt wurde.

»Mir hat mal einer gesagt, ich hätte eine Wespentaille.«

Francis musste sich eingestehen, dass das Bauchnabelpiercing der Prinzessin im Umkreis definierter Muskelbriketts sehr sexy wirkte.

»Jeden Tag Yoga, Karate und Liebe machen, sweetheart, dann geht es.«

Zusammen fuhren sie zu Boltanskis Beerdigung auf dem Ostfriedhof, als Francis, das Krematorium passierend, mit einem Stoß Adrenalin in den Blutkreislauf merkte, dass sie ihren BH vergessen hatte. Sie überlegte, was zu tun sei, verstaute ihre Brust möglichst allgemeinverträglich in der Seidenbluse und erreichte Abschnitt D, Reihe F, als Janica Bobby telefonisch erklärte, dass sie sich Boltanski gegenüber verpflichtet fühle, ja, natürlich, vielmehr dem, was von Boltanski geblieben war, okay, vermutlich nichts, da habe er, Bobby, schon recht, aber nun sei sie einmal hier, basta, und sie klappte das Handy mit jener Hand zu, mit der sie es hielt.

Am Kopf des ausgehobenen Grabes standen fünfzehn Menschen, unter denen Francis vor allem ein Mann mit einem schweinsledergebundenen Exemplar der Bibel in der Hand auffiel, der sie permanent anstarrte: Volker Abele. Er konnte Frauen wie Francis Fischer, die ohne Büstenhalter den öffentlichen Raum betraten, nicht verstehen, und war jetzt bereit, derartiges nicht mehr zu tolerieren. Freischwingende Brüste hielt Abele für ein Zeichen höchster Verkommenheit.

Äußere Rituale einer Begräbniskultur waren schon lange passé. Glocken, die früher geschlagen hatten, waren abmontiert, statt Musik hörte man den Presslufthammer einer benachbarten Großbaustelle. Zehn Minuten zu spät brachten zwei Slacker in Turnschuhen, Skaterjeans und ins Gesicht geschleckter Haarmatte Boltanskis Sarg auf einem Wagen heran, und Francis konnte nicht fassen, wen sie dann in schwarzem Hosenanzug mit schwarzer Weste, weißem Rüschenhemd und einem schräg sitzenden Hut höchst madamig an einem aufgeklappten Tisch sitzen sah …

Im Hintergrund tollten Kinder auf einer der großen Rutschen, und während der Fahrt im Gokart-Parcours jauchzten die Väter wie kleine Elfchen. Der Ostfriedhof war zu einem Park umgestaltet worden, mit Wasserkanälen und der Möglichkeit, Gräbertouren zu machen.

»Peer Maria Boltanski hatte den ungeheuren Mut, sich selbst zu richten«, begann Mascha ihre Grabrede. »Er hätte warten können, bis sich das Leben von selbst beendet. Doch er zog es vor, sich von dem zu befreien, was er nicht mehr als Leben akzeptierte. Dabei hat er auf niemand anderen gehört als auf sich selbst. Sein Leben war Kampf. Mit vorbildlichem Mut hat er sich erschossen.«

Schreiende Kinder kamen vorbei, dann eine Gruppe Rentner aus Leinfelden-Echterdingen, deren Anführer auf einer Karte den Kanal am Ausgang Nord suchte und sich wie jeder gute Major eine Einmischung der anderen verbat.

»Schnell, schnell, schnell!« rief auf einmal die Prinzessin. Aus dem rechten Nasenloch lief Blut. Sie legte ihren Kopf zurück. »Es ist gleich vorbei«, flüsterte Francis.

»Meine Wirbelsäule reagiert heftig!« Janica hielt sich Francis' Taschentuch unter die Nase.

»Wie konnte es so weit kommen?«, fragte Mascha. »Boltanski wurde die Priesterweihe verweigert, weil er schwul war, das war vor zwanzig Jahren in Wuppertal. Dann zog er nach Hamburg und leitete eine Gemeinde. Verbündete hatte er nie. Er kämpfte auf verlorenem Posten, als vor acht Jahren die Stadt seine Kirche kaufte und an eine Eventagentur verscherbelte. In seine privaten Gottesdienste im Andachtsraum seiner Wohnung in Ottensen kamen zweimal die Woche vier bis zehn Menschen. Und um überleben zu können, betrieb er die Seelenernte, die schönste Praxis für Reinkarnationstherapie in der Stadt. So war Boltanski: ein freier, fliegender, ein durch und durch poetischer Geist! Aber wie fühlt sich dann ein solches Leben an, das man nicht mehr vor sich rechtfertigen kann? Von allen Seiten dringt die Wirklichkeit durch dünne Haut. Man ist dieser Wirklichkeit, diesen Zumutungen machtlos ausgesetzt und spürt den Tod jeden Tag stärker. Der Tod ist immer anwesend. Ist unser Leben mehr als der ständige Versuch, den Tod zu überlisten? Liebe, Hingabe, Sehnsucht – all das sind nur Vehikel zur Überwindung des Todes. Darin besteht unser Leben: den Tod täglich zu überlisten, zu überwinden, aufzuheben. Aber wie kann man sich vorstellen, dass man tot ist, bevor man es ist?«

So stilvoll wie jetzt hatte Francis Mascha noch nie zuvor gesehen. Zwar hatte Mascha ihr von mindestens drei Dress-Varianten erzählt, die sie für ihren Job als Grabrednerin entworfen hatte, und zwar eigenhändig. Aber der schwarze Anzug mit Hut, der ein Vintagekauf im Edelsegment von Ruben Hallodri war, toppte alles, was sie sich an ihr hätte vorstellen können. Was war das für eine schöne Frau! Wie verführerisch eigen und anders! Mit Kribbeln im Bauch sah sie Mascha an und fragte sich, ob die gerade wirklich über Boltanski sprach, weil Mascha bekanntlich jeden Tag an den eigenen Tod dachte, um ihn, für den Fall, dass er ihr glückte, im Griff zu haben. Im Barista hatte Mascha Francis das Versprechen abgenommen, auf alle Fälle alles zu verhindern, was sich in irgendeiner Weise mit der Erinnerung an sie in Zusammenhang bringen ließ, als da wären: Grabstein, Grabplatte, Gedenkstein. Nach der Pulverisierung sollte die Asche ihres Körpers über den Boden der Krim gestreut werden. Mehr wollte Mascha nicht.

»Nun stehen wir da und bewundern ihn für seinen Mut, und manche fragen vielleicht: Ist es zu billig, ist es zu feige, sich das Leben zu nehmen? Dieser ganze Irrsinn der Ewigkeit, gegen den sich das kleine, zarte, hinfällige Leben ständig zur Wehr zu setzen hat – er ist das nicht wert. Ich verneige mich vor Peer Maria Boltanski und erbitte für seine Energie fünfzehn Monate Schutz, ehe sie sich in einem neuen Leben materialisiert.«

Weil sie spürte, dass die Trauergemeinde von Maschas Grabrede ergriffen war, nickte Francis ihr wohlwollend zu. Von allen fünfzehn Anwesenden bekreuzigten sich nur zwei ehemalige Mitarbeiter von St. Petri, dann stand eine junge Frau auf, legte die Geige an und gab eine Prelude von Glasunov, in die hinein ein fürchterlicher Schrei platzte.

»Sta-lin!«

Alle drehten sich um, der Musikerin verrutschten die Finger.

»Sta-lin!«

Der heranspringende Chihuahua folgte auch beim dritten Rufen nicht, und mit hängender Zunge tobte er auf dem Berg Erde herum, den die beiden Gärtner gerade abzutragen begannen.

»STALIN!«

Frauchen hatte weißblondes Haar, rotlackierte Nägel, Perlenohrringe und konnte nicht rennen, weil die Absätze der Highheels im Kies versanken. Ihr kleiner Stalin jagte verwirrte Wespen, die zu dieser Jahreszeit schon längst hätten tot sein müssen.

»Blöder Köter«, sagte Janica, »ich hasse Chihuahuas.«

Auf dem Kanal, der an Boltanskis Grube vorbeiführte, schipperte ein Tretboot mit zwei Pärchen, die sich in verschiedenen Konstellationen und Posen fotografierten und dauernd gegen den Beton rumpelten. »He, Vorsicht, ihr Idioten!« rief der Fahrer eines hinterrücks kommenden Kajaks und schlug dreimal mit dem Paddel, um das hintere Tretboot in Schwierigkeiten zu bringen, Auswuchs ehrgeiziger Vermessenheit eines korrekten Deutschen, der den vieren einen Lachanfall abforderte.

Für Francis war Boltanskis Beerdigung eine gute Gelegenheit, sich der eigenen Vitalität bewusst zu werden. Mascha und Janica: Beide Frauen waren jetzt in unmittelbarer Nähe und somit vergleichbar. Francis fühlte sich zu beiden hingezogen, weil beide auf ihre Art schlau und sexy waren. Sie machte die Ausübung ihrer Leidenschaft weder von einem bestimmten Geschlecht noch davon abhängig, ob ein Mann oder eine Frau linkshändig war, wobei Linkshänder aus unerfindlichen Gründen eine horrende Anziehungskraft auf sie hatten. Auch Kurt war Linkshänder gewesen, bevor man ihn in seiner Kindheit auf rechts getrimmt hatte und er Sozialist wurde.

Boltanskis Sarg war versenkt, in Zweier- und Dreiergrüppchen zog die Gemeinde über Abschnitt D zum Ausgang. Janica telefonierte mit Bobby, Francis umarmte Mascha und bat sie um einen Gegengefallen.

»Wirst du es machen?«

»Du glaubst nicht mehr an seine Heilung?«

»Er verschwindet aus dem Leben, Mascha, seit gestern Abend habe ich keine Hoffnung mehr.«

»Ja, natürlich, Francis, ich werde die schönste Rede auf ihn halten, die man halten kann, versprochen.«

Weil Francis wusste, dass ihre Lider beim Weinen zuschwollen, zog sie die Sonnenbrille auf und wandte sich Stalin zu, dessen Erfolglosigkeit als Insektenmörder sie so sehr rührte, dass sie Kurt tatsächlich für einen Moment vergaß.

35.

»Ein Konzern ist ein Konzern. Ein Konzern hat kein Herz.«

»Aber Herr Myers-Pirelli, ist es Ihnen denn völlig gleichgültig, dass im Süden, nur einen Sprung von hier entfernt, massenweise Menschen entlassen werden, auf den Straßen leben und keinerlei Perspektive mehr haben?«

»Ich sage Ihnen mal etwas sehr Wesentliches, junge Dame: Rom wäre nie Rom geworden, hätte man nicht für höhere Ziele ganze Kohorten geopfert. Ich will nicht sagen, dass wir die Leute hier opfern sollen, cum grano salis … aber wenn wir den kommenden Schub der Weltgeschichte überleben wollen, *einigermaßen* überleben wollen, dann müssen wir jetzt unsere ökonomischen, politischen und gesellschaftlichen Strukturen radikal ändern.«

»Die Hälfte der Stadt soll bereits Chinesen gehören. Ihre Firma China Shipping, hört man, kauft über Mittelsmänner ganz Harburg auf, es soll Verhandlungen über den Verkauf des Hafens an ein Shanghaier Konsortium geben. Vielen Menschen bereitet das Existenzangst.«

»Sehen Sie, Frau Leitner, wir investieren dort, wo wir es für lohnender erachten. Wie Sie sicher wissen, ist mein eigentliches Geschäft die Druck- und Verlagsbranche.«

»Aber die Nachrichten, die wir erhalten, Herr Myers-Pirelli, sind nicht besonders erfreulich für Menschen, die alles verlieren – von Aufstand ist die Rede, von Rebellion. Hier oben in der Zentrale von China Shipping kann man wunderbar über die neue Hafen City blicken. Haben Sie keine Furcht, dass der Umsturz in Harburg über die Elbe zu Ihnen herüberschwappt?«

»Ich halte alles Aufstandsgeschwätz für Idiotie, pubertär, unreif, einfältig. Das sind freie Radikale, die nur in Freund-Feind-Kategorien denken können – wenn sie überhaupt denken können. Womöglich verbreitet Herr Spengler solcherlei Gespinste.«

»Immer mehr Leute sind begeistert von Charly Spengler und laufen seiner SozialHumanen Union in Scharen zu. Gibt Ihnen das nicht zu denken?«

»Spengler ist ein kleiner Mann voller Ressentiments und reaktionärer Ideen. Er spricht all die an, die die paradiesischen Verhältnisse von gestern verloren haben und jetzt obdachlos dastehen. Ich halte das für Blendwerk. Sie müssen genau hinhören, was dieser Gipskopf verbreitet.«

(Myers-Pirelli bat um eine kurze Pause und trank ein Glas Wasser in drei Schlucken).

»Gut, danke, jetzt können wir weitermachen. Also.«

»Herr Myers-Pirelli, bei einer Umfrage unter Top-Entscheidern wurden Sie zum einflussreichsten Mann der Stadt gekürt …«

»*Nichtswürdig ist die Nation, die nicht ihr alles freudig setzet an die Ehre.* Schiller.«

»*Die Ehre wohnt beim Reichtum.* Auch Schiller.«

»–«

»Es hält sich hartnäckig das Gerücht, Sie hätten über ein chinesisches Unternehmen die legendäre New-York Hamburger Gummi-Waaren Compagnie gekauft.«

»Die New-York Hamburger wurde gerade eben von der LCD Development Company aus Guangzhou erworben. Deren Direktorin, Madame Yajun, ist eine der größten Philantropinnen, die ich kenne. Seien wir froh, dass es Menschen wie Yang Yajun sind, mit denen wir es jetzt zu tun haben.«

»Aber Sie kooperieren mit der LCD und beteiligen sich somit am Ausverkauf des Landes an China.«

»Ich weiß nicht, woher Sie Ihre Informationen beziehen. Und wenn es so wäre, Frau Leitner, was sollte daran falsch sein? Sehen Sie, wir müssen uns doch eines klarmachen: schneller, höher, stärker – die olympische Maxime herrscht überall, in den kleinsten Details, in der Wirtschaft, in den Schlafzimmern der Eheleute. Die gegenwärtige Epoche ist ein Sieg Olympias über Athen, wenn ich das so formulieren darf, der Sieg des Wettstreits über die Sphäre des Ausgleichs. Wir könnten uns jetzt entscheiden zwischen Olympia und Athen, aber um vernünftig mit China umzugehen, sage ich eindeutig: Rom, spätes Rom. Pflicht, Leistung, Gelassenheit. Reine Stoa, nicht wahr, Marc Aurel, Zenon, Epiktet. Leute wie Spengler haben das nicht begriffen, die stecken noch in Sparta.«

Auf dem Gesicht von Frau Leitner stand so etwas wie Ratlosigkeit. Ihr Blick zu Kameramann und Tontechniker verriet Myers-Pirelli, dass sie zu unerfahren war, seiner Großartigkeit etwas entgegenzusetzen, also bedankte er sich grandseigneurhaft für das Gespräch mit News24 und war jovial genug anzubieten, den »Kabelsalat« in seinem Büro von seinen Mitarbeitern auflesen zu lassen, wobei er den Stolz der Interviewerin mit einberechnete und sich, während sie und ihr Team die siebte Etage räumten, mit Hegenbarth verbinden ließ, um das Treffen im Massagestudio des 4Dimensions zu bestätigen.

»Ihnen alles Gute, Frau Leitner, ich freue mich auf das nächste Mal. Salve.«

Das fernöstliche Massagestudio Lotusblüte auf der zweiten Etage des Beauty-Tempels 4Dimensions in der Ferdinandstraße war seit vergangenem Jahr zur ersten Adresse der höheren Gesellschaft geworden. Wer im China White verkehrte, traf sich, bewusst oder unbewusst, jedenfalls regelmäßig auch dort, als sei das 4Dimensions die Geburtsstätte eines neuen Kosmos des schönen Scheins. Es war nicht abwegig, einen Zusammenhang zwischen China White und Lotusblüte zu erkennen, da das Massagestudio von der Schwester des Chefconcierge Zhou betrieben wurde und man sich rechtfertigen zu müssen glaubte, tauchte man über Wochen dort nicht auf. Manche vermuteten, die Angestellten der Lotus-Crew hätten magische Hände, die auf wundersame Weise verklebte Faserbündel lösten, es aber auf ebenso mysteriöse Weise schafften, den Kunden einzureden, Muskelkopfverspannungen als Zeichen eines höheren sozialen Status zu erkennen.

Jeder konnte zwischen vier Masseuren wählen: einer permanent redenden, kicherfreudigen Thailänderin, einer knubbel-, aber hochnäsigen und zu großen Teilen sprachfaulen Taiwanesin, dem kroatischen Existentialisten Dragutin, dessen prächtiger Körper auf geschätzte zwei Meter zwei geraten war, sowie einer zweimal fast verhungerten Vietnamesin, die vor fünfzehn Jahren mit den Boat People in die Stadt gekommen war. Hausmeister der Lotusblüte war ein Thüringer mit Kugelbauch, der immer dann, wenn die Stimmung verschwörungsfähig war, Dragutin als kommunistischen Terroristen denunzierte.

Als Myers-Pirelli eintraf, lag Hegenbarth auf dem Bauch, und die junge Thai hatte ihren Spaß mit ihm.

»Ui, haben Sie steifen Po!«

»Sie sollen massieren, nicht so ein Zeugs reden!«

»Haben Haare auf dem Rücken, Herr Hegenbad, da müssen Sie Mangosaft nehmen oder rasieren, so ist das nicht schön.«

Sie begann, bei Lendenwirbel L3 die Fasern voneinander zu lösen, was aus ihrer Sicht kommentarbedürftig war.

»Uiui, der Popo ist eine Katastrophe, Nerven sind sehr, sehr steif.«

»Deshalb bin ich ja wieder hier.«

Eine weißblonde Dame mit Chihuahua kam herein und wandte sich ohne Umschweife an die Chefin: »Ich brauche eine Stressmassage, sofort.«

»Oh, Sie haben Cellulite!«, rief die Thai von drüben.

»Sie wissen doch gar nicht, was Zellulitis ist, wenn Sie ausgerechnet mir das unterstellen, Sie sind doch viel zu klein!«

»Hi hi hi, die Frau mag mich nicht.«

Die Tür zum Behandlungsraum »Lotuskelch« öffnete sich, und ohne die Niederungen des Alltags zur Kenntnis zu nehmen, kam – die eingeölten Pranken aufgestellt – Dragutin an den Empfangstresen, woraufhin wie gewohnt jeder Laut erstarb. Wortlos verschwand er hinter einem Vorhang und kehrte mit einer Schatulle zurück, warf der Chefin einen Blick zu, schloss die Tür zum Behandlungsraum, und was als Nächstes zu hören war, kam einem Urschrei gleich. Sekunden später betrat ein edel ausstaffierter Afghane mit Kinnbart den Raum mit dem Satz »Moin, ich habe akute Schmerzen.«

»Hach, du bist ein Taliban!«, sagte die Thai und schlug aus Versehen auf Hegenbarths Augapfel. Es war Freitag, also gönnte Hegenbarth sich eine Gua-Sha-Gesichtsbehandlung nach Art der Traditionellen Chinesischen Kosmetologie. Deshalb klöppelte die lustige Thai mit dem Pflaumenbaumhämmerchen die Meridiane in seinem Kopfbereich zurecht, vornehmlich die Region seitlich der Augenhöhlen, und bügelte dann mit einer Art Schiffchen hartnäckige Krähenfüße fort.

»Uuuh, das tat weh!«

»Hi hi hi, aber der Taliban hat mehr Schmerzen!«

»Das ist kein Taliban, sondern Doktor Rahim Wahdat, und der leitet einen großen Teppichvertrieb in der Speicherstadt«, klärte Hegenbarth auf.

»Ahso … Auch Lao-tzu wurde auf dem Teppich unter einem Pflaumenbaum geboren.«

»Wer?«, fragte Hegenbarth.

»Lao-tzu.«

»Kenn ich nicht.«

»Lao-tzu muss man kennen!«, sie gab ihm einen Klaps auf den Po.

»Laotzu … Lao Lao … La-*otse*!«

»Lao-tzu, ja! Der Pflaumenbaum ist der Baum der Kinder!«

Nach weiterer Einführung in die Sache setzte die lustige Thai eine weltweit einzigartige Akupunkturtechnik ein und liftete die letzten Falten um Hegenbarths Mundwinkel. Der war der Meinung, Gua Sha sei das Energetisierendste, was er seit langem erfahren habe.

»Aber können diese kleinen Händchen denn richtig zupacken?«, wollte Myers-Pirelli wissen.

»Müssen sie gar nicht. Minimaler Druck, maximale Wirkung.«

»Klingt nach einem erfolgreichen Geschäftsmodell.«

Myers-Pirelli ging in die Umkleidekabine und kam, unter einem silberfarbenen Seidenmantel, in offensiver Nacktheit heraus. Dass sein Körper irgendwie die Antike heraufbeschwor und Hegenbarths Asketentum die Gegenwart verkörperte, war eine weitgehend platte, aber offensichtlich zutreffende Feststellung und fand sich in der Gegensätzlichkeit der Charaktere bestätigt. Myers-Pirelli vertrat auf dem Gentleman-Handschlag basierende Kaufmannstugenden, Hegenbarth hatte das soziale Aufsteigertum perfektioniert, dem Traditionen schnuppe waren, solange der Anteil am asiatischen Markt gesichert war. Mehrfach in den vergangenen Wochen waren sie sich im China White über den Weg gelaufen; nach Einschätzung von Auberginen-Eggle gab es zwischenmenschlich geglücktere Begegnungen. Da aber beide professionell genug waren, im jeweils anderen den eigenen Vorteil zu erkennen, und da seine Zielstrebigkeit Hegenbarth seit kurzem zum Vorstandsmitglied der Euro-

FinanceGroup befördert hatte, fand Myers-Pirelli es angebracht, dessen plötzliche Großzügigkeit bei Krediten im zweistelligen Millionenbereich nicht, wie er es sonst getan hätte, als Attitüde neureichen Größenwahns abzuwinken, sondern als weitsichtige Verantwortung für das große Ganze im Sinne des römischen Grundsatzes *Bis dat qui cito dat* zu identifizieren – *doppelt gibt, wer schnell gibt*. Hegenbarth wiederum konnte über die China Shipping CoKG seinen Traum von der Übernahme Europas durch China ein Stückchen realer machen und war sich bewusst, dass er für eine Beteiligung an der neuen Weltordnung an Myers-Pirelli nicht vorbeikäme.

Mit einem Meter Abstand lagen sie nebeneinander auf der Massageliege und vermieden es, sich bei einander zugedrehtem Kopf in die Augen zu sehen. Hegenbarth simulierte Genuss, Myers-Pirelli probte Atemtechniken.

»Ui ui, ein dicker Po kommt dazu«, sagte Hegenbarths Thai, als Myers-Pirellis Taiwanesin das Handtuch wegzog, um mit einer Meridian-Pressur seine Energiebahnen im Lendenbereich zu harmonisieren.

»Du hast so steifen Po und steife Nerven, und du so dicken, schlabbrigen Po … Du brauchst Bindewebenmassage … und Mangosaft.«

»Was wir jetzt brauchen, ist ein wenig Konzentration«, sagte Hegenbarth, und die Thai lachte und gab ihm einen Klaps auf den steifen Po.

»Das regt die Durchblutung an, was?«

Hegenbarth stufte Myers-Pirellis Lächeln als süffisant, aber echt ein.

»Zu Hause krieg ich so was nicht …«

Kurz herrschte Schweigen, dann setzte Myers-Pirelli an.

»Stellen Sie sich einmal vor, da gäbe es ein fast einen Hektar großes Areal direkt an der Süderelbe, beste Lage. Die Gebäude leer, der Betrieb gestoppt.«

»Sie reden von der New-York Hamburger in Harburg, oder?«

»Die Kammfabrik, ja. Das war mal. Madame Yajun hat sie kürzlich gekauft, die Gebäude werden zum Teil abgerissen, zum Teil umgebaut. Es sollen dort ein Eventpark, eine Boxhalle und der EmperadoEntertainment-Komplex entstehen, und genau deswegen erzähle ich Ihnen davon.«

»Sie wissen, dass das Umweltamt den Boden auf dem Werksgelände als verseucht eingestuft hat.«

»Nach hinreichender Revision der Lage hat das Amt die Einstufung gerade zurückgenommen.«

»Oha, das überrascht mich …«

»Gute Argumente führen selbst hierzulande gelegentlich zum Erfolg.«

»Sehr gute Argumente!«

»Tertium non datur, Herr Hegenbarth.«

»–«

»Herrschaft, das tut … weeeh!«

Die Ellbogen der Taiwanesin klöppelten schneller als Dragutins kroatische Fäuste, das hatte den Ausschlag für Myers-Pirellis Treue gegenüber dieser merkwürdig männlichen Frau gegeben. Seit drei Jahren ließ er sich von ihr in Form schlagen und genoss ihre irgendwie aristokratische Reserviertheit.

»Sie sprechen lieber Englisch, nicht wahr?«

»Latein in allen Ehren, aber …«

»Ihr Neureichen seid einfach weit vom ethischen Schmackes unserer Generation entfernt. Nun ja. Um es jetzt kurz zu machen: Investieren Sie 150 Millionen in den neuen Entertainmentpark. Wir haben gerade mit Chinamerica, dem weltgrößten Konzern für Leisure-Design, ein Kooperationsabkommen abgeschlossen. Ab Herbst kommenden Jahres übernimmt Chinamerica die Organisations- und Bauleitung, und Sie können sicher sein, dass dies auf geradezu perfekte Weise abgewickelt wird.«

»Hand aufs Herz, Herr Myers-Pirelli: Werden Arbeiter der Kammfabrik dort weiterbeschäftigt?«

»Diese Frage müssen Sie Frau Yajun stellen. Wer chinesische Kultur kennt, weiß, dass man dort gern mit dem eigenen Personal arbeitet.«

Zum Schluss der Massageeinheit gab es eine Fünf-Elemente-Suppe gemäß den Rezepten chinesischer Heilkunde, zubereitet von den Köchen des China White. Hegenbarth löffelte schneller als Myers-Pirelli und wartete nicht länger, bis der fertig war, sondern verwies nach einem Seufzer des Wohlgeschmacks auf das große Ereignis am Abend.

»Werden Sie im Salon sein?«

Myers-Pirelli, den Mund voll Kraftsuppe, nickte.

»Es wird bestimmt legendär.«

»Ohne Zweifel!«

»Dann …«

»Bis heute Abend.«

Hegenbarth unterschrieb auf seiner Lotusblüte-Monatsliste und hielt die Hand zum Offiziersgruß an die Schläfe.

36.

Erste Absperrgitter für die Rede des Bundespräsidenten wurden aufgestellt, Straßen abgeriegelt, Spürhunde ausgeführt. Im Himmel rotierte irgendeiner der Helis, als Hegenbarth mit einer Spitzkehre in die Spitalerstraße bog und schon von weitem den elegischen Samsunov spielen hörte, der, mit schwarzen Locken und Backenbart, Rachmaninows Streichkonzert gab. Hegenbarth blieb vor ihm stehen, aber Samsunov nahm niemanden wahr. Zehn Minuten hörte Hegenbarth dem ostischen Drama dieses begnadeten Melancholikers zu und legte schließlich, als vorbildliche Geste zur Förderung der Kunst, einen Zwanzig-Euro-Schein in den aufgeklappten Geigenkasten. Dann ging er die Spitalerstraße abwärts über den Barkhof, war die letzte Traube an einem Rebstock ergriffener Menschen und wunderte sich über einen zwischen Schuhhaus Garbo und Bäckerei Zhang stehenden, blassen, drahtig wirkenden Mann mit exakt geschnittenen Koteletten, der in der linken Hand eine zerfledderte Bibel hielt und mit der rechten immer wieder auf deren Deckel schlug. Hegenbarth kannte diesen Mann. Er überlegte kurz, und während der plötzlich auf die Knie sank, war er sich sicher.

»Herr Abele?«

»Halleluja, preist den Herrn!«, rief Abele und sank auf die Knie. Schweißtropfen rannen seine Schläfen hinab.

Von rechts und links zugleich drückte der Schall von Helikoptern herein, und Abele sah in den Himmel, weil ihm nicht klar war, was genau dort oben geschah, wo sich die Maschinen befanden, jedenfalls kam der Lärm näher, um sofort wieder zu verschwinden. Dann kehrte das peitschenartige Geräusch machtvoller denn je zurück, wurde aufdringlicher, bedrängender, und Abele richtete sich auf und rief: »Jesus riss den Himmel auf, aber sie sahen es nicht!«

Auch wenn die meisten Passanten einen Bogen um ihn machten und andere despektierlich hinter ihm vorbeigingen, zog er einen unsichtbaren Radius von drei Metern um sich, den niemand, nicht einmal Hegenbarth, zu betreten sich traute.

»Im Namen von Jesus Christus, dem Erlöser!«

In regelmäßigen Abständen hielt er beide Hände nach oben, und über ihm schien die Sonne wie eine Schale Gold.

»Uns Ehrlosen ist die Leidenschaft verlorengegangen für die Zuversicht auf das neue Leben in Jesu Christi. Wir haben die göttliche Ordnung verloren, deshalb muss Herrschaft sein, weil Herrschaft Ordnung und Ordnung Gerechtigkeit ist. Bald beginnt das Gericht, und der letzte Engel wird kommen aus dem Tempel und mit ihm das Ende unserer Tage, denn dann ist der Zorn Gottes vollendet!«

Schulmädchen, die sich nach Ende der letzten Stunde zu einem Crispy Chicken Burger vor McDonalds trafen, hielten sich die Hand vor ihre Münder, um das galoppierende Lachen über den krassen Typen aufzufangen und den Blick der Jungs auf ihre Spangen zu erschweren. Durch die Reihen sah Hegenbarth, wie Abele aus seiner Tasche Broschüren und Flyer holte und sie den Leuten anbot. Ältere Damen und telefonierende Vierziger griffen aus Gewohnheit zu, ein Blatt verirrte sich dabei und flatterte Hegenbarth vor die Füße: *Es wird nicht mehr lange dauern*, stand darauf geschrieben, *dann werden wir alle verbrennen, dann wird die Erde explodieren, dann wird ein ungeheuerliches Inferno über uns hereinbrechen, ein Höllenfeuer als Strafe für unsere Schuld.*

Jungs mit Eastpak-Rucksack und Skaterhosen imitierten

den gottesfürchtigen Rufer, der schlaksigste fiel dramatisch auf die Knie und sonnte sich im Jubel der Mädchen. Aber sie hatten nicht damit gerechnet, dass Volker Abele den Mut besaß, sich der Jugend zuzuwenden.

»Jesus wird wiederkommen, er wird euch retten und erlösen.«

»Soll er ruhig kommen«, rief der Schlaks, der jetzt wieder aufstand und sich korrekt bekreuzigte. ›Immerhin‹, dachte Hegenbarth, ›ein wenig kulturelle Bildung ist noch vorhanden‹.

Je länger Abele sprach, desto weniger hörte man ihm zu. Der Kreis um ihn löste sich auf, die Jungs skateten davon, die Mädels giggelten in Grüppchen Richtung Bahnhof gehend, dann stand Abele allein, benebelt vom Weihrauch seiner Worte.

Hegenbarth, das Handy am Ohr, war schon auf dem Weg ins Gebäude der EuroFinanceGroup, da hörte er Abele schreien: »Selig sind die Toten, die in dem Herrn sterben von nun an. Ja, der Geist spricht, dass sie ruhen von ihrer Arbeit, denn ihre Werke folgen ihnen nach. Ich bin der Mähdrescher Gottes und pflüge sein Feld, und es wird enden in Trauer und Tod!«

Hegenbarth drehte sich um und sah durch die Gläser seiner Porsche-Brille, wie Abele Flugblätter in die Luft warf, mit der Bibel winkte und sie dann in seiner Aktentasche verstaute.

»Was für ein Idiot!«, murmelte er und war die folgenden Minuten damit beschäftigt, die Tiefenschichten seines Gedächtnispalastes zu vermessen, ob sie der Personenfahndung Brauchbares lieferten, denn ohne Zweifel: Er kannte diesen Abele von irgendwoher. Aber es war nicht seine Art, sich von alttestamentlich verirrten Wirrköpfen aufhalten zu lassen, vielmehr beschäftigte ihn die Sorge um die höchst leibliche Mascha, die er ebenso nicht erreicht hatte wie Hertz. Ausweislich seiner Patek Philippe 5073 Platinum am linken Handgelenk war es kurz vor zwei und also noch möglich, zwischen der täglichen Vorstandssitzung und einem Abstecher ins Haus des Roten Panthers zu wählen. Wie immer er sich entscheiden würde – im Roten Panther konnte er Mascha gar nicht antreffen, weil sie zu dieser Zeit die bestellte Grabrede auf einen agnostischen Kernphysiker hielt, den die lebenslang vergebliche Suche nach dem letzten Elementarteilchen für die Weltformel zu einer rapiden Verflüssigungsnekrose getrieben hatte. Die Welterklärer fanden das hypothetische Teilchen nicht, nirgendwo, weder in Genf noch im Harburger Kernforschungsinstitut. Man brauchte dringend das Allerkleinste, um das Allergrößte erklären zu können; geschieht dies nicht, ist oft Wahnsinn die Folge, das lehrt die Geschichte der menschlichen Psychopathologie. Mascha wusste das.

Der Physiker war als geselliger Mensch bekannt gewesen, mehrfacher, stets gern gesehener Gast im China White und dazu Käufer eines Exponats aus Maschas Zyklus *Schuld kennt keine Sühne* gewesen. Er war ihr über Hegenbarths Vermittlung zweimal persönlich begegnet; Hegenbarth wiederum kannte er über Mastberger und den Freitagszirkel der Revitalistischen Gesellschaft, in den er seit drei Jahren geladen wurde, um, wie üblich, mit einem Impulsreferat die Geister zu inspirieren. Sein letzter, notariell beglaubigter Wunsch war die Pressung seiner Asche in einen sogenannten »Erinnerungsdiamanten«. Ein Großteil des Aschevolumens bestand aus anorganischen Salzen, die mithilfe eines chemophysikalischen Verfahrens vom reinen Kohlenstoff, der dann bei 1700 Grad Celsius und einem Druck von 50 000 bar in die Presse kam, getrennt wurden. Je mehr Asche es geben würde, desto mehr Karbon gab es und desto größer würde der feuergleich leuchtende Weißdiamant naturgemäß geraten – was zwei weitere Vorteile hatte: Erstens war der Kernphysiker über seinen Tod hinaus noch etwa 4500 Euro wert, zweitens war die Diamantisierung seiner Asche deutlich billiger als jede normale Bestattung. Mit einem Karat, wofür 500 Gramm Krematoriumsasche benötigt wurden, blieb er zumindest ein symbolisches Schwergewicht und ermöglichte seiner Frau fortgesetzte Zweisamkeit, da sie den Stein täglich streicheln und in der Hand halten konnte. Sie würde, ließ sie Mascha wissen, den Diamanten, den sie nach dem Kosenamen ihres Mannes »Gerry« nannte, wie eine Pyramide schleifen lassen, in eine mit Gerrys Daten lasergravierte Schmuckschatulle und diese dann in einem Holzschrein auf das Bord über ihrem Bett stellen und sich ihn nachts auf den Bauch oder das Schambein legen, damit sie beruhigt einschlafen könne. Wenn sie verreisen würde, würde sie Gerry in einen Ring fassen lassen und ihn am Finger führen, wo auch immer sie hinging.

Mascha war sich der wachsenden Sehnsucht der Gesellschaft nach individuellen Bestattungsformen bewusst, fand die Idee der potentiellen Witwe furchtbar und rührend zugleich und sagte für den Fall des eingetretenen Todes aus ökonomischen wie menschlichen Erwägungen heraus sofort zu, die Zeremonie vor der Verbrennung zu gestalten. Just als Gerry sich auf der Europäischen Nekroseologenkonferenz als lebendes Objekt zur Verfügung gestellt hatte und als Todgeweihter auf dem Sektionstisch lag, wurde bekannt, dass eine italienische Doktorandin in Chicago jene Resonanz aufgespürt hatte, die einige Großkopferte der Teilchenphysik als Entdeckung des Higgs-Bosons feierten und »Gottesteilchen« nannten.

In ihrer *Rede für Gerry* nahm Mascha später Bezug auf ihr Verständnis vom Leben als forciertem Verfall und fand unter der Trauergemeinde begeisterte Zuhörer. »Das Leben«, beschied sie, »ist unfassbar rücksichtslos. Es spult sich unbestechlich ab bis zum Tod. Man tut den ganzen Tag lang nichts weiter als sterben, jeden Tag, sein ganzes todbereites Leben lang stirbt man sich die Tage weg.«

Mittlerweile saß Volker Abele in der Hochbahn, die unmittelbar am Friedhof vorbeifuhr, und zitterte vor Erregung, dass die meisten der Insassen erst betroffen linsten, dann geängstigt blickten, schließlich innerlich den Kopf schüttelten. Auch jene Blicke, die aus Scham zu Boden gingen, waren irgendwie auf ihn geheftet. Abele sah den Schemen seiner selbst im dreckigen Fenster des U-Bahn-Wagens, während Häuser, Bäume und Kuriere an ihm vorbeirasten. Was war die Realität: er oder die Bäume? Wer fuhr an wem vorbei: er an den Bäumen oder die Bäume an ihm?

Er hatte sauber rasierte Koteletten und gezupfte Brauen, trug trotz der mittlerweile unerklärlichen Hitze eine schwarze Flanellhose und einen schwarzen Trenchcoat. Auf seinen Beinen lag ein Koffer aus schwarzem Leder. Mit großer Zärtlichkeit strich er über die polierte Oberfläche, öffnete die Schnallen und griff einen Tiegel, den er mit den Fingerkuppen um seine Achse drehte: *PTFE High Tech Waffenfett*. Seine Hände waren äußerst gepflegt, mit exakt gefeilten Fingernägeln – ihr Problem war nur, dass sie nichts mehr halten konnten. Seine Hände machten keinen Sinn mehr. Gegen die Schwerkraft der Dinge waren sie machtlos. Was Abele anfasste, fiel zu Boden.

»Hier.«

Ein Mädchen hielt ihm den Tiegel PTFE Waffenfett hin – *speziell geeignet für Schaft und Lauf, die Teflonschicht versiegelt Holz und Metall*. Die Augäpfel des Mädchens waren unter Hautfalten verborgen, der Schlitz war denkbar schmal. Als Abele nach dem Tiegel fasste, spürte das Kind, dass er ihn nicht würde halten können, und behielt ihn in der Hand. Einige Sekunden lang sahen sie sich an, ihre Finger berührten sich, und beider Hände waren wie die Schalen einer halbgeöffneten Auster, die eine Perle beschützte. Zu hören war nur das Rumpeln des Wagens. Das Mädchen war ganz bei ihm, ließ sich von den geflüsterten Ermahnungen der Mutter nicht abbringen und wartete so lange, bis Abele seine Hände zu einem Kelch geformt hatte, dann stellte es den Tiegel vorsichtig hinein, drehte sich um und arbeitete sich und seine kurzen Beinchen auf das Sitzpolster hinauf. Am nächsten Halt stiegen Mutter und Mädchen aus. Zwischen Abele und dem Mädchen stand das dreckige Fenster, in dem die Sonne des späten Nachmittags eine goldgelbe Fläche produzierte, aber er sah, dass die kleine Chinesin ihm zuwinkte.

37.

Dann senkte sich die Sonne, und die Kammfabrik thronte in der Dämmerung wie der letzte Monolith einer vergangenen Epoche. Um die Schornsteine flogen Silbermöwen, die Klinkersteine waren schwarz verschattet, und aus den Waben drang blütenhonigfarbenes Lampenlicht nach draußen. Stahlstreben zerteilten die Fenster in je fünfunddreißig Quadrate. Neben Aufgang C stand die Tür offen. Die Blecheimer der Mischerei II mit getrocknetem Leim waren pyramidal geschichtet worden. Wie Brotteig kurz vor dem Backen steckte die Kautschukmasse in Formen und Wannen und hätte gewalzt werden müssen. Aber nichts drehte sich, und auf den Walzen lagen Staubweben. Der Spalt war so weit gestellt, dass ein Mann darin verschwinden konnte, alle Kreismesser waren zurückgedreht. Kein Mann und keine Frau waren mehr da, die Zelte leer, die Feuer erloschen. Beschriftete Holztafeln standen ineinandergesteckt im Schuppen, Transparente waren eingerollt und im Regal verstaut. Sossets ordnende Hand hatte den Abmarsch perfekt organisiert.

Der *Marsch über die Elbe* dauerte fünfzehn Minuten. Spengler vornweg fuhren sie in fünfzehn Barkassen erst die Süderelbe ein Stück abwärts, an der Großmarkthalle vorbei, dem Depot lateinamerikanischer Früchte, dann unter den Elbbrücken, auf deren Schienen ein ICE verlangsamte, hindurch. Von Osten her passierten sie Sandgruben, Schotterberge und das Kieswerk des Li-Pang-Industry-Konsortiums und erreichten den östlichen Hafen. Vor ihnen lag die Stadt in Düsternis. Drei der sechs Kirchturmspitzen waren abmontiert, eine war in sich zusammengefallen. Spengler saß im ersten Boot und studierte Sossets Skizzen.

»Wissen Sie eigentlich, Direx, dass Taylor-Bisswurm sich nach Indien abgesetzt hat?«

Das war Spengler egal.

»Und jetzt kommt's. Er lässt in Jhagadia eine kautschukverarbeitende Fabrik aufbauen, fünfzehn Hektar in einem neuen Industriepark, samt Wasserstraße zum großen Hafen Nhava Sheva. Kammproduktion. Spitzenprodukt: der Lady Star. Die Investitionen für den Maschinenpark kommen aus dem Yajun-Imperium.«

»Er hat uns alle gelinkt«, sagte Spengler und rang um Fassung.

»Ja, aber ihm fehlt doch völlig das Know-how, ich sehe nicht, wie er das schaffen will.«

»Die Inder stellen noch Kämme aus Acetat her, Sosset, Acetat! Gelingt es diesem Bisswürmchen, unter den gleichen Lohn- und Produktionsbedingungen wie bisher dort Kämme aus Hartgummi nach *unserer* Art herzustellen, kann er das Weltmarktmonopol erreichen.«

Taylor-Bisswurm als Sieger der Geschichte? In Sossets Magen kramte Wut, aber in seiner Brust pochte Stolz: Wie klar Spengler den Markt durchschaut hatte! Wie hätte die Kamm mit Spengler an der Spitze zur abermaligen Blüte kommen können! Welch vergebene Chance!

»Wer geht mit ihm?«, fragte Spengler.

»Schierling.«

»Unser Betriebsratsvorsitzender? Diese miese Null. Warum überrascht mich das nicht.«

Es war eine beeindruckende Armada, die über die Norderelbe in den Hafen kam – den Strandkai entlang, die Marina am Hübnerkai passierend, rechts im Blick der China-Shipping-Turm, die Mündung des Grasbrookhafens bewältigend, an der Elbphilharmonie vorbei, die Cap San Diego im Rücken, bei gedrosseltem Tempo zu den Landungsbrücken. Moor und Bissig vergaben Parkplätze und koordinierten den Ausstieg, der Lange schirmte Spengler ab, weil er mittlerweile dessen Erster Personenschützer geworden war.

An der Spitze des großen Marsches stand Spengler persönlich. Langsam schritt er die Landungsbrücke hinauf und erreichte die Hafenstraße, an deren Rändern sich Menschen sammelten. Manche riefen »Charly, du bist unsere Zukunft!«. Alle, die nach und nach ankamen, folgten Spengler, Sosset und den anderen auf den Venushügel des Alten Elbparks. Gras raschelte, manchmal knirschte getretener Kies, mächtige Kronen zweier Eichen überwölbten den Weg, der seltsam gerade verlief und nur manchmal hügelan kurvte. Mehrmals drehte Spengler sich um: Hinter ihnen klaffte der Hafen; das Maul der Elbe sperrte sich auf, und die Tentakel der Löschkräne ragten in den Himmel wie die angehockten Beine einer Sonnenanbeterin.

Spengler und Sosset trugen eine Fackel, deren Feuer zischte, wenn sie sich umdrehten. Lütjen, Bissig, Istanbul und der Lange gingen hinter Spengler und Sosset. An den Geländern der Treppen glitten Hunderte Hände hinauf. Als die Ersten an der Treppe zum Sockel der großen Statue ankamen, vertäuten die Letzten noch ihre Boote an den Landungsbrücken. Am unteren Ende des Hügels sah Sosset Irina Bauer, die die Gruppe *Frauen für Spengler* anführte. Die Brücke über die Straße war voller Menschen, die sich, durch die U-Bahn-Halle hindurch, zum Ausgang in den Park drängten. Eine andere Masse kam von oben, über die Ludwig-Erhard-Straße und den Millerntordamm. Die Jungs um Bissig und Schleiermann verließen die Helgoländer Straße, gingen übers Gras, an Büschen vorbei und trafen auf den harten Kern der Treuen, die im Park standen, Schilder hielten und Transparente hissten. Die schöne, tiefe Stimme von Iris Mandela skandierte durch ein Megafon, Sosset schickte ihr eine Kusshand und sie lächelte in die Sprechmuschel.

»Und die hat ihren Job für dich geschmissen!«, sagte der Lange. Sosset war keiner, der auf ein solches Chapeau direkt antwortete. Er legte dem Langen die Hand an die Brust und hörte Iris rufen: »Wir sind verraten worden, und jetzt nehmen wir Rache an den Verrätern!«

Als sie den Platz erreicht hatten, dirigierten Sosset und der Lange alle in verschiedene Abschnitte, wie es der Aufmarschplan vorsah. Punkt zwanzig Uhr trafen die Züge aller Richtungen ein. Spengler nickte Sosset anerkennend zu. Die Zufahrtsschneisen erlebten einen Infarkt, der Verkehr auf den Schneisen war tot. Dem *Marsch über die Elbe* hatten sich die Arbeiter der Phoenix AG angeschlossen und denen wiederum die des Hauptwerks der Bultmann-Chemie, das der Insolvenzverwalter gerade abwickelte.

»Mein Gott, das sind ja Tausende, mindestens«, sagte Sosset.

Spengler stieg auf die dritte Stufe des Sockels. Der Jubel war berauschend, manche schrien fanatisch. Er ließ sie singen und rufen und nickte kaum wahrnehmbar. Vier Punktstrahler mit schräg nach oben flutendem Licht flankierten den Sockel aus massiven Sandsteinquadern, aus dem sich säulenartig ein weiterer erhob, acht Meter über dem Boden, umrundet von muskulösen Kriegern und Helden im Halbrelief. Was hier thronte, waren keine Säulen nach Art eines Tempels, sondern Beine, ein Mantelsaum, die Klinge eines auf den Boden gestützten Schwerts und die Flügelenden zweier wachsamer Adler, deren Spitzschnabelköpfe auf der Höhe der gepanzerten Knie nach links und rechts gedreht waren. Spengler erstarrte vor der unbeugsamen Männlichkeit des Monuments und blickte dreißig Meter empor, wo, in der Einsamkeit der dünner werdenden Luft, die eiserne Hand des Überirdischen am Schwertknauf lag.

Der Mann, ein Wort: *Ich stehe. Ich erfülle meine Aufgabe.* Bismarck. Nach seiner Entlassung hatte Spengler in einer Woche Bismarcks *Gesammelte Werke* gelese. Erst Bonvivant, dann Visionär mit stupender Selbstdisziplin, am Ende der heilige Held aller, die zu seinem Anwesen pilgerten wie zu einem Wallfahrtsort. Was war durch Disziplin und Standhaftigkeit, durch Loyalität und Treue nicht alles zu bewirken!

Spengler begann seine Reden über eine »neue Politik der Menschlichkeit«, die von vielen als Beginn einer neuen Ära empfunden wurden. Selbst Sosset und der Lange waren ergriffen. Vor der Statue schwoll das Gurren einer Schar weißer Tauben an, und vom Himmel lachten die Möwen irr und überblickten das Feld zur Gänze. Auf einem Rollator fuhr eine Greisin heran. Sie öffnete ihre Plastiktüte und warf den Tauben Brot vor die Füße, und dann folgte einer jener seltenen Spengler-Momente, da er das Schicksal, die Obsession, den Wahnsinn, das Extrem herausforderte und gewann.

Die Bevölkerung erfuhr von der Energie, die an jenem Abend freigesetzt wurde, durch die Bilder von Destiny TV und den Liveticker von Emperado Online. Jeder konnte sehen, wie der bismarckisierte Spengler außer sich geriet. Jedes Mal, wenn er den China-Shipping-Turm am Kaiserkai als Synonym für das Ende unserer Tage nannte, fuchtelte seine Hand Richtung Hafen. Gegen zehn hatte er den Siedepunkt erreicht und sagte zum ersten Mal: »Nicht durch Reden werden die großen Fragen der Zeit entschieden, sondern durch Eisen und Blut.«

Zu jener Stunde, da im Elbpark Spenglers Geburt als Tribun vollzogen wurde, brach 2000 Kilometer weiter östlich unter maltesischer Flagge die CMA CGM Pegasus mit einer Ladung von 3000 Containern aus dem Hafen Xiamen auf und sollte am folgenden Morgen auf dem Burchardkai in

Hamburg ankommen. Geladen waren unter anderem Tabletten, Dragees, Pulver und Batroxobinampullen, die, durch den Logistics-Service der JPHL distribuiert, für das China White bestimmt waren.

38.

Hertz überlegte länger als für ihn erträglich, ob er Hegenbarths Einladung zur Burleske-Party im China White wahrnehmen solle, gab sich einen Ruck und legte wie zu besten John-&-Jacobi-Zeiten den silbergrauen Anzug an, dazu Einstecktuch und das etwas legere Button-down-Hemd, das er gezwungenermaßen wählte, weil die Slim-fit-Hemden von früher seinen Bauchumfang nicht mehr ganz bewältigten. Mit diesem Anzug wollte Hertz zeigen, dass es Kontinuitäten in seinem Leben gab, die aufrechtzuerhalten er Hegenbarth keineswegs brauchte. Ohnehin war Hegenbarth in anderen Sphären.

Von Janne, Hegenbarths fleischgewordener Loyalität, wusste Hertz, dass sich das Klima in der Bank seit kurzem deutlich verändert hatte – John & Jacobi war alte Republik, EuroFinanceGroup neue Welt. Man verlangte von den Mitarbeitern, dass sie ihr Arbeitspensum von früher vier in jetzt drei Stunden bewältigten. Für das höhere Betriebstempo erhielten sie aber keine freie Zeit zur Kontemplation, sondern einen neuen Aufgabenbereich. Scheinbares Vertrauen in die Arbeitskraft des Einzelnen war der Sinn des Zauberwortes *Umstrukturierung*, das aus der Abteilung Human Resources übers gesamte Unternehmen gestreut wurde. Am schlimmsten empfand Hertz die intern geäußerte Erwartungshaltung einiger Abteilungsleiter, alle Mitarbeiter müssten, wie Janne ihm zuflüsterte, »mehr Arschloch« werden. »Arschloch sein« widersprach seiner Auffassung von Leistung fundamental, deshalb war Hertz von dieser neuen, exkrementlastigen Unternehmenskultur wenig überzeugt. Es fiel zwar kein Name, aber dass sich Hegenbarth im näheren Umfeld eines solchen Imperativs aufhielt, war für Hertz ausgemachte Sache. Er wusste immer, dass sein Chef eine genetische Veranlagung für einen gepflegten Sadismus hatte, der umso stärker aus irgendwelchen Löchern kroch, je mehr es darum ging, im *Change Process* die *Employee Value Proposition* jedes Einzelnen runterzudrehen und die *Talent Pipeline* von den Weichen zu säubern. Sein aufmüpfiges Mitleid im einen oder anderen Sonderfall kurierte Hegenbarth dann gewöhnlich mit Maupassants poetischer Romantik. Wieder und wieder las er *Unser einsames Herz* und verschenkte es – an einem Tag, da wieder einmal eine Art allgemeine Menschenliebe in ihm ausbrach – ausgerechnet an Mascha, die zu diesem Zeitpunkt einen künftigen Grabplatz für die Urne mit ihrer Asche suchte.

Der Fusion, der Hertz vor einem halben Jahr zum Opfer gefallen war, war in kurzer Zeit eine weitere gefolgt, und jetzt, am Vorabend des Tags der Deutschen Einheit, war die EuroFinanceGroup zum zweitgrößten Haus Europas aufgestiegen und nach der Bank of China und der China Development Bank als Global Player eine beachtliche Nummer. An allen Kiosken lachte Hegenbarth als *Personaler des Jahres* vom Cover des Wirtschaftsmagazins herab, und Hertz stellte eine bemerkenswerte Jugendlichkeit an ihm fest.

Er klingelte am Seiteneingang, die Türluke öffnete sich, Herr Zhou fragte nach dem Codewort.

»Bohème Sauvage«, sagte Hertz.

Mit ihm beförderte sich ein Schwall Stadthitze ins Foyer. Hertz wischte sich mit einem der Frotteetücher vom Sideboard den Schweiß von Stirn, Hals und Nacken.

»Herr Hegebad Tisch 4. Madame Gaoxing wird Sie leiten.«

Eine wunderschöne Frau, dachte Hertz und erwiderte Gaoxings Gruß devot. Ihre Ballerinas waren mit dem Schriftzug CW verziert, sie roch nach Jasmin und Jugend. Als er in den gekühlten Raum trat, empfing ihn eine seltsam verdichtete Energie, die unabhängig von Geschlecht, Alter, Konfession und äußerer Attraktivität alle Anwesenden zu durchfahren schien. Das Erste, was Hertz im China White sah, war die Fratze von Ted Grashopper, der, als Ganove mit angeklebtem Schnäuzer, bei einem Lachanfall den Mund derart aufriss, dass im Rachen das vibrierende Zäpfchen zu sehen war. Juniflip Joelle tanzte zwischen den Reihen und schüttelte ihre bemerkenswerten Brüste vor Myers-Pirelli aus. Der Vorhang des geheimen Kabinetts war zugezogen, aber von hinten illuminiert, was auf eine bedeutsame Enthüllung in naher Zukunft schließen ließ. Etliche Frauen trugen blonde Perücken, manche schwarze Haarnetze mit Perlchen, drei Mitglieder des Bürger-Bund Hamburg tanzten Charleston. Eine warme Hand legte sich auf Hertz' Schlüsselbein, und schon am Geruch erkannte er Hegenbarth.

»Long time no see, Jungfuchs!«

Hegenbarth schlug ein paar Mal Hertz' Oberarme und stellte ihn dann wie ein Objekt, das ein Weitsichtiger in richtigem Abstand arrangiert, mit beiden Händen vor sich hin, um ihn ein wenig zu schütteln.

»Mein lieber Sportskamerad, Sie haben ganz schön zugelegt!«

»Danke, Herr Hegenbarth … für die Einladung.«

»Kommen Sie mit zu uns an den Tisch, da geht die Burleske so richtig ab.«

Hegenbarth stellte Hertz vor und erwähnte ihr ehemaliges Verhältnis nicht.

»Interessant, und für wen genau planen Sie so ein Organisationsdesign?«

Als Hertz antworten wollte, sah er Mastberger an Tisch 8 und sagte gelassen:

»Für die Revitalistische Gesellschaft. Und demnächst für die Ihnen sicher bestens bekannte EuroFinanceGroup.«

Hegenbarth zwinkerte Schelsky zu und bestellte Champagner für alle. Gaoxing und Yuwang gingen mit einem Bauchladen an Pillen und Pulvern im Salon herum. Grapschende Hände, schnappende Münder, fallende Dragees, und als Wiktor Kropotkin stocktrunken fünf Ampullen Lanzenotterserum herauszog, um die Revolution der Krebsbekämpfung durch Batroxobin zu deklamieren, stimmten acht chinesische Jazzsenioren auf der Bühne *Bye bye blackbird* an, und Hertz bemerkte, dass der Trompeter unter ihnen nur einen Arm besaß.

Die kompakte Energie im Salon blieb nicht ohne Wirkung auf seinen Eros. Fast war es, als atmete Hertz in der Luft schwirrende China-White-Partikel ein, Stimulanzien in gasartiger Unsichtbarkeit, denn er hatte auf einmal eine Menge Sexualhormone im Blut. Mit dem Gestus alter Verschworenheit empfahl Hegenbarth ihm eine der Methylphenidatpillen, nach deren Einnahme Hertz sofort potenzierter Abenteuerlust anheimfiel. Er konnte es sich in diesem Augenblick mit einer größenwahnsinnigen, blonden, langhaarigen Matrone vorstellen, deren Hände wie Kescher nach ihm fischten, mit wuchtiger Nase und karpfenhaften Lippen, und kurz danach mit einer fragilen Pagenschnitt-Französin, die ihre Hochnäsigkeit so lange ausreizte, bis sie sicher war, dass der Mann, mit dem sie ins heitere Spiel getreten war, hormonell so weit geschwächt war, dass sie ihn links liegenlassen konnte.

An Tisch X, dem besonderen, saß, als Varietégirl und Revuedame verstellt, eine junge Moskowiterin (nach Einschätzung von Myers-Pirelli eine der exzellentesten Mathematikerinnen der Gegenwart), die gerade über die Geschichte der Naturwissenschaft im 18. Jahrhundert promovierte und in astrein gebrochenem Deutsch gelehrte Vorträge über die Kunst der Verführung halten konnte. Ihre kräuslich geringelten, auf den Schultern aufsitzenden Locken wackelten im Takt einer großen erzählerischen Theatralik, und Hertz, durch ihr satt tönendes Organ angelockt, sah von weitem, dass sich, zoologisch gesprochen, Pferdehüfte und Wespentaille nicht widersprechen mussten, wenn es um die Umstände großer Geistigkeit ging. Wie zerbrechlich dagegen wirkte die armenische Konzertpianistin mit perlenbesetztem Haarnetz, die vor zwei Jahren im Stadtviertel Hoheluft eine Musikschule gegründet hatte, um deutschen Kindern Energie, Mut und die Überzeugung *Du schaffst es!* beizubringen. »Deutschland«, sagte sie in die Runde, »braucht Hilfe, wisst ihr, dieses Land ist so unglaublich bieder, vor allem für Frauen. Ich spüre täglich, wie ignorant die deutschen Männer der Schönheit gegenüber sind. Sie können Frauen nicht wertschätzen, sie schauen Frauen ja nicht einmal richtig nach. Die sind so unglaublich trocken.«

»Wer ist trocken?«, fragte eine Actrice, die, wie alle bereits erfahren hatten, mit fünfzig den passenden Mann noch immer nicht gefunden hatte, obwohl fünfzigjährige Frauen dieser Tage ihrer Ansicht nach meist wie fünfunddreißig aussähen, vorausgesetzt, sie hatten die Vita-Nova-Schule durchlaufen: die Chirurgie der kleinen Eingriffe, mit denen Gabelstein auf seine unnachahmlich unsichtbare Weise dem Alter so zu Leibe rückte, dass die durch seine Hand gegangenen Frauen die berühmte »Gabelsteinmaske« trugen. Bedingt durch aufgepolsterte Wangen, eliminierte Mimiklinien und geglättete Zornesfalten, die Frauen glücklicher, zufriedener und mittlerweile weniger müde wirken ließen, war Gabelsteins »Chirurgie der Konvexität« zu einem Versprechen auf ewige Juvenilität geworden. Wer etwas auf sich hielt, bestellte ein konvexes Gesicht; ein Besuch in der Vita-Nova-Klinik war nichts Ehrenrühriges, selbst Schelsky und Rahm machten offensiv Werbung für die »Ästhetik des Neuen Gesichts«.

»Die Männer«, sagte die Pianistin.

»Die sind trocken?«

»Langweilig.«

»Das ist doch wohl ein Unterschied!«

Die Actrice hatte sich für die Bohème-Sauvage-Party etwas Pikantes einfallen lassen: Smokey Eyes und grüne Irisimitate. Dazu passend trug sie ein geripptes Cocktailkleid und eine dreifach geschlungene Perlenkette überm freien Dekolleté. Ihre vornehme Blässe ging auf eine doppelte Schicht Make-up zurück, und die strichgeraden, langen, an diesem Abend zu einem Dutt gepackten Haare aus natürlichem Kupferrot fanden ihre Entsprechung in einem dunkelrot getönten Lippenstift. Ohne Zweifel: Sie wollte verrucht wirken.

Die Women's Lounge im China White wurde komplettiert von Jörg Borgest, heute im Smoking samt roter Fliege. Der Maestro des Scherenschnitts aus dem 4Dimensions coiffierte so gut wie allen Anwesenden im Salon die Haare und sparte nur Myers-Pirelli aus, weil er ihn für den Niedergang der Kammfabrik, die seinen geliebten Lady Star produzierte, verantwortlich machte. Mindestens fünf der anwesenden Damen hatte er für diesen Abend eine Wasserwelle verpasst.

Myers-Pirelli, Grashopper und Schelsky schlürften bretonische Austern, und der Leiter der Behörde für Wirtschaft, Verkehr und Innovation warf die Schalen in einer bedenklichen Besoffenheit durch den Raum, dass es nicht etwa einen Aufschrei derer gab, die die harten Geschosse an Kopf und Körper trafen, sondern rasendes Gelächter.

Grashopper holte zu einer mächtigen Parabel aus und erhob seine Yacht in Südfrankreich zur Räson des Lebens. Erst später wurde klar, dass es nicht um seine eigene, sondern um die Yacht eines Mäzens in einem französischen Film ging, der das Lebensgefühl der erschöpften Gesellschaft vor fünfundzwanzig Jahren vorweggenommen hatte.

»Reaktionäre Nostalgiebeschwörung«, entfuhr es Eggle, der Knoblauchauberginen kaute – auch, um seinem Ruf gerecht zu werden, in erster Linie aber, weil sein Körper ohne Auberginen nicht mehr auskam; zumindest glaubte Eggle das, und hätte er seine investigative Energie dieser Tage nicht ausschließlich auf die Recherche der geheimen Tafelrunden des Revitalisten-Netzwerks gelegt, er wäre nach Hegenbarths Ansicht einer der wirkmächtigsten PR-Agenten des internationalen Auberginenverbandes geworden.

»Champagner, Champagner!«, rief Hegenbarth den Mädchen zu. Er griff sich Hertz und wollte seinen alten Jungfuchs überreden, die neusten Bewusstseinskatalysatoren aus den kroatischen Labors von Bobby Mastberger zu probieren, drüben im Kabinett, wo man auf elektrisch steuerbaren Chaiselongues die einsetzende Wirkung abwarten konnte, nach Wunsch mit Massagen. Die Jazzgreise liefen derweil zur Höchstform auf und steigerten den *Muskrat ramble* zu einem Tempo, das es im China White nie zuvor gegeben hatte. Grashopper verhedderte sich in mehreren zwei Meter langen Boas mit ungefärbten Hahnenfedern, und seine Frau war völlig außer sich, dass sie nach Verlust des Raum-Zeit-Kontinuums Myers-Pirelli für Hegenbarth hielt, immerzu »Wo sind deine Auberginen?« rief, und nur durch eine gezielte Wolke Partagas-Rauch von einer weiteren Annäherung an Myers-Pirelli abgehalten werden konnte.

Aber es gab Momente im Leben von Hugo Myers-Pirelli, da er unangreifbar war. Zurzeit auf dem Höhepunkt seiner Gelehrsamkeit, hinterließ er am Bohème-Sauvage-Abend, als er sich über die ästhetischen Verirrungen des Vorstadtbürgertums und seines schlechten Schuhwerks ereiferte, in den Gesichtern von Schelsky und Grashopper Spuren der Anbetung. Sein Geschäft mit der Großspurigkeit trieb Myers-Pirelli sogar so weit, sich in freier Rede die »Pädagogen der Gegenwart« zur Brust zu nehmen und mit dem Schwert des römischen Prätors gegen *Lehrversager* und *Volksverbilder* zu Felde zu ziehen, die sich, so Myers-Pirelli, immer stärker als Weltdeuter aufschwingen würden, und bis heute den Deutschen ihre Ungeheuerlichkeiten vorrechneten, anstatt gesunde Euphorie, geglücktes Staatswesen und einen, ja, zauberhaft defensiven Patriotismus in den Blick zu nehmen.

»Meine chinesischen Geschäftspartner wären heilfroh, hätten sie diesen Eifer, diese Tiefe, diese Menschlichkeit der Deutschen, Herrgott noch mal!«

Einem vom Charleston-Einsatz zurückgekehrten Insolvenzanwalt, den das Hohlkreuz einer kasachischen Sopraneuse so antörnte, dass er eine grenzwertige Unterleibsfixiertheit an den Tag legte, kredenzte Myers-Pirelli ohne Vorwarnung einen seiner Lieblingsgedanken: »Menschheitsgeschichtlich betrachtet begann die Zivilisation im Osten, dann sickerte sie nach Westen, Athen, Rom, zuletzt die UN-Charta, das bedeutendste je von Menschen verfasste Dokument, meine ich, aber jetzt geht es retour, Freunde, wieder zurück nach Osten. Der Westen ist erledigt, vor allem Europa. Alles wird sich künftig nach Osten richten. Wir sollten das mal mit großer Demut erkennen und uns vor den neuen Herrschern verneigen!«

Der Insolvenzanwalt, noch außer Atem, schwieg angesichts dieser Weltdeutung und warf die Frage auf, ob denn der Goldene Stern heute schon aufgetaucht sei oder noch auftauchen werde, ihr mögliches Erscheinen sei ja der Grund für seine Anwesenheit, wöchentlich komme er ins China White und habe die große Unbekannte jedes Mal verpasst. Obwohl sie auch jetzt weder zu sehen noch zu erwarten war, stand den bisherigen Abend über tatsächlich die Unsicherheit im Raum, ob sich die Chefin des Salons zeigen, und wenn ja, ob sie auf ihrem Opiumbett liegen und dort ausgewählte Gäste empfangen würde. Doch der Vorhang zu ihrem Kabinett war noch immer zugezogen, die persönliche Assistentin nicht gesichtet worden, und auch sonst sprach nichts für ihre Anwesenheit.

Die Ausgelassenheit im China White hatte ihren Höhepunkt erreicht, als irgendeiner – niemand wusste später, wer genau es war – den Käfig auf die Kommode stellte, öffnete, das marderartige Wesen herausholte, es erst in die Luft und dann einer der Federboa-Diven in den Schoß warf, die spitz schreiend ihrem Mann das Ungeheuer zu töten befahl, was nach dessen Auffassung müßig war, da es sich hier, wenn er richtig gesehen hatte, bereits um einen Leichnam, und zwar um einen ausgestopften, handele.

»Aber diese blitzenden, roten Augen, Günter, das ist ekelhaft!«

Hertz sah Hegenbarth auf Grashoppers Frau, deren rote Locken fast auf den Boden fielen, wie auf einem lahmen Gaul durch Champagnerlachen reiten, während Grashopper selbst nach dem Zustand des Geschlechts einer taiwanesischen Transe fahndete und sich von Yuwang Nachschub bringen ließ. Mit einem Prankengriff kramte er die Pillen aus allen Fächern ihres Bauchladens, während der Käfig mit einem Fußtritt vor den ungeschnürten Stiefeln des Kurators der Dauerausstellung *Barocke Wachsbildwerke* im Huiyan-Kunstforum landete. Dieser junge Mann wurde mit seinen noch nicht einmal dreißig Lebensjahren von allen seriösen Kunstmagazinen der Republik als genialer Eklektiker gefeiert. Überall trat er mit blauer Strickmütze, randloser Rundglasbrille, rotem, dauergekräuseltem Vollbart, großen Augen und schmächtiger Statur auf, nur war es so, dass die Kritik an der apokalyptischen Gegenwart, die er in seiner jüngsten Ausstellung anbot, von keinem angenommen wurde, weil alle Welt über seine vermeintliche Liebschaft mit dem Goldenen Stern rätselte.

»Ladies and Gentlemen«, bat eine Stimme aus dem Off um erhöhte Aufmerksamkeit, »begrüßen Sie nun die fabelhafte Künstlerin dieses Abends.«

Ein Lichtkegel glänzte in der Politur des weißen Flügels. Die Jazzgreise applaudierten artig und setzten sich an ihren Tisch. Es war ein gelungener Tempowechsel. Obwohl Blut und Hitze noch wallten, kamen die Ausgelassenen zur Ruhe.

Eggle legte seinen Smoking ab, und jeder konnte die schwarze Brustbehaarung unter seinem nassen Hemd erkennen. Gaoxing und Yuwang brachten Ingwersorbet, Lemongrass sowie Vanilla Cassonades und Chinawhites in langstieligen Gläsern, die Runde ging aufs Haus. Als die ersten Töne unter den Fingern der Pianistin hinwegschlüpften, strömte ihre metallisch getönte Stimme in den Fluss der Akkorde: *The shadow of your smile.* Niemand sang das Lied eindringlicher als diese Frau, die auf kein Alter zu schätzen war. Wäre Francis an diesem Abend hier gewesen, es wäre die Stunde ihrer finalen Demütigung als Sängerin geworden. Ihre Abwesenheit ermöglichte Francis die lebenslange Illusion, sie sei die Königin des Gesangs, denn neben der Revolution war Kurts Vermächtnis die folgenschwere Einschätzung, dass die Welt beherrsche, wer *Shadow of your smile* beherrsche.

Lampen erloschen. Von hinten traf ein Lichtkegel den Vorhang, dessen Falten Schatten warfen. Langsam wurden die Hälften zur Seite gezogen. Im Dunkel des Kabinetts war die Glut einer Zigarette und der hinaufziehende Rauch zu sehen, und dann sah man sie in ihrem Opiumbett in einem Sarong aus blutroter Seide liegen: die Königin des China White, der Goldene Stern.

Hertz überlegte, wo er sie schon einmal gesehen hatte, war aber außerstande, seinen Gedächtnisspeicher anzuzapfen. Sie lag mit überschlagenen Beinen auf dem Bett der Kissen im Seidenbezug, ihre Lippen karminrot bemalt, das Gesicht geweißelt mit feinem Puder. Zwischen Hertz und ihr lagen jetzt noch zwanzig Meter. Er roch das von ihr ausströmende Moschus, und sie, eingewickelt in den Kokon des Mondänen, ließ sich vom Reederkönig der Stadt die Hand beküssen, nicht auf deren Haut, sondern auf den Samt ihrer schwarzen Handstulpen. Sie blies dabei aus, langsam, mit Bedacht, und hielt die Spitze am hintersten Ende, um eindeutig zu erkennen zu geben, dass auch an diesem Abend die Noblesse obsiegte. Um ihr Bett herum gruppierten sich Tänzerinnen im Art-déco-Stil, hüfthohe Statuen aus Bronze, dazwischen standen geschlechtlich nicht zuzuordnende Wesen, elfisch zart und sphärisch enthoben, jedenfalls von unbeseelter Kälte, aber lebendig.

Hertz spürte Schläge gegen seinen Brustkorb. Zehn Meter vorm Opiumbett blieb er stehen, drehte sich durch irgendeine schwer zu bestimmende Intuition gesteuert um und meinte, etwas gesehen zu haben, was nicht der Fall war. Sein Kreislauf zwang ihn, sich auf einen Stuhl zu setzen.

39.

Während Xing Jin in die Kissen ihres Opiumbettes gebreitet von verbaler Huldigung bis kopfgeneigter Ehrerbietung alle Formen menschlicher Ergriffenheit entgegennahm, lag Francis neben Kurts Krankenbett auf der Ausziehcouch und fand Ruhe erst, als sein Atem einen berechenbaren Rhythmus hatte. Sie war ausgesprochen misstrauisch gegenüber seinem Atem geworden. Obwohl er in den letzten Stunden des 1. Oktober, als Spengler zu Füßen Bismarcks die Massen bannte, in irgendwelche Galaxien verlorenzugehen schien, war Körte doch nah bei ihr – eine sensible Frau wie Francis weiß die Grammatik von Nähe und Entfernung genau zu lesen.

»Ich spüre dich, Schatz«, flüsterte sie und streichelte seine hohle Wange, »ich weiß, dass jede deiner Zellen ein Bewusstsein von mir hat.«

An diesem Abend atmete er synkopisch: Kurze Züge gingen einem verzögerten längeren Zug voraus und bereiteten einen tiefen, herausgeseufzten vor, der – da Francis ihn so sehr herbeisehnte – schließlich einsetzte. Manchmal hob sich der Brustkorb nicht mehr, und Francis geriet stellvertretend für Kurt in Sauerstoffarmut, sie fühlte die Brustkorbbeklemmung, in der er steckte, holte einen tiefen Schluck Luft für ihn und hörte, wie er für die Zeit bestimmter Intervalle gar keine mehr bekam, als streikte sein verbliebener Lungenflügel, als verweigerte er sich, im Dienst eines Herrschaftsverhältnisses mit dem Leben zu stehen, als beklagte er seine Überforderung und funktionierte erst wieder in dem Moment, da sie aufstand und Kurt über die Stirn strich.

Seine Haare waren löckrig; Haare sind immer löckrig, wenn sie nach ihrer chemotherapeutischen Vernichtung wieder wachsen, aber nie wachsen sie wieder gerade aus der Kopfhaut, so, als bekäme der Säugling mit dem ersten Haar den Zuschlag zum Weiterleben, als nehme das neue Haar den Menschen in die Mitte der Menschheit auf, und es schien Francis, als finde und käme Kurts Leben nicht mehr auf geradem Wege zu sich, sondern nur noch in Schleifen, Kringeln und Löckchen.

Vero Krux hatte versprochen, Kurt werde keine Schmerzen haben. Der Hausarzt hatte Francis eingeladen, ihn zu jeder Zeit anzurufen, wodurch er sein schlechtes Gewissen entlastete, Kurt nicht in ein Hospiz zu überweisen, weil Kurt ihm gegenüber nicht nur den Willen, sondern die Drohung geäußert hatte, nur über seine Leiche in ein Hospiz zu gehen.

»Wird er heute sterben?«, hatte Francis Krux an diesem Morgen gefragt, »sagen Sie es, wird mein Mann heute sterben?«

»Ich weiß es nicht. Es kann schnell gehen. Ich weiß es nicht.«

Jetzt war es kurz vor Mitternacht. Je tiefer die Nacht wurde, desto mehr steigerte sich ihre Angst vor Kurts Atmung. In den vergangenen Tagen hatte Francis eine hochgradige Sensibilität gegenüber den Äußerungen seiner Atmung ausgebildet. Bisher war sie sauber, rhythmisch und jederzeit nachprüfbar. Alle drei Stunden sah Francis nach Kurt wie nach einem Baby aus Angst vor dem plötzlichen Kindstod. Kurt wollte sich aufbäumen, vermochte aber nicht, seinen Körper höher als ein paar Zentimeter zu heben. Er nuschelte, und Francis kam nah an seine angedörrten Lippen heran.

»Ja, Kurtschatz, sag es noch einmal, bitte, Körte, ich verstehe dich nicht …«

Plötzlich spannte sich eine Fratze zwischen Stirn und Kinn, und Francis erkannte, dass die Aussage seines Gesichts einem Lächeln gleichkam. Im ersten Moment fühlte sie sich hinters Licht geführt. Kurt wollte husten, aber es kam kein Reiz. Dann war nur noch Williams Schnaufen zu hören. Manchmal hob der Mops sein rechtes Augenlid und linste hinüber. Francis spürte ihr Blut hinaufschießen. Sie hörte ihren Pulsschlag und meinte, seinen nicht mehr zu hören. Sie breitete sich über Kurts Körper und wollte ihn zu atmen nötigen.

»Atme, atme, hörst du, atme, Körte!«

Zwei kleine Schnaufer bereiteten mit gewisser Verzögerung einen tiefen Zug vor, und Francis weinte vor Erleichterung, dass Kurt diesen Zug tat. Sie hörte das Klacken eines Uhrzeigers, der einfach nicht stehenbleiben wollte. Im Hinterhof entäußerten neue Nachbarn ihre Libido auf exzessive Weise, wobei vor allem die Frau eine für Francis' Geschmack bedauerliche Neigung zum Urschrei hatte. Obwohl sie Kurt ihre ganze Ehe lang betrog, hatte Francis ihren Betrug nie als Betrug aufgefasst, weil sie Moral, in deren Herrschaftsbereich jede Form von Betrug gehörte, ablehnte. Moral war Macht, Punkt. Sie brauchte keine Macht. Sie brauchte den Körper anderer Männer, weil das Leben vieldeutig war. Kam Moral ins Spiel, spülte sie Macht herein und meistens irgendeinen Gott. Francis brauchte Körper, keine Menschen und keine Götter. Je ferner ihr die Männer als Menschen waren, desto einfacher ließen sich ihre Körper benutzen. Francis war der Auffassung, ein Mensch könne unmöglich nur ein einziges zu lebendes Leben haben: Jeder Mensch hatte mehrere Leben gleichzeitig, also hatte das Leben sozusagen mehrere Körper in einem. Ihr Körper war ein schizophrenes Gebilde aus diversen Bewusstseinskollektiven. Kurt dachte hegenbarthischer. Kurz nach ihrer Hochzeit und dem Honeymoon in Marrakesch hatte er sie bereits auf einen Sockel erhoben. Sie war seither seine Heilige, und Heilige durfte man nicht berühren.

Seit die Glocken nicht mehr schlugen, war die Stille dicht und erdrückend. In weiter Ferne sah Francis einen Bergrücken, beschneit, der Gipfel umspielt von Nebelschwaden, das Weiß des Schnees von immenser Kraft, und in seiner Grandezza sah dieser Berg aus wie Kurt, wenn sie in der Erinnerung an ihn ein Ideal von ihm entwarf. Francis wusste nicht genau, was Kurt ihr hatte sagen wollen. Sie hatte ihn einfach nicht verstanden, aber sie wurde von Stunde zu Stunde überzeugter, dass er »Marrakesch« gesagt hatte, weil sie es an seiner Stelle gesagt hätte und weil sie wollte, dass er es gesagt habe. Er, der Berg, war der Hohe Atlas, den man vom Hotelzimmer aus neben dem Platz der Gehenkten sehen konnte.

Als Francis aufwachte, parierte sie die traumhafte Verwirrung, holte sich zurück und horchte sofort auf Kurts Atmung, die tief und ruhig war, regelmäßig und schön wie der Schatten seines Lächelns. Es war ein merkwürdiger Widerspruch: Sie hatte alle Hoffnungen aufgegeben und glaubte doch in jeder Sekunde daran, dass Kropotkins Lanzenottergift genügend Zeit gehabt hatte, sein heilendes Vernichtungswerk zu verrichten. Warum waren Kurts kranke Zellen so widerstandsfähig? Seit vier Monaten setzten die Fischers jetzt ihre Zukunft auf Batroxobin, und vor drei Tagen hatte der Kurierdienst endlich das bestellte Paket mit Ampullen und Fläschchen gebracht, die 2000 Dollar waren seit langem überwiesen, ohne dass sie je eine Rechnung oder einen Beleg erhalten hatten. Francis stellte sich vor, wie das Otterngift durch seine Adern floss und die Tumorzellen in Kurts Körper anschwollen und platzten, als seien es Follikel, die wiederum neue in sich trügen, welche dann als unbesiegbare Divisionen in die Organe einmarschierten und den Druck so stark erhöhten, dass die Membranen zum Reißen gespannt waren. Aber war es denn nötig, dass der Mensch derart ekelhafte Schmerzen aushalten musste? Und war es evolutionsbiologisch sinnvoll, dass Organe anschwellen und beinahe platzen mussten, um zu überleben?

Seit ungefähr zwei Tagen hatte Kurt seine Francis nicht mehr als Francis erkannt. Das Morphium, das Krux ihm gab, hatte ihn in eine Sphäre zwischen Dies- und Jenseits, in ein gigantisches, von der Sonne geblendetes Schneefeld geleitet, in dem alle Identitäten pulverisiert waren. Zu jeder vollen Stunde der Nacht war noch Leben in Körte. Manchmal wachte er auf, lallte ein bisschen und schlief wieder ein. Kurz nach zehn hörte Francis ein Murmeln, warf die Decke von sich und ging barfuß zu ihm. Er bewegte die Lippen und kaute Luft. Seine Nasenspitze zuckte, und Francis meinte, dass er ihr wieder irgendetwas sagen wollte. Sie beugte sich über seine Brust, hielt seine Hand und führte ihr Ohr an seinen Mund. Aber Kurt zermahlte die Worte mit den Zähnen und kaute in einem fort. Dann hörte er zu kauen und malmen auf, besorgte sich unter Einsatz seines gesamten Brustkorbes einen überdimensionalen Zug Luft, die er in aller Ruhe durch die Nase ausblies. Danach blieb der Brustkorb starr. Sechs Sekunden lang tat sich nichts mehr. In der siebten Sekunde sog Kurt noch einmal kurz, aber heftig ein und presste die verbrauchte Luft in einem schnellen Stoß heraus. Aus dem linken Auge kam eine Träne und rann seine Wange hinab. Francis wusste nicht, wie sie diese Träne vor dem Versiegen bewahren sollte. Noch lebte die Träne, und noch lebte Kurt in dieser Träne. Francis konnte nicht sehen, ob die Träne klar und rein war, aber sie vermutete es, und während sie diesem Tropfen Sekret zusprach, Kurt zu sein, verschwand er hinter seinem Hals und sickerte in die Baumwolle des Kissenbezuges ein. Francis wollte die feuchte Stelle auf dem Kissen fühlen, wollte das letzte Leben, das letzte Stückchen Kurt fühlen, das es noch zu fühlen gab, ehe es im Stoff vertrocknete, und legte ihre Hand auf den Bezug.

William trottete herbei und sah ihr interessiert zu. Sie stand neben dem Bett und entdeckte über den Dächern des Casinos eine der zartesten Mondsicheln, die sie je gesehen hatte. Dann nahm sie Haltung an, verbeugte sich und lachte die leblose, seelenlose, kurtlose Hülle an und spürte, wie sich die Muskeln ihrer Kehle in einem dauerhaften Krampf verfingen und zu diesem Zeitpunkt bereits die Erinnerung an ihn eingesetzt hatte. Kurt war vorbei.

40.

Um die Laternenlichter der Trostbrücke schwirrten Eintagsfliegen und Motten, und die Schreie einer Fledermaus reflektierten am Sandsteinpfeiler, als Abele durch die Schauenburgstraße ging, an deren Ende auf die Brücke bog und neben Myers-Pirellis Jaguar vor Haus Nummer 4 stehenblieb. Über dem prächtigen Portal las er den Schriftzug *Patriotische Gesellschaft* und nahm das Wappen mit der Jahreszahl 1765 wahr. Neben der Klingel und dem Messingschild mit der Gravur CW öffnete sich auf Augenhöhe die Luke.

»Codewort?«, fragt Herr Zhou.

»Bohème Sauvage.«

Herr Zhou verbeugte sich und wies Abele den Weg. Die Treppe aus schwarzem Holz in den Salon hinab nahm er souverän, die Pianistin sang nicht, sie lächelte die Töne ins Mikrofon: *The shadow of your smile …*

Myers-Pirelli rauchte zwei Partagas zugleich, Grashopper vergrub sein Gesicht in Juniflip Joelles Busen und grunzte zu Schelskys Freude, der sich Dopaminpulver aufs Zahnfleisch rieb.

… will color all my dreams and light the dawn …

Schelsky hatte sich von Hegenbarth die Schritte der sehr speziellen Interpretation eines Tanzes zeigen lassen, von dem er noch nie gehört hatte, und schleuderte, von Hegenbarth gestützt, seine Beine vor und zurück, wodurch eine hohe Bewegungsdynamik entstand.

… look into my eyes, my love, and see …

Xing Jin nahm das Mikrofon und lud in tiefer Tonlage ihre Gäste ein, zu tun, was sie wollten, was ihnen beliebte, jetzt, gerade jetzt, in diesem Moment, denn darum ginge es im Leben: um den Moment, den Moment zu leben, so vital wie möglich.

... all the lovely things you are to me ...

Der erste Schuss der Heckler & Koch P2000 drang in die rechte Niere der Pianistin, der zweite vergrub sich im Deckel des Klaviers, der dritte traf Grashopper über der Nasenwurzel. Der vierte, der fünfte, Schreie. Der sechste, siebte, achte, das Blut lief in die Fugen des schwarzen Holzbodens. Organe platzten, Körper rammten Tische, Köpfe schlugen auf, Holz splitterte. Insgesamt fünfzehn Schüsse ploppten und zischten, klopften und trommelten. Myers-Pirellis Lunge war durch einen Steckschuss final gelähmt, Rupert Schelsky lag in der Lache seines Bluts. Die junge Moskowiterin hatte Juniflip Joelle unter ihrem ausgelebten Körper begraben, ein nicht identifizierbarer Mann mit halbzerstörtem Gesicht lachte sich stöhnend ins Jenseits. Bei einsetzender Totenstarre sah man, dass es sich um Coiffeur Borgest handelte. Im Kleinen Kabinett hatten Rahm und Hegenbarth China-White-Pulver in Magnesiumwasser aufgelöst und waren nach den ersten Einschüssen unter die Liegen gekrochen. Sie hörten das Weinen von Herrn Zhou und sahen, wie eine Spur Blut durch den Türspalt drang. Das Opiumbett war leer, Patronen hatten den Seidenbezug der Kissen gelöchert. Blut war nicht zu sehen. Aber wo war der Goldene Stern?

Als Frauen schrien, Männer wimmerten und auf dem weißen Klavier die verschmierten Handabdrücke der Pianistin zu sehen waren, fiel Abele auf die Knie und betete. Er weinte. Er lachte. Er hatte der kranken Welt den Krieg erklärt. Er hatte gezürnt. Er hatte den gedemütigten Gott gerächt. Er hatte das Seine getan. Er kniete vor dem leeren, geschlossenen Käfig. Er hatte noch eine letzte Patrone im Magazin.

TEIL II

41.

Fünfzehn Uhr. Heute ist Dienstag, der 2. Ok…, die Stimme des Radiomoderators versagt unter dem Höllenlärm, der über die Innenstadt kommt, als Rotorenblätter den Himmel durchpflügen und ihr Schall durch die Gassen jagt, peitscht, zerplatzt und sich durch die Alsterarkaden fortpflanzt, wo der Chocolatier Godiva am Tag nach seiner Insolvenz die letzten handgeformten Trüffelpralinés verramscht, ehe kurz nach zwölf die Sirenen trauern und ihr Heulen die Tiere verschreckt. Der Heli geht in den Sinkflug, der Druck seines gedrosselten Auftriebs lässt die Flugblätter, die von Cliquen und Claqueuren verteilt werden, in der Luft tanzen und zittern, nein, halt: Bei genauer Betrachtung stellt Hertz von seinem Balkon aus fest, dass die Flugblätter aus dem offenen Bauch des Helikopters auf den Rathausmarkt hinabrieseln, ganz so, wie er es angeordnet hat.

Spengler wählen!

Treue, Ehre, Spengler

Spengler statt Ausverkauf!

Ein zweiter, kleinerer Heli taucht auf, und Hertz beobachtet, wie der angeseilte Kameramann der Emperado Media in waghalsiger Positur ein bemerkenswertes Close-up von Spengler, der im ersten Heli den Daumen reckt, zu erhaschen sucht. Der Schall der Rotoren knallt gegen die Häuserwände, die Luft schnalzt, und auf dem Rumpf des großen Heli liest Hertz die Aufschrift SPENGLER KOMMT! Er ist in diesem Moment sehr zufrieden, dass sein Communication Concept passgenau umgesetzt wird. Morgen um diese Zeit, wenn der

Bundespräsident eingetroffen sein wird, soll Spengler die große Gegenrede am Jungfernstieg halten.

Hertz' Design einer Spengler-Epiphanie würde aufgehen, wenn der Hype, den er seit Wochen über Spots, Anzeigen, Reportagen, Videoblogs, Litfaßplakate, Flyer und regelmäßige Präsenz in Destiny TV anheizen lässt, eine Eigendynamik bekäme. Halb auf seiner ledernen Chaiselongue sitzend, halb liegend, erträgt Hertz seit einigen Minuten die Auferstehungsparolen des neuen Jesus Emperado in der Fernsehshow *Jesus in motion*, verlässt sich aber darauf, dass die Bilder von Spenglers Niederkunft über Destiny TV in kürzester Zeit eingespielt werden.

»Dieser Fuchs!«, sagt Hertz zu sich, als er Emperado auf dem Bildschirm seines Mega-Samsung das Programm der New Mental Guidance vollziehen sieht. Es ist die tägliche Wiederholung der Comeback-Show von Mastberger, der nach seinem Zusammenbruch zwar an messianischer Aura verloren, an spiritueller aber gewonnen hat.

»Wer selber scheinen will, wird nie erleuchtet«, sagt Emperado mit studierter Gravität ins Mikrofon, fügt »sagt Laotse« an und lässt eine berührende Pause folgen. Er spricht über Stille und Raum und wird nichts anderes tun als sprechen. Er wird in einer Position verharren und immer gleich blicken. Jede auf die Leinwand projizierte Veränderung seines Gesichtsausdrucks wird einen erhebenden Effekt haben, manche werden raunen. Ihr Blick wird zunehmend sensibilisiert fürs mimische Detail.

»Die meisten von uns«, sagt Emperado, »sind gefangen im ständigen Strom der Gedanken, sie sind konditioniert von den Regeln ihrer Kindheit.«

Er aber will die Herrschaft des fließenden Bewusstseins. Er will die Formlosigkeit, das reine Jetzt, den puren Moment. Er will seine Zuhörer verführen, tiefer in den inneren Körper zu gehen, hinter das Denken, die Zwanghaftigkeiten, die

Hetze, die Erwartungen an den nächsten und den übernächsten Moment zurück. »Du bist«, sagt er ihnen, und es folgt eine zehnsekündige Pause, der Raum dehnt sich, er senkt die Stimme, »du bist nicht deine persönliche Geschichte … du bist etwas viel Tieferes … du bist Energie.«

Hertz kann nicht anders als von Emperados Wirkkraft beeindruckt zu sein: Die Emperado-Chöre, den Emperado-Jubel, die Emperado-Anbetung, all das wünscht er sich auch für Spengler. Spengler-Chöre, Spengler-Jubel, Spengler-Fans – keine Groupies, sondern ebenso gebannte Seelenkörper, weil nur so der Fanatismus entsteht, den Spengler braucht. Er braucht die Massenandacht, um seine Politik der neuen Menschlichkeit unterzubringen.

Die arrangierte Homestory über den Politstar Charly Spengler hat Hertz in die aktuelle Ausgabe des Magazins Spotlight bekommen. Auf acht Seiten edlem Hochglanz ist Spengler mit seinen beiden Doggen zu sehen: Sultan und Bismarck neben Spenglers Füßen liegend, während der Herr visionär in die Ferne blickt; Spengler in der Hocke, Sultan und Bismarck umarmend; Spengler im Sachsenwald durch Laub und Gehölz stiefelnd, Sultan und Bismarck treu an seiner Seite. Gegen Spenglers Bedenken hat Hertz beim Chefredakteur die Titelzeile durchgesetzt: *Ich bin bereit!* Unterzeile: *Karlheinz Spengler ist Hoffnungsträger und Liebling des Volkes. Begegnung mit dem Mann der Zukunft, der auf vergessene Tugenden und die Kraft der Treue setzt.*

Kurz nachdem Spengler ihn zum *Head of Communication* der SHU ernannt hatte, fiel Hertz auf, dass Spenglers Stimme in Erregungszuständen eine merkwürdig hohe, helle Farbe annimmt, weswegen er, über den Kontakt zu Francis Fischer, die namhafte Transformatorin Janica Jović mit dem Auftrag engagierte, zur Vertiefung des Resonanzraums an Spenglers Wirbelsäule zu arbeiten. Ihre Hände sollten seine Kanäle reinigen. Spenglers Machtzentrum soll die perfekte Wirbelsäule sein.

Hertz' Handy klingelt, und sein zweiter Kurier verhaspelt sich.

»Ganz ruhig, und jetzt noch mal.«

Angesichts der katastrophalen Botschaft schießt Hertz das Blut in den Kopf.

»Wo?«, ruft er, legt auf, greift sich die Sonnenbrille, grapscht den Schlüsselbund, schließt nicht ab und springt die Treppen hinunter. Den Wagen lässt er in der Garage. Er rennt am Skelett der Bühne vorbei. Ukrainer und Russen schlagen zu *Vertigo* von U2 Querstreben ins Gerüst. Eine Bierflasche zerbricht. Hertz hört den peitschenden Schall der Rotorenblätter, doch der Lärm entfernt sich Richtung Hafen. Vor das Rathaus sind rotweißgestreifte Barrikaden gestellt, vor den Barrikaden stehen dunkelblau wattierte Polizisten, vor den Polizisten liegen Helme und Schilde. Die Sonne sticht ohne Erbarmen. Wind gibt es nicht. Hertz hastet über den Rathausplatz in die Große Johannisstraße. Am Eck von Ernst Brendler Marine- und Tropenausrüstung seit 1879 rennt er in eine Gruppe *Juden für Jesus*, die nicht für Emperado, sondern gegen die Verrohung der Herzen protestieren. Die Luft ist eine Zumutung, Hertz' Lungenbläschen müssen sie sich hart erarbeiten, so heiß ist der Himmel gekocht. Jeder Schritt auf dem vertrockneten Asphalt erzeugt Hitze unter den Sohlen.

Mit schwerem Atem erreicht er die Trostbrücke und schließlich den Hopfenmarkt am Nikolaifleet. Vor dem Haus der Alten Börse stehen sechzehn hässliche Männlein des Pittoresken Gesangsvereins Barmbek in roten Hemden, schwarzen Fliegen und weißen Hosen. Einen Bart hat nur der Chorleiter am E-Piano. Die Männer singen: *Wacht auf, wacht auf!* und als Hertz vorbeirennt:

... drum, Mädchen, weine nicht, sei nicht so traurig,
Mach deinem Musketier das Herz nicht schwer,

Wenn wieder Frühling ist, kehr' ich wieder,
Wisch dir die Tränen ab und wein nicht mehr …

Er sieht die Menschentraube auf dem Vorplatz von St. Nikolai. Neben einem Tor aus grob behauenem Eisen steht die kürzlich errichtete Installation eines flämischen Anarchisten. Bei der Vernissage vor einer Woche hatte Hegenbarth von der weltgeschichtlichen Bedeutung dieses Moments gesprochen und dann unter Applaus das Tuch heruntergezogen. Die EuroFinanceGroup ist Sponsor und Mäzen, Hegenbarth wollte JPHL mit der Organisation des Auswahlverfahrens *Kunst im öffentlichen Raum* betrauen, doch Hertz musste ablehnen. Für einen Augenblick sieht er hinauf: Das Gehäuse von St. Nikolai erinnert ihn an vergangene Zeiten, aber hinter den vier Rundbogenfenstern, die dem Klinker ausgeschabt worden sind, stehen iMacs, 12Core-MacPros, Laser- und Tintenstrahldrucker, Regalsysteme aus Chrom, Rollcontainer und dimmbare Halogenfluter. Die Immobilienagentur TED Grashopper und die PR-Consulting Huang & Hansen teilen sich das Großraumloft. Hertz hat von morgendlichen Yogaeinheiten und mittäglichen Meditationen bei Huang & Hansen gehört und außerdem der TED Grashopper GmbH kürzlich den preisgekrönten Leiter der Revitalisten-Akademie für das Seminar *Die Besten für die Besten* vermittelt.

»Hier sitzen die also!«, entfährt es Hertz, der als Chef von mittlerweile acht Kurieren eigentlich alles wissen muss. Seine Agentur ist so stadtbekannt, dass in puncto Logistik, Organisationsdesign und Communication Coaching an JPHL vorbei nichts mehr geht.

Vorn sieht er bereits versammeltes Volk. Mehr Menschen als vermutet bilden eine Formation, durch die Hertz nicht dringt, nicht dringen *kann*, obwohl er permanent »Pardon!« sagt. Zwei seiner Kuriere stehen im innersten Kreis, er erkennt den Schriftzug JPHL auf ihren Helmen. Aus Respekt haben sie ihre Brillen abgenommen. Weitere Autos halten, Beifahrer verlassen den Sitz, eine Frau schreit auf. Beide Polizisten notieren in kleine Spiralblöcke. In einer Lache brombeerfarbenen Bluts liegt ein erbärmlich zugerichteter Körper. Es ist »Roland, die Katze«, Hertz' begabtester Fahrer. Die Ledertasche mit dem Aufdruck JPHL weist im H ein Einschussloch auf. Das zweite Loch ist in Rolands Brustkorb. Hertz schubst zwei, drei Leute fort, schiebt andere zur Seite, kniet nieder und ruft nach Raum. Mehrere haben den Puls gefühlt und treten zurück, einer schüttelt den Kopf. Hertz sieht in die Augen des gaffenden Labradors, der Hund weicht seinem Blick nicht mehr aus. Viel zu spät rumpelt der Rettungswagen heran.

»An der Altenwallbrücke war kein Durchkommen, man hat uns attackiert«, sagt der Notarzt und stellt seinen Koffer auf den Asphalt. Der Hinterreifen des Mercedes ist platt. Der Arzt sieht den Kurier liegen, fühlt den Puls, senkt den Kopf und legt die Beatmungsmaske nicht mehr auf.

»Dann rufen wir jetzt das Bestattungsunternehmen Claas, Schimmel & Söhne an«, sagt die Polizistin. Hertz reicht ihr auf abermalige Nachfrage seine Visitenkarte. Hinter den Gläsern ihrer verspiegelten Brille rinnen Schweißtropfen. »Mein Beileid, Herr … Hertz.«

Er schließt die Augen und kann nicht mehr aufhören, rückwärtszugehen. So gerät er in einen vorwärts drängenden Fluss und ist gezwungen, die Orientierung zu ändern, lässt sich mitreißen auf einer Straße, die aus gestreuten Blumenköpfen besteht, riecht Nelke und Kardamom, und plötzlich – noch immer hat er den Tod seines Kuriers nicht erfasst – schreit eine junge Frau ihn an: *Sturz, Sturz, Um-sturz!*

Weitere Stimmen rufen, Megafone tönen, und mehrere Kleingruppen überrennen den strauchelnden Hertz von der Ost-West-Straße her. Fersen schlagen gegen sein Kinn, Schienbeine treffen seine Nase. Auf Transparenten steht:

Solidarität mit Spengler, und jetzt hört Hertz den Heli, der über ihm kreist. Die Aufprägung SPENGLER KOMMT! kann er nicht erkennen, womöglich ist es ein Cougar AS 532 der Luftwaffe, wenn der Staat reagiert hat. An der Mündung zur Göttertwiete brennt wieder ein Auto. Im Graskeller qualmen Mülleimer, der Rauch zieht nicht ab, weil die Luft zu schwer und die Gasse zu schmal ist. Hertz hustet, seine Kehle revoltiert. Vom Marinehof am Alsterfleet kommend trifft ein neuer Demonstrationszug ein: Arbeiter der Werften von Borchardkai und Hansegate. Sie twittern ihren Standort, und vom Baumwall rücken die Mitarbeiter der Norddeutschen Versicherungskammer und des Hanseatic Trade Center an. Alle fließen durchs Geäder der Gassen und Gässchen auf den Knotenpunkt am Rödingsmarkt zu, wo die Willy-Brandt-Straße zur Ludwig-Erhard-Straße wird. Über die Schneise des Großen Burstah kommen die Erleuchteten, und von der Michaelisstraße skandieren die Angehörigen des Komitees der Wahrheit, dann münden sie in den Strom der Transrationalisten, aus deren Mitte zwei Vermummte Gullis versiegeln. Radkappen fliegen umher, kahle Felgen drehen sich zu Boden. Rufe ersticken einander, jemand wirft einen Stein ins Fenster der Revisionsgesellschaft Hoverath. Vier der Mitarbeiter rennen aus dem Eingang des Rödingskontors und schließen sich den gerade passierenden Adventisten an. Zurück bleiben zerschnittene Krawatten, polierte Schuhe und leere Kaffeebecher

»Wer wird kommen?«, fragt einer, und sie rufen im Chor: *Er wird kom-men*!

»Und wer ist ER?«

Er-wird kom-men! Er-wird-kom-men, Spengler-wird-kommen!

Zur Heldin erkoren wird jetzt eine Blauhaarige, die auf der Räuberleiter von Händen, Unterarmen und Schultern die Litfaßsäule vor Starbucks an der Altenwallbrücke erklimmt und obenstehend eine Fahne schwenkt, auf der Myers-Pirellis Schädel als Totenkopf zu sehen ist. Im Bauch der Säule dreht sich eine Trommel mit Reklame, und in einer der zwei Sekunden langen Einstellungen lacht Jesus Emperado hinter dem Satz *Das Schicksal liegt in deiner Hand* hervor.

Hertz sieht, wie Männer in das Fleet pissen. Gesänge folgen Rufen. Schreie platzen, ob aus saurem Schmerz oder süßem Jubel ist nicht zu sagen. Jetzt kann Hertz die Feinheiten nicht mehr wahrnehmen, denn die Wand der Töne und Geräusche drückt ihn zurück und engt ihn ein, er erobert sich Luft, und während er sich gegen die lärmende Masse aufgebrachten Daseins stemmt, bleibt er wie von einer unsichtbaren Hand gehalten stehen. Inmitten der größten pöbelhaften Entäußerung, als die Straße sich wölbt, steht Mascha vor ihm und … und er fasst ins Leere und dreht sich um seine Achse, um sie zu halten, aber Mascha fliegt auf, Hertz spürt sein eigenes Zittern und den Kälteschock, den ein Wasserstrahl ihm beibringt, als es ihm den Kopf nach hinten reißt, sein Gesicht ist empört, die Augen brennen, ihn schmerzt die Plötzlichkeit, mit der etwas ihn vom Orgasmus der Erinnerung in die Gegenwart hinunterreißt, und er sieht eine Aktivistin vor sich auftauchen, mit ihrer Hand seine Schulter rüttelnd: »Hallo, ey! HEY! Du musst trinken, Mann, sonst dehydrierste!«

Hertz flüstert »Was? Ja, ja, danke …«, wischt sich mit dem Ärmel das Gesicht, nimmt einen Schluck aus ihrer Flasche und hört sein Blut fließen. Die von ihm fortgehende Frau sagt »Alter, Alter, nee …«

Von Mascha keine Spur mehr. Hertz sucht sie vergeblich. Die Achsel- und Rückenpartien seines Hemdes sind schweißdunkel. Vor dem Fotostudio Chen Yan hat sich die Band The Feminists für einen Spontan-Gig eingefunden. Die vier Männer der Feminists tragen Röcke, Rüschen und Haarbänder und weihen ihren Auftritt der »Perversion«.

Ein Zuhörer ruft »*Re*volution!«

»Fuck you!«, schreit der Sänger zurück.

Vor dem Schnellrestaurant Bombay krümmen sich vertrocknete Reiskörner in Fastfood-Schalen, der Eisenspieß von Döner Ali wird herausgerissen, verbrannte Fleischfasern kleben fest. Der Spieß attackiert einen Kameramann, mehrere Fotografen behindern sich gegenseitig, und in die Tonlache zweier Gitarren schreit der Feminists-Frontmann eine Art Refrain: *The war has begun – the war has begun – the war has begun …*

Hertz sieht auf das Liquid-Crystal-Display seines Handys und kann im grellen Licht gerade noch erkennen: 13:22. Das Handy vibriert, und was er in der Leitung hört, ist Reiben und Schmatzen. Jetzt merkt Hertz, dass alles auf den Rödingsmarkt zuläuft. Die entlassenen Arbeiter der Textilwerke Voss feiern Spengler. Da bersten die Scheiben des Reisebüros Voyage, Hertz weiß nicht ob wegen der Hitze oder eines Steinwurfs. Er hört eine Motorsäge und erkennt, welch Fügung dieser Aufruhr ist: das Geschenk der Unordnung, das Chaos, das Spengler braucht! Wieder versucht er es bei ihm.

»Herr Spengler?«

Das Rauschen ist grässlich. Hertz zieht sein Gerät von der Ohrmuschel, sieht auf das Display: Die Sekunden fallen, der Pfeil läuft, also steht die Verbindung.

»Herr Spengler? … Hallo? … Hertz hier«, ruft er ohne Hörkontrolle in den Mikrofonschlitz, »Herr Spengler, ich weiß nicht, ob Sie mich hören können, aber … Sie müssen sofort zum Rödingsmarkt kommen und hier die Rede Ihres Lebens halten!«

»Hallo?«, fragt er, »Herr Spengler – hören Sie mich?«

Die Verbindung bricht ab. Hertz sieht sein Telefon an. Er probiert es wieder, erreicht aber nur das Belegtzeichen. Es vibriert. Der Klingelton – nein, das ist nicht Spengler, es ist Sosset. *Speng-ler, Speng-ler!,* hört er eine Gruppe rufen. Von der Deichstraße über die Steintwiete kommen Sosset, Iris Mandela, der Lange, Bissig und Istanbul, und hinter ihnen gehen die anderen, Lütjen, Moor, Schleiermann, die Polierer und Presser, Walzer und Kocher. Über die Admiralitätsstraße marschieren die Ehemaligen der Phoenix AG mit den Metallern der Pegasus-Werke und einer Abordnung der Lombardisten, italienischen Migranten mit Sympathien für Separatismus und Rutenbündel. Für einen Moment herrscht die Stille vor dem Sturm, dann, endlich, stürmt Wind herbei, und Rotorenblätter schlagen den Hall ihres Betriebslärms fort. Der Heli schraubt sich hinab und tastet sich an den Boden des Admiralitätsfleets heran. Noch im Flug öffnet sich die Tür, und Spengler springt auf die Straße. Die Ersten erkennen ihn, Jubel brandet auf und rauscht, Zweifingerpfiffe gellen, Arme heben sich, Hände klatschen über Köpfen, *Speng-ler, Speng-ler, Speng-ler*-Chöre, der Beat schlagender Hände, das Crescendo neuer Ovationen, brandende, schäumende, zurückfließende Kraftwellen, die Köpfe der Masse gekühlt vom künstlichen Wind, den die ermüdenden Rotorenblätter produzieren.

Menschen bahnen Sosset eine Gasse und halten die Aufständischen von Spengler fort. Sosset und Spengler schlagen mit der rechten Hand den Rücken des jeweils anderen, ihre Körper drücken sich aneinander. Spengler wischt sich mit dem Taschentuch den Nacken trocken.

Weiter hinten gerät Hertz in den Sog neuer Ströme, er rennt mit allen, weil er nur noch rennen kann, weil alle rennen, weil sie spüren, dass sich Bedeutendes ereignen wird. Energie wächst, formiert und schiebt, und Hertz wird aufs neue mitgerissen, ohne zu wissen, wodurch. Um zwei, da die Glocken von St. Petri hätten schlagen müssen, tönt nur eine Sirene, und eine fremde, merkwürdig verzerrte Stimme trägt über einen Lautsprecher zehn Punkte vor, die der Übergangssenat zur Herstellung der öffentlichen Ordnung gerade beschlossen habe. Aus dem Pflaster sind Kopfsteine gebrochen, die gesprungenen Scheiben des Juweliers Rotter und der Apotheke Bieberstein lassen Zusammenhänge erahnen.

Da setzt Spengler an.

»Freundinnen, Freunde! Oder sollte ich sagen: liebe Menschen, die ihr Mensch geblieben seid? Menschen mit Haut und Haar, die sich ihre Träume vom Menschsein nicht nehmen lassen wollen? Echte Menschen, die zueinander stehen und sich nicht aussortieren lassen? Menschen, die nichts weiter als ihr Recht auf Menschsein einklagen und sich wehren?«

»Speng-ler! Speng-ler!«

»Liebe Freu …«

»Speng-ler! Speng-ler …«

»Lie …«

»Speng-ler! Speng-ler! Speng-ler!«

»Liebe Freundinnen und …«

»Speng-ler!«

»Danke … Danke!«

»Du bist unser Mann!«

»Danke, ich danke euch!«

Spengler wischt sich die Stirn und hält die Hand nach oben.

»Die Zeit ist gekommen … für eine Vision. Eine Vision, die uns zurückführt, die das notfalls mit starker Hand tut, mit Eisen und Schweiß, liebe Freundinnen und Freunde. Ich habe am eigenen Leib erfahren, wie treulose Manager unsere Leute verraten. Ich habe gesehen, wie sie ohne Stil und Verstand Traditionen ruinieren und all das mit einem Wimpernschlag aufzugeben bereit sind, wofür *ihr*, wofür *wir* ein Leben lang gearbeitet haben! Ich habe gesehen, wie chinesische Investoren unser Land aufkaufen, wie sie ganz Europa kaufen und sich in die Lücken setzen. Aber sie kaufen nicht nur Fabriken und Häuser, Straßen und Städte, liebe Freundinnen und Freunde, sie kaufen *uns*, uns Menschen, und wer sich nicht kaufen lässt – was geschieht mit dem? Wer sich nicht kaufen lässt, der wird verkauft. Er geht verloren, er wird nutzlos, er wird zum Ballast. Aber kein Mensch ist nutzlos, liebe Freundinnen und Freunde, wir sind nicht nutzlos, wir lassen uns nicht versklaven, wir haben Stolz und Würde, und das verdammt Wichtigste … das verdammt noch mal Wichtigste ist … Treue. Treue und Vertrauen. Das ist es, was wir jetzt brauchen. Weil der Mensch Treue braucht. Weil der Mensch ohne Treue verloren ist.«

Applaus, Pfiffe, Schreie, Jubel.

»Charly! Charly!«

»Speng-ler! Speng-ler!«

Spengler nimmt einen Schluck Wasser und wischt sich Stirn, Hals und Nacken. Sosset zeigt ihm den erigierten Daumen.

»Wir müssen sie vernich-ten, Spengler wird es rich-ten!«

Kein Auto fährt mehr, keine U-Bahn. Die Schienen sind blockiert, die Straßen mit Menschenmassen verstopft. Oben kreist ein Eurocopter 135 T2i der Bundespolizei, und als Spengler ohne Worte hinaufzeigt, heben sich die Köpfe aller Menschen, und Buhs und Chöre setzen ein. Tiraden, Spengler-Schreie, Charly-Rufe. Durch die Flüstertüte fordert einer gerade den Abschuss der *staatlichen Mordmaschine*, da bleibt der Übertragungswagen von Destiny TV im Menschenauflauf stecken. Kabel werden ausgerollt, Kameraleute rennen zum Rödingsmarkt, der Reporter hechelt ins Mikrofon. Fotografen, 200- oder 650-Millimeter-Telezoomobjektive im Anschlag, machen jede Schweißperle in Spenglers Gesicht sichtbar. Eines der Bilder wird später zur Ikone: Spengler mit leicht gehobenem Kopf, der rechte Zeigefinger als Verlängerung des ausgestreckten Arms. Der kleine Mann als Sinnbild einer großen Vision. Man wird das Bild auf T-Shirts, Taschen, Bechern, Tassen, Buttons, auf Covern, Postern, Postkarten, in Filmen und auf Fotos sehen.

»Manche, liebe Freundinnen und Freunde, manche von denen, die alles zu verantworten haben, sind jetzt tot. Ums Leben gekommen durch ein tragisches Attentat, die Rache eines Krankgewordenen. Ich sage es offen: Rache ist der falsche Weg, die Schuld zu tilgen. Auch wenn wir nicht vergeben können, nicht vergeben wollen, müssen wir doch im anderen immer den Menschen sehen, der so schwach ist wie wir selbst. Vielleicht tragen manche der Ermordeten Schuld am Ausverkauf unseres Landes, unserer Kultur. Seien wir gnädig, denn jetzt ist die Zeit gekommen, liebe Freundinnen und Freunde, da WIR Verantwortung übernehmen, WIR, die Treuen und Loyalen!«

Hertz steht jetzt direkt an der Bühne, die Sosset für Spengler errichtet hat. Istanbul und Anatolij Moor halten das Transparent *Spengler ist bereit.* Der Lange schlägt auf einen Topf, und dann löst irgendein Impuls die Bewegung aus, die ihre Gegenbewegung bewirkt, woraufhin der Dominoeffekt einsetzt. Die Masse ist nicht mehr träge, sie ist den Wellen in ihrem Korpus nicht gewachsen. Eine Welle schwappt an Spenglers Bühne. Securitykräfte tragen Kollabierte davon. Ein Mann verliert die Besinnung, er fällt und wird zertrampelt. Jemand hat einen Schuss gehört, Schreie übertönen Spenglers Rufe zur Mäßigung. Eine Explosion, das Zischen einer Rakete, ein Heulen, ein Knall, der dumpfe Rums einer Explosion. Knüppel zertrümmern Nasenbeine, Fäuste schlagen Köpfe, Stiefel betäuben Hoden. Innenstadtbürgerwehr und ProTectilForces kesseln den Rödingsmarkt ein. Wieder brennen Autos, Scheiben bersten, Blut fließt auf den verdörrten Asphalt. Ein Wasserstrahl trifft Adventisten, die Securitaprotectors stehen frontal zu den Guards der Security for all, Schlagstöcke knüppeln auf Brüste und Helme. Die letzte Hundertschaft Polizei rückt an, im Patt der Kräfte entlädt sich alle Energie.

Sosset schirmt Spengler ab, drückt ihn in den Mazda, in dem Hertz auf ihn wartet. Der Tross fährt zurück in die Zentrale der SHU.

Der Luftdruck ist bei 1030 Hektopascal und der Wasserdampfgehalt der Luft menschenfeindlich, die relative Feuchte liegt bei dreiundfünfzig Prozent. Spengler reißt sein Hemd auf. Seine Beine brechen ein, er fällt in die Arme des Langen. Moor und Bissig stützten ihn.

»Sollen wir den Arzt holen, Direx?« fragt Sosset.

Spengler verneint. Er atmet asthmatisch. Auf seiner Stirn bläht sich eine Ader. Seine Augen sind wässrig, die nassen Haare an Nacken und Schläfen zu Zacken verklebt. Spenglers Drüsen pumpen unentwegt. Die Gefäße weiten sich. Sein Herz galoppiert, weil der Blutdruck nachlässt.

»Bring mir ein Handtuch, Moor«, sagt Sosset und fächelt Spengler Luft zu. Bissig versucht, Durchzug herzustellen, vermisst aber ein passendes Fenster. Spengler verlangt einen Korn mit Brause und verbittet sich Mitleid. Moor und Bissig drehen sich um, der Lange stiert nach vorn. Hertz und Sosset sehen sich an, dann lassen sie Spengler im Partei-Mazda X5 Kombi der SHU ins Universitätsklinikum bringen. Hertz macht Stanislaus Eggle von der DeutschenTagesZeitung telefonisch das Angebot auf exklusiven Zugang. Eggle geht auf den Deal ein und kommt durch den Personaleingang. Er unterbricht nicht, er lässt ausreden, und Spengler bietet ihm am frühen Abend den Satz an: *Ich fürchte weder Gott noch sonst was in der Welt.*

Als Eggles *Report aus Zimmer 276* am nächsten Tag gedruckt und online zugleich erscheint, beginnt die Mythenbildung. Die ersten Menschen kommen in der Dämmerung zur Klinik, mittags um zwölf schätzen Hertz und Sosset die Pilger auf 2000 Personen. Nie zuvor hat es je so viele Menschen vor einem Klinikum der Stadt gegeben. Reporter belagern die Wiesen, Ü-Wagen fahren vor, Fotografen postieren sich. Transparente werden entrollt, Kerzen angezündet. Alle warten auf ein Zeichen. Das Fenster des Zimmers, in dem Spengler liegt, bleibt geschlossen.

Hertz' kramt sein iPhone aus der Tasche und nimmt den eintreffenden Anruf an.

»Ja bitte?«

»Stimmt es, was wir hören, Herr Hertz?«, fragt die Redaktionsleiterin von Destiny TV.

»Ich kann dazu nichts sagen«, sagt Hertz.

»Ist Spengler umgekommen?«

»Definitiv nicht.«

»Dann ein Zusammenbruch?«

»–«

»Ein Schwächeanfall?

»–«

»Herr Hertz, unter uns, wie sieht es aus?«

Die Pressestelle der SHU kündigt für den folgenden Tag eine Erklärung an, Nachfragen führen zu keinem Erfolg. Auf Spenglers Homepage ist kein Eintrag zu finden. Im Film *Tribun Spengler* wird Sosset später sagen: »Es war für uns alle der schlimmste Moment. Wir hatten eine irre Angst, dass der Direx es nicht packt. Manche von uns wussten seit langem, dass er eine Nierenschwäche hat, die ihm vor allem dann zu schaffen macht, wenn es schwül und heiß ist. Das war schon früher so. Da hat der Direx tagelang in seinem Büro auf einer Liege gelegen. Aber er war da, jeder konnte jederzeit zu ihm rein. So war das früher in der Kamm. Wir waren seine Kinder, verstehen Sie, er hat ja keine eigenen, seine Ehe ist gescheitert, weil er Tag und Nacht in der Fabrik war, bei uns. Spengler hat nie jemanden fallengelassen, und er hat sich uns immer gezeigt, auch bei Niederlagen und in Situationen, die ihm zugesetzt haben, und natürlich der Korn und so weiter. Und an diesem unglaublichen Tag, im Zimmer des Klinikums, hätte sich keiner von uns vorstellen können, dass Spengler am folgenden Tag so über sich hinauswachsen und den Bundespräsidenten schachmatt setzen würde. Ganz klar, diese beiden Oktobertage waren die aufregendsten in meinem Leben.«

Die Nacht auf den 3. Oktober verläuft bis fünf Uhr morgens ruhig. Dann geht alles ganz schnell. Der Verdacht auf Niereninsuffizienz erhärtet sich. Die Harnstoffkonzentration übersteigt den zulässigen Wert. Man bereitet die Hämofiltration vor, erhöht den Venendruck und führt Spenglers Blut Noradrenalin zu, um einen stabilen Kreislauf zu sichern. Die Gefahr eines Lungenödems wird in Kauf genommen.

»Danke für Ihren Anruf. Ich komme.«

Es morgendämmert, als Hertz Richtung Eppendorf zum Klinikum fährt. Geschlafen hat er kaum. Vor dem Hotel Vier Jahreszeiten stehen Barrikaden, auf dem Neuen Jungfernstieg sind Holzpaletten gestapelt. Der Motor seiner Vespa Liberty schneidet in die Stille des jungen Tages, kein anderes Geräusch ist zu hören. Die Oberfläche der Binnenalster hat Ähnlichkeit mit einer ermüdeten Membran. Unter der Lombardbrücke sieht Hertz Gerippe ausgebrannter Autos, angesägte Stützpfeiler und Parolen in blutrotem Graffiti. Im Osten entdeckt er das Morgenrot in seiner ganzen Poesie. Er biegt westwärts auf das Alsterglacis, der Fahrtwind ist warm und feucht.

Als er in der Klinik ankommt, steht Spengler in gewohnter Kraft vor ihm, lächelt ihn an und nickt zum Aufbruch. »Ein Wunder, dieser Mann!«, sagt Sosset und tatscht Hertz die Schulter, »dieser Mann ist nicht von dieser Welt.«

42.

Am 3. Oktober um siebzehn Uhr vermelden die Radiosender den heißesten Herbsttag seit Beginn der Wetteraufzeichnungen. Meteorologen sprechen von einer Jahrhunderthitze, die Böden sind verdorrt. Bauern protestieren, von Wasserraub auf dem Land ist die Rede. Die Alten vertrocknen, weil Rettungswagen zerstört sind. Wieder wird der Tod eines Kuriers gemeldet, die Ermittler sind ratlos. Es fällt das Wort von der Verschwörung. Dann wird die Ankunft des Bundespräsidenten gemeldet.

Die in seinem Auftrag fahrenden Kuriere funken Hertz, dass die Kolonne der gepanzerten Präsidial-Phaetons steckengeblieben ist, was ihn nicht wundert: Die Löcher im Asphalt der Stadt sind groß und tief, die Brücken blockiert, die Einfallstraßen von Menschen verstopft, die Buchten von Zelten belagert, die Wege von Nomaden bevölkert, und Spenglers Barrikadenführer erkennen den Bundespräsidenten nicht, weil sie ihn nicht kennen.

Der Tross kommt offenbar über Rothenburgsort, weil damit niemand rechnet. Die Kolonne fährt an Wasserwerk und Wasserturm, an Zollamt, Freihafen und Hygieneinstitut vorbei den Tiefstackkanal entlang, weil die Elbbrücken von Spenglers Leuten besetzt sind. Spenglers Reihen stehen dicht und ziehen einen inneren wie äußeren Ring um die Stadt. Mit dem Staub wehen Gerüchte durch die Straßen: Hunderte Polizeibeamte seien übergelaufen; Guerillagruppen wüchsen minütlich; Securitor, Security for all, Securityprotect und ProTectilForces hielten sich von Eppendorf, Eimsbüttel bis Wandsbek gegenseitig in Schach – Unterschiede ließen nur die Uniformfarben zu. Die Kräfte der Securitaselect, die den Konvoi des Präsidenten schützen sollen, haben die Zufahrtsstraßen vom Berliner Tor zu Steintorwall und Klosterwall erkämpft und gesperrt. Eines ihrer Motorräder ist von Spenglers ProTectilForces attackiert, ein zweites einkassiert worden.

Jetzt steht für einen unfassbaren Moment alles still. Es kommt Hertz vor, als sei die Welt zu einer infernalischen Blähung geschwollen. Kurz fällt seine Aufmerksamkeit auf zwei schreiende Elstern, die im Krieg miteinander zu stehen scheinen, ehe er erkennt, dass ihr gespieltes Zerwürfnis die klügste Strategie ist, sich gegen die Aggression der wartenden Krähen zu wappnen.

Der Bundespräsident steigt aus, winkt, nickt, grinst, schüttelt, greift und streift Hände. Fähnchen wedeln, Flaggen schlackern, die Kameras rücken Christian Wulff auf den Pelz, und der Livestream fließt ungeschnitten über die Riesenleinwand vor dem Rathaus. Der Präsident nimmt Platz, das Trio Shortcut verfremdet die Nationalhymne, die dennoch erkennbar bleibt, dann biegt der Erste Bürgermeister der Hansestadt die Mikrofone hinab, gibt einen Abriss der gegenwärtigen Lage, fühlt sich schließlich geehrt, übt sich gar in Demut und bittet den hohen Gast hinauf. Während er geht, zieht Wulff das Redemanuskript aus der Anzugtasche, faltet es auseinander, legt es sehr korrekt auf dem Pult ab, biegt die beiden Mikrofone hinauf und dämpft Applaus.

»Meine sehr verehrten Damen und Herren, liebe Mitbürgerinnen und Mitbürger«, setzt er an, »ich bin heute in Ihre wunderbare Stadt gekommen, um einen Stein ins Wasser zu werfen, damit er Kreise zieht.«

Es ist exakt achtzehn Uhr. Die digitale Anzeigetafel der Apotheke Doc Chung dokumentiert achtunddreißig Grad und 1035 Hektopascal Luftdruck.

»Liebe Freunde, wie konnte geschehen, was geschehen ist?«, ruft Spengler in die Trauben von Menschen, die unter ihm zu einem ganzen Stock gewachsen sind, Tausende, Abertausende, wie Regisseur Mevissen später behaupten und Sosset im Interview bestätigen wird. Spengler steht auf einer 360-Grad-Bühne am Jungfernstieg, 200 Meter vom Rathaus entfernt, die sich um ihre eigene Achse dreht. Hertz hat angeordnet, dass sich, wie der Schirm eines Steinpilzes, drei Monitore dem Himmel zu ausbreiten und ein Close-up von Spengler auch in hundert Meter Entfernung am Ballindamm ermöglichen. Jeder soll Spengler sehen können, jeder soll den in sein Gesicht gemeißelten Willen, die Kraft, die Unerschütterlichkeit sehen können. Über Spengler spannt sich ein Baldachin, der ihn vor der Sonne schützt. Das Bild ist hochaufgelöst. Nie zuvor hat es eine solch virtuelle Nähe zwischen Spengler und seinen Zuhörern gegeben. Manche strecken ihre Hände nach dem Monitor aus und wollen Spengler berühren. Sie sehen, wie er ausläuft, wie die Poren zu Schleusen werden, wie der Schweiß hinabströmt.

Zwischen Jungfernstieg und Rathausmarkt liegt eine Galaxie. Hertz ist überrascht, dass die Zahl der Journalisten und Reporter bei Spenglers Auftritt bedeutend höher als bei Wulff ist. Die Meute ist Spengler treu ergeben, steht parat, steht dicht, steht wie eine Division im Gefecht der Aufmerksamkeit, zahllose Korrespondenten, Berichterstatter, Reporter im Gewühl, die Masse skandiert. Der Transmissionsriemen wird installiert: Mikrofongalgen, Stative, Kameras, Kabel, Aufnahmegeräte, Objektive, Linsen, Scheinwerfer, Weißpapiere. Auf dem Neuen Jungfernstieg, in Große Bleichen und Poststraße parken im Zentimeterabstand die Ü-Wagen von Newstime, Sphinx, LeviathanTV, News24, tvtv, MegaEventMedia, Studio Hamburg, Sat-TV, ProCurate und die Phalanx der kleineren VW-Caravans und Mercedes Sprinter samt Satellitenschüssel im Auftrag privater TV- und Filmproduktionsfirmen mit kryptischen Kürzeln. Hertz weiß, dass jeder Ton aufgenommen, jedes Räuspern gedeutet, jeder Ausdruck befragt, jeder Gesichtszug herangezoomt, jede Regung beurteilt und jedes Wort zigfach verbreitet werden wird – für jeden Anlass für jeden Sender für jedes Format das Lauern auf den Fetzen News, die neueste Neuigkeit, die Sensation. Und er weiß, dass das außergewöhnliche Bild entscheidend ist, weshalb er an diesem Tag Hegenbarths Strategie des *Eye Catching* von langer Hand verfolgt: etwas Einstudiertes scheinbar spontan ausbrechen zu lassen, eine Eruption Wut oder gut dosierte Empörung an der richtigen Stelle, die Mimik des Unfassbaren, die Geste der Trauer, einsetzendes Entsetzen, das versetzt, verrückt, bewegt. Anfangs war Hertz überrascht, dass sich Spengler, ihn väterlich umarmend, gegen diese Inszenierungen wandte. »Bismarck hätte so etwas nie getan«, hatte Spengler gesagt.

Nun stehen alle Fotografen in der ersten Reihe. Sie haben die Lizenz zu ungehindertem Zugang, die vor der Bühne postierten Jungs der ProTectil Forces lassen sie gewähren. Destiny TV überträgt die gesamte Rede live, bringt Vor-, Neben- und Hauptberichterstattung, ein Interview mit ihm, Hertz, eingeführt als Spenglers Wahlkampfmanager. Hertz skizziert Spengler als Vertreter des entehrten Volkes. Am meisten interessiert die Journalistin, dass Spengler unverheiratet ist. Ja, aber zweimal geschieden. Nein, keine Kinder. Hertz dementiert, dass Spengler Alkoholprobleme habe. Er konzediert, dass Spengler eine Nierenschwäche besitze. Er gibt den Schwächeanfall zu und stellt Spengler als Hedonisten mit Herz dar, als Mann mit hohem Loyalitätsbewusstsein und phänomenaler Liebesfähigkeit, der für ihn, Hertz, wie ein Vater sei, der die Menschen und Dinge ehre und im Überfluss der Überflüssigen den Ausgeschlossenen Wert und Würde gebe.

»Ich stehe hier und sage ohne Umschweife, liebe Leute von heute: Nachdem die treulosen Spekulanten und Spekulierer, die großkopferten Großkotze sich selbst in den Ruin getrieben haben und nachdem sie uns und die Republik beinahe in den Abgrund getrieben haben und nachdem sie alles ruiniert haben, was uns wichtig war, liebe Leute, müssen wir jetzt, alle miteinander, mit denen, die willig sind, eine neue Epoche gestalten. Und ich sage bewusst: mit Eisen und Blut! Eisern muss unser Wille sein, unsere Selbstdisziplin, unser Zusammenhalt, und das Blut ist unser Herzblut! Und das Herzblut in uns, das ist das Leben! Diesen Zerstörern und Menschenverächtern, die auf uns niedergekommen sind wie eine biblische Plage, die unsere Leute entlassen haben, die sich hingestellt und gesagt haben: Wir machen alles neu, wir machen alles besser, wir opfern Treue und Gemeinwohl, liebe Freundinnen und Freunde, nein, *diesen* Typen war nichts heilig. Oder doch? Ja doch! Natürlich war ihnen was heilig: sie selbst! Sie selbst waren sich heilig!«

Weder Spengler noch Hertz und Sosset merken etwas von den Zusammenstößen der Innenstadt-Bürgerwehr Security for all mit ProSecuritas des Bundespräsidenten und den ProTectilForces der RG. Die Kämpfe finden an den Rändern statt. Stöcke schlagen, Hiebe schmettern. Arme brechen, Platzwunden bluten. Über den Jungfernstieg aber brandet Jubel, und Spengler spricht weiter: »Wer glaubt, liebe Leute von heute, Wirtschaft und Politik *ohne* den Menschen zu machen – bitteschön. Bitteschön … Er soll es tun … soll es ruhig tun. Nur eines darf er nicht tun: ER DARF SICH NICHT WUNDERN, WENN DIE MENSCHEN ZURÜCKKOMMEN, WENN SIE SAGEN: DA SIND WIR! Er darf sich nicht wundern, wenn wir gemeinsam kommen, wenn wir aufstehen, wenn wir zusammenstehen und sagen: Hier sind wir, wir sind das Leben und die Zukunft, wir sind das Land und die Liebe, wir werden gebraucht und wollen gebraucht werden! Das ist es, was ich hier und heute sagen will: Jeder von euch, jeder von uns, jeder gottverdammte Einzelne wird gebraucht!«

Der Heli von Destiny TV kreist über der Bühne, der Kameramann seilt sich ab. Das Wasser der Alster zittert.

»Dies ist die Stunde der Vernunft«, sagt Bundespräsident Wulff auf dem Rathausmarkt, »und es ist unser aller Aufgabe, die Probleme, die wir ohne Zweifel haben, mit Bedacht und mit Augenmaß zu bewältigen.« Seine Hände umfassen das Pult und lösen sich wieder, ordnen das Manuskript und umfassen das Pult. Wulffs Arme sind durchgestreckt, der lange Oberkörper bleibt steif. Unter seiner randlosen Brille sieht der Bundespräsident auf das Blatt und neigt den Kopf seitwärts, dann sieht er auf und blickt in die Menge. Anfangs ist seine Stimme etwas brüchig. Immer sind die Stimmbänder leicht gepresst, ist das Timbre hell und der Resonanzraum dünn. Seine Stimme lässt Amplituden und Druck nicht zu. Wulff bleibt in jeder Minute bedächtig. Meist setzt er gezielt eine Pause, bevor er den Satz mit einem expliziten Schlusswort beendet. Er spricht nicht zu schnell, Fassung und Kontrolle sind ihm das Wichtigste. Unaufhörlich verlagert er das Gewicht von einem Fuß auf den anderen. Alle zwei Sekunden blickt er auf.

»Ich denke«, sagt Wulff, »dass wir …«

»… und die Treue von euch, von euch, die die Hoffnung auf …«, Fetzen von Spenglers Sätzen wehen in Wulffs Worte. Mehr als zweimal lässt sich der Bundespräsident verunsichern vom Hall und ordnet seinen Scheitel.

»Was hält unsere Gesellschaft im Inneren zusammen? Ich denke, es ist …«

»… auf Mitmenschlichkeit, auf Solidarität, auf Rückbindung …«

»… die Erinnerung an unsere gemeinsame Geschichte …«

Hertz hört Wulffs Rede über sein Headset und sieht währenddessen, wie Spengler immer emphatischer mit den Armen arbeitet. Von seinen Unterarmen rinnt der Schweiß, über seinen Schläfen wölben sich die Adern. Seine Arme schlagen den Rhythmus der Empörung, stochern und hämmern einen harten Takt. In unberechenbaren Nachmittagsböen fließen Wulffs und Spenglers Worte immer öfter ineinander, und auf der Schleusenbrücke, die den Jungfernstieg vom Rathausmarkt trennt, stehen sich jetzt nur noch die siegreichen Avantgarden von Securitaselect und ProTectilForces gegenüber. Kein Mann rührt sich. Noch sorgt das Patt für Ruhe.

»Viele haben gezweifelt, ob ihr Bundespräsident hinter Deutschland steht«, sagt Wulff und lächelt, »ja, das tut er. Ich möchte etwas tun für den friedlichen Wandel, ich möchte wirtschaftliche Vernunft und menschliche Solidarität vereinbaren, und ich bin der festen Überzeugung, dass wir eine gemeinsame Zukunft gestalten können, wenn wir alle das wollen. Meine sehr verehrten Damen und Herren, die großen Bewegungen kommen fast immer aus dem Volk, deshalb bitte ich Sie um Ihre Mitarbeit. Wenn wir uns gegenseitig behindern, haben die es leicht, die uns von außen bedrohen. Und ich möchte auch eines ganz deutlich sagen: Was immer man neu macht, man sollte stets schauen, sich das Bewährte zu erhalten. Wir Deutsche haben sehr gute Erfahrungen gemacht mit der repräsentativen, mit der parlamentarischen Demokratie, ich betone dies ausdrücklich, weil ich der Meinung bin, dass sich unser Land in den letzten Jahrzehnten nicht hätte so erfreulich entwickeln können.«

Die Hände, die klatschen, sind klein, und als Wulff eine Pause einlegt und die Manuskriptseite umblättert, bricht der Hall von Spenglers Stimme herein wie eine Beschwörung.

»Wir haben uns den Rückschritt zum Fortschritt umlügen lassen, wir haben den Menschenfeinden das Feld überlassen, das Land, die Kultur, unsere Heimat, wir haben gelernt, dass wir unbrauchbar geworden sind, austauschbar, nutzlos, liebe Freundinnen und Freunde, doch das ist jetzt vorbei, denn nichts kann die neue Herrschaft der Treue und des Gemeinwohls aufhalten, wenn wir alle … ALLE zusammen aufstehen und eine neue Ära der Menschlichkeit beginnen, liebe Freundinnen, liebe Freunde, liebe Treuen, auf geht's, sage ich …«, Spengler hält inne, sein Blick wandert von links nach rechts, und auf einmal ist es so still, dass am Jungfernstieg Wulffs *Ich danke Ihnen* zu hören ist. Dann schmettert Spengler ein letztes Mal so, wie Hertz es ihm nahegelegt hat. »Und bei allem, was ihr tut, bei allem, was ihr nicht tut, ihr, die ihr hier steht und mir euer Herz geöffnet habt, einer ist immer für euch da, steht immer an eurer Seite. Ihr seht ihn hier, an dieser Stelle. Ohne uns, liebe Freundinnen und Freunde, wird künftig nichts mehr möglich sein. Adios!«

Jubel brandet, gestaute Energien entladen sich, winkend verlässt Spengler das Podium und greift Hände, die ihn greifen. Frauen und Männer küssen ihn, einer wirft sich vor Spengler auf die Knie. Die Band spielt die eigens komponierte Hymne *The legend of Charly*, und Sosset leitet Spengler zum Auto, während Hertz plötzlich enthemmten Atem im Nacken und einen Oberkörper in seinem Rücken spürt. Ein Schlag prallt gegen sein Kinn, ein Kopf gegen sein Ohr, der Druck einer Woge lässt ihn wanken. Stimmen rufen, manche kreischen, Hertz ahnt das Schlimmste. Er sieht Spengler nicht mehr und wird von den ausgestreckten Armen dreier Securitaselectler, die dem Bundespräsidenten eine Gasse bahnen, zur Seite gedrückt. Am Alsterpavillon nimmt Christian Wulff ein Bad in der Menge, die *Spengler, Spengler!* schreit. Hertz sieht den Präsidenten, der angestrengt lächelt und diejenigen grüßt, die ihn auf zwei Fingern auspfeifen. Wulff gerät in einen Tumult, kann sich aber befreien. Die Guards der Securitaselect schreien und ordnen, ihre Pupillen sind geweitet. Um 18.54 Uhr kommt es an der Kurve zum Ballindamm zur Begegnung von Wulff und Spengler. Es ist ein Wunder, dass keine Kamera diese Begegnung aufnimmt, kein Mikrofon aufzeichnet, kein Handy fotografiert, weshalb sie eingesponnen wird ins Strickwerk der Legenden und widersprüchlichen Erinnerungen.

Im Filmporträt *Tribun Spengler* wird Sosset später sagen, dass sich Spengler und Wulff an diesem 3. Oktober für Sekunden Aug in Aug gegenübergestanden hätten, der Lange wird von Minuten sprechen. Das Gerücht, Spengler habe Wulff gesagt, er, der Bundespräsident, sei zwar einen Kopf größer, doch von nun an breche die Zeit der Kleinen an, und wer klug sei, würde dieses Zeichen verstehen – dieses Gerücht wollten jedoch weder Sosset noch der Lange bestätigen. Die Tränengasattacken, die auf den Besuch des Bundespräsidenten folgen, hatten den Langen ein Auge gekostet, weshalb man ihn im Film mit einer Piratenklappe sieht.

Niemand weiß, auf welchem Weg der Bundespräsident die Stadt verlässt. Als Christian Wulff in den gepanzerten Phaeton Kennzeichen B-01 einsteigt, bricht der Aufstand aus.

43.

Am fünften Tag ist der Gestank unerträglich. Den Gullis entfleuchen die Aromen der Vergärung. Verwirrte und Verirrte queren die Straßen mit weißem Mundschutz. Im Bushäuschen am Gänsemarkt kauert eine Frau mit Brandblasen an den Fußsohlen, seit Tagen ist sie nicht aufgestanden. Das berühmte Weiß der Häuserwände ist vergilbt, die Luft benetzt von weizengelbem Staub. Die Gipsrümpfe der Putten an den Hauseingängen sind gespalten, Kohlenmonoxide entweichen den Poren der Erde. Stickstoffe schweben in die Lungen, wo Gewebebläschen platzen. Zweimotorige Diamonds und Pistons zerschneiden die dicken Schichten Luft, Himmelsstaub fällt zur Erde. Hertz bückt sich und nimmt einen Fingervoll Staub auf, er leckt über die Kuppe, der Staub schmeckt nach Eisen. Kein Wasser bindet die Partikel, keine Wolke schützt das Leben vor der Sonne. Die Adern der verbliebenen Blätter sind porös, an den Fenstern hängen träge Fliegen.

Am sechsten Tag steigt der Luftdruck auf 1038 Hektopascal. Das, was der Fall ist, wächst, zieht, dehnt sich, strebt fort. Dinge laufen, Gase schwellen, Materie fließt, und im Zwielicht schweben Rabenkrähen in einem Himmel voller Gleichgültigkeit. Der Himmel ist hilflos gegen den Aufzug des schwarzen Dunstes, den zuerst niemand kommen sieht. Doch er fließt von allen Seiten und schneller, als man ihn begreifen kann. Die Dunstmasse schwärzt sich ein, wird satter, tiefer, böser und legt sich über die licht- und schattenlose Welt. Die Luft ist gefüllt mit nasser Hitze und kommt an ihre Grenzen. Ammoniakgeruch wabert, Methangase flirren.

Während die Atmosphäre schwillt, bewegen sich die ersten Staubschleier. Die Herzfrequenz der Hunde steigt. Erst schleichen die Böen am Boden, dann ziehen sie langsam hinauf, die Hunde hecheln schneller.

Um 15.28 Uhr geschieht es dann.

Ein Blitz entzündet die schwarze Masse Gas, und der Himmel explodiert. Verdorrtes Stroh zittert, Luftströme fließen, Schindel fliegen, Rohre knacken, und Myriaden todbereiter Fliegen bilden schwarze Schwärme. Über dem geknickten Kopf eines Krans ist der Himmel eitergelb, und vor dem Haus der litauischen Mission senkt sich, von nervösen Lichtquanten durchzuckt, eine granitfarbene Wand auf den Asphalt nieder. Der Donnerhall wird von den Böen über die Straßen und Plätze getragen, ehe ihn sein eigenes Echo einholt und die Wände der Häuser vor der Kraft des Schalls erzittern. Eine Katze kauert aus Angst vor tausend Blitzen auf dem Vorsprung eines Dachs, für längere Zeit ist das entfernte Plätschern einer Quelle zu hören, da schnalzt ein Peitschenschlag, spitz und unmittelbar, gefolgt von einer Lichtgarbe, und es flackert und leuchtet halogen und sinnlos.

Die Luft explodiert wieder und wieder und raunt, bis Stille alles unter sich begräbt. Aus dem Himmel fällt kein Licht mehr. Der Himmel ist kein Himmel mehr, er ist nicht weit und ewig, sondern kommt näher, drückend, pressend, schiebend, und dann schnalzt und rumpelt, grummelt und grient es. Es regnet nicht, es flutet. Eiskörnchen schlagen auf Eisenrohre und springen in der Flugbahn einer Parabel ab. Wasser platzt aus dem Nichts hervor, stürzt von Vordächern herab, spritzt von Dachziegeln nach vorn. Tropfen zerbersten, und während der Luftstrom den Schleier schräg nach Osten treibt, schießt es in gischtreichen Fontänen aus den Abflussrohren nach oben. Als drehe jemand den Regler auf, erhöht sich der Druck, während der Regen lärmt, tönt, schneller, brutaler, unbarmherziger als je zuvor. Türen schlagen, Scharniere brechen, und Vorhänge, wenn sie nicht durchnässt sind, zittern, flattern und reißen ab. Tropfen irren durch die Luft wie Querschläger und halbierte Hibiskusköpfe kreiseln auf Fluten, die sich sekündlich teilen und in größeren aufgehen. Der Staub der Monate schmilzt zum Sud, der sich in Marsch zu setzen beginnt und alles überschwappt, was sich überschwappen lässt. Bücher fliegen auf, Papiere wirbeln empor, ein Kinderwagen wird umgerissen. Fahrräder werden fortgeschleift von unsichtbaren Kräften, Bäche rinnen unterhalb der Trottoirs. In den Löchern der Straßen sammelt sich so viel Wasser, dass sich breite Furten bilden, die, da der Strom ostwärts läuft, abwärts preschen ohne Unterlass. Rabenkrähen schreien dreimal, da platscht es auf irgendeine Plane, und von weiter fern antworten Rabenkrähen, womöglich dieselben, dreimal schreiend, da rumpelt mit einem erneuten Schwall Luft der Schall einer Explosion heran, und um 15.40 Uhr wird offenbar, dass im Glockenstuhl von St. Johannis eine Storchenfamilie nistet, da ihre Kinder in dieser Minute vom Regen zu Boden gepeitscht werden. Während das Gewitter auf der Stelle tanzt und seine Böen alles heben, was sich heben lässt, erbeutet eine sturzfliegende Elster ein paralysiertes Säugetier, Plastikbecher fegen über die Straße, Baumkronen wanken, Laternen zittern. Das Wasser platzt aus dem Himmel heraus, und von da an hört es vier Tage nicht mehr zu regnen auf.

Die Kanäle schwellen, die stärksten treten über ihre Ufer. Wellen schwappen in die Gärten der Villen und Schuppen und tränken den Boden. Auf der Alster dümpeln Liegestühle, Fußmatten, Reklametafeln, Matratzen, Glasflächen, Sonnenschirme, Zeitungsseiten, Plastikplanen, Autotüren, Hosen, Holzplanken, und im Garten der Vita-Nova-Klinik kegeln Blumenkübel umher wie unbefestigte Bojen, während Tropfen auf die Körper der Blässhühner prasseln und die schwächsten durch den Beschuss zu Tode kommen. Die Straße hat ihren Sinn verloren. Ein gekipptes Reinigungsfahrzeug der Stadtwerke treibt auf den Fluten, eckt hier an, zerstört dort Scheiben und drüben Türen. Jetzt gibt es keine Trottoirs mehr, nur noch Flüsse und Bäche. Aus ihnen entweicht der Dampf und steigt aus den Furchen der Gassen. Feinste Tröpfchen bestäuben die verfügbare Welt. Die großformatigen Fensterfronten der Stadtvillen sind von innen beschlagen, und in der Fremdbeherrschung durch Ruß und Asche ist schon lange kein Tag mehr zu entdecken.

Die Nacht ist sinnlos geworden. Sie ist da. Aber was da ist, macht keinen Sinn mehr. Die Nacht hat keine Farbe, keine Dunkelheit, keine Tiefe. Auf Orte gibt sie keinen Hinweis, vielleicht gibt es keine Orte mehr, vielleicht nur noch den einen, alles umfassenden Ort. Das Licht ist zu fahl, um Konturen zu schälen. Kein Geschlecht will mehr glücken. Nacht und Mensch kaschieren ihre Verzweiflung nicht.

Es ist halb acht, und Hertz geht einen schmalen Weg nach Süden. Er weicht einer Taube aus. Er hasst Tauben. Sein Taubenhass entstammt der Angst vor Infektionen. Jetzt, da die Straßen trocken sind, klaffen Krater im Asphalt. Hertz sieht gestürzte Barrikaden und zerrissene Paravents. Zerrupft und zerschnitten flattern Reste der Rotwesten am Boden. Auf dem Herbert-Wehner-Platz sind Zeltplanen geblieben, alles Lebendige scheint geflohen, verbrannt, ertrunken. Der Karstadt-Komplex ist skelettiert: die Wände verrußt, die Treppen gebrochen, die Scheiben geschlagen. Hertz geht den Weg rückwärts und erreicht den Veritaskai. Unter den entlaubten Kastanien liegen Wesen – in ihren Mündern nisten Fliegen, in den Bärten krümmen sich Larven. In sicherer Höhe sammeln sich die Saatkrähen. Hertz sieht Männer, die Matratzen, Stühle, Regale und Aktenordner in ein Haus tragen. Er verlässt die unbeseelten Shopping-Arcaden der City-Galerie und geht weiter Richtung Nartenstraße, wo er Dieselmotoren vernimmt. Im Wohnblock am Schellerdamm sieht er Bewohner aus Fenstern winken, ihr Zeichen wird verstanden, die Wagen setzen zurück, ein Tor öffnet sich, und andere tragen Stühle, Tische und Lampen in das Gebäude. Die Klopfgeräusche auf den Werften am Laotsekai stammen von schlagenden Hämmern kleingewachsener Arbeiter. Sie kitten Bootsbäuche und bauen aus den Resten der alten Schiffe neue. Frauen trippeln durch die Straßen und rufen »Massage, Massage«. Hertz erkennt die lustige Thai der Lotusblüte, die hochnäsige Taiwanesin und die brustlose Vietnamesin.

An der Nartenstraße geht er rechts ab und schlüpft unter der Schranke durch. Der Schriftzug *New-York Hamburger Gummi-Waaren Compagnie* ist abmontiert. Wo Halle C stand, heben Kettenbagger eine Grube aus, laut Tafel ist Bauherr der Konzern Chinamerica. An den Gehäusen der Kräne hängt das Schild *LCD Development Company Ltd.* Wo Halle B einst stand, ist der Grundriss eines Studios zu erkennen. Die Werbeplane ist mehrfach gerissen, aber Hertz liest die Botschaft: *Hier investiert die EmperadoEntertainment GmbH in die Zukunft Europas.* Das Fundament ist ebenerdig, alle Bäume sind gefällt. Wo einmal das Kabuff des Pförtners war, ist der Asphalt dunkler. Direkt gegenüber sieht Hertz ein Stück Papier auf dem Boden liegen. Er geht hin, hebt es auf und wischt Dreck von ihm fort. Auf dem kleinen Poster sind 103 ernst blickende Männer mit Kragen, Hüten, Bärten zu sehen. Unten rechts am Rand steht in weißer Schrift die Zahl *1899*. Die ersten Arbeiter der Kammfabrik müssen dort gestanden haben, wo Hertz jetzt den Urin der Hunde riecht.

Er geht nach Norden. Der Rumpf des Holzbootes, das er am Neuländer Hauptdeich findet, ist intakt. Als Hertz es hebt, sieht er darunter sechs Welpen liegen. Er verfrachtet die Welpen in eine Kiste mit Schrott, schleift das Boot nach vorn und stößt es über das Ufer. Erst taucht es unter, dann auf, dann bleibt es auf der Haut der Süderelbe liegen, während Hertz das Tau festhält. Niemand ist da, den er um Hilfe fragen kann. Er wickelt die Welpen in eine Plane und nimmt sie mit. Er rudert durch die Enge des Harburger Hauptdeichs, und als er nach rechts blickt, sieht er Menschen mit Einkaufswagen und Fahrrädern über die Europabrücke ziehen. Seine Fahrt die Süderelbe aufwärts, Kattwykdamm, Kattwykstraße, Kattwykweg entlang, führt später unter der Köhlbrandbrücke hindurch. Hertz schlägt das Ruder regelmäßig, außer ihm ist niemand zu sehen. Die Welpen fiepsen, vielleicht mögen sie den Fahrtwind. Er kommt am Vulkanhafen vorbei, quert die Elbe, fährt stadteinwärts und legt an, in der Hoffnung auf Frieden.

TEIL III

44.

Am 7. April des nächsten Jahres ist der Himmel verträumt. Kondensstaub flockt, oben wie unten schälen Wolkenstreifen einen Mittelbalken Bläue frei. Im Barkhof der Spitalerstraße herrschen die Hunde. Manchmal sind es zehn, manchmal zwanzig, aber es sind dort nichts als Hunde. Ihre Felle sind schwarz und braun und manchmal grau. In den Nischen der Passagen kauern deformierte Kreaturen, manche haben für ihren Körper zu große Köpfe. Die drei größten unter ihnen rauben sich fast ihr Leben, rennen sich nach, springen einander auf den Rücken, und wenn sie jaulen und schreien, weil sich die Zähne bis zur Wirbelsäule bohren, kondensiert ihr Atem in der feuchten Kälte, und all das Jaulen und Schreien schwebt als Geheul die Straße hinab.

Der Wendigste unter den Braunen beißt nun dem Größten der Schwarzen in die Kehle und ringt ihn nieder. Plötzlich ist es lautlos. Der Schwarze liegt auf dem Pflaster des Barkhofs. Ein rollender Wagen taucht auf. Chöre und Kastratenstimmen verschmelzen, Liederschleifen flattern aus dem Lautsprecher. An der Leier steht ein schuhloser Mann, sein Anzug ist auf Taille geschnitten. Der Kasten leiert das Lied *Weine nicht, mein Mädchen, es werden bessre Tage kommen.*

Hier unten hört die Stadt auf, geblieben ist nur eine Brücke. Der Rest ist Wasser. Hertz marschiert die Brücke hinauf und riecht das Aroma von Tang und Tiefe. Nach hundert Metern hat er den Scheitel der Brücke erreicht und geht abwärts. Er ist, wo er noch nie zuvor war. Frauen mit Leiterwagen kommen ihm entgegen, Babys im Arm. Sie sehen kurz zu ihm herüber, schützen ihre Brut wie erregte Vögel und marschieren weiter nordwärts. Böen rauschen, die Luft riecht nach Schwefel. Hertz weiß nicht, wohin die Frauen und Kinder gehen werden, das weiß niemand. Sie gehen, weil alle gehen.

Lichtflocken rieseln, und jetzt sieht Hertz das große Lagerhaus auf der Flussinsel. Er balanciert auf einem Steg und stapft über die Marsch. Es ist amphibisches Land. Das Wasser atmet. Hertz spürt, dass es lebt. Es riecht anders, aber er weiß nicht, wonach es riecht. Das Wasser riecht nach etwas, das älter ist als er. Mehrmals sinkt er ins Unterholz ein und spürt die Nässe zwischen den Zehen. Eine Strömung bringt hüfthoch Wasser in eine Furt, und an einem anderen Steg sind vier Boote vertäut. Ein fünftes steckt zwischen Land und Insel im Morast und ragt bugwärts auf. Masten sind geknickt, die Stromleitungsspinne ist im Schlamm versunken. Im Flachwasser treibt ein gut verschnürter Schlafsack, auf der Oberfläche schillert Öl, die Lache ist gigantisch. Astlose Baumstämme sind mittig gespalten, und kleine Haufen, die im Sonnenlicht blenden wie Salzbergkuppen, bilden die Gipfelkette einer Miniaturbergwelt.

So plötzlich wie überraschend erkennt Hertz im Hintergrund einer von schlummernden Deichen gerahmten Warft ein kubisches Haus. Er nähert sich, und irgendwann ruft er. Eine Tür öffnet sich. Im Rahmen erscheint ein Mann mit langem, grauem Haar.

»Sie?«, entfährt es Hertz nach einer langen Sekunde Erinnerungsarbeit. Mevissen trägt eine braune Glattlederhose und ein weißes Hemd über dem Wölbbauch.

»Sie waren doch damals bei den Jours fixes und Tagungen der Revitalisten und im China White!«

Der Mann nickt, als habe Hertz ihn überführt.

»Und Sie waren Zeuge des Umsturzes am Rödingsmarkt.«

»Ja, ich bin von Anfang an bei allem dabei gewesen«, sagt der Mann.

Motoren springen an, Schrauben gurgeln, und Hertz hört,

wie Gänge eingelegt werden, dann schießen zwei, drei, nein, alle vier Boote aus dem Hinterhalt hervor und rasen über diffuses Terrain Richtung Brücke.

»Wann war das, der Anfang von allem?«

»Vor knapp einem Jahr, Ostermontag. Aber kommen Sie erst einmal rein.«

Hertz klopft die Schuhe ab und sieht einen übermenschengroßen Ledersessel vor dem Kamin, auf dessen Kopfkante ein Hasenfell liegt. Dem Sessel gegenüber hängt ein ikonenhaftes Ölgemälde, das als verschollen gilt.

»Ein Vermächtnis der Künstlerin«, sagt Mevissen lächelnd und bemerkt Hertz' gesteigertes Interesse.

»Kennen Sie sie persönlich?«

»Ja. Warum?«, fragt Mevissen zurück.

Hertz beißt sich auf die Unterlippe.

Auf dem Schreibtisch steht ein aufgeklappter Laptop, und an der Wand hängen Theaterplakate. Mevissen bindet sich seine Haare zum Zopf und geht in die Küche. Er löffelt gehackte Teeblätter in ein Sieb, der Wasserkocher beginnt zu rauschen.

»Ich denke, dass die tragische Mascha Malumowitsch wie keine zweite eine Fähigkeit zur Hingabe an den Tod entwickelt hat, die einen spüren lässt ... also, so stelle ich mir das vor ... dass man in einen, ja, wie sag ich das ... in einem kosmischen Verbund vergemeinschaftet ist, immer schon, verstehen Sie, und daraus hat sie ihre künstlerischen Visionen abgeleitet. Sie denkt das Leben vom Tod her. Sehr weise, für ihr junges Alter.«

Hertz zupft mit Zeigefinger und Daumen an seiner Oberlippe,

Mevissen gießt das Wasser auf, der Dampf duftet minzig.

»Sagen Sie«, sagt Mevissen und holt zwei Gläser aus einer Vitrine, »sagt Ihnen eigentlich der Name MythoSystems etwas?«

»Sollte er?«

»Ich denke schon.«

Hertz mag Mevissens Art geheimnisvoll zu sein.

»Klingt nach einem Software-Solution-Start-up«, sagt Hertz.

»Nicht ganz.«

»Dann weiß ich es nicht.«

»Nach dem Aufstand und dem Zusammenbruch der Ordnung hat sich eine kleine Gruppe von Wissenschaftlern und Pseudowissenschaftlern zusammengefunden, Konkursgestalter sozusagen, die sich zum Ziel gesetzt haben, aus der Brache etwas Neues zu schaffen.«

Hertz sitzt Mevissen jetzt gegenüber, wie er einst Hegenbarth gegenüber saß. Und er sieht bei Mevissen eine ähnlich haarlose Brust wie bei Hegenbarth, damals, vor fast einem Jahr, an dem Tag, an dem das Schicksal ihre Wege trennte.

»Sehen Sie das große Gebäude da drüben?«

Hertz folgt Mevissens Zeigefinger.

»Diesen fensterlosen Schuppen?«

»Dort arbeiten die Leute von MythoSystems seit drei Monaten, Tag und Nacht. Manche wohnen im Gebäude. Die Leute von MythoSystems verstehen sich als eine Art Avantgarde, die im Untergang nach unbeschädigten Zusammenhängen für einen neuen Ursprungsmythos sucht.«

»Wieviele von denen gibt es?«

»Zusammenhänge?«

»Nein, MythoSystems-Leute.«

»Mal hundert, mal fünfzig, es ist auch für mich undurchschaubar. Sie haben in der Denkfabrik dort drüben –«

»– so nennen Sie diesen verwitterten Schuppen?«

»Nicht ich, die Leute nennen ihn selbst so.«

»Ach.«

»Die haben da auf mehreren Etagen gigantische, algorithmisch gesteuerte Module eingerichtet, die mit Netzwerken in ganz Europa korrespondieren.«

»–«

Mevissen erhebt sich und sieht aus dem Fenster. Jetzt steht er schräg hinter Hertz, der mühsam die Hitze des randvollen Teeglases bewältigt.

»Die klauben Restbestände auf, schmelzen sie ein und setzen neue Narrative zusammen. Cleveres Geschäftsmodell, wenn Sie mich fragen.«

»Wie oft waren Sie im Schuppen?«

»Oh, oft. Ich recherchiere für meine Stücke meist sehr ausgiebig.«

Auf Mevissens Arbeitstisch liegen frischgedruckte Plakate. Mit einem Augenaufschlag bittet Hertz um Erlaubnis, dann gehen beide hinüber. Hertz erkennt die Illu und liest, quer über die Seite laufend, den Titel *Das Ende unserer Tage, Premiere 9. April.*

»Es ist die Geschichte der Schuld«, sagte Mevissen. »Es ist Ihre Geschichte.«

»Meine?«

»Unsere.«

Er öffnet die Terrassentür. Vom Maisfeld sind verkohlte Stümpfe geblieben, auf der ostwärtigen Seite des Hauses riecht es nach nasser Asche.

»Was meinen Sie mit ›Schuld‹?«

»Damit meine ich, dass die westliche Kultur hauptsächlich über den Schuldmechanismus funktioniert hat. Unser gesamtes System basierte auf einer Dialektik zwischen Schuld und Schulden, und meines Erachtens – aber bitte, das ist nur die Meinung eines Künstlers – meines Erachtens war diese Dialektik der Motor der gesamten politischen und ökonomischen Kultur.«

»–«

»Der Kredit zum Beispiel setzte genau an der Wurzel der doppelten Verschuldung an: Der Gläubiger glaubt dem Beliehenen, dass der die Summe klug einsetzt und nach einer gewissen Zeit den Einsatz mit Gewinn zurückbringt. Das ist eine Form des Vertrauens in den anderen und in die Umstände, ohne diesen Glauben geht es nicht.«

»Und die Schattenseite?«

»Genau, die Schattenseite. Sie ahnen es.«

»Nein.«

»Angst. Angst vor Verlust der geliehenen Summe. Es gab eine über Jahrhunderte eingeübte Transformation nichtmaterieller ›Schulden‹ auf materielle Schulden, also quasi von einer moralischen auf eine leibliche Schuld, die Knechtschaft. Häufen sich zu viele Schulden an, kumuliert die Schuld – die Menschheit versklavt sich, wird unfrei, steht am Abgrund und verliert den Glauben. Ich bin überzeugt, dass Schuld und Angst die größten Triebkräfte des menschlichen Daseins sind. Aller kreative Antrieb ist Antrieb zur Angstvermeidung, die ja nichts anderes als Verlustvermeidung ist. Oder sagen wir besser: Todvermeidung.«

»Todvermeidung?«

»Das ganze westliche Leben ist ein ewiges Drama über Schuld und Todvermeidung. Und die Welt ist seine Bühne. Davon handelt mein Stück.«

»Das Ende unserer Tage.«

»Ja.«

»Premiere ist … *übermorgen*?«

»Ja.«

Mevissen öffnet seinen Pferdeschwanz, streicht sich das gewellte Haar glatt und legt das Gummiband auf einen Vertiko.

»Alles ist anders gekommen als gedacht.«

»Kommt es nicht immer so?«, fragt Hertz.

»Wie?«

»Anders.«

»Vermutlich.«

»Nachweislich.«

»Und Sie, was werden Sie jetzt machen?«

»Ich weiß es nicht.«

Hertz schürzt die Lippen.

»Es bestehen kaum Zweifel, dass Spengler der nächste Bürgermeister wird, die Menschen lieben ihn.«

»Ich habe das auch gehört. Viele verehren ihn geradezu, als eine Art Heilsbringer«, sagt Mevissen.

»Keine Ahnung, wo das herkommt.«

»Permanente Schuldgefühle, denke ich, da braucht man Erlöser zur Entlastung.«

»Hm.«

»Na ja, der Mensch ist ein Mängelwesen und verschuldet sich, sobald er atmet. Sein ganzes Leben ist eine einzige Hypothek, ein Versprechen für den anderen, mit Kredit und Schuld belastet. Jeder *will* doch an Entschuldung und Versöhnung glauben, glaubt aber tatsächlich an gar nichts mehr und ist deshalb dem Wahn des schlechten Gewissens ausgeliefert, das man abbezahlt mit dem ganzen Irrsinn an Einsatz, Arbeit, Selbstausbeutung. Dann ist der Mensch in seiner ganzen Einsamkeit sinnlos geworden, verstehen Sie?«

Da bricht die Sonne ins Arbeitszimmer, Mevissen wird von ihrem Schein geblendet. Er sieht auf die Uhr und packt seine Ledertasche für die Generalprobe. Vorher findet in der Lounge des Yajun Theaters die Pressekonferenz mit dem Intendanten statt. Mevissen lädt Hertz dazu ein, und Hertz nickt.

»Was werden Sie denn da sagen?«

»Ich werde sagen, dass alles zurückgeht auf den Ostermontag vergangenen Jahres, als der ›Goldene Stern aus Guangzhou‹ in Borgests Hairsalon im Beauty-Tempel 4Dimensions trat und einen stählernen Käfig mit einem schwarzhaarigen Geschöpf auf den Marmortisch stellte. Das war für mich jedenfalls der Moment, mit dem die Frage nach der Schuld wieder in der Welt war. Von da an ging es um nichts weniger als um alles oder nichts.«

45.

Von Mevissens Haus zur Denkfabrik sind es hundert Schritte. Hertz geht sie behutsam, weil der Untergrund nicht fest ist. Plötzlich reißt der Himmel entzwei, und über Hertz' Kopf kreisen Rabenkrähen.

Der Schuppen hat keinen Eingang, Hertz umrundet ihn mehrere Male erfolglos. Keine Tür, keine Klingel, nichts, wodurch er sich bemerkbar machen könnte. Da schiebt sich ein Teil der Wand zur Seite.

»Willkommen!«

»Äh … woher …«

»Unsere *Magic Eyes*.«

Hertz reibt seine Schuhsohlen ab, Lehmklumpen fallen zu Boden. Der Innenraum erstrahlt in einer Lux-Flut. Hertz hält die Hand vor seine Augen.

»Organische Leuchtdioden mit Megareflektoren, Sie gewöhnen sich daran.«

Die Module aller drei Etagen sind belegt, Hertz hört schwallartiges Tastenklacken. Das weiße Licht ist heller als flüssige Sonne.

»Wer schickt Sie?«

»Niemand.«

»Dürfte ich nach Ihrem Namen fragen?«

»Ich heiße Jan-Philipp Hertz und leite eine Logistik- und Consulting-Agentur.«

»Wie haben Sie uns gefunden, Herr Hertz?«

»Das ist eine lange Geschichte.«

»Genau darum geht es hier.«

»Zuletzt hat mich Mevissen auf Sie aufmerksam gemacht.«

»Ach, der Regisseur von nebenan, richtig? Ehrlich gesagt, Herr Hertz, normalerweise empfangen wir keinen Besuch, nein, ich müsste es anders sagen: Wir arbeiten gewöhnlich im Verborgenen.«

»Dann verzeihen Sie den Überfall.«

»Da Sie nun schon einmal hier sind …«

Hertz blickt auf die Empore.

»Da oben arbeiten Chinesen und Russen, eine Etage darunter sitzen die Europisten.«

»Europisten?«

»Ja, die Utopisten eines neuen Europa. Wir nennen sie Europisten. Sie arbeiten an einem neuen mind stream, einem kollektiven Bewusstseinsstrom. Wir sind der Meinung, dass die großen Mythen der Menschheit aus dem spinalen Bewusstsein Europas entstanden sind. Jetzt gilt es, ihre Reste aufzuspüren.«

Am Ende eines Gangs, Parterre rechts, bricht anfallartig Wut aus. Hertz kennt die Stimme. Er kennt den Ton. Er kennt die Art der Wut und geht an den Büros der Body Mind Border Commission und dem Raum der Alpha and Beta Consistentialists vorbei nach hinten. Die Tür ins Zimmer des Direktors steht halb offen, Hertz vermeidet es zu klopfen. Auf dem Boden kriechend findet ein wütender Mann das entscheidende Detail seiner Suche nicht. Auf einem Beistelltisch wackelt das Gatter eines geöffneten Käfigs hin und her. Der Wütende lässt sich wie ein Käfer auf den Rücken fallen und dreht sich aus der Fassung. Wie üblich trägt er eine Art Pyjama, darüber eine Weste. Er streicht sich über das Bein seiner Adlernase, setzt sich dann aufrecht und erschrickt über den eigenen Schrei.

»Du? … Du hast überlebt?«

Kullus springt auf und nimmt sich Hertz für den Moment einer grenzwertigen Zärtlichkeit zur Brust.

»Dass wir uns am Ende der Tage noch mal wiedersehen«, sagt Hertz.

»Ich fass es nicht«, sagt Kullus.

»Sie sind ganz der Alte«, sagt Hertz.

»Was uns da geschehen ist, ist unfassbar. Unfassbar.«

»–«

»Aber dass es dich nicht erwischt hat, ah, komm her …«

Kullus presst seine Brust so hart auf die von Hertz, dass der um Luft zu ringen hat.

»Dieser Amokläufer war ein NC.«

»–«

»Ach so, ja, NC: neutestamentlicher Christ, ein Fanatiker, du verstehst.«

»Ich kannte ihn.«

»Du kanntest ihn?«

»Ein Kollege. Eine Art Kollege. Wir haben gemeinsam an einem Projekt gearbeitet.«

»Ich fasse es nicht, Hertz, du kennst diese Kanaille!«

»Die Kanaille war indirekt auch Ihr Kollege, Kullus.«

»Das wird ja immer verrückter.«

Kullus klopft sich den braunen Bademantel.

»Er hieß Volker Abele und hat eineinhalb Jahre lang für die Revitalistische Gesellschaft an der Organisation von Kongressen und Tagungen gearbeitet, das, was früher Ihr Freund Wams getan hatte.«

»Unfassbar. *Der* war das? Hab ihn nie zur Kenntnis genommen.«

»Das war ja sein Verhängnis.«

Hertz setzt sich auf den Fenstersims und sieht von hier zu Mevissens Haus.

»Zuerst muss dieser Wahnsinnige auf Myers-Pirelli, Schelsky und Grashopper geschossen haben«, sagt Kullus und reibt sich den Nasenrücken, »große Güte.«

Hertz sieht zu Boden.

»Sie waren sofort tot. Eine Tragödie. Unfassbar.«

Kullus' Finger beschreiben Kreise, die seine Handgelenke

vergrößern. Er legt ein Relais auf den Tisch und putzt sich die Nase.

»Komm, gehen wir hoch in Modul 12, ich zeig dir was.«

Der Weg ist länger als erwartet. Manche verbeugen sich vor Kullus, der ihnen den Kopf tätschelt. Einmal verheddern sich seine Finger im Lockengestrüpp eines Neokonfuzianers. Die Rampe hinauf, Hertz hinterher, dann klopft Kullus an eine offene Tür. Wenn es nicht sogar derselbe Sessel aus dem Haus am Großneumarkt ist, dann immerhin ein gleicher, in Größe und Farbe.

»Ach nein, der Hertzi! Du? Hier?«

Wams stöpselt seinen Katheter ab und stellt die halbvolle Urinflasche zur Seite. Sein wie ein urweltlicher Meteorit geformter Oberkörper beugt sich zur Begrüßung zwei Zentimeter vor, mehr Höflichkeit scheint physisch unmöglich. Wams' Augenringe sind tiefer, die Augäpfel vergilbter geworden als bei ihrer letzten Begegnung im August. Hertz vermutet forcierte Fettleber.

»I hob an ingeniösen Pilz«, sagt Wams.

Ohne anzuklopfen schreitet jetzt ein prachtvoller Mann ins Zimmer, vertieft in die Aufzeichnungen eines großen Forschers. Er schreckt bei Hertz' Anblick auf, als wolle der ihn um Leib und Leben bringen. Hertz nickt dem Mann zu, Kullus macht die Herren mit flinken Fingern einander bekannt.

»Das ist Professor Wiktor Kropotkin aus Sibirien. Er arbeitet seit kurzem in unserem Labor an der Überlebensfähigkeit der Spezies Mensch mithilfe eines Giftschlangenserums gegen den irreversiblen Zerfall des Zellnetzwerks. Wir haben ihm wissenschaftliches, geistiges und persönliches Asyl gewährt. Professor Kropotkin nennt die Substanz in Andenken an den katastrophalen Amoklauf ›China-White-Serum‹.«

»Hallo. Ich kenne Sie von der Nekroseologenkonferenz im CongressCenter«, sagt Hertz.

»So«, sagt Kropotkin und reicht Hertz die Hand.

»Wir haben ihn organisiert.«

»Sie sind Revitalist?«

Mit einem Lächeln weicht Hertz aus und sagt:

»Ich bin auf jeden Fall froh, dass Sie noch leben.«

»Sind wir auch«, sagt Kullus, schreit »Kinder, auf geht's!«, Kullus, Wams und Kropotkin berufen eine sogenannte »Stante-pede-Session« ein, bei der keiner außer Wams sitzen darf, was ungeschriebenes Gesetz bei MythoSystems ist. Auf den in abgeschrägte Stehtische implantierten Monitoren werden via Touchscreen die aktuellen Ergebnisse im Arbeitsbereich Psychokonsistentialismus präsentiert. Die auf eine herabgelassene Leinwand projizierte Keynote lautet:

Ohne Spiegelneuronenmechanismus ist das unmittelbare Verstehen des Mitmenschen nicht möglich. Dieser Mechanismus ist die Voraussetzung für empathisches Verhalten, welches allen überindividuellen sozialen Beziehungen zugrunde liegt. Nur mithilfe seiner Spiegelneuronen ist der Mensch in der Lage, den archaischen Kreislauf aus Schuld und Rache zu durchbrechen.

Jedes Department gibt eine Stellungnahme zu diesem Text ab, alle interagieren per Google Docs auf ihrem Tablet. Als Hertz einen stechenden Schmerz in seiner Achillessehne spürt, setzt er sich neben Wams, nimmt seinen Spiralblock und notiert: *Spiegelneuronales Kollektivbewusstsein von Empathie und TREUE.* Dann schickt er eine Mail ins Büro, lässt sich Spenglers aktuellen Terminplan schicken und beschließt, ein Treffen zwischen Kullus und Spengler zu arrangieren. Es wird zwei Wochen später an jenem Tag stattfinden, an dem die ARD das sechzigminütige Filmporträt *Tribun Spengler* ausstrahlt, Primetime. Die Quote wird bei sieben Komma drei Millionen Zuschauern liegen.

Kullus nimmt Hertz mit in sein Büro. Während er die fällige Telefonkonferenz vorbereitet, beobachtet Hertz, der am Fenster steht, wie Mevissen den Motor seines Bootes hinabkippt, den Startknopf drückt und den Gang einlegt. Noch während der Regisseur die Grußhand Richtung Denkfabrik hebt, röhrt sein Boot nordwärts durchs Marschland, durch die Fleete und Kanäle, unter der Schleusenbrücke zur Binnenalster, wo er am VIP-Steg Ballindamm festmacht. Die Ferdinandstraße querend geht Mevissen die restlichen Meter zu Fuß. Vor dem Portikus des Theaters schlafen die schwarzen Hunde und erwachen erst, als die Meute eintrifft: Kameraleute, Mikrofonträger, Fotografen, Reporter. Kurze Zeit später steigt Bobby Mastberger die Treppen hinauf. Seit Wochen sorgt die Nachricht, dass er die Rolle des Jesus Emperado im Stück übernommen hat, für erhebliches Aufsehen in der Stadt. Janica, die die Treppen mit zweistufiger Verzögerung nimmt, lässt Bobby seit seinem psychophysischen Zusammenbruch nicht mehr aus den Augen. Hand in Hand stellen sie sich den Fotografen, die die Botschaft ihrer Unzertrennlichkeit ins Land tragen. Bilder, auf denen Mastbergers Zähne zu sehen sind, gibt es nicht mehr. Er bevorzugt jetzt Jeans, Hemd, Jackett und eine Miene der Ernsthaftigkeit. Mit überraschend brüchiger Stimme dankt er der Meute, die Hunde täuschen Trägheit vor. Dann geht er in die Lobby, wo Mevissen ihn erwartet.

Während Hertz auf dem Weg zum Ostfriedhof ist, um Mascha dort zu finden, wo sie ihrer Todessehnsucht immer am nächsten kam, beantwortet Mevissen auf der Pressekonferenz im Yajun-Theater die entscheidende Frage nach der Aufgabe von Kunst in Zeiten der Schuld. »Wissen Sie«, sagt er den Kritikern, »wenn ein Moment der Ewigkeit entsteht, der immer ein Moment der Wahrhaftigkeit ist, was immer Wahrhaftigkeit im Moment ist, jedenfalls eine Wahrhaftigkeit, die sofort wieder verschwindet, dann ist das Theater. Im Theater darf nichts bleiben. Das Ereignis muss sich im Moment vollziehen und wieder verschwinden. Erst durch das Verschwinden entsteht wahres Theater.«

»Das heißt«, setzt die Korrespondentin der Zeitschrift Spektrum Ästhetica nach, »dass im Theater auf Schuld keine Sühne folgt, weil … äh … ja, weil nichts eine, eine Konsequenz besitzt?«

»Stellen Sie sich vor, das, was uns alle antreibt, was uns als Wesen eingegeben ist, würde verkörpert durch ein marderartiges Tier mit roten Augen, das alle fürchten, vor dem alle Angst haben, eine widerliche Erscheinung, die zu verwahren, einzusperren, also ich meine: in einen *Käfig* zu sperren, als größte Kulturleistung einer Gesellschaft erachtet wird, dann können Sie daran doch erkennen, dass dieses Volk die Sühne als Tugend nicht vorsieht.«

Eine halbe Stunde später kommt Hertz mit der S-Bahn am Ostfriedhof an, kämpft sich durchs Gestrüpp und überspringt das Eisentor, das verschlossen ist, weil der aufgegebene Friedhof nur noch liebloses Brachland ist. Verwesungsland. Seine Kanäle sind ein-, die Ufer abgebrochen, auf den angelegten Grasflächen pflanzt sich verdorrtes Unkraut fort. Aus dem Boden ragen wie Stacheln aus der Unterwelt spitze Halme, der Nebel ist feucht und undurchdringlich. Es gibt kein Licht, nur die steingraue Wüste eines unbeseelten Himmels. Nach Minuten des Umherirrens erreicht Hertz Abschnitt D, Lage 5, Grab 32 und sieht die Stummel von sieben abgebrannten Kerzen auf dem Grabstein. Dessen Inschrift muss er dreimal lesen, um die Dimension des Geschehens zu verstehen. Eine grafisch begabte Hand hat *Vitalij* durch *Mascha* ersetzt. Es war ihre Hand, denn es ist ihr M.

Hertz geht den Schienenverlauf entlang, manchmal überholt ihn ein S-Bahn-Wagen, in dem niemand sitzt. Der Wagen stoppt, wo die Brückenpfeiler eingestürzt sind. Dort hängen die Schienenstränge in der Luft wie die stählernen Fühler eines gigantischen Insekts. Dann fährt der Wagen einfach rückwärts, Metall sprüht, und Wimmern verweht.

46.

Am Tag der Premiere hat das Feuilleton der DeutschenTagesZeitung seinen Aufmacher über das neue Stück von Autor und Regisseur Roger G. Mevissen gebracht, dazu ein Interview mit Charly Spengler über die Rolle des Theaters als Anstalt für den Kampf um Mythen beigestellt. Stück wie Inszenierung von *Das Ende unserer Tage* sorgen seit langem für ein Flüstern, die Premiere ist seit Monaten ausverkauft. Manche Gerüchte sind vom Weg abgekommen, manche haben ins Ziel gefunden. Zwei Dutzend Journalisten sind akkreditiert und warten vor allem auf die Darstellung des Jesus Emperado durch Bobby Mastberger.

Während Janica Bobby durch den Künstlereingang in die Maske begleitet, finden sich Tausende zum Public Viewing vor den Leinwänden auf dem Rathausmarkt, am Jungfernstieg und Gänsemarkt ein. Es ist wieder neblig, und aller Himmel ist weit fort. Auf dem Wasser der Binnenalster treiben Holzplanken und Bootsrümpfe. Im Grund stecken Säulen und Sockel. Das algige Aroma der Tiefe dünstet sich aus.

Schräg gegenüber dem frisch geweißelten Portikus des Yajun-Theaters tritt Francis vor die Tür der neuen Boutique Frauenrausch und wartet, bis sie abgeholt wird. Das dauert über eine Stunde, aber daran hat sie sich gewöhnt, der neue Mann an ihrer Seite wird immer aufgehalten. Er kann nirgendwo mehr flüssig gehen, die Meute lauert. Jedes seiner Worte wird gespeichert und gewogen, und wo er geht und steht hängen Galgen und an ihnen die Mikrofone, in die er spricht, weil er sprechen muss.

Francis und Mascha haben mit dem Frauenrausch die Räume des ehemaligen Hairstudios im 4Dimensions bezogen, nachdem Maestro Borgest im China White durch zwei Kugeln aus Abeles Heckler & Koch P2000 das Gesicht zerrissen wurde. Für Francis ist das Frauenrausch die logische Steigerung des Magnolia. In der einbruchsicheren Vitrine stehen die Exponate der neuen Collection bizarre. Aber nicht die Dildos aus Qualitätsglas haben Francis und Mascha in kurzer Zeit bekannt werden lassen, sondern der europaweite Vertrieb der selbstentworfenen Dolls ihrer Linie *Voluptas 2012:* Mandy, Tami, Gracia, Silly und Shoana. Die Puppen sind auf makellose Weise schön, weisen weder Intimgeruch noch Widerspruchsgeist auf, lassen sich problemlos an- und ausziehen und so auf dem Bett arrangieren, dass sie ihrem Besitzer niemals zu nah kommen. Seit Francis Mascha nach ihrer hochpoetischen Grabrede auf den verbrannten Körte schließlich den Vorschlag gemacht hatte, ihre beiden großen Fähigkeiten, Kunst und Eros, zu verschmelzen, brannte Mascha wie die ewige Flamme der Vesta für das Frauenrausch.

Den vierten Tag in Folge arbeitet sie jetzt am finalen Bild des Zyklus *Schuld kennt keine Sühne.* Sie hört *Na prawda, na prawda* von Shanson-Vladimir in der Endlosschleife, und nie ist ihr der Tod ferner als in der verheißungsvollen Morgenröte dieser Tage. William, zu dessen Patin Francis sie gemacht hat, liegt zwischen Maschas Füßen und strapaziert seinen Kiefer durch exzessives Gähnen. Seit Kurts Tod gähnt William nur noch, weshalb Francis versucht, seiner Lebensmüdigkeit mit Amphetaminpasten für depressive Möpse zu Leibe zu rücken. Jeden Morgen reibt sie Williams Zahnfleisch mit einer fünf Zentimeter langen Substanz ein, die er wahlweise zu erbrechen oder wegzuschlecken sucht, was ihn wiederum an den Rand der Erschöpfung führt und jede Therapie sinnlos macht.

Um kurz vor acht läuft die Meute los, die Kabel schlackern. Francis geht an der Hand ihres Mannes die Stufen unter den Säulen hinauf und lächelt in die Kameras. Wer den Schuldspruch der Geschichte, wer Verfall, Bürgerkrieg, Überhitzung, Austrocknung, Überschwemmung und Attentat überlebt hat, kommt an diesem Abend des 9. April, ins Yajun-Theater am Alstertor. Vor dem Portikus liegen die Labradors, die Bettler und Amputierten. Fotografen haben sich postiert, um im Feuerwerk der Blitzlichter den neuen großen Mann des Landes zum Leuchten zu bringen.

Im Saal herrscht altbekannte Betriebsamkeit, man erhebt sich, lässt passieren, setzt sich, erhebt sich, erträgt den Atem der Ankömmlinge, die Übersäuerung der Stoffwechselkranken, die fruchtig-süße Ausdünstung der Diabetiker, das Ammoniakaroma der Nierenkranken, die Zersetzung sterbender Lungen, die saure Süffigkeit des durch Hautporen freischwebenden Alkohols. Man wird bedrängt von den Sporen des abgelebten Lebens, die mit der Atemluft in den Raum entfleuchen, unverwechselbare Aussagen leibhaftiger Vorhandenheit derer, die das Schicksal besiegt haben.

Hertz sitzt Reihe 9, Platz 17. Als Ersten erkennt er Paul Rahm, Reihe 8, Platz 12. Sie nicken sich zu, obwohl Rahm nicht weiß, dass Hertz Hertz als solcher ist. Seit Schelskys Tod im China White ist Rahm ein anorektischer Schatten seiner selbst. Hertz sieht an diesem Abend tatsächlich ein wenig wie Hegenbarth aus, der in diesem weltgeschichtlichen Moment die EuroFinanceGroup vor einem Bankenkonsortium in Shanghai vertritt. Mit Hegenbarth verbindet Rahm die existentiellste Minute seines Lebens: Nachdem sie beide unter den Liegen des China-White-Kabinetts gewartet und gehört hatten, wie Abele sich mit seiner letzten Kugel richtete, hatten sie sich so lange umarmt, bis sie der Stille nach dem Schuss vertrauten und die Rufe der Sanitäter das Wimmern und Jammern der Gefallenen übertönten.

Die Witwe Grashopper, Reihe 3, sitzt zufällig neben Janica Jović, die Bobbys Darstellung seiner selbst mit einem kroatischen Opernglas auf das genaueste überprüfen will und diesen Anspruch mehrfach deutlich mitteilt. Als die Theaterklingel zum dritten Mal schellt, kommen Spengler und seine neue Frau herein. Sosset und der Lange achten darauf, dass den beiden niemand zu nah rückt. Die Menschen erheben sich, einige wollen Spengler berühren. Er und seine Frau schütteln Hände. Wenn die Menschen seine Frau berühren, berühren sie indirekt auch Spengler, das wissen die, die dem Heiligen wieder nahestehen.

Spengler und Francis nehmen keine Loge und keinen Rang in Anspruch, was Spengler als frischgewähltem Ersten Bürgermeister zugestanden hätte. Sie sitzen Parkett Reihe 2, Platz 11 und 12. Als die Sitzenden sich wieder erheben und Spengler und Francis durch die Reihe gehen, klatschen die Menschen. Spengler dankt nickend, dreht sich in den Saal, grüßt und winkt, und da er Hertz erst jetzt entdeckt, lächelt er ihm zu und legt dabei den Kopf leicht quer, während Francis Hertz eine Kusshand zuwirft. Sie klappt die Fläche ihres Sitzes um und pflückt Spengler eines ihrer Haare von der Schulter. Er sieht sie an, zärtlich berühren sich ihre Nasen. Francis' Zeigefinger streichelt über Spenglers Wange. Noch einmal, als fiele schon der Schlussvorhang, muss Spengler sich vor Beginn der Aufführung zum Applaus erheben und den Menschen im Saal zunicken, das hat Hertz ihm vorausgesagt. Dann verschwinden die Fotografen aus dem Theater, und die Türen schließen. Spengler setzt seine Brille auf und lässt sich von Francis das Programmheft geben. An ihrem rechten Zeigefinger steckt der Silberring mit dem eingefassten Diamanten aus Kurts Asche, um den Hals hängt die Kette kunstvoll verknüpfter Hornscheiben aus Marokko. Dann fasst sie Spenglers Hand, und Hertz blickt an die Decke des Theaterhauses, wo die Birnen des Kronleuchters erlöschen.

Meist folgt dem Einbruch der Theaterdunkelheit ein Husten, ein Niesen, ein Tuscheln und Flüstern, und so geschieht es auch jetzt. Sekunden später aber herrscht die reale Lautlosigkeit einer künstlichen Welt. Von diesem Moment an wird sich das Theater aus dem Nichts eine Welt erschaffen, und die Welt wird eine Bühne sein, und die Bühne im Theater ist rund und dreht sich um die eigene Achse so unermüdlich, wie der Erdball es tut. Eine in sich gewölbte Spiegelfläche verläuft von oben schräg nach unten. Von nun an ist nichts mehr eindeutig, und alles, was ist, hat einen doppelten Boden.

20.09 Uhr, das Spiel beginnt.

Mevissen ist klug genug, einen zurückhaltenden Auftakt gewählt zu haben. Von links betritt ein Greis die Bühne. Der große Hans Kremer spielt ihn beeindruckend. In der rechten Hand trägt er einen Käfig mit einem marderartigen Tier. Sekunden später ist das Tier verschwunden und der Käfig leer. Da stirbt der Greis vor den Füßen von Hertz, den Hans Löw täuschend echt verkörpert. Er wischt sich die Schuhe und geht fort in die Tiefe des Raums. Der leere Käfig steht auf der Bühne und dreht sich im Kreis. Dann passiert lange nichts.

ANMERKUNGEN DES AUTORS

Einzelne Zitate des Bundespräsidenten Christian Wulff sind seiner Rede bei der Auftaktveranstaltung zur Eröffnung des »BürgerForums 2011« am 12. März 2011 entnommen und mit künstlerischer Freiheit variiert worden. Mit gleicher Freiheit ging der Autor auch im Fall der New-York Hamburger Gummi-Waaren Compagnie AG in Harburg zu Werke. Diese Firma war und ist realexistent und befand sich eine zeitlang nachweislich in wirtschaftlichen Schwierigkeiten. Die Schilderungen basieren auf Beobachtungen am Ort sowie auf Gesprächen mit damals Beteiligten. Alle im Zusammenhang mit der Kammfabrik dargestellten Personen sind jedoch rein fiktiv.